Der junge Offizier Kamen kommt im Gefolge des königlichen Herolds nach Aswat und trifft dort auf die siebenunddreißigjährige Thu, die Tempeldienste versieht und die man für verrückt hält. Verrückt scheint auch ihr Ansinnen: Sie übergibt Kamen ein Kästchen mit zwei versiegelten Schriftrollen und bekniet ihn, er möge die Rollen dem Pharao übergeben.

«Die schöne Thu führt vor, was Frauen bewegen können, wenn sie sich trauen.» («Welt am Sonntag») «Sehr farbig geschildert, voller action, trotz aller historischen Fiktionen psychologisch glaubwürdig, es langweilt keinen Augenblick. Was Wunder, daß man Pauline Gedges Romane verschlingt.» («Buchmarkt»)

Pauline Gedge, geboren 1945 in Auckland/Neuseeland, wurde durch ihre Romane über das alte Ägypten weltberühmt. Sie lebt heute in Alberta/Kanada.

Im Wunderlich Verlag erscheint ihre große Trilogie *Herrscher der Zwei Länder*. Band 1 «Der fremde Pharao» und Band 2 «In der Oase» liegen vor.

Weitere Informationen zum Werk der Autorin finden sich im Anhang dieses Buches.

PAULINE GEDGE

Die Herrin Thu

Roman

Deutsch von
Dorothee Asendorf

Rowohlt Taschenbuch Verlag

Die Originalausgabe erschien
1996 unter dem Titel «House of Illusions»
bei Viking Penguin Books Canada Ltd.

Veröffentlicht im Rowohlt Taschenbuch Verlag
GmbH, Reinbek bei Hamburg, August 2000
Copyright © 1999 by Rowohlt Verlag GmbH,
Reinbek bei Hamburg
«House of Illusions»
Copyright © 1996 by Pauline Gedge
Alle deutschen Rechte vorbehalten
Umschlaggestaltung Cordula Schmidt
(Foto: Archiv für Kunst und Geschichte, Berlin /
Werner Forman)
Gesamtherstellung Clausen & Bosse, Leck
Printed in Germany
ISBN 3 499 22835 1

Erster Teil

KAMEN

Erstes Kapitel

Der Monat Thot hatte gerade begonnen, als ich sie zum ersten Mal sah. Mein Befehlshaber, General Paiis, hatte mich als Begleitschutz für einen königlichen Herold nach Süden, nach Nubien, geschickt; für mich war dies ein ganz gewöhnlicher Auftrag, und wir befanden uns bereits auf dem Heimweg, als wir über Nacht im Dorf Aswat anlegen mußten. Noch war der Fluß nicht angestiegen. Träge floß er dahin, und wir kamen zwar auf dem Rückweg schneller voran als bei der Hinfahrt, dennoch war der Weg lang, und wir sehnten uns nach den vertrauten Annehmlichkeiten des Deltas.

Aswat ist kein Ort, den man aus freien Stücken aufsucht. Das Dorf besteht aus kaum mehr als einer Ansammlung von kleinen Lehmhäusern, die sich zwischen Wüste und Nil ducken – obwohl es am Dorfrand einen recht schönen Tempel gibt, der dem örtlichen Schutzgott Wepwawet geweiht ist. Der Weg am Fluß zieht sich dort, wo er ins Dorf hinein- und wieder hinausführt, gefällig unter schattenspendenden Palmen dahin. Der Herold hatte ursprünglich auch nicht geplant, mit unserem Boot anzulegen, ja, er schien sogar zu zögern. Doch ein ausgefranstes Tau an der Takelage war gerissen, und an ebendiesem Nachmittag verstauchte sich jemand von der Mannschaft die Schulter, so daß mein Vorgesetzter mißmutig befahl, die Riemen einzuziehen und auf dem Ufer, unweit von Aswats Andachtsort, ein Kochfeuer anzulegen.

Das war gegen Sonnenuntergang. Als ich an Land ging, konnte ich durch die Bäume den Tempelpylon sehen und erhaschte einen Blick auf den Kanal, auf dem Besucher des Gottes zu ihm gelangen konnten. Re neigte sich dem Horizont zu und färbte das Wasser rot. Die Luft war warm und voller Sonnenstäubchen, und nichts störte die Stille, wenn man vom Geraschel und Gezwitscher brütender Vögel absah. Falls die Bauern nicht einen heftigen Haß auf die Boten des Pharaos hegten, würde ich an diesem Abend nichts zu tun bekommen. Doch pflichtbewußt, wie ich war, verließ ich das Ufer, auf dem die Ruderer bereits alles Holz sammelten, was sie finden konnten, während sich der Rest der Mannschaft mit einem neuen Tau für die Takelage abmühte, und überprüfte den Weg zum Fluß und die wenigen Bäume, ob meinem Herold von dort etwa Gefahr drohte. Natürlich nicht. Falls es auf dieser Reise zu echten Schwierigkeiten hätte kommen können, mein General hätte zur Bewachung des königlichen Boten einen erfahrenen Soldaten abkommandiert.

Ich zählte sechzehn Lenze, hatte die Schule seit zwei Jahren hinter mir, durchlief die militärische Ausbildung und hatte noch nie im Kampf gestanden, wenn man von den rauhen Späßen auf dem Exerzierplatz absah. Gern hätte ich einen Posten in einer der östlichen Festungen des Pharaos gehabt, wo fremdländische Stämme gegen unsere Grenzen anrannten, weil ihnen die üppige Fruchtbarkeit des Deltas ins Auge stach. Dort wäre mein Schwert endlich zum Einsatz gekommen, doch ich argwöhnte, daß mein Vater seinen Einfluß geltend gemacht hatte, damit ich in der Stadt Pi-Ramses und in Sicherheit blieb, denn ich wurde an die häusliche Wachmannschaft von General Paiis überstellt, ein langweiliger und bequemer Posten. Meine militärische Ausbildung lief weiter, doch die meiste Zeit bewachte ich die Mauern des Generals oder stand vor der Tür seines Hauses und sah zu, wie die Frauen kamen und gingen, Damen von Adel und Schönheiten aus dem Volk, betrunken und glücklich zerzaust oder elegant und trügerisch kühl, denn Paiis war schön und beliebt, und sein Bett blieb nie leer.

Ich sage mein Vater, und das ist er für mich auch, obwohl ich immer gewußt habe, daß ich ein angenommenes Kind bin. Mein wahrer Vater war in den frühen Kriegen des Pharaos gefallen, und meine Mutter starb bei meiner Geburt. Meine Pflegeeltern hatten keine Söhne und nahmen mich freudig auf. Mein Vater ist Kaufmann und sehr reich, und er wollte, daß ich in seine Fußstapfen trete, aber irgend etwas in mir sehnte sich nach dem Soldatenleben. Meinem Vater zuliebe zog ich mit ihm und einer seiner Karawanen ins Land der Sabäer, wo er seltene Arzneikräuter einkaufte, doch ich langweilte mich, und seine Bemühungen, mich für die Sehenswürdigkeiten, an denen wir vorbeikamen, und die auf unsere Ankunft folgende Feilscherei mit den Stammeshäuptlingen zu interessieren, wurden mir zusehends lästiger. Es kam zu einem hitzigen Wortwechsel, und als wir nach Pi-Ramses zurückgekehrt waren, gab er meinen Bitten nach und meldete mich in der Offiziersschule an, die dem Palast angegliedert war. So kam es, daß ich an einem stillen, warmen Abend im Monat Thots, des Gottes der Weisheit, zu dem kleinen Tempel des Kriegsgotts Wepwawet ging, hinter mir das Dorf, rechter Hand den sacht plätschernden Nil und linker Hand braun und gefurcht die kleinen, abgeernteten Felder der Bauern.

In Wahrheit war ich neugierig auf das Innere des Tempels. Das einzige Bindeglied zu meinen richtigen Eltern war eine Holzstatuette von Wepwawet. Solange ich zurückdenken konnte, hatte sie auf dem Tisch neben meinem Bett gestanden. Und wenn ich als Kind einmal unglücklich war, hatte ich das glatte, gerundete Holz gestreichelt, war wütend vor ihr auf und ab gegangen, wenn mein beklagenswert hitziges Temperament mit mir durchgegangen war, und war Nacht für Nacht beim Schein einer Lampe eingeschlafen, die die lange Wolfsnase und die spitzen Ohren des Gottes beleuchtet hatte. Ich wiegte mich in dem trügerischen Glauben, meine wahre Mutter hätte ihn zu meinem Wächter bestellt, und weder Menschen noch Dämonen könnten mir etwas anhaben, solange Wepwawet den festen Blick in die dämmrigen Winkel meines Zimmers richtete. Handwerklich war die Statuette schlicht, jedoch einfühlsam gearbeitet; die Hand, die Speer und Schwert geformt, die sorgfältig die Hieroglyphen «Der Wegbereiter» quer über die Brust des Gottes geschnitzt hatte, war ebenso gottesfürchtig wie kundig gewesen, davon war ich überzeugt. Wer hatte sie gemacht? Meine Pflegemutter wußte es nicht und sagte, ich solle mir das Herz nicht mit nutzlosen Phantastereien schwermachen. Mein Vater sagte, daß die Statuette in meine Leinenwindeln eingewickelt gewesen war, als man mich als Säugling in seinem Haus ablieferte. Ich bezweifelte, daß einer meiner geheimnisvollen Elternteile selbst mit Messer und Holz gewirkt hatte. Hochrangige Offiziere befaßten sich nicht mit handwerklichen Arbeiten, und irgendwie konnte ich mir nicht vorstellen, daß eine Frau einen Kriegsgott schnitzte. Genausowenig konnte ich mir vorstellen, daß die Statuette aus dem armseligen Dorf Aswat stammte. Montu war der mächtigste Kriegsgott, aber auch Wepwawet wurde in ganz Ägypten verehrt, und am Ende siegte die Vernunft, ich sagte mir, mein toter Vater, der Soldat, hat die Statuette für seinen häuslichen Schrein gekauft. Wenn ich den Gott zuweilen berührte, dachte ich an diese anderen Hände, die Hände, die ihn geschaffen hatten, die Hände meines Vaters, die Hände meiner Mutter, und malte mir aus, daß ich durch Berührung der geölten Holzpatina mit ihnen verbunden wäre. An diesem beschaulichen Abend bot sich mir nun unerwartet die Gelegenheit, das Haus des Gottes zu betreten und in seinem eigenen Tempel zu ihm zu beten. Ich umschritt das Ende des Kanals, überquerte den kleinen Vorhof und trat durch seinen Pylon.

Im Außenhof sammelten sich schon die abendlichen Schatten, die Pflastersteine waren unter meinen Füßen kaum zu erkennen, die schlichten Säulen zu beiden Seiten hüllten sich in zunehmende Dunkelheit, nur ihre Bekrönungen leuchteten noch im letzten Abendsonnenschein. Als ich mich der Flügeltür näherte, die zum Innenhof führte, bückte ich mich, schnürte meine Sandalen auf, zog sie aus, hob die Hand und wollte die Tür aufstoßen, als mich eine Stimme innehalten ließ.

«Die Tür ist verschlossen.»

Erschrocken drehte ich mich um. Eine Frau war aus dem Schutz einer Säule getreten und wollte gerade einen Eimer auf deren Sockel absetzen. Sie warf einen Lappen hinterher, stemmte eine Hand ins Kreuz, reckte sich und kam dann schlanken Schrittes auf mich zu. «Der amtierende Priester verschließt die Tür gegen Sonnenuntergang», fuhr sie fort. «So ist es hier Sitte. Abends kommen nur wenige Leute aus dem Dorf zum Beten. Dafür arbeiten sie während des Tages zu hart.» Sie sprach so ungezwungen, als hätte sie ebendiese Erklärung viele Male abgegeben und nähme mich nur teilweise wahr, dennoch bemerkte ich, daß sie mich eingehend musterte. Sie sprach die Worte nicht so harsch wie die ägyptischen Bauern, sondern deutlich, akzentuiert und sehr melodiös. Doch ihre nackten Füße waren rauh und unförmig, ihre Hände schwielig und die Fingernägel schwarz und abgebrochen. Sie trug das formlose Kleid einer Fellachin, ein grobes Trägerkleid, das ihr bis zu den Knien reichte und von einem

Hanfseil gehalten wurde, und mit Hanf hatte sie auch ihr drahtiges schwarzes Haar zurückgebunden. Zwei klare, kluge Augen beherrschten ein sonnenverbranntes braunes Gesicht, und die waren erstaunlicherweise durchscheinend hellblau. Als ich in sie hineinblickte, wollte ich meinen Blick sofort niederschlagen, doch diese Regung ärgerte mich. Ich war ein junger Offizier aus der Königsstadt. Und der wich vor Bauern nicht zurück.

«Ach so», erwiderte ich barscher, als ich vorgehabt hatte, und wandte meine Aufmerksamkeit der unansehnlichen Flügeltür des Tempels zu, was hoffentlich ungezwungen und selbstbewußt wirkte. «Dann suche mir einen Priester, daß er die Tür aufschließt. Ich bewache einen königlichen Herold. Wir haben auf dem Heimweg ins Delta in eurem Dorf festgemacht, und ich möchte meine Andacht vor meinem Schutzgott verrichten, solange noch Gelegenheit dazu ist.» Sie verbeugte sich nicht und zog sich auch nicht zurück, wie ich es erwartet hatte, ja, sie trat noch näher und kniff die sonderbaren Augen zusammen.

«Ach», sagte sie scharf. «Wie lautet der Name des Herolds?»

«Er heißt May», erklärte ich und merkte, wie ihr Interesse jählings erlosch. «Holst du nun einen Priester?»

Sie musterte mich, registrierte die Uniformsandalen in meiner Hand, den Ledergürtel, an dem mein Kurzschwert hing, das Leinenkopftuch und das Band um meinen Oberarm, auf dem mein Rang stand und auf das ich so stolz war. Ich hätte schwören können, daß sie nur einen Augenblick brauchte, um meine Stellung, mein Alter und die Grenzen meiner Macht, ihr zu befehlen, zu taxieren. «Wohl kaum», sagte sie honigsüß. «Er ist in seiner Zelle und genießt sein Nachtmahl, und dabei möchte ich ihn nicht stören. Hast du ein Geschenk für Wepwawet mitgebracht?» Ich schüttelte den Kopf. «Dann wäre es bessern, wenn du bei Sonnenaufgang, ehe du aufbrichst, zurückkommst und betest, wenn der Priester seinen Dienst antritt.» Sie wandte sich ab, wollte gehen, drehte sich aber noch einmal um. «Ich bin nur die Dienerin der Gottesdiener», erläuterte sie. «Darum kann ich dir die Tür nicht aufschließen. Aber ich kann dir Erfrischungen bringen, Bier und Kuchen oder vielleicht ein Mahl. Es gehört zu meinen Pflichten, mich um die Bedürfnisse derer zu kümmern, die im Dienst des Pharaos reisen. Wo habt ihr festgemacht?» Ich bedankte mich, erzählte ihr, wo unser Boot lag, und dann sah ich zu, wie sie den Eimer nahm und in der Abenddämmerung davonging. Sie hielt sich so königlich wie meine ältere Schwester, die von unserer Kinderfrau in richtigem Benehmen unterwiesen worden war, und die hatten meine Eltern aus dem königlichen Harem in unsere Dienste abgeworben. Mit einem leisen Gefühl der Unterlegenheit blickte ich hinter ihr her. Dann zog ich mir verärgert die Sandalen an und machte mich auf den Rückweg zum Boot.

Ich fand meinen Herold auf seinem Klappstuhl sitzend, wie er übellaunig in das Feuer starrte, das die Ruderer entzündet hatten. Diese wiederum hockten in einiger Entfernung im Sand und unterhielten sich leise. Unser Boot war jetzt nur noch ein großer, dunkler Fleck vor dem verblassenden Himmel, und das Wasser, das sacht an seinen Rumpf plätscherte, hatte jegliche Farbe verloren. Als ich näher kam, blickte er hoch.

«Vermutlich haben wir in diesem Hundeloch kein Glück mit einem anständigen Mahl», begrüßte er mich müde. «Ich könnte einen Ruderer zum Bürgermeister schicken und etwas anfordern, aber die Aussicht, von gaffenden Dörflern umringt zu werden, ist mir heute abend zuwider. Unsere Vorräte gehen zur Neige. Wir werden uns mit Fladen und getrockneten Feigen begnügen müssen.» Ich hockte mich neben ihn und blickte ins Feuer. Er würde essen und sich zum Schlafen in die Kabine auf dem Boot zurückziehen, doch ich und mein Untergebener, ein Soldat, würden uns bei der Wache ablösen, während er schnarchte. Auch ich war das nichtssagende Essen leid, hatte die vielen mit Langeweile und Unbequemlichkeit auf dem Fluß totgeschlagenen Stunden und zu viele Nächte mit gestörtem Schlaf satt, doch noch war ich jung und meine Arbeit daher aufregend, und ich war stolz auf die Verantwortung, die ich trug, wenn ich gegen Morgen, gähnend auf meinen Speer gestützt, dastand und sich nichts rührte als der Wind in dem kärglichen Gras längs des Nils und über mir die Sternbilder funkelten.

«In ein paar Tagen sind wir daheim», antwortete ich. «Aber wenigstens ist die Reise ohne Zwischenfälle verlaufen. Im Tempel habe ich eine Frau getroffen, die uns Bier und Essen bringen will.»

«Oh», erwiderte er. «Wie hat sie ausgesehen?» Die Frage erschreckte mich.

«So gesichtslos wie alle Bauern, aber sie hatte ungewöhnliche blaue Augen. Warum fragst du, Gebieter?» Er schnob gereizt durch die Nase.

«Weil jeder königliche Herold, der den Fluß befährt, sie kennt», sagte er. «Die Helläugige ist irre. Wir sind bestrebt, hier nicht anzulegen, aber wenn es sich nicht umgehen läßt, geben wir uns alle Mühe, uns nicht zu zeigen. Sie dient dem Tempel, aber unter dem Vorwand der Gastfreundschaft bedrängt sie uns, dem Pharao ein Paket zu überbringen. Ich habe sie bereits kennengelernt. Warum, glaubst du wohl, war ich so darauf bedacht, an diesem Hundeloch vorbeizufahren?»

«Ein Paket?» fragte ich neugierig. «Was enthält es?» Er hob die Schultern.

«Sie behauptet, darin sei ihre Lebensgeschichte, und daß sie früher den Einzig-Einen kannte, der sie für irgendein Verbrechen nach hier verbannt hat, und er muß nur lesen, was sie geschrieben hat, schon wird er ihr verzeihen und ihre Verbannung aufheben. Die und schreiben!» schloß er verächtlich. «Ich bezweifle, daß sie überhaupt ihren Namen in den Dreck kratzen kann! Kamen, ich hätte dich warnen sollen, aber noch ist ja nichts passiert. Sie wird uns nur kurz belästigen, aber zumindest bekommen wir anständig zu essen.»

«Dann hat in Wahrheit noch niemand einen Blick in das Paket geworfen?» bohrte ich weiter.

«Natürlich nicht. Ich habe dir doch gesagt, daß sie irre ist. Kein Herold würde es riskieren, ihr die Bitte zu erfüllen. Und du, junger Mann, solltest dir jegliche rührselige Vorstellung verkneifen. Die Bauern in den Geschichten, die uns unsere Kinderfrauen erzählt haben, mögen es ja bis vor den Herrn allen Lebens bringen, doch in Wirklichkeit sind sie dumme, dumpfe Tiere, die nur dazu taugen, das Land zu bestellen und das Vieh zu hüten, dem sie ähneln.»

«Sie spricht gebildet», wagte ich einzuwerfen, ohne zu wissen, warum ich sie verteidigte, und er lachte.

«Das hat sie sich in den Jahren angeeignet, die sie nun schon Höhergestellte belästigt, die das Pech hatten, ihr zu begegnen», gab er zurück. «Sei nicht freundlich zu ihr, sonst behelligt sie dich um so mehr. Die Priester, denen sie dient, sollten sie besser zügeln. Demnächst wird niemand mehr in Aswat anlegen, um Handel zu treiben oder zu beten oder Arbeiter anzuheuern. Sie mag ja harmlos sein, aber sie ist so lästig wie ein Schwarm Fliegen. Hat sie etwas von heißer Suppe gesagt?»

Es war völlig dunkel geworden, als sie uns fast geräuschlos überrumpelte, aus dem dunklen Schatten auftauchte und in den flackernden hellroten Feuerschein trat wie eine barbarische Priesterin. Ihr nicht mehr vom Hanfstrick gehaltenes Haar stand ihr wild um den Kopf und fiel ihr bis auf die Brust. Ich bemerkte, daß sie ein anderes Trägerkleid trug, doch das war genauso grob wie das Kleidungsstück, in dem sie den Fußboden des Tempels gewischt hatte, und sie ging auch noch immer barfuß. Sie trug ein Tablett, das sie feierlich vor uns auf dem Klapptisch abstellte, den mein Herold sich zuvor vom Boot hatte bringen lassen. Mit einer Verbeugung in seine Richtung hob sie den Deckel von einem Topf und machte sich daran, köstlich duftende Suppe in zwei kleinere Schälchen zu schöpfen. Daneben standen frisches Gerstenbrot und Dattelküchlein und, das Beste von allem, ein Krug Bier. Ihre Bewegungen waren anmutig und zierlich. Mit gesenktem Kopf, die Schale in beiden Händen, bot sie zuerst dem Herold Suppe an, dann mir, und während wir die zugegebenermaßen köstliche Brühe löffelten, schenkte sie uns Bier ein und entfaltete zwei makellos weiße Leinenservietten, die sie uns sorgsam und unaufdringlich auf die nackten Knie legte. Daraufhin trat sie zurück und stand mit hängenden Armen da, während wir das Essen verschlangen. Sie näherte sich nur, um uns nachzuschenken oder um die leeren Teller abzuräumen, und ich überlegte beim Essen, ob sie vielleicht Dienerin bei einem örtlichen Würdenträger gewesen war oder ob der Oberpriester Wepwawets, zwar selbst ein Bauer, doch natürlich gebildeter als seine Nachbarn, sie in gutem Benehmen unterwiesen hatte. Schließlich stapelte sie das Geschirr auf dem Tablett und legte die mittlerweile verschmutzten Servietten darüber, und da seufzte mein Herold und rutschte auf seinem Hocker hin und her.

«Sei bedankt», sagte er barsch und, wie mir vorkam, widerwillig. Bei seinen Worten lächelte die Frau. Ihre Lippen öffneten sich und zeigten gleichmäßige weiße Zähne, die im Feuerschein glänzten, und auf einmal ging mir auf, daß sie schön war. Das dämmrige Licht verbarg ihre rauhen Hände, die feinen Fältchen um die sonderbaren Augen, ihr glanzloses, trokkenes, wildes Haar, und einen Augenblick lang starrte ich sie unverfroren an. Ihr Blick ruhte auf mir und kehrte dann zu meinem Gebieter zurück.

«Wir sind uns schon begegnet, Herold May», sagte sie leise. «Du und dein Gefolge, ihr habt hier im vergangenen Jahr angelegt, als dein Boot ein Leck hatte. Was gibt es Neues aus dem Delta?»

«Nichts Neues», antwortete May steif. «Ich komme aus dem Süden und will nach Pi-Ramses zurück. Ich bin mehrere Wochen fortgewesen.» Ihr Lächeln wurde breiter.

«Und natürlich kann sich während deiner Abwesenheit im Norden Umwälzendes ereignet haben», schalt sie ihn mit gespieltem Ernst. «Darum hast du keine Neuigkeiten. Oder möchtest du mich nur nicht zu einer Unterhaltung ermutigen? Ich habe dich beköstigt, königlicher Herold May. Könnte ich nicht als Dankeschön hier im Sand sitzen und ein Weilchen deine Gesellschaft genießen?» Sie wartete nicht auf Erlaubnis, sondern ließ sich nieder, kreuzte die Beine und zog sich das Trägerkleid über dem Schoß zurecht, und das erinnerte mich an den Schreiber im Haushalt meines Vaters, wenn der sich mit genau den gleichen Bewegungen auf den Boden setzte und die Palette auf die Knie legte, um ein Diktat aufzunehmen.

«Weib, ich habe dir nichts zu sagen!» fuhr May sie an. «Das Essen hat uns sehr gut getan, und dafür habe ich mich bereits bedankt. In Pi-Ramses geschieht nichts, was für jemanden wie dich auch nur von leisestem Interesse wäre, das kannst du mir glauben.»

«Ich habe ihn in Verlegenheit gebracht», sagte sie an mich gewandt. «Diesen mächtigen Herold. Ich bringe sie alle in Verlegenheit, diese bedeutenden Männer, die den Fluß hinauf- und hinuntereilen und fluchen, wenn es sie an Aswats unfruchtbares Ufer verschlägt, weil sie wissen, daß ich sie sofort aufsuche. Sie scheinen nicht zu merken, daß mir das ebenso peinlich sein könnte. Aber du, mein junger Offizier mit den schönen, dunklen Augen, dich habe ich noch nicht kennengelernt. Wie heißt du?»

«Kamen», antwortete ich und bekam es jählings mit der Angst zu tun, sie könnte ihre verrückte Bitte an mich richten, ein Gedanke, für den ich mich schämte. Verstohlen blickte ich meinen Herold an.

«Kamen», wiederholte sie. «Mens Ka, also Mens Seele. Vermutlich heißt dein Vater Men?»

«So ist es», sagte ich kurz angebunden. «Und du machst dich vermutlich über mich lustig. Auch ich danke dir für das Essen, aber ich muß mich um den Herold hier kümmern, und der ist müde.» Ich stand auf. «Sei so gut, nimm dein Geschirr und geh.» Zu meiner Erleichterung kam sie sofort hoch und nahm ihr Tablett, doch so leicht ließ sie sich nicht abschütteln.

«Ich möchte dich um einen Gefallen bitten, Offizier Kamen», sagte sie. «Ich habe ein Paket, das dem König überbracht werden muß. Ich bin arm und kann nicht dafür zahlen. Nimmst du es mit?» O ihr Götter, dachte ich verzweifelt. Ich schämte mich für sie, als ich den Kopf schüttelte.

«Tut mir leid, Herrin, aber ich habe keinen Zutritt zum Palast», erwiderte ich, und da seufzte sie und wandte sich ab.

«Etwas anderes habe ich auch nicht erwartet», rief sie über die Schulter zurück. «Was ist aus Ägypten geworden, wenn die Mächtigen nicht mehr auf das Flehen der Elenden hören? Dich, Herold May, frage ich erst gar nicht, du hast es mir schon einmal abgeschlagen. Schlaft gut!» Ihr verächtliches Lachen verklang, dann herrschte Stille.

«Eine hirnlose Kreatur!» sagte mein Gebieter knapp. «Kamen, stell die Wache auf.» Er schritt in Richtung Boot davon, ich winkte meinen Soldaten herbei und warf Sand auf das Feuer. Das Essen lag mir schwer im Magen.

Ich übernahm die zweite Wache, wies dem Soldaten seinen Wachbereich zu und zog mich mit meiner Decke unter die Bäume zurück, doch an Schlaf war nicht zu denken. Das Gemurmel der Ruderer erstarb allmählich. Aus dem Dorf war kein Laut zu hören, und nur ein gelegentliches gedämpftes Plätschern kündete vom Strom, an dem ein Nachttier verstohlen sein Unwesen trieb. Am Himmel über mir funkelten die Sterne durch das Geäst der Bäume.

Ich hätte zufrieden sein können. Ich war auf dem Heimweg zu meiner Familie und meiner Verlobten, Takhuru. Ich hatte meinen ersten militärischen Auftrag erfolgreich abgeschlossen. Ich war gesund und kräftig, reich und intelligent. Dennoch wurde mir, als ich dort lag, immer ruheloser und bedrückter zumute. Als ich mich auf die andere Seite drehte, kam mir der Sand härter als gewöhnlich vor, knirschend rieb er sich an Hüfte und Schulter. Mein Soldat näherte sich und schlenderte wieder davon. Ich drehte mich auf die andere Seite, doch es nutzte nichts. Mein Kopf blieb wach.

Also stand ich auf, band mir das Schwert um und schritt durch die Bäume zum Weg am Fluß. Er lag verlassen, ein graues Band, gesäumt von schattenspendenden Palmen und Akazien. Ich zögerte, hatte jedoch keine Lust, mir das Dorf anzusehen, das sich kaum von tausend anderen zwischen dem Delta und den Katarakten im Süden unterscheiden würde. Also wandte ich mich nach rechts. Ich kam mir zunehmend wesenloser vor, als die vom Mondschein umflossenen, dunklen Umrisse des Tempels vor mir auftauchten, während die Palmwedel über mir ihren trockenen Nachtgesang raschelten.

Schwarz und reglos stand das Wasser im Kanal. Ich blieb kurz an dem gepflasterten Rand stehen und starrte mein verschwommenes, blasses Spiegelbild an. Zum Fluß wollte ich nicht zurück, also wandte ich mich nach links und schritt die Tempelmauer ab. Dabei mußte ich um eine baufällige Hütte herumgehen, die sich hinten an den Tempel lehnte, und dann wellte sich vor mir bis zum Horizont die mondbeschienene Wüste. Eine Palmenreihe kennzeichnete den Saum von Aswats spärlichem Ackerland und schlängelte sich rechter Hand in die Ferne, ein schwaches Bollwerk gegen den Sand, und das Ganze matt, aber deutlich im alles erhellenden Schein des Mondes.

Zuerst bemerkte ich sie gar nicht, bis sie dann aus dem tiefen Schatten einer Düne auftauchte und über den Sand glitt. Nackt, die Arme hoch erhoben, den Kopf zurückgeworfen, hielt ich sie für eine der Toten, um deren Grab sich niemand kümmerte, die durch die Nacht irrten und sich an den Lebendigen rächen wollten. Doch sie tanzte so lebendig, daß mein Grauen nachließ. Ihr angespannter, geschmeidiger Leib wirkte so grellweiß wie der Mond selbst, und ihr Haar war eine schwarze Wolke, die sich mit ihr bewegte. Mir war klar, daß ich mich lieber zurückziehen sollte, daß ich eine sehr persönliche Ekstase miterlebte, doch ich stand wie festgewurzelt am Fleck, die wilde Harmonie des Ganzen nahm mich gefangen. Die riesige, in kaltes Mondlicht getauchte Wüste und die leidenschaftliche Huldigung oder Buße oder feurige Lust der Tänzerin hatten mich in ihren Bann geschlagen.

So merkte ich erst, daß sie nicht mehr tanzte, als sie auf einmal stillstand, die geballten Fäuste zum Himmel hob und dann in sich zusammensank. Als sie sich näherte, konnte ich ihren hängenden Schultern die Verzweiflung ansehen. Sie bückte sich, hob ein Kleidungsstück auf und kam rasch näher.

Eilig machte ich kehrt, doch mein Fuß verhakte sich hinter einem losen Stein, ich stolperte und fiel gegen die rauhe Mauer ihrer Hütte, in deren Schatten ich mich versteckt hatte. Ich muß wohl aufgestöhnt haben, als mir der Schmerz in den Ellenbogen schoß, denn sie blieb stehen, hüllte sich in das Leinentuch, das sie in der Hand hatte, und rief: «Pa-ari, bist du das?» Sie hatte mich ertappt. Leise fluchend trat ich in den Mondschein und vor die Irre. In dem unwirklichen Licht, das uns umgab, schienen ihre Augen farblos zu sein, doch die Gestalt war unverkennbar. Auf ihrer Stirn klebten feuchte Haarsträhnen. Schweiß rann ihr an den Schläfen herunter. Sie keuchte ein wenig, ihre Brust hob und senkte sich unter den Händen, die den Umhang hielten. Lange ließ sie sich nicht aus der Fassung bringen. Ihre Miene war bereits wieder beherrscht.

«Du bist es, Kamen, der junge Offizier», sagte sie mit belegter Stimme. «Kamen, der Spion, der seine Pflichten als Wachtposten des hochmächtigen Herolds May vernachlässigt, welcher zweifellos in seliger Unkenntnis an Bord seines sicheren kleinen Bootes schnarcht. Bringt man den jungen Rekruten an der Militärschule von Pi-Ramses heutzutage bei, wie man unschuldige Frauen bespitzelt?»

«Ganz gewiß nicht!» gab ich zurück, denn das Erlebnis hatte mich verwirrt, und ihr Ton war verletzend. «Und seit wann tanzen ehrbare ägyptische Frauen nackt im Mondschein, es sei denn, sie sind ...»

«Sind was?» fragte sie zurück. Sie atmete jetzt wieder regelmäßig. «Wahnsinnig? Irre? Oh, ich weiß, was alle denken. Aber das hier», und sie deutete auf die Hütte, «ist mein Heim. Das hier», und sie deutete mit dem Kopf, «ist meine Wüste. Und das da ist mein Mond. Ich habe keine Angst vor spähenden Blicken. Ich tue niemandem etwas zuleide.»

«Dann ist der Mond also dein Schutzgott?» fragte ich, denn ich schämte mich bereits für meinen Ausfall, und sie lachte bitter.

«Nein. Der Mond ist mein Verderben gewesen. Ich tanze aus Trotz unter Thots Strahlen. Macht mich das zu einer Irren, junger Kamen?»

«Ich weiß es nicht, Herrin.»

«Du hast mich heute abend schon einmal Herrin genannt. Das war freundlich. Diesen Titel habe ich tatsächlich einst geführt. Glaubst du mir?» Ich sah ihr fest in die verschatteten Augen.

«Nein.»

Sie lächelte, und ich bemerkte in ihren Augen ein inneres Feuer, bei dem mich eine abergläubische Furcht ergriff, doch dann fühlte ich ihre Finger warm und gebieterisch auf meinem Arm. «Du hast dir den Ellenbogen aufgeschrammt. Setz dich. Warte hier.» Ich gehorchte, und sie verschwand in der Hütte und kam im Nu mit einem Tonkrug zurück. Sie hockte sich neben mich, nahm den Deckel ab, ergriff meinen Ellenbogen und salbte die kleine Wunde behutsam. «Honig und zerstoßene Myrrhe», erläuterte sie. «Nun dürfte sich die Schramme nicht entzünden, aber falls doch, bade sie in Saft von Weidenblättern.»

«Woher weißt du derlei?»

«Ich bin früher, vor sehr langer Zeit, Heilkundige gewesen», antwortete sie schlicht. «Man hat mir verboten, meine Kunst auszuüben. Die Myrrhe stehle ich für mich selbst aus dem Tempelvorrat.»

«Verboten? Warum?»

«Weil ich versucht habe, den König zu vergiften.»

Enttäuscht blickte ich sie an. Sie saß da, hielt die Knie mit den Armen umfaßt und den Blick auf die Wüste gerichtet. Dieses seltsame, dieses überspannte Wesen durfte einfach nicht irre sein. Sie sollte geistig gesund sein, denn das hätte meine Lebenserfahrung um Unüberschaubarkeit und Aufregung der richtigen Art bereichert. Überschaubarkeit hatte mich während meiner ganzen Jugendjahre beschützt. Ich hatte mich der Geborgenheit überschaubarer Mahlzeiten, überschaubarer Bildung, der überschaubaren Zuneigung meiner Familie und der überschaubaren Festtage der Götter erfreuen können. Meine überschaubare Verlobung mit Takhuru, einer Tochter aus altem und reichem Haus, war geplant und wurde erwartet. Sogar bei diesem Auftrag hatte es keine Abenteuer gegeben, sondern nur überschaubare Pflichten und Unbequemlichkeiten. Nichts hatte mich auf rätselhafte Frauen aus Bauerndörfern vorbereitet, die wild im Mondschein tanzten, doch Irrsinn machte es zu einer verkehrten Erfahrung, einer Abweichung, die ein gesundes Gemeinwesen am besten übersah und vergaß. «Das glaube ich dir nicht», sagte ich. «Ich wohne in Pi-Ramses. Mein Vater kennt viele Leute von Adel. Davon ist mir nie etwas zu Ohren gekommen.»

«Natürlich nicht. Auch damals haben nur wenige davon gewußt, und außerdem ist es viele Jahre her. Wie alt bist du, Kamen?»

«Sechzehn.»

«Sechzehn.» Sie erschrak und streckte eine Hand aus. Die Geste war unschlüssig und sonderbar rührend. «Vor sechzehn Jahren habe ich den König geliebt und versucht, ihn umzubringen, und einen Sohn bekommen. Da war ich selbst erst siebzehn. Irgendwo in Ägypten schläft jetzt mein Sohn und weiß nicht, wer er in Wahrheit ist, aus welchem Samen er entstanden ist. Oder vielleicht ist er tot. Ich bemühe mich, nicht zuviel an ihn zu denken. Es tut zu weh.» Sie wandte sich mit einem freundlichen Lächeln zu mir. «Aber warum solltest du mir glauben, der irren Dämonin von Aswat. Manchmal fällt es mir selbst schwer, das alles zu glauben, vor allem dann, wenn ich den Tempelboden wische, noch ehe Re am Himmel aufsteigt. Erzähle mir von dir, Kamen. Führst du ein angenehmes Leben? Gehen deine Träume in Erfüllung? Wem in der Stadt dienst du?»

Ich wußte, es war besser, wenn ich zum Fluß zurückkehrte. Bald endete auch die Wache meines Soldaten. Er würde schon darauf warten, daß ich ihn ablöste, und was war, wenn es auf dem Boot zu einem Zwischenfall kam? Dennoch fesselte mich die Frau. Und das nicht durch ihren jetzt offenbaren Wahnsinn, denn ich mußte meinem Herold leider recht geben. Auch nicht durch die Widersprüche, in die sie sich verstrickte, obwohl die mich neugierig machten. Sie war eine neue Erfahrung, die mein Ka beunruhigte und zugleich beschwichtigte. Ich erzählte ihr von meiner Familie, von unserem Anwesen in Pi-Ramses, von den Kämpfen mit meinem Vater, der wollte, daß ich Kaufmann wurde wie er, und von meinem endgültigen Sieg und der Zulassung zur Militärschule, die dem Palast angegliedert war. «Ich möchte einen Posten an der östlichen Grenze haben, wenn ich zum höheren Offizier befördert werde», schloß ich, «aber bis dahin stehe ich unter dem Befehl von General Paiis, bei dem ich Wache ...» Weiter kam ich nicht. Mit einem Aufschrei packte sie meine Schulter.

«Paiis! Paiis! Dieser Apophiswurm! Diese Kanalratte! Und den habe ich einmal anziehend gefunden. Das war, ehe ...» Sie rang nach Fassung. Flink schob ich ihre Hand von meiner Schulter. Sie war nicht mehr warm. «Ist er noch immer so schön und charmant? Versuchen Prinzessinnen noch immer, mit List und Tücke in sein Bett zu kommen?» Sie hämmerte jetzt auf den Erdboden ein. «Wo bleibt dein Erbarmen, Wepwawet? Ich habe für meine Taten wieder und wieder gezahlt.

Ich habe mich bemüht, zu vergessen und die Hoffnung aufzugeben, und jetzt dieses!» Unbeholfen kam sie hoch und lief an mir vorbei, und ich war gerade aufgestanden, als sie bereits wieder zurück war, einen Kasten an sich gedrückt. Ihre Augen blickten wild. «Kamen, höre mich bitte, bitte unvoreingenommen an! Um meines Kas willen flehe ich dich an, bring diesen Kasten in Paiis' Haus. Aber gib ihn nicht Paiis persönlich. Er würde ihn vernichten oder noch Schlimmeres. Übergib ihn einem Mann des Königs, von denen doch viele an dir vorbeikommen müssen. Bitte darum, daß man ihn Ramses persönlich überbringt. Denk dir, wenn du möchtest, eine Geschichte aus. Sag, wenn du möchtest, die Wahrheit. Aber gib ihn nicht Paiis. Du kannst von mir halten, was du willst, wenn du jedoch Zweifel hast, einen Hauch von Zweifel, dann hilf mir! Es ist ein kleiner Gefallen, nicht wahr? Der Pharao wird jeden Tag mit Bittschriften überhäuft. Bitte!»

Meine Hand fuhr zum Schwert, ohne nachzudenken, so wie ich es gelernt hatte. Doch man hatte mich gelehrt, mir Feinde vom Leib zu halten, nicht halsstarrige Frauen, die kaum noch bei Sinnen waren. Meine Finger schlossen sich um den Griff und blieben dort. «Ich bin nicht der richtige Mann für diese Aufgabe», wehrte ich mich und bemühte mich um einen gelassenen Ton. «Solchen Menschen darf ich mich nicht so ungezwungen nähern, wie du glaubst, und falls ich einen Freund meines Vaters darum bitte, wird der sich von der Richtigkeit überzeugen wollen, ehe er riskiert, sich vor dem Einzig-Einen zu blamieren. Warum hast du deinen Kasten nicht dem Dorfschulzen von Aswat gegeben, damit er zusammen mit seinen Briefschaften an den Gouverneur dieser Provinz geschickt wird und durch diesen an den Iri-pat des Pharaos? Warum belästigst du Herolde, von denen dir doch keiner helfen will?»

«Weil ich hier geächtet bin», sagte sie laut. Ich merkte, daß sie sich bemühte, vernünftig zu sprechen, doch ihr Körper war angespannt und ihre Stimme belegt. «Ich stamme aus Aswat, aber für meine Nachbarn bin ich eine Schande, sie meiden mich. Der Schulze hat es mir viele Male abgeschlagen. Die Dorfbewohner stellen sicher, daß meine Stimme nicht gehört wird, und streiten alles ab, wenn jemand mir vielleicht helfen möchte. Sie wollen nicht, daß der Schorf von der Wunde ihrer Schmach gerissen wird. Und so bin und bleibe ich die Irre, ein Ärgernis, das sie weniger in Verruf bringt als eine verbannte Mörderin, die ein Gnadengesuch einreichen will.» Und mit einem Schulterzucken: «Sogar mein Bruder Pa-ari will nichts unternehmen, und dabei liebt er mich. Es verstieße gegen seinen Gerechtigkeitssinn, wenn der König mir endlich ein geneigtes Ohr leihen würde. Niemand will seine Stellung für mich aufs Spiel setzen, ganz zu schweigen von seinem Leben.» Sie streckte mir den Kasten mit beiden Händen hin, drückte ihn sanft an meine Brust und blickte mir tief in die Augen. «Aber du, ja?»

Ich wünschte mich aus tiefstem Herzen weit, weit weg von hier, denn mich hatte das Mitleid gepackt, das einzige Gefühl, das einem Mann wirklich die ganze Kraft rauben kann. Wenn ich den Kasten nahm, würde ihre irre Besessenheit vielleicht nachlassen. Ich hatte nur eine ungefähre Vorstellung davon, wie es sein mochte, wenn man Monat um Monat, Jahr um Jahr zum Ufer ging, dem Hohn und Spott der Männer trotzte, die man ansprechen mußte, und Weigerung, Verachtung oder, schlimmer noch, Mitleid in ihrem Blick sah. Hoffentlich konnte sie meinen nicht lesen. Wenn ich den Kasten nahm, würde ich sie von dieser Last befreien. Ich konnte ihn über Bord werfen. Vom Palast würde sie natürlich nichts hören, doch sie mochte sich mit dem Gedanken trösten, daß der König ihre Verbannung schlicht nicht aufheben wollte, und würde darin vielleicht Frieden finden. Solch eine Täuschung war eines Offiziers im Dienste des Königs nicht würdig, aber war meine Absicht nicht gut? Schuldbewußt seufzte ich und nickte, und meine Hände legten sich um ihre, als ich diese anhob, um den Kasten in Empfang zu nehmen, während sie einen Schritt rückwärts machte. «Ich nehme ihn», sagte ich, «aber du darfst vom König keine Antwort erwarten.» Sie lächelte verzückt, beugte sich vor und gab mir einen Kuß auf die Wange.

«Oh, aber ich erwarte eine», flüsterte sie, und ihr Atem war warm auf meiner Haut. «Ramses ist alt, und alte Menschen verbringen gern viel Zeit damit, die Leidenschaften ihrer Jugend noch einmal zu durchleben. Er wird mir antworten. Sei bedankt, Offizier Kamen. Möge Wepwawet dich um meinetwillen schützen und führen.» Sie hüllte sich fester in den Umhang und ging, verschwand im Dämmerlicht der Hütte, und ich klemmte mir das verfluchte Ding unter den Arm und rannte zum Fluß zurück. Ich kam mir wie ein Verräter vor und verwünschte schon jetzt mein weiches Herz. Hätte ich sie doch nur abgewiesen. «Deine eigene Schuld, wenn du dich vom Mondschein verhexen läßt», schalt ich mich, während ich durch die Bäume stolperte. «Und was machst du jetzt?» Denn so herzlos, den Kasten einfach in den Nil zu werfen, war ich nun auch wieder nicht. Als ich meine Schlafstelle erreicht hatte, versteckte ich ihn unter meiner Decke, löste dann eilig meinen Soldaten ab und verbrachte die Stunden bis zur Morgendämmerung in elender Gemütsverfassung mit dem Abschreiten meines Wachbereichs.

Während die Ruderer ein Morgenmahl zubereiteten, stand ich im Innenhof des Tempels und lauschte einem verschlafenen Priester bei der frühen Morgenandacht. Die Gestalt meines Schutzgottes konnte ich durch die halb geöffnete Tür des

Heiligtums nicht erblicken, sein Diener versperrte mir die Sicht. Während ich dünne Rauchwölkchen von frisch angezündetem Weihrauch einatmete, die mir die Morgenluft zuwehte, und meinen Fußfall machte, gab ich mir Mühe, mich zu sammeln und die Gebete zu sprechen, die mir auf dem Herzen lagen, doch ich konnte keinen Gedanken fassen, und die Worte kamen mir nur stockend über die Lippen. Als dann Res gnadenloses Licht voll über den Horizont gestiegen war, hörte ich auf, mich für meine Schwachheit zu schelten und mich dafür zu schämen, daß ich mich von einer einfachen Bäuerin hatte um den Finger wickeln lassen. Ich beschloß, ihr den Kasten zurückzugeben. Noch zürnte ich mit mir, doch noch mehr mit ihr, weil sie mir die Verantwortung aufgebürdet hatte, das Ding zu überbringen. Wenn ich es behielt, würden mir die harten Entscheidungen zufallen, und ich wußte, daß ich zu ehrlich war, um es einfach über Bord zu werfen und alles übrige dem Nil zu überlassen. Während ich kniete und aufstand, erneut kniete und meine Gebete murmelte, ohne mit dem Herzen bei der Sache zu sein, blickte ich mich immer wieder im Hof um und hoffte, die Frau zu sehen. Doch sie tauchte nicht auf.

Der Priester beendete die Andacht, und die Türen des Heiligtums wurden geschlossen. Er bedachte mich mit einem flüchtigen Lächeln und verschwand in einem der kleinen Räume, die auf den Hof gingen, hinter sich seine beiden jungen Helfer. Ich war allein. Der Kasten stand auf dem Pflaster neben mir, eine stumme Anklage, eine fordernde Waise. Ich ergriff ihn und eilte durch den äußeren Hof, trat heftig in meine Sandalen und rannte über den Vorhof zu der kleinen Hütte, die an der hinteren Wand des Tempels klebte. Als ich den Mund aufmachte und rufen wollte, ging mir auf, daß ich die Frau überhaupt nicht beim Namen kannte. Trotzdem rief ich eine laute Begrüßung und wartete in dem Bewußtsein, daß die Ruderer auf dem Boot bereits die letzten Vorbereitungen trafen und mein Herold liebend gern ablegen wollte. «Hol dich der Henker!» fluchte ich leise. «Und mich auch, weil ich ein so weiches Herz habe!» Ich rief noch einmal und schob zögernd die geflochtene Binsenmatte beiseite, die ihr als Tür diente. Sie gab nach, und ich erblickte einen dämmrigen kleinen Raum mit einem Fußboden aus gestampftem Lehm und nackten Wänden. Eine dünne Matratze lag auf einer niedrigen, hölzernen, bemerkenswert gut getischlerten Liege mit glatten Beinen und stämmigem Rahmen, die in der vergleichsweise armseligen Umgebung kostbar wirkte. Der Tisch daneben und der Schemel am Fuß der Liege waren zwar einfach, aber eindeutig die Arbeit eines Fachmannes. Auf dem Boden stand eine grob gefertigte Tonlampe. Die Hütte war leer, und ich konnte nicht warten. Kurz überlegte ich, ob ich den Kasten unter die Liege schieben und fliehen sollte, verwarf den Gedanken jedoch als meiner nicht würdig, wenn auch nicht ohne einen weiteren Fluch. Ich ließ die Binsenmatte fallen und lief zurück zum Fluß.

Als ich die Laufplanke hoch und auf das Deck meines Bootes rannte, Ausrüstung und Decke unter einem Arm, den elenden Kasten unter dem anderen, da lachte mein Herold schallend.

«Also hat sie endlich einen Dummen gefunden!» höhnte er. «Willst du das über Bord werfen, junger Kamen, oder gewinnen deine Prinzipien überhand? Wie hat sie dich herumbekommen, daß du ihn mitnimmst? Mit einem schnellen Sprung auf ihre zweifellos flohverseuchte Matte? Damit handelst du dir viel Ärger ein, das kannst du mir glauben!» Ich antwortete nicht. Ja, nicht einmal einen Blick gönnte ich ihm, und als er laut den Befehl zum Einholen der Laufplanke und zum Ablegen gab und das Boot vom Ufer fort und in den strahlenden Morgen glitt, da merkte ich, daß ich ihn überhaupt nicht mochte. Mein Soldat hatte mir Brot und Bier aufgehoben. Ich setzte mich in den Schatten des Buges und aß und trank ohne Appetit, während Aswat und seine schützende Vegetation hinter uns entschwanden und die Wüste sich zwischen den paar Feldern und den vereinzelten Palmen breitmachte. Das nächste Dorf war natürlich nicht weit entfernt, doch als ich mir die Krümel vom Knie wischte und den letzten Schluck Bier trank, überfiel mich eine lastende Einsamkeit, und ich wünschte mir sehnlichst, mein Auftrag wäre zu Ende.

Zweites Kapitel

Die verbliebenen acht Tage verliefen ohne Zwischenfälle, und am Morgen des neunten Tages erreichten wir das Delta, wo sich der Nil in drei mächtige Nebenarme teilt. Wir schlugen den nordöstlichen Arm ein, die Wasser Res, später die Wasser von Avaris genannt, der sich mitten durch die größte Stadt auf der ganzen Welt zieht. Aufatmend ließ ich die stille Trockenheit des Südens hinter mir und atmete wieder die Luft des Deltas, die feuchter war, nach Gärten duftete und tröstliche Laute menschlichen Lebens heranwehte. Der Fluß war zwar noch nicht angestiegen, doch überall in Teichen und beschaulichen Bewässerungskanälen stand Wasser, kräuselte sich kühl zwischen dicht stehenden Bäumen, blitzte zwischen hohen Papyrusdickichten, deren zarte Wedel sich in der lauen Brise wiegten. Im seichten Wasser stolzierten hochnäsige weiße Kraniche. Kleine Boote fuhren hin und her, und über ihnen flitzten und zwitscherten Vögel, während unser Steuermann den Blick unentwegt auf den Fluß gerichtet hielt und uns vorsichtig durch sie hindurchmanövrierte.

Bei den Wassern von Avaris veränderte sich die Landschaft, denn hier fuhren wir am Tempel von Bast, der Katzengöttin, vorbei, und bald darauf an den elenden Hütten und Katen der Armen, die sich um den riesigen Seth-Tempel drängten und die Luft zwischen dem Tempel und dem Schutt einer uralten Stadt mit Staub und Lärm und Dreck erfüllten. Doch gleich darauf veränderte sich die Landschaft schon wieder, denn wir hatten den breiten Kanal erreicht, der Pi-Ramses, die Stadt des Gottes, umgab. Wir nahmen die Abzweigung rechter Hand, glitten an einer scheinbar endlosen Abfolge von Lagerhäusern, Speichern, Lagern und Werkstätten vorbei, deren Anleger ins Wasser reichten wie gierige Finger, um Güter von allen Enden der zivilisierten Welt aufzunehmen, und in deren gähnende Eingänge einer nach dem anderen ein stetiger Strom von bepackten Arbeitern strömte, die den Reichtum Ägyptens auf dem Rücken trugen. Hinter ihnen erhaschte ich einen Blick auf die ausgedehnten Fayence-Fabriken. Ihr Oberaufseher war der Vater meiner Verlobten Takhuru, und bei dem Gedanken, daß ich sie nach so vielen Wochen wiedersehen würde, besserte sich meine Laune.

Hinter dem ganzen Tumult kamen die beschaulichen, eleganten Anwesen des niederen Adels, der Beamten, Kaufleute und fremdländischen Handelsherren. Hier war ich zu Hause. Hier würde ich von Bord gehen und ein paar Tage Muße genießen, ehe ich auf meinen Posten bei General Paiis und zu meiner Ausbildung an die Offiziersschule zurückkehrte, während mein Herold durch die streng bewachte Enge fuhr, die zu guter Letzt in den Residenzsee führte. Dort plätscherte das Wasser an Stufen aus reinweißem Marmor. Die dort hochgezogenen Boote waren aus feinster Libanonzeder und mit Gold verziert, und das höfliche Schweigen ganz großen Reichtums legte sich als verträumte Stille über üppige Gärten und dunkel verschattete Obsthaine. Hier waren die Iri-pat und Hohenpriester zu Hause, der Erbadel und die Oberaufseher, darunter auch mein zukünftiger Schwiegervater. Hier umfriedete eine mächtige Mauer auch Palast und Umgebung Ramses' III.

Ohne Paß gelangte niemand auf den Residenzsee. Meine Familie hatte natürlich Zutritt zu dem Privatbereich, und ich hatte einen eigenen Paß, der mir erlaubte, das Haus meines Generals und die Militärschule zu betreten. Doch heute, als mein Steuermann das Ruder herumwarf und auf meine Bootstreppe zusteuerte, stand mir der Sinn allein nach einer guten Massage, einem Krug anständigen Wein zu den köstlichen Gerichten unseres Kochs und dann nur noch nach dem sauberen Gefühl der duftenden Leinenlaken auf meinem eigenen Lager. Ungeduldig sammelte ich meine Habseligkeiten zusammen, entließ meinen Soldaten, verabschiedete mich förmlich von meinem Herold May und rannte die Laufplanke hinunter, und dann berührten meine Füße mit Wohlbehagen die vertraute Kühle unserer Bootstreppe. Ich hörte kaum noch, daß die Laufplanke eingezogen wurde, und auch nicht den Befehl des Kapitäns, als das Boot wieder ablegte. Ich überquerte den gepflasterten Platz, ging durch die hohen Tore aus Metall, die offenstanden, rief dem Türsteher, der in der Tür zu seiner kleinen Nische auf einem Schemel vor sich hindöste, einen munteren Gruß zu und betrat den Garten.

Dort war niemand. Die Bäume und Büsche, die den Pfad säumten, bewegten sich träge in der lauen Brise. Durch ihre Zweige fielen Sonnenflecken auf die Blumenbeete, die wie aufs Geratewohl angelegt wirkten, so wie meine Mutter es gern hatte. Ich schritt munter aus und kam schon bald zu dem Amun-Schrein, vor dem sich die Familie regelmäßig zur Andacht versammelte, dann wandte ich mich nach rechts und strebte zwischen weiteren Bäumen auf das Hausportal zu. Zwischen deren gedrungenen Stämmen erhaschte ich einen Blick auf den großen Fischteich zu meiner Rechten, wo der Garten an die hintere Mauer unseres Anwesens grenzte. Sein schilfrohrbewachsenes Ufer und der steinerne Beckenrand lagen verlassen, die runden, grünen Lotosblätter auf der Oberfläche regten sich nicht. Es dauerte noch mehrere Monate, bis sie wieder blühen würden, doch Libellen mit hauchzarten, bebenden und schimmernden Flügelchen schossen hin und her, und ein Frosch sprang mit lautem Platsch hinein, daß sich das Wasser flink kräuselte.

In diesem Teich wäre ich einmal beinahe ertrunken. Da zählte ich drei Lenze, war unersättlich neugierig und konnte nicht stillsitzen. Ich war meiner Kinderfrau kurz entwischt, für die ich, das muß ich gestehen, eine große Last war, und trabte zum Wasser, wollte mit gierigen Händen Fische, Blumen und Käfer fangen und purzelte kopfüber ins Schilf und hinein. Ich erinnerte mich noch an den Schreck, dann an die köstliche Kühle und dann an meine Panik, als ich versuchte, in dem grünen Dunkel ringsum Luft zu holen, und feststellte, daß es nicht ging. Meine ältere Schwester zog mich heraus und legte mich auf den Beckenrand, wo ich Wasser spuckte und losheulte, eher aus Wut denn aus Schreck, und am folgenden Tag wies mein Vater unseren Haushofmeister an, einen Schwimmlehrer für mich zu suchen. Ich lächelte jetzt, als ich durch den verschatteten Eingang trat und nach rechts abbog, wo sich die Empfangshalle befand, denn in meiner Erinnerung war es, als wäre das alles gestern gewesen. Ich blieb stehen, seufzte tief und zufrieden und spürte, wie die Unannehmlichkeiten und Anspannungen der letzten Wochen von mir abfielen.

Der große Raum linker Hand war zum Garten hin offen und nur durch vier Säulen unterbrochen, zwischen deren Rundungen Sonnenlicht hereinströmte. Dahinter ging der Garten weiter bis zu einem Brunnen nahe der Innenmauer, die das Haus von den Dienstbotenquartieren trennte. Der Obstgarten war so zugewachsen, daß man die Hauptmauer, die sich um das ganze Haus zog, nicht mehr sehen konnte. Weiter hinten und rechter Hand führte eine kleine Tür auf den Hof, auf dem die Kornspeicher standen, und am anderen Ende des sich weiß erstreckenden, gefliesten Fußbodens befanden sich in der Wand drei Türen, die allesamt geschlossen waren. Ich blickte sehnsüchtig zur nächstgelegenen Tür, denn hinter ihr befand sich das Badehaus. Doch ich durchquerte die Halle mit knirschenden, überall Sand hinterlassenden Sandalen in Richtung der dritten Tür. Fast hatte ich sie schon erreicht, als sich die mittlere Tür öffnete und der Haushofmeister meines Vaters heraustrat.

«Kamen!» rief er und lächelte von einem Ohr zum anderen. «Ich hatte das Gefühl, daß jemand ins Haus gekommen ist. Willkommen daheim!»

«Danke, Pa-Bast», antwortete ich. «Das Haus ist so still. Wo sind alle?»

«Deine Mutter und deine Schwestern sind noch immer in Fayum. Hattest du das vergessen? Aber dein Vater arbeitet wie gewöhnlich. Kehrst du unverzüglich zum General zurück, oder soll ich dein Lager frisch beziehen lassen?»

Ich hatte in der Tat vergessen, daß die weiblichen Mitglieder des Haushalts zu unserem kleinen Haus am Ufer des Fayum-Sees gefahren waren, um der schlimmsten Hitze des Shemu zu entfliehen, und bis Ende des nächsten Monats, Paophi, nicht nach Pi-Ramses zurückkehren würden, wenn jedermann hoffte, daß der Fluß anstieg. Einen Augenblick lang war ich verwirrt. «Ich habe noch zwei Tage Urlaub», antwortete ich, nahm meinen Schwertgurt ab und überreichte ihm meine Ausrüstung zusammen mit den Sandalen, die ich auch abgestreift hatte. «Bitte laß mein Lager beziehen und hole Setau. Sag ihm, daß meine gesamte Ausrüstung verdreckt ist, daß mein Schwert geputzt werden muß und daß sich an meiner linken Sandale der Riemen lösen will. Laß heißes Wasser ins Badehaus bringen.» Er stand noch immer da und lächelte, und seine Augen wanderten zu dem Kasten unter meinem Arm, und auf einmal merkte ich, wie schmerzhaft er mir in die Seite drückte. «Bring das in mein Zimmer», sagte ich hastig. «Den habe ich auf meiner Reise aufgesammelt und weiß noch nicht recht, was ich damit mache.» Unbeholfen nahm er ihn mir ab, da er in der anderen Hand bereits meine Habseligkeiten hielt.

«Ist der schwer», meinte er, «und mit ausgefallenen Knoten verschnürt!» Ich wußte, daß er mich mit dieser Bemerkung nicht aushorchen wollte. Pa-Bast war ein guter Haushofmeister und steckte seine Nase nicht in meine Angelegenheiten. «Von der Herrin Takhuru ist eine Botschaft gekommen», wechselte er zu einem anderen Thema. «Sie bittet dich um deinen Besuch, sowie du zurück bist. Achebset ist gestern hiergewesen. Er läßt dir mitteilen, daß die niederen Hauptleute heute abend in einem Bierhaus namens Goldener Skorpion in der Straße der Korbverkäufer feiern, und falls du bis dahin daheim bist, bittet er dich, ihnen Gesellschaft zu leisten.»

Ich lächelte betrübt. «Da sitze ich in der Falle.»

«Ja, tatsächlich. Aber du könntest der Herrin Takhuru nach dem Abendessen deine Aufwartung machen und später noch in den Goldenen Skorpion gehen.»

«Ja, das ginge. Was gibt es heute abend?»

«Ich weiß es nicht, aber ich kann nachfragen.»

Ich seufzte. «Ach, laß. Meinetwegen kann der Koch Mäusefrikassee auf gehacktem Gras auftischen, es wäre wohlschmeckender als der Soldatenfraß. Vergiß das heiße Wasser nicht. Sofort.» Er nickte und machte kehrt, und ich ging die paar Schritte zur dritten Tür und klopfte laut an.

«Herein!» befahl die Stimme meines Vaters, und ich gehorchte und machte die Tür wieder zu, während er hinter seinem Schreibtisch aufstand, um ihn herumging und mir mit ausgestreckten Armen entgegenkam. «Kamen! Willkommen daheim! Die südliche Sonne hat dich zu Zimtfarbe verbrannt, mein Sohn! Wie war die Reise? Kaha, ich glaube, wir lassen es für heute gut sein. Danke.« Der Schreiber meines Vaters kam aus seiner Sitzhaltung auf dem Fußboden hoch, schenkte mir ein rasches, jedoch herzliches Lächeln und ging mit seiner Palette in einer Hand und Schreibbinse und Rolle in der anderen hinaus. Mein Vater wies mich zu dem Stuhl gegenüber vom Schreibtisch, nahm auf seinem Platz und lächelte strahlend.

Sein Arbeitszimmer war dunkel und immer angenehm kühl, denn das einzige Licht kam durch eine Reihe von kleinen Fenstern oben unter der Decke. Als Kind hatte ich oft mit meinem Spielzeug unter seinem Schreibtisch sitzen dürfen, während er seine Geschäfte führte, und die Vierecke aus reinweißem Licht hatten mich fasziniert – sie fielen von den Fenstern auf die gegenüberliegende Wand, wurden im Verlauf des Morgens immer länger und wanderten über die vollgestellten Regale nach unten, von wo aus sie dann als gleichbleibende, jedoch bewegliche Formen über den Fußboden auf mich zugekrochen kamen. Zuweilen saß ihnen Kaha im Weg, hatte die Beine gekreuzt, die Palette auf den Knien und schrieb mit emsiger Schreibbinse, während mein Vater diktierte, und das Licht glitt seinen Rücken hoch und sickerte in seine volle, schwarze Perücke. Dann fühlte ich mich geborgen und konnte mich wieder mit meiner hölzernen Gans beschäftigen und mit dem kleinen Wagen mit den richtigen Rädern, die sich drehten, ihn mit meiner Sammlung hübscher Steine und leuchtend bemalten Skarabäen aus Ton beladen, und davor spannte ich meinen ganzen Stolz, ein kleines Pferd mit geblähten Nüstern und wilden Augen und einem Schwanz aus echtem Pferdehaar. Doch wenn sich Kaha näher an den Stuhl meines Vaters setzte, war mein Spielzeug vergessen, und ich sah verzaubert, ja, etwas verängstigt zu, wie sich die ordentlichen, hellen Vierecke allmählich zu Rechtecken dehnten, über die Regale krochen und mich blindlings suchten. Sie erreichten mich nie ganz, denn vorher rief meine Mutter immer zu Tisch, und als ich älter wurde, merkte ich natürlich, daß ihnen das auch nie gelungen wäre, weil die Sonne zu hoch über dem Haus stand. Später verbrachte ich den Morgen in der Schule, nicht mehr unter dem Schreibtisch meines Vaters, doch selbst als erwachsener Mann von sechzehn Lenzen und Offizier des Königs konnte ich nicht über diese kindlichen Ängste lachen.

Heute war der Raum in das sachte Licht des frühen Nachmittags getaucht, und ich saß da und betrachtete meinen Vater in dem sanften Schein. Seine Hände und sein Gesicht waren tief gefurcht und wettergegerbt vom jahrelangen Reisen auf Karawanenstraßen in sengender Sonne, doch die Falten in seinem Gesicht zeugten von Humor und Wärme, und die Flecken und die gegerbte Haut schienen seine Kraft noch zu betonen. Er war ein ehrlicher Mann, kurz angebunden und geradeheraus, ein Meister im Feilschen auf dem umkämpften Markt für Arzneikräuter, doch er liebte seine Arbeit und hatte damit ein Vermögen gemacht. Er sprach mehrere Sprachen, darunter auch die der Ha-nebu und die eigentümliche Zunge der Sabäer, und bestand darauf, daß die Führer seiner Karawanen zwar die ägyptische Staatsbürgerschaft hatten, jedoch aus dem Volk stammten, mit dem er Handel trieb. Wie die Priester gehörte er keiner Klasse an und wurde daher in allen Gesellschaftskreisen empfangen, doch in Wahrheit war er von niederem Adel, was ihm aber nicht sonderlich viel galt, denn er hatte sich, wie er sagte, den Titel nicht selbst verdient. Dennoch setzte er seinen Ehrgeiz in mich und war stolz auf die verwickelten Verhandlungen, mit denen er die Tochter eines bedeutenden Edelmannes als künftige Ehefrau für mich gewonnen hatte. Jetzt lehnte er sich zurück, strich sich mit der beringten Hand über den kahlen Schädel, an dem letzte graue Haare zwischen seinen Ohren einen Halbkreis bildeten, und wölbte seine buschigen Brauen.

«Nun?» half er nach. «Was hältst du von Nubien? Nicht viel anders als unsere gemeinsame Reise zu den Sabäern, nicht wahr? Sand und Fliegen und große Hitze. Bist du gut mit dem königlichen Herold ausgekommen?» Er lachte. «Nein, und ich kann es dir an der Nasenspitze ablesen. Und das alles für einen Offizierssold. Wenigstens lernst du im Heer dein Temperament zu zügeln, Kamen, und das ist gut so. Ein einziges grobes Wort gegenüber dem Diener unseres Pharaos, und schon wirft man dich hinaus.» Dabei klang Bedauern durch, und ich mußte grinsen.

«Ich habe nicht die Absicht, mich aus dem Haus werfen zu lassen, geschweige denn aus dem Tempel», sagte ich. «Nubien war langweilig, der Herold ein reizbarer Mensch, und die ganze Reise ohne Zwischenfälle. Aber immer noch besser, als Tag für Tag auf einem Esel zu hocken, fast vor Durst zu sterben und sich zu fragen, ob die Räuber der Wüste angreifen und uns alle Güter rauben, um die wir so hart gefeilscht haben, und zu wissen, daß wir das in ein paar Monaten schon wieder tun müssen.»

«Falls du in einer der Grenzfestungen postiert wirst, wie du in deiner Dummheit anstrebst, bekommst du ein gerüttelt Maß an Hitze und Langeweile», gab er zurück. «Wem kann ich mein Geschäft vererben, wenn ich sterbe, Kamen? Etwa Mutemheb? Handel ist keine Beschäftigung für Frauen.» Dieses Argument hatte ich mir schon viele Male anhören müssen. Ich wußte, daß keine Spitze durchklang, sondern nur Liebe und Enttäuschung.

«Lieber Vater», sagte ich ungeduldig, «du kannst es mir ruhig vererben, ich setze dann gute Verwalter ein ...» Er gebot mir Schweigen.

«Handel ist nichts, womit man Dienstboten betrauen kann», verkündete er hochfahrend. «Er verlockt zu sehr zur Unehrlichkeit. Eines Morgens wachst du mittellos auf, und deine Diener besitzen das benachbarte Anwesen.»

«Daß ich nicht lache», fiel ich ihm ins Wort. «Wie viele Karawanen führst du denn noch persönlich an? Eine von zehn? Alle zwei Jahre einmal, wenn du es daheim nicht mehr aushältst? Du vertraust deinen Männern, wie ein Offizier seinen Soldaten vertrauen muß ...»

«Seit wann bist du ein Wortklauber», sagte er lächelnd. «Vergib mir, Kamen. Du sehnst dich sicherlich nach einem Bad. Wie war der Fluß auf dem Rückweg? Gewißlich haben die Ruderer Isis angefleht, damit sie weint und die anschwellende Strömung stärker ist als der vorherrschende Nordwind und euch nach Hause treibt. Wieviel länger habt ihr für die Rückreise gebraucht?»

«Ein paar Tage», sagte ich achselzuckend. «Aber wir sind nicht so gut vorangekommen, daß wir jeden Abend am vorgesehenen Platz anlegen konnten. Mein Herold hatte geplant, abends die Gastfreundschaft der Dorfschulzen zu genießen, die eine wohlbestellte Tafel haben, aber meistens gab es Brot und Datteln am Nilufer. Als wir dann gezwungen waren, für eine Nacht in Aswat anzulegen, war er schon ungenießbar. In Aswat hat uns eine Frau Essen gebracht ...» Mein Vater merkte auf.

«Eine Frau? Was für eine Frau?»

«Nur eine Bauersfrau, Vater, und halb irre. Ich bin zum Beten in Wepwawets Tempel gegangen, und sie machte da sauber. Ich habe sie angesprochen, weil die Tür zum inneren Hof verschlossen war und sie mir aufschließen sollte. Warum fragst du? Kennst du sie?» Seine buschigen Augenbrauen zogen sich zusammen, und seine Augen blickten unversehens scharf und sehr wachsam.

«Ich habe von ihr gehört. Sie behelligt die Herolde. Kamen, hat sie dich auch behelligt?» Das sollte sich spaßig anhören, doch sein Blick war ernst. Gewiß ist er nicht so besorgt um mich, daß ihn meine Begegnung in Aswat beunruhigt, dachte ich.

«Nun, nicht richtig behelligt», erwiderte ich, obwohl sie genau das getan hatte. «Aber lästig war sie schon. Sie versucht, wichtigen Persönlichkeiten auf der Durchreise einen Kasten aufzudrängen, etwas, was dem Einzig-Einen überbracht werden soll. Anscheinend hat sie bereits versucht, ihn May, meinem Herold, zu geben, und der hat sich geweigert, also wollte sie ihn mir aufhalsen.» Der Blick, der so manchen fremdländischen Schacherer mit seinen Säcken voller Kräuter zu Füßen bezwungen hatte, durchbohrte mich noch immer.

«Du hast ihn doch nicht etwa genommen, Kamen? Ich kenne das qualvolle und flüchtige Mitgefühl der Jugend! Du hast ihn doch nicht etwa genommen?»

Ich hatte schon den Mund zu dem Geständnis geöffnet, daß ich ihn in der Tat mitgenommen, daß sie mir das Ding halbnackt im Mondschein in die Arme gedrückt hätte, wobei diese eigenartigen Augen in dem verschatteten Gesicht gefunkelt hatten, und daß mich mehr als nur jugendliches Mitgefühl dazu bewegt hatte ... – doch da geschah etwas Seltsames. Ich hatte meinen Vater noch nie belogen, kein einziges Mal. Meine Lehrer hatten mir eingebleut, wie schlimm Lügen war. Die Götter mochten Lug und Trug nicht. Lug und Trug waren die Zuflucht der Schwachen. Ein tugendhafter Mann sagte die Wahrheit und stand für die Folgen ein. Als Kind hatte ich aus Zorn oder Angst gelogen – nein, Vater, ich habe Tamit nicht geschlagen, weil sie mich geneckt hat –, doch in der Regel hatte ich solche Lügen zurückgenommen, wenn ich in Bedrängnis kam, und meine Strafe erduldet, und als ich heranwuchs, mußte ich nichts mehr zurücknehmen. Ich liebte und vertraute dem Mann, der mich jetzt so ernst anblickte, und dennoch, als ich dasaß und den Blick erwiderte, da wußte ich, ich mußte ihn anlügen. Nicht weil ich mich schämte, einer verzweifelten Irren nachgegeben zu haben, nein, das nicht. Nicht weil mein Vater vielleicht verärgert wäre oder mich auslachen würde. Nicht einmal, weil er vielleicht den Kasten sehen, ihn öffnen und vielleicht ... Ja, was vielleicht? Ich wußte nicht, warum ich die Wahrheit vor ihm verbergen mußte. Ich wußte nur mit unfehlbarer Sicherheit, daß das Geständnis, der Kasten stünde jetzt oben auf meinem Lager, ein Ende ... ja, das Ende bedeutete? Verdammt, das Ende wovon?

«Natürlich habe ich ihn nicht genommen», sagte ich kühl. «Sie hat mir leid getan, aber ich wollte sie in ihrem Wahn nicht noch bestärken. Die Situation war ohnedies peinlich genug.» Und für Pa-Bast muß ich mir auch noch etwas ausdenken, schoß es mir durch den Kopf, falls er den Kasten beiläufig erwähnen sollte. Nicht wahrscheinlich, aber möglich. Die Haltung meines Vaters änderte sich zwar nicht, ich spürte jedoch, wie er sich entspannte.

«Gut!» sagte er knapp. «Man soll die Irren lieben und ehren, denn sie sind Lieblinge der Götter, aber man muß sie in ihrem Wahn nicht noch bestärken.» Er stand auf. «Auf meiner letzten Reise ist es mir gelungen, Antimon zu beschaffen», fuhr er fort und wechselte damit vollkommen das Thema, «und von den Keftiu eine größere Menge Salbeikraut. Die Sabäer haben meinem Karawanenführer eine kleinere Menge gelbes Pulver verkauft, das sich Ingwer nennt. Ich habe keine Ahnung, wozu das gut ist. Darum will ich nach dem Mittagsschlaf den Seher persönlich aufsuchen. Das Antimon ist für ihn, er wird mir einen guten Preis dafür zahlen, aber ich hoffe, daß er mir auch den Ingwer abnimmt.» Er kam um den Schreibtisch herum und schlug mir kräftig auf den Rücken. «Du stinkst», sagte er freundlich. «Nimm ein Bad, trink einen Krug Bier und ruh dich aus. Falls du noch die Kraft hast, diktiere einen Brief an deine Mutter und Schwestern in Fayum. Zu schade, daß du auf dem Rückweg keinen Umweg machen und sie besuchen konntest.» Damit war ich entlassen. Als ich ihn umarmte, fühlte ich seine starken Arme durch das dünne Leinen seines Hemdes, und ich unterdrückte skrupellos die Scham, die mich überfiel. Als ich sein Arbeitszimmer verließ, war ich auf einmal sehr müde.

Ich durchquerte die Empfangshalle, trat durch die mittlere Tür und stieg die dahinterliegende Treppe zu den Schlafgemächern hoch. Mein Zimmer mit den beiden großen Fenstern lag rechter Hand. Weil das obere Stockwerk des Hauses kleiner als das untere war, konnte ich auf das Dach des unteren treten, wenn ich wollte, zur Brüstung gehen und auf die Speicher, den Dienstbotenhof, den Haupteingang und hinter der großen Mauer auf die von Booten wimmelnden Wasser von Avaris sehen. Linker Hand von der Treppe befanden sich die Zimmer meiner Schwestern, die auf die Nordseite des Gartens gingen, und direkt vor mir war die Flügeltür, hinter der meine Eltern schliefen. Ich öffnete meine Tür und trat ein.

Der Kasten stand auf meinem frisch bezogenen Lager, beherrschte selbstgefällig mein Allerheiligstes, und noch ehe ich den schlaffen und verdreckten Schurz ausgezogen hatte, ergriff ich den Kasten bei den eigenartigen Knoten, mit denen er verschnürt war, warf ihn in eine meiner Zedernholztruhen und ließ den Deckel zuknallen. Ich hatte noch immer keine Ahnung, was ich damit anfangen sollte. Selbst unsichtbar vergiftete er noch die Luft. «Zum Seth mit dir», sagte ich leise zu der Frau, die mir schon so viel Ärger eingetragen hatte, denn Seth ist der rothaarige Gott des Chaos und der Widerworte, leider auch der Schutzgott der Stadt Pi-Ramses, doch zweifellos hatte er Jünger selbst im fernen, elenden Aswat. Ach, vergiß sie, sagte ich mir, als ich mein Zimmer verließ, die Treppe wieder hinunterstieg und unten scharf nach rechts abbog und das warme, feuchte Badehaus betrat. Du bist daheim, Takhuru wartet, du kannst dich mit Achebset betrinken, und in zwei Tagen schiebst du wieder Wache bei General Paiis. Kümmere dich später darum.

Das heiße Wasser, das ich bestellt hatte, dampfte bereits in zwei großen Urnen, und mein Diener Setau begrüßte mich, als ich mich auf den Badesockel stellte. Während ich mich kräftig mit Natron schrubbte und er mich in dem duftenden Wasser fast ertränkte, fragte er mich nach meiner Reise, und ich antwortete ihm recht bereitwillig und sah zu, wie der Schmutz all der Wochen fern der Heimat auf dem abschüssigen Steinfußboden in den Abfluß rann. Als ich sauber war, ging ich nach draußen und legte mich auf die Bank, die so eben noch im mageren Schatten des Hauses stand, damit Setau mich ölen und massieren konnte. Die heißesten Stunden des Tages hatten begonnen. Die Bäume hinter der flachen Terrasse bewegten sich kaum, und die Vögel schwiegen. Sogar das ständige leise Grollen der Stadt draußen vor der Mauer klang gedämpfter. Während die kundigen Hände meines Dieners meine verspannten Muskeln kneteten, löste sich alles in mir, und ich gähnte. «Laß die Füße aus, Setau», sagte ich. «Wenigstens sind sie sauber. Wenn du nicht weiter auf mich einhämmern magst, hol mir Bier in mein Zimmer und laß bitte Takhuru eine Botschaft überbringen. Sag ihr, daß ich sie gegen Sonnenuntergang aufsuche.»

Als ich wieder in meinem Zimmer war, ließ ich die Binsenmatten herunter, daß sie meine Fenster bedeckten, trank das Bier, das Setau mir sofort gebracht hatte, und ließ mich mit einem Seufzer äußersten Wohlbehagens auf mein Lager fallen. Von seinem Platz auf meinem Nachttisch blickte mich Wepwawet gelassen an, seine elegante Nase schien zu wittern, und er stellte die spitzen Ohren auf, um meine Worte aufzunehmen, als ich ihn schlaftrunken begrüßte. «Dein Tempel ist zwar klein, aber hübsch», erzählte ich ihm. «Aber deine Anbeter in Aswat sind wirklich seltsam, Wepwawet. Ich hoffe inständig, daß ich ihnen nicht noch einmal begegne.»

Ich schlief tief und traumlos und erwachte, als ich Setau hörte, wie er die Matten hochzog und zu meinen Füßen ein Tablett abstellte. «Ich wollte dich nicht wecken, Kamen», sagte er, als ich mich reckte und streckte und mich aufsetzte, «aber Re sinkt, und wir haben bereits zur Nacht gegessen. Dein Vater hat den Seher aufgesucht und ist zurück. Er hat mich angewiesen, daß wir dich nicht stören sollen, aber zweifellos geht die Herrin Takhuru schon jetzt ungeduldig im Garten auf und ab und wartet auf dich, und du wirst dir doch wohl nicht ihre Ungnade zuziehen wollen.» Ich lächelte träge und griff nach dem Tablett.

«Das geschieht nur allzu leicht», erwiderte ich. «Danke, Setau. Hol mir einen frischen Schurz, ja, und bemühe dich nicht, nach meinen besten Sandalen zu suchen. Falls du die anderen geflickt hast, tun sie es. Ich will zu Fuß zum Haus der Herrin Takhuru gehen. Ich muß mir Bewegung verschaffen.» Auf dem Tablett standen Milch und Bier, ein kleiner Laib Gerstenbrot, das mit Nelken gewürzt war, dampfende Linsensuppe und ein dunkelgrüner Salat, auf dessen knackigen Blättern gelber Ziegenkäse, ein Stück gebratene Ente und rohe Erbsen lagen. «Oh, ihr Götter», hauchte ich. «Es tut gut, wieder daheim zu sein.»

Während ich das Essen so schnell hinunterschlang, daß es mir einen kräftigen Rüffel meiner alten Kinderfrau eingetragen hätte, ging Setau im Zimmer hin und her und öffnete meine Truhen. Ich sah, wie er innehielt, als er den Kasten erblickte, dann blickte er mich fragend an. «Das Ding zerdrückt deine gestärkte Wäsche», sagte er. «Soll ich es woanders hinstellen?» Er war zu gut erzogen, als daß er mich gefragt hätte, was der Kasten enthielt, und ich widerstand dem Drang, ihn mit einer Erklärung noch neugieriger zu machen.

«Dann stell ihn auf den Boden der Truhe», sagte ich beiläufig. «Es ist nichts, um das ich mich sofort kümmern müßte.» Er nickte und gehorchte, dann machte er weiter und legte mir meinen goldgesäumten Schurz, den Gürtel mit den Quasten, mein schlichtes Goldarmband und ein Paar Ohrringe mit Jaspisperlen heraus. Als ich fertig war, schminkte er mir die Augen mit schwarzem Khol und half mir beim Anziehen. Ich überließ es ihm, alles fortzuräumen, und stieg rasch die Treppe hinunter. Unten stand mein Vater im Gespräch mit Kaha, und als ich mich näherte, musterte er mich kritisch. «Sehr schön», bemerkte er fröhlich. «Du willst also mit Takhuru tändeln, nicht wahr? Zügele dich, Kamen. Vor einem Jahr wird nicht geheiratet.» Ich schluckte den vertrauten Köder nicht, sondern wünschte den beiden einen guten Abend, durchquerte die Empfangshalle, trat in den dunkelgoldenen Schein der untergehenden Sonne und dachte beim Dahinschreiten, ich darf nicht vergessen, Pa-Bast etwas über den Kasten aufzubinden.

Vor dem Haupttor wandte ich mich nach links, schlug den Weg ein, der neben dem Wasser verlief, und genoß die kühlere Abendluft. Auf den Bootstreppen, an denen ich vorbeikam, drängten sich die Bewohner der benachbarten Anwesen und ihre Diener, alles bereitete sich darauf vor, einen vergnüglichen Abend auf dem Fluß zu verbringen, und viele von ihnen grüßten mich, als ich vorbeikam. Dann ging ich ein Weilchen an einer dichten Reihe von Bäumen zu meiner Linken vorbei, bis ich endlich die Wachtposten erreichte, die den Residenzsee bewachten. Hier wurde ich angerufen, doch die Worte waren reine Formalität. Ich kannte diese Männer gut. Sie ließen mich durch, und ich ging weiter.

Die Wasser von Avaris erweiterten sich zu dem großen See, der im geziemend würdig-langsamen Rhythmus gegen die geheiligten Bezirke des Vollkommenen Gottes Ramses III. schwappte und gegen die ebenfalls von Mauern umgebenen Anwesen zwischen mir und der hochragenden Mauer, die den Pharao vor den Blicken gewöhnlicher Menschen schützte. Schicklich hingen die Wipfel üppiger Bäume über diese mächtigen Bauten aus Lehmziegeln und warfen, als ich unter ihnen dahinschritt, Lichtflecken auf mich, auch wenn die Schatten allmählich dunkel wurden. Wo die Mauern von hohen Pforten durchbrochen waren, führten diese zu marmornen Bootstreppen und schnittigen Booten, deren farbenprächtige Flaggen in der abendlichen Brise flatterten und auf denen sich Soldaten scharten. Ich salutierte fröhlich, und sie begrüßten mich mit lauten Zurufen.

An diesem geheiligten Seeufer wohnten die Männer, in deren Hand Ägyptens Wohlergehen lag. Ihre Macht verlieh dem Königreich Wohlstand und Lebenskraft. Sie wahrten das Gleichgewicht der Maat, deren zartes Netz unter der Herrschaft des Pharaos aus den Gesetzen der Götter und Menschen gewoben wurde. Hier wohnte auch To, der Iri-pat beider Königreiche, hinter Toren aus massivem Elektrum. Der Hohepriester Amuns, Usermaarenacht, mit seiner erlauchten Familie hatte seinen Titel auf dem Steinpylon einmeißeln lassen, unter dem seine Gäste hindurchgehen mußten, und seine

Wache trug goldgepunztes Leder. Der Bürgermeister der heiligen Stadt Theben und Erster Steuereinnehmer des Pharaos, Amunmose, schmückte sich mit einer lebensgroßen Statue des Gottes Amun-Re, einst Schutzgott von Theben allein, mittlerweile Gott über alle Götter, so stand er mit verschränkten Armen und gütig lächelnder Miene auf dem Pflaster zwischen Bootstreppe und Eingang. Ich huldigte ihm, als ich an seinen gewaltigen Knien vorbeischritt. Das Heim von Bakenkhons, Aufseher des königlichen Viehs, war vergleichsweise bescheiden. Hier wollte gerade eine Gesellschaft an Bord gehen, Frauen in hauchdünnem, dicht mit Juwelen besetztem Leinen, die im schwindenden Licht der Sonne rot aufblitzten, Männer mit Perücken und Bändern, deren geölte Leiber glänzten. Ich wartete ehrerbietig, während man ihnen in die Kabine des Floßes half, das am Fuß der Bootstreppe schaukelte. Bakenkhons höchstpersönlich erwiderte meine Verbeugung mit einem herzlichen Lächeln, dann wurde das Floß in einem Strudel dunklen Wassers davongestakt. Ich ging weiter.

Die Schatten wurden länger, legten sich jetzt auch über mich und über das Seeufer, und als ich zum Anwesen des berühmten Sehers kam, blieb ich stehen. Die Mauer, die sein Haus und Grundstück umgab, unterschied sich in nichts von den Mauern, an denen ich vorbeigekommen war. In der Mitte wurde sie von einem kleinen und sehr schlichten Pylon ohne Tore durchbrochen, so daß Vorbeigehende einen Blick in den Garten werfen konnten. Im linken Pfeiler des Pylons gab es eine Nische, in der ein schweigsamer alter Mann saß, der, solange ich zurückdenken konnte, noch nie meinen Gruß erwidert hatte, wenn ich vorbeischritt. Mein Vater, der den Seher regelmäßig in Geschäften aufsuchte, hatte mir erzählt, daß der Alte nur diejenigen grüßte, die durch den Pylon schreiten wollten, und auch dann schickte er gleich ins Haus und bat um

Erlaubnis, den Besucher durchzulassen. Als ob der jemanden davon abhalten könnte, sich an ihm vorbei in den Garten zu drängen, überlegte ich. Dazu ist er zu gebrechlich. Dennoch beschäftigte der Seher keine Wachtposten vor der Mauer. Im Haus hatte er durchaus Wachen, so hatte mein Vater berichtet, die ihrer Arbeit still und gewissenhaft nachgingen, doch als ich so dastand, mich mit einer Hand an die noch sonnenwarmen Ziegel der Mauer stützte, die Augen auf den verzerrten Schatten gerichtet, der den Eingang zum Bereich des Sehers kennzeichnete, da begriff ich, warum er draußen keine Soldaten brauchte. Der Pylon glich einem ewig gähnenden Schlund, der den Unachtsamen verschlucken wollte, und ich hatte gesehen, wie Menschen auf dem Weg im Vorbeigehen unbewußt einen Bogen machten. Selbst im kalten Licht des Mondes war auch ich oft zur Bootstreppe abgeschwenkt. Jetzt kroch der Schatten des Pylons über den Weg, und ich mußte mich zwingen, mich aufzurichten und weiterzugehen.

Mein Vater hatte mir noch nie erlaubt, ihn bei seinen Geschäften mit Ägyptens größtem Hellseher zu begleiten. «Der Mann führt einen ausgesprochen ehrbaren Haushalt», hatte er recht unwirsch zu mir gesagt, als ich ihn fragte, warum ich nicht mitdürfe, «aber er hält verbissen auf seine Abgeschiedenheit. Das würde ich auch tun, wenn ich mit seinem Gebrechen geschlagen wäre.»

«Was für ein Gebrechen?» hatte ich weitergebohrt. Ganz Ägypten wußte, daß der Seher unter einer schrecklichen körperlichen Entstellung litt. Bei seinen seltenen öffentlichen Auftritten ging er von Kopf bis Fuß verhüllt und in weiße Leinenbinden gewickelt, daß sogar sein Gesicht nicht zu sehen war. Doch da mein Vater ihn so häufig besuchte, hatte ich gehofft, daß er mir nähere Auskünfte geben könnte. «Ist der Seher entstellt?»

«Ich glaube nicht», hatte mein Vater vorsichtig geantwortet. «Er redet ungemein vernünftig. Er geht auf zwei Beinen und kann offensichtlich beide Arme gebrauchen. Sein Oberkörper ist für einen Mann mittleren Alters noch gefällig schlank. Unter seinen Binden natürlich. Ich habe noch nicht das Vorrecht gehabt, ihn ohne sie zu sehen.» Bei dieser Unterhaltung war ich neun gewesen, und neugierig wie Kinder sind, hatte ich auf eine Gelegenheit gewartet und Pa-Bast ausgequetscht. Doch der gab sich noch zugeknöpfter als mein Vater.

«Pa-Bast, du bist doch mit Harshira, dem Hofmeister des großen Sehers, befreundet», so hatte ich angefangen, nachdem ich mich so dreist wie üblich in sein kleines Arbeitszimmer gedrängt hatte, wo er an seinem Schreibtisch über eine Rolle gebeugt saß. «Redet er viel über seinen berühmten Herrn?» Pa-Bast hatte aufgeblickt und mich kühl gemustert.

«Es gehört sich nicht, ohne anzuklopfen einzudringen, Kamen», hatte er mich getadelt. «Wie du siehst, habe ich zu tun.» Ich entschuldigte mich, wich und wankte aber nicht.

«Mein Vater hat mir erzählt, was er weiß», sagte ich vollkommen unbeeindruckt, «und seine Worte haben mich betrübt. Ich möchte den Seher in meine Gebete zu Amun und Wepwawet einschließen, aber beim Beten muß man genau sein. Die Götter mögen es nicht, wenn man sich unklar ausdrückt.» Pa-Bast lehnte sich zurück und lächelte verhalten.

«Ach, mögen sie das nicht, junger Herr?» sagte er. «Aber sie haben auch keine Nachsicht mit kleinen Heuchlern, die auf saftigen Klatsch aus sind. Harshira ist in der Tat mein Freund. Er redet nicht über die privaten Angelegenheiten seines Herrn und ich nicht über die des meinen. Und ich finde, du solltest dich um deine eigenen kümmern, vor allem wenn man das schwache Bild bedenkt, das du im Studium der Militärgeschichte abgibst, und den Seher in Ruhe lassen.» Darauf hatte er den Kopf wieder über seine Arbeit gesenkt, und ich hatte ihn vollkommen unbußfertig verlassen, denn meine Neugier war nicht gestillt.

Meine Noten in Militärgeschichte besserten sich, und ich lernte recht und schlecht, meine Nase nicht in anderer Leute Angelegenheiten zu stecken. Doch in Mußestunden ging mir noch immer der mächtige und rätselhafte Mann durch den Kopf, dem die Götter ihre Geheimnisse enthüllten und der, so wurde gemunkelt, mit einem Blick heilen konnte. Als ich jetzt am dunklen Schlund seines Pylons vorbeieilte, stellte ich ihn mir als einen in Binden gewickelten Leichnam vor, der reglos im Dämmerlicht des stillen Hauses saß, dessen obere Fenster zuweilen hinter dem dichten Gebüsch des Gartens zu sehen waren.

Als ich sein Anwesen passiert hatte, hob sich meine Stimmung, und kurz darauf erreichte ich auch schon Takhurus Pforte. Die Wachtposten winkten mich durch, und ich ging eilenden Schrittes den sandigen Weg entlang, der sich durch dichtes Gebüsch schlängelte. Wäre er gerade gewesen, ich hätte die eindrucksvolle Säulenfassade des Hauses schneller erreicht, doch Takhurus Vater hatte sein Grundstück so angelegt, daß es den Eindruck von mehr Aruren vermittelte, als er tatsächlich besaß. Die Pfade wanden sich um Doum-Palmen, Zierteiche und sonderbar geformte Blumenbeete, ehe sie zu dem großen, gepflasterten Hof führten; das Gebäude selbst sah man erst, wenn man um die letzte Biegung kam. Diese Vortäuschung falscher Tatsachen belustigte meinen Vater, und er sagte, das Anwesen erinnere ihn an ein von einem übereifrigen Fayence-Arbeiter entworfenes Mosaik, das beim Betrachter Kopfschmerzen auslösen solle. Das hatte er natürlich nicht öffentlich geäußert. Mir legte sich das Ganze etwas aufs Gemüt.

Der Garten war zwar mit Laubwerk und Verzierungen reich geschmückt, das Haus dagegen wirkte stets leer, kühl und geräumig und atmete mit seinen gefliesten Fußböden und sternenbesetzten Decken eine altmodische Beschaulichkeit und Vornehmheit. Es gab nur wenige, schlichte und teure Möbel, die Dienstboten waren gut erzogen, tüchtig und genauso still wie die höfliche Atmosphäre, in der sie sich bewegten. Einer kam auf mich zugeschwebt, als ich die Empfangshalle betrat. Die guten Manieren verlangten, daß ich Takhurus Eltern meine Aufwartung machte, ehe ich sie selbst aufsuchte, doch der Mann teilte mir mit, daß sie mit Freunden auswärts auf dem Fluß speisten. Die Herrin Takhuru befände sich auf dem Dach. Ich bedankte mich, verließ das Haus und stieg die Außentreppe hoch.

Trotz der Tatsache, daß die Sonne bereits untergegangen war und die Streifen von rotem Licht, die rasch nach Westen zogen, nur wenig Wärme spendeten, saß meine Verlobte im dunklen Schatten an der Ostmauer des Windfängers, halb in Polstern versunken. Obwohl sie mit gekreuzten Beinen dasaß, berührte ihr aufrechter Rücken nicht die Ziegel, sie ließ die schmalen Schultern nicht hängen, und die hauchdünnen Falten ihres gelben Trägerkleides verhüllten züchtig ihre Knie. Neben ihr standen ordentlich nebeneinander aufgereiht Sandalen mit goldenen Riemchen. Zu ihrer Rechten ein Tablett mit einem silbernen Krug, zwei Silberbechern, zwei Servietten und einer Schüssel Leckereien. Vor ihr wartete das Senet-Brett, auf dem jeder Spielstein auf dem richtigen Platz lag. Als sie mich kommen hörte, wandte sie den Kopf und lächelte glücklich, doch ihr aufrechter, kleiner Rücken beugte sich nicht. Das würde ihre Mutter, so überlegte ich im Näherkommen, freuen. Ich ergriff ihre Hand und legte meine Wange an ihre. Sie duftete nach Zimt und Lotosöl, eine kostspielige, jedoch verzeihliche Schwäche.

«Tut mir leid, daß ich so spät komme», sagte ich, um der erwarteten Nörgelei zuvorzukommen. «Ich bin dreckig und sehr müde nach Hause gekommen, und nach dem Bad habe ich länger geschlafen, als ich vorhatte.» Sie tat so, als schmollte sie, und nachdem ich ihre Hand freigegeben hatte, bedeutete sie mir, mich ihr gegenüber hinzusetzen, das Senet-Brett zwischen uns. Sie trug das Armband, das ich ihr im vergangenen Jahr geschenkt hatte, als man uns offiziell versprochen hatte, einen dünnen Reif aus Elektrum, um dessen Rand winzige Skarabäen aus Gold marschierten. Er hatte mich meine Freizeit und einen Monat Plackerei bei den Herden von Seths Hohempriester gekostet, an ihrem eleganten Handgelenk jedoch wirkte er wunderschön.

«Es macht mir nichts aus, Hauptsache, du hast von mir geträumt», antwortete sie. «Du hast mir so schrecklich gefehlt, Kamen. Von Sonnenaufgang bis Sonnenuntergang denke ich nur an dich, vor allem dann, wenn Mutter und ich Leinen und Geschirr für unser Haus bestellen. Letzte Woche ist der Holzschnitzer dagewesen. Er hat den Satz Stühle fertig, den wir bestellt haben, und will wissen, wie weit er die Armlehnen vergolden und ob der Rest verziert werden oder schlicht bleiben soll. Ich finde schlicht besser, und du?» Sie hob gleichzeitig die schwarzen Brauen und den Weinkrug, zögerte jedoch, bis ich zustimmend nickte. Ich sah, wie sich ihre weißen Zähne beim Einschenken in die Unterlippe gruben, und ihr Blick aus rauchigen, dick mit Khol geschminkten Augen begegnete meinem. Ich nahm den Becher entgegen. Der Wein sah so köstlich aus, daß mir schon bei seinem Anblick das Wasser im Mund zusammenlief. Ich nahm einen Schluck und ließ ihn anerkennend die Kehle hinunterrinnen.

«Schlicht oder verziert, es ist mir ganz einerlei», setzte ich an, doch als ich ihre geknickte Miene sah, merkte ich, daß ich einen Fehler gemacht hatte. «Ich meine, ich kann mir nicht mehr als eine einfache Vergoldung leisten», fügte ich hastig an. «Noch nicht, eine ganze Zeit lang nicht. Ich habe dir doch gesagt, daß der Sold eines Soldaten nicht sehr hoch ist, und wir müssen uns bemühen, damit auszukommen. Das Haus an sich kostet mich schon ein kleines Vermögen.» Jetzt machte sie wieder ihren Schmollmund.

«Wenn du doch nur das Angebot meines Vaters annehmen und dich in den Fayence-Werkstätten anlernen lassen würdest, wir könnten alles, was wir wollen, schon jetzt haben», wandte sie ein, und das nicht zum ersten Mal. Ich antwortete ihr schärfer als beabsichtigt. Das Streitthema war nicht neu, doch heute verübelte ich es ihr, denn halb bedrückte und halb ärgerte mich ihre fröhliche Selbstsucht. Auf einmal stand vor meinem inneren Auge die bescheidene Hütte, in der die Frau aus Aswat lebte, ihre saubere Armut, die Frau selbst mit ihren rauhen Füßen und den abgearbeiteten Händen, und ich umklammerte meinen Becher fester, damit ich nicht die Beherrschung verlor.

«Takhuru, ich habe dir schon mehrfach gesagt, daß ich nicht Aufseher in den Fayence-Werkstätten werden will», sagte ich. «Und ich will auch nicht in die Fußstapfen meines Vaters treten. Ich bin Soldat. Eines Tages vielleicht General, doch bis dahin bin ich glücklich mit meiner Wahl, und du wirst einfach lernen müssen, sie klaglos hinzunehmen.» Die Worte hatten etwas Schulmeisterliches an sich, und ich bedauerte sie, als ich sah, wie sie zusammenzuckte. Jetzt spielte sie nicht mehr die Schmollende, sondern merkte auf. Sie erblaßte und lehnte sich zurück. Ihr Rückgrat stieß an die Wand, und sie richtete sich auf, ohne es zu wissen, legte die beringten und mit Henna gefärbten Hände in den gelben Schoß und reckte das Kinn.

«Kamen, ich bin Armut nicht gewohnt», sagte sie ruhig.

«Vergib mir meine Gedankenlosigkeit. Du weißt natürlich, daß meine Mitgift so reichlich ausfällt, daß wir alles haben können, was wir vielleicht brauchen.» Dann verzog sie das Gesicht zu einer ungekünstelten und unbewußten Grimasse und war wieder das junge Mädchen, und da verflog mein Ärger. «Es sollte sich nicht überheblich anhören», entschuldigte sie sich jetzt. «Das kommt von meiner Angst, arm zu sein. Ich habe noch nie ohne die Dinge auskommen müssen, die ich haben wollte.»

«Meine teure, dumme, kleine Schwester», schalt ich sie. «Wir werden nicht arm sein. Arm ist ein Tisch, ein Schemel und eine Unschlittlampe. Habe ich dir nicht versprochen, für dich zu sorgen? Jetzt trink deinen Wein, und dann spielen wir Senet. Du hast mich noch gar nicht gefragt, wie es mit meinem Auftrag gelaufen ist.» Gehorsam steckte sie die Nase in den Becher. Sie leckte sich die Lippen und rutschte näher.

«Ich nehme die Kegel und du die Spulen», sagte sie herrisch. «Und ich habe dich nicht nach deiner Reise in den Süden ausgefragt, weil mich nichts interessiert, was dich mir wegnimmt.»

Ich seufzte innerlich, und dann begannen wir zu spielen, warfen die Stöckchen klappernd auf das noch immer warme Dach, auf dem wir saßen, und redeten zwischendurch über nichts im besonderen, während Re seine letzten Strahlen auch von den Wipfeln ringsum abzog und die ersten Sterne erschienen.

Wir kannten uns seit Jahren, denn früher hatten wir als kleine Kinder in unseren Gärten getobt, während unsere Eltern zusammen speisten, dann hatten wir zusammen die Tempelschule besucht. Sie war nach der angemessenen Grundausbildung für junge Frauen, deren einzige Aufgabe es war, ihren Ehemännern den Haushalt zu führen, wieder ins Haus zurückgekehrt, während ich weitergelernt und dann die Militärschule besucht hatte. Zu der Zeit hatten wir uns nicht mehr so oft gesehen, waren uns nur begegnet, wenn unsere Familien zu Festen oder religiösen Zeremonien zusammenkamen. Mein Vater hatte mit den Verhandlungen begonnen, die mit unserer Verlobung endeten. Für mich war das der natürliche Lauf der Dinge gewesen, bis Takhuru dann über Häuser und Möbel redete, über Gerätschaften und Mitgift. Da ging mir auf, daß ich für den Rest meines Lebens mit diesem jungen Mädchen speisen, reden und schlafen würde.

Ich glaubte nicht, daß die kleine Träumerin schon erkannt hatte, was ein Heiratsvertrag in Wirklichkeit bedeutete. Sie war ein verwöhntes Einzelkind, war ihren Eltern spät geschenkt worden, die viele Jahre zuvor eine Tochter verloren hatten. Auf ihre zarte, zerbrechliche Art war sie auch schön, und ich meinte, sie zu lieben. Wie auch immer, die Würfel waren gefallen, und wir waren fast unwiderruflich aneinander gebunden, ob uns das nun gefiel oder nicht. Takhuru in ihrer Unschuld gefiel es. Mir hatte es bislang auch gefallen, ohne daß ich überhaupt darüber nachgedacht hatte. Ich merkte, wie zierlich ihre Finger einen Kegel suchten und umfaßten, wie sie gelegentlich ihr Kleid glättete, als ob sie fürchtete, ich könne mehr sehen als nur ihre Knie, wie sie den Mund verzog und die Stirn kräuselte, ehe sie einen Zug machte. «Takhuru», sagte ich, «hast du schon einmal getanzt?» Erschrocken blickte sie mich über das Brett hinweg an, doch ihre Miene war im Zwielicht nur undeutlich auszumachen.

«Getanzt, Kamen? Was meinst du damit? Dazu fühle ich mich nicht berufen.»

«Ich meine nicht im Tempel», entgegnete ich. «Ich weiß, daß du dafür nicht ausgebildet bist. Ich meine ganz allein tanzen, im Garten vielleicht oder vor deinem Fenster oder sogar im Mondschein, aus reiner Freude oder vielleicht aus Wut.»

Sie starrte mich einen Augenblick verständnislos an, dann lachte sie schallend.

«Ihr Götter, Kamen, natürlich nicht! Was für ein abartiger Gedanke! Warum sollte sich jemand so gehenlassen? Paß auf. Gleich werfe ich dich ins Wasser. Ein schlechtes Omen für den morgigen Tag!»

Ja, warum? dachte ich zerknirscht, während sie meine Spule auf das Feld schob, das die dunklen Wasser der Unterwelt symbolisierte, aufblickte und mich noch einmal auslachte. Der Zug bedeutete das Spielende, obwohl ich noch um einen glücklichen Wurf kämpfte, der mich erlöste, doch gleich darauf schob sie die Spielsteine in die Schachtel, klappte den Dekkel zu und stand auf.

«Sei morgen vorsichtig», warnte sie mich halb im Ernst, ergriff meine Hand und ging mit mir zur Treppe. «Senet ist ein Zauberspiel, und du hast heute abend verloren. Kommst du noch mit ins Haus?» Ich bückte mich, küßte sie voll auf den Mund und schmeckte Zimt und ihren lieblichen, gesunden Geschmack, und sie erwiderte den Kuß, entzog sich mir jedoch wie immer, und ich ließ sie gewähren.

«Ich kann nicht», sagte ich. «Ich treffe mich noch mit Achebset, ich muß doch wissen, was während meiner Abwesenheit so alles in der Kaserne passiert ist.»

«Du meinst, du willst eine Nacht durchzechen», murrte sie. «Na schön, schick mir also Nachricht, wann wir uns die Stühle ansehen können. Gute Nacht, Kamen.» Ihre ständigen Anstrengungen, mich unausgesprochen zu lenken, waren ermüdend. Ich wünschte ihr eine gute Nacht, sah ihrem kerzengeraden Rücken nach, wie er aus dem Dunkel ins fahle Licht der bereits im Haus entzündeten Lampen trat, dann wandte ich mich ab und durchquerte den dunkel verschatteten Garten. Aus unerfindlichem Grund fühlte ich mich nicht nur müde, sondern wie ausgelaugt. Ich hatte mit diesem Besuch mehr als meine Pflicht getan, hatte sie beschwichtigt, mich für etwas entschuldigt, das ich nicht einmal erwähnt hätte, wäre sie meine Schwester oder Freundin gewesen, und ich freute mich weitaus mehr auf einen Abend im Bierhaus mit Achebset und meinen anderen Kameraden. Denen mußte ich nichts erklären, und auch nicht den Frauen, die Bier und Essen brachten oder in den Hurenhäusern wohnten, in denen wir uns zuweilen um die Morgendämmerung herum einfanden.

Ich hatte den Fluß erreicht, hier blieb ich stehen und betrachtete den verzerrten Sternenschein auf der trägen Strömung des Wassers. Was ist los mit dir? schalt ich mich streng. Sie ist schön und keusch, ihr Blut ist rein, du kennst sie und bist seit Jahren gern in ihrer Gesellschaft. Warum schreckst du auf einmal vor ihr zurück? Ein Lufthauch ließ die Blätter über mir erzittern, und ganz kurz erhellte ein Strahl des Neumonds die Binsen zu meinen Füßen. Der Anblick bewirkte einen Anfall von Panik, den ich jedoch unterdrückte, ehe ich mich abwandte und weiterging.

Drittes Kapitel

Den mir verbleibenden freien Tag verbrachte ich mit einem schlimmen Brummschädel. Ich diktierte meiner Mutter und meinen Schwestern in Fayum einen Brief, wie ich ihn mir interessanter nicht ausdenken konnte, und schwamm in dem vergeblichen Bemühen, meinen Körper von dem zugegebenermaßen genußreichen Gift zu befreien, das er zu sich genommen hatte. Takhuru schickte ich eine Botschaft, daß wir uns nach meiner ersten Wache für den General in der Werkstatt des Holzschnitzers treffen wollten. Abends speiste ich mit meinem Vater und überzeugte mich später, daß Setau meine Ausrüstung gereinigt und für den nächsten Morgen bereitgelegt hatte. Ich mußte den Offizier vor der Tür des Generals in der Morgendämmerung ablösen und wollte früh zu Bett, doch drei Stunden nach Sonnenuntergang wälzte ich mich noch immer ruhelos unter meinen Laken, während die Neige in meiner Lampe verbrannte. Wepwawet, der zwar geradeaus in die huschenden Schatten meines Zimmers starrte, schien mich dennoch abwägend und mit einer gewissen Mißbilligung anzusehen. Schließlich wurde mir klar, daß an Schlaf nicht zu denken war, ehe ich meinen inneren Zwiespalt nicht gelöst hatte. Ich stand auf, öffnete meine Truhe in der unbestimmten Hoffnung, daß sich das Ding wie durch ein Wunder in Luft aufgelöst hätte, aber nein, da thronte es selbstgefällig unter meinen gefalteten Schurzen wie unerwünschtes Ungeziefer. Entmutigt hob ich es heraus, setzte mich auf die Bettkante und stellte es auf meine Knie.

Unmöglich, all diese seltsamen Knoten zu lösen, die den Deckel fest verschlossen hielten. Wenn ich den Inhalt untersuchen wollte, mußte ich ein Messer nehmen und den Hanf durchschneiden, doch ich brachte es nicht über mich, etwas aufzubrechen, was nicht für mich gedacht, nicht für meine Augen bestimmt war. Dennoch hätte ich es gern getan. Vielleicht hatte die Frau in ihrem Wahn den Kasten mit Steinen und Federn, Zweigen und einer Handvoll Getreide gefüllt und sich dabei vorgestellt, sie verschlösse ihre Lebensgeschichte. Vielleicht konnte sie tatsächlich ein paar ungelenke Wörter schreiben und hatte die zweifellos jämmerlichen Einzelheiten ihres Lebens in der rührenden Hoffnung niedergekritzelt, der Herr allen Lebens ließe sich davon beeindrucken – oder schlimmer noch, sie hatte sich in ihrem Wahnsinn eine Geschichte von Verschwörung und Verfolgung ausgedacht. Doch selbst dann hatte ich nicht die Erlaubnis, den Kasten zu öffnen. Was würde mit dem glücklosen Überbringer geschehen, dem es gelang, den Kasten im Palast abzuliefern, und der zusehen mußte, wie der Pharao ihn öffnete und nur irgendwelchen Abfall darin vorfand? Wahrscheinlich würde er ausgelacht werden, müßte sich spitze Bemerkungen und Gekicher der Höflinge ringsum anhören. Ich konnte mir unschwer ausmalen, wie ich selbst vor dem Horusthron stand, obwohl ich natürlich nur eine verschwommene Vorstellung von den Einzelheiten des Audienzzimmers und des Thrones selbst hatte, da ich weder das eine noch das andere je erblickt hatte. Ich konnte die Hand des Gottes sehen, die ein juwelenbesetztes Messer hielt, die Knoten durchtrennte, den Deckel hochhob. Ich konnte das herablassende Gelächter hören, als der König – ja, was herausholte? Ein paar Steine? Ein schmuddeliges Stück gestohlenen Papyrus? Zugleich konnte ich mir vorstellen, wie meine Laufbahn den Nil hinunterging, und ich stöhnte. Meine Grundsätze erlaubten mir nicht, den Kasten wegzuwerfen oder ihn zu öffnen, und auf keinen Fall konnte ich ihn jemand anders geben und den zum Gespött vor dem Vollkommenen Gott machen. Ich überlegte, ob ich meinen Vater um Rat fragen sollte, verwarf jedoch den Gedanken. Ich kannte ihn zu gut. Er würde sagen, daß ich dafür verantwortlich sei, nicht er, und daß ich kein Kind mehr sei, daß ich den Kasten gar nicht erst hätte annehmen dürfen. Er zweifelte bereits an meiner Berufswahl und glaubte, es wäre nur eine Frage der Zeit, bis ich es mir anders überlegte und nicht mehr Soldat werden wollte. Meine Dummheit würde seine Meinung von mir nur noch bestärken. Ich wußte, daß er mich abgöttisch liebte, aber er sollte auch stolz auf mich sein. Mit dieser Sache würde ich ihn also nicht belästigen.

Blieb nur noch mein General. Dem würde ich den Kasten morgen bringen, ihm erklären, was geschehen war, und seinen Ärger oder Spott hinnehmen. Mir fiel ein, daß die Frau mich angefleht hatte, Paiis nichts davon zu sagen, aber war ihre Bitte nicht ohnedies irre? Sie konnte ihn unmöglich kennen, allenfalls seinen Namen. Sofort verspürte ich eine überwältigende Erleichterung, stellte den Kasten auf den Fußboden und kletterte wieder unter die Laken. Wepwawet schien meine Bewegungen mit alberner Genugtuung zu beobachten. Binnen kurzer Zeit war ich eingeschlafen.

Eine Stunde vor der Morgendämmerung weckte mich Setau, und ich stand auf, nahm eine leichte Mahlzeit zu mir und kleidete mich in die Uniform meiner Stellung als Offizier im Haus des Generals. Der fleckenlose Schurz, der geölte Ledergurt mit Dolch und Schwert, das weiße Kopftuch, das schlichte Armband mit meinem Rang vermittelten mir das Gefühl, dazuzugehören, und stolz legte ich alles an. Dann schlüpfte ich in meine Sandalen, steckte die Handschuhe in den Gürtel, schnappte mir den Kasten und verließ das Haus.

Der Garten lag noch stumm und dunkel, doch der Mond war untergegangen, und im Osten schied ein dünner Streifen Rot die Erde vom Himmel. Nut wollte Re gebären. Ich hätte unsere Bootstreppe hinuntersteigen und das Einerboot nehmen können, doch heute morgen war ich nicht zu spät dran, also schlug ich den Weg am Fluß ein, während die Vögel einer nach dem anderen ihr Morgenlied zwitscherten und ein paar schlaftrunkene Diener auftauchten, um die Treppe zu fegen und das Flußboot zu säubern.

Das Anwesen des Generals war unweit von unserem gelegen, tatsächlich war in Pi-Ramses nichts entlegen. Seine Tore öffneten sich gleich hinter Takhurus Haus. Ich warf einen Blick in ihren Garten, denn zuweilen wachte sie früh auf und trug Obst und Brot aufs Dach und winkte mir zu, wenn ich vorbeiging. Doch heute war nur ein Diener da, der einen Behang ausschüttelte, aus dem Staub hochwölkte, der sich schimmernd im neuen Licht des Tages verteilte.

Als ich zum Anwesen des Generals kam, suchte ich den befehlshabenden Offizier auf und nahm dann den Rapport des Mannes entgegen, den ich ablöste. Während meiner Abwesenheit war kein Unheil geschehen. Ich versteckte den Kasten unter einem Busch beim Eingang, bezog zufrieden meinen Posten vor einem der Pfeiler und sah zu, wie sich der üppige Garten mit Leben und Wärme füllte. In dieser Woche bewachte ich den General. In der nächsten Woche mußte ich zum Waffendrill in die Kaserne. Es wurde gemunkelt, daß meine Kompanie vielleicht zur Feldübung in die westliche Wüste befohlen würde. Bis zum Abend hatte ich dann auch das bohrende Problem mit dem Kasten gelöst. Ich war ein glücklicher Mensch.

Meine Wache verlief ereignislos. Zwei Stunden nach Sonnenaufgang traf eine Sänfte ein und trug eine blasse und gähnende Frau fort, die zögernd in Begleitung des Haushofmeisters und einer aufmerksamen Dienerin aus dem Haus trat. Letztere entfaltete sofort einen Sonnenschirm und hielt ihn über den zerzausten Kopf ihrer Herrin, als diese auf ihre Sänfte zuging, und dabei brannte die Sonne noch gar nicht mit voller Kraft herab. Die Frau kletterte hinein, und ich erhaschte einen Blick auf eine straffe Wade, dann schloß die Dienerin hastig die Vorhänge, um die Sonne fernzuhalten oder die paar Augen, die die Szene mitbekamen, wer weiß. Und es war mir auch einerlei. Die Sänfte wurde hochgehoben, die Dienerin ging neben ihrer unsichtbaren Herrin her, so verschwanden sie in Richtung Fluß.

Kurze Zeit später herrschte dann geschäftiges Treiben im Haus; andere Generäle, Hauptleute von niedrigerem Rang, Paiis' Haushaltsdiener, ein gelegentlicher Bittsteller, Herolde und unwichtige Boten stellten sich ein, und ich musterte sie alle, rief Unbekannte an, grüßte Bekannte, bis es Zeit für das Mittagsmahl war. Einer der Männer unter meinem Kommando löste mich ab, während ich in die Küche hinter dem Haus ging und mir Brot, kalte Ente und Bier holte, was ich im Schatten eines abgelegenen Winkels im Garten verzehrte. Danach kehrte ich zu meinen Pflichten zurück.

Am Spätnachmittag erstattete ich meiner Ablösung Rapport, holte den Kasten, betrat das Haus und fragte den Haushofmeister, ob ich den General in einer persönlichen Angelegenheit sprechen könne. Ich hatte Glück. Der General war noch in seinem Arbeitszimmer, obwohl er demnächst zum Palast aufbrechen wollte. Als Mitglied seines Haushalts kannte ich die Anlage des Anwesens genau und brauchte keine Begleitung zu der recht furchteinflößenden Flügeltür, die zu seinen Privaträumen führte. Nachdem ich angeklopft hatte, wurde ich knapp hineingebeten und gehorchte. Der Raum war mir nicht fremd. Er war groß und recht gefällig und enthielt einen Schreibtisch, zwei Stühle, zahlreiche messingbeschlagene Truhen, ein prunkvolles Kohlebecken und einen Schrein für Montu, vor dessen Abbild ein Weihrauchgefäß wölkte. Weil die wenigen Fenster hoch unter der Decke angebracht waren, war das Licht immer diffus, ein Vorteil, so dachte ich insgeheim, für einen Mann, der seine Tagesarbeit oft mit geröteten Augen und einem Brummschädel begann. Denn Paiis war ein Sinnenmensch, kein Feldoffizier, sondern eher ein Stratege und Militärtaktiker. Ich fragte mich oft, wie er es geschafft hatte, die Jahre der rigorosen körperlichen Ertüchtigung, gefolgt von der vorgeschriebenen Dienstzeit als einfacher Soldat, zu überstehen, ehe er dann befördert wurde. Nicht etwa, daß er verweichlicht gewesen wäre. Ich wußte, daß er viel Zeit beim Schwimmen, Ringen und Bogenschießen zubrachte, aber ich argwöhnte, daß er damit seine eigenen Ziele verfolgte – erlesenen Wein und geschlechtliche Freuden –, denn man konnte ihm seine Exzesse auf beiden Gebieten trotz seiner Disziplin ansehen. Er war zwar schön und eitel, aber dennoch ein guter Vorgesetzter, sachlich in seinen Befehlen und unvoreingenommen im Urteil.

Ich näherte mich vertrauensvoll, salutierte, als ich zum Schreibtisch trat, und nahm Habachtstellung ein, so gut es mit dem Kasten unter dem Arm ging. Er schenkte mir ein Lächeln. Vermutlich wollte er im Palast speisen, denn er war kostbar in rotes Leinen gekleidet, und das schwarze, grau durchsetzte Haar wurde von einem dunkelroten, mit winzigen Goldpfeilen verzierten Band zurückgehalten. Goldstaub glitzerte auf seiner geölten breiten Brust und über seinen dick mit Khol geschminkten Augen, und an seinen Handgelenken glänzte noch mehr Gold. Er war prächtig aufgeputzt wie eine Frau, vermittelte aber dennoch den Eindruck reiner männlicher Kraft. Ich wußte nicht, ob ich ihn mochte. So dachte man nicht über seinen Vorgesetzten. Aber gelegentlich hoffte ich, daß auch meine eigene Zukunft in seinem großen Wohlstand und seiner Stellung lag.

«Nun, Kamen», sagte er herzlich und bedeutete mir, bequem zu stehen. «Ich höre, daß du mich in einer persönlichen Angelegenheit sprechen willst. Hoffentlich ist es keine Bitte um einen anderen Posten. Ich weiß, daß ich dich irgendwann verliere, aber es wird mir leid tun. Du bist ein vielversprechender junger Offizier, und die Bewachung meines Hauses klappt gut unter deinem Befehl.»

«Danke, General», antwortete ich. «Ich stehe gern in deinen Diensten, obwohl ich tatsächlich auf einen weniger ruhigen Posten hoffe, ehe ich mich in einem Jahr verheirate. Danach bieten sich leider nicht mehr so viele Möglichkeiten zum Soldatenleben außerhalb von Pi-Ramses.» Er blickte mich belustigt an.

«Das ist gewißlich der Wunsch deiner zukünftigen Frau», erwiderte er, «doch die Ehe wird deinen Ehrgeiz nur zügeln, wenn du es zuläßt. Du hast Pech, heutzutage gibt es nur wenige rauhe und gefährliche Posten zu besetzen, vermutlich kannst du noch lange von plötzlichen feindlichen Überfällen träumen.» Seine Miene leugnete seine herablassenden Worte. Er lächelte noch immer freundlich. «Und was bedrückt dich?»

Ich beugte mich vor, stellte den Kasten auf den Schreibtisch und machte mich innerlich auf eine Beichte gefaßt. «Ich habe etwas Dummes angestellt, General», begann ich. «Hast du von der Irren von Aswat gehört?»

«Aswat?» sagte er und legte die Stirn in Falten. «Dieses Hundeloch im Süden? Wenn ich mich recht entsinne, hat Wepwawet am Ortsrand einen recht schönen Tempel, aber sonst hat das Dorf nichts zu bieten. Ja, ich habe von einer Frau gehört, die Leute belästigt, die unterwegs zu erquicklicheren Zielen sind. Was ist mit ihr? Und was ist das hier?» Er hatte den Kasten zu sich herangezogen, doch dann hielt er inne und wurde ganz still, als sein Blick auf die vielen komplizierten Knoten fiel, mit denen er verschnürt war. «Woher hast du das?» fragte er brüsk. Seine dichtberingten Finger fuhren beinahe unbeholfen über die Hanfstricke, dann zog er sie jäh zurück und setzte sich auf. Seine Worte hörten sich nach einer Anklage an, und ich erschrak.

«General Paiis, ich bitte um Vergebung, falls ich falsch gehandelt habe», sagte ich, «aber ich brauche deinen Rat. Die Frau hat ihn mir gegeben, nein, ich habe eingewilligt, ihn mitzunehmen. Sie behelligt nämlich alle Reisenden damit, daß sie diesen Kasten dem Pharao überbringen. Sie erzählt eine Geschichte von versuchtem Mord und Verbannung und behauptet, daß sie alles niedergeschrieben hat. Natürlich ist sie wahnsinnig, niemand hört auf sie, aber sie hat mir leid getan, und jetzt weiß ich nicht, was ich mit dem Inhalt des Kastens anfangen soll, was sich auch immer darin befinden mag.» Ich zeigte auf den Kasten. «Es wäre unehrenhaft gewesen, ihn in den Nil zu werfen, und noch unehrenhafter, die Knoten zu durchtrennen und den Inhalt zu prüfen. Es ist mir nicht gestattet, mich dem Pharao zu nähern, selbst wenn ich es wollte, und ich will auch gar nicht!» Jetzt huschte ein frostiges Lächeln über die Lippen des Generals. Er schien sich von seinem Schreck, wenn es denn einer gewesen war, zu erholen, doch er sah noch immer zusammengefallen aus, und zum ersten Mal bemerkte ich die winzigen roten Äderchen, die Zeichen der Müdigkeit, in seinen Augen.

«Das überrascht mich nicht», sagte er spöttisch. «Nur Wahnsinnige helfen Wahnsinnigen. Und zuweilen haben Ehrlichkeit und Wahnsinn viel miteinander gemein, ist es nicht so, du weltfremder junger Soldat?» Schon wieder schwebte seine Hand über dem Kasten, wurde aber zurückgezogen, als hätte er Angst, er könne sich irgendwie anstecken. «Wie sieht die Frau aus?» fragte er. «Ich habe gehört, wie man unter den Herolden über sie spricht, doch nur selten und kurz und auch nur als kleines und für gewöhnlich spaßiges Ärgernis, und ich habe nicht aufgepaßt. Beschreibe sie mir.» Jetzt war es an mir, die Stirn in nachdenkliche Falten zu legen.

«Sie ist eine Bäuerin und wie die meisten ihrer Art ein Niemand», sagte ich langsam. «Ihr Haar ist schwarz, ihre Haut von der Sonne verbrannt. Doch ich erinnere mich gut an sie. Sie ist irgendwie anders, irgendwie ungewöhnlich. Worte und Sprache sind zu gebildet für eine Bauersfrau, und sie hat blaue Augen.»

Als ich geendet hatte, starrte er mich so lange an, daß ich bereits dachte, er hätte das Interesse verloren und hörte nicht mehr zu oder daß ihn eine Art Schlag getroffen hätte. Es herrschte betretenes Schweigen. Und da ich nicht unhöflich erscheinen wollte, blickte ich ihm weiter ins Gesicht, bis mir das langsam peinlich wurde, also ließ ich die Blicke schweifen. Jetzt merkte ich auch, daß er mich mit Sicherheit gehört hatte und meine arglosen Worte mit Mühe verarbeitete, denn er umklammerte die Schreibtischkante so heftig, daß die Haut um seine Ringe weiß war. Mein Herz begann zu hämmern.

«Du weißt, wer sie ist?» rutschte es mir heraus, und da kam er wieder zu sich.

«Einen Augenblick lang habe ich das geglaubt», sagte er ruhig, «aber natürlich habe ich mich getäuscht. Es handelt sich um einen Zufall, mehr nicht. Laß den Kasten da. Was bist du doch für ein rührseliger Narr, daß du ihn überhaupt angenommen hast, Kamen, aber es ist ja kein Schaden entstanden. Ich nehme dein fehlgeleitetes Mitleid zur Kenntnis. Du kannst gehen.» Seine Stimme klang angestrengt, und als ich ihn musterte, fing er an, sich die Schläfen zu reiben, als hätte er Kopfschmerzen.

«Aber, General Paiis, Gebieter, du wirfst ihn doch nicht fort?» bedrängte ich ihn. Er blickte nicht auf.

«Nein», sagte er langsam. «O nein. Den werde ich ganz sicher nicht fortwerfen. Doch da du mir die Verantwortung dafür aufhalst, junger Mann, mußt du mir auch alle Entscheidungen überlassen. Vertraust du mir?» Bei seinen letzten Worten hob er den Blick. Sein Mund war schmal, und ich hätte schwören können, daß sein Atem kalt war, doch dafür stand ich nicht nahe genug. Ich nickte und nahm wieder Habachtstellung ein.

«General, ich bin dein gehorsamer Diener und danke für deine Nachsicht.»

«Du bist entlassen.»

Ich salutierte, machte auf den Fersen kehrt und verließ sein Arbeitszimmer, während die Gedanken durch meinen Kopf rasten. Hatte ich am Ende doch falsch gehandelt? Ich hatte mein Tun nicht als Abschiebung von Verantwortung gesehen, und ich fand, daß die Übergabe des Kastens an General Paiis diesem nicht das Recht gab, damit nach seinem Belieben zu verfahren.

Ich wünschte meiner Ablösung an der Tür geistesabwesend einen guten Abend und ging schon durch das Tor, als mir dämmerte, daß ich General Paiis in dieser Angelegenheit tatsächlich nicht traute. Die Frau hatte ihm auch nicht vertraut. Sie hatte mich ermahnt, den Kasten nicht ihm zu geben, und ich hatte die Warnung in den Wind geschlagen. Er kannte sie wirklich. Nicht durch ihren Ruf, nicht durch den Klatsch unter den Herolden, sondern von Angesicht zu Angesicht, davon war ich inzwischen überzeugt. Er hatte mich gebeten, sie zu beschreiben, und ich hatte ihm jemanden geschildert, den er kannte, überdies jemanden, der die Macht hatte, bei ihm eine überraschend heftige Reaktion auszulösen. Zuerst hatte er die Knoten erkannt, und meine Worte hatten dieses Erkennen bestätigt. Aber was war zwischen ihnen? überlegte ich, während ich mich auf den Heimweg machte. Was mochte eine Bäuerin mit dem reichen und mächtigen Paiis zu schaffen haben? Was es auch immer war, der General war sehr besorgt. War am Ende doch etwas Wahres an der Geschichte der Frau?

Die ganze Begegnung mit meinem Vorgesetzten erfüllte mich mit Unbehagen, das noch nicht abgeklungen war, als ich meine eigene Bootstreppe erreichte. Ich ließ Setau Bier holen, setzte mich im Garten an den Teich und beobachtete, wie die Wasseroberfläche langsam von Blau zu einem undurchsichtigen, rotgestreiften Dunkel wechselte, während Re dem gähnenden Rachen Nuts entgegenrollte. Ich wußte nicht recht, was mich mehr beunruhigte: die Möglichkeit, daß die Frau schließlich doch nicht irre war, der erstaunliche und seltsam bedrohliche Argwohn, daß Paiis gut über sie Bescheid wußte, oder die Tatsache, daß ich nach der Übergabe des Kastens keine Möglichkeit mehr hatte, die Wahrheit herauszufinden. Was mich anging, war das Abenteuer vorbei.

Re sank langsam zum Horizont. Hinter mir im Haus wurden die Lampen angezündet. Erst der Duft von brutzelndem Fisch brachte mich in die Wirklichkeit zurück, denn mir fiel meine Verabredung mit Takhuru ein. Sie würde wütend sein. Doch dieses eine Mal war es mir einerlei.

Gleich nach meiner beunruhigenden Begegnung mit dem General begannen die Träume. Zunächst machte ich mir nichts daraus, brachte sie in Zusammenhang mit der Strafpredigt, die mir Takhuru gehalten hatte, als ich mich bei ihr entschuldigen wollte, weil ich unseren Besuch beim Holzschnitzer vergessen hatte. Ich hatte die Beherrschung verloren, hatte sie bei den Handgelenken gepackt und sie angebrüllt, und sie hatte es mir mit einer Ohrfeige vergolten, hatte mich gegen den Knöchel getreten und war davonstolziert. Früher wäre ich ihr nachgelaufen, doch dieses Mal machte auch ich auf den Hacken kehrt und verließ ihren albernen, erstickenden Garten. Schließlich hatte ich mich für etwas Geringfügiges entschuldigt, für meine Vergeßlichkeit, doch sie hatte sich aufgeführt, als wäre ich nicht zur Unterzeichnung des Ehevertrages erschienen, und hatte mich beschuldigt, mir läge nur etwas an mir selbst. Jetzt war die Reihe an ihr, mich um Entschuldigung zu bitten. Natürlich tat sie das nicht. Takhuru war von edlem Geblüt, stolz und selbstsüchtig.

Eine Woche verging. Der Monat Thot wurde zu Paophi, und der war heiß und wollte kein Ende nehmen. Der Fluß hatte beinahe den höchsten Stand des Jahres erreicht. Von meiner Mutter traf ein Brief ein, in dem sie ankündigte, daß sie einen weiteren Monat auf unserem Besitz in Fayum bleiben wolle. Ich stellte einen Wachplan für meine Männer im Haus des Generals auf, nahm meine Ausrüstung mit in die Kaserne, verbrachte die Woche auf dem Exerzierplatz und schwitzte meinen Zorn auf Takhuru aus. In die Wüste mußten wir nicht. Ich kehrte mit einer Speerschramme am Schulterblatt nach Hause zurück. Die Wunde war nicht weiter schlimm und schloß sich schon bald, doch sie juckte, und ich konnte mich nicht kratzen, weil ich nicht an sie herankam.

Achebset und ich betranken uns und randalierten und wachten eines frühen Morgens mit einem Freudenmädchen zwischen uns im Boot eines Unbekannten auf. Und noch immer keine Botschaft von meiner Verlobten und keine vom General. Ich hatte mir eingebildet, daß er mich wissen lassen würde, was er mit dem Kasten gemacht hatte, doch ich ging durch seine Räume und bewachte seine Tür, ohne ihn zu sehen oder von ihm zu hören. Ich war in einer eigentümlichen Gemütsverfassung, unstet und erregt. Ich schlief unruhig, und dann begannen die Träume.

Ich lag auf dem Rücken und blickte in einen klaren, blauen Himmel. Ich fühlte mich ungemein zufrieden und bewegte mich lange nicht, denn ich war rundum wunschlos glücklich. Doch dann spürte ich eine Bewegung, und der Himmel wurde von einer großen Gestalt verdeckt, die näher und näher kam. Ich fürchtete mich nicht, sondern freute mich. Dann wurde das Bild scharf, ich erkannte eine Hand, eine mit Henna bemalte Hand, die den Stengel einer rosa Lotosblüte hielt. Das Bild wurde wieder unscharf, ich spürte, wie die Blüte mich an der Nase kitzelte. Vergebens wollte ich nach ihr greifen, schlug mit Armen um mich, die auf einmal unbeholfen waren und nicht reagierten, und da erwachte ich mit hocherhobenen Armen, die Schramme an meiner Schulter pochte, und meine Laken waren schweißfeucht. Mein Zimmer war dunkel, das Haus nächtlich still. Zitternd setzte ich mich auf, eine schreckliche Angst hatte mich gepackt, die so gar nicht zu den angenehmen Einzelheiten des Traums paßte. Ich mußte mich dazu zwingen, nach meinem Wasserbecher auf dem Tisch neben meinem Lager zu greifen. Meine Finger waren steif wie Stöcke und gehorchten mir kaum. Ich trank und wurde allmählich ruhiger. Dann betete ich zu Wepwawet, schlief wieder ein und träumte in dieser Nacht nicht mehr.

Am nächsten Morgen brauchte ich mehrere Stunden, bis ich die Wirkung des Traums abgeschüttelt hatte, und abends hatte ich ihn fast vergessen, doch in der Nacht kam er wieder, verlief genau wie der erste, und wieder erwachte ich im Dunkeln und hatte Angst. Er wiederholte sich in der dritten Nacht, und nun füllte ich meine Lampe mit frischem Öl, damit ich, wenn ich mit unregelmäßig schlagendem Herzen und schwachen Gliedmaßen aufwachte, meine ordentlichen, friedlichen vier Wände sehen konnte.

In der siebten Nacht wurde der Traum vielschichtiger. Auf den hennaroten Fingern steckten Ringe, und ein Hauch Parfüm mischte sich mit dem Duft der Lotosblüte, die mich an der Nase kitzelte. Der Duft machte mich noch verzweifelter, und ich wollte, daß mir die Finger gehorchten, doch wie sehr ich mich auch abmühte, die Blütenblätter zu ergreifen, vergebens. Nach Luft schnappend wachte ich auf, lief zu meinem Fenster, schob heftig die Binsenmatte beiseite, beugte mich hinaus und atmete die laue Nachtluft. Draußen wollte der Mond gerade untergehen, hatte sich in den schwarzen Baumwipfeln verfangen. Direkt unter mir warfen die Speicherkrüge für Korn dicht an der Hauswand schwarze Schatten auf den friedlichen Hof, und dahinter flossen die stillen Fluten des Nilarmes, der zum Großen Grün hinströmte. Ich kehrte ins Zimmer zurück, griff mir Kissen und Laken und stieg durch das Fenster aufs Dach, doch als ich dalag und zu den Sternen aufblickte, glich das meinem Traum so sehr, daß ich schon bald zu meinem Lager zurückkehrte. Ich kuschelte mich zusammen und wartete darauf, daß die dunklen Stunden dem grauen Licht wichen, das Res Aufgang ankündigte. Dabei wurde ich schlaftrunken, und endlich schlief ich tief und fest. An diesem Morgen trat ich meine Wache verspätet an.

Ich beschloß, mich jeden Abend bis zur Bewußtlosigkeit zu betrinken, damit kein Traum den Weinnebel in meinem Kopf durchdringen konnte. So enthielt der Becher neben meinem Lager jetzt statt Wasser den erlesensten Wein vom westlichen Fluß, den ich hinunterkippte, ohne ihn zu würdigen, doch alles, was ich damit erreichte, waren ein rauher Hals und ein Brummschädel, die sich noch zu den Auswirkungen des Traums gesellten. Ich dachte, vielleicht könnte mich Sport so ermüden, daß ich nicht aufwachte oder mich nicht an das Traumbild erinnerte, doch vergeblich. Meine Kameraden von der Wache machten bereits Witze über meine hohlen Wangen, und ich stolperte nach dem Erwachen in einem Nebel von Müdigkeit durch den Tag. Ich wußte, daß ich den Bruch zwischen Takhuru und mir beseitigen mußte, wußte, daß ich ihr ein Geschenk bringen und ihr sagen mußte, wie sehr ich sie liebte, aber sie schwieg sich aus, und ich brachte nicht die Energie auf, von mir aus etwas zu unternehmen.

In der vierzehnten Nacht – der Monat Paophi lag schon halb hinter uns – veränderte sich wieder etwas. Auf mich wirkte der Traum wie die Arbeit eines Zauberkünstlers, der zunächst nur die Umrisse skizziert und dann nicht nur viele Farbschattierungen und künstlerische Feinheiten einfügt, sondern auch Düfte und schließlich Klänge, denn in jener Nacht, als die Lotosblüte mein Gesicht liebkoste und ich mich vergeblich abmühte, sie zu ergreifen, hörte ich eine Stimme zwitschern. «Mein Kleiner, mein Süßer», sang, nein, singsangte sie. «Mein hübscher, hübscher kleiner Junge, mein Herzensschatz», und im Traum lächelte ich. Die Stimme war weiblich, jung, nicht hell, aber melodiös. Sie gehörte weder meiner Mutter noch meinen Schwestern oder Takhuru, dennoch ging sie mir durch und durch. Ich kannte sie, erkannte sie im tiefsten Herzen, wachte schluchzend auf, und die Brust tat mir weh.

Nachdem ich das Laken abgeworfen hatte, ging ich mit weichen Knien den Flur entlang und klopfte bei meinem Vater an. Nach einer kleinen Weile erschien ein Lichtstreifen unter seiner Schlafzimmertür. Ich wartete. Endlich machte er auf, das Gesicht gedunsen von Schlaf, doch mit klarem und wachsamem Blick. «Ihr Götter, Kamen», sagte er. «Du siehst verboten aus. Komm herein.» Er winkte mich ins Zimmer und machte hinter mir die Tür zu. Ich sank auf einen der bequemen Stühle, die zu beiden Seiten seines Fensters standen. Er nahm den anderen, schlug die nackten Beine über und wartete, daß ich etwas sagte. Ich zwang mich, tief durchzuatmen, und schon war meine Brust nicht mehr so zusammengeschnürt. Allmählich beruhigte sich mein Körper. Mein Vater deutete mit dem Kopf auf den halbvollen Becher Wein, der auf dem Tischchen zwischen uns stand. Er hatte offenbar vor dem Schlafengehen noch gelesen, denn neben dem Becher lag eine Rolle, doch mich schauderte, und ich schüttelte den Kopf. «Ist auch besser so», meinte er trocken. «In den vergangenen Wochen hast du nämlich meinen halben Weinkeller leer getrunken. Was ist los? Macht Takhuru Schwierigkeiten?» Ich rutschte auf dem Stuhl hin und her.

«Erzähl mir von meiner Mutter», sagte ich. Er blickte verständnislos, dann begriff er.

«Deine Mutter ist tot», antwortete er. «Das weißt du doch, Kamen. Sie ist bei deiner Geburt gestorben.»

«Ich weiß. Aber wie hat sie ausgesehen? Ich habe selten an sie gedacht. Als Kind habe ich sie mir reich, jung und schön vorgestellt, und sie hat immer gelacht – die Phantastereien, die man so erwarten kann. Was stimmt davon, Vater? Hast du sie gut gekannt?»

Er blickte mich lange an, ein Mann, dessen restlicher grauer Haarkranz büschelweise abstand, dessen kurzer Nachtschurz aus zerknautschtem Leinen sich über den knochig hervorstehenden Knien bauschte und dessen alter Bauch darüber Falten schlug. In diesem Augenblick liebte ich ihn innig. Dann griff er selbst zum Becher und trank ohne abzusetzen. Seine Augen über dem Becherrand ließen mich nicht los.

«Ich habe sie überhaupt nicht gekannt», antwortete er. «Der Bote, der dich in diesem Haus ablieferte, hat nur gesagt, daß sie im Kindbett gestorben ist und daß dein Vater im Dienst des Königs getötet wurde.»

«Aber der Mann kann doch nicht vom Himmel gefallen sein und mich dir in die Arme gelegt haben! Du mußt dich doch nach einem Kind zum Adoptieren erkundigt und Verhandlungen geführt, eine Vereinbarung unterschrieben haben! Du mußt etwas über meine Herkunft wissen!» Er blickte in seinen Becher, seufzte, stellte ihn auf den Tisch und verschränkte die Arme.

«Warum fragst du gerade jetzt danach, Kamen? Bislang hast du dich wenig darum gekümmert.»

Rasch und unbeholfen erzählte ich ihm von den Träumen, und während ich redete, kehrten sie zurück und mit ihnen diese Mischung aus Lust und Schrecken, so daß ich am Ende meiner Erklärung schon wieder diesen Druck auf der Brust spürte und kaum noch Luft bekam. «Ich glaube, ich träume von mir als Säugling», schloß ich mit belegter Stimme, «und daß die Hand, die sich senkt, meiner Mutter gehört. Aber sie ist mit Henna bemalt, Vater, und sie trägt viele teure Ringe. War meine Mutter von Adel? Oder mischt sich im Traum Tatsache mit Wunschdenken?»

«Du bist ein scharfsichtiger junger Mann», sagte mein Vater bedächtig. «Ich habe deine wahre Mutter nie kennengelernt, aber ihr Ruf ist bis zu mir gedrungen. Sie war tatsächlich jung und schön und sehr reich, als sie dich geboren hat. Aber von Adel war sie nicht.»

«Was war sie dann? Stammte sie aus einer Familie von Kaufleuten? Habe ich Großeltern, hier in Pi-Ramses vielleicht? Habe ich Schwestern oder vielleicht einen Bruder? Wie konnte sie die Frau eines Offiziers und sehr reich sein?»

«Nein!» unterbrach mich mein Vater heftig. «Die Idee schlag dir aus dem Kopf, Kamen. Du hast keine Brüder oder Schwestern, und was deine Großeltern angeht, so hat man uns nicht mitgeteilt, ob du weitere Verwandte hast.»

«Aber reich. Du hast es selbst gesagt.» Der Schmerz in meiner Brust wurde so heftig, daß ich am liebsten die Faust dagegengedrückt hätte. «War mein Vater wohlhabend? Was ist mit seiner Familie? Im Heeresarchiv müssen doch Rollen über seinen Stammbaum und seine Laufbahn liegen!» Mein Vater kniff den Mund zusammen. Langsam kroch eine Röte seinen Hals hoch.

«Nein. Ich habe die Archive selbst durchgesehen. Es gibt nichts. Ich habe dir alles erzählt, was ich weiß, mein Sohn. Bitte, gib dich damit zufrieden.» Er hatte mich absichtlich ‹mein Sohn› genannt, doch ich ließ nicht locker.

«Nichts im Archiv? Nicht einmal sein Name? Wie hat er geheißen?» Und warum hatte ich diese Frage noch nie gestellt und auch nicht die anderen Fragen, die mir jetzt durch den Kopf schossen? War ich sechzehn Jahre lang verzaubert gewesen? Mein Vater beugte sich vor und legte mir die Hand auf den Schenkel. Sie fühlte sich sehr heiß an.

«Kamen», sagte er laut, «so versteh doch und glaube mir. Ich weiß nichts über deinen leiblichen Vater, außer daß er Offizier war, und da ich diese Unterhaltung schon vor Jahren habe kommen sehen, habe ich mir alle Mühe gegeben, seinen Namen herauszufinden. Ich habe dir gerade alles über deine Mutter erzählt, was ich weiß. Ich liebe dich. Shesira, meine Frau, liebt dich. Mutemheb und Tamit, meine Töchter, deine Schwestern, lieben dich. Du bist schön und gesund, und es mangelt dir an nichts. Du bist mit einem Mädchen von Adel verlobt. Bitte.» Er lehnte sich zurück und strich sich mit der Hand über den Kopf, glättete sein zerzaustes, drahtiges Haar mit der vertrauten Geste, die bei ihm Unbehagen bedeutete. «Und was deine Träume betrifft, derlei geht vorüber. Du bist in einem Alter, in dem man allmählich wie ein Erwachsener denkt, das ist alles. Und jetzt geh wieder zu Bett. Weck Setau und laß dich massieren, dann kannst du auch schlafen.» Er stand auf und ich auch. Er umarmte mich, drückte mich fest an sich, küßte mich auf beide Wangen und begleitete mich zur Tür. «Entzünde Weihrauch für Wepwawet», sagte er, als ich aus dem Zimmer schlüpfte. «Er hat dich immer geleitet.»

Ja, das hat er, dachte ich, als ich in mein Zimmer zurückkehrte. Er ist mein Verbindungsglied zu meiner wahren Vergangenheit, und er ist nicht nur Kriegsgott, sondern auch Wegbereiter. Wenn er doch mit mir reden würde. Vielleicht redet er ja mit dir, antwortete ein anderer Teil meines Hirns. Vielleicht hat er dir die Träume geschickt, weil er eine dringende Botschaft für dich hat.

Doch ein anderer, eher finsterer Gedanke schoß mir durch den Kopf, und ich blieb, die Hand auf dem Türriegel, stehen. Der Geist meiner Mutter hat mich besucht. Er will etwas. Er kann keine Ruhe finden. Er wird mich quälen, bis ich begreife. Wo ist ihr Grab? Das Grab meines Vaters? Ihr Götter, was ist mit mir los? Ich kehrte meiner Tür den Rücken, rannte die Treppe hinunter und weckte meinen Diener. Unter seinen kundigen Händen entspannte sich mein Körper, und der stechende Schmerz in der Brust ließ nach, doch ich brauchte lange zum Einschlafen.

Diese eine himmlische Nacht schlief ich traumlos. Es war, als ob die Unterhaltung mit meinem Vater dem Traum etwas von seiner Wirkung genommen hatte, und ich erwachte neu belebt und freute mich auf meine Arbeit. Der Schorf auf meiner Schulter löste sich und hinterließ nichts als eine schmale, rote Narbe. Achebsets Familie lud mich zu einer Bootspartie ein, um den prächtigen Hochstand der alljährlichen Überschwemmung zu feiern, und ich nahm freudig an. Als ich zum Haus des Generals aufbrach, sortierten die Gärtner draußen im Garten die Sämereien für die neue Aussaat, und ganz Ägypten schien in Festlaune zu sein, was zu meiner eigenen Stimmung paßte. Doch in dieser Nacht kehrte der Traum zurück wie ein Wechselfieber, und als es dämmerte, lag ich vor Wepwawet auf den Knien, das Weihrauchgefäß in der Hand und verzweifelte Gebete auf den Lippen. Ich quälte mich durch meine Wache wie ein Mann, der sich mit Mohn berauscht hat, kehrte anschließend nach Haus zurück, badete, wechselte die Kleidung und machte mich zu einem Besuch bei Takhuru auf.

Man führte mich in die Empfangshalle und ließ mich so lange warten, daß ich schon gehen wollte, doch schließlich bat mich ein Diener, ihm zu ihren Privatgemächern zu folgen. Ich verspürte keinerlei Ärger über ihre kleinliche Rache, und als ich angemeldet wurde und sie sich von ihrem Schminktisch erhob, da nahm ich sie in die Arme und drückte sie ganz fest. Sie wehrte sich, ihr Körper wurde steif, doch dann entspannte sie sich, und ihre Hände glitten meinen nackten Rücken hoch. Sie hatte sich für den Abend geschminkt, doch ihr Haar war noch nicht geflochten. Es rauschte herunter, und ich verbarg das Gesicht in der Fülle, sog den Duft und den Hauch von Zimt ein, der sie immer begleitete.

«Es tut mir so leid, Takhuru», sagte ich. «Ich bin dickköpfig und herzlos gewesen. Vergib mir, daß ich dich angebrüllt und dich so lange vernachlässigt habe.» Sie schob mich von sich, schickte ihre Dienerin mit einem Wink aus dem Zimmer und wandte sich mir mit einem strahlenden Lächeln zu.

«Ich muß mich auch entschuldigen», sagte sie. «Ich habe Vollkommenheit von dir erwartet, Kamen, denn in meinen Träumen bist du vollkommen, und damit tue ich dir unrecht.

Hat dir mein Fußtritt sehr weh getan?» Ihre Augen funkelten. «Hoffentlich!»

«Ich habe noch tagelang gelahmt!» protestierte ich und ahmte ihren üblichen Schmollmund nach, und sie lachte, nahm mich bei der Hand und führte mich zu einem Stuhl. Sie raffte ihr bauschiges Trägerkleid und setzte sich neben mich auf einen Schemel, verschränkte ihre Finger mit meinen und legte sie auf mein Knie.

«Du hast mir gefehlt, aber nicht allzu sehr», verkündete sie. «Meine Freundin Tjeti hat sich verlobt, und das haben wir tüchtig gefeiert mit Bergen von Essen und Tänzerinnen und Scharen von jungen Männern, die mich gut unterhalten haben. Dich hätte ich auch eingeladen, aber du bist zu eklig gewesen.»

«Tut mir leid», wiederholte ich. «Komm mit auf die Bootspartie, die Achebsets Eltern geben. Ich möchte nicht ohne dich gehen.»

«Warum denn nicht?» gab sie so schroff wie üblich zurück. «Du hättest dich mit Achebset verloben sollen, mit ihm unternimmst du nämlich mehr als mit mir.» Es stimmt, dachte ich zerknirscht, doch dann ging mir auf, daß es vielleicht an mir lag. Vielleicht war Takhuru für mich so selbstverständlich, daß ich gar nicht daran dachte, Lustbarkeiten zu planen, die uns beiden Spaß machten.

«Na schön, gehst du dann mit mir ins Bierhaus zum Trinken und Würfeln?» neckte ich sie. Sie blickte ernst zu mir hoch.

«Ja, gern, wenn ich mit dir zusammen vergnügt sein könnte. Aber das würde Mutter nie erlauben.» Ich merkte, daß es ihr ernst damit war, doch als ich mir vorstellte, wie die verwöhnte Takhuru mit ihren juwelenbesetzten Sandalen und dem makellosen Leinen, mit ihrem vornehmen, anspruchsvollen Wesen und ihrer empfindsamen Nase entgeistert inmitten des wüsten Treibens in einem Bierhaus saß und sich bemühte, mir zuliebe Spaß daran zu haben, mußte ich lächeln.

«Eines Tages nehme ich dich mit», versprach ich ihr. «Aber erst, wenn wir verheiratet sind, sonst fordert dein Vater noch deine Mitgift zurück und zerreißt den Vertrag.»

Einen Augenblick lang herrschte Stille, während sie mich eingehend musterte. Dann legte sie die andere Hand auf meine. «Irgend etwas stimmt nicht mit dir, Kamen», sagte sie leise. «Du siehst krank aus. Nein, vielleicht nicht krank, aber irgendwie gehetzt. Möchtest du darüber sprechen?» Ihre Scharfsichtigkeit erschreckte mich, denn im allgemeinen schien sie sich nur mit sich selbst zu beschäftigen. Natürlich wollte ich ihr davon erzählen, hatte mich aber vor ihrer Unaufmerksamkeit gefürchtet. Jetzt küßte ich ihr impulsiv die Finger.

«Danke, Takhuru», sagte ich. «Ja, ich möchte. Hör mir bitte zu. Ich habe darüber schon mit meinem Vater gesprochen, aber er will mir nicht helfen.» Und dann erzählte ich ihr von den Träumen und meiner irgendwie unbefriedigenden Unterhaltung mit meinem Vater. Sie saß fast regungslos da, bis ich geendet hatte. Da stand sie auf, ging zu ihrem Schminktisch und spielte mit verschlossener Miene mit ihren Tiegeln und Töpfen. Ich wartete.

Dann sagte sie: «Ich glaube, du hast recht mit deiner Vermutung, die Hand gehört deiner wahren Mutter. Was ist mit dem Boten, Kamen, mit dem Mann, der dich im Haus deines Vaters abgeliefert hat? Er muß dich doch irgendwo abgeholt haben.»

«Ja, natürlich. Aber mein Vater hat mir erzählt, der Bote wäre einfach mit mir gekommen, hätte gesagt, daß meine Mutter im Kindbett und mein Vater in den Kriegen des Pharaos gestorben sei, und hätte mich übergeben.»

Sie drehte sich zu mir um, lehnte sich an den Tisch und verschränkte die Arme. «Ohne vorherige Ankündigung? Ohne eine Rolle, die unterzeichnet werden mußte?»

«Nichts. Mein Vater hatte sich schon früher in der Stadt nach einem Kind umgehört, das er adoptieren wollte, und dann ist der Bote einfach aufgetaucht.» Takhuru schien etwas auf der Zunge zu liegen, doch sie machte den Mund wieder zu, kam zu mir und kniete sich neben meinen Stuhl.

«Verzeih mir, Kamen, aber findest du nicht auch, daß man dich anlügt? Bauern nehmen vielleicht eine Waise auf, ohne sich um deren Abstammung zu kümmern, aber dein Vater ist wohlhabend und von niederem Adel, er würde nie ein x-beliebiges Kind annehmen, einen Säugling, der vielleicht krank ist oder den Keim zu späteren Krankheiten in sich trägt. Es fällt mir schwer zu glauben, daß deine Eltern beschließen, einen Jungen an Kindes Statt anzunehmen, unter ihren Freunden herumfragen, und schwupp, schon tauchst du aus heiterem Himmel auf.»

Das wollte ich nicht hören. Takhurus Worte bestätigten einen vagen Verdacht, der mir seit einiger Zeit zusetzte. Mir fiel ein, wie heiß sich die Hand meines Vaters auf meiner Haut angefühlt hatte. «Gib dich damit zufrieden. Bitte», hatte er gesagt, und ich war innerlich zusammengezuckt. Aber ich liebte ihn. Ich vertraute ihm. Er hatte immer große Stücke auf Ehrlichkeit gehalten und mich als Heranwachsenden streng für Lügen oder andere kindliche Missetaten bestraft. Er würde mich doch nicht anlügen – oder?

«Er würde mich niemals anlügen», sagte ich laut. «Warum auch?»

«Er würde lügen, wenn es etwas zu verbergen gibt, was dir weh tun könnte», erwiderte Takhuru. «Aber was mag das sein, vorausgesetzt, das, was ich eben gesagt habe, stimmt, und er würde niemals ein Kind angenommen haben, ohne sich vorher zu vergewissern, daß es für seine Familie und das künftige Geschlecht geeignet ist?»

«Das künftige Geschlecht!» Ich beugte mich zu ihr, und auf einmal fröstelte mich. «Takhuru, dein Vater hat in unsere Verlobung trotz der Tatsache eingewilligt, daß du von höherem Adel bist und dein Stammbaum reiner ist als der meines Vaters, trotz der Tatsache, daß mein wahrer Stammbaum, mein Geblüt vollkommen unbekannt sind. Oder vielleicht doch nicht? Vielleicht wissen dein Vater und mein Vater etwas, was sie mir vorenthalten wollen.» Wir blickten uns groß an. Dann lachte ich. «Aber das ist doch lächerlich! Wir machen aus einer Mücke einen Elefanten.» Sie griff hinter sich, zog ein Polster heran, ließ sich zurücksinken und kreuzte die Beine unter dem fließenden Trägerkleid. Ich mußte insgeheim lächeln.

«Trotzdem werde ich meinen Vater danach fragen», sagte sie entschlossen. «Mach dir keine Sorgen, Kamen. Ich passe schon auf. Vielleicht deute ich an, daß ich mich gräme, ich könnte mich unter meinem Stand verheiraten und möglicherweise Kinder bekommen, deren Blut nicht rein ist. Ich bin ein überhebliches und hochnäsiges Mädchen, stimmt's? Und es ist mir einerlei, daß ich so bin. Er wird also meine Frage nicht sonderbar finden. Falls er mir nicht antwortet, durchsuche ich sein Arbeitszimmer. Er hat viele Truhen voller Rollen. Hauptsächlich über den Betrieb der Fayence-Werkstätten, Abrechnungen, Arbeiter und so weiter. Aber vielleicht finde ich auch etwas über dich. Unsere Väter haben den Verlobungsvertrag im vorigen Jahr unterschrieben. Ob darin wohl etwas steht?» Jetzt wunderte ich mich wirklich.

«Du hast mich heute schon zweimal in Erstaunen versetzt!» platzte ich heraus. «Da bin ich also mit einer verschlagenen kleinen Hexe verlobt, die Bierhäuser aufsuchen möchte!» Sie kicherte, warf den Kopf zurück und war sehr zufrieden mit sich. Ich ließ mich vom Stuhl gleiten, zog sie in die Arme und küßte sie. Dieses Mal wehrte sie sich nicht, sondern erwiderte den Kuß feurig.

«Wie wäre es», sagte sie, als wir uns erhitzt und keuchend voneinander lösten, «wenn du mit einem Geschenk zum Seher gehen würdest. Für gewöhnliche Leute sieht er nicht in die Zukunft, aber dein Vater treibt Handel mit ihm, also wird er dir den Gefallen tun. Befrage ihn zu deinen Träumen, zu deiner Geburt. Wenn irgend jemand in Ägypten dir helfen kann, dann er. Und jetzt gehst du besser. Wir haben heute einen der königlichen Haushofmeister zu Gast, und ich bin noch lange nicht fertig.» Ich tat so, als wollte ich sie schon wieder küssen, doch sie entwand sich mir, und ich bestand nicht weiter darauf. Als ich ihre Empfangshalle durchquerte, in der es köstlich nach gutem Essen duftete und in der man die Stimmen der Diener im dahinterliegenden Speisesaal murmeln hören konnte, da schwante mir zum ersten Mal, daß ich mit einem Mädchen verlobt war, dem ich bislang keinen Geschmack an Intrigen zugetraut hatte.

Viertes Kapitel

*I*hr Vorschlag hinsichtlich des Sehers war gut gewesen, und so diktierte ich Setau noch an diesem Abend meine Bitte um eine Audienz, denn Setau diente mir auch als Schreiber, wenn ich gelegentlich nicht wollte, daß Kaha, der Schreiber meines Vaters, etwas von meinen Angelegenheiten erfuhr. Nachdem ich ihn gebeten hatte, die Rolle am nächsten Morgen persönlich vorbeizubringen, ging ich durch den abenddämmrigen Garten zum Anlegeplatz, wo unsere Boote schaukelten. Ich löste den Einer aus der Vertäuung, griff zu den Riemen und ruderte hinaus in die Strömung.

Der Abend verschmolz Wasser mit Ufer und das Ufer mit dem Bewuchs längs des Weges, so daß ich durch ein Meer warmer, sich öffnender und mich umschließender Dunkelheit zu rudern schien. Ich begegnete niemandem und hörte auch nichts als das Knarren der Riemen und meinen eigenen raschen Atem. Der Traumzustand, in dem ich dahintrieb, war unendlich viel besser als die Alpträume meines Unterbewußtseins, daher dauerte es lange, bis ich umdrehte und nach Haus ruderte.

Mehrere Tage lang hörte ich nichts von dem Seher, ich ging also weiter meiner Arbeit nach und wurde weiter von meinem Traum verfolgt. Von Takhuru hörte ich auch nichts. Doch meine Stimmung hatte sich verändert, ich war nicht mehr erregt, sondern geduldig und zuversichtlich. Hilflos fühlte ich mich auch nicht mehr. Ich betete weiterhin zu meinem Schutzgott und überlegte kurz, ob ich meine tote Mutter einfach ansprechen sollte, wenn ich schweißnaß und keuchend aufwachte, doch ich hatte Angst, ausgerechnet über diesen Abgrund zu springen. Es wurde behauptet, daß die Toten einem nichts antun konnten, es sei denn die Lebenden forderten sie dazu auf, indem sie ihren Namen riefen oder mit ihnen redeten, und ich wußte nicht, ob die Besitzerin der Hand es gut oder schlecht mit mir meinte.

Am fünften Tag traf eine knappe Botschaft vom Seher ein. «An Kamen, Offizier des Königs», lautete sie. «Stelle dich morgen eine Stunde vor Sonnenuntergang vor meiner Tür ein.» Unterzeichnet war sie nicht. Der Papyrus, auf dem sie geschrieben stand, war einfach, aber fachkundig zubereitet, die Oberfläche fühlte sich glatt an, und der Schreiber hatte eine vorzügliche Handschrift.

Ich versteckte die Rolle unter den Schurzen in meiner Truhe und sah mein Geschmeide durch, überlegte, was davon ein angemessenes Geschenk für den Seher sein mochte. Was bekam er von Prinzen und Edelleuten, für die er in die Zukunft blickte? Er mußte Truhen voller kostbarer Schmuckstücke besitzen. Ich wollte ihm etwas schenken, was niemand je gesehen hatte. Dann berührten meine Hände einen Ebenholzkasten, ich zog ihn ehrfürchtig hervor und klappte den Deckel auf. Da lag der Dolch, den mir mein Vater geschenkt hatte, als ich in die Militärakademie aufgenommen wurde. Das Geschenk war Ausdruck seiner selbstlosen Liebe, wenn man bedachte, daß er so viel gegen den Soldatenberuf hatte, und mir stieg ein Kloß in die Kehle, als ich den Dolch herausnahm. Zum Gebrauch war er nicht bestimmt, denn es war ein Zierdolch, etwas für einen Kenner, und er hatte ihn einem libyschen Stammesangehörigen abgekauft. Die geschwungene, gezackte Klinge war gefährlich anzusehen, der Griff aus ziseliertem Silber und mit milchiggrünen Mondsteinen besetzt. Er ging mir über alles, war das Schönste, was mein Vater mir je geschenkt hatte, aber im tiefsten Herzensgrund wußte ich, daß gerade er dem geheimnisvollen Mann gefallen würde, der mir von meiner Herkunft erzählen konnte. Ich legte ihn vor Wepwawet und packte das andere Geschmeide wieder ein.

In dieser Nacht träumte ich nicht und wachte mit einer gewissen Vorfreude auf. Auf dem Weg zum Haus des Generals durchquerte ich unsere noch dunkle Eingangshalle, und da wartete der Karawanenführer meines Vaters und bot mir einen knappen Morgengruß. Er hockte vor dem Arbeitszimmer seines Arbeitgebers, ein schwarzes Gesicht über einem Bündel aus grobem, braunem Leinen, und bei seinem Weg über die Fliesen hatte er kleine Häufchen feinen Sand hinterlassen. Ich erwiderte seinen Gruß, hörte hinter der geschlossenen Tür zum Arbeitszimmer Stimmengemurmel, meinen Vater und noch jemanden, und mutmaßte, daß entweder eine Karawane gerade zurückgekehrt war oder aufbrechen wollte. Ob mein Vater sie wohl begleiten würde, da die übrige Familie noch in Fayum war? Bei dem Gedanken atmete ich etwas auf. Ich war so vollauf vertieft in die Rätsel meines Lebens, daß es mich störte, wenn ich mich mit Menschen und Haushaltsereignissen befassen mußte.

Nicht anders erging es mir mit meinen täglichen Pflichten. Ich langweilte mich, wenn ich stundenlang vor der Tür des Generals stand, und seine Besucher fand ich auch nicht mehr interessant. Ich zog die Nachtwachen vor, denn dann konnte ich seine Gemächer in aller Ruhe patrouillieren, doch ich hatte kürzlich die Nachtschicht beendet und war nun untertags mit Wacheschieben an der Reihe. Als ich an diesem Tag das Gewicht von einem Fuß auf den anderen verlagerte und sich das Schwert an meiner Seite schwerer als üblich anfühlte, fragte ich mich, ob der Traum mich auch heimgesucht hätte, wenn ich am hellichten Tag hätte schlafen können.

Doch auch diese Zeit verging, und endlich lief ich durch meinen Garten und wollte baden und etwas essen, ehe ich mich zum Haus des Sehers aufmachte. Als ich die Treppe hochrannte, ging die Tür zum Arbeitszimmer meines Vaters auf, und er rief nach mir.

«Kamen, warte einen Augenblick.» Ich drehte mich um. Da stand er und blickte zu mir hoch, trug weiter nichts als einen schenkellangen Schurz und ein ärmelloses Hemd, seine Füße waren nackt, und das Haar stand ihm wirr um den Kopf. «Eine meiner Karawanen zieht nach Nubien», sagte er. «Ich habe vor, bis Theben mitzureisen. Dort möchte ich am Schrein des Amun-Tempels beten, und auf der Rückreise mache ich in Fayum halt und besuche deine Mutter und deine Schwestern. Ich werde für einige Wochen fort sein, vielleicht auch länger. Schaffst du es ohne mich?»

«Aber selbstverständlich», versicherte ich ihm rasch. «Das weißt du doch. Ich habe Setau, und vermutlich wird auch Pa-Bast hierbleiben. Warum fragst du?»

Er blies die Wangen auf. «Weil ich mir deinetwegen Sorgen mache, aber ehrlich gesagt, heute siehst du besser aus. Hast du noch immer diese Träume?» Die letzte Frage kam stockend, und ich wußte, er wollte keine bejahende Antwort hören, was ich ihm allerdings etwas übelnahm.

«Nein», log ich halbherzig, da ich die letzte Nacht tatsächlich nicht geträumt hatte. Er lächelte erleichtert.

«Gut! Hart arbeiten, regelmäßig Sport treiben, wenig essen, und schon verflüchtigen sich die nächtlichen Dämonen. Ich breche in der Morgendämmerung auf und bin irgendwann im kommenden Monat zurück. Wahrscheinlich bringe ich die Frauen mit.»

«Schön. Mögen deine Füße festen Tritt finden, Vater.» Er hob die Hand, dankte mir für den Reisesegen und kehrte auf nackten Sohlen in sein Arbeitszimmer zurück, während ich mein Zimmer aufsuchte. Ich überlegte, während ich nach Setau rief und mich für das Badehaus auszog, warum mein Vater zum Beten ganz bis nach Theben reisen wollte, gab es doch in Pi-Ramses mehrere Amun-Schreine, aber vermutlich bot ihm das eine gute Ausrede, um ein paar Geschäftsfreunde aufzusuchen und einige Zeit in Fayum zu verbringen. Und die Schreine hier waren natürlich klein, eher Nischen aus Stein mit dem Abbild des Gottes und einem Altar für Weihrauch und Gaben, ohne Priester, die sich darum kümmerten und die Bitten anhörten. Man betete inmitten einer geschäftigen Menge und Lärm. Als ich dann auf dem Badesockel stand und Setau mir frisches Natron gab, hatte ich meine müßigen Überlegungen vergessen. Es reichte, daß ich das Haus viele Tage lang für mich allein haben würde.

Bei schwindendem Tageslicht näherte ich mich sauber geschrubbt, geölt, parfümiert und in mein bestes weißes Leinen gekleidet dem Pylon des Sehers, seine Rolle in der Hand und den Dolch unter dem Arm. Dabei wollte ich gar nicht anhalten. Viel lieber wollte ich weitergehen, bis ich in Sicherheit war, denn ich wußte, daß die spärlichen abendlichen Schatten schon bald länger werden würden, und wenn ich den Seher verließ, war sein Garten in Dunkelheit gehüllt, doch ich zwang mich, zwischen den viereckigen Steinpfeilern hindurchzugehen. Sofort kam eine Gestalt hinter einem Pfeiler hervor und vertrat mir den Weg. Aus einem uralten Gesicht spähten scharfe und unfreundliche Augen zu mir hoch. Die Stimme, die dann sprach, war schrill, aber erstaunlich kräftig.

«Ach, du bist das», sagte er verdrießlich. «Kamen, Offizier des Königs. Gib mir das da.» Eine knotige Hand schoß vor und entriß mir die Rolle. Benommen sah ich zu, wie der alte Mann sie aufrollte und rasch überflog. «Ich habe dich kommen und gehen sehen», fuhr er fort und blickte auf. «Du arbeitest für Paiis und machst Nesiamuns hochnäsiger Tochter den Hof. Ich wußte, daß du früher oder später am Tor meines Herrn stehenbleiben würdest. Das will jeder. Nur wenige schaffen es so weit.» Er klatschte mir die Rolle an die Brust. «Geh weiter.» Die Worte klangen mir in den Ohren, als gehörten sie zu einem feierlichen Ritual, und da verbeugte ich mich wahrhaftig vor dem giftigen Alten, aber ich verbeugte mich vor leerer Luft. Er war bereits in seine Nische zurückgeschlurft.

Bis zur Weggabelung war es nur ein kurzes Stück. Eine Abzweigung verlief nach rechts und schien weiter hinten an einer hohen Mauer zu enden, die durch das dichte Blattwerk vor dem Streifen gestampfter Erde kaum zu sehen war. Ebenso dicht belaubte Bäume, glatte Palmenstämme und ausladende Büsche säumten die Abzweigung, die geradeaus ging. Offensichtlich führte sie zum Haus, und ich schlug sie ein und schritt, um mir Mut zu machen, rasch aus. Kurz darauf überquerte ich eine kleine Lichtung, in deren Mitte ein Springbrunnen Wasser in ein großes Becken plätschern ließ. Steinbänke standen zu beiden Seiten, und dahinter teilte sich der Weg erneut. Ich schlug den linker Hand ein, mußte aber zurückgehen, denn er führte zu einem Fischteich, der fast unter Seerosen- und Lotosblättern erstickte. Eine große Sykomore mit verschlungenen Ästen beugte sich darüber. Jetzt schlug ich das ein, was ich für den mittleren Weg hielt, ging zwischen Dornenhecken entlang und passierte rechter Hand einen noch größeren Teich, der mit Sicherheit zum Schwimmen gedacht war. An seinem hinteren Ende stand eine kleine Hütte.

Darauf kam ich an einem Schrein vorbei. Hinter dem Gabentisch stand ein erschreckend lebensähnliches Abbild von Thot, dem Gott der Weisheit und der Schrift. Sein langer Ibisschnabel warf einen geschwungenen Schatten auf den kleinen Altar, und seine runden, schwarzen Augen verfolgten mich, als ich ihm huldigte und dann weiterging.

Auf einmal traten die Bäume zurück, ich durchschritt eine Pforte, die in die niedrige Mauer um einen gepflasterten Hof eingelassen war. Vor mir erhob sich das Haus mit weißen Säulen vor dem Eingang, die sich jetzt rosig färbten. Vorsichtig näherte ich mich. Niemand schien zugegen zu sein, und abgesehen vom Klatschen meiner Sandalen auf dem Pflaster war kein Laut zu hören. Vor dem gähnenden Eingang blieb ich stehen, denn noch einmal überfiel mich die gleiche Scheu wie unter dem Pylon. Doch gerade als ich tief Luft holte und mich zum Weitergehen zwang, tauchte hinter der nächsten Säule ein Diener auf, hob die Hand, lächelte und verschwand in die Tiefe des Hauses. Ich wartete mit dem Rücken zum Hof, die Augen auf das Dunkel gerichtet, in das der Diener entschwunden war.

Dann wurde die Leere von dem gewaltigsten Mann ausgefüllt, den ich je erblickt hatte. Ich mußte auf der Stelle an den heiligen Apis-Stier denken, denn seine mächtigen Schultern und sein starker Hals, auf dem ein großer Kopf saß, strahlten eine animalische Kraft aus. Sein Bauch wölbte sich über dem wadenlangen Schurz und offenbarte eine prächtige Fülle. Falls ich ihn umarmte, würden sich meine Fingerspitzen auf seinem Rücken nicht berühren. Als ob ich etwas derart Unehrerbietiges vorgehabt hätte. Allein schon bei dem Gedanken erschauerte ich innerlich, denn er hätte mir, ohne mit der Wimper zu zucken, die Arme brechen können. Und trotzdem war er nicht mehr jung. Seine Wangen hingen und waren tief gefurcht, und an den Schläfen und um den vollen Mund hatte er Fältchen. Mit Sicherheit verbarg das gestärkte Leinenkopftuch einen rasierten Schädel, denn auf seinem Körper war kein Haar zu sehen. Er neigte den Kopf.

«Guten Abend, Offizier Kamen», sagte er mit dröhnender Stimme. «Ich bin Harshira, der Haushofmeister des Sehers. Du wirst erwartet. Folge mir.» Seine schwarzen, in üppiges Fleisch gebetteten Augen schätzten mich kühl ab, ehe er sich umdrehte und fast geräuschlos davonglitt. Sein gewaltiger Körper bewegte sich mit überraschender Behendigkeit. Ich gehorchte.

Hinter dem Eingang tat sich ein Saal auf, auf dessen glänzend gekacheltem Fußboden weitere weiße Säulen emporragten. Stühle aus Zedernholz mit Intarsien aus Gold und Elfenbein waren wie zufällig angeordnet, dazu niedrige Tische mit Tischplatten aus blauer und grüner Fayence-Arbeit. Ein Diener zündete Lampen an, die auf hohen Sockeln standen, und dabei wurden die Fest- und Jagdszenen auf den Wänden lebendig. Die hätte ich mir gern angesehen, doch Harshira trat bereits durch die Flügeltür am Ende des Saals in ein kleines Vorzimmer. Ich beeilte mich, Schritt zu halten, vorbei an einer Treppe, die sich in Dunkelheit verlor. Wir gingen einen langen Flur entlang, bis der Haushofmeister vor einer Tür stehenblieb und anklopfte. Eine Stimme antwortete.

«Du darfst eintreten», sagte Harshira, öffnete mir die Tür und trat beiseite. Ich trat ein, und hinter mir schloß sich die Tür leise.

Als erstes fiel mir der Geruch auf, eine Mischung aus lieblichen Kräutern und Gewürzen. Der Hauch von Zimt brachte mir Takhurus Gesicht vor Augen, dazu gesellten sich Myrrhe und Koriander und andere Düfte, die ich nicht erkannte, doch der alles übertönende Duft war Jasmin. Als zweites fiel mir auf, wie ungemein ordentlich es hier war. Das ganze Zimmer war von oben bis unten voller Regale, und auf den Borden drängten sich Kästen, doch sie waren säuberlich gestapelt, und jeder trug eine Beschriftung. Zu meiner Rechten und fast durch die vorstehenden Regale verborgen befand sich eine kleine Tür und eine weitere Tür in der Wand gegenüber. Vor mir, unter einem hohen Fenster, stand ein großer Schreibtisch. Die Rollen darauf waren mit militärischer Genauigkeit ausgerichtet. Neben einer schlichten, aber erlesen gefertigten Alabasterlampe, in der ein frisch entzündetes Licht brannte, lag eine Schreiberpalette. Diese Einzelheiten erfaßte ich flink, mein Blick schweifte sehr schnell durchs Zimmer, ehe ich mich vor dem Mann verbeugte, der hinter dem Schreibtisch saß.

Zumindest nahm ich an, daß es ein Mann war. Er war vollkommen in weißes Leinen vermummt, von der schützenden Kapuze, die sein Gesicht verbarg, bis zu seinen umwickelten Füßen. Die Hände, die gefaltet auf dem Schreibtisch lagen, steckten in Handschuhen. Nirgendwo war ein Fleckchen Haut zu sehen, und während ich mich nach meinem Schreck noch zu fassen versuchte, war ich dennoch froh. Was für Scheußlichkeiten sich auch immer unter all den Binden verbargen, ich wollte sie nicht sehen. Ich konnte zwar nichts von seinem Gesicht erkennen, aber dennoch spürte ich den Blick des Sehers. Meine rasche Musterung war ihm nicht entgangen, denn er lachte in sich hinein – ein trockener, harscher Laut.

«Findet mein bescheidener Arbeitsplatz deine Billigung, Offizier Kamen?» fragte er spöttisch. «Entspricht er deinen Erwartungen? Was ich bezweifeln möchte. Die jungen Leute, die mich zu Rate ziehen, scheinen immer enttäuscht zu sein. Sie wollen Dämmer und Geheimnis, flackernde Lampen und eine Weihrauchwolke, Zaubersprüche und Geflüster. Ich muß gestehen, daß ich ein ganz und gar unwürdiges Vergnügen an ihrer Enttäuschung habe.»

Ich wollte mich räuspern, verkniff mir jedoch diese ängstliche Anwandlung. «Dergleichen Erwartungen habe ich nicht, Gebieter», antwortete ich und staunte, wie fest meine Stimme klang. «Deine Sehergabe verbindet dich mit den Göttern. Was zählen da Äußerlichkeiten?» Er lehnte sich zurück, und seine makellos weißen Binden raschelten leise.

«Gut gesagt, Offizier Kamen», meinte er. «Aufgeweckt und gewissenhaft hat dich mein Bruder Paiis genannt, und zudem bist du noch vorsichtig und taktvoll. Ach? Hast du nicht gewußt, daß Paiis mein Bruder ist? Natürlich nicht. Du bist ein ehrlicher junger Mann und ein guter Soldat und dazu erzogen, deinen Vorgesetzten keine Fragen zu stellen und ohne nachzudenken zu töten. Kannst du töten ohne nachzudenken, junger Kamen? Wie alt bist du?» Ich spürte seinen Blick. Ich wußte, daß er mich keinen Augenblick aus den Augen gelassen hatte, und die Haare standen mir zu Berge. Schon wieder mußte ich einen heftigen Drang unterdrücken, denn dieses Mal wollte meine Hand zum Nacken fahren.

«Ich bin sechzehn», antwortete ich. «Ob ich töten kann, weiß ich nicht, denn bislang ist es noch nicht erforderlich gewesen. Und ich bemühe mich nach besten Kräften, ein guter Soldat zu sein.» Sein überheblicher Ton gefiel mir nicht, und etwas in meiner Stimme oder Haltung mußte mich verraten haben. Er verschränkte die Arme.

«Trotzdem keimt die winzige Saat der Meuterei in dir, wartet nur auf eine Beleidigung oder eine Ungerechtigkeit, und schon sprießt sie», meinte er. «Ich spüre es. Du bist nicht der Mensch, für den du dich hältst, Kamen. Ganz und gar nicht. Du interessierst mich, wie du da so vollkommen ernst und insgeheim beleidigt vor mir stehst. Eher wird es in der Unterwelt hell, als daß du einen Schritt zurückweichst, obwohl du den Eindruck höflicher Fügsamkeit erweckst. Paiis hat gesagt, ich würde dich unterhaltsam finden. Was willst du von mir?»

«Gebieter, woher hat der General gewußt, daß ich dich um Rat bitten wollte?» fragte ich. Unter der Maske rührte sich etwas. Er lächelte.

«Das habe ich ihm natürlich erzählt. Er speist oft bei mir, und wir reden über viele Dinge, und wenn es keine fesselnderen Themen gibt, auch über unser eigenes Leben. Ich habe mir gedacht, er möchte gern wissen, daß einer seiner Wachoffiziere mich aufsuchen will.» Er bewegte sich. «Würdest du mich gern sehen wollen, Kamen?» Jetzt bekam ich es mit der Angst zu tun.

«Du spielst doch nur mit mir», sagte ich. «Wenn es dir beliebt, dich mir zu zeigen, es wäre mir eine Ehre. Wenn nicht, so bin ich es auch zufrieden.» Jetzt lachte er schallend, doch hinter seiner Maske klang es erstickt.

«Du bist zum Höfling geboren», erklärte er. «Und du hast recht, ich spiele mit dir. Entschuldige. Ich wiederhole jetzt. Was willst du von mir? Du kannst dich setzen.» Eine weiß behandschuhte Hand deutete auf einen Stuhl vor dem Schreibtisch. Ich verneigte mich noch einmal, ließ mich nieder und stellte den Ebenholzkasten auf den Tisch. Jetzt, da der große Augenblick gekommen war, fehlten mir die Worte.

«Ich bin Waise», begann ich stockend. «Meine Eltern haben mich adoptiert, als ich gerade ein paar Monate alt war ...» Er stützte einen Ellenbogen auf den Schreibtisch und hielt die Hand hoch.

«Wir wollen doch keine Zeit verschwenden. Dein Vater ist Men. Und wie du ein ehrlicher Mensch, der mit seiner Abenteuerlust und einem guten Riecher fürs Geschäft ein beträchtliches Vermögen zusammengebracht hat. Meine verläßlichste

Quelle für seltene Kräuter und Arzneien. Deine Mutter ist Shesira, eine gute ägyptische Ehefrau, die nichts weiter begehrt als einen friedlichen Haushalt. Du hast eine ältere Schwester, Mutemheb, und eine jüngere, Tamit. Also eine ganz gewöhnliche Familie. Wieso bist du dann in Nöten?» Die Regeln für eine höfliche Unterhaltung galten ihm offensichtlich nichts. Er kam gleich zur Sache, denn zu seiner Sehergabe gesellte sich eine scharfe Beobachtungsgabe. Zweifellos konnte er in den adligen Kreisen, in denen er verkehrte, glatt wie geschabter Papyrus sein, wobei er kalt abschätzte, wen er vor sich hatte, doch hier, bei seinen Bittstellern, verstellte er sich nicht.

«Na schön», sagte ich. «Ich habe sehr glücklich gelebt, es hat mir an nichts gemangelt, bis vor ein paar Wochen, da habe ich angefangen zu träumen ...» Sorgfältig beschrieb ich ihm meine nächtliche Besucherin, die mit Henna bemalte Hand, die dazugehörige Stimme und meine wachsende Überzeugung, daß ich meine wahre Mutter sah und hörte. «Ich weiß nichts über sie oder über meinen wahren Vater», schloß ich. «Mein Adoptivvater weiß auch nichts ...» Er bemerkte mein Zögern.

«Du glaubst, daß dein Vater mehr weiß, als er dir erzählt», sagte er unverblümt. «Hast du ihn zu deiner Herkunft befragt, ehe die Träume angefangen haben?»

«Nein. Erst der Traum hat die Frage ausgelöst.» Jetzt platzte ich mit allem heraus: die Unterredung mit meinem Vater, Takhurus scharfsichtige Bemerkungen und ihr Plan, unseren Verlobungsvertrag zu finden, mein eigener Verdacht, alles strömte heraus, während er reglos dasaß und seine außergewöhnliche Aufmerksamkeit auf mich sammelte wie einen Strahl der Mittagssonne.

«Beschreibe die Ringe an ihrer Hand. Beschreibe die

Stimme», unterbrach er mich. «Beschreibe ihre Handlinien, wenn du kannst. Ich muß klar sehen, was du siehst, damit ich dir helfen kann.» Ich gehorchte, und dann schwieg ich.

Er schlug die Beine über, legte die Hände in den Schoß, und ich spürte, wie er sich nach innen zurückzog. Ich wartete und ließ den Blick durchs Zimmer schweifen. Inzwischen war draußen die Sonne untergegangen, Re schickte ein schwaches letztes Leuchten durchs Fenster. Rechter Hand konnte ich, ohne ganz den Kopf zu drehen, die kleine Tür neben den beladenen Regalen sehen. Etwas daran war merkwürdig, störte mich, doch ehe ich herausgefunden hatte, was das war, bewegte sich der Seher und seufzte.

«Dann willst du also nicht in deine Zukunft sehen», sagte er. «Du möchtest wissen, wer deine Mutter und vielleicht auch dein Vater war. Woher sie gekommen sind. Wie sie ausgesehen haben. Du hast mir eine schwierige Aufgabe gestellt, Offizier Kamen.» Das deutete ich als eine indirekte Frage hinsichtlich seiner Bezahlung, beugte mich vor und öffnete den Deckel des Ebenholzkastens.

«Ich habe dir etwas mitgebracht, was mir sehr kostbar ist», sagte ich, «aber deine Sehergabe ist das Opfer wert. Den hat mein Vater in Libyen erstanden.» Er schenkte ihm keinen einzigen Blick.

«Behalte dein Spielzeug», sagte er, stand auf, ging um den Schreibtisch herum und schob sich im Gehen die weißen Gewänder höher auf die Schulter. «Von dir verlange ich keine Bezahlung. Du hast mir bereits einen großen Dienst erwiesen, auch wenn du natürlich keine Ahnung hast, welchen.» Ich stand auch auf und trat zurück, als er an mir vorbeiging, denn er sollte mir nicht zu nahe kommen. «Folge mir», befahl er, und ich gehorchte, bog rechts in den Flur ein, der in den großen, hinteren Garten führte, wo nur noch die Baumwipfel rot gefärbt waren. Ihre Stämme und der Boden ringsum lagen bereits im Schatten.

Gleich hinter dem Ausgang öffnete sich ein kleiner gepflasterter Hof, in dessen Mitte ein schlichter Steinsockel stand. Auf dem Sockel standen eine Schale, eine große Flasche und ein verstöpselter Krug. Der Seher nahm die Flasche und goß Wasser in die Schale. «Stell dich hier neben mich, aber nicht zu nahe», befahl er. «Bewege dich nicht und rede auch nicht, es sei denn, du beantwortest Fragen, die ich dir vielleicht stelle.» Ich tat, was er sagte, und atmete Jasminduft, der mich anwehte, als er den Krug nahm und den Stöpsel herauszog. Das Parfüm in seinem Arbeitszimmer, das alle anderen Düfte übertönte, mußte er an sich gehabt haben. Ich sah ihm zu, wie er behutsam eine kleine Menge Öl auf das Wasser goß, kurz wartete, vermutlich, damit das Öl Zeit hatte, sich zu verteilen, und zum Himmel hochblickte, der rasch zum reinsten Blau verblaßte. Dann beugte er sich über die Schale. Seine Kapuze fiel nach vorn. Seine behandschuhten Hände ergriffen die Seiten des Sockels. «Lob und Ehre sei dir, o Thot», hörte ich ihn murmeln. «Der du Gott unter dem Allerhöchsten bist, der du urteilst, Verbrechen sühnst, das Vergessene wachrufst. Du, der sich jetzt und immerdar und in alle Ewigkeit erinnert, und dessen Wort ewig währt. Jetzt, Kamen. Langsam und in allen Einzelheiten. Deine Träume von Anfang an. Und nichts auslassen. Du mußt sie beim Sprechen vor dir sehen.»

Ich fing an und kam mir dabei unbeholfen und albern vor, doch schon bald verflog dieses Gefühl, und meine Stimme wurde fester, vermischte sich mit der lauen Abendbrise, die mir das Gesicht liebkoste und in der Vermummung des Sehers raschelte und so wesenlos wurde, daß die Worte nicht nur aus mir herausströmten, sondern zugleich aus den stillen Bäumen und dem Stein unter meinen Füßen. Bald gab es nichts mehr als meine Stimme und den Traum, und der Traum und die Stimme wurden eins, so daß ich nicht mehr Fleisch war, sondern die Vision eines jungen Mannes, der schwebend zwischen Wirklichkeit und Traum in einem nächtlichen Garten stand.

Der Seher hob eine Hand und schüttelte den Ärmel seines Umhangs zurück, so daß ich zwischen Stoff und Handschuh ganz kurz sein Handgelenk sehen konnte, und das wirkte aschfarben in dem schwindenden Licht. «Es reicht», sagte er, «sei still.» Ich schloß den Mund, und die Welt ringsum nahm wieder ihre vertraute Gestalt an.

Ich wartete. Ich war daran gewöhnt, lange Zeit stillzustehen, und als der Seher endlich den Kopf hob, mit den Händen die Schale umfaßte und die Finger zur rituellen Abschiedsgeste bewegte, standen schon Sterne am Himmel. Er reckte sich und starrte mich an. «Thot ruft wahrhaftig alles Vergessene wach», sagte er heiser. Das hörte sich sehr müde an, und beim Sprechen streckte er die Hand aus und tastete nach der Kante des Sockels, als ob er sich stützen müßte. Mein Herz machte einen Satz. Er besaß tatsächlich die Gabe. Er hatte für mich gesehen. Gleich würde er mir alles erzählen, was er wußte. Jetzt hatte ich auf einmal weiche Knie, und ich merkte, daß mir der Rücken weh tat. «Thot, das Zünglein an der Waage», fuhr er fort und lachte. Es klang humorlos, finster und war eher ein unschönes Bellen. «Mein lieber Offizier Kamen, du bist weitaus interessanter, als mein Bruder sich überhaupt vorstellen kann. Ich muß mich ausruhen. Das Sehen erschöpft mich immer. Komm. Unterhalten wir uns am Springbrunnen.»

Er wandte sich ab, stolperte, richtete sich wieder auf und ging um das Haus herum, die Hände in den Ärmeln, schnellen Schrittes und mit gesenktem Kopf. Ich folgte ihm, überquerte den Hof und trat durch die niedrige Pforte, bis wir zu der kleinen Lichtung, den Bänken und dem Springbrunnen kamen, der jetzt einen Silberstrahl in die dunkle Schale schickte. Der Gebieter sank auf eine Bank, und ich tat es ihm nach, verkrampft und mit den Händen zwischen den Knien. Ich sah zu, wie er sich allmählich erholte wie ein vertrocknetes, zerdrücktes Blatt, das, ins Wasser geworfen, wieder weich wird. Ich hielt es nicht länger aus.

«Was hast du gesehen?» bedrängte ich ihn. «Bitte, Seher, quäle mich nicht mit Rätseln!» Nach einer Pause nickte er widerstrebend.

«Ehe ich dir etwas erzähle, beantworte mir eine Frage», sagte er. «Warum wolltest du Soldat werden? Ein Leben als Nachfolger deines Vaters wäre viel einfacher und nur vernünftig gewesen.»

Das einzige Licht im Garten kam jetzt vom aufgehenden Mond und dem Sternengefunkel. Der Mann mir gegenüber war im schwindenden Tageslicht immer wesenloser geworden. Er saß reglos wie ein Leichnam, flüchtig wie ein Geist, und unter der tief herabgezogenen Kapuze war nichts als Dunkel. Es gab kein Gesicht, mit dem ich hätte reden können. Ich hob die Schultern.

«Ich weiß auch nicht. Es hat mich einfach ganz stark dazu gedrängt. Ich habe immer gedacht, weil mein wahrer Vater Offizier des Pharaos war.» Die Kapuze bewegte sich hin und her.

«Nicht dein Vater.» Die erstickte Stimme klang tonlos. «Dein Großvater.»

Mir wurde heiß. Ich beugte mich vor, ergriff den Arm des Sehers und rang nach Atem. «Du weißt, wer ich bin!» schrie ich. «Du weißt es! Sag mir, was du gesehen hast!»

«Dein Großvater war ein Fremdling, ein libyscher Söldner, der vor vierzig Jahren, nach Beendigung der frühen Kriege des Pharaos, die ägyptische Staatsbürgerschaft angenommen hat», sagte er, ohne meinen Klammergriff abzuschütteln. «Er war kein Offizier. Seine Tochter, deine leibliche Mutter, war aus dem niederen Volk. Sie war ein wunderschönes Geschöpf, aber ehrgeizig. Sie hat es zu Reichtum und hoher Gunst gebracht.»

«Das hast du im Öl gesehen? Das alles?» Ohne es zu bemerken, zerrte ich an seinem Arm, und er riß sich los. Da kam ich zu mir und setzte mich wieder hin. Ich zitterte am ganzen Leib.

«Nein», erwiderte er knapp. «Im Öl habe ich deinen Traum gesehen, doch der ließ sich aufrollen wie ein Papyrus. Du hast als Säugling auf dem Rasen vor dem Palast gelegen, wo du mit deiner Mutter gelebt hast. Sie ist zu dir gekommen, hat sich auf den Rand der Decke gekniet, auf die sie dich gelegt hatte. Sie hat gelächelt. In ihrer mit Henna bemalten Hand hat sie eine Lotosblüte gehalten. Rings um sie lagen noch mehr Blüten. Sie hat dich mit den Blütenblättern an der Nase gekitzelt, und du hast gelacht und versucht, danach zu greifen. Ich habe ihr Gesicht erkannt, dieses makellose Oval, diesen weichen, geschwungenen Mund. Ich habe sie einst, vor langer Zeit, gekannt.»

«Wo? Hier in Pi-Ramses? Wo haben wir gewohnt? Was ist mit meinem Vater? Wie hat sie geheißen? Ist sie wirklich tot?»

Er hob den Arm, und auf einmal fiel zu meinem Entsetzen die Kapuze zurück. Seine Züge waren noch immer vollständig unter der eng anliegenden Maske mit den winzigen Augenschlitzen und ohne Mundöffnung verborgen, doch das Haar fiel ihm über die Schultern, und das war reinweiß, so weiß, daß es von innen her zu leuchten schien. Selbst in der Dämmerung konnte ich erkennen, daß es vollkommen farblos war. Und was ist mit dem Rest? fragte ich mich, und der Atem stockte mir. Ist das seine Entstellung? Daß seine Haut vollkommen ohne Farbe ist? Was ist mit seinem Blut? «Sie hat in großem Luxus gelebt», sagte er mit belegter Stimme, «hier in Pi-Ramses. Den Namen deines Vaters kann ich dir nicht sagen, aber sei versichert, daß sich Takhuru wegen deiner Abstammung keine Sorgen zu machen braucht. Sie ist sehr edel. Deine Mutter ist tatsächlich tot. Tut mir leid.»

«Dann war mein Vater von Adel? Bin ich ein uneheliches Kind?» Das würde vieles erklären, dachte ich aufgeregt. Falls mein wahrer Vater von Adel war, dann hätte mein Adoptivvater natürlich nicht gezögert, mich aufzunehmen, und Nesiamun hätte keinerlei Bedenken, mich mit seiner Tochter zu vermählen. Vielleicht kannte mein Vater den Mann wirklich, dessen Samen mir das Leben geschenkt hatte. Das würde sein Widerstreben erklären, mir alles zu sagen.

«Dein leiblicher Vater ist tatsächlich von Adel», bestätigte der Seher, «und, ja, du bist ein Bankert. Ich habe deiner Mutter bei deiner Geburt beigestanden, sie ist ein paar Tage später gestorben.» Erschöpft fuhr er sich mit der Hand durch das abartige Haar und stand auf. «Ich habe dir genug gesagt. Damit mußt du dich zufriedengeben.» Ich stand auch auf und ging zu ihm, vertrat ihm den Weg und näherte mein Gesicht der dichten Maske.

«Ihren Namen, Seher! Ich muß ihren Namen wissen! Ich muß ihr Grab finden, Gaben bringen und beten, damit sie mich nicht weiter im Schlaf verfolgt!» Er wich und wankte nicht. Statt dessen trat er näher, und obwohl ich fast außer mir war, hätte ich schwören können, daß in den Augenschlitzen rote Augen funkelten.

«Ihren Namen darf ich dir nicht nennen», sagte er fest. «Er würde dir nichts nutzen. Sie ist tot. Und ich verspreche dir, daß sie deine Träume nicht mehr stört, jetzt, wo du so viel von der Wahrheit weißt. Gib dich zufrieden, Kamen. Geh nach Hause.» Er wollte fortgehen, aber ich lief hinter ihm her.

«Warum kannst du mir nicht ihren Namen nennen?» schrie ich aufgebracht und verzweifelt. «Welchen Unterschied macht es schon, da sie ja doch tot ist?» Er blieb stehen, drehte sich halb um und sprach über die Schulter, so daß der Sternenschein auf seinen silbernen Kopf und die Hälfte der Maske fiel.

«Du bist ein tapferer und sehr dummer junger Mann», sagte er verächtlich. «Welchen Unterschied? Wenn ich dir ihren Namen nenne, wird dich die Neugier nur noch schlimmer umtreiben, und tot oder lebendig, du wirst ihre Geschichte kennen, ihre Verwandten auffinden wollen und dich selbst bei dem Versuch, ihre Persönlichkeit heraufzubeschwören, in den Wahnsinn treiben, dich fragen, welche deiner Züge deine und welche von ihr sind. Willst du dich noch mehr grämen, Kamen? Deine Familie beunruhigen? Ich glaube nicht.»

«Doch!» schrie ich. «Ich muß es wissen! Falls das Geschenk, das ich dir mitgebracht habe, dich verpflichtet, mir alles zu enthüllen, was du gesehen hast, dann nimm es, nimm es, aber bitte, Seher, nenne mir ihren Namen!» Er streckte die behandschuhte Hand aus, eine herrische Warnung.

«Nein», sagte er fest. «Dieses Wissen würde dir nichts als Kummer bereiten. Vertraue mir in dieser Sache. Sei dankbar für das Leben, das sie dir geschenkt hat, und geh deinen eigenen Weg. Grüble nicht mehr über ihr nach. Die Unterredung ist beendet.» Damit war er fort, verschmolz mit den Schatten und ließ mich wutbebend und enttäuscht stehen.

Ich weiß nicht mehr, wie ich nach Haus gekommen bin. Es fiel mir nicht ein, an der Vision oder den Worten des Sehers zu zweifeln. Er genoß seit langem einen ausgezeichneten Ruf. Doch seine Überheblichkeit erboste mich, seine hochfahrenden Worte hallten im Takt meiner Füße nach, bis ich erschöpft und verzweifelt vor der Tür meines Zimmers wieder zu mir kam. Vermutlich hätte ich mich überglücklich preisen sollen, daß er sie erkannt, sie gekannt hatte, doch was nutzte mir dieses Wissen, wenn er mir die für mich nützlichste Einzelheit nicht mitteilte? Was war jetzt zu tun?

Ich stürzte in mein Zimmer, wo Setau eine Lampe hatte brennen lassen, schloß die Tür hinter mir, stand da und starrte die Dinge an, die mir nicht mehr vertraut waren. Alles hatte sich verändert. Vor ein paar Stunden war das noch mein Lager, das da mein Tisch, das meine Truhe gewesen, deren Deckel ich nicht ganz geschlossen hatte, als ich den Dolch herausholte. Jetzt schienen sie einem anderen Menschen zu gehören, einem Kamen, den es nicht mehr gab.

Ich begann auf- und abzugehen, denn ich war zu überreizt, um mein Lager aufzusuchen. Gern wäre ich in das Schlafzimmer meines Vaters gestürzt, hätte ihn aufgeweckt, ihm meine Neuigkeiten ins schlaftrunkene Ohr geschrien, doch was war, wenn ich seinem Gesicht das gerade erworbene Wissen ablas? Was war, wenn er bereits von ihr wußte? Ich wollte keine Bestätigung, daß er mich getäuscht hatte. Das alles konnte er mir später auch noch erklären. Außerdem brach er am nächsten Morgen auf, und ich wollte ihn noch ein wenig länger in hohem Ansehen halten. Sehr wahrscheinlich wußte er auch, wer mein Vater war. Er sei von Adel gewesen, hatte der Seher gesagt. Nesiamun müsse sich nicht schämen, daß er mich als Ehemann für seine Tochter bekam.

War der, der mir das Leben geschenkt hatte, ein Freund meines Adoptivvaters gewesen? Ich ging die Männer durch, mit denen er geschäftlich zu tun hatte, solche wie den Seher, der bei ihm kaufte, solche, die Geld in seine Karawanen steckten, solche, die er nach Hause zum Essen einlud. Alle behandelten mich mehr oder weniger gleichgültig-höflich. War einer von ihnen herzlicher in seiner Unterhaltung als der Rest?

Hatte sich einer von ihnen mehr Mühe als die anderen gegeben, mich nach meinem Ergehen zu befragen? Was war mit General Paiis? Er war ein berüchtigter Frauenheld und hatte während seiner zweiten Laufbahn gewißlich mehr als nur einen Bankert gezeugt. Gern wäre ich sein Sohn gewesen. Doch er und mein Vater verkehrten nicht in denselben Kreisen, obwohl mein Vater seinen Einfluß geltend gemacht hatte, um mir eine Stellung in Paiis' Haushalt zu verschaffen. Hatte er mehr als nur Einfluß geltend gemacht? Ihn vielleicht ein wenig erpreßt? Bei dem Gedanken lachte ich schallend, blieb an meinem Fenster stehen und drohte mir im Geist mit dem Finger ob meiner Torheit. Solche Mutmaßungen führten zu nichts, außer ins Land der Phantasie.

Und was war mit meiner Mutter? Sollte ich zum Seher zurückgehen und ihm zusetzen, bis er mir alles sagte, was er wußte? Ich hatte ganz eindeutig das Gefühl, daß er mir viel vorenthielt. Aber der mächtige Mann würde sich wohl kaum zwingen oder nötigen lassen, mehr für mich zu tun, es sei denn, es beliebte ihm so. Ich könnte Achebset und meinen Kameraden von der Militärschule die ganze Geschichte erzählen und sie bitten, die Stadt zu durchstreifen und auf alle Anhaltspunkte zu achten, die mich zu ihr führen konnten. Ja, das würde ich tun, doch Pi-Ramses war riesengroß, auf diesem Weg würde ich sie kaum aufspüren. Ich könnte tun, was Takhuru vielleicht jetzt schon tat. Ich könnte unter den Rollen im Arbeitszimmer meines Vaters suchen. Schließlich war er für mehrere Wochen fort. Der Gedanke, den Inhalt seiner Truhen zu durchstöbern, hinterließ einen unangenehmen Geschmack in meinem Mund. Es war abscheulich, derlei hinter seinem Rücken zu tun. Erst würde ich mit ihm reden – seine Unterlagen zu durchsuchen mußte meine letzte Zuflucht bleiben.

Bei diesem Gedanken gähnte ich, denn das Fieber war einer

jähen Müdigkeit gewichen. Ich rief nicht nach Setau, daß er mir das Khol vom Gesicht wusch, sondern legte Wäsche und Geschmeide ab, schleuderte alles zuhauf auf den Fußboden, warf mich auf mein Lager und deckte mich mit dem Laken zu. Eine Weile wirbelten mir die Ereignisse des Abends noch im Kopf herum – der gewaltige Haushofmeister Harshira und seine schwarzen Augen, mein erster Blick auf den Seher hinter seinem Schreibtisch, die weiß behandschuhten Hände auf der Tischplatte gefaltet, mein Schreck, als er die Kapuze zurückschob und Haare wie geronnenes Mondlicht offenbarte, dann sein Diener, der mir mit meinem Dolch in der Hand nachlief, als ich durch den Garten nach Haus ging – bis sich alles in Bewußtlosigkeit auflöste.

Ich träumte nicht. Etwas in mir wußte, daß ich nun vor dieser besonderen Heimsuchung gefeit war, und ich schlief tief und fest bis zu dem Augenblick, als ich auf einmal hellwach war, mich aufsetzte und das Laken umklammerte. Die Lampe war verloschen, in der Luft hing der muffige Geruch nach verbranntem Öl, und ich konnte nur ganz schwach das Viereck meines Fensters erkennen, doch das machte nichts. Es war nicht die Angst, die mich hatte hochschrecken lassen, sondern ein Schleier war zerrissen. Jetzt wußte ich, was es mit der kleinen Tür im Arbeitszimmer des Sehers in der Wand rechter Hand auf sich hatte, die mich bei meinem Besuch so beunruhigt hatte. Da konnte ich mir noch nicht erklären, warum sie mich so beunruhigte, doch als ich jetzt dasaß und ins Leere starrte, sah ich alles deutlich vor mir: die ordentlich vollgestellten Regale, das schlichte Zedernholz der Tür, der Haken an der Türkante, der säuberlich in den in die Wand eingelassenen Ring gehakt war, und die Schnur, die durch Haken und Ring lief und die Tür verschlossen hielt.

Schnur. Und Knoten. Viele Knoten, schwierig und unmöglich zu lösen, es sei denn, man wußte, wie sie geknotet waren, Knoten, die gewährleisteten, daß alles dahinter gut aufgehoben war. Oder darin. Jedermann verwendete Knoten, wenn er Truhen und Kästen verschließen wollte. Ich auch. In der Regel waren sie einfach, rasch geknüpft, damit die Deckel Staub, Sand oder Ungeziefer fernhielten. Falls zusätzliche Geheimhaltung vonnöten war, bedeckte man die Knoten mit Wachs und drückte seinen Ring hinein. Doch die Knoten, die die Tür im Arbeitszimmer des Sehers verschlossen hielten, waren so kompliziert und kunstvoll, ein geordneter Wirrwarr von Knüpfungen, daß man lange brauchte, wenn man sie lösen wollte. Schlimmer noch, man würde sie nie wieder so hinbekommen. Sie waren einzigartig. Und ich hätte mein Leben darauf verwettet, daß die Knoten, die ich mit halbem Auge gesehen hatte, von derselben Person geknüpft worden waren wie die, welche den Zedernholzkasten verschlossen gehalten hatten, den ich so widerstrebend aus Aswat mitgenommen hatte.

Ich hatte Angst, mich zu bewegen. Stocksteif saß ich auf meinem Lager und fürchtete, daß selbst ein Fingerzucken meine Gedanken verscheuchen könnte. Dieselben Knoten. Dieselbe Person. Dieselbe Person? Aber es war unmöglich, daß der Seher die Knoten geknüpft hatte, die ich an dem Kasten, den mir die Irre in die widerstrebenden Hände gedrückt hatte, so eingehend untersucht hatte. Sie hatte behauptet, er enthielte ihre Lebensgeschichte. Folglich hatte sie auch den Inhalt hineingetan, den Deckel geschlossen und den Kasten verschnürt. Sie hatte nirgendwo angedeutet, daß ihr der Seher den bereits verschnürten Kasten gegeben hätte oder daß sie ihn, sagen wir, am Flußufer gefunden hätte, nachdem Edelleute aus Pi-Ramses in Aswat haltgemacht hatten. Sie hatte immer wieder beteuert, daß ihre Geschichte in dem Kasten läge, eine Geschichte von Gift und Verbannung, deretwegen sie um Begnadigung bat.

Wie kam es dann, daß beide, sie und der Seher, nicht zu unterscheidende Knoten knüpfen konnten? Es gab nur eine Erklärung: Die Frau war also doch bei Trost. Und bei diesem Gedanken hatte ich das Gefühl, daß sich etwas, was sich seit unserer Begegnung in meinem Inneren verkrampft hatte, entspannte und löste. Sie war bei Trost. Sie sagte die Wahrheit, und es war eine verzweifelte, bittere Wahrheit. Sie hatte gesagt, daß sie einst eine Heilkundige gewesen wäre, doch wo? Das hatte sie mir nicht gesagt. Aber war der Seher nicht auch heilkundig? War es möglich, daß sie früher, vor langer, langer Zeit, hier in Pi-Ramses den gleichen Beruf ausgeübt hatte? Vielleicht hatte sie sein Haus aufgesucht, um Konsultationen durchzuführen, und dabei beobachtet, wie er die schlauen Knoten knüpfte, mit denen er die Tür verschloß, die ich in seinem Arbeitszimmer gesehen hatte? Falls es sich so verhielt, war es gleichermaßen möglich, daß sie meine Mutter gekannt hatte. Irgendwie mußte ich nach Aswat zurück, mußte mit ihr reden, ihr meine Geschichte erzählen, so wie ich mir ihre angehört hatte, und sie nach meiner Mutter ausfragen. Aber woher eine Ausrede nehmen, damit ich den General so lange verlassen konnte, wie ich für Hinfahrt und Rückkehr brauchte? Ich wußte es nicht. Doch ich gelobte, einen Weg zu finden, selbst wenn das bedeutete, meine Stellung aufzukündigen.

Ich konnte nicht mehr einschlafen. Mit angezogenen Knien hockte ich auf meinem Lager, hatte meinen Körper zwar im Griff, doch in meinem Kopf tobten bis zum Einsetzen der Morgendämmerung Vermutungen und Mutmaßungen. Unten auf dem Hof setzte hektisches Leben und Treiben ein. Ich stand auf, ging zum Fenster, trat aufs Dach und zur Brüstung. Gleich hinter den Speicherkrügen mit dem Korn flammten Fackeln, und in ihrem zuckenden Schein rannten Diener hin und her, beluden Pferde, die am Tor standen, während die Hunde, welche die Karawanen begleiteten, das Ungeziefer der Wüste töteten und vor Gefahr warnten, aufgeregt bellend umhersprangen. Ich erblickte Kaha mit seiner Palette und einen ziemlich zerzausten Pa-Bast, die sich wegen eines Stapels Säcke berieten, und dann erschien mein Vater in Umhang und Stiefeln, und ich zog mich zurück. Ich wollte nicht, daß er mich erblickte, mich bat, das Haus während seiner Abwesenheit gut zu hüten, und mich strahlend anlächelte. Zwischen uns stand jetzt etwas, und ehe ich das nicht erforscht und verstanden hatte, konnte ich ihm nicht offen in die Augen sehen.

Endlich brach die kaum zu bändigende Kavalkade auf, zog durch das Tor, auf den Wirtschaftshof und dann durch den Dienstboteneingang. Der Lärm von Geplauder und stampfenden Hufen erstarb und hinterließ zerwühlte Erde, durch die sich Pa-Bast und Kaha einen Weg bahnten und dann unter mir das Haus betraten. Der Himmel im Osten wurde hell.

Setau kam ins Zimmer, begrüßte mich, stellte ein frühes Morgenmahl auf den Tisch und sortierte wortlos den Haufen Wäsche und Geschmeide, den ich am vergangenen Abend einfach zu Boden geworfen hatte. Ich zwang mich, das frische, warme Brot, den braunen Ziegenkäse und die süßen, runzligen Äpfel zu essen, und die ganze Zeit überlegte ich, was ich meinem General heute erzählen könnte. Ich mußte nach Aswat und wieder daheim sein, ehe mein Vater aus Theben zurückkehrte. Bestenfalls war er drei Wochen fort. Aswat war näher gelegen als Theben, und gewißlich brauchte ich mit der Frau nicht mehr als einen Tag, doch wahrscheinlich würde mich der General nicht sofort freigeben, falls er mir überhaupt Urlaub gewährte. Was sollte ich tun, wenn er mir die Bitte rundheraus abschlug? Wenn ich nicht gehorchte, würde mir das als Fahnenflucht ausgelegt werden, und darauf stand natürlich der Tod. Mit welchem Argument konnte ich ihn herumbekommen? Ich hatte noch immer keine klare Vorstellung, was ich sagen sollte. Aber ich war fest entschlossen, obwohl ich Angst hatte.

Ich hätte mir jedoch keine Sorgen machen müssen, denn als ich knapp eine Stunde auf meinem Posten vor der Tür des Generals gestanden hatte, trat sein Haushofmeister zu mir. «Offizier Kamen», sagte er, «du sollst mitkommen. Der General ist in seinem Arbeitszimmer.» Verdutzt folgte ich ihm ins Haus und ging weiter, nachdem er verschwunden war, bis zu der vertrauten Tür aus Zedernholz. Ich klopfte an und wurde hereingebeten.

Paiis saß an seinem Schreibtisch. Ein Tablett mit den Resten eines nur halb gegessenen Morgenmahls stand auf dem Boden, und er selbst war auch nur halb bekleidet. Er hatte sich einen kurzen Schurz um die Mitte gebunden, und seine Füße waren nackt. Der Raum duftete stark nach dem Lotosöl, das auf seiner breiten Brust glänzte und noch nicht aus seinem ungekämmten Haar gewaschen war. Er warf mir unter geschwollenen Lidern einen Blick zu.

«Ach, Kamen», sagte er brüsk. «Stelle deine Dienstliste anders zusammen, so daß für einige Zeit Ersatz für dich da ist. In vier Tagen triffst du dich an meiner Bootstreppe mit einem meiner Söldner und begleitest ihn nach Aswat, wo er die Irre verhaften wird. Du bist mir für ihre Sicherheit und ihr Wohlergehen verantwortlich, bis er sie hier im Gefängnis abgeliefert hat. Deine Untergebenen sollen ein Boot deiner Wahl mit Vorräten versehen, aber nur eins mit einer Kabine, die statt Vorhängen richtige Wände hat. Du wirst zur Nacht in keinem Dorf anlegen und wirst mit niemandem über diesen Auftrag reden. Sobald du zurück bist, meldest du dich persönlich bei mir. Das ist alles.»

Ich starrte ihn wie betäubt an. Seine Worte kamen so völlig überraschend, daß ich meine Gedanken einen Augenblick lang nicht beisammen hatte. Dann platzte ich heraus: «Aber warum, General?»

«Warum?» Seine schwarzen Brauen hoben sich ruckartig. «Weil ich dir den Befehl dazu erteile, darum.»

«Ja.» Ich geriet ins Schwimmen. «So lautet mein Befehl, ich werde gehorchen, aber darf ich fragen, warum sie verhaftet werden muß?»

«Ganz und gar nicht», antwortete er schroff. «Wenn jeder Soldat seinen Befehl hinterfragen würde, Ägypten stürzte binnen einer Woche ins Chaos. Willst du dich etwa weigern?» Ich wußte, wenn ich das tat, bekam mein Vorgesetzter in der Militärschule ein schlechtes Zeugnis über mich, ein Hindernis für meine Laufbahn, und zudem schien mich das Schicksal ausgerechnet an den Ort zu schicken, wohin ich so verzweifelt strebte. Dennoch ergab das Ganze überhaupt keinen Sinn. Warum einen Soldaten aus dem Delta und einen teuren Söldner den ganzen Weg nach Aswat schicken, wenn eine Botschaft an den Gouverneur der Provinz, in der die Frau lebte, gewißlich reichte? Gab es in der Nähe von Aswat keine Gefängnisse? Und warum, um Amuns willen, wurde sie überhaupt verhaftet? Ich bewegte mich auf gefährlichem Terrain, als ich nicht salutierte und auf den Fersen kehrtmachte, sondern nachhakte.

«Nein, General», sagte ich. «Mir ist durchaus klar, daß eine Weigerung eine schlechte Beurteilung bei meinem unmittelbaren Vorgesetzten zur Folge hätte. Aber zwei Männer aus Pi-Ramses mit solch einem Routineauftrag zu betrauen, erscheint mir unnötig.»

«Ach wirklich, du aufsässiger junger Offizier?» sagte er, und ein frostiges Lächeln huschte über sein Gesicht. «Vielleicht sollte ich mich darüber freuen, daß du dich so wegen der Verschwendung von Staatsgeldern und Zeit sorgst. Ich mag dich, Kamen, aber als Soldat fehlt es dir zuweilen an der richtigen Einstellung denen gegenüber, die mehr Verantwortung tragen als du. Das hier ist keine Strategiesitzung, noch ist deine Meinung gefragt. Tu, was man dir sagt.»

Dabei hätte ich es belassen sollen. Schließlich war ich vollkommen bei Trost im Gegensatz zu der Frau, die ich verhaften sollte, jedenfalls nach Meinung aller, wenn auch nicht nach meiner. Es war der helle Wahnsinn, den General zu bedrängen, doch ich konnte nicht anders. Je länger ich darüber nachdachte, desto hirnrissiger erschien mir die ganze Sache. «Mit Verlaub, General Paiis», bohrte ich weiter. «Erlaube mir zwei Bemerkungen.»

«Dann beeil dich!» fuhr er mich an. «Ich habe heute morgen noch nicht einmal gebadet.» Und warum war ich dann so schnell zu ihm bestellt worden? Ich wunderte mich, äußerte das aber nicht laut. Statt dessen fuhr ich fort:

«Erstens ist die Frau aus Aswat harmlos. Sie ist eine Landplage, weiter nichts. Hat sie kürzlich ein Verbrechen begangen? Zweitens, warum ich?»

«Das ist keine Bemerkung, sondern eine Frage, du junger Dummkopf», sagte er matt. «Und die Antwort, eine Antwort, zu der ich wirklich nicht verpflichtet bin, wie du weißt: Es ist Brauch, daß ein Verbrecher persönlich identifiziert wird. Du hast sie nicht nur gesehen, sondern auch mit ihr gesprochen. Jeder andere Soldat, den ich auswählen würde, könnte einen Fehler machen.»

«Ein Mitglied ihrer Familie könnte sie identifizieren. Oder einer der Dorfbewohner.»

«Würdest du in solch einer Situation mit dem Finger auf ein Mitglied deiner Familie zeigen?» fragte er. «Und was die Dorfbewohner angeht, so möchte ich das Ganze rasch und ohne viel Aufsehen abwickeln. Die Dorfbewohner haben lange genug unter ihr gelitten. Desgleichen die königlichen Herolde und jeder andere Höherstehende, der seine Geschäfte oder Ägyptens Geschäfte unbehelligt tätigen möchte, ohne befürchten zu müssen, von dieser aufdringlichen Person belästigt zu werden. Die Beschwerden sind schließlich gehört worden. Sie soll für eine gewisse Zeit eingesperrt werden. Man wird freundlich, aber bestimmt mit ihr umgehen, und wenn man sie freiläßt, wird man sie ermahnen, daß sie noch länger verbannt bleibt, falls sie die Reisenden auf dem Fluß weiter behelligt.»

«Aha», sagte ich, doch ich wunderte mich schon wieder, warum sich die Behörden vor Ort, in Aswat, nicht mit den Beschwerden befaßten und warum sich ein so mächtiger und einflußreicher Mann wie Paiis mit dieser unbedeutenden Angelegenheit abgab. Auf einmal kamen seine Worte bei mir an, und ich reckte den Kopf. «Noch länger verbannt, mein General? Dann ist sie also nach Aswat verbannt worden? So stimmt zumindest dieser Teil ihrer Geschichte. Hast du den Kasten aufgemacht und darin ihre Geschichte gefunden, wie sie mir geschworen hat?»

Er stand auf, ging um den Tisch herum, und mich wehte eine Mischung aus Lotosparfüm und Männerschweiß an. «Ich habe den Kasten nicht geöffnet», sagte er mit Nachdruck, so als redete er mit einem kleinen Kind. «Ich habe mich seiner entledigt, wie du es gleich hättest tun sollen. Ich habe ihn weggeworfen. Das Wort Verbannung ist mir unbeabsichtigt unterlaufen. Sie stammt aus Aswat, und ihr Wahnsinn hält sie dort fest. Mehr habe ich damit nicht gemeint. Du läufst Gefahr, nicht nur deine Stellung in diesem Haus zu verlieren, sondern auch unser Vertrauen, daß du ein guter Soldat mit einer vielversprechenden Zukunft bist. Noch sehe ich das Ganze als jugendliche Besessenheit mit dem anrührenden Schicksal dieser Frau.» Er packte mich bei der Schulter, und seine Miene wurde weicher. «Ich vergesse also, daß du die Unverschämtheit gehabt hast, deine Befehle in dieser Sache in Frage zu stellen, falls du bereit bist, sie gewissenhaft auszuführen und dir jeden Gedanken an Aswat aus dem Kopf zu schlagen. Abgemacht?» Jetzt lächelte er ein herzliches, strahlendes Lächeln, und ich reagierte, indem ich mich seinem Griff entzog und mich verbeugte.

«Du bist großmütig, General», sagte ich. «Kenne ich den Söldner, den du für diese Ausgabe ausgewählt hast?»

«Nein. Ich habe noch keinen ausgewählt. Doch ich erwarte, daß du binnen vier Tagen reisefertig bist. Und jetzt bist du endgültig entlassen.»

Ich salutierte und ging zur Tür. Als ich mich umdrehte, um sie hinter mir zuzumachen, beobachtete er mich noch immer mit unter der Brust verschränkten Armen, und sein Gesichtsausdruck war nicht mehr gütig. Sein eindringlicher, schwarzer Blick war gänzlich ausdruckslos geworden.

Als ich meine Wache für diesen Tag beendet hatte, verbrachte ich den Abend damit, den Dienstplan für die Wachmannschaft umzustellen, und erteilte Befehle, das von mir ausgesuchte Boot mit Proviant zu versorgen. Paiis besaß mehrere Einer, Flöße und andere Boote, doch ich wunderte mich, warum er mir nicht befohlen hatte, eines aus dem kleinen Militärhafen zu holen, der am Residenzsee an die Kasernen grenzte. Und ich wunderte mich auch, warum ich über Nacht nicht anlegen durfte, weil man mich beobachten könne. Die ganze Sache roch mir nach übermäßiger Heimlichtuerei, und das schmeckte mir gar nicht. Warum mußte die schlichte Verhaftung einer jämmerlichen Bauersfrau geheimgehalten werden? Vor allem, wenn sie nur für kurze Zeit festgehalten und dann wieder freigelassen werden sollte? Warum wurde der Dorfschulze von Aswat nicht angewiesen, sie unter Hausarrest zu stellen? Je länger ich darüber nachdachte, desto alberner kam mir die ganze Angelegenheit vor, und meine Freude, daß ich sie tatsächlich wiedersehen würde, wurde allmählich von unguten Gefühlen und Ratlosigkeit überschattet.

Natürlich hatte Paiis den Kasten nicht vernichtet. Für mich war es sonnenklar, daß er ihn nicht nur aufgemacht, sondern darin etwas Wichtiges gefunden hatte, etwas, was so schwerwiegend war, daß er sie aus eigenem Antrieb heimlich verhaften ließ. Das war meinerseits eine Mutmaßung, doch er hatte nirgendwo angedeutet, daß er nur der Übermittler eines Befehls an mich war. Solange die Frau eine Landplage war, Männer belästigte, die sie für irre hielten und sie abblitzen ließen, hatte Paiis sie übersehen können. Doch durch mich hatte sich das vollkommen verändert. Ich hatte den Kasten übernommen. Ich hatte ihn trotz ihrer Warnung ihm übergeben und damit seinen Entschluß zu handeln beschleunigt. Falls es sich so verhielt, dann war ich der Grund für ihre bevorstehende Verhaftung. Natürlich würde ich dem General gehorchen. Eine Weigerung war undenkbar. Doch ich würde behutsam vorgehen. Hätte ich doch nur meine Prinzipien über Bord geworfen, die komplizierten Knoten durchtrennt und die Papyrusblätter gelesen, die sich zweifellos darin befunden hatten.

Als ich nach Hause kam, war es vollends Nacht geworden. Zwar brannte eine Lampe in der Eingangshalle, dennoch wirkte das Haus verlassen, und die Stille, die mich anwehte, als ich über die Fliesen ging, hatte etwas Hohles. Bislang hatte ich die leichten Schritte meiner Schwestern oder die Stimme meiner Mutter, wenn sie tagtäglich das Haus für uns besorgte, nicht vermißt, doch jetzt sehnte ich mich danach, daß sie rief: «Kamen, bist du das? Du kommst spät!» und daß Tamit mit ihrem Kätzchen auf den Fersen auf mich zulief. Auf einmal kam ich mir einsam und wurzellos vor, und mich verlangte nach der Geborgenheit der Familie und der behaglichen Überschaubarkeit meiner Kindheit.

Als ich am Arbeitszimmer meines Vaters vorbeikam, blieb ich stehen. Auch er war fort. Er konnte mich also nicht ertappen, falls ich die Tür aufmachte, zu den Kästen ging, in denen er, wie ich wußte, seine Buchführung aufbewahrte, die Rollen herausnahm ... Leise Schritte hinter mir brachten mich zur Besinnung. Ich fuhr herum. Es war Kaha mit der Palette unter dem Arm, am Handgelenk den Lederbeutel, in dem er seinen Papyrus aufbewahrte, und mit einer Lampe in der Hand. «Guten Abend, Kamen», sagte er und lächelte. «Brauchst du etwas aus dem Arbeitszimmer?» Ich reagierte mit einem spöttischen Lächeln.

«Danke, nein, Kaha», erwiderte ich. «Ich habe nur herumgestanden und gedacht, wie leer das Haus doch wirkt, wenn alle fort sind, und jetzt muß ich auch noch weg. In vier Tagen soll ich in den Süden reisen.»

«So ein Pech aber auch. Wo du gerade zurückgekehrt bist», sagte er höflich. «Vergiß nicht, der Herrin Takhuru einen Brief zu schicken und sie von deiner erzwungenen Abwesenheit in Kenntnis zu setzen.» Er zwinkerte, und ich lachte.

«Ich bin zuweilen ein vergeßlicher Liebhaber», bestätigte ich. «Erinnere mich noch einmal daran. Schlaf gut, Kaha.» Er neigte den Kopf und ging an mir vorbei, verschwand im Arbeitszimmer und schloß hinter sich die Tür.

Ich rief nach Setau, zog mich aus, badete und speiste und sagte ihm, er könne während meiner Abwesenheit seine Familie im Delta besuchen, wenn er wolle, und als er mir eine gute Nacht gewünscht hatte, legte ich ein paar Körner Myrrhe in das kleine Weihrauchgefäß neben Wepwawets Statuette, entzündete die Holzkohle darunter, warf mich vor ihm zu Boden und betete inständig, daß diese Reise mir eine Antwort auf das Rätsel meiner Geburt geben und der Gott mich bei meinen Nachforschungen behüten möge. Als ich geendet hatte, stand ich auf und betrachtete ihn. Seine lange, edle Nase wies an mir vorbei, die kleinen Augen waren auf etwas gerichtet, was ich nicht sehen konnte, doch ich meinte, ihn murmeln zu hören: «Ich bin der Wegbereiter», und damit gab ich mich zufrieden.

Vom General kamen keine weiteren Anweisungen, die verbleibenden drei Tage meines Dienstes verliefen ereignislos. Kaha hatte Pa-Bast gesagt, daß ich fortmüsse, und der Verwalter versicherte mir, der Haushalt würde bis zu meiner Rückkehr reibungslos laufen. Die Worte waren eine reine Formsache. Solange ich zurückdenken konnte, regierte Pa-Bast die Familie ebenso gütig und skrupellos wie die Dienerschaft.

Am zweiten Tag besuchte ich Takhuru. Sie schmollte bei meiner Neuigkeit weniger, als ich gedacht hatte, und umarmte mich liebevoller, als ich erwartet hatte. Wahrscheinlich war sie ganz aufgeregt bei dem Gedanken an das, was sie ‹mein Geheimnis› nannte. Bei Takhuru bedeutete aufgeregt, daß sie etwas erhitzt war und sich nicht ganz so feierlich-gemessen bewegte wie üblich. Ich beobachtete sie belustigt und zugegebenermaßen leicht erregt, doch es tat mir nicht leid, daß ich sie verlassen mußte. Die Pflichten meiner anderen Welt drückten mir bereits aufs Gemüt, und ich konnte nur hoffen, daß der Söldner sich als ein netterer Reisegefährte erwies als der brummige Herold.

Nach meiner Wachablösung am dritten Abend überprüfte ich jede Elle des Bootes, das ich ausgesucht hatte, machte jeden Mehlsack auf, ging die Obstkörbe durch und überzeugte mich, daß die Bierkrüge noch versiegelt waren. Diese Überprüfung war beim Militär vorgeschrieben, obwohl sie häufig unnötig war. Was Waffen anging, so würde ich meine eigenen mitnehmen und der Söldner vermutlich seine. Wir würden mit einem Koch und sechs Ruderern reisen, alle von mir ausgewählt, denn wir würden tüchtig gegen den Strom anrudern müssen. Die Überschwemmung war auf ihrem Höhepunkt, und die Strömung in Richtung Delta war stark. Vor meiner ersten Reise nach Süden hatte ich mir vorgestellt, ich würde genüßlich stundenlang an Deck sitzen, während Ägypten an mir vorbeiglitt. Und so war es auch am ersten Tag. Danach wurde es allmählich langweilig und immer langweiliger, weil es keine gepflegte Unterhaltung gab, mit der man die Zeit hätte totschlagen können. Ein Söldner, der in der Wüste in der Randzone der ägyptischen Gesellschaft lebte, durfte munter und wenig aufgeblasen sein.

Ich verbrachte ein paar Stunden mit Achebset im Bierhaus und torkelte danach auf unsicheren Beinen nach Hause zurück, während der Vollmond hoch am friedlichen Himmel stand. Eigentlich wollte ich auf der Stelle zu Bett gehen, doch Setau stand von der Matte neben meinem Lager auf, als ich mein Zimmer betrat. «Da», sagte er und streckte mir eine Rolle hin. «Das ist vor ein paar Stunden für dich gekommen. Ich habe gedacht, ich sollte auf dich warten, falls das hier eine umgehende Antwort erfordert.» Ich nahm die Rolle, erbrach Takhurus Familiensiegel und entrollte sie behutsam. «Liebster Bruder, wenn du kannst, komm sofort», lautete sie. «Ich habe umwerfende Neuigkeiten für dich. Ich bin bis gegen Sonnenuntergang daheim, aber dann muß ich zu einem Fest auf dem Anwesen meines Onkels.» Die Zeichen waren unbeholfen gekritzelt, die Linien der Hieroglyphen wacklig, also hatte Takhuru sie keinem Schreiber diktiert, sondern mühsam eigenhändig geschrieben. Es ging um etwas, was ihr Vater nicht wissen durfte. Das konnte nur bedeuten, daß sie ihr Versprechen wahrgemacht und sein Arbeitszimmer durchstöbert hatte. Was hatte sie gefunden? ‹Umwerfende Neuigkeiten› besagte die Rolle. In der Tat umwerfend, wenn sie das veranlaßt hatte, sich einer Arbeit zu unterziehen, die sie verabscheute, nämlich zu Binse und Papyrus zu greifen. Takhuru las nicht gern und schrieb auch nicht, obwohl man ihr eine bessere Ausbildung als den meisten Mädchen hatte angedeihen lassen.

Ich ließ die Rolle zusammenrollen und starrte meinen Diener, der geduldig neben meinem Lager stand, blicklos an. Mein erster Gedanke war, aus dem Haus zu rennen, doch ich zügelte mich. Selbst wenn ich das tat, so war die Nacht bereits halb vorbei. Der Gedanke, sie zu wecken und dabei den ganzen Haushalt aufzustören, behagte mir gar nicht, und außerdem sollte ich Pi-Ramses um die Morgendämmerung herum verlassen. Widerwillig bewies ich Umsicht. Was auch immer sie entdeckt haben mochte, es mußte warten, bis ich zurück war. Hatte ich nicht schon sechzehn Lenze gewartet? Geduld, so pflegte mein Lehrer zu sagen, ist eine Tugend, die einzuüben lohnt, falls man eine achtenswerte Reife anstrebt. In diesem Augenblick war mir jedwede Achtung, ja, sogar Reife einerlei, doch ich wollte einen Auftrag nicht übermüdet beginnen oder, schlimmer noch, von Nesiamuns Verwalter dabei erwischt werden, wie ich über seine Mauern kletterte. Ich gab Setau die Rolle zurück.

«Verbrenne das hier», sagte ich, «und schicke morgen früh zu Takhuru. Laß ihr ausrichten, daß ich sie für einen Besuch hinsichtlich des Inhalts zu spät bekommen habe. Ich werde sie gleich nach meiner Rückkehr aus dem Süden aufsuchen. Danke, daß du auf mich gewartet hast.» Er nickte und nahm den Papyrus.

«Sehr wohl, Kamen. Ich habe deine Ausrüstung für morgen herausgelegt und breche selbst am Nachmittag nach Hause auf, bin aber in einer Woche zurück. Ich wünsche dir viel Erfolg.» Er verließ mich still, und als er fort war, fiel ich in einen bierseligen Schlaf.

Dennoch fand ich mich gerade vor Beginn der Morgendämmerung an der Bootstreppe des Generals ein und zwang mich, nur noch meine Pflicht im Kopf zu haben. Einer nach dem anderen trafen auch meine Ruderer ein, begrüßten mich freundlich und machten sich an die Arbeit. Der Koch und sein Helfer waren bereits an Bord. Ich stand am Fuß der Laufplanke, als meine Umgebung nach und nach Leben und Farbe annahm und die Vögel in den Büschen, die dicht zu beiden Seiten standen, schlaftrunken zu zwitschern anfingen.

Nach einer geraumen Weile sah ich zu meiner Überraschung den General höchstpersönlich den Weg vom Haus herabschreiten und unter seinem Pylon auftauchen. Unmittelbar hinter ihm ging eine gedrungenere Gestalt, die sich in einen braunen Wollumhang mit Kapuze hüllte. Sie erinnerte mich kurz an den Seher, bis der General stehenblieb und der Mann nach einer kurzen Verbeugung vor Paiis an mir vorbeischlüpfte, die Laufplanke hochlief und in der Kabine verschwand. Seine kraftvollen Knöchel waren noch brauner als sein Umhang, und um einen schlang sich ein dünnes Silberkettchen. Er ging barfuß. Die Hand, die auftauchte und die Kapuze beim Betreten der Laufplanke etwas zurückschob, war genauso dunkelbraun, ja, fast so schwarz wie Haut, die ständig der Sonne ausgesetzt ist. Ich sah einen aufblitzenden silbernen Daumenring, ehe der Ärmel des Umhangs die Finger wieder verbarg. Irgendwie kamen mir Zweifel, ob dieser Passagier zugänglicher sein würde als mein letzter, und ich wandte mich bekümmert an meinen Vorgesetzten. «Guten Morgen, General», sagte ich und salutierte. Als Antwort überreichte er mir eine Rolle.

«Die Bestätigung deiner Anweisungen, Offizier Kamen», sagte er. «Falls der unwahrscheinliche Fall eintreten sollte, daß du in Schwierigkeiten gerätst, gibt sie dir das Recht, Vorräte und Beförderungsmittel anzufordern, die du vielleicht benötigst.» Derlei Vollmachten waren üblich. Ich nickte also und steckte den Papyrus in meinen Gürtel.

«Vermutlich hat auch der Söldner einen schriftlichen Befehl», meinte ich. «Aus welcher Division ist er?»

«Augenblicklich gehört er keiner Division an», antwortete Paiis. «Er ist allein mir unterstellt. Er kann nicht lesen, darum ist er mündlich instruiert worden. Trotzdem wirst du ihm aufs Wort gehorchen.»

«Aber, General», begehrte ich hitzig auf, «in einer gefährlichen Situation, die eine Entscheidung erfordert, zählt diese doch gewißlich zu meinen Dienstobliegenheiten...» Mit einer raschen, beinahe wilden Geste schnitt er mir das Wort ab.

«Nicht dieses Mal, Kamen», sagte er nachdrücklich. «Dieses Mal bist du Begleitschutz und nicht der Hauptmann der Wache. Falls alles gutgeht, brauchst du gar keine Entscheidungen zu treffen. Und falls etwas schiefgeht, wirst du ihm gehorchen, ohne zu fragen.» Als er meine Miene sah, legte er mir mitfühlend die Hand auf die Schulter. «Das bedeutet nicht Zweifel an deinen Fähigkeiten», wollte er mir weismachen. «In Wahrheit ist diese Tatsache eine Bestätigung des Vertrauens, das ich in dich setze. Ich freue mich auf deinen Bericht, wenn du wieder zurück bist.»

Irgendwie fröstelte mich bei seinem Ton, und ich warf ihm einen schnellen Blick zu. Er lächelte, und das sollte wohl väterliche Sorge eines Vorgesetzten für einen vielversprechenden Untergebenen ausdrücken, aber dahinter, hinter der fahlen Haut und den Augenringen, war das Gesicht, dem man eine neuerliche wüste Nacht ansah, eigenartig verschlossen. Seine

Augen wichen meinen aus, er senkte den Blick, der dann zu den Ruderern wanderte, die mit eingezogenen Riemen warteten, und zu dem Steuermann, der auf dem Ausguck oben im Bug die Morgenluft schnupperte und einen Arm über das hochgeschwungene Ruder gelegt hatte. «Du solltest lieber ablegen», schloß er abrupt. «Die Flut hat ihren Höchststand erreicht, ihr werdet tüchtig und kräftig rudern müssen. Mögen deine Füße festen Tritt finden.» Seine Stimme brach, und er hustete und lachte kurz auf. Ich salutierte noch einmal, doch das schon vor seinem sich entfernenden Rücken, denn er hatte bereits mit gesenktem Kopf auf den Fersen kehrtgemacht und war gegangen.

Ich wandte mich auch ab; sofort streckte sich der Steuermann, die Ruderer beugten sich vor und wollten die Laufplanke einziehen, nachdem ich an Bord gegangen war. Ich zögerte. Noch war es nicht zu spät, es mir anders zu überlegen. Ein plötzliches Magengrimmen, ein jäher Fieberanfall. Ich könnte einen meiner Untergebenen mitschicken, der nur zu froh sein würde, der Langeweile des Wacheschiebens vor der Tür des Generals für zwei Wochen auf dem Fluß zu entrinnen. Aber was dann? Eine unbeholfene Entschuldigung bei Paiis? Eine Schriftrolle an meinen Ausbilder wäre die Folge – «Auf Kamen ist kein Verlaß, er tut seine Pflicht nicht, ohne zu fragen, darum habe ich ihn aus meinen Diensten entlassen. Er sollte zum einfachen Soldaten degradiert werden, bis er …» Die Sonne brannte schon heiß auf meinen Schultern, und ich spürte, wie mir der Schweiß ausbrach. Daran konnte nur die zunehmende Tageshitze schuld sein. Ich gab mir einen merklichen Ruck, lief die Laufplanke hoch, winkte dem Diener zu, daß er die vertäuten Seile loslassen konnte, und rief dem Steuermann zu: «Ablegen!»

An der Rückwand der zugezogenen Kabine war ein Sonnensegel angebracht worden, und in seinem Schatten machte ich es mir gemütlich, während sich unser Boot von der Bootstreppe des Generals löste und sich die Ruderer bereitmachten, in den Kanal einzubiegen, der uns durch die Wasser von Avaris und von dort auf dem hochgehenden Nil nach Süden führen würde. Irgend etwas veranlaßte mich, an die Kabinenwand zu klopfen. «Möchtest du nicht herauskommen und die Flußbrise genießen», rief ich, aber keine Antwort. Na schön, dachte ich und bedeutete dem Helfer des Kochs, mir Wasser zu bringen, wenn du lieber in der dunklen Höhle schwitzen willst, mir soll es recht sein. Ich wandte meine Aufmerksamkeit dem sich bei zunehmender Entfernung langsam entfaltenden Panorama der Stadt zu und ließ mir die kühle Flüssigkeit durch die Kehle rinnen.

Fünftes Kapitel

Zu jeder anderen Jahreszeit hätte die Reise nach Aswat ungefähr acht Tage gedauert, doch die Überschwemmung hatte ihren Höchststand erreicht, und zudem hielten uns die Beschränkungen auf, die General Paiis befohlen hatte. Das Delta und die Abfolge von dichtbesiedelten, großen Städten machte schon bald Kleinstädten und dann langen Strecken mit verlassenen, in den trägen Fluten versunkenen Feldern Platz, die einen ebenso friedlichen, blauen Himmel spiegelten. Zuweilen waren wir gezwungen, früh anzulegen, weil die kommende Strecke wenig Abgeschiedenheit bot und ich ermahnt worden war, nicht in Sicht eines Dorfes oder Gehöfts anzulegen. Manchmal war der Uferbewuchs üppig und dicht, doch der Fluß strömte rasch, ohne daß uns eine kleine Bucht Schutz geboten hätte. Für die Ruderer war es ein hartes Stück Arbeit, gegen die nach Norden ziehende Strömung anzurudern. Weil wir so langsam vorankamen, wurde es mir zunehmend langweiliger, und meine wachsenden unguten Gefühle ließen sich auch nicht abschütteln.

In den ersten drei Tagen entwickelte sich ein Muster, wie wir mit unserer Einsperrung fertig wurden. Nachdem wir gleich nach Einbruch der Nacht an irgendeiner einsamen Stelle angelegt hatten, zündeten der Koch und seine Helfer das Kohlebecken an und bereiteten für alle Essen zu. Ich speiste mit den anderen, doch der Söldner ließ sich in seiner Kabine auftragen. Danach verließ ich das Boot, nahm ein wenig Natron mit und wusch mich im Fluß. Wenn ich zurückkam, war das Kohlebecken gelöscht, und die Überreste des Abendessens waren beseitigt. Die Ruderer hatten sich unter dem Bug versammelt und schwatzten oder spielten, und ich schritt auf dem Deck auf und ab, die Augen auf das dämmrige Ufer oder den mondbeschienenen Fluß gerichtet, bis es für mich Zeit zum Schlafengehen war. Inzwischen hatten sich die Ruderer schon in ihre Decken gewickelt und zu dunklen Erhebungen zusammengekuschelt, und auch ich streckte mich auf meinem Strohsack aus, legte meinen Dolch unter das Polster, das mir als Kopfkissen diente, und blickte zu den Sternen hoch, bis mir die Augen zufielen.

Ich wußte, daß der Söldner während der Nachtstunden herauskam, weil ich ihn einmal belauscht hatte. Die Kabinentür knarrte leise, dann hörte ich halbwach, wie er sich barfuß über die Bootsplanken schlich. Danach platschte es ein wenig, und dann hörte ich eine lange Zeit gar nichts. Als ich gerade wieder einschlafen wollte, kletterte er an Bord zurück, und dieses Mal schlug ich die Augen auf. Er tapste leise zur Kabine und ließ überall kleine Lachen zurück, wrang sich mit beiden Händen das Haar aus und verspritzte dabei kaum sichtbare Tropfen. Mit einer fließenden Bewegung öffnete er die Tür, und einen kurzen Augenblick lang wirkte er irgendwie nicht menschlich, sondern geschmeidig und ungezähmt wie ein wildes Tier; dann schlüpfte er hinein, und das Trugbild platzte. Vermutlich hatte auch er sich den Schweiß und Dreck des Tages abgewaschen, doch der Gedanke machte ihn mir nicht angenehmer.

Er hielt sich während der nicht enden wollenden Stunden des Tages auch weiterhin verborgen, während ich unter dem Sonnensegel saß oder lag und zwischen uns nichts war als eine dünne Holzwand. Doch auf unserer Fahrt gen Süden wurde ich mir zunehmend seiner Gegenwart bewußt, und das mit unguten Gefühlen. Mir war, als sickerte seine mächtige und geheimnisvolle Aura durch die Kabinenwände, und ich nahm sie auf, sie ergriff Besitz von meinem Kopf und verstärkte die unbestimmte Angst, mit der ich zu kämpfen hatte und die sich schließlich in körperlicher Unrast ausdrückte. Gelegentlich räusperte er sich oder ging in der Kabine auf und ab, doch selbst die Geräusche, die er machte, wirkten geheimnisvoll. Gern hätte ich das Sonnensegel abnehmen und am Bug anbringen lassen, doch diesen Platz hatte sich der Rest der Mannschaft bereits angeeignet, und außerdem hätte ich damit eingestanden, daß meine unguten Gefühle rasch zu wenig schmeichelhafter Furcht wurden. Wenn er nur einmal ans Tageslicht gekommen wäre, wenn er an die Wand geklopft und nur ein Wort mit mir gewechselt hätte, wahrscheinlich wäre der schlechte Eindruck verflogen. Doch er ließ sich nicht blicken, während die Tage dahinflossen, und tauchte nur kurz und verstohlen auf, um im Nil zu baden, wenn ihn die Dunkelheit schützte.

Mein Schlaf wurde immer leichter. Zuweilen wachte ich schon auf, ehe ihn das leise Knarren verriet, und beobachtete angespannt und mit halb geschlossenen Lidern, wie er sich nackt über die Bordkante stahl und sich bewundernswert mühelos ins Wasser gleiten ließ. Ich war auch muskulös und gut in Form, aber er, der schätzungsweise mindestens doppelt so alt war wie ich, bewegte sich so beherrscht und geschmeidig, wie es nur jahrelange körperliche Ertüchtigung bewirkt. Erneut fragte ich mich, wo Paiis ihn aufgetrieben hatte und warum er dieses Prachtexemplar mit einem so langweiligen Routineauftrag wie der Verhaftung einer Bäuerin betraute. Wahrscheinlich gehörte er zu irgendeinem Wüstenstamm. Die Medjai, die

Wüstenpolizei, rekrutierte sich seit vielen Hentis aus Völkern, die mit ihren Schaf- und Viehherden in die sandigen Einöden eingedrungen waren, denn nicht einmal Ägypter hielten die langen, anstrengenden Monate durch, die man brauchte, wenn man unsere öde Westgrenze zu den Libyern abpatrouillieren wollte. Doch dieser Mann stammte vermutlich nicht aus den Reihen der Medjai, oder falls doch, so war er noch nicht lange Zeit angeworben. Die Wildheit der Wüste haftete ihm noch immer an.

Ich grübelte einige Zeit darüber nach, rief mir die Worte des Generals ins Gedächtnis, als er mir diesen Auftrag erteilt hatte, und meine eigenen Fragen dazu, und dabei wurde mir zur Gewißheit, daß irgend etwas nicht stimmte. Schließlich war Paiis nicht General geworden, weil er ein so guter Liebhaber war. Er dachte klar, sachlich und vernünftig. Er wußte genausogut wie ich, der jüngere Offizier, daß die Festnahme und Einsperrung dieser Frau nur einen schriftlichen Befehl an den Dorfschulzen erforderte, denn der war bestens geeignet, sie unter Bewachung in die nächste Stadt zu bringen. Dennoch lag ich mitten in der Nacht schlaflos auf meinem Strohsack, hatte eine Mannschaft und Vorräte und war auf dem Weg nach Aswat, als ob sie eine Schwerverbrecherin wäre. Und dann der Mann in der Kabine. Der war nicht der Schulze ihres Dorfes. Der war kein Herold. Der diente nicht einmal als Soldat in irgendeiner ägyptischen Division. Was war er dann? Vor dieser Frage scheuten meine Gedanken zurück.

Doch in der siebten Nacht, nachdem er wieder über das Deck und über die Bordkante geglitten war, stand ich auf, duckte mich vorsichtshalber, damit er mich nicht über der Reling erblickte, und kroch zur Kabine. Er hatte die Tür offengelassen, also brauchte ich mir keine Sorgen zu machen, daß sie möglicherweise knarrte und mich verriet. Auf Händen und

Füßen schlüpfte ich hinein. Drinnen war es fast vollständig dunkel und sehr stickig, und es roch beißend nach Schweiß. Ich traute mich, einen Augenblick innezuhalten, obschon alles in mir schrie, schnell, schnell, und allmählich gewöhnten sich meine Augen an die Dunkelheit. Ich erkannte die zerdrückten Polster, auf denen er vermutlich die meiste Zeit verbrachte, und daneben ein Bündel. Merkwürdigerweise scheute ich davor zurück, es anzufassen, hob aber trotzdem den groben, zerdrückten Umhang hoch und schüttelte ihn. Dabei fiel nichts heraus, doch unter dem Kleidungsstück lag ein Ledergurt, in dem zwei Messer steckten. Eins davon war kurz, eher eine Klinge zum Abstechen von Tieren, doch das andere war krumm und gemein und bis zur Spitze grob gezackt, so daß es, wenn es herausgezogen wurde, dem Fleisch des Opfers eine tödliche, klaffende Wunde zufügte.

Das war nicht die Waffe eines Soldaten, soviel wußte ich. Ein Soldat mußte schnell reagieren, zuschlagen oder draufschlagen, zurückziehen und erneut zuschlagen. Dieses Messer erforderte nicht nur große Kraft, um es aus der Wunde herauszuziehen, sondern auch Zeit. Nicht sehr viel, aber trotzdem mehr, als es sich ein Soldat in der Hitze des Gefechts leisten konnte. Das war ein Dolch für einen Einzelmörder und ein einziges Opfer. Vage war ich mir bewußt, daß mein Herz mittlerweile heftig und unregelmäßig schlug, während meine Hand weiter unter den Polstern suchte. Unter einem fand ich einen dünnen Kupferdraht, der an jedem Ende um kleine, eingekerbte Holzklötze gewickelt war. Eine Garotte. Mit zitternden Fingern legte ich sie zurück, überzeugte mich, daß der Umhang wieder auf dem Gurt lag, und schlich mich schnell aus der Kabine.

Kaum hatte ich mich unter das Sonnensegel gelegt und mir die Decke über die Schultern gezogen, da hörte ich den Mann mäuschenstill wieder an Deck kommen. Ich drückte die Augen fest zu und zwang mich, nicht zu zittern. Die Tür machte ein ganz leises Geräusch, und im hinteren Ende des Bootes seufzte einer der Ruderer und fing an zu schnarchen. Ich wagte nicht, mich aufzusetzen, denn ich hatte Angst, der Mann in der Kabine, von dem mich nur ein paar Zoll trennten, könnte merken, daß ich nicht schlief. Hatte ich alles wieder so hingelegt, wie ich es vorgefunden hatte? Was würde passieren, wenn er merkte, daß ich seine Sachen durchsucht hatte, während er schwamm? Ob er riechen konnte, daß ich dagewesen war? Denn jetzt wußte ich, was er war. Kein Soldat. Nicht einmal ein Söldner. Er war ein Mörder, und Paiis hatte ihn gedungen, die Frau umzubringen, nicht sie zu verhaften.

Selbst jetzt noch wollte ich es nicht glauben. Starr und steif lag ich da, und mir schwindelte. Ich wollte aufspringen, wollte schwimmen, rennen, alles, nur um das Fieber loszuwerden, das mich ergriffen hatte, doch ich traute mich nicht, auch nur einen Zeh zu bewegen, und bemühte mich nach besten Kräften, mir einen Grund auszudenken, warum die Situation so war, wie sie war. Ich täuschte mich furchtbar in dem Mann. Er war ein fremdländischer Söldner, der natürlich die Waffen mit sich führte und verwendete, an denen man ihn in seinem eigenen Land ausgebildet hatte. Das war doch glaubhaft. Jemand Hochgestelltes, möglicherweise ein Fürst, war von der Frau belästigt worden und hatte ihre Verhaftung gefordert, und Paiis hatte wegen des hohen Ranges des Beschwerdeführers alles darangesetzt, damit nichts schiefging. Eine rasche Botschaft an den Schulzen ihres Dorfes hätte da nicht genügt. Aber warum dann die Heimlichkeiten? Warum versteckte sich der Mann? Warum hatte man mir befohlen, mich so wenig wie möglich zu zeigen?

Was auch immer ich versuchte, keines der lahmen Argumente überzeugte mich, es war und blieb ein verzweifelter Rechtfertigungsversuch, und am Ende mußte ich mich der unabweisbaren Schlußfolgerung stellen, daß der Mann, dem ich vertraute und der größtenteils für mein Wohlergehen verantwortlich war, daß dieser Mann mich angelogen hatte. Ich brachte der Frau aus Aswat nicht den Verlust ihrer Freiheit, sondern den Tod, und ich wußte nicht, was ich machen sollte.

Als ich mir endlich die Wahrheit eingestand, verspürte ich als erstes einen kalten und selbstsüchtigen Zorn auf den General. Er hatte mich benutzt, nicht weil ich ein fähiger Soldat, sondern weil ich jung und unerfahren war. Ein alter Hase hätte möglicherweise sofort etwas gerochen und den Auftrag mit einer schlauen Ausrede abgelehnt oder er hätte ihn weniger zaghaft als ich geprüft und dann seine Sorge einem Höhergestellten vorgetragen. Einem anderen General vielleicht.

Aber natürlich, es gab noch einen anderen Grund, warum Paiis mich als Lockvogel ausgesucht hatte. Er wollte völlig sichergehen, daß die Klinge des Mörders auch die richtige Frau traf. Falls er aus Versehen jemand anders umbringen ließ, würde es viele unvorhergesehene Schwierigkeiten geben. Er hätte einen der vielen Reisenden schicken können, die sie in all den Jahren angefleht hatte, doch keiner von ihnen, dachte ich verbittert und beschämt, wäre so arglos gewesen, daß er ihm die durchsichtige Geschichte mit der Verhaftung, mit der Absonderung des verhaftenden Offiziers, der nicht redete und sein Gesicht nicht zeigte, abgekauft hätte. Du Narr, schalt ich mich. Du eingebildeter Narr, da hältst du dich für überlegen und bildest dir ein, daß Paiis deine Fähigkeiten schätzt und dich ihretwegen ausgesucht hat. Du bist nichts weiter als ein namenloses Werkzeug.

Der Mann in der Kabine seufzte im Schlaf, ein langes Atemausstoßen, das mit Geraschel endete, als er sich auf den Polstern umdrehte. Ich kann versuchen, ihn jetzt umzubringen, dachte ich in meiner Dummheit. Ich kann in die Kabine schlüpfen und ihn, während er träumt, mit dem Schwert durchbohren. Aber kann ich auf dem Schlachtfeld wirklich einen Menschen töten, ganz zu schweigen von kaltblütigem Mord an einem Schlafenden? Die nötigen Handgriffe habe ich gelernt, aber das ist auch schon alles. Das weiß auch Paiis. Natürlich weiß er das. Und angenommen, ich versuche es, und es gelingt? Und angenommen, ich habe aus meinen eigenen Ängsten und Trugbildern ein Haus aus Rauch gebaut, und dieser Mann ist unschuldig, abgesehen von seiner Andersartigkeit? Dieser furchtbare Gedanke ging mir durch und durch. Ich bin Soldat und habe meine Befehle, ermahnte ich mich. Diese Befehle lauten, einen Söldner nach Aswat zu begleiten und ihm beim Ausführen seiner Aufgabe zu helfen. Ich weiß nicht, wie diese Befehle lauten, abgesehen von der Lüge, die mir der General aufgetischt hat. Ein vernünftiger und gehorsamer junger Offizier würde den Mund halten, nicht weiter herumrätseln, einfach tun, was man ihm aufgetragen hat, und den Rest seinen Vorgesetzten überlassen. Bin ich gehorsam? Bin ich vernünftig? Falls ich mit meinem gräßlichen Verdacht recht habe, sehe ich dann zu, wie der Mann tötet, ohne Prozeß, ohne schriftliches Todesurteil? O ihr Götter, ich muß doch mit ihr über meine Mutter reden. Ich habe gedacht, dazu wäre auf der Rückreise Zeit, aber falls ich recht habe und sie stirbt und ich es zulasse, weil es meine Pflicht ist, wie kann ich dann vorher mit ihr reden?

Noch nie im Leben war ich mir so verloren und verlassen vorgekommen. Was würde Vater in einer solchen Lage tun? fragte ich mich, und noch während ich mir die Frage stellte, war mir die Antwort klar. Vater war ein Mann, der mit dem Risiko lebte. Der hatte keine Angst, seinen ganzen Besitz in eine neue Karawane zu stecken, ohne daß am Ende mit Sicherheit neue Reichtümer für ihn winkten. Und obendrein war er in seinen Geschäften ehrlich und sittlich einwandfrei. «Kamen», würde er sagen, «was es auch immer kostet, das darfst du nicht zulassen. Aber erst mußt du dich vollends überzeugen, daß dein Verdacht zu Recht besteht, ehe du deinem Vorgesetzten nicht gehorchst und damit deine Laufbahn gefährdest.»

Mir war elend zumute, und ich drehte mich auf die Seite und legte die Wange in die Hand. Die Stimme hatte zuerst wie die meines Vaters geklungen und dann wie meine eigene geendet. Ich mußte ganz und gar sicher sein. So dumm, daß ich einfach in die Kabine gehen und den Mann nach seinen Absichten befragen würde, war ich nun auch wieder nicht, darum mußte ich warten, bis seine Taten meinen Argwohn bestätigten, und dabei gefährdete ich mein eigenes Leben. Denn falls er ein Mörder war, würde er nicht zulassen, daß ich ihm bei seinem Tun in die Quere kam. Ich bedeutete ihm nichts, und wie ein Nichts würde er mich beseitigen. Nach meiner Einschätzung brauchten wir noch drei Tage bis Aswat. Ich hatte also drei Tage Zeit, mir zu überlegen, was ich tun sollte. Ich fing an, zu Wepwawet zu beten, unablässig, unzusammenhängend und ohne ein Ende finden zu können.

An einem heißen, beklemmenden Abend machten wir gerade außerhalb der Sichtweite eines Dorfes fest. Die Sonne stand schon tief am Horizont, doch der letzte Schein des Tages färbte den Fluß noch rosig. Die Bucht, in der wir anlegten, war mir noch irgendwie vertraut, obwohl sie jetzt aufgrund der Überschwemmung größer war und die Bäume, die sich um ihr gefälliges Halbrund drängten, halb im Wasser versunken waren. Ich wußte auch noch, daß der Weg am Fluß hinter dem schützenden Dickicht scharf ins Inland abbog. Keiner, der von Aswat ins nächste Dorf wollte, würde merken, daß hier ein

Boot lag. Ich erlaubte dem Koch nicht, Feuer im Kohlebecken zu machen, wir ernährten uns von den kalten Rationen – geräucherte Gans, Brot und Käse –, während das Tageslicht schwand und das Leben und Treiben der Vögel ringsum erstarb, bis das einzige Geräusch das Gurgeln des Wassers war, das zum Delta strömte.

Ich zwang mich zum Essen, obwohl es mir den Appetit verschlagen hatte, und gerade als ich den letzten Tropfen Bier trank, war ein hartes Klopfen an der Kabinenwand zu hören. Erschrocken merkte ich, daß der Laut von innen kam. Ich wartete und hatte trotz des Bieres einen trockenen Mund, und dann hörte ich seine durch das Holz gedämpfte Stimme. «Offizier Kamen», sagte sie. «Kannst du mich hören?» Ich schluckte.

«Ja.»

«Gut. Wir sind in Aswat.» Das war eher eine Feststellung als eine Frage, dennoch antwortete ich.

«Ja.»

«Gut», wiederholte er. «Du wirst mich zwei Stunden vor der Dämmerung wecken und mich zur Bleibe dieser Frau führen. Du kennst sie?» Er redete mit starkem, kehligem Akzent. Sein Ägyptisch war unbeholfen, so als ob er diese Sprache nicht oft verwendete oder sie nicht richtig gelernt hätte, doch es hörte sich kalt und selbstsicher an und ließ keinen Zweifel an seiner Geistesgegenwart. Paiis mußte ihm alles erzählt haben, was ich ihm gestanden hatte. Woher hätte er sonst gewußt, daß ich ihn geradewegs zur Hütte der Frau führen konnte? Ich holte tief Luft.

«Es ist nicht gerade nett, sie aus dem Schlaf zu reißen, nur um sie zu verhaften», sagte ich. «Sie wird erschrocken und verstört sein. Warum nicht morgen früh, wenn sie Gelegenheit gehabt hat, sich zu waschen, sich anzuziehen und etwas zu essen? Schließlich», so fügte ich beherzt hinzu, «soll sie nicht wegen eines Kapitalverbrechens festgenommen werden. Sie mag nicht so irre sein, daß sie unter dem besonderen Schutz der Götter steht, aber richtig bei Trost ist sie auch nicht. Es ist grausam, sie im Dunkeln zu verhaften.»

Einen Augenblick herrschte Schweigen, und mit einem Frösteln wurde mir klar, daß er wohl lächelte. Dann hörte ich, wie er sich bewegte. «Ihre Nachbarn, ihre Familie sollen nicht gestört werden», sagte er. «Das hat mir der General aufgetragen. Falls wir morgens hingehen, ist das Dorf auf den Beinen. Überall Menschen. Die müssen es mit ansehen und sind betrübt. Ihre Familie wird später benachrichtigt.» Ich atmete so laut aus, daß er es hören konnte.

«Nun gut», sagte ich. «Aber wir müssen sanft mit ihr umgehen und freundlich.» Ich wartete auf eine Antwort, doch es kam keine. Inzwischen war meine Kehle vor lauter Angst so ausgedörrt, daß ich ein ganzes Faß Bier hätte austrinken können, und ich wollte dem Koch schon bedeuten, mir mehr zu bringen, überlegte es mir aber anders. Ich durfte mir nicht das Hirn vernebeln.

Doch ich brauchte noch eine weitere Bestätigung. Allmählich wurde es dunkler, und das Geplauder der Ruderer machte den gedämpften Geräuschen des nächtlichen Flusses Platz, während ich steif und wachsam dalag, die Augen jedoch geschlossen hielt. Die Zeit verging, aber ich kam nicht in Versuchung einzuschlafen. Gerade dachte ich zu meiner unendlichen Erleichterung, daß ich mich doch wohl völlig getäuscht hätte, als ich das vertraute Knarren der Kabinentür hörte. Vorsichtig machte ich die Augen auf. Ein eigentümlich verzerrter Schatten huschte über das Deck, und ich brauchte einen Augenblick, bis mir aufging, daß der Mann dieses Mal nicht nackt war, sondern sich in seinen bauschigen Umhang gehüllt hatte. Er kletterte über die Reling und war bereits im Dunkel verschwunden, kaum daß er zwischen die Bäume am Ufer getreten war.

Ich hockte mich auf die Fersen und blickte starr auf die Bootsplanken. Nein, er wollte noch nicht töten, nicht ohne den endgültigen Beweis ihrer Identität, den ich ihm liefern sollte. Nein. Er kundschaftete die Gegend, das Dorf aus, seine Gäßchen und Plätze, sah sich nach Fluchtwegen um, falls Flucht erforderlich sein sollte, vielleicht sogar nach einer geeigneten Grabstelle für ihren Leichnam draußen in der Wüste. In ein, zwei Stunden würde er zurückkehren, dann schlafen und auf meinen Weckruf warten.

Ich hatte mich wieder auf meinen Strohsack gelegt und machte mich auf eine lange und bange Wartezeit gefaßt, als mir plötzlich etwas aufging. Ich unterdrückte den unvermittelten Aufschrei, indem ich mir die Decke in den Mund stopfte. Wenn er die Frau umgebracht hatte, würde er auch mich umbringen müssen. Ich sollte ihn zu ihr führen. Falls er mich nicht unter irgendeinem Vorwand wegschickte – und das war unwahrscheinlich –, während er tat, wofür er bezahlt wurde, würde ich Zeuge, könnte eilends nach Pi-Ramses und zu anderen Vorgesetzten als Paiis zurückkehren und die Geschichte einer Verhaftung ausplaudern, die in Wirklichkeit ein Todesurteil war. Würde er in aller Ruhe zum Boot zurückgehen und sich für meine Ruderer eine Geschichte ausdenken? Ihnen erzählen, daß sie krank und für einige Zeit nicht reisefähig sei und er mich zu ihrer Bewachung zurückgelassen hätte? Oder würde er einfach in der Wüste verschwinden, nachdem er uns beide begraben hatte, so daß die Wahrheit nie ans Licht kommen würde? Und was war mit Paiis? Gehörte mein Tod zu seinem ursprünglichen Plan? Hatte er bereits eine Geschichte parat, die er meiner Familie auftischen würde, falls ich nicht zurückkehrte? Lügen ist leicht, wenn niemand einen widerlegen kann. O Kamen, dachte ich, du bist tatsächlich ein leichtgläubiger, argloser Narr. Du hast deinen Kopf in den Rachen des Löwen gelegt, doch du kannst den Göttern danken, daß er noch nicht zugebissen hat.

Ich wollte aufspringen, die Ruderer wecken, mit meinem Verdacht herausplatzen, ihnen befehlen, uns auf der Stelle von Aswat fortzurudern, doch dann besann ich mich eines Besseren. Ich hatte überhaupt keine Beweise. Diese Sache mußte ich durchstehen, und Durchstehen bedeutete, daß ich mich bei Sonnenaufgang entweder für alle Zeit zum Gespött machte oder daß einer von uns tot war. Da lag ich nun und verwünschte Paiis, verwünschte mich selbst, verwünschte die Ereignisse, die mich hierhergeführt hatten, doch meine Verwünschungen wurden zu Gebeten, denn mir war eingefallen, daß sich unweit der Tempel meines Schutzgottes befand, und beim Beten wurde ich ruhiger.

Er kehrte zurück, als der Mond gerade den Zenit überschritten hatte, und dieses Mal ging er nicht gleich in seine Kabine. Ich sah, daß er sich mir näherte, schloß die Augen und zwang mich, locker dazuliegen und mit leicht geöffnetem Mund wie ein Schlafender regelmäßig und tief zu atmen. Ich spürte, wie er anhielt, konnte den nassen Schlamm an seinen Füßen riechen, als er dastand, auf mich herabblickte, mich beobachtete, und gerade seine Reglosigkeit wirkte bedrohlich. Der Augenblick zog sich unerträglich in die Länge, bis ich das Gefühl hatte, schreiend aufspringen zu müssen, doch dann hörte ich die Tür knarren und war erlöst. Auch wenn es nicht erforderlich gewesen wäre, eine geraume Zeit abzuwarten, bis er seinerseits eingeschlafen war, ich hätte mich nicht rühren können. Meine Knie schlotterten und meine Finger zitterten. Aber nach einem Weilchen bekam ich meinen Körper wieder in den Griff, stand lautlos auf, schlich mich über das Deck, das noch feucht von seinen Füßen war, und ließ mich über die Bootskante hinunter.

Hinter den Bäumen kam der Weg, und den rannte ich entlang, denn ich wußte, daß mir nicht viel Zeit blieb. Er führte mich wie erwartet zum Ufer des bescheidenen kleinen Kanals, der den Nil mit dem gepflasterten Hof vor Wepwawets Tempel verband, dort bog er ab, zog sich gleich hinter diesem Gebäude an der Hütte der Frau vorbei, zurück zum Fluß und dann ins Dorf hinein. Keuchend schwenkte ich ab und spürte trotz der Dringlichkeit dessen, was ich tun mußte, wie gut es tat, wieder an Land zu sein und ungehindert und frei unter dem dunklen Geflecht der Palmwedel dahinzulaufen. Du könntest doch weiterlaufen, sagte ich mir. Lauf, lauf, bis Aswat weit hinter dir liegt, du in Sicherheit bist und nach Pi-Ramses zurückkehren kannst. Doch kaum hatte ich diesen Gedanken zu Ende gedacht, da hatte ich auch schon die Tür der baufälligen Hütte erreicht, an die ich mich nur zu gut erinnerte.

Einen kurzen Augenblick hielt ich inne, lauschte und schöpfte Atem. Die Nacht war ruhig, zu meiner Rechten breitete sich die Wüste aus, gesäumt von kleinen Äckern, die jetzt wie große Lachen sternenbeschienenen Wassers wirkten und sich vor mir erstreckten. Alles war grau und still. Die Hausmauer warf einen schwarzen Mondschatten über meine Füße. Halb und halb hatte ich erwartet, sie in den Dünen tanzen zu sehen wie eine irre Göttin, doch sie lagen verlassen. Länger konnte ich nicht warten. Ich ergriff die zerfledderte Binsenmatte, die ihr als Tür diente, hob sie hoch und schlüpfte hinein.

Ich wußte, wo sich ihre Pritsche befand, und brauchte nicht mehr als vier Schritte. Ihr Körper war leicht auszumachen, sie hatte einen Arm ausgestreckt, die Knie unter der Decke angezogen, und als sich meine Augen an das Dunkel gewöhnt hatten, konnte ich auch ihr Gesicht halb verborgen in der Flut zerzauster Haare erkennen. Jetzt durfte ich nicht länger zögern und vielleicht den Mut verlieren, also bückte ich mich, legte ihr eine Hand auf den Mund, die andere auf die Schulter und drückte das Knie fest auf ihren vor mir liegenden Schenkel. Sie zuckte nur einmal wie im Krampf, und da wußte ich, daß sie sofort aufgewacht war, jedoch ruhig liegenblieb. «Bitte, keine Angst haben», sagte ich und dämpfte meine Stimme zu einem Flüstern. «Ich will dir nichts Böses, aber du darfst auf gar keinen Fall losschreien. Kann ich meine Hand jetzt wegnehmen?» Sie nickte heftig, und ich zog meine Finger fort. Sofort kam ihr Kopf hoch, und sie schüttelte meine Hand von ihrer Schulter ab.

«Du kannst auch dein Knie wegnehmen», zischte sie. «Es wiegt so schwer wie ein Felsbrocken. Erkläre dich schnell, sonst bin ich gezwungen, mich zu wehren.» Rasch und vollkommen unbefangen setzte sie sich auf, stellte die Füße auf den Lehmboden, stand auf und nahm dabei die Decke mit, in die sie sich hüllte. Sie faßte nach dem Tisch und wollte einen Kerzenstummel anzünden, doch ich packte sie beim Handgelenk.

«Nicht!» flüsterte ich. «Kein Licht. Komm nach draußen, dort können wir ungestört reden. Ich möchte nicht hier drinnen überrumpelt werden.» Man konnte spüren, wie sie zögerte, und ich wartete, hielt aber weiter ihr Handgelenk gepackt. Es war vor Anspannung ganz steif.

«Ich habe nichts, was das Stehlen lohnt», sagte sie leise. «Und falls du mich vergewaltigen willst, hättest du das längst tun können. Wer bist du? Was willst du?» Sie hörte sich sehr mißtrauisch an, doch ihre Anspannung ließ nach, also lockerte ich den Griff, ging zur Türmatte und hob sie hoch. Sie zögerte kurz, hüllte sich dann fester in ihre Decke und folgte mir, drängte sich an mir vorbei, blieb stehen und atmete die Nachtluft ein.

Ich ergriff sie beim Ellenbogen, zog sie über den aufgewühlten Sand zu der Baumreihe, die neben dem Tempel begann und sich zwischen Wüste und Weg bis zur Dorfmitte hinzog, zerrte sie in die alles verschlingenden Schatten, in denen man uns aus keiner Richtung ausmachen konnte. Hier blieben wir stehen, und sofort drehte sie sich um und musterte mein Gesicht. «Ja», hauchte sie. «Ja, ich dachte schon, ich kenne dich, und ich habe recht gehabt. Warte einen Augenblick. Vor mehr als zwei Monaten, Anfang Thot. Im Tempel, und dann habe ich dich ertappt, wie du mir da draußen beim Tanzen zugesehen hast.» Mit einer raschen Geste deutete sie auf die sanft gewellten Dünen. «Du bist derjenige, der freundlicherweise meinen Kasten mitgenommen hat, der einzige, der sich nach langen Jahren meiner erbarmt hat. Es tut mir leid, aber dein Name will mir nicht einfallen. Warum bist du hier? Wieso die Heimlichtuerei?» Sie lächelte strahlend, und es war, als öffnete sich eine exotische Lotosblüte. «Es hat etwas mit meinem Kasten zu tun, ja? Ich habe kaum zu hoffen gewagt, daß das Wunder geschieht und du ein ehrlicher Mensch bist, der ihn nicht einfach über Bord geworfen hat. Du hast ihn zu Ramses schaffen können, ja? Läßt er mich holen? Schickt er mir eine Botschaft durch dich?»

«Nein», war meine knappe Antwort. «Hör mir gut zu, denn wir haben nicht viel Zeit. Ich habe deine Warnung in den Wind geschlagen und den Kasten General Paiis übergeben, weil ich geglaubt habe, daß du tatsächlich irre bist, und mir auch nichts anderes eingefallen ist, denn wegwerfen konnte ich ihn guten Gewissens nicht. Es tut mir leid!» Das Lächeln erlosch, und sie blickte immer ungläubiger. «Ich habe getan, was mir als das Ehrenhafteste erschien, aber vermutlich habe ich dich damit nur in schreckliche Gefahr gebracht. Der General hat mich hiergeschickt», sagte ich hastig, «und einen weiteren Mann, den ich für einen gedungenen Mörder halte, den man ausgeschickt hat, dich zu töten. Noch vor der Morgendämmerung soll ich ihn zu deinem Haus führen, und dabei hatte ich gedacht, ich sollte dich nur festnehmen, weil du ein öffentliches Ärgernis bist, aber was auch immer in jenem Kasten war, es hat bewirkt, daß man dir ans Leben will. Ich bin überzeugt, daß du sterben sollst.»

Ein Weilchen musterte sie eingehend mein Gesicht, ihres jedoch zeigte keine Spur von Angst, sondern nur Nachdenklichkeit. «Und im Namen der Ehre hast du die Verantwortung, die du vollkommen freiwillig auf dich genommen hast, an diesen Mann abgeschoben, obwohl ich dich ausdrücklich gebeten hatte, ihm den Kasten nicht zu geben», sagte sie schließlich. «Das war feige. Aber du bist noch jung, darum verzeihe ich dir, daß du Ehre mit Feigheit verwechselt hast. Ich bin überhaupt nicht überrascht, daß Paiis beschlossen hat, sich meiner zu entledigen, denn du bist so dumm gewesen, schlafende Löwen zu wecken. Und warum, mein schöner junger Offizier, gehorchst du deinem Vorgesetzten ganz offenkundig nicht und kommst, um mich zu warnen?» Ihre Fassung machte mich sprachlos. «Aber vielleicht gehorchst du ihm ja doch», fuhr sie trocken fort. «Vielleicht schickt er dich, um mir eine Falle zu stellen, mich so zu erschrecken, daß ich bei dem Märchen von dem Mörder fliehe und damit gegen die Bestimmungen meiner Verbannung verstoße. Dann könnte er mich völlig zu Recht festnehmen und ins Gefängnis werfen lassen, wo ich dann vergessen bin.»

Sie legte die Hand ans Kinn, schritt auf und ab und schleppte dabei die Decke hinter sich her. Ich sagte kein Wort. Sie hatte mein Motiv, den Kasten zu Paiis zu bringen, gelassen und richtig eingeschätzt. Ich hatte mich schuldig gemacht, doch ich hatte die Situation ganz allgemein nicht begriffen, konnte gar nicht verstehen, was ich wirklich tat, als ich den Kasten auf seinen Schreibtisch stellte. Und sie hatte ich auch noch immer nicht ganz verstanden und sah ihr daher lieber zu und schwieg. Sie seufzte zweimal, schüttelte den Kopf und lachte dann bitter. «Nein», sagte sie. «Er würde nicht versuchen, mich zur Flucht aus Aswat zu bewegen. Er weiß, daß ich auf gar keinen Fall gehe. Sechzehn Jahre lang habe ich mich an das Gesetz gehalten. Paiis weiß, daß man mich mit keinem Märchen dazu bringt, daß ich alle Aussicht, die Gnade des Königs zu erlangen, aufs Spiel setze. Jedenfalls bin ich nicht so töricht, daß ich weglaufe, denn dann könnte ich auf ein Wort des Dorfschulzen von Aswat hin mit einem ordnungsgemäßen Haftbefehl von den königlichen Beamten festgenommen werden. Und das wäre unserem lieben Paiis zuviel öffentliches Aufsehen. Er möchte die Vergangenheit begraben. Im wahrsten Sinne des Wortes. Nein.» Sie blieb stehen, kam zu mir und sah mir fest in die Augen. «Du hast mich gewarnt, weil du tatsächlich ein ehrenhafter junger Mann bist, der sich alle Mühe gibt, das Unheil gutzumachen, das er angerichtet hat, und zum anderen, weil du weißt, daß du natürlich auch sterben mußt, wenn man mich umbringt.» Sie hatte die ganze Situation so schnell und richtig erfaßt, daß ich fassungslos staunte, und als sie meine Miene sah, lachte sie schon wieder. «Dann bin ich also doch keine Irre, ja?» sagte sie stillvergnügt. «Wie unschlagbar überheblich die Jugend doch sein kann! Ich soll also kurz vor der Morgendämmerung sterben, wenn du mit dem Finger auf mich gezeigt und mich damit zum Tode verurteilt hast?» Jetzt kräuselte sie die Stirn. «Er wird es nicht wagen, wenn wir zusammen sind. Damit verringern sich seine Aussichten auf Erfolg. Denn dann könnte einiges schiefgehen.

Er wird dich auffordern, ihn vor meine Haustür zu bringen, dann wird er sich umdrehen und dich töten, ehe er eintritt und mich abschlachtet. So schlägt er zwei Fliegen mit einer Klappe, außerdem hat er beide Leichen am selben Ort. So kann er uns leichter wegschleppen und verscharren.» Sie kaute jetzt auf ihrer Lippe, dann streckte sie die Hand aus. «Nun? Hast du mir eine Waffe mitgebracht?» Ich schüttelte benommen den Kopf.

«Ich habe nur meine eigenen, mein Schwert und meinen Dolch. Das Schwert habe ich im Boot gelassen.»

«Dann gib mir den Dolch. Wie soll ich mich sonst verteidigen? Etwa mit meiner Lampe nach ihm werfen?» Ich zögerte, blickte ihr ins entschlossene Gesicht, und sie fuhr mich zornig an. «Du zweifelst noch immer an seinen Absichten, ja? Du willst erst handeln, wenn du vollkommen überzeugt bist. Doch diese Bedenken sind unser beider Tod, falls dein Argwohn berechtigt ist. Du mußt mir vertrauen. Hör zu. Wenn du mir den Dolch gibst, schwöre ich bei meinem Schutzgott Wepwawet, daß ich ihn brav und willig zurückgebe, falls sich herausstellt, daß der Mann auf deinem Boot nichts weiter tun will, als mich festzunehmen. Vertraust du diesem Schwur?»

Bei ihren Worten sah ich vor meinem inneren Auge plötzlich die kleine Holzstatuette neben meinem Lager daheim, und mir fielen all die verzweifelten Gebete ein, die ich im Laufe der letzten furchtbaren Tage an den Gott gerichtet hatte. Sie beobachtete mich besorgt und mit leicht geöffnetem Mund, mit hängenden Armen, doch geballten Fäusten, und da lächelte ich, denn die lastende Unschlüssigkeit fiel mir wie ein Stein von der Seele. Es war, als wäre der Name des Gottes in diesem Augenblick zu einem Losungswort geworden, das uns gegenseitig Sicherheit gab, und als Antwort hakte ich die Scheide vom Gürtel und reichte ihr meine Waffe. Sie benahm sich wie ein Soldat, zog die Klinge heraus und prüfte sie sorgfältig, untersuchte die Schneide, ob sie auch scharf war, dann steckte sie den Dolch zurück in die Scheide. «Danke», sagte sie schlicht. «Was tun wir nun? Ich denke, du führst ihn hierher, und ich beschatte euch beide auf dem Weg, ohne gesehen zu werden. Du bist doch meiner Meinung, daß er versuchen wird, dich zu töten, sowie du ihm mein Haus gezeigt hast. Während er sich darauf vorbereitet, dich hinterrücks zu erdolchen, schreie ich laut, und dann drehst du dich um und tötest statt dessen ihn.» Ich dachte anders.

«So läuft das nicht», sagte ich. «Er braucht mich, damit ich dich zuverlässig identifiziere. Angenommen, ich zeige auf dein Haus, und er tötet mich, aber du bist nicht daheim? Du könntest doch die Nacht bei einer Freundin oder Verwandten verbringen? Wie will er dich dann finden? So jedenfalls denkt er. In jedem Fall bin ich tot, ehe ich mich umdrehen kann, falls er sich auf sein Geschäft versteht. Dieser Mann kann sich leise bewegen, und flink. Und selbst wenn ich mich noch umdrehen kann, ehe sein Messer in meinem Rücken steckt, weiß ich nicht recht ... ich glaube nicht ... ich habe noch nie Blut vergossen.» Jetzt legte sie mir die Hand auf den Arm, warm und tröstlich.

«Ich habe getötet», sagte sie leise und drückte fester. «Zweimal. Man kann morden und trotzdem heil und ganz bleiben, doch die Reue hinterher kann einen an den Rand des Wahnsinns treiben. Laß dir von der Aussicht, daß du sein Blut vergießen mußt, nicht den Mut rauben. Er ist ein Tier, mehr nicht. Und er verspürt mit Sicherheit keinerlei Gewissensbisse, nachdem er dich getötet hat.» Sie zog die Hand zurück, und wo sie gelegen hatte, fühlte sich meine Haut kalt an. «Wenn du dir ohne irgendeinen Zweifel sicher bist, daß er dich zu meiner Identifizierung braucht, dann wird er sich uns beiden am selben Ort und zur selben Zeit stellen müssen», fuhr sie knapp fort, «aber das wird ihm ganz und gar nicht gefallen, sieh dich also vor! Er wird alles versuchen, uns im letzten Augenblick noch zu trennen. Mir scheint, wir müssen unsere Verteidigung dem Zufall überlassen und beten, daß du seine Gedankengänge richtig gedeutet hast», schloß sie, beugte sich zu mir und hauchte mir einen Kuß auf die Wange, «und ich werde alles in meiner Macht Stehende tun, daß deine Heldentat nicht die letzte in deinem oder meinem Leben ist. Halte dein Schwert bereit und bete!» Sie zog die Decke höher, blickte zum Himmel hoch, und dabei wurde ich mir jäh der verstreichenden Zeit bewußt.

«Ich muß zum Boot zurück», sagte ich dringlich, denn der Mond war untergegangen, und in der Luft lag schon ein ganz leiser Hauch von Morgendämmerung. «Schlaf nicht wieder ein!» Sie nickte, und ich verließ sie im Laufschritt, hastete über den Sand, doch sie rief hinter mir her: «Wie heißt du?»

«Kamen, ich bin Kamen», antwortete ich ohne einen Blick zurück und tauchte im Schatten der Tempelmauer unter.

Noch war nichts vom Sonnenaufgang zu sehen, als ich zu dem vertäuten Boot watete, doch ringsum erkannte ich seine ersten Anzeichen in der aufkommenden Brise und dem erwachenden Leben im Uferbewuchs. Ich zwang mich zur Ruhe, denn am liebsten wäre ich an Bord gestürmt, blieb knietief im Wasser stehen, drückte die Hände an die Bordwand und lauschte, ob ich in der Dunkelheit etwas Ungewöhnliches hörte. Doch alles war ruhig. Vorsichtig ergriff ich die Reling und zog mich hoch. Die Ruderer lagen noch immer traumverloren in ihre Decken gewickelt, undeutliche Erhebungen, die sich im Bug drängten, und die Kabine stand da wie ein gedrungener Wachtposten, mit zugezogenen Vorhängen und stumm. Ich kroch zum Sonnensegel, nahm meine Decke und trocknete mir sorgfältig die Beine ab. Falls der Mann merkte, daß sie naß und dreckig waren, zog er vielleicht die richtigen Schlüsse. Nachdem ich mir den Gürtel mit dem Schwert umgelegt hatte, ging ich zur Kabinentür und klopfte laut. «Die Morgendämmerung naht», rief ich. «Es wird Zeit.» Man hörte kaum etwas, und schon tauchte er auf, im Umhang und barfuß und umgeben von einem Gifthauch abgestandener Luft. Er sagte kein Wort, sondern nickte nur und ging zur Bordkante. «Wir müssen die Laufplanke auslegen», sagte ich. «Wie soll die Frau sonst an Deck kommen.» Er blieb stehen.

«Nicht jetzt», sagte er knapp. «Das können die Ruderer später tun.» Bei diesen Worten kletterte er über die Reling. Ich folgte grimmig. Da hatte ich ihm noch eine Gelegenheit gegeben, meine Bedenken zu zerstreuen, aber nein. Die Verzweiflung packte mich, als ich das seichte Wasser verließ und hinter ihm durch den Sand stapfte. Er wartete. Ich erreichte ihn, und er bedeutete mir mit einer Geste vorauszugehen. «Du zeigst mir den Weg», sagte er.

Alles krampfte sich in mir zusammen, als ich mich mit weichen Knien an ihm vorbeischob und mich auf den kurzen, allzu kurzen Weg zur Hütte der Frau machte. Ich glaube, bis zu diesem Augenblick hatte ich mich der Wirklichkeit von Paiis' Verrat und meinem eigenen kurz bevorstehenden Tod nicht gestellt, hatte das Ganze im Kopf als Spiel mit Zug und Gegenzug durchgespielt, so als ob am Ende alles vorbei wäre und der Mann und ich die Frau festnehmen und fröhlich ins Delta zurückkehren würden.

Doch als ich jetzt in der Dunkelheit, die durch die zitternden Palmwedel noch verstärkt wurde, den Weg entlangtrabte und vor mir das Wasser des kleinen Kanals aufblinken sah, der zu Wepwawets Tempel führte, da traf mich die volle Erkenntnis meiner Situation wie ein Schlag. Das hier war keine abartige Militärübung, die sich mein Ausbildungsoffizier ausgedacht hatte, oder ein grober Streich eines meiner Kameraden. Das hier war wahr, war wirklich: Hinter mir schlich ein Mann, der mein Leben beenden würde, ehe Re riesig und schimmernd über den Bäumen auf der anderen Seite des Flusses aufging, und dann wäre alles vorbei. Ich würde nie wissen, was danach kam. Ein kalter Schauder lief mir über den Rücken, und vor panischer Angst brach mir am ganzen Leib der Schweiß aus. Er ging so verstohlen, daß ich nicht einmal seine Schritte hören konnte. Ich wußte nicht, wie dicht er aufholte, wieviel Raum zwischen uns war. Als er auf einmal flüsterte: «Runter vom Weg», konnte ich so gerade noch einen Aufschrei unterdrücken. Ich drehte mich um.

«Wir müssen ihn weitergehen, weil er an ihrer Tür vorbeiführt», gab ich flüsternd zurück. «Es ist nicht weit.»

So gingen wir weiter, und als wir dann dem Weg folgend um die Tempelmauer herumschwenkten, meinte ich, im Gebüsch eine Bewegung wahrzunehmen. War sie da? Auf einmal klopfte mein Herz nicht mehr so panisch, ich war auf alles gefaßt und ergab mich in mein Schicksal. Ich hatte alles getan, was ich konnte. Den Rest mußte ich den Göttern überlassen.

Vor ihrer Tür blieb ich stehen. Über der Wüste lag noch die Nacht, doch als ich einen Blick nach Osten warf, merkte ich, daß das Dunkel ein ganz klein wenig lichter wurde. «Dadrinnen wohnt sie», sagte ich, ohne mir die Mühe zu machen, die Stimme zu senken. «Es gehört sich nicht für zwei Fremde, sie mitten in der Nacht so roh aus dem Schlaf zu reißen. Laß uns zumindest an den Türsturz klopfen.» Er überhörte mich, hob die Binsenmatte hoch und schlüpfte hinein. Ich folgte ihm nicht, denn ich wußte ja, daß sie nicht daheim war.

Als er wieder auftauchte, packte er mich beim Ellenbogen.

«Die Hütte ist leer», zischte er. «Wo ist sie?» Ich riß mich von ihm los und wollte gerade antworten, als die Büsche raschelten und sie hervortrat. Sie trug wieder den groben Umhang, mit dem sie ihre Nacktheit verhüllt hatte, als ich sie vor zwei Monaten beim Tanzen in der Wüste überrascht hatte. Er war am Hals zugebunden. Eine Hand hielt seine Kante, die andere war unsichtbar, doch ich wußte, daß sie meinen Dolch umklammerte.

«Eine seltsame Zeit, mich aufzusuchen», sagte sie, und ihre Augen schossen wachsam von einem zum anderen. «Wer seid ihr, und was wollt ihr? Falls ihr nach einem Priester sucht, demnächst kommt einer und hält die Morgenandacht. Geht den Weg zurück und wartet im Vorhof auf ihn.» Sie war vollkommen ruhig, vollkommen überzeugend.

Ich spürte, daß sich der Mann neben mir Sorgen machte. Er wartete eine Spur zu lange mit der Antwort. Beinahe konnte ich seine Gedanken lesen: Sie sind zusammen und draußen, sie und er. Was würde er machen? Würde er sagen: «Ich bin gekommen, dich wegen Erregung öffentlichen Ärgernisses festzunehmen», und das Spiel beenden, das mein fiebriges Hirn erdacht hatte? Er machte ganz kurz den Mund auf, während wir alle drei angespannt warteten. Dann merkte ich, daß ich sie klarer sehen konnte, obwohl ihr Gesicht im kühlen Licht des frühen Morgens noch verschwommen war. Sie hielt ihren Umhang allzu fest zu.

«Ist das die Frau?» Seine Stimme war ausdruckslos. Ich wagte nicht, ihn anzusehen.

«Sie ist es.»

«Bist du dir sicher?» Ich biß die Zähne zusammen.

«Ja.» Er nickte, dann redete er sie direkt an.

«Frau aus Aswat», sagte er. «Ich bin gekommen, dich wegen eines kleineren Vergehens, wegen Erregung öffentlichen Ärgernisses festzunehmen. Ich soll dich nach Norden bringen. Geh in dein Haus und hole die Dinge, die du vielleicht brauchst.» Der Schreck fuhr mir in die Glieder, und ich konnte sehen, daß auch sie nichts mehr begriff und große Augen machte.

«Wie? Mich verhaften? Ist das alles?» Sie schrie es fast. «Wie lautet die Anklage? Wo ist dein Haftbefehl?»

«Ich brauche keinen Haftbefehl. Du sollst nur für kurze Zeit festgehalten werden.» Sie blickte mich, dann ihre Tür, dann wieder ihn an.

«In diesem Fall nehme ich nichts mit», sagte sie entschieden. «Sollen doch die Behörden für mich sorgen. Man hat mich nicht benachrichtigt! Was wird meine Familie denken, wenn ich so einfach verschwinde? Weiß der Schulze von Aswat von dieser Sache?»

«Man wird sie benachrichtigen. Offizier Kamen, geh zum Boot zurück und sag den Ruderern, sie sollen die Laufplanke auslegen und alles zum Aufbruch bereitmachen.» Natürlich. Ich schluckte. Wie schlau diese Posse doch war, wie hervorragend eingefädelt. Ich wurde noch immer nicht schlau aus ihr, aber wir beide, sie und ich, mußten bis zum Schluß mitspielen. Ich salutierte und fing ihren Blick auf, als ich mich umdrehte. Ihre Miene war ausdruckslos.

Als ich außer Sicht war, zog ich das Schwert aus der Scheide und verließ den Weg, zog mich ins Gebüsch zurück, verbarg mich völlig, doch den Weg, den sie nehmen mußten, konnte ich noch immer einsehen. Inzwischen wurde es heller. Jeden Augenblick konnte Re am Horizont aufgehen, und schon begann über meinem Kopf das schlaftrunkene Gezwitscher des Frühchores. Ich setzte meine ganze Hoffnung auf die Folgerung, daß er ein Stück mit ihr gehen würde, bis ihm die Bäume auf einer Seite und die Tempelmauer auf der anderen Schutz boten, während sie arglos und mit ungeschütztem Rücken vor ihm ging. Würde er versuchen, ihr die Hände zu fesseln? Falls er es tat, würde er meinen Dolch entdecken.

Sie kamen fast sofort, sie vor ihm, er dicht hinter ihr. Sie blickte zu Boden, er ließ rasch den Blick schweifen, nach rechts, nach links und nach hinten, und während ich noch mit gezogenem Schwert im Gebüsch kauerte, griff er in seinen Umhang und zog mit einer geschmeidigen Bewegung die Garotte heraus. Er wickelte sie ab, ergriff die Holzklötzchen, beugte sich vor, warf ihr den Draht mit einer einzigen fast anmutigen, doch brutalen Bewegung über den Kopf und zog zu.

Irgend etwas, ein leiser Lufthauch, ein winziges Geräusch mußte sie gewarnt haben. Ihre Hand fuhr hoch, griff zwischen Draht und Hals, dann warf sie sich nach vorn, und er verlor das Gleichgewicht. Ich sprang auf und lief zum Weg, und da sah ich, daß ihre andere Hand in den Falten des Umhangs suchte. Er hatte sich schon wieder gefaßt, ließ seine Garotte los, legte ihr einen Arm unters Kinn, ohne sich um ihre fuchtelnden Gliedmaßen zu kümmern, und unversehens hatte er das gezackte Messer in der Hand. Sie wollte schreien, brachte jedoch nur einen erstickten Laut zustande.

Plötzlich war ich vollkommen ruhig. Das Schwert lag fest in meiner Hand. Die Zeit verlangsamte sich. Jetzt hatte ich sie erreicht, stürmte auf sie ein, doch meine Augen registrierten noch den Lehmklumpen am wirbelnden Saum seines Umhangs, einen vollkommen runden, hellroten Kiesel, ehe mein Fuß darauftrat. Er hörte mich kommen und wandte mir halb den Kopf zu, doch er wich und wankte nicht. Sein Ellenbogen hob sich, um ihr das Messer in die Seite zu rammen. In diesem Augenblick traf ich ihn in die Grube zwischen Hals und Schulter, beide Hände um den Schwertgriff gelegt. Er stöhnte auf, taumelte und sank auf ein Knie. Klirrend fiel sein Messer zu

Boden. Ich riß mein Schwert heraus, und schon ergoß sich sein Blut in Strömen, doch selbst noch im Fallen und auf allen vieren tastete er nach seiner Waffe. Ich schnappte sie mir und stieß sie ihm mit einem Aufschrei in den Rücken. Er sackte im Staub zusammen und fiel mit dem Gesicht in die Lache dunkelroter Flüssigkeit, die sich auf dem Weg ausbreitete. Einen Augenblick lang tasteten seine Finger zwischen den Steinchen herum, dann stöhnte er noch einmal und wurde still. Ich stolperte zur Mauer, stützte mich auf mein Schwert und erbrach mich, bis mein Magen ganz leer war. Als ich es endlich schaffte, mich umzudrehen, sah ich, daß die Sonne aufgegangen war. Eine warme Brise bewegte die Haare, die sich aus dem glänzenden, schwarzen Zopf des Mannes gelöst hatten, und hob den Saum seines Mantels.

Sie saß neben der Leiche und hielt sich die Hand, aus der ein paar Tropfen Blut sickerten. «Da», sagte sie heiser und zeigte mir ihren Handrücken. An ihrem Hals bildeten sich bereits blaue Flecke. «Das Kupfer hat bis auf die Knochen geschnitten. Aber er ist tot. Ich habe ihn untersucht. Man kann keinen Puls mehr fühlen.» Sie musterte mich mitfühlend. «Das hast du gut gemacht», sagte sie jetzt. «Ich hatte schon Angst, du würdest ihm seine Geschichte abnehmen und zum Boot zurückgehen. Ich kann kaum sprechen, Kamen. Wir müssen ihn begraben, ehe auf diesem Weg Leute kommen. Lauf zu meinem Haus und hol meine Decke und meinen Besen. Beeil dich.» Ich erholte mich allmählich, aber die Knie schlotterten mir noch immer, und ich taumelte eher zu ihrer Hütte als daß ich ging. Es wollte mir vorkommen, als hätte ich dort vor tausend Hentis mit den beiden gestanden und einen anderen Kamen zurückgelassen, der sich dort noch immer angstvoll und unschlüssig zwischen Tag und Nacht herumtrieb.

Ich war irgendwie verändert. Das war so sicher wie die Tatsache, daß die Sonne aufgegangen war. Ich hatte den Abgrund zwischen Knabe und Mann mit einem einzigen Sprung überwunden, und das war nicht geschehen, weil ich mein Schwert erhoben und damit einen Mann getötet hatte, sondern weil ich gezwungen gewesen war, mich einer unbekannten Gefahr zu stellen, wie sie meine jungen Kameraden noch nicht erlebt hatten, und ich hatte das Ganze durchgestanden. Als ich dann mit Decke und Reisigbesen zurückkam, war meine Übelkeit vollkommen verflogen.

Wir rollten die Leiche in die Decke, ließen jedoch das Messer im Fleisch stecken, damit nicht noch mehr verräterische Blutlachen auf den Weg rannen, und mit dem Besen kehrten wir alle Spuren von dem Mord ins Gebüsch. In heller Panik und Hast schleiften wir die Leiche eher, als daß wir sie schleppten, in ihr Haus. «Es hat keinen Zweck, ihn in der Wüste zu verscharren», sagte sie. «Dort würden ihn nur die Schakale ausgraben, und außerdem dauert es zu lange, bis wir ein einigermaßen tiefes Loch haben. Den ganzen Morgen vermutlich, und ich muß gleich den Tempel fegen. Falls ich nicht erscheine, kommt man und sucht mich.» Während sie sprach, nein, eher krächzte, denn sie hatte eine deutlich sichtbare Wunde an der Kehle, versorgte sie eilig ihre Hand, wusch sie und legte eine Salbe auf. Sie hielt die Hand hoch und verzog gequält das Gesicht. «Ich kann dir nicht helfen», fuhr sie fort. «Aber draußen an der Mauer findest du einen Spaten. Begrabe ihn unter meinem Fußboden. Ich habe ohnedies nicht die Absicht, diese Hütte noch länger zu bewohnen. Wenn ich zurück bin, können wir beraten, was wir tun sollen.» An die Zukunft hatte ich überhaupt noch nicht gedacht. All meine Gedanken hatten unserer Rettung gegolten. Und jetzt konnte ich mir das auch nicht leisten. Es war Morgen. Die Ruderer würden frühstücken und sich schon bald fragen, was aus mir geworden war. Ich holte den Spaten und machte mich an die Arbeit.

Ihr Fußboden war aus gestampftem Lehm, sauber, aber hart. Als ich jedoch die ersten Zoll durchstoßen hatte, stieß ich auf Sand und kam schneller voran. Ab und an ging jemand an ihrer Tür vorbei, und dann hielt ich keuchend inne, doch niemand klopfte an ihren Türsturz. Am Ende war ihr einziges Zimmer eine Alptraumlandschaft aus Sandhügeln, und ich wußte, daß ich nicht weiterarbeiten konnte, ohne etwas davon nach draußen zu schaufeln, also legte ich die Leiche in die ausgehobene Grube und bedeckte sie mit Sand. In diesem Augenblick kam sie zurück, und wir beendeten die Arbeit gemeinsam, sie unbeholfen mit einer irdenen Schöpfkelle, und dann stampften wir die Erde fest und schoben den verbleibenden Sand unter ihr Lager.

Eine geraume Weile hockten wir halb betäubt nebeneinander auf der Kante ihres Lagers und starrten den aufgewühlten Fußboden an. Dann kam ich wieder zu mir. «Ich muß los», sagte ich. «Wenn ich meinem General berichte, sage ich, daß wir in Aswat festgemacht haben und mein Mann die Laufplanke hinuntergegangen und verschwunden ist. Ich habe dann versucht, dich selbst festzunehmen, aber du warst auch verschwunden.» Auf einmal merkte ich, daß ich halb verdurstet war. «Es ist vorbei», sagte ich und erhob mich steif. «Hast du Verwandte, die dich beherbergen und dir helfen, eine neue Hütte zu bauen? Mit welcher Ausrede willst du erklären, warum du diese aufgibst?» Sie blickte mich mit großen Augen an, so als hätte ich den Verstand verloren, dann krallte sie die kräftigen Finger in meinen Arm.

«Es ist nicht vorbei», beharrte sie. «Glaubst du etwa, daß Paiis deinen Worten traut? Er wird den Mörder angewiesen haben, ihm Beweise dafür mitzubringen, daß er seinen Auftrag erfüllt hat, und wenn du mit deiner arglosen Geschichte ankommst, weiß er, daß etwas schiefgegangen ist. Falls du überzeugend lügst, schwebst du nicht in Gefahr, aber du kannst mir glauben, er wird einen anderen Spion oder Mörder auf mich ansetzen. Nein, Kamen. Ich kann nicht hierbleiben und in ständiger Angst leben, daß ich beim nächsten Mal den Kopf nicht rechtzeitig aus der Schlinge ziehe. Ich komme mit dir.»

Ich fuhr zurück. Sie hatte natürlich recht, doch die Aussicht, auf unabsehbare Zeit für sie verantwortlich zu sein, entsetzte mich. Ich hatte gedacht, daß ich sie jetzt über meine Mutter ausfragen und dann fröhlich nach Norden und nach Haus aufbrechen und jeden Gedanken an diesen Aberwitz hinter mir lassen könnte.

«Und was ist mit den Bestimmungen deiner Verbannung?» sagte ich hastig. «Falls du Aswat verläßt, werden die hiesigen Behörden nach dir suchen und später gezwungen sein, dem Gouverneur dieser Provinz zu melden, daß du ausgerückt bist. Natürlich kann ich dich als meine Gefangene mit nach Norden nehmen, aber was wird aus dir, wenn wir erst im Delta sind?»

«Ich habe keine andere Wahl!» Das schrie sie fast. «Merkst du denn nicht, daß ich hier in der Falle sitze, eine wehrlose Beute bin? Die Dorfbewohner schämen sich meiner und würden mir nicht helfen. Meine Familie würde versuchen, mich zu schützen, aber zu guter Letzt würde Paiis sein Ziel erreichen. Er läßt nicht locker, der nicht.»

«Aber warum?» fragte ich. «Warum möchte er dich umbringen?»

«Weil ich zuviel weiß», war ihre grimmige Antwort. «Er hat nicht mit meiner Beharrlichkeit, meinem festen Willen gerechnet und daß ich mich nicht stumm und still verhalte. Er hat mich unterschätzt. Auf dem Weg nach Norden gebe ich dir mein Manuskript zu lesen, dann verstehst du das Ganze.»

«Aber ich habe gedacht ...»

«Ich habe eine Abschrift angefertigt.» Sie ließ sich vom Lager gleiten, drehte die Hände hierhin und dahin, betrachtete die schwieligen Handflächen, die rauhe Haut auf den Knöcheln, die dünne, rote Wunde, wo die Garotte in ihr Fleisch geschnitten hatte. «Ich habe hier fast siebzehn Jahre gelebt. Siebzehn Jahre! Jeden Morgen beim Aufwachen habe ich mir geschworen, daß ich nicht ruhe und raste, bis ich von dieser Fron befreit bin. Jeden Tag habe ich demütig und in Schimpf und Schande den Tempel gesäubert, habe mich um die Priester gekümmert, die gleichzeitig feindselige Nachbarn sind und im dreimonatigen Wechsel Andachten abhalten, habe meine eigene Nahrung gepflanzt, besorgt und geerntet und habe nicht den Verstand verloren, weil ich Papyrusblätter gestohlen und meine Geschichte in der wenigen freien Zeit, die ich hatte, aufgeschrieben habe. Ich bin nicht dumm, Kamen», sagte sie, und zu meinem Erstaunen sah ich Tränen in ihren Augen. «Ich habe gewußt, wenn ich irgendeinen gutherzigen Reisenden dazu überreden kann, daß er den Kasten mitnimmt, habe ich dennoch keine Garantie, daß der König den Inhalt jemals zu lesen bekommt. Also habe ich jede fertiggestellte Seite abgeschrieben. Eine Zeitlang, nachdem man mich hierhergeschickt hatte, habe ich über unseren Schulzen Bittschriften an den König geschickt, die nicht beantwortet wurden. Wahrscheinlich hat niemand sie gelesen. Doch nach dieser langen Zeit hat er mir gewißlich vergeben! Vergeben und auch vergessen. Man sagt, daß er krank ist. Ich muß ihn sehen, bevor er stirbt.»

«Aber wenn er tot ist, wird der neue Falke-im-Nest alle Urteile überprüfen», wandte ich ein. «Falls das, was du sagst, wahr ist, wäre es da nicht besser, du wendest dich an seinen Nachfolger?»

«Den Prinzen habe ich auch gekannt, als er jung und schön war und unter einer abweisenden, aber gütigen Maske einen kalten Ehrgeiz verborgen hat. Der möchte nicht an das Bauernmädchen erinnert werden, das einst mit ihm um eine Königinnenkrone gefeilscht hat. Nein, Kamen. Ich habe nur bei Ramses, dem Älteren, eine Chance, und du mußt mir helfen, zu ihm zu gelangen. Warte noch ein wenig länger.» Ein heller Sonnenstrahl fiel auf den Boden, als sie die Binsenmatte hochhob und nach draußen ging.

Das war die Gelegenheit zur Flucht. Ich wäre binnen kurzem auf dem Boot, ließe die Laufplanke einholen und die Ruderer vom Ufer abstoßen. Ich hatte getan, was die Götter von mir forderten. Mehr konnte niemand verlangen. Ich hatte ihr das Leben gerettet. Was jetzt aus ihr wurde, ging mich nichts an. Ich mußte mich um meine eigenen Angelegenheiten kümmern, und sie hatte kein Recht, meine Laufbahn noch weiter zu gefährden, indem sie sich mir aufdrängte wie ein Bettler, der mich auf der Straße belästigte. Ich wollte nichts von ihrer Geschichte wissen. Ich wollte zurück ins Delta und mein säuberlich geordnetes Leben wiederaufnehmen. Sie war eine Krankheit, die ich mir auf meiner ersten Reise in den Süden zugezogen hatte und nicht loswurde.

Trotzdem war mir klar, daß ich nicht weglaufen würde. Nicht weil ich einen zu schwachen Charakter hatte und ihr nichts abschlagen konnte, sondern weil sie die Wahrheit sagte und ich nicht wollte, daß sie nach allem, was ich für sie getan hatte, doch noch ermordet wurde. Ich konnte noch wählen, sie nicht. Ich würde ihr Manuskript lesen. Falls ihre Geschichte mich nicht überzeugte, würde ich sie in Pi-Ramses den zuständigen Behörden übergeben, und die würden sie anklagen, weil sie gegen die Bestimmungen ihrer Verbannung verstoßen hatte. Paiis würde ich sie allerdings nicht überantworten, und dieser würde es nicht wagen einzugestehen, daß er bereits den Befehl gegeben hatte, sie auf eigene Faust heimlich festzunehmen. Ich dachte an die Leiche unter meinen Füßen und fügte mich ins Unvermeidliche.

Sie blieb lange weg, und ich wollte schon gehen, da tauchte sie wieder auf und winkte mich nach draußen. Dankbar verließ ich das dämmrige, stickige Zimmer und trat blinzelnd in den vormittäglichen Sonnenglast. Sie hatte sich das Haar gewaschen und zusammengebunden. Über einem Arm lag ein Umhang mit Kapuze, in der anderen Hand hatte sie einen Lederbeutel, den sie mir hinstreckte. «Den hatte ich im Haus meines Bruders verwahrt», erläuterte sie. «Er will das Gerücht verbreiten, daß ich krank bin und in seinem Haus bei ihm wohne, bis ich meine Arbeit wiederaufnehmen kann. Meine Eltern werden sich Sorgen machen, und meine Mutter wird mich pflegen wollen, obwohl sie nicht mehr als Heilkundige und Wehmutter arbeitet, aber mein Bruder will ihr das irgendwie ausreden. Ich habe sie in den langen Jahren wenig zu sehen bekommen. Sie hat immer etwas gegen mich gehabt. Aber meinem Vater wird er schließlich die Wahrheit sagen müssen», meinte sie achselzuckend, doch mit belegter Stimme. «Ich liebe meinen Bruder heiß und innig. Er hat mir bei jedem törichten Abenteuer geholfen und mich unterstützt, und falls er wegen dieser Sache Schaden nimmt, muß ich noch mehr Schuld auf mich nehmen, aber ich weiß einfach nicht, was ich sonst tun soll.» Sie warf sich den Umhang um und schlug die Kapuze hoch. «Gehen wir.»

«Möchtest du nichts mitnehmen?» fragte ich und wies auf ihre Hütte, doch statt einer Antwort machte sie eine Geste, eine Mischung aus heftiger Zurückweisung und Bedauern, ehe sie sich abwandte.

«Ich habe bereits zwei Leben gelebt», sagte sie bitter. «Vor vielen, vielen Jahren habe ich Aswat mit nichts verlassen und bin mit nichts nach hier zurückgeschickt worden. Ich fange von dieser unfruchtbaren Scholle noch einmal von vorn an und wieder mit nichts.» Darauf gab es nichts zu sagen.

Zusammen gingen wir im Schatten der Tempelmauer dahin und folgten dem Weg, der sich zwischen Bäumen und Fluß dahinzog. Die Felder lagen verlassen, und zu meiner Erleichterung war auch der Weg menschenleer, obwohl ich die Priester von ferne singen hörte, als wir an dem kleinen Kanal des Tempels vorbeikamen und nach links abbogen. Das Boot war nicht zu sehen, doch ich packte sie beim Ellenbogen und zog sie durch das Gebüsch, bis wir zu der Bucht gelangten. Auf einmal wurde mir bewußt, daß ich völlig verdreckt war, daß Sand und Erde an meiner verschwitzten Haut klebten und ich stank. Während sie außer Sichtweite der Ruderer wartete, deren ungezwungenes Geplauder von der klaren Luft verständlich herangeweht wurde, tauchte ich in den himmlisch kühlen Fluß und säuberte mich, so gut es ging. Alsdann näherten wir uns dem Boot. Ich rief nach einer Laufplanke und führte sie an Deck.

Nach kurzem Schweigen bedeutete ich dem Steuermann, ans Ruder zu klettern, und die Ruderer beeilten sich, die Laufplanke einzuziehen und alles zum Ablegen bereitzumachen. Das Boot erzitterte unter mir, als es aus dem Sand geschoben wurde, und dann trieben wir in die nach Norden fließende Strömung. Das Segel blähte sich in der Brise: Wir waren frei! Wir fuhren nach Hause, und ich ließ mich hochgestimmt und erschöpft unter dem Sonnensegel nieder, die Frau neben mir. Mein Kapitän kam zu mir, er blickte mich fragend an, doch ich kam ihm zuvor.

«Der Söldner mußte sich noch um weitere Geschäfte in Sachen General Paiis kümmern», sagte ich. «Er wird allein nach

Pi-Ramses zurückkehren. Sag dem Koch, er soll Essen und Bier für die Gefangene und mich bringen und die Kabine durchlüften und für die Frau hier saubermachen.» Er verbeugte sich und trabte über das Deck davon, und ich lehnte mich zurück und schloß die Augen. «Ich esse und trinke jetzt, und dann will ich schlafen», sagte ich mit einem Seufzer. «Wenn die Kabine bereit ist, kannst du sie haben.»

«Danke», sagte sie knapp. «Ich habe auch nicht erwartet, daß ich mich die nächsten zehn oder mehr Tage vor den Augen deiner Mannschaft zur Schau stellen muß.» Insgeheim mußte ich lächeln.

«Das müßtest du aber, wenn ich es dir befehlen würde», gab ich zurück, machte aber die Augen nicht auf. «An Bord dieses Schiffes bin ich der Herr, und du bist meine Gefangene.» Sie gab keine Antwort. Ich spürte, wie ein Tablett neben mir abgesetzt wurde, und roch Bier. Es wartete dunkel und durststillend, doch eine geraume Weile rührte ich mich nicht. Sie auch nicht. Als ich schließlich die Augen aufschlug und mich aufsetzte, hatte sie diese klaren blauen Augen zusammengekniffen, beobachtete mich und verzog den vollen Mund. «Das tut gut», sagte sie.

Je größer der Abstand zwischen uns und Aswat wurde, desto mehr löste sich meine Anspannung. Am Ufer tauchten keine Soldaten auf, die riefen und uns bedeuteten anzulegen, wie ich insgeheim befürchtet hatte. Kein Schiff verfolgte uns. Mit der nördlichen Strömung und dem Wind im Rücken machten wir gute Fahrt und legten jeden Abend an, kochten und aßen. Wir mußten uns nicht länger vorsehen. Dazu bestand kein Grund mehr. Während die Ruderer ein Kochfeuer entfachten, ließen wir uns über Bord gleiten und schwammen kräftig hin und her, sie mit fließendem schwarzem Haar und Armen, die wie braune Fische auf- und abtauchten. Sie schwamm so zielstrebig, daß es mich an die sportlichen Übungen erinnerte, die mir mein Ausbildungsoffizier verordnet hatte, um meine Muskeln fürs Bogenschießen zu kräftigen.

Ich hatte begonnen, ihre Geschichte zu lesen, und war auf der Stelle gefangen. Die fließende hieratische Schrift, in der sie schrieb, war sicher und schön, und sie konnte sich auch wunderbar ausdrücken. Das war nicht das mühselige Gekrakel einer Frau vom Lande, sondern der sichere Satzbau eines gut ausgebildeten Schreibers.

Ich las, wie sie in Aswat geboren worden war, daß ihr Vater als libyscher Söldner in den frühen Kriegen des Pharaos gekämpft hatte und mit den üblichen drei Aruren Ackerland belohnt worden war. Ihre Mutter hatte im Dorf als Wehmutter gearbeitet. Die Frau berichtete von ihren frühen Jahren, wie sie sich danach gesehnt hatte, Lesen und Schreiben zu lernen, und wie sich ihr Vater geweigert hatte, sie in die Tempelschule zu schicken, und wie ihr Bruder ihr diese Kunst heimlich beigebracht hatte. Sie wollte nicht in die Fußstapfen ihrer Mutter treten, wie es Sitte war. Unstet und unzufrieden verlangte es sie nach mehr, und dieses Verlangen wurde gestillt, als der berühmte Seher nach Aswat kam, um sich mit den Priestern Wepwawets zu beraten. Das Mädchen war mitten in der Nacht auf die Barke des Sehers geflüchtet und hatte ihn angebettelt, ihr die Zukunft zu weissagen, und statt dessen hatte er ihr angeboten, sie mitzunehmen. Hier legte ich das Manuskript voller Verwunderung und Hoffnung beiseite, denn der Name des Sehers lautete Hui.

Eines frühen Abends, als die untergehende Sonne den Himmel gerade dunkelgolden färben wollte und das Wasser unter unserem Bug undurchsichtig dahinrauschte, ging ich zu ihr. Sie stützte sich mit verschränkten Armen auf die Reling und hielt das Gesicht in die leichte Brise. Ägypten glitt als beschauliches Panorama aus palmengesäumten Feldern vorbei, hinter denen sich die kahlen Dünen erstreckten, hier und da standen weiße Reiher im steifen Riedgebüsch und sahen hinter uns her. Sie lächelte, als ich mich näherte, das kupfrige Licht verlieh ihrem Gesicht Farbe, und sie schob das Haar zurück, das ihr die Abendbrise ins Gesicht wehte. «Ich kann nicht glauben, daß ich nicht daheim auf meinem Strohsack in Aswat liege und von dieser Freiheit träume», sagte sie. «Freiheit ist nämlich ein zerbrechlich Ding und möglicherweise nicht von Dauer, aber diese kostbaren Tage genieße ich in vollen Zügen.» Ich blickte ihr in die Augen und erschauerte.

«Die ganze Zeit über habe ich dich nicht einmal nach deinem Namen gefragt», sagte ich ruhig. «Aber ich habe mit deiner Lebensbeichte angefangen und festgestellt, daß er Thu lautet.» Sie lachte.

«Ach, Kamen, vergib mir meine Unhöflichkeit!» sagte sie. «Ja, ich heiße Thu, kurz und gewöhnlich und durch und durch ägyptisch, und dabei ist mein Vater Libyer. Ich hätte ihn dir schon eher nennen sollen.»

«Du sagst in deinem Manuskript», fuhr ich vorsichtig fort, «daß der große Seher Hui dich aus Aswat mitgenommen hat. Bei unserer ersten Begegnung hast du mir erzählt, daß du heilkundig bist. Hat der Seher dich ausgebildet?» Das Lächeln erlosch, und sie blickte eigentümlich, vielleicht sogar traurig.

«Ja», antwortete sie schlicht. «Er war und ist wahrscheinlich noch immer der gerissenste und fähigste Arzt in ganz Ägypten. Er hat mich gut unterwiesen.» Ich schluckte und hätte ihr so gern die Frage gestellt, die mir auf der Zunge brannte, gleichzeitig jedoch hatte ich Angst davor. Faß sie nicht in Worte, warnte ein vorsichtiges Ich. Laß alles, wie es ist. Behalte deine Träume. Ich hörte nicht darauf.

«Vor kurzem habe ich ihn hinsichtlich eines beunruhigenden Traums, den ich nicht abschütteln konnte, zu Rat gezogen», sagte ich. «Ich bin ein angenommenes Kind. Dieser Traum hatte mit meiner Mutter zu tun, meiner richtigen Mutter. Ich hatte geglaubt, sie wäre bei meiner Geburt gestorben. Jedenfalls hat man mir das eingeredet. Im Verlauf seiner Weissagung hat der Seher mir gesagt, daß meine Mutter aus dem niederen Volk war und mein Großvater ein libyscher Söldner. Er hat auch gesagt, daß sie tot ist, er sie jedoch flüchtig gekannt hat. Sie soll schön und reich gewesen sein.» Ich zögerte. Die Brust war mir so eng, daß ich tief Luft holen mußte. «Daher habe ich diesen Auftrag von meinem General gern angenommen, weil das hieß, ich konnte nach Aswat reisen und dich fragen, ob du dich an eine solche Frau erinnerst. Sie vielleicht sogar behandelt hast. Aber vielleicht sehe ich sie jetzt vor mir. Bist du meine Mutter, Thu? Das ist gar nicht so abwegig, ja? Dein Vater ist Libyer. Dein Sohn müßte so alt wie ich sein, ja?» Jetzt blickte sie ernst und mitfühlend und legte mir die Hand auf die Wange.

«Ach, armer Kamen», sagte sie. «Es tut mir leid. Es stimmt, es gibt da gewisse Übereinstimmungen zwischen meinem früheren Schicksal und deinem, aber mehr nicht. Übereinstimmungen. In den frühen Kriegen des Pharaos standen Tausende von fremdländischen Söldnern in seinen Diensten, denen er später die ägyptische Staatsbürgerschaft zugestanden hat. Sie verteilten sich über ganz Ägypten, siedelten auf den Aruren, die der Lohn für ihre Dienste waren, und heirateten Dorfmädchen. Ich war einst schön und reich, aber alles, was ich besaß, gehörte Hui oder war ein Geschenk des Königs, und was den Adelstitel angeht, so wurde er mir geschenkt und wieder fortgenommen. Ich bin als Bäuerin geboren. Jede Waise ohne Geschichte wie du sehnt sich wohl nach einer reichen und schönen Mutter. Es tut mir wirklich leid, Kamen, aber ich kann dir nicht helfen», sagte sie sanft. «Ich merke, daß dich die Sache mit deinen wahren Eltern sehr beunruhigt, und würde dir so gern Frieden bringen, aber uns verbindet nichts als ein paar wenige Übereinstimmungen. Leider gibt es keine stichhaltigen Beweise, die dich zu meinem Fleisch und Blut machen würden. Ich wünschte von ganzem Herzen, es wäre anders. Ich wäre stolz, dich meinen Sohn zu nennen.»

«Aber unmöglich wäre es nicht, ja?» beharrte ich. «Viele Übereinstimmungen können mehr wiegen als ein Mangel an Beweisen. Angenommen, es stimmt? Angenommen, du bist tatsächlich meine Mutter, und die Götter haben aus unerfindlichen Gründen beschlossen, daß wir uns begegnen, wie wir uns begegnet sind, damit ein großes Unrecht wiedergutgemacht wird ...» Sie blickte mich forschend an, und mir erstarben die Worte auf den Lippen.

«Das ist ein Schluß, den wir nicht ziehen dürfen, lieber Kamen», sagte sie leise. «Falls du recht hast, werden die Götter die Wahrheit enthüllen, wann es ihnen beliebt. Bis dahin ist es um deiner geistigen Gesundheit willen besser, wenn du annimmst, daß deine Mutter tot ist.» Die Worte des Sehers hatten fast genauso gelautet, und wie damals wehrte ich mich sofort dagegen.

«Nein, das kann ich nicht», sagte ich nachdrücklich. «In meinen Träumen und in meiner Vorstellung lebt und atmet sie. Ich würde Hui gern noch weiter befragen.» Sie antwortete nicht.

Einen Augenblick später widmete sie sich wieder der Betrachtung des Sonnenuntergangs, und ich gesellte mich zu dem Kapitän, der gerade zur Nacht anlegen wollte. Als ich über das Deck ging, fiel mir die Nachricht ein, die Takhuru mir gerade vor meinem Aufbruch geschickt hatte, doch mir war, als wäre das in einem anderen Leben geschehen. Sie hatte unter den Rollen ihres Vaters etwas Wichtiges gefunden, und daher, so sagte ich mir, darf ich weiter hoffen, wenigstens noch eine kurze Zeit.

Als wir die Mündung des Sees von Fayum erreichten, hatte ich das Manuskript ganz gelesen. Es war zwar faszinierend und erschreckend, klang aber dennoch wahr, und als ich es in den Lederbeutel zurücklegte, war mir klar, daß ich die Frau nicht den Behörden übergeben würde. Jung und unschuldig trotz ihres Ehrgeizes, hatten gewissenlose Männer sie benutzt, um ihre Verschwörung gegen den König voranzutreiben, und sie verlassen, als der Plan fehlschlug. Man hatte sich mehr gegen sie versündigt, als daß sie gesündigt hatte, und daß der Seher – ein Mann, den sie geliebt und dem sie vertraut hatte – sie verriet, war der letzte und bitterste Schlag gewesen. Stundenlang saß ich unter dem Sonnensegel und dachte über diese Geschichte von Wollust, Verrat und Mord nach, ehe ich mich dem Problem zuwandte, was ich mit ihr anfangen sollte. Wie gern hätte ich sie einfach mit nach Hause genommen und sie dem Haushalt als meine Mutter vorgestellt. Doch es stimmte, was sie gesagt hatte, uns verband nichts weiter als eine Reihe nicht greifbarer Übereinstimmungen und meine eigene große Sehnsucht.

Ich klopfte an die Kabinentür, und sie kam auch gleich heraus, zerzaust und schlaftrunken, gerade als der Kanal, der zum großen See von Fayum führte, an uns vorbeiglitt. Sie stand in eine Decke gehüllt und sah zu, dann ließ sie sich neben mir nieder. «Ramses hat mir ein Anwesen an dem See dort geschenkt», sagte sie. «Ich war eine gute Nebenfrau. Er war sehr zufrieden mit mir. Nach meinem Mordversuch hat er mir alles weggenommen. Mein Land, meinen Titel, mein Kind.» Das sagte sie ohne jegliches Gefühl. «Ich hatte den Tod verdient, weil ich ihn ermorden wollte, aber er hat sich erweichen lassen und mich statt dessen verbannt. Die, die mich benutzt haben, um sich eines Pharaos zu entledigen, den sie verachteten, sind frei ausgegangen. Paiis, Hui, Hunro, Banemus, Paibekamun.»

«Ich weiß», sagte ich. «Ich habe alles gelesen.»

«Und du glaubst mir?» Das war die Frage, die sie wieder und wieder und in dringlichem Ton stellte, und damit verriet sie ihre eigene Wehrlosigkeit. Ich umfaßte die Knie mit den Händen und blickte zu den sich blähenden, weißen, dreieckigen Segeln hoch, die vor dem Blau des Himmels flatterten.

«Falls General Paiis nicht den Mörder gedungen hätte, würde ich meine Zweifel haben», sagte ich. «Deine Geschichte ist fesselnd, aber wenn nicht der Mordversuch dazugekommen wäre, hätte ich dir nicht geglaubt.» Jetzt blickte ich sie an. «So wie es jetzt steht, muß ich dich fragen, wie du die Verschwörer nach so langer Zeit vor Gericht bringen willst. Hast du Freunde in Pi-Ramses?»

«Freunde?» wiederholte sie. «Nein. Vielleicht die Große Königliche Gemahlin Ast-Amasereth, falls sie noch lebt und den König noch immer mittels ihres Spionagenetzes und ihres politischen Scharfblicks in der Hand hat. Eine Freundin ist sie mir nicht gewesen, aber sie war daran interessiert, daß Ramses den Thron behielt, daher hört sie mich möglicherweise an.» Thu seufzte. «Doch das ist alles schon lange her. Kann sein, sie ist gestorben oder hat ihre Macht verloren. Ein königlicher Hof hat die gleichen Regeln wie ein kompliziertes Spiel mit Zug und Gegenzug, jedermann kämpft offen oder heimlich um Einfluß und einen Abglanz der Macht des Horusthrones. Tänzerinnen nähern sich und weichen zurück, kommen nach vorn und wirbeln wieder fort. Alte Gesichter verschwinden. Neue nehmen ihren Platz ein.» Sie legte einen Finger an die Schläfe, eine Geste, die Nachdenklichkeit und Niederlage zugleich ausdrückte. «Die augenblickliche Krankheit des Pharaos ist nichts als Alter, er hat seit Jahren keinen Unfall oder eine ernstere Krankheit gehabt, also gehe ich davon aus, daß die Verschwörer ihren Plan, ihn zu vernichten, aufgegeben haben. Sie leben und gedeihen wie eh und je. Der einzige Beweis gegen sie ist noch immer mein Wort, und ich glaube, niemand erinnert sich mehr an mich. Sie sollen zahlen für das, was sie mir angetan haben, aber ich weiß nicht, wie ich das bewerkstelligen soll. Ich kann nichts weiter tun, als mich Ramses zu Füßen zu werfen und ihn anzuflehen, meine Verbannung aufzuheben. Wenn ich mich an Hui rächen will, muß ich mir schon etwas einfallen lassen.» Sie warf mir einen scharfen Blick zu. «Du überlegst, was du mit mir anfangen sollst, wenn wir die Stadt erreichen», sagte sie. «Aber sieh mich an, Kamen. Ich ähnele in keiner Weise mehr der verwöhnten Edelfrau, die ich einst gewesen bin. Ich kann mich auf den Markt setzen und mich als Dienerin verdingen, während ich mir überlege, wie ich vorgehe. Ich verdanke dir mein Leben und habe nicht vor, dir weiter zur Last zu fallen oder dich in Gefahr zu bringen.»

Das waren großherzige Worte, doch es war undenkbar, sie ohne ein Paar Sandalen an den Füßen dem Trubel der großen Stadt auszusetzen. Bei mir zu Hause konnte ich sie nicht als eine unserer Dienerinnen verstecken. Pa-Basts scharfes Auge würde sie irgendwann entdecken. Vielleicht konnte Takhuru ihr Obdach gewähren. Nesiamuns Anwesen war groß, viel größer als unseres, und er hatte im Haus und außerhalb mehr Dienerschaft als wir.

Aber konnte ich sie überhaupt verstecken? Was war mit meinem Kapitän, den Ruderern, dem Koch und seinem Helfer? Würden die irgendwann in einem Bierhaus vielleicht arglos ausplaudern, daß ich gesagt hätte, der Söldner wäre in Aswat geblieben, weil er noch geschäftlich für den General zu tun hätte? Derlei Klatsch mußte Paiis irgendwann zu Ohren kommen. Ich konnte nur hoffen, daß es dazu erst kam, wenn es die Frau in den Palast geschafft hatte.

Sie saß jetzt da und hatte die Stirn auf die geballten Fäuste gelegt, wirkte aber ziemlich ruhig. Vermutlich hatten sie beinahe siebzehn Jahre in Aswat eine geduldige Ergebung gelehrt, die ich erst noch lernen mußte. Falls sie merkte, daß ich sie musterte, so ließ sie sich nichts anmerken. Ich betrachtete ihr gefällig gerundetes Kinn, die gerade Nase, die winzigen Fältchen rings um ihre Augen. Sie hatte sich das wilde Haar hinters Ohr geschoben und dabei einen schlanken Hals entblößt, den die Sonne beinahe schwarz gebrannt hatte, und auf einmal sah ich sie, wie sie ausgesehen haben mußte, als sie die fremdländischen, blauen Augen mit Khol und den Mund mit rotem Henna geschminkt hatte, das Haar weich und schimmernd und von einem edelsteinbesetzten Reifen gehalten. Als ob sie Gedanken lesen könnte, wiederholte sie auf einmal, ohne sich umzudrehen: «Früher bin ich schön gewesen.»

«Das bist du noch», antwortete ich mit einem Kloß im Hals. «Das bist du noch.»

Sechstes Kapitel

*E*s war Mittag, als ich der Frau die Hände auf dem Rücken fesselte und sie über die Laufplanke auf den geschäftig wimmelnden Kai führte, an dem sich die Lagerhäuser von Pi-Ramses reihten. Wir waren schnell vorangekommen. Die Rückreise hatte acht Tage gedauert, und ich beglückwünschte meine Ruderer und gab ihnen drei Tage frei. Ich hatte sie wissen lassen, daß ich mich in der Stadtmitte mit einer Eskorte treffen wollte, die sie zum Gefängnis bringen sollte. Auf dem Kai waren immer Soldaten, die bereitstanden, um kostbare Fracht zu den Tempeln oder zum Palast zu begleiten. Von denen mochten durchaus einige auf mich warten. Also entließ ich meine Männer und wies sie an, das Boot zum Militärhafen zu bringen, wo es überprüft werden sollte, ehe ich es dem General zurückgab, führte die Frau in den Schatten eines Lagerhauses, nahm ihr die Fessel ab, und dann tauchten wir zusammen in der Menschenmenge unter. Sie hatte die Kapuze ihres Umhangs hochgeschlagen und zog keine Aufmerksamkeit auf sich.

Der Tag war angenehm warm. Der Monat Athyr lag fast hinter uns, und im Khoiak war die schlimmste Sommerhitze vorbei. Es würde ein langer, staubiger Weg zu Takhurus Tor werden, doch mir war beim allerbesten Willen kein anderes eingefallen, auf dem ich sie hätte hinführen können, ohne Verdacht zu erregen. Ich drängte mich durch den üblichen städtischen Trubel aus wiehernden Eseln, knarrenden Karren und kreischenden Budenbesitzern, hinter mir die Frau und vor mir viele Probleme. Würde Takhuru daheim sein? Wie brachte ich die Frau an Nesiamuns Torhüter vorbei? Wieviel Zeit blieb mir, bis Paiis Nachricht davon erhielt, daß meine Ruderer zurück waren und ich noch immer lebte?

Das Gedrängel ließ nach, als wir die Lagerhäuser hinter uns ließen und in den Marktbereich kamen. Hier scharte sich die Menschheit um die ausgelegten Waren, daher kamen wir schneller voran. Jetzt tauchten Bäume auf, in deren Schatten Männer mit schmutzigen Lendentüchern auf der nackten Erde hockten, gestikulierten und sich krächzend unterhielten, während rings um sie das städtische Leben tobte. Gelegentlich warf ich einen Blick zurück, doch stets hielt sie sich dicht hinter mir, die bloßen Füße jetzt mit hellem Staub bedeckt, während ihr der Umhang um die Knöchel flatterte. Wir bahnten uns einen Weg durch eine Gruppe von Gläubigen, die sich um einen kleinen Hathor-Schrein scharte, und mir stieg im Vorbeigehen Weihrauchduft in die Nase. Das Hathor-Fest am ersten Tag des Khoiak stand unmittelbar bevor, an diesem Tag würde ganz Ägypten die Göttin der Liebe und Schönheit feiern.

Im Dahinschreiten dachte ich an meine Frauen. Takhuru, schön und eigensinnig, mit ihrem gesunden, verhätschelten, jungen Leib. Meine Mutter Shesira, stets erlesen gekleidet, stets mit einer kostbaren Kette geschmückt oder Armreifen oder Ringen, mit denen mein Vater sie verwöhnte. Mutemheb und Tamit mit ihrer hellen Haut, die nie mit der Sonne in Berührung kam, ihrem zarten Leinen und duftenden Haarölen und Tiegeln voller kostbarer Duftsalben. Hinter mir trabten ein Paar derbe, schwielige Füße, der Körper nicht durch den Luxus Sport drahtig, sondern durch Zwang zu harter Arbeit, ein Gesicht, das allzu oft von Res brennendem Finger berührt worden war. Dennoch hatte ich nicht gelogen, als ich ihr sagte, sie sei noch immer schön. Ihre funkelnden blauen Augen offenbarten einen Reichtum an Wissen und Erfahrung, der den Frauen meiner Gesellschaftsschicht völlig abging. Sie war auf natürliche Weise anziehend. Mit dem ganzen prächtigen Putz des königlichen Harems angetan mußte sie tatsächlich unwiderstehlich gewesen sein.

Ich ließ sie an der Einfahrt zum Residenzsee so eben außer Sichtweite der Wachtposten unter einem Baum sitzen, wo sie die Füße ins Wasser halten konnte, beantwortete den Wer-da-Ruf und ging an der vertrauten Abfolge von eindrucksvollen Toren und Bootstreppen vorbei. Der Pylon des Sehers warf im Nachmittagssonnenschein einen Schatten, doch im Vorbeigehen erhaschte ich dahinter eine Bewegung und rief dem alten Torhüter einen Gruß zu. Er reagierte nicht. Trotz der Bangigkeit, die sich nicht abschütteln ließ, mußte ich lächeln und ging weiter.

Nesiamuns Torhüter begrüßte mich überschwenglich und versicherte mir, daß Takhuru daheim sei. Ich lief um die vielen Gartenstatuen herum und betrat das Haus. Dort schickte ich einen vorbeikommenden Diener mit der Nachricht zu ihr, daß ich in der Eingangshalle sei.

Ich hatte mich auf eine lange Warterei gefaßt gemacht, doch ich war es gewöhnt, auf Takhuru zu warten. Sie kam fast immer zu spät und entschuldigte sich nie dafür, wohl weil sie sich auf eine hochnäsige und gedankenlose Art für den Nabel der Welt hielt. Doch ich hatte die Halle nur einmal durchmessen und wollte mich gerade auf einen der zerbrechlichen Stühle aus Zedernholz setzen, da kam sie aus dem hinteren Teil des Hauses angerannt. Als sie mich erblickte, blieb sie stehen. Ich sah sie erstaunt an, denn sie hatte sich nur einen losen Kittel über den ölglänzenden Leib geworfen. Ihr Gesicht war nicht geschminkt, und sie hatte sich das Haar hochgesteckt, wie es gerade kam. So unordentlich hatte sie sich nie blicken lassen. «Kamen!» platzte sie heraus. «Hast du auf mich warten müssen? Tut mir leid. Ich wurde gerade massiert. Verzeih mein Aussehen. So bald hatte ich dich nicht erwartet...» Die Worte erstarben ihr auf den Lippen. Sie blickte auch nicht so mißbilligend wie üblich, wenn ich mich anders als in tadellosem Zustand einstellte. Mein Schurz war fleckig und zerknautscht, und an meinen Beinen und in meinen Haaren klebte noch der Staub der Stadt, doch sie schien es nicht zu bemerken, sondern stand noch immer wie angewurzelt, einen nackten Fuß auf dem anderen, und kaute auf der Lippe. Nachdem ich sie etwas ratlos betrachtet hatte, ging ich zu ihr, ergriff ihre heiße Hand und küßte sie sanft auf die Wange.

«Takhuru, du hast mir gefehlt», sagte ich pflichtschuldig. «Bist du krank? Du wirkst so erregt?»

«Wie?» sagte sie. «Nein, Kamen, danke, es geht mir sehr gut. Aber ich muß sofort mit dir reden. Ich habe etwas sehr Wichtiges, was ich dir zeigen muß. Es ist mir schwergefallen, fast drei Wochen lang auf deine Rückkehr zu warten. Komm mit in mein Zimmer.» Auf einmal verspürte ich eine Welle nachsichtiger Zuneigung zu ihr. Sie blickte mit erhitztem Gesicht und leuchtenden, erwartungsvollen Augen zu mir hoch, dennoch verrieten ihre verkrampften Finger und ihre verlegene Haltung, daß ihr etwas auf der Seele lag.

«Gern», sagte ich. «Aber zuerst muß ich mit dir reden. Es ist etwas passiert, Takhuru, etwas ziemlich Schreckliches. Kann ich dir vertrauen?» Sie zog ihre Hand zurück.

«Natürlich.»

«Es handelt sich nicht um ein leichtfertiges Geheimnis, das sich für den Klatsch mit deinen Freundinnen eignet», ermahnte ich sie. «Du mußt mir schwören, daß du es für dich behältst. Hathors Fest steht bevor. Schwöre bei Hathor!» Sie trat einen Schritt zurück. «Ich schwöre», sagte sie stockend. «Kamen, du machst mir angst.»

«Tut mir leid. Komm mit in den Garten, dort kann uns niemand belauschen.»

Sie folgte mir ohne Widerrede in den nachmittäglichen Sonnenglast, und ihr Schweigen überzeugte mich mehr als alles andere, daß irgend etwas sie furchtbar verstört hatte, denn normalerweise hätte sie sich nicht getraut, das Haus unangekleidet und ungeschminkt zu verlassen, es hätte sie ja jemand sehen können. Ich führte sie in die Abgeschiedenheit des Gebüsches, zog sie aufs Gras und erzählte ihr alles. Ich wußte, daß ich ein hohes Risiko einging, doch wenn ich Takhuru als meiner Verlobten nicht trauen konnte, wie dann als Ehefrau? Paiis war in ihrem Haus häufig zu Gast. Er und ihr Vater waren alte Bekannte. Und Paiis war der Bruder des Sehers.

Während ich redete, ihr die Geschichte der Frau erzählte und dann die furchtbaren Ereignisse der letzten Wochen, entfaltete sich alles vor mir wie ein Stück besticktes Leinen, und mir ging auf, daß der Seher gewußt haben mußte, was Paiis plante. Vielleicht war der Befehl zu Thus Vernichtung sogar auf sein Betreiben hin zustande gekommen. Ich hatte das Manuskript gelesen. Hui war ein kalter, gewissenloser Mensch, er hatte ein junges Mädchen benutzt und es dann seinem furchtbaren Schicksal überlassen. Würde ihr Tod ihm mehr ausmachen, als wenn er eine lästige Fliege totschlug? Besonders wenn die Gefahr drohte, daß die Machenschaften seiner lange vergessenen Vergangenheit schließlich doch noch ans Licht kamen? Ich hatte die Geschichte gelesen und geglaubt, denn sie war völlig überzeugend und überführte ihn. Falls sie in die Hände des Königs geriet, wäre seine Reaktion vielleicht die gleiche gewesen? Angenommen, Paiis hatte den Kasten geöffnet, sie gelesen und erkannt, daß sie zu überzeugen vermochte, hatte sie an den Seher weitergegeben, und dann hatten sie gemeinsam beschlossen, daß erstens Thu sterben mußte, und zweitens ich, falls auch ich sie glaubwürdig gefunden hatte.

Takhuru beobachtete mich eindringlich. Sie hatte mich nicht unterbrochen. Ihre Blicke wanderten von meinen Augen zu meinem Mund und wieder zurück, und sie rührte keinen Muskel. Schließlich schwieg ich, und nach einem Weilchen, während sie offensichtlich ganz in Gedanken versunken war, berührte sie mein Knie. «Und du glaubst ihr das alles, Kamen?» Diese Frage hatte mir die Frau schon oft gestellt. Ich nickte.

«Ja, ich glaube ihr. Für diese Wahrheit setze ich meine Laufbahn, ja, vielleicht sogar mein Leben aufs Spiel.»

«Dann glaube ich ihr auch. Und sie ist draußen, beim Fluß? Diese Bauersfrau? Was soll ich mit ihr anfangen?» Mir entging der etwas abfällige Ton durchaus nicht, doch ihre Stimme klang auch ängstlich. Wer wollte ihr beides verübeln?

«Du hast viele Frauen in deinen Diensten, Takhuru. Sag deinem Haushofmeister, daß sie dir vom Marktplatz gefolgt ist und dich um Arbeit angebettelt hat und daß du dich ihrer Not nicht verschließen konntest. Bring sie in den Dienstbotenquartieren unter, paß aber auf, daß sie nur dort arbeitet, wo niemand sie sieht. Vielleicht könnte sie sich um den Garten kümmern.» Takhuru rümpfte das Näschen.

«Kamen, warum nimmst du sie nicht mit nach Hause und läßt sie in deinem Garten arbeiten?»

«Weil», so machte ich ihr sanft klar, «wir viel weniger Dienstboten haben als Nesiamun und Pa-Bast sie schlicht vor die Tür setzen oder sie an einen anderen Haushalt weitergeben würde. Bitte, tu es mir zuliebe, Takhuru.» Meine Bitte stimmte sie nicht milder. Statt dessen sagte sie scharf:

«Dir zuliebe, Kamen, oder ihr zuliebe? Oder euch beiden zuliebe? Ist sie schön? Schließlich bist du tagelang mit ihr auf dem Fluß gewesen.» Ich seufzte im stillen. Oh, diese Frauen!

«Meine allerliebste Takhuru», sagte ich. «Du hast mir gut zugehört. Ich weiß es. Sie war einmal schön und die Geliebte des Königs, doch das ist siebzehn Jahre her. Jetzt ist sie nur noch eine Frau, die dringend auf unsere Hilfe angewiesen ist. Sie braucht uns. Bitte, denke dir etwas aus, wie wir sie in den Palast schmuggeln können.» Bei diesen Worten wuchs Takhurus Anteilnahme.

«Falls sie eine Nebenfrau gewesen ist, muß sie sich im Palast gut auskennen», sagte sie. «Ich lasse mir das Problem zusammen mit ihr durch den Kopf gehen. Ehrlich, Kamen, ich habe noch nie eine Nebenfrau gesehen und bin ganz wild darauf.» Sie beugte sich vor. «Ich begreife den Ernst der Lage, auch wenn mir das alles fremd ist», beharrte sie. «Und ich nehme nichts auf die leichte Schulter. Aber, Kamen, meine Nachricht für dich ist noch umwerfender. Möchtest du mich jetzt anhören?»

«Nein», sagte ich brüsk. «Nicht jetzt. Hol mir ein Dienstbotenarmband für sie, Takhuru, damit sie an den Wachtposten vorbeikommt. Sie wartet schon lange und muß hungrig und durstig sein. Ich gehe sie holen.» Takhuru wollte etwas erwidern, sie machte den Mund auf und kniff ihn zu einer schmalen Linie zusammen, dann stand sie auf und ging fort. Kurz darauf war sie wieder zurück und schwenkte ein dünnes Kupferarmband.

«Ich habe dem Haushofmeister gesagt, daß ich eine neue Dienerin eingestellt habe», sagte sie und gab mir das Armband. «Bring sie in mein Zimmer, Kamen, und dann muß ich einfach mit dir reden.» Schon wieder huschte dieser Ausdruck über ihr Gesicht, diese Mischung aus Dringlichkeit und Zögern, dann ging sie ins Haus zurück. Ich lief durch den Garten und zum Tor hinaus.

Die Frau schlief unter ihrem Umhang im Schatten einer Sykomore, die Wange in die braunen Hände geschmiegt, das Haar auf dem Gras ausgebreitet. Ich betrachtete sie kurz, bemerkte, wie ihre langen, schwarzen Wimpern im Traum zitterten, dann ging ich in die Hocke und berührte ihre Schulter. Sie erwachte mit einem Ruck, schlug die Augen auf und fixierte mich mit ihrem direkten blauen Blick. Ich gab ihr das Armband. «Ich habe mit Takhuru geredet», sagte ich. «Und ihr alles erzählt. Sie stellt dich ein und verrät dich nicht.»

«Du vertraust ihr.» Das war eine Feststellung, keine Frage, und ich nickte.

«Ich weiß nicht, welche Arbeit man dir zuweist», sagte ich und hatte dabei irgendwie das Gefühl, ich müsse mich bei ihr entschuldigen, daß sie überhaupt arbeiten mußte, doch wieder einmal konnte sie meine Gedanken lesen. Sie lächelte, schob das Armband über die Hand und ließ es aufs Handgelenk rutschen.

«Ich bin harte Arbeit gewöhnt», sagte sie trocken. «Mir ist es einerlei, welche Arbeit man mir zuweist. Ich habe nur eine Bitte an deine Verlobte, nämlich daß ich jeden Tag schwimmen darf und daß man mich möglichst von Gästen und Besuchern fernhält.»

«Gut. Dann laß uns gehen.»

Wir passierten die Posten, und sie hielt, ohne den Schritt zu verlangsamen oder sie anzusehen, das Handgelenk hoch. Sie beachteten keinen von uns richtig, und so eilten wir schon bald über den kleinen Schatten, den der Pylon des Sehers bereits warf. Thu wandte das Gesicht ab, und ich mußte schmerzlich an ihre Geschichte denken. Wie viele Male mochte sie über diese Bootstreppe geschritten sein, wunderschön angetan mit der ganzen Pracht, die der Harem und ein verliebter König zu bieten hatten? Sie sagte nichts, und auch ich schwieg.

Es war die Zeit der Nachmittagsruhe, der Garten lag verlassen. Wir stahlen uns rasch ins Haus, durch die leere Eingangshalle und die Treppe hoch. Takhuru wartete auf uns und reagierte sofort auf mein Klopfen. Ich mußte insgeheim lächeln, denn sie hatte es in der Zeit, die ich fort war, geschafft, sich waschen und schminken zu lassen. Die Falten ihres hauchdünnen weißen Leinenkleides wurden in der zierlichen Mitte mit einem Gürtel aus ineinander verschlungenen, goldenen Ankhs zusammengehalten. Weitere, mit Mondsteinen besetzte Ankhs lagen um ihren langen Hals und baumelten in ihren Ohrläppchen. Ihre Kosmetikerin hatte ihr das Gesicht und die Schultern mit Goldpuder bestäubt. Der Gegensatz zwischen diesem Reichtum, dieser Eleganz und dem verdreckten und zerrissenen Aufzug meiner Gefährtin war erschreckend, und dennoch beherrschte die Bäuerin den Raum, in dem wir alle standen. Sie streckte die Arme aus und verbeugte sich tief vor Takhuru. Takhuru neigte den Kopf, und dann musterten sich die beiden Frauen schweigend. Takhuru sagte: «Wie heißt du?»

«Ich heiße Thu», antwortete die Frau ruhig.

«Und ich bin die Herrin Takhuru. Kamen hat mir alles über dich erzählt. Deine Notlage dauert mich, daher habe ich ihm versprochen, daß ich dir nach besten Kräften helfen werde. Mein Haushofmeister glaubt, daß du mich auf dem Markt angesprochen hast und ich dich aus Mitleid eingestellt habe. Hoffentlich beleidigt dich diese Ausrede für deine Anwesenheit hier nicht, denn ich weiß, daß du einst selbst Dienerschaft gehabt hast», fuhr sie eilig fort, meine hochnäsige

Takhuru, die jetzt eine Ängstlichkeit und Gutherzigkeit zeigte, die ich an ihr mochte, aber selten erlebte, «aber etwas Besseres ist mir nicht eingefallen. Du wirst ihm gehorchen müssen, bis Kamen und ich wissen, wie wir uns aus diesem Alptraum befreien.» Die leichte Betonung, die sie auf einige Wörter legte, machte mir plötzlich klar, daß meine Verlobte ihren ganzen Staat nicht aus Hochnäsigkeit, sondern aus Unsicherheit angelegt hatte, nur um klarzustellen, daß sie ältere Rechte auf mich hatte. Ich war geschmeichelt und belustigt.

«Ich bin dir sehr dankbar, Herrin Takhuru», entgegnete die Frau höflich. «Laß dir versichern, daß ich überhaupt nicht beleidigt bin, weil ich dienen muß, auch wenn ich einst selbst bedient wurde. Ich werde mich bemühen, weder dich noch Kamen zu gefährden. Schließlich hat Kamen mir das Leben gerettet.»

«O ja, das hat er! So völlig habe ich das Ganze noch nicht begriffen. Ich werde dich bald zu mir holen lassen, dann kannst du mir alles näher erklären. Also, wenn du in den hinteren Garten gehst, findest du die Dienstbotenquartiere. Mein Haushofmeister müßte dort sein. Sag ihm, er soll dir Essen und Bier und einen Schlafplatz und etwas zum Anziehen geben.»

«Danke.» Die Frau verneigte sich und verzog sich mit unauffälliger Anmut. Als sie gegangen war, wandte sich Takhuru an mich.

«Sie ist ganz anders, als ich sie mir vorgestellt habe», sagte sie ehrlich. «Ich hatte gedacht, sie würde, na ja, untersetzt und kräftig sein, aber wenn man über die Spuren von Armut und Vernachlässigung hinwegsieht, merkt man, daß sie darunter ein erlesenes Geschöpf ist. Nach Sprache und Benehmen ist sie nicht vom Lande.»

«Ich liebe dich, Takhuru», sagte ich. «Du bist nicht nur großherzig und schön, sondern ich entdecke immer wieder etwas an dir, wovon ich keine Ahnung hatte.» Sie lächelte und errötete.

«Ein erschreckendes Eingeständnis, da wir uns seit unserer Kindheit kennen», gab sie zurück. «Ich meinerseits weiß nur zu gut, daß sich unter deinem langweiligen und gräßlich zuverlässigen Äußeren ein Mann verbirgt, der ohne mit der Wimper zu zucken allen Anstand fahren lassen würde, sollte es sich als notwendig erweisen. Und genau das hast du gerade getan. Ich liebe dich auch. Was für ein himmlisches Abenteuer! Was meinst du, werden wir eines Tages vor dem Angesicht des Einzig-Einen stehen?»

«Nein», sagte ich kurz angebunden, denn auf einmal packte mich die Angst, daß sie überhaupt nicht begriff, wie schlimm die Klemme war, in der wir steckten. «Wenn wir Glück haben, bleibe ich am Leben, und deine Familie bekommt nichts von der ganzen Sache mit. Das hier ist kein Spiel.»

«Das weiß ich auch», flüsterte sie, und auf einmal war sie wieder die Takhuru, die mich so eigenartig begrüßt hatte. Eingehend musterte sie meine Miene. «Kamen», sagte sie langsam, «die Botschaft, die ich dir geschickt habe und der du nicht nachkommen konntest, weil du in den Süden mußtest. Ich muß dir etwas zeigen. Es betrifft deinen Vater.» Sofort horchte ich auf.

«Was ist passiert? Hat es einen Unfall gegeben? Ist er verletzt? Tot?»

«Nein, nicht Men», sagte sie. Sie holte tief Luft, blies sie aus und ging zu ihrer Kleidertruhe. Dort kniete sie sich hin, hob den Deckel hoch, stöberte in ihren Kleidern herum und holte eine Rolle heraus. Dann stand sie auf und kam seltsam zögernd auf mich zu, die Rolle an den Leib gedrückt.

«Die habe ich gefunden, als ich Vaters Arbeitszimmer durchsucht habe», sagte sie fast tonlos. «Sie lag in einem Kasten mit alten Listen über Angestellte und die Fayence-Herstellung aus früheren Jahren. Falls sie echt ist, wirst du vielleicht tatsächlich eines Tages vor dem Einzig-Einen stehen. Das ist dein gutes Recht. Du bist sein Sohn.» Sie streckte mir die Rolle mit beiden Händen hin, als böte sie mir oder einem Gott ein kostbares Geschenk dar, und ich nahm sie unversehens benommen entgegen.

Der Papyrus war so steif, als hätte man ihn seit einiger Zeit nicht mehr entrollt. Er war einst versiegelt gewesen, doch das Siegel war halb erbrochen. Beinahe unbeteiligt stellte ich fest, daß meine Finger zitterten. Irgendwie hörte und verstand ich sie durchaus und erbebte vor Schreck, doch mein Bewußtsein schlief noch. «Was sagst du da? Was sagst du da?» stammelte ich wie ein Blöder. Benommen tastete ich nach einem Stuhl und ließ mich darauf fallen. Die schwarzen, feierlichen Hieroglyphen tanzten vor meinen Augen. Sie kam zu mir und packte meine Schulter mit fester Hand.

«Lies sie», sagte sie.

Die Hieroglyphen hatten aufgehört, sich zu drehen, doch ich mußte die Rolle festhalten, sonst hätte sie so gezittert, daß ich sie nicht hätte lesen können. «An den Edlen Nesiamun, Oberaufseher der Fayence-Werkstätten zu Pi-Ramses mit freundlichen Grüßen», so lautete sie. «In der Angelegenheit bezüglich der Abkunft eines gewissen Kamen, zur Zeit wohnhaft im Heim von Men, dem Kaufmann, darfst du versichert sein, daß besagter Men ein ehrlicher Mann ist und nicht versucht, einen angenommenen Sohn von gemeiner oder ungewisser Herkunft mit deiner Tochter zu verbinden, die aus reinem und edlem Geschlecht stammt. Nach seinem göttlichen Ratschluß hat es dem Herrn der Zwei Länder, dem Vollkommenen Gott Ramses gefallen, seinen Sohn, den oben erwähnten Kamen, in die Obhut des Kaufmanns Men zu geben, damit dieser ihn als sein eigenes Kind aufzieht. Obschon besagter Kamen der Sohn einer königlichen Nebenfrau ist, stammt er dennoch aus dem heiligen Geblüt der Gottheit, also zögere nicht, den Heiratsvertrag zwischen deinem Haus und dem Haus Mens zu unterzeichnen. Wir erlegen dir jedoch äußerste Verschwiegenheit auf, so wie wir sie auch Men auferlegt haben, als man das Kind Kamen in seine Obhut gegeben hat. Dem königlichen Schreiber im Harem, Mutmose, am vierten Tage des Monats Pakhons, im achtundzwanzigsten Jahr des Königs diktiert.» Die Rolle war mit «Amunnacht, Oberster Hüter der Tür» unterschrieben.

Eine lange Zeit verspürte ich gar nichts. Mein Kopf, mein Herz, meine Gliedmaßen, alles war wie abgestorben. Ich musterte den Raum mit blicklosen Augen. So ist es, wenn man tot ist, tot ist, tot ist, dachte ich ein ums andere Mal. Doch allmählich spürte ich eine Hand auf meiner Schulter, eine Frauenhand, Takhurus Hand, ich war an einem warmen Nachmittag in Takhurus Zimmer, nein, nicht ich, sondern ein Königssohn, ein Königssohn, ich, Kamen, war tatsächlich gestorben, und dann überfiel mich der Schwindel, und ich ließ mich vornüber fallen.

Mit geschlossenen Augen drückte ich die Stirn auf die Knie, bis der Schwindel nachließ. Takhurus Hand wurde fortgezogen. Als ich mich endlich langsam aufrichten konnte, saß sie vor mir auf dem Boden und wartete geduldig. «Das muß ein furchtbarer Schreck für dich gewesen sein», sagte sie. «Und dazu noch ein doppelter. Es war deine Mutter, die in deinen Träumen zu dir gekommen ist, Kamen, und darum warst du so wild entschlossen, sie zu finden. Wer hätte gedacht, daß eine Frage, die du gar nicht gestellt hast, als erste beantwortet werden würde.» Ich fuhr mir mit der Zunge über die Lippen und versuchte zu schlucken. Dabei kam ich mir so leicht und so leer vor wie eine Schote ohne Samen.

«Die Rolle dürfte echt sein?» brachte ich schließlich zustande.

«Natürlich ist sie das. Amunnacht ist tatsächlich Türhüter im Harem. Sein Wort ist im Harem Gesetz. Außerdem würde niemand so verrückt sein, solch einen Papyrus zu fälschen, oder? Nicht nur den Namen des Türhüters zu verwenden, sondern auch noch den Willen des Pharaos ohne dessen Wissen und Erlaubnis zu äußern? Seine Söhne dürfen sich nicht ohne seine Einwilligung verheiraten. Das bedeutet, als damals das Thema unserer Verlobung angeschnitten wurde, hat dein Vater meinem Vater erzählt, daß wir uns miteinander verbinden können, weil dein Stammbaum in Wahrheit besser als meiner ist. Mein Vater hat ihm nicht geglaubt. Er hat den Hüter der Tür um Bestätigung gebeten. Der Hüter der Tür hat den Pharao um Erlaubnis fragen lassen, ob er meinen Vater beruhigen darf und die Erlaubnis des Einzig-Einen zu deiner Heirat erhält. Kamen, du bist ein Königssohn.»

«Mein Vater hat es gewußt», sagte ich, und jetzt verspürte ich statt der Leere eine erschreckend rasch zunehmende Wut. «Er hat alles gewußt. Er muß wissen, welche Nebenfrau mich geboren hat. Und dennoch hat er alles geleugnet, hat mich in meiner Not angelogen! Warum?» Takhuru zuckte mit den Schultern.

«Die Rolle stellt klar, daß man deinen Vater zur Verschwiegenheit verpflichtet hat. Er durfte dir nicht die Wahrheit sagen.» Doch noch konnte ich ihm nicht verzeihen. Blinder, heftiger Zorn hatte mich ergriffen, und gern hätte ich meinen Vater an der Kehle gepackt und auf ihn eingeschlagen, wieder, immer wieder. Ich ballte die Fäuste, und dann ging mir auf, daß ich in Wirklichkeit meinen wahren Vater in den Staub treten wollte. Den Vollkommenen Gott höchstpersönlich. Ich war ein Königssohn.

«Warum hat mich Ramses so still und heimlich abgeschoben?» fragte ich heftig. «Im Harem gibt es Dutzende von königlichen Bankerten, sie dienen als junge Hauptleute im Heer oder in Verwaltungspositionen. Jeder weiß, wer sie sind. Sie werden nicht so verehrt wie legitime Prinzen, aber ihre Abkunft wird auch nicht geheimgehalten. Warum meine?» Sie beugte sich vor und ergriff mich bei den Handgelenken.

«Das weiß ich nicht, aber wir werden es herausfinden», sagte sie. «Laß dir Zeit, dich mit dem Gedanken anzufreunden, Kamen. Unternimm nichts Törichtes. Vielleicht bist du unter einem schrecklichen Unstern geboren. Vielleicht hat der Pharao deine Mutter so geliebt, daß er es nicht ertragen hat, irgendein Andenken an sie zu behalten. Da ist diese Bäuerin Thu. Sie war doch ungefähr zur gleichen Zeit Nebenfrau, als du zur Welt gekommen bist. Ich werde sie fragen, an was sie sich noch aus jener Zeit erinnert. Aber ich sage die Wahrheit. Du bist aus königlichem Geblüt. Du darfst um die Erlaubnis bitten, deinen Vater zu sehen, und man wird es dir nicht abschlagen.» Sie rüttelte ein wenig an meinem Arm. «Du weißt, daß ich dich geliebt habe, ehe ich wußte, daß du aus königlichem Geblüt bist, ja?» fragte sie ernst. Ich rang mir ein Lächeln ab, doch mein Mund fühlte sich steif an.

«Du bist haarsträubend hochnäsig, Takhuru», sagte ich halblaut. «Was soll ich nur tun? Wie soll ich mich selbst sehen? Wer bin ich? Sind meine Gedanken und Gewohnheiten, meine Zuneigungen und Abneigungen die Frucht des königlichen Samens? Muß ich ein neuer Mensch werden? Versuchen, mich neu kennenzulernen? Wer bin ich?» Sie zog mich neben sich und bemühte sich, mich so gut es ging in die Arme zu schließen.

«Du bist mein Kamen, ein tapferer und ehrenhafter Mann», murmelte sie. «Immer schön eins nach dem anderen.

Zunächst einmal gehst du nach Hause und läßt dich von Setau baden. Morgen brichst du in das Arbeitszimmer deines Vaters ein und überzeugst dich, daß dieser Papyrus durch die unzweifelhafte Existenz des anderen bestätigt wird.»

«Morgen stehe ich vor meinem General und lüge», antwortete ich, und sie lachte.

«Du kannst dich in dem geheimen Bewußtsein vor ihn stellen, daß dein Blut das edelste im ganzen Königreich ist», sagte sie. «Er wird es nicht wagen, die Hand gegen einen Königssohn zu erheben.»

Doch da war ich mir nicht so sicher. Takhuru und ich lagen noch eine ganze Weile auf dem Fußboden, küßten uns und dösten wieder ein, denn es war die Zeit der Nachmittagsruhe. Ihr Zimmer bedeutete Geborgenheit, Normalität, einen letzten Schatten des Mannes, der ich gewesen war. Erst als ich mich sicher genug fühlte, mein eigenes Haus zu betreten, verabschiedete ich mich von ihr.

An den kurzen Heimweg erinnere ich mich noch lebhaft. Es war, als hätte ich neue Augen bekommen, und ich sah, wie das grelle Licht auf dem Wasser glitzerte, wie sich die Bäume vor dem Himmel abhoben, sah die goldgelben Sandflecken neben dem Weg mit bemerkenswerter Klarheit. Meine Fußsohlen spürten jede Unebenheit des Untergrunds, meine Ohren reagierten auf die unzähligen Lebenslaute von Insekten, Vögeln oder Menschen auf dem See. Ich war neu geboren worden, und dennoch war ich derselbe Mensch. Jetzt bewohnte ich keine Welt des Leidens mehr, sondern spürte, daß ich einen Platz auszufüllen begann, der noch nicht meiner war.

Zu Hause angekommen wusch ich mich, wechselte die Wäsche und machte mich erneut auf, dieses Mal zu Paiis' Anwesen. Gern hätte ich bis zum nächsten Tag damit gewartet, ihm Bericht zu erstatten, doch ich wußte, ich mußte ihn sprechen, ehe er von jemand anderem von meiner Rückkehr erfuhr. Gewißlich erwartete er, daß man den Mörder in sein Arbeitszimmer führte, doch an seiner Statt schob ich mich an seinem Haushofmeister vorbei und salutierte.

Er fuhr nicht vor Schreck von seinem Schreibtisch hoch, aber ich sah, wie sich sein Körper spannte, um genau das zu tun. Er beherrschte sich augenblicklich, und als sich unsere Blicke trafen, las ich in seinen Augen keinerlei Panik. Bewundernswert, diese Selbstbeherrschung, also bemühte auch ich mich um eine gesetzte Miene. «Kamen», sagte er unnötigerweise. «Du bist also zurück. Erstatte Bericht.» Seine Stimme zitterte nicht, klang aber uncharakteristisch schrill.

«General», begann ich. «Es tut mir leid, aber es ist mir nicht gelungen, deinen Befehl auszuführen. Sei versichert, daß ich mir die allergrößte Mühe gegeben habe. Ich kenne meine Pflicht.» Er machte eine ungeduldige Handbewegung und hatte sich dabei nicht nur vollkommen im Griff, sondern blickte so wachsam und argwöhnisch, daß sich alles in mir sträubte und ich zum Gegenangriff überging.

«Laß den Unfug», schnitt er mir gereizt das Wort ab. «Was konnte mit so einem einfachen Auftrag schiefgehen?» Ich war versucht zu lachen, erkannte jedoch diesen Impuls als Anzeichen von Leichtsinn und Überreiztheit.

«Ich habe den Söldner wohlbehalten in Aswat abgeliefert, wie du es befohlen hattest», sagte ich ruhig. «Nachts haben wir an abgeschiedenen Plätzen festgemacht, wo uns niemand gesehen hat, auch wie du es befohlen hattest. Als wir dann außerhalb des Dorfes vertäut lagen, habe ich den Söldner drei Stunden vor der Morgendämmerung zur Hütte der Frau begleitet, aber sie war nicht daheim. Der Söldner war ärgerlich. Nachdem er mich gefragt hatte, wo sie stecken könnte, hat er mich angewiesen, draußen vor ihrer Tür zu warten. Das habe ich getan. Er ist nicht zurückgekommen, die Frau auch nicht.»

«Was soll das heißen, er ist nicht zurückgekommen?», fuhr Paiis mich an. «Wie lange hast du gewartet? Hast du nach ihm suchen lassen?»

«Natürlich.» Ich erlaubte mir einen flüchtigen Ausdruck gekränkten Stolzes. «Ich bin mir jedoch deiner Mahnung zur Geheimhaltung bewußt gewesen, und das hat eine gründliche Suche erschwert. Ich hätte Tage mit der Befragung aller Dorfbewohner und der Durchsuchung ihrer Häuser zubringen können, doch in Anbetracht der Situation habe ich die Gäßchen und Felder abgesucht, bis es hellichter Vormittag war. Dann habe ich einen weiteren Tag gewartet und mich auf dem Boot versteckt gehalten, aber der Söldner ist nicht gekommen. Am Abend bin ich erneut zur Hütte der Frau gegangen, doch vergebens. Sie war auch nicht zurückgekommen. Nun stand ich vor der Wahl, entweder mich und meine Mannschaft immer mehr den neugierigen Blicken der Dorfbewohner auszusetzen oder ins Delta zurückzukehren. Ich habe mich für die Rückreise entschieden und übernehme die Verantwortung dafür. Ich hoffe, ich habe wie ein guter Offizier gehandelt. Mein Vorschlag ist, daß du eine Botschaft nach Aswat schickst und einem Beamten vor Ort befiehlst, daß er sie festnimmt. Jemand, der die Umtriebe und Gewohnheiten der Frau kennt.» War ich zu weit gegangen? Seine dunklen Augen betrachteten mich nachdenklich, kühl, aber ich konnte seinem Blick leicht standhalten. Hoffentlich blickte ich abbittend genug.

Während dieses Blickwechsels wurde mir klar, daß auch der Mörder nur ein Werkzeug gewesen war. Paiis selbst war die treibende Kraft, die dieses Werkzeug handhabte, die ursprüngliche Kraft, die das Werkzeug in Bewegung gesetzt hatte. Vermutlich haßte er die Frau nicht, mich übrigens auch nicht.

Sein Motiv hatte nichts mit Gefühlen zu tun; tatsächlich hatte er mich wohl sehr gern. Sein Entschluß war reiner Selbstschutz. Er hatte eine mögliche Gefahr gewittert und sich sorgfältig ausgerechnet, wie weit er gehen durfte. Und dann hatte er gehandelt. Alles Begabungen, die ein hoher militärischer Befehlshaber brauchte. Thu hatte gesagt, daß er es wieder versuchen würde. Als ich in diese Augen blickte, die nichts verrieten, wußte ich, daß sie recht hatte.

Er verzog das Gesicht und lehnte sich zurück, der beifällige Blick schwand. «Ich bin überzeugt, daß du dich so verhalten hast, wie man es von dir erwarten durfte», sagte er knapp. «Trotzdem muß ich sagen, daß mir das Verhalten des Söldners ein Rätsel ist, und natürlich werde ich sein eigenartiges Verschwinden untersuchen lassen. Was meinst du, könnte ihm etwas zugestoßen sein?» Ich bemühte mich nach besten Kräften um eine entgeisterte Miene. Als Schauspieler war ich allmählich gar nicht mehr so schlecht, dachte ich bei mir.

«Zugestoßen?» wiederholte ich. «Ach, das glaube ich nicht, General. Was könnte ihm bei einem so banalen Auftrag schon zugestoßen sein? Ich muß gestehen, daß ich ihn nicht gemocht und ihm auch nicht über den Weg getraut habe. Er hat sich in seine Kabine zurückgezogen und tagelang mit niemandem geredet. Ich vermute, er ist schlicht dem Ruf der Wüste gefolgt, als wir die dichter besiedelten Gegenden hinter uns gelassen hatten, hat das Pflichtgefühl in den Wind geschlagen, das jemanden, der kein Barbar ist, bei der Stange gehalten hätte. Er ist doch ein Sohn der Wüste, oder nicht?» Paiis warf mir einen scharfen Blick zu.

«Das dürfte offenkundig gewesen sein», sagte er, «und ich denke, wir werden ihn nie wiedersehen. Sag, Kamen, was ist mit dem Kasten, den du mir gebracht hast? Hast du ihn geöffnet?»

«Nein, General. Das wäre unehrenhaft gewesen. Und da die Frau für wahnsinnig gehalten wurde, habe ich mir gedacht, er enthält nichts Wichtiges. Die Knoten waren bemerkenswert kunstvoll. Ich hätte sie gar nicht neu knüpfen können.» Jetzt lächelte er.

«Ein wahrer Trost, dieses Ehrgefühl», murmelte er. «Ein Mensch mit so viel Gespür für Richtig und Falsch muß keine schwierigen Entscheidungen treffen. Die Maat trifft sie für ihn. Du kannst gehen, Kamen, doch ehe du gehst, muß ich dir mitteilen, daß dein Dienst in diesem Haus beendet ist. Du hast mich gut bewacht, aber wir brauchen beide eine Veränderung. Du kehrst zur weiteren Ausbildung an die Offiziersschule zurück und bekommst einen anderen Posten.»

Ein Dutzend Gedanken schossen mir durch den Kopf. Das hat er gerade beschlossen. Er hat mir kein Wort meiner Geschichte abgenommen und fühlt sich nicht mehr sicher, wenn ich nachts durch seine Räume gehe. Er will mir keine Gelegenheit geben, das Manuskript zu lesen, und er will mich in die Kaserne zurückschicken, damit er mich dort umbringen kann, wann es ihm beliebt. Ein Unfall auf dem Exerzierplatz vielleicht. Er wird seinen Einfluß geltend machen und mich nach Nubien oder in eine der Festungen im Osten abordnen. Ich bemühte mich nach besten Kräften, mir diese Gedankengänge nicht an der Nase ablesen zu lassen, und salutierte. «Ich bin zufrieden in deinen Diensten, General», sagte ich. «Hoffentlich habe ich nicht irgendwie dein Mißfallen erregt oder dein Haus nicht gut genug bewacht.»

«Ich kann mich nicht beschweren, Kamen», versicherte er mir und stand auf. «Aber du bist ein junger Mann. Du brauchst einen Posten, der dich mehr fordert, etwas, wo du deine Fähigkeiten weiter schulen kannst. Ich werde dich natürlich im Auge behalten, schließlich habe ich besitzmäßig

Interesse an dir.» Jetzt verbarg er sein Grinsen nicht mehr, ein freches, knabenhaftes, selbstbewußtes Grinsen, in das ich gern die Faust geschmettert hätte.

«Danke, General», sagte ich. «Du schmeichelst mir. Es tut mir leid, daß ich deinen Dienst verlassen muß.» Mit diesen Worten machte ich auf den Fersen kehrt und verließ sein Arbeitszimmer, während ich innerlich kochte und zugleich aufatmete.

Als ich den Weg neben dem Wasser entlanglief, malte ich mir aus, vor dem Angesicht meines Vaters, des Pharaos, zu stehen. Er würde die Gründe nennen, warum er mich verstoßen hatte. Doch um Verzeihung würde er mich deswegen nicht bitten, denn nach seinem göttlichen Ratschluß war er gewißlich im Recht, aber er würde mich liebevoll und nachsichtig anblicken, während ich vor ihm kniete. «Gibt es irgend etwas, was ich für dich tun kann, Kamen?» würde er mich gütig fragen. «Eine Gunst, die ich dir erweisen kann?» «Ja», antwortete ich dann demütig, aber bestimmt. «Du kannst mir General Paiis ausliefern. Er hat sehr unrecht an mir gehandelt.» In diesem Augenblick kam ich wieder zu mir. Ein Ruderer, der auf dem See vorbeiglitt, erkannte mich und rief mir eine muntere Begrüßung zu. Als Antwort hob ich den Arm, dann lachte ich schallend über die alberne Tagträumerei, über mich selbst wegen meiner Anmaßung und über Paiis wegen seiner Überheblichkeit. Der Anfall war heilsam, und ich erwiderte die Verneigung unseres Torhüters und strebte in besserer innerer Verfassung der Eingangshalle zu.

Dort warteten Botschaften von meiner Familie auf mich. Mein Vater war wohlbehalten in Fayum eingetroffen, nachdem er die Karawane entlassen und ein Schiff nach Norden bekommen hatte. Er wollte eine Woche in Fayum zubringen und sich zusammen mit seinem Aufseher um die geschäftliche Seite unseres Anwesens kümmern, den Zustand des Bodens nach Rückgang der Überschwemmung prüfen und entscheiden, welche Feldfrüchte angebaut werden sollten, ehe er die Frauen nach Haus begleitete. Meine Mutter und meine Schwestern hatten lange, geschwätzige Briefe in ihrer eigenen Ausdrucksweise diktiert, so daß ich sie beim Lesen richtiggehend reden hören konnte. Ich liebte sie alle inniglich, aber es gab jetzt zu viele Geheimnisse zwischen meinem Vater und vielleicht auch meiner Mutter und mir, und bis die alle offengelegt waren, würde ich auf einer Seite und meine Familie auf der anderen stehen.

Ich schickte Setau mit einer Nachricht zu Pa-Bast, daß ich abends nicht zu Hause speisen würde, denn ich hatte Achebset lange nicht gesehen und wollte mich im rauhen Trubel des Bierhauses entspannen. Paiis und die Frau und meine Abstammung und meine Ängste, alles konnte bis zum Morgen warten und mich dann wieder vereinnahmen. Ich würde mich mit meinem Freund betrinken und vollkommen vergessen. Ich legte Waffen und Uniform ab, band mir einen kurzen Schurz um die Mitte, schlüpfte in ein Paar alte Sandalen, schnappte mir einen Umhang und verließ das Haus.

Ich trank große Mengen Bier, doch sosehr ich mich auch bemühte, die Erinnerung an die letzte Woche konnte ich nicht völlig auslöschen. Ihre Ereignisse und Gefühle, ihre Anspannungen und Schrecken ließen sich nicht verdrängen und meldeten sich immer wieder hartnäckig unter dem Gesang und dem brüllenden Gelächter. Ich erzählte Achebset, daß ich demnächst im Haus des Generals abgelöst werden würde. Gern hätte ich ihm noch mehr erzählt, ihm mein Herz ausgeschüttet. Wir kannten uns seit dem Tag unserer Aufnahme ins Heer, doch ich wollte es nicht riskieren, seine Freundschaft zu verlieren oder ihn zu gefährden, auch wenn das wohl kaum passieren würde. Und so randalierten wir, würfelten und sangen, doch als der Mond unterging, kehrte ich nüchtern nach Hause zurück und fiel in einen unruhigen Schlaf.

Ich erwachte spät und mit einem Kater, lag noch ein Weilchen auf meinem Lager und sah Setau zu, der die Matten vor dem Fenster hochhob und mein Zimmer aufräumte, während das Mahl, das er gebracht hatte, einen verlockenden Duft verströmte. Ich hatte es nicht eilig mit dem Aufstehen. Nach einem langen Auftrag bekam man zwei Tage Urlaub, also genoß ich auf dem Rücken liegend die Wärme der kräftig scheinenden Sonne. Ich war nicht hungrig, bis Setau sagte: «Kamen, bist du heute morgen krank? Oder nur faul?» Bei diesen Worten setzte ich mich auf und schwang die Beine aus dem Bett.

«Weder noch», antwortete ich. «Danke, Setau, aber ich möchte nicht essen, nur Wasser trinken. Danach werde ich wohl schwimmen gehen, und dann möchte ich Kaha aufsuchen, falls er nichts zu tun hat. Du brauchst mir nichts herauszulegen. Wenn ich zurück bin, kann ich mich selbst ankleiden.» Er nickte, entfernte das beladene Tablett, und als er gegangen war, leerte ich den Krug Wasser, den er mir dagelassen hatte, schlüpfte in meine Sandalen und ging zum See hinunter.

Es war ein klarer, funkelnder Morgen, angenehm warm und noch nicht glühend heiß, und aufseufzend ließ ich mich in das sanft plätschernde Wasser gleiten. Eine geraume Weile trieb ich einfach in der Kühle dahin, freute mich an dem verzerrten Bild meiner bleichen Gliedmaßen in der klaren Tiefe und spürte die Sonne auf meinem Kopf, dann fing ich an zu schwimmen. Die rhythmische Bewegung, das an meinen Lippen sanft vorbeiströmende Wasser, mein regelmäßiger Atem, alles wirkte heilsam auf mein Hirn. Als ich müde wurde, kletterte ich ans Ufer, und als ich dann durch den Garten ging, war ich bereits wieder trocken. In meinem Zimmer band ich mir einen sauberen Schurz um die Mitte, kämmte mich, ging nach unten in die Halle und schickte einen Diener nach Kaha. Ich war vollkommen ruhig. Ich wußte, was ich zu tun hatte.

Er kam sofort, die Palette unter den Arm geklemmt und mit einem munteren Lächeln. «Guten Morgen, Kamen», begrüßte er mich fröhlich. «Möchtest du einen Brief diktieren?»

«Nein», sagte ich. «Ich möchte, daß du mir bei der Suche nach Rollen im Arbeitszimmer meines Vaters hilfst. Du kennst sie alle, Kaha. Ich könnte sie allein durchsehen, aber dort lagern die Rollen von vielen Jahren, es würde lange dauern.»

«Dein Vater will nicht, daß man während seiner Abwesenheit sein Arbeitszimmer betritt», antwortete Kaha zögernd. «Ich bearbeite nur die Briefschaften, die nicht bis zu seiner Rückkehr warten können. Handelt es sich um eine dringende Angelegenheit?»

«Ja. Und ich versichere dir, daß ich nicht die Absicht habe, in seinen geschäftlichen Dingen herumzustöbern.»

«Darf ich fragen, wonach du suchst?» Ich musterte ihn kurz und nachdenklich und fand, daß ich ihm genausogut reinen Wein einschenken könne. Er war ein treuer Diener meines Vaters, und ob er mir nun dabei half oder nicht, er würde sich verpflichtet fühlen, meinem Vater zu erzählen, daß ich Einsicht in seine Papyri genommen hatte.

«Ich suche nach einem Brief aus dem Palast», sagte ich. «Ich weiß, daß Vater den Oberaufseher des königlichen Haushalts gelegentlich mit seltenen Waren versorgt hat. Von solchen Geschäften ist nicht die Rede. Diese Rolle datiert aus dem Jahr meiner Geburt.» Er musterte mich schärfer.

«Ich bin drei Jahre danach in die Dienste deines Vaters getreten», sagte er. «Die Unterlagen deines Vaters waren in Ordnung, also mußte ich die früheren nicht überprüfen. Aber selbstverständlich gibt es Kästen aus diesen Jahren.» Er zögerte. «Kamen, ich riskiere das Mißfallen deines Vaters, wenn ich dir sein Zimmer öffne», mahnte er mich. «Aber ich mache es, wenn du mir versicherst, daß die Angelegenheit tatsächlich von so großer Wichtigkeit ist und nichts betrifft, was nicht für dein Auge bestimmt ist.»

In diesem Fall ist die buchstäbliche Wahrheit eher eine Lüge, dachte ich rasch, doch falls ich Kaha erzähle, daß in der Rolle gewißlich um Geheimhaltung gebeten wird, ohne sie mit nackten Worten zu befehlen, dann läßt er mich nicht durch jene Tür. Schließlich hat Vater mir nicht verboten, nach meiner Abkunft zu forschen. Er hat mir nur schlicht geraten, die Sache ruhen zu lassen.

«Sie ist in der Tat sehr wichtig», sagte ich. «Ich weiß, was mein Vater hinsichtlich seines Arbeitszimmers angeordnet hat, aber für mich ist es lebenswichtig, daß ich diese Rolle finde. Er hat mir nicht verboten, Nachforschungen anzustellen, ja, ich bin der Sache sorgfältig nachgegangen und an einem Punkt angelangt, wo ich gewisse Informationen prüfen muß, die Vater besitzt. Schade, daß er nicht zu Hause ist, dann könnte ich mich mit ihm beraten, aber es eilt.» Kaha runzelte die Stirn und war sich offensichtlich noch immer nicht ganz schlüssig. Seine langen Finger trommelten auf dem Holz seiner Palette.

«Kannst du mir nicht mehr erzählen?» fragte er schließlich. «Ich möchte dir helfen, Kamen, aber die Anweisung deines Vaters gilt seit langem und ist ganz unmißverständlich.»

«Du hast doch freien Zugang zum Arbeitszimmer», argumentierte ich. «Du kommst und gehst. Könnte ich nicht hineinschlüpfen, während du drinnen bist und dich um die täglichen Geschäfte kümmerst, und mit dir plaudern, während du arbeitest?» Er ließ sich erweichen. Ich konnte es seinen Augen ablesen. Dann gab er endlich nach.

«So möchte es gehen», sagte er bedächtig. «Du bist wirklich der Tropfen Wasser, der den Stein höhlt! Aber du gehst zu deinem Vater, wenn er zurückkommt, und erzählst ihm von dieser Sache, ja?»

«Er braucht es gar nicht zu wissen», sagte ich, als sich Kaha abwandte und das Wachssiegel erbrach, mit dem er den Schieber an der Tür zum Arbeitszimmer versiegelt hatte. Er schob den Riegel zurück, ging hinein, und ich folgte ihm und machte hinter mir die Tür zu.

«Er muß es aber wissen», gab Kaha über die Schulter zurück. «Wenn ein Mann seinem Schreiber nicht trauen kann, wem dann?» Er erbrach jetzt das Siegel an einigen Papyri, die säuberlich aufgereiht auf dem Schreibtisch lagen, und ich ging sofort zu den Regalen.

Jeder Kasten enthielt die Unterlagen des Jahres, dessen Nummer mit schwarzer Tusche auf der Seite stand, die dem Betrachter zugewandt war. Kaha war zwanghaft ordentlich. «Im einunddreißigsten Jahre des Königs», las ich. Das war letztes Jahr. Das Bord darüber enthielt die Kästen der letzten zehn Jahre und begann mit «Im zwanzigsten Jahre des Königs». Die Datierung auf den ersten sieben Kästen war nicht in Kahas Handschrift. Ich hob einen herunter, auf dem stand «Im vierzehnten Jahre des Königs», und warf dabei dem Schreiber einen Blick zu. Er saß mit gesenktem Kopf über der Rolle in seiner Hand. Also stellte ich den Kasten auf den Fußboden und hob den Deckel hoch.

«Paß auf, daß du die Rollen nicht durcheinanderbringst», sagte Kaha plötzlich. Er blickte noch immer nicht zu mir herüber. Ich gab keine Antwort. Rasch ging ich sie durch und erwartete jeden Augenblick, die Überbleibsel des verräterischen königlichen Siegels zu sehen, doch es war nicht da. Ich ging den Kasten noch einmal durch. Nichts. Ich stellte ihn zurück und holte mir die anderen aus den Jahren vor und nach vierzehn herunter, ging sie mit wachsender Erregung durch, doch wieder nichts. Nachdem ich sie ins Regal zurückgeschoben hatte, ging ich zu Kaha.

«Die Rolle ist nicht da», sagte ich und merkte, daß meine Stimme erstickt klang. «Nichts als Geschäftsunterlagen. Wo bewahrt Vater seine persönlichen Dokumente auf?» Kaha schob mich vom Schreibtisch fort.

«Es reicht!» sagte er schroff. «Wieso fragst du mich das überhaupt, Kamen? Damit wirst du warten müssen, bis er zurückkommt.»

«Aber ich kann nicht warten, Kaha», sagte ich. «Es tut mir leid, aber es geht nicht.»

Ich ging um den Schreibtisch herum, stellte mich hinter den Schreiber, hakte ihm einen Arm unters Kinn, umfaßte mein Handgelenk mit der anderen Hand und hielt ihn gefangen. Bei diesem Griff wurde sein Kopf an meine Brust gedrückt. «Ein scharfer Ruck, und ich breche dir das Genick», sagte ich. «Du kannst meinem Vater erzählen, wie ich dich bedroht und Hand an dich gelegt habe und dich dadurch gezwungen habe, mir zu geben, was ich haben will. Also, wo ist der Kasten mit seinen Privatpapieren?» Kaha verhielt sich vollkommen ruhig in meinem Griff. Seine Hände lagen locker im Schoß.

«Bring mich um, wenn du willst», sagte er erstickt, und ich spürte, wie sich sein Kehlkopf an meinem Unterarm bewegte. «Aber ich glaube nicht, daß du das tust. Du kennst die Folgen. Es hat keinen Zweck, Kamen. Vielleicht erklärst du mir lieber, warum du so außer dir bist.» Mit einem Aufschrei ließ ich ihn los, rannte um den Schreibtisch herum, ließ mich auf den Schemel davor fallen und fuhr mir mit der Hand übers Gesicht.

«Ich will herausfinden, wer meine Eltern gewesen sind», sagte ich. «Ich habe allen Grund zu der Annahme, daß mein Vater es trotz gegenteiliger Beteuerungen weiß, und die Rolle, die ich suche, soll mir darüber Aufschluß geben.»

«Aha.» Er blickte ungerührt und gefaßt. Ich hatte ihn keineswegs eingeschüchtert, eher kam ich mir unter dem eindringlichen Blick dieser dunklen Augen albern vor. «Da dir dein Vater dieses Wissen vorenthält, ist es gewißlich nicht meine Sache, dir zu gestatten, gegen seinen Willen zu handeln, Kamen.»

«Kaha», sagte ich bedrückt. «Ich bin kein Kind mehr, das unter diesem Schreibtisch mit seinen Spielsachen spielt, während du mit gekreuzten Beinen danebensitzt und Vaters Diktat aufnimmst. Wenn du mir den Kasten nicht gibst, den ich brauche, zerlege ich dieses Arbeitszimmer in Einzelteile, bis ich ihn gefunden habe. Es ist mir inzwischen einerlei, was mein Vater dazu sagt. Ich habe keine Angst vor ihm. Und du hast mir nichts zu befehlen.»

«Kamen, ich habe dich sehr gern», sagte er, «aber vergiß nicht, daß auch du mir nichts zu befehlen hast. Ich unterstehe nur deinem Vater und niemandem sonst. Darauf gründet sich meine Stellung in diesem Haus.»

Ich stand auf, ging zu einer der Truhen unter den Regalen, zertrat das Wachssiegel auf der Schnur, die sie mittels zweier Knebel verschlossen hielt, machte sie auf und warf den Inhalt zu Boden. Stumm sah Kaha mir zu. Die Truhe enthielt weitere Rollen, aber auch Schächtelchen und in Leinen gewickelte Dinge. Daran riß ich mit grober Hand und wickelte sie auf. Goldene Schmuckstücke, Silberbarren, ein ungeschliffener Lapislazuli, der soviel wert sein mochte wie unser ganzes Haus, ungefaßte Edelsteine, sabäische Münzen, doch nicht das, wonach ich suchte. Ich trampelte durch den Wirrwarr und machte mich an die zweite Truhe. Der Deckel krachte gegen die Wand. Ich bückte mich.

«Schon gut, schon gut!» rief Kaha. «Ihr Götter, Kamen, bist du verrückt geworden? Ich gebe dir, was du haben willst. Rufe Pa-Bast als Zeugen dafür, daß du mich dazu gezwungen hast.» Doch ich brauchte den Haushofmeister gar nicht zu rufen. Er stand bereits drohend in der Tür und starrte entsetzt auf das Chaos, das ich angerichtet hatte. Ich gab ihm keine Gelegenheit, etwas zu sagen.

«Siehst du das da?» fragte ich mit bebender Stimme. «Das habe ich getan. Kaha hat versucht, mich davon abzuhalten. Er wird mir jetzt geben, wonach ich suche, denn wenn er das nicht tut, verwüste ich das ganze Zimmer. Es ist mir ernst, Pa-Bast.» Ich merkte, wie er mich rasch abschätzte, dann Kahas Zorn und das Ausmaß des Schadens, den ich bereits angerichtet hatte.

«Bist du betrunken, Kamen?» erkundigte er sich vorsichtig. Ich schüttelte den Kopf. «Dann solltest du ihm lieber geben, was seinen Wutanfall ausgelöst hat», sagte er zu Kaha. «Und falls dich das nicht beruhigt», fuhr er an mich gewandt fort, «muß ich dich in deinem Zimmer einsperren, bis dein Vater aus Fayum zurück ist.»

«O nein, das tust du nicht», gab ich zurück. «Ich bin vollkommen bei Sinnen. Alles in Ordnung, was, Kaha?» Der nickte frostig, ging zu einer anderen Truhe, machte sie auf und holte einen weiteren Kasten heraus. Dieser war aus Ebenholz und mit Gold eingelegt. Er klappte den Deckel auf und reichte ihn mir.

«Ich halte ihn, während du den Inhalt prüfst», sagte er. «Bitte nichts anrühren, außer der Sache, die du haben willst.»

Ich sah sie sofort. Sie glich der Rolle, die Takhuru mir gezeigt hatte. Der Papyrus war von erlesener Qualität, fest gewoben und dann fachkundig poliert. Dieses Siegel hing noch heil an einer Seite des Blattes, war nicht zerbrochen, und der Abdruck war auch der gleiche. Langsam entrollte ich den Papyrus, und dabei vergaß ich die beiden Männer, die Unordnung auf dem Fußboden, den weiteren Inhalt des Kastens, den Kaha mir noch immer hinhielt. Auf einmal hatte ich die Fassung wiedererlangt, und ich las die Hieroglyphen ohne das geringste Zittern.

«An den Edlen Men mit Grüßen. Uns ist dein Wunsch zu Ohren gekommen, einen Knaben an Kindes Statt anzunehmen, und nach Prüfung sowohl deiner Abkunft aus dem niederen ägyptischen Adel als auch deines guten Rufes beliebt es uns, ein Kind in deine Obhut zu geben, das mit unserem heiligen Samen gezeugt und von der königlichen Nebenfrau Thu geboren wurde. Das sollst du als dein eigenes aufziehen und erziehen. Im Gegenzug dazu übertragen wir dir eines unserer Anwesen in Fayum, dessen Lageplan beigefügt ist. Bei Strafe unseres allergrößten Mißfallens ersuchen wir dich, diesem Kind niemals seine Abkunft zu enthüllen, und wünschen dir viel Freude an ihm. Dem Hüter der Tür, Amunnacht, am sechsten Tage des Monats Mesore im vierzehnten Jahr unserer Herrschaft diktiert.» Die Rolle war mit einer anderen Handschrift unterzeichnet, der Schreiber hatte so hastig geschrieben und so fest aufgedrückt, daß es den Papyrus zerrissen hatte. Die Titel des Königs nahmen vier Zeilen in Anspruch.

Es stimmte also. Ich war ein Königssohn. Diese Rolle bestätigte es. Und der Name der Nebenfrau, der Name meiner Mutter lautete Thu. War es schließlich doch wahr, dieses von den Göttern bewirkte Wunder, daß Thu aus Aswat auch meine Thu war? Nicht so schnell, versuchte ich mich zu bremsen. Thu ist ein sehr geläufiger Name. Tausende von ägyptischen Frauen heißen Thu. Trotzdem drehte ich fast durch vor Erregung. Ich ließ den Papyrus aufrollen. Kaha winkte mir mit dem Kasten, doch ich schüttelte den Kopf. «Die Rolle behalte ich noch ein Weilchen», sagte ich. «Hol einen Diener, er soll hier aufräumen.» Seine Blicke und Pa-Basts waren auf die Rolle in meiner Hand gerichtet, und ich musterte Pa-Basts Miene nach Anzeichen von Wiedererkennen oder einsetzender Erinnerung, doch vergebens. Ohne ein weiteres Wort drängte ich mich an ihm vorbei und durchquerte mit raschen Schritten die Halle in Richtung Treppe.

Ich war schon fast in meinem Zimmer, als mir etwas durch den Kopf schoß. Mir war, als hätte eine wartende Hand mit ein paar geschickten Bewegungen meine Gedanken zu einem neuen und erstaunlichen Muster geordnet. Der Schreck war beinahe körperlich, so daß ich stolperte, aufschrie und zu laufen anfing.

Nachdem ich in mein Zimmer gestürzt war, warf ich die Rolle auf mein Lager, fiel auf die Knie, riß meine Truhe auf und holte den Lederbeutel mit dem Manuskript heraus, das mir die Frau aus Aswat anvertraut hatte. Auf dem Fußboden sitzend schüttelte ich es heraus und blätterte fieberhaft in den Papyrusblättern herum. Gegen Ende ihres Berichts kam eine bestimmte Stelle. Ich fand sie und überflog die Zeilen. «Jeden Nachmittag, wenn die Hitze allmählich nachließ, nahm ich ihn mit auf den Rasen im Hof, legte ihn auf ein Laken und sah zu, wie er im Schatten meines Sonnensegels mit seinen stämmigen Gliedmaßen strampelte und fuchtelte und sich krähend über die Blumen freute, die ich pflückte, vor seinen Augen baumeln ließ und ihm dann in die Faust gab.» Sie sprach von ihrem Sohn, dem Sohn, den sie und der Pharao zusammen gehabt hatten, dem Sohn, den man ihr fortgenommen hatte, als sie in Schimpf und Schande nach Aswat verbannt wurde. Nicht genug, nicht annähernd genug, dachte ich zusammenhanglos. Mein Traum, ja, die Worte bringen ihn mit gräßlicher Klarheit zurück, aber ist das mehr als ein Zufall? Doch er paßte genau in das Muster, das sich geformt hatte und mir jetzt beharrlich zusetzte.

Etwas anderes paßte auch. Auf der Rückreise nach Pi-Ramses war ich zu bedrückt und ängstlich gewesen, hatte nicht darüber nachgedacht, sondern nur Entsetzen und Mitleid für ihre Geschichte empfunden, doch jetzt fand ich noch eine Stelle, die ich zu rasch überflogen hatte. «Wie viele Male mochte er das Bildnis geölt haben, bis es die weiche Oberfläche hatte, die ich sehen und fühlen konnte. Wepwawet spitzte die Ohren, seine schöne, lange Nase witterte, aber seine Augen blickten mich im Bewußtsein seiner Allmacht gelassen an. Er trug einen kurzen Schurz, dessen Falten tadellos geschnitzt waren. Die eine Faust umklammerte einen Speer, die andere ein Schwert. Auf der Brust stand in zierlichen, geschnitzten Hieroglyphen ‹Wegbereiter›, und da wußte ich, daß sich Vater die Zeit genommen und sich von Pa-ari hatte beibringen lassen, wie man die Worte schnitzte. Vielleicht hatte Pa-ari neben ihm gesessen, hatte ihn beraten und aufgepaßt.»

Ich drehte mich um und betrachtete das friedfertige, kluge Antlitz des Gottes, der, solange ich zurückdenken konnte, neben meinem Lager gestanden hatte, und Wepwawet erwiderte den Blick und wirkte dabei sehr mit sich zufrieden. «Wegbereiter», flüsterte ich. «Kann das sein? Ist das möglich?» Ich stopfte die Papyrusblätter in den Beutel zurück, stand auf, griff mir die Statuette und stopfte sie dazu. Dann lief ich wieder die Treppe hinunter und in den Garten. Sie hatte den Schutzgott, den ihr Vater geschnitzt hatte, Amunnacht, dem Hüter der Tür, gegeben und ihn gebeten, dafür zu sorgen, daß er ihren Sohn begleitete, wohin auch immer er gebracht wurde. War er ins Haus von Men, dem Kaufmann, gebracht worden? Ich würde es herausfinden.

Das kleine Stück zu Takhurus Haus rannte ich, daß mir der Beutel an die Hüfte schlug und meine Sandalen kleine Staubwolken aufwirbelten. Die Sonne stand jetzt fast im Zenit. Der Weg wimmelte von Menschen, und ich mußte mich immer wieder durch Grüppchen schlängeln: arbeitsame Diener, barsche Soldaten und herumbummelnde Bewohner der Anwesen, an denen ich vorbeikam. Viele grüßten mich, doch ich blieb nicht stehen.

Keuchend bog ich in Nesiamuns Tor ein, warf dem erschrokkenen Torhüter eine atemlose Begrüßung über die Schulter zu und hatte gerade noch Zeit, hinter einem ausladenden Busch in Deckung zu gehen, als Nesiamun höchstpersönlich auf mich zukam, tief ins Gespräch mit zwei anderen Männern versunken. Eine leere Sänfte mit dunkelroten, baumelnden Quasten und golddurchwirkten Vorhängen, die in der Mittagssonne funkelten, wurde hinter ihnen hergetragen. «Ein Mangel an pulverisiertem Quarz hat uns aufgehalten», sagte Nesiamun gerade, «doch das Problem sollte morgen gelöst sein, es sei denn, die Männer in den Steinbrüchen wollen streiken. Es gibt einfach zu viele unfähige Aufseher, die sich ihre Stellung gekauft haben und keinen blassen Schimmer von der Herstellung von Fayence besitzen. Ich habe große Schwierigkeiten, sie loszuwerden. Ihre Verwandten sind einflußreich und einige sogar mit mir befreundet. Aber das wichtigste ist immer noch die Produktion ...» Seine Worte verklangen, als er und seine Begleiter um eine Biegung verschwanden.

Es war nicht weiter schwierig, sich in Nesiamuns Garten unsichtbar zu machen. Ich mied den gewundenen Pfad und dachte, daß meine letzten Besuche bei meiner Verlobten den heimlichen Besuchen eines Liebhabers geglichen hatten. Auf einmal widerte es mich an, daß mein Leben zu einer Abfolge von Heimlichkeiten geworden war. Mir war, als setzte ich mit jedem Geschehnis eine neue Schmutzschicht in meinem Inneren an. Dabei wollte ich doch sauber und offen durchs Leben gehen.

Als ich mich dem Haus näherte, hörte ich Takhurus Mutter, Adjetau, lachen und über dem Geklapper von Geschirr das Gemurmel von Frauenstimmen. Sie bewirtete ihre Freundinnen in der Eingangshalle, daher konnte ich dort nicht durchgehen, wenn ich nicht aufgefordert werden wollte, unter den forschenden Blicken der Edelfrauen Platz zu nehmen und Wein und Honigkuchen zu verspeisen. Und für eine höfliche Unterhaltung war ich auch nicht angezogen. Ich verzog mich also tiefer ins Gebüsch und überlegte, was ich nun tun sollte.

Als ich mich dem Teich im hinteren Teil des Anwesens näherte, erhaschte ich durch das Blätterwerk einen Blick auf wehendes weißes Leinen. Ich schlich näher. Takhuru hatte gerade das Wasser verlassen und wollte den nackten Leib in ein riesiges Tuch hüllen. Sie stand aufrecht, hielt die Arme ausgestreckt und hatte mit den Händen die Zipfel gefaßt, und ganz kurz sah ich ihre kleinen Brüste, die sich dabei anhoben, ihr langes, schwarzes Haar, das ihr strähnig auf die Ellenbogen fiel, und das Wasser, das ihr glitzernd am Bauch und an den beiden Vertiefungen neben ihrer Scham und dann innen an ihren Oberschenkeln herablief. Ein herrlicher Anblick, bei dem ich einen Augenblick lang alles andere vergaß. Dann hatte sie sich in das Tuch gewickelt, ließ sich auf einer Matte am Beckenrand nieder und griff nach einem Kamm. Vorsichtig trat ich aus dem Schatten. «Kamen!» platzte sie heraus. «Was tust du hier?» Rasch ging ich zu ihr, hockte mich neben sie und hielt nach ihrer Leibdienerin Ausschau. «Sie ist ins Haus gegangen und holt meinen Sonnenschirm», erklärte Takhuru, die bemerkte, wie ich mich umsah. «Ich wollte noch ein wenig draußen bleiben, auf diese Weise entgehe ich Mutters Klatschtanten. Kommst du schon wieder mit einem Rätsel?» Ich nickte.

«Kann sein.» Bei diesen Worten holte ich die Statuette von Wepwawet aus dem Beutel und legte sie ihr in die feuchte Hand. «Ich möchte, daß du das hier zwischen deine Polster und Tiegel stellst», sagte ich und zeigte auf das Durcheinander neben ihr. «Und dann möchte ich, daß du die Frau aus Aswat holen läßt. Wenn sie da ist, schickst du bitte deine Leibdienerin fort. Es ist einerlei, um was du die Frau dann bittest. Daß sie dir das Haar kämmt oder dich einölt. Hauptsache, sie bemerkt irgendwann meinen Schutzgott. Ich verstecke mich und sehe zu.»

«Warum?»

«Das erzähle ich dir später, jetzt will ich nur, daß du ihre Reaktion darauf siehst, ohne daß du weißt warum.»

«Na schön.» Sie rümpfte das Näschen. «Da kommt Isis mit dem Sonnenschirm. Kannst du mir nicht einen klitzekleinen Wink geben, Kamen?» Als Antwort küßte ich sie, stand auf und hatte gerade das schützende Gebüsch erreicht, als ihre Dienerin auftauchte und das weiße Leinenrund über ihr entfaltete. Takhuru tastete zwischen ihren Besitztümern herum, fand ein Stück Zimt, das sie in den Mund steckte und lutschte. «Isis, hol mir die neue Dienerin, die mit den blauen Augen», hörte ich sie sagen. «Ich glaube, sie arbeitet heute in der Küche. Sie soll auf der Stelle hierherkommen. Du kannst ins Haus zurückgehen.» Isis verbeugte sich und ging.

Takhuru lehnte sich auf einen Ellenbogen. Ich sah, wie sich ihre Lippen kurz öffneten, so daß man das dunkle Stück Zimt zwischen ihren Zähnen sehen konnte. Gelassen betrachtete sie das bunte Bild, das sich ihr bot, dann erhob sie sich, schob das dünne goldene Knöchelkettchen zurecht und zog dabei das Tuch über ihren Schenkeln höher. Dann lehnte sie sich wieder zurück. Ihre Bewegungen waren langsam und träge und sinnlich aufreizend, und auf einmal ging mir auf, daß sie mich auf eine Art neckte, die ihrer Jugend und Unschuld eigentlich fremd sein sollte.

«Du bist heute wie die Göttin Hathor selbst», rief ich ihr leise zu. Sie lächelte.

«Ich weiß», sagte sie ungerührt.

Wir warteten. Die Zeit wurde uns lang, doch endlich trat die Frau mit behenden Schritten auf die kleine Lichtung am Teich. Sie trug das Kleid des Hauses, ein wadenlanges Trägerkleid, das gelb gesäumt war und von einem gelben Gürtel gehalten wurde. Das Haar hatte sie mit einem gelben Band oben auf dem Kopf zusammengenommen. Im Näherkommen verbeugte sie sich anmutig vor Takhuru und blieb stehen. «Du hast nach mir geschickt, Herrin Takhuru», sagte sie. Takhuru setzte sich auf.

«Du hast mich so fachkundig massiert», sagte sie, «und heute bin ich steif vom Schwimmen. Bitte, massiere mich noch einmal. Dort drüben findest du Duftöl.» Sie zeigte darauf.

Die Frau verbeugte sich noch einmal und ging zu dem Ölkrug. Daneben lag Wepwawet halb unter einem Polster verborgen. Ich sah, wie sich die braune Hand der Frau ausstreckte und dann innehielt. Der Atem stockte mir. Ihre wartenden Finger fingen an zu zittern, dann stieß sie einen seltsam tierischen Schrei aus, griff mit beiden Händen nach der Statuette und drehte sich zu Takhuru um. Ich konnte ihr Gesicht klar erkennen. Sie hatte die Augen so weit aufgerissen, daß ihr Blau überall von Weiß umgeben war. Und sie war sehr blaß geworden, hob meinen Schutzgott hoch, drückte ihn unbeholfen an die Stirn und schwankte im Stehen, als wäre sie betrunken. Takhuru beobachtete sie genauso prüfend wie ich. Als sie wieder sprechen konnte, klang ihre Stimme rauh.

«Herrin Takhuru, Herrin Takhuru», sagte sie. «Woher hast

du das hier?» Jetzt streichelte sie die Statuette mit unsicherer Hand, so wie ich es oft getan hatte, spürte den glatten, schimmernden Linien des Gottes im Schurz nach.

«Die hat mir ein Freund geschenkt», antwortete Takhuru beiläufig. «Sie ist vortrefflich gemacht, nicht wahr? Wepwawet ist der Schutzgott deines Dorfes, ja? Ei, Thu, was ist dir?»

«Ich kenne diese Statuette», sagte Thu mit belegter Stimme. «Mein Vater hat sie mir vor langer Zeit als Geschenk zum Namenstag geschnitzt, als ich noch Zögling im Haus des Sehers war.»

«Bist du dir sicher, daß es dieselbe ist?» fragte Takhuru. «Es gibt Hunderte von Bildnissen des Gottes. Schließlich ist er der Wegbereiter.» Sie berührte Thus Arm. «Du darfst dich hinsetzen, Thu, sonst fällst du mir noch um.» Die Frau sank ins Gras.

«Ich würde sie mit verbundenen Augen erkennen», sagte sie jetzt ruhiger, obwohl ihre Stimme noch immer zitterte. «Eine Berührung, und ich weiß, das hat mein Vater gemacht. Habe ich sie nicht jeden Tag neben meinem Lager gesehen? Habe ich nicht vor ihr gebetet? Herrin, bitte, sag mir, wer ist der Freund, der sie dir geschenkt hat?» Jetzt beugte sie sich zu Takhuru, das Gesicht verquält, der ganze Leib angespannt. «Als ich sie das letzte Mal gesehen habe, war sie im Besitz von Amunnacht, dem Herrscher im Harem des Königs, und an dem Tag habe ich Pi-Ramses verlassen und bin in die Verbannung gegangen. Ich habe Amunnacht angefleht, dafür zu sorgen, daß Wepwawet meinen kleinen Sohn begleitet, wohin man ihn auch immer bringt.» Ich merkte, daß auf Takhurus ratloser Miene langsam Verstehen aufdämmerte. Die Frau hämmerte mit der geballten Faust auf die Erde ein. «Verstehst du denn nicht?» schrie sie. «Wenn ich mit deinem Freund rede, könnte ich vielleicht meinen Sohn finden! Vielleicht lebt er noch!» Takhuru starrte sie an, dann wanderte ihr Blick zu der Stelle, wo ich kauerte. «Ihr Götter», flüsterte sie. «O ihr Götter. Kamen, sie meint dich.»

Ich hatte so viel Mühe mit dem Aufstehen, als wäre ich von einer langen Krankheit geschwächt, dann trat ich unsicher auf die Lichtung und schaffte es bis zu der Frau, ehe meine Beine nachgaben und ich vor ihr zu Boden sank. Ich blickte ihr in die Augen. «Die Statuette gehört mir», sagte ich, und meine Worte schienen dabei aus weiter, weiter Ferne zu kommen. «Sie war in meine Windel gewickelt, als ich in Mens Haus abgeliefert wurde. Ich weiß, daß der Pharao mein Vater ist. Und du ... du bist tatsächlich meine Mutter!»

Zweiter Teil

KAHA

Siebtes Kapitel

Ich war noch ein junger Mann, als ich in dieses Haus kam. Damals war Kamen erst drei Jahre alt, ein ernstes, kluges Kind mit ebenmäßigen Zügen und dem brennenden Wunsch, alles zu verstehen, was um ihn herum vorging und sich in seinem offenen Blick spiegelte. Ich hätte einen guten Lehrer abgegeben, denn ich reagierte eifrig auf derlei schlummernde Fähigkeiten, damit sie sich auch ja entfalten konnten, doch in Kamens Fall hätte ich mir keine Sorgen zu machen brauchen. Sein Vater ließ ihm eine gute Schulausbildung angedeihen und erzog ihn so liebevoll, wie man es sich nicht besser wünschen konnte.

Der Junge hatte etwas an sich, was mich anzog. Er war wie ein Gesicht, das man kurz gesehen hat, wieder vergißt und dann überall sieht, ohne daß es mit einer Erinnerung oder einem Ereignis zu tun hätte. Zuweilen erlaubte ihm sein Vater, ins Arbeitszimmer zu kommen, während er Briefe diktierte. Dann saß Kamen mit seinen Spielsachen unter dem Schreibtisch, spielte still und warf mir, während ich schrieb, gelegentlich einen Blick zu, denn wir saßen auf gleicher Höhe, und oft hätte ich ihn gern berührt – nicht, um seine weiche Kinderhaut zu streicheln, sondern um das zu erspüren, was nicht in Verbindung zu meiner Erinnerung stand, aber dennoch vertraut war und sich ins Bewußtsein drängen wollte.

In Mens Haus ging es fröhlich und freundlich zu, und Men

selbst war ein guter Gebieter. Ich war ein hervorragender Schreiber. Man hatte mich in dem großen Amun-Tempel von Karnak nicht nur in Literatur, sondern auch in Enttäuschung ausgebildet, denn dort erlebte ich, wie die Anbetung des Gottes zu einem komplizierten, aber hohlen Ritual verkam, das von Priestern vollzogen wurde, die nur noch ans Füllen der eigenen Schatullen glaubten und sich selbst wichtiger nahmen als die Macht der Gottheit oder die Nöte der Bittsteller. Trotzdem erhielt ich eine ausgezeichnete Ausbildung, und als sie beendet war, konnte ich mir das adlige Haus aussuchen, in dem ich meinen Beruf ausüben wollte.

Ich hegte auch eine Leidenschaft für die Geschichte meines Landes und trat daher in die Dienste eines Mannes mit gleichen Interessen. Er teilte meine Meinung, daß die Maat in Ägypten verderbt, der vergangene Ruhm unseres Landes befleckt war, denn früher hatten die Götter, die auf dem Horusthron saßen, die erforderliche Harmonie zwischen Tempel und Regierung gewahrt. Unser gegenwärtiger Pharao lebte unter der Fuchtel von Priestern, die vergessen hatten, daß Ägypten nicht dazu diente, sich zu bereichern und die Laufbahn der Söhne zu befördern. Das heikle Gleichgewicht der Maat, die kosmische Musik, welche die weltliche und geistliche Macht verwob und dabei jenes göttliche Lied erklingen ließ, das Ägypten groß gemacht hatte, war durch Korruption und Habgier aus dem Lot geraten, und Ägypten sang nur noch schwach und unmelodisch.

In seinen jüngeren Jahren hatte der Pharao das Heer in einer Abfolge von gewaltigen Schlachten gegen die andrängenden östlichen Stämme geführt, die sich die üppigen Weiden des Deltas aneignen wollten, doch sein Genie reichte nicht für die Schlachten, die innerhalb der eigenen Grenzen geschlagen werden mußten. Sein Vater hatte vor langer Zeit, als der fremdländische Usurpator den Horusthron für sich beanspruchte, einen Handel mit den Priestern gemacht, und diese hatten Sethnacht im Austausch gegen gewisse Vorrechte dabei geholfen, den Thron zurückzuerobern. Unser augenblicklicher Pharao hatte sich in den langen Jahren seiner Herrschaft an diese Abmachung gehalten, und die Priester waren dabei fett und aufgedunsen geworden, während das Heer einrostete und die Verwaltung an Menschen mit fremdländischem Blut ging, deren Treue so lange vorhielt wie das Gold, mit dem man sie bezahlte.

Mein erster Arbeitgeber hegte den innigen Wunsch, die Maat möge genesen und erneut hergestellt werden. Er stellte nur Leute ein, die seine Liebe zu Ägyptens Vergangenheit teilten, und ich war dort wegen meiner Vorliebe für Geschichte gut aufgehoben. Außerdem widerten mich in jüngeren Jahren Routine und Wiederholung an, und der Gedanke, meine Tage mit dem Schreiben vorhersehbarer Briefe für wohlhabende, aber einfallslose Leute von Adel zu verbringen, war mir ein Graus. Ich begann meine Laufbahn als Unterschreiber von Ani, dem obersten Schreiber dieses seltsamen Haushalts. Da zählte ich neunzehn Lenze. Vier Jahre lang wohnte ich praktisch eingesperrt im Haus dieses sehr sonderbaren, sehr zurückgezogen lebenden Mannes, und ich war zufrieden. Er erkannte und förderte meine Fähigkeit, jede beliebige Tatsache oder Zahl, jedes historische Ereignis zu behalten und wiederzugeben. Natürlich muß ein guter Schreiber in der Lage sein, die Worte seines Gebieters während des Diktats oder einer Unterhaltung zu behalten und sie auf Befehl zu wiederholen, doch meine Begabung war größer als die der meisten Schreiber, und das merkte mein Arbeitgeber.

Er übertrug mir eine Arbeit, die ich liebte und für die ich hervorragend geeignet war, die Erziehung eines nahezu ungebildeten jungen Mädchens, das er dazu ausersehen hatte, Ägypten und der Maat einen Dienst zu erweisen. Ich wußte um diesen Dienst. Ich billigte ihn. Und meine Zuneigung zu dem jungen Mädchen wuchs während der Ausbildung. Sie war schön und besaß eine ungeschliffene, rasche Intelligenz. Sie lernte schnell, und wie ich liebte und achtete sie die heilige Sprache, die uns Thot, der Gott der Weisheit und der Schrift, in den Tagen von Ägyptens Entstehung geschenkt hat. Es tat mir leid, als sie aus dem Haus ging, und sie fehlte mir.

Ich selbst verließ meinen Arbeitgeber, als ich befürchten mußte, daß er und all seine Bekannten unter Beobachtung durch den Palast stünden. Schließlich war der Dienst, für den ich das Mädchen geschult und ausgebildet hatte, Mord am Pharao gewesen, von dem wir uns alle erhofften, daß er die Wiedereinsetzung der Maat zur Folge haben würde. Doch der Pharao war nicht gestorben, und das Mädchen war verhaftet und zum Tode verurteilt worden. Aus unerfindlichen Gründen wurde das Urteil jedoch in Verbannung umgewandelt, und das beunruhigte mich. Mein Arbeitgeber mutmaßte, der Pharao wäre so verliebt in das Mädchen gewesen, daß er es trotz ihrer großen Schuld nicht schaffte, ihr Leben auszulöschen, doch ich war mir da nicht so sicher. Trotz all seiner Fehler war Ramses III. nicht der Mann, der sich nur durch Gefühle leiten ließ. Ich vermutete, das Mädchen hatte dem König irgendwelche Informationen zukommen lassen, die uns zwar nicht der Justiz auslieferten, jedoch scharfe königliche Wachsamkeit bewirkten. Mein Arbeitgeber war nicht meiner Meinung. Trotzdem verstand er meine Gründe, ihn zu verlassen, und stellte mir ein hervorragendes Arbeitszeugnis aus. Natürlich wußte er, daß ich, auch wenn ich nicht mehr unter seinem zugegebenermaßen behaglichen Dach lebte, ihn und die anderen Verschwörer nie verraten würde.

Das war vor siebzehn Jahren. Ich hatte mich in Mens Haus beworben, nachdem ich zwei unbefriedigende Jahre auf verschiedenen Anwesen verbracht hatte und merkte, daß mein Bedürfnis nach Abwechslung mit dem Älterwerden abnahm. Ich hatte meinem ersten Arbeitgeber die Treue gehalten und für die anderen ehrlich gearbeitet. Beinahe hätte ich mich mit der Tochter eines Haushofmeisters im Dienste eines meiner Arbeitgeber verheiratet. Und ich hatte es beinahe geschafft, meinen Anteil an dem geplanten Königsmord zu vergessen.

Mens Haus wurde mir zum Heim. Seine Diener wurden meine Freunde, seine Familie zu meiner eigenen. Ich sah zu, wie Kamen zu einem besonnenen, fähigen jungen Mann heranwuchs, der jedoch zuweilen seinen Kopf gegen den Willen seines Vaters durchsetzte. Als er ins Heer eintreten wollte, gab es böse Worte, aber Kamen siegte. Ich wurde nie das Gefühl los, daß ich ihn schon lange kannte, daher fiel es mir leicht, ihn zu lieben. Dann verlobte er sich, und ich wußte, es war nur noch eine Frage der Zeit, bis er seinen eigenen Hausstand gründen würde. Und da überlegte ich, ob ich darum bitten sollte, ihm als Schreiber dienen zu dürfen. Doch bis dahin galt meine Treue seinem Vater.

Und ich konnte ihm auch nie lange böse sein. Er hatte mich tätlich angegriffen, doch ich wußte, daß er mir nicht weh tun wollte. Er selbst war enttäuscht und zornig und schon eine geraume Weile mit seinen Gedanken woanders, geistesabwesend. Und er trank übermäßig, geisterte nachts durchs Haus und schrie im Schlaf. Das hatte ich in meinem Zimmer am anderen Ende des Ganges gehört. Vielleicht saß er in der Klemme, doch es stand mir nicht zu, ihn danach zu fragen. Seine Verwüstung des Arbeitszimmers wirkte auf mich lediglich wie der Gipfel wochenlanger Nöte, und als er mir von der Rolle erzählte, die er suchte, ging mir ein Licht auf. Wir wußten alle, daß er ein angenommenes Kind war, und wie er hatten wir nicht nach seiner Abkunft gefragt. Warum sollten wir? Warum sollte er? Seine Mutter und seine Schwestern vergötterten ihn, sein Vater liebte ihn, wir Dienstboten, die wir ihn hatten heranwachsen sehen, achteten ihn. Er hatte ein reiches und gutes Leben gehabt, doch jetzt hatte sich alles geändert.

Nachdem er aus dem Arbeitszimmer gestürmt war, hatte Pa-Bast eine der Hausdienerinnen gerufen, und die hatte unter meiner Anweisung das Zimmer wieder in Ordnung gebracht. Während ich ihr sagte, was sie tun sollte, dachte ich gründlich nach. Kamen hatte gesagt, daß er seinem Vater bei dessen Rückkehr alles beichten würde. Ich selbst hatte keine Angst vor Men. Er war ein gerechter Mann. Doch es lag auf der Hand, daß Kamen nicht wirklich wollte, daß sein Vater erfuhr, was er getan hatte, sonst würde er nicht Mens Abwesenheit abgewartet haben, um die Kästen mit den Rollen zu durchsuchen. Ich hatte vollstes Verständnis für das wachsende Bedürfnis des jungen Mannes, seine Abkunft herauszufinden. Ein guter Sohn hätte vermutlich der Mahnung des Vaters gehorcht und die Sache ruhen lassen, aber ich fühlte mit Kamen. Men handelte unvernünftig. Was konnte Kamens Wunsch schon schaden?

Als das Arbeitszimmer aufgeräumt und die Tür geschlossen und verriegelt war, machte ich mich auf die Suche nach Pa-Bast. Ich fand ihn in den Küchen hinter dem Haus, wo er sich mit dem Koch unterhielt, der während der Abwesenheit der Familie wenig zu tun hatte. Als er sein Gespräch beendet hatte, zog ich ihn nach draußen. «Ich habe über den Tumult vorhin nachgedacht», sagte ich. «Es war wirklich nicht mehr als ein Windstoß in der Wüste und rasch vorbei. Kamen hat Sorgen. Ich möchte seine Not nicht noch vergrößern, wenn er sich zu seinen privaten Nöten auch noch das Mißfallen seines Vaters zuzieht. Behalten wir das Geschehene für uns, Pa-Bast. Das Arbeitszimmer ist in Ordnung. Wenn ich nun Kamen um die Rolle bitte, die er genommen hat, und sie morgen zurücklege, könnten wir die ganze Sache dann nicht vergessen?» Pa-Bast lächelte.

«Warum nicht?» antwortete er. «Es ist das erste Mal, daß Kamen hier im Haus ein solches Aufsehen erregt hat, und wie du sagst, ist kein bleibender Schaden entstanden. Ich habe keine Lust auf ein weiteres Unwetter, wenn Men nach Haus kommt und erfährt, daß sein Sohn in einem Anfall von Wahnsinn versucht hat, sein Arbeitszimmer zu verwüsten. Was auch immer Kamen plagt, es muß etwas Schlimmes sein. Wir kennen ihn beide gut.»

«Es hat etwas mit seiner Abkunft zu tun», sagte ich. «Wie dumm von Men, daß er ihm diese Informationen vorenthalten will. Ist Kamen erst einmal zufriedengestellt, gibt er auch Ruhe, vergißt die ganze Sache und ordnet sie als Wachstumsschmerzen ein. Weißt du, wer seine leiblichen Eltern waren?» Der Haushofmeister schüttelte den Kopf.

«Nein, und ich erinnere mich auch nicht an die Rolle, die Kamen aus der Truhe geholt hat. Er ist mit einer Statuette von Wepwawet abgeliefert worden, die in seine Windeln gewickelt war. Die Rolle muß Men ohne mein Wissen von einem Boten übergeben worden sein. Und du hast recht. Es ist dumm von Men, daß er eine Düne zum Berg werden läßt.»

«Dann sind wir uns einig?»

«Ja.»

Ich hatte nicht das Gefühl, daß ich meinen Arbeitgeber verraten hatte, nein, ich wollte nur nicht, daß sich zwischen Vater und Sohn eine Kluft auftat. Zwar liebten und achteten sie sich, waren jedoch sehr verschieden. Mit Kamen würde ich mich bei seiner Rückkehr unterhalten, die Rolle zurücklegen, und damit Schluß.

Doch Kamen kam an diesem Tag nicht zurück. Ich schwamm, verzehrte ein leichtes Mahl, schrieb einen Brief an die Papyrushersteller und forderte weitere Blätter und ein Quantum Tusche an. Aus Abend wurde Nacht, und er war noch immer nicht zurück. Am nächsten Morgen stand ich auf und sah sofort in seinem Zimmer nach, aber auf dem Gang kam mir Setau entgegen und sagte mir, daß Kamen nicht da sei. Er hatte nicht daheim geschlafen. Das beunruhigte mich nicht. Kamens Laster waren vergleichsweise harmlos, jugendliche Untugenden, und vermutlich hatte er die Nacht mit seinen Freunden durchzecht und schlief seinen Rausch bei einem von ihnen aus. Er hatte nach seinem letzten militärischen Auftrag noch einen Tag frei, daher machte ich mir wegen seiner Abwesenheit nicht allzu viele Sorgen.

Am Vormittag wurden Rollen für mich abgegeben, die ich bearbeiten mußte, damit hatte ich ein paar Stunden im Arbeitszimmer zu tun. Dann speiste ich mit Pa-Bast, legte mich für ein Stündchen hin und schwamm am Nachmittag wie immer im See. Gegen Sonnenuntergang war Kamen noch immer nicht zurück, und sein Lager blieb auch diese Nacht leer.

Zwei Stunden nach Sonnenaufgang durchquerte ich gerade die Eingangshalle, als ein Soldat auf mich zukam. Ich blieb stehen, während er hinzutrat und salutierte. «General Paiis schickt mich, ich soll mich erkundigen, wo der Hauptmann seiner Hauswache bleibt», sagte er ohne weitere Umschweife. «Offizier Kamen hat sich heute morgen nicht zum Dienst gemeldet. Falls er krank ist, hätte man den General benachrichtigen müssen.»

Ich dachte rasch nach. Bei den Worten des Mannes überfiel mich Besorgnis, und mein erster Impuls war, Kamen in Schutz zu nehmen. Er war alles andere als unzuverlässig. Wie wild seine Nächte auch sein mochten, nie hatte er es versäumt, sich rechtzeitig zur Wachablösung einzustellen, und noch nie hatte er die Soldaten unter seinem Befehl sich selbst überlassen. Fiel mir eine glaubhafte Lüge ein? Daß, sagen wir, in Fayum eine Krankheit ausgebrochen wäre und sein Vater dringend nach ihm geschickt hätte? Doch was war, wenn Kamen in diesem Augenblick beim General eintrat, nachdem er irgendwo verschlafen hatte? Nein. Seine Ausrüstung lag noch auf dem Lager, wo Setau sie hingelegt hatte. Wo mochte er stecken? Bei Takhuru? Zwei Nächte lang? Das würde Nesiamun nie zulassen. War er im Rausch in den Fluß gefallen und ertrunken? Eine Möglichkeit. In der Stadt überfallen und ausgeraubt und zusammengeschlagen worden? Eine andere, jedoch entferntere Möglichkeit. Ich bekam es mit der Angst zu tun. Irgendwie wußte ich, daß er nicht verschlafen hatte, daß er nicht nach Hause kommen würde, daß sich etwas Schreckliches abspielte und daß ich für ihn lügen mußte.

«Richte dem General aus, daß sein Vater letzten Abend aus Fayum nach ihm geschickt hat», sagte ich. «Eine Familienangelegenheit von äußerster Dringlichkeit, und er ist auf der Stelle aufgebrochen. Hat der General seine Nachricht nicht erhalten?»

«Nein. Wann kommt er zurück?»

«Das weiß ich nicht. Aber sobald ich Nachricht habe, teile ich sie dem General mit.» Der Mann machte auf den Hacken kehrt und trabte davon, während ich mich umdrehte und hinter mir Pa-Bast entdeckte.

«Das wächst sich zu einer schlimmen Sache aus», sagte er leise zu mir. «Was sollen wir nur tun? Ich schicke Setau zu Achebsets Haus und lasse dort nachfragen, desgleichen bei Nesiamuns Haushofmeister, ob Kamen bei der Herrin Takhuru gewesen ist, aber wenn wir ihn nicht auftreiben, müssen wir Men benachrichtigen. Hoffentlich geht es Kamen gut. Die städtische Polizei mag ich noch nicht einschalten, denn dann wissen alle von seinem Verschwinden.» Ich nickte. Es hat etwas mit der Rolle zu tun, dachte ich bei mir, äußerte es aber nicht laut.

«Schick Setau», sagte ich. «Weiter können wir im Augenblick nichts tun. Falls er ohne gute Nachricht zurückkommt, müssen wir uns erneut beraten.»

An jenem Morgen hatte ich wenig zu tun. Ich nahm ein paar Rollen zum Lesen mit in den Garten und ließ mich mit Blick auf das Tor nieder, und als ich Setau gehen sah, ging ich ins Haus zurück. Kamens Tür stand offen. Der Gang hinter mir war leer. Rasch ging ich zu seiner Truhe, und als ich sie aufklappte, sah ich die Rolle auf einem Stapel frischer Wäsche liegen, wohin Setau sie zweifellos gelegt hatte, nachdem er das Zimmer aufgeräumt hatte. Ich nahm sie, schloß den Deckel und ging wieder nach draußen.

Natürlich hatte ich vorgehabt, Kamen zu erzählen, was Pa-Bast und ich beschlossen hatten, und ihn zu bitten, daß er die Rolle zurückgab, doch Kamen war Gott weiß wo, und Men und die Frauen würden bald heimkehren. Falls ich ein Schreiber gewesen wäre, der sich peinlich an die Buchstaben des Gesetzes hielt, hätte ich die Rolle ins Arbeitszimmer zurückgebracht und sie in Mens Privatkasten zurückgelegt, und ich hatte tatsächlich Gewissensbisse, wenn auch nur ein ganz klein wenig, als ich sie entrollte. Ich machte mir Sorgen um Kamen. Ich wollte ihm helfen, wenn ich konnte, und der Inhalt der Rolle wies mir vielleicht den Weg, was zu tun war.

Anfangs machten die Worte, die ich las, keinen Eindruck auf mich, oder nein, sie machten einen so tiefen Eindruck, daß ich völlig benommen und betäubt war. Dann ließ ich die

Rolle aufrollen und legte sie behutsam zu den anderen neben mir. Ich faltete die Hände im Schoß, saß still im Schatten des Baumes und blickte starr in den farbenprächtigen Garten. Eine geraume Weile dachte ich gar nichts, doch allmählich erholte sich mein Hirn von dem Schlag, der es getroffen hatte.

Jetzt verstand ich auch, warum das Kind, das unter dem Schreibtisch seines Vaters gesessen hatte, bei mir eine so rätselhafte Zuneigung ausgelöst hatte, sein Blick, seine Gesten, sogar sein Lachen hatten mich an jemanden erinnert, ich hatte nur nicht erkannt, an wen. Doch jetzt war alles klar, unbarmherzig klar, und ich staunte, wie langsam Gottes Mühlen mahlten, die für jede Tat Abrechnung forderten. Denn Kamens Mutter war niemand anders als das Mädchen, das ich im Hause Huis, meines Gebieters, ausgebildet hatte, das Mädchen, dessen frischem, unbeflecktem Gemüt ich auf Anweisung des Sehers die Rezeptur zum Fall des Pharaos eingeprägt hatte. Allmählich hatte ich sie liebgewonnen mit einer besitzergreifenden, brüderlichen Zuneigung, und als sie das Haus verließ und königliche Nebenfrau wurde, hatte sie mir gefehlt. Die Verschwörung schlug fehl und sie wurde verbannt, und ich hatte mich aus reinem Selbsterhaltungstrieb aus der Geborgenheit jenes Haushalts gelöst. Jetzt spürte ich wieder die Gefahr, die nagende Angst, weil kein Zweifel mehr bestand, wohin sich Kamen gewandt hatte. Ich hätte es genauso gemacht. Er war nach Süden gereist, um seine Mutter zu finden, und sie würde ihm alles erzählen, und dann schwebten wir erneut in Gefahr, wir alle, Hui, Paiis, Banemus, Hunro, Paibekamun, ja sogar Disenk, die Thus Leibdienerin gewesen war und sie für die Augen des Königs verschönert hatte.

Ich war nur ein Schreiber. Ich hatte die Verschwörung nicht angezettelt, doch ich hatte sie auch nicht an die Behörden weitergeleitet, und ich hatte Huis Befehl gehorcht, einem jungen und empfänglichen Mädchen ein Gefühl für den vergangenen Ruhm Ägyptens einzuflößen und Kummer und Empörung darüber, wie tief unser Land unter der unfähigen Herrschaft Ramses III. gesunken war. Es war uns gut gelungen. Das Bauernmädchen, das man unserer Obhut anvertraut hatte, unschuldig, ungeschliffen und voller Träume, ging wie ein Skorpion in das Bett des Pharaos, schön, unberechenbar und tödlich. Und wie ein Skorpion hatte sie zugestochen, doch er hatte überlebt. Und Thu? Sie war im Süden verschwunden, und Hui hatte gedacht, der Stachel wäre ihr gezogen. Doch er hatte sich getäuscht. Das Kind, das sie geboren und das der Seher nirgendwo einkalkuliert hatte, konnte unser aller Verderben sein, sogar noch nach so vielen Jahren, es sei denn, wir handelten rasch, um das Unheil abzuwenden.

Ich schüttelte meine fast unerträgliche Schicksalsergebenheit ab, nahm meine Palette, legte sie auf meine Knie und schrieb an Hui. Es hatte keinen Zweck abzuwarten, mit welcher Nachricht Setau zurückkehrte. Ich wußte bereits, daß Kamen nirgendwo in Pi-Ramses zu finden sein würde. «Hochberühmter und wohledler Seher Hui, Grüße von deinem vormaligen Unterschreiber Kaha», so schrieb ich. «Es ist mir eine große Ehre, morgen abend zusammen mit deinem Bruder General Paiis, dem königlichen Oberhofmeister Paibekamun, der Herrin Hunro und jenen Dienern bei dir zu Gast zu sein, die vor siebzehn Jahren in deinen Diensten standen, um mit dir den Jahrestag zu feiern, an dem dir deine Sehergabe verliehen wurde. Ich wünsche dir Wohlstand und ein langes Leben.» Ich unterschrieb in dem Bewußtsein, daß der Brief lahm war, aber mehr fiel mir nicht ein. Hoffentlich begriff Hui, was unterschwellig gemeint war. Ich hatte ihm nur wenig Zeit gelassen, doch falls er mich verstand, würde er den anderen sofort befehlen, alle anderweitigen Pläne abzusagen.

Als ich zum Dienstbotenquartier ging, gab ich den Papyrus einem der Männer und befahl ihm, ihn sofort abzuliefern. Dann ging ich in das mittäglich stille Haus zurück und legte die Rolle des Pharaos in Mens Kasten. Es war meine Pflicht, alle zu warnen. Das würde ich morgen machen, und sie würden dann beschließen, was zu tun war, falls überhaupt. Von mir würde niemand etwas verlangen, jedenfalls hoffte ich das. Dennoch ängstigte ich mich und rührte das Mahl nicht an, das man mir hinstellte.

Wie ich vorhergesehen hatte, kehrte Setau ohne Kunde von Kamen zurück. Seine Freunde hatten ihn nicht gesehen. Nesiamuns Haushofmeister, den er privat befragt hatte, hatte ihn auch nicht gesehen. «Geben wir ihm noch einen Tag, ehe wir die städtische Polizei alarmieren», sagte Pa-Bast. «Schließlich sind wir nicht seine Gefängniswärter. Vielleicht ist er aus einer Laune heraus auf die Jagd gegangen und hat versäumt, uns zu benachrichtigen.» Doch das hörte sich nicht überzeugend an, und ich entgegnete nichts darauf. Er war sehr wohl auf der Jagd, und falls er seine Beute fand, würde es das Leben aller in Huis wie auch in Mens Haus für immer verändern.

Hui bestätigte meine Botschaft nicht. Trotzdem sagte ich Pa-Bast am nächsten Abend, daß ich Freunde besuchen wolle, und ging im Licht eines roten, vollkommenen Sonnenuntergangs zum Haus des Sehers. Wir hatten den dritten Tag des Monats Khoiak. Das jährliche Hathor-Fest war vorbei. Demnächst würde der Fluß zurückgehen, und die Fellachen würden den fruchtbaren Schlamm treten, den die Überflutung zurückgelassen hatte, und ihre Saat aussäen. Hier am See würde sich wenig verändern. Die Obsthaine würden einen Teppich aus Blütenblättern fallen lassen und Frucht ansetzen, doch das Leben in der Stadt würde wie gewohnt weitergehen, es wurde wenig von der jähen, regen Betriebsamkeit auf dem Land berührt.

Ich war in Pi-Ramses geboren und aufgewachsen und hatte wenig Sinn für die Unveränderlichkeit, das ewige Gleichmaß des restlichen Ägyptens, das sich stark von der ständigen Unruhe unterschied, die eine große Ansammlung von Menschen bewirkte. Ob ich nun daran teilnahm oder nicht, ich wollte wissen, es gab sie und mich mitten darin. Meine Jahre in der Tempelschule von Karnak bei Theben waren mit eifrigem Lernen vergangen. Ich hatte weder Muße noch Neigung gehabt, die Stadt zu erforschen, die einst der Mittelpunkt Ägyptens gewesen war, jetzt jedoch nur noch für die Anbetung Amuns und die Bestattungen lebte, die regelmäßig am Westufer, in der Totenstadt, stattfanden. Doch meine Gedanken wanderten südwärts, als ich mich Huis Pylon näherte, und Erinnerungen ließen mein Herz schneller schlagen. War Kamen auf dem Fluß, reiste er in die ausgedörrte Feindseligkeit der Wüste und zum Dorf Aswat?

Der alte Türhüter kam aus seiner Nische gehumpelt und bedachte mich mit einem finsteren Blick. «Kaha», sagte er grämlich, «dich habe ich lange nicht gesehen. Du wirst erwartet.»

«Danke!» gab ich im Vorbeischreiten munter zurück. «Gott zum Gruße, Minmose. Hast du deinem Namen eigentlich jemals Ehre gemacht?» Er kicherte heiser, während er in seine Nische zurückschlurfte, denn sein Name bedeutete Sohn des Min, und Min bedeutete zugleich Amun, wenn der Gott einmal im Jahr zum Salatesser von Theben und zum Herrscher über alle fleischlichen Gelüste ausgerufen wurde.

Obwohl mein Besuch einen ernsten Grund hatte, muß ich gestehen, daß sich mein Schritt beflügelte, als ich durch den eleganten Garten des Sehers schritt. Hier war ich glücklich gewesen. Ein Großteil meiner Jugend lag in den rosigen Tropfen, die der Springbrunnen versprühte, und sprach aus den frühabendlichen Schatten der Bäume zu mir. Dort hatte ich gesessen, und die junge Thu hatte mich konzentriert reden hören, während ich die Schlachten von Osiris Pharao Thutmosis III. aufzählte und von ihr erwartete, daß sie diese behielt und ihrerseits aufzählte. Sie hatte geschmollt, weil ich sie das Bier neben uns erst trinken ließ, wenn sie es richtig gemacht hatte. Und dort war ich auf dem Weg zum Markt stehengeblieben und hatte ihr zugesehen, wie sie mit Nebnefer, dem Sportlehrer des Gebieters, ihre Übungen machte, ihr geschmeidiger Leib schweißglänzend, während Nebnefer sie heiser anfeuerte. Wie arglos und beflissen sie in jener Zeit gewesen war. Als sie aus meiner Obhut entlassen wurde, um unter dem Gebieter höchstpersönlich zu lernen, hatten mir unsere gemeinsamen Unterrichtsstunden schrecklich gefehlt, und obwohl wir uns täglich sahen, war es doch nicht mehr das gleiche.

Was wohl aus der kleinen Sammlung von irdenen Skarabäen geworden war? Ich hatte ihr für jedes Fach, das sie meisterte, einen geschenkt, und sie hatte sich jedesmal über alle Maßen gefreut, wenn ich ihr einen auf die winzige Handfläche legte. Kleine libysche Prinzessin, so hatte ich sie genannt und sie wegen ihrer Überheblichkeit gehänselt, und sie hatte mich strahlend angelacht. Jahrelang hatte ich nicht mehr an sie gedacht, aber jetzt, als ich den großen Hof erreichte und ihn überquerte, nahm ihr Bild Form und Farbe an. Sie war Linkshänderin gewesen, ein Kind des Seth, und hatte sich als abergläubisches Bauernmädchen deswegen geschämt, bis ich ihr erklärte, daß Seth nicht immer der Gott der Bosheit gewesen sei und man ihm die Stadt Pi-Ramses geweiht hatte. «Nur Mut, Thu», hatte ich gesagt, als ich das uncharakteristische Zögern auf ihrem Gesicht bemerkte. «Falls Seth dich liebt, bist du unbesiegbar.»

Doch sie war nicht unbesiegbar gewesen. Sie hatte sich zur Sonne emporgeschwungen wie der leibhaftige, mächtige Horusfalke und war in Schmach und Schande abgestürzt. Ich seufzte, als ich zwischen den bemalten Säulen durchging, die den Eingang schmückten, und begrüßte den Diener, der hinter ihnen stand. «Du sollst gleich ins Speisezimmer gehen», sagte er, und ich überquerte die große, gefliese Halle, daß meine Sandalen klatschten und das Echo von den Wänden widerhallte. Dann trat ich durch die vertraute Flügeltür rechter Hand.

Lampenlicht kam mir entgegen, und der Schein vermischte sich mit den letzten Strahlen der Sonne, die noch durch die Oberlichtfenster unter der Decke fielen. Die mit Blumen bestreuten Tischchen vor den Sitzpolstern und die Öllampen wehten mir eine Brise duftende Luft zu. Irgendwie roch es ganz leicht nach Jasmin, dem Parfüm, das der Gebieter bevorzugte, und da überfielen mich die Erinnerungen so mächtig, daß ich nicht weitergehen konnte, sondern auf der Schwelle verharrte. Dann kam Harshira, der Haushofmeister, auf mich zugeglitten wie eine beladene Barke unter vollem Segel, seine kholumrandeten Augen strahlten, und er drückte mir mit seinen Pranken die Hand. «Kaha», sagte er mit dröhnender Stimme. «Ich freue mich wirklich sehr, dich zu sehen. Wie ist es dir in Mens Haus ergangen? Von Zeit zu Zeit treffe ich mich mit Pa-Bast, und dann tauschen wir Neuigkeiten aus, doch es tut gut, dich von Angesicht zu Angesicht zu sehen.» Auf diese herzliche Begrüßung reagierte ich ebenso herzlich, denn ich hatte ihn immer gemocht und geachtet. Doch meine Aufmerksamkeit galt den anderen.

Sie waren alle da. Paiis im kurzen, dunkelroten, goldgesäumten Schurz, der seine gutgeformten Beine zur Geltung brachte, die Brust voller Goldketten und einen Goldtropfen im Ohr. Sein schwarzes Haar war mit Öl zurückgekämmt, sein Mund mit Henna rot geschminkt. Der königliche Oberhofmeister Paibekamun war im Laufe der Jahre, die ich ihn nicht gesehen hatte, etwas gealtert. Er ging gebückt, und die Haut über seinen Wangen spannte sich noch mehr, doch seine Miene war so verschlossen und verächtlich wie eh und je. Ich mochte ihn nicht, und mir fiel ein, daß Thu ihn auch nicht gemocht hatte. Er war kalt und berechnend. Paiis ruhte bequem auf einen Ellbogen gestützt, den Weinbecher in der Hand, doch Paibekamun saß mit gekreuzten Beinen und so aufrecht, wie es sein krummes, altes Rückgrat noch zuließ. Er schenkte mir kein Lächeln.

Hunro jedoch lächelte. Mit Khol und Henna, juwelenfunkelnd, die Zöpfe mit Silber durchflochten und die Falten ihres langen Kleides mit Karneolperlen besetzt, hätte sie die Schönheit in Menschengestalt sein können, wenn sich da nicht von ihren Nasenflügeln zum Mund Falten gezogen hätten, die sie unzufrieden und etwas mürrisch wirken ließen, sogar wenn sie lächelte. Ich erinnerte mich an sie als behende und gelenkig, eine ausgebildete Tänzerin mit einem unsteten Körper und einem flinken, männlichen Verstand, doch irgendwie kam sie mir jetzt dicker vor. Sie und Thu hatten im Harem eine Zelle geteilt. Sie stammte aus einer alten Familie, hatte einen Bruder, Banemus, der General war, doch statt den Mann zu heiraten, den ihr Vater für sie ausgewählt hatte, war sie lieber in den Harem gegangen. Dort hatte sie ihr Leben verbracht, und wenn ich jetzt ihre unzufriedene Miene sah, so fragte ich mich denn doch, ob sie ihre Wahl bedauert hatte.

Und da war ja auch Hui, und bei seinem Anblick entspannte ich mich. Er stand auf und blickte mich an, eine Säule ganz aus Weiß, das lediglich durch die Silberkante an seinem Schurz und den Silberreifen an seinem Oberarm gebrochen wurde.

Und er steckte sich auch noch immer den breiten Silberreif in Form einer Schlange an den Finger. Er hatte sich nicht sehr verändert. Vermutlich mußte er stark auf die Fünfzig zugehen, doch da er Sonnenlicht nicht vertrug, hatte er sich gut gehalten. Die blasse Haut zeigte nirgendwo eine Spur von Farbe, auch nicht das lange, dichte Haar, das ihm gelöst auf die nackten Schultern fiel, doch das machte nichts, denn sein ganzes Wesen lag in den funkelnden roten Augen, die alles Licht im Raum einzufangen schienen. Wegen seiner eigentümlichen Krankheit ging er immer eingewickelt wie ein Leichnam und zeigte sich unverhüllt nur in Gegenwart von Freunden und bewährten Dienern. Dennoch war er auf seine exotische Weise von bezwingender Schönheit, und bis zu diesem Augenblick hatte ich vergessen, wie stark sie wirkte. Ich näherte mich und verneigte mich vor ihm. «Kaha», sagte er. «Wir haben uns lange nicht gesehen. Warum bringt mir eine gemeinsame Bedrohung die alten Freunde wieder zusammen? Komm. Nimm Platz. Du bist nicht mehr mein vorlauter, junger Unterschreiber, nicht wahr?» Er schnipste mit den Fingern. Sofort ging Harshira nach draußen und überwachte das Auftragen der Speisen. Ein Diener näherte sich mir mit einer Weinflasche und einem Becher, den ich nahm und ihm hinhielt, während er mir einschenkte, doch zuvor begrüßte ich die illustre Gesellschaft mit einer tiefen Verbeugung und ausgestreckten Armen. Dann sank ich auf die Polster, auf die der Gebieter gezeigt hatte. Er setzte sich auch wieder. «Schön», sagte er. «Wir werden erst über dringende Geschäfte reden, wenn wir gespeist und harmlosere Neuigkeiten ausgetauscht haben. Wir sind zwar sehr kurzfristig zusammengerufen worden, doch das soll nicht heißen, daß auch unsere Unterhaltung kurz sein muß. Trink deinen Wein, Kaha.»

Sein Harfenspieler saß in der Ecke, die sich, abseits vom flakkernden Lichtschein der Lampen, langsam mit weichen Schatten zu füllen begann. Er fing an zu spielen, und die Gäste unterhielten sich. Das Gespräch wurde lauter und flaute wieder ab. Unauffällig bewegten sich Diener mit Tabletts voller dampfender Speisen hin und her, und der Wein in unseren Bechern wurde mehrfach nachgeschenkt. Dennoch war unter dem Gelächter und Geplauder unterschwellig Angst zu spüren. Ich verdrängte sie, denn ich genoß es, hier zu sein. Mein Mund erinnerte sich noch an die Köstlichkeiten von Huis Koch. Mein Blut berauschte sich an Huis Wein. Rings um mich wisperte das Haus von meiner Vergangenheit, und ich mußte nur die Hände ausstrecken, die Augen schließen, meine Gedanken einen Augenblick ziellos schweifen lassen, und schon war Mens Haus nur ein Traum von der Zukunft, und über mir in dem eleganten Zimmer kniete ein junges Mädchen vor dem Fenster und wartete neugierig darauf, die Gäste beim Aufbruch zu sehen.

Doch allmählich wurde es Nacht, der Hunger war gestillt, und die Diener stellten frisch geöffnete Weinkrüge neben Hui und zogen sich zurück. Der Harfenspieler hob sein Instrument hoch, dankte mit einer Verbeugung für unseren lahmen Beifall, und dann schloß sich leise die Tür hinter ihm. Vor ihr bezog Harshira mit verschränkten Armen Posten. «Nun», sagte Hui, «du hast uns mit unheiliger Hast zusammengerufen, Kaha. Was ist der Grund dafür?» Ich warf ihm einen Blick zu, denn ich merkte, daß sich alle Augen jäh auf mich richteten, doch in seinen roten Augen las ich, daß zumindest er keine Antwort auf seine Frage brauchte.

«Ich glaube, du, Gebieter, und der General, ihr wißt bereits, warum wir hier sind», sagte ich. «Vor siebzehn Jahren haben wir viele solche Abende zusammen verbracht. Zwar war nicht ich derjenige, der die Hoffnung schürte, die uns zusammenführte, aber ich habe mich willig am Plan zu ihrer Ausführung beteiligt, und als der fehlschlug, da wußte ich, daß ich wehrloser war, was Aufdeckung und Bestrafung anging, als die anderen hier. Ich bin nicht von Adel, ich habe keinen Einfluß in hohen Kreisen, abgesehen von eurer Gunst. Entdeckung hätte für mich den Tod bedeutet, für euch jedoch nicht unbedingt. Mein Risiko war größer, daher verließ ich dieses Haus und rückte von allem ab, was geschehen war. Dennoch habe ich euch die Treue gehalten. Und das tue ich auch heute noch. Ich bin hier, weil uns eine neue Bedrohung bevorsteht. Keiner von euch hat sich Gedanken darum gemacht, was aus Thus Sohn mit dem Pharao geworden ist, als man sie in die Verbannung schickte. Vielleicht habt ihr geglaubt, wenn ihr euch nach seinem Schicksal erkundigt, würde das Verdacht erregen. Vielleicht ist es euch schlicht einerlei gewesen.»

«Mich kümmert er ganz sicher nicht», fiel mir Hunro ins Wort. «Warum auch? Warum sollte es einen von uns kümmern? Sie war ein dreckiges kleines Bauernmädchen von nirgendwo und ohne einen Funken Dankbarkeit oder Demut, und das unreine Blut in den Adern ihres Bankerts hat gewißlich allen Einfluß zunichte gemacht, den der Samen des Pharaos hätte haben können.»

«Und trotzdem war sie außergewöhnlich schön», murmelte Paiis. «Ich hätte etwas darum gegeben, wenn ich ihr meinen Samen hätte einpflanzen können, und ich wette, bei mir hätte sie mehr Lust empfunden als bei dem Dickwanst. Sie sucht mich noch immer heim wie ein halb vergessener Traum.»

«Du urteilst sehr hart über jemanden, mit dem du einmal befreundet warst», flocht Hui sanft ein und blickte Hunro an, doch die lachte höhnisch.

«Mit diesem Emporkömmling! Damals war auch ich jung und voller Hoffnungen. Ich habe mich bemüht, mich auf deine Bitte hin mit ihr anzufreunden, Hui, aber es war hart.

Sie war grenzenlos überheblich, und am Ende hat sie alles verpfuscht und genau das bekommen, was sie verdient hat.»

«Falls sie bekommen hätte, was sie verdient und was wir für sie erhofften, dann wäre sie jetzt nicht mehr am Leben und könnte uns gefährden», kam Paibekamuns schrille Stimme aus dem Dunkel. «Ich verstehe deinen Schreck, Herrin Hunro. Schließlich hast du gewußt, was in dem Öl war, das Thu der armen, kleinen Hentmira gegeben hat, damit sie den Pharao damit salbt. Du warst dabei, als Thu dem arglosen Mädchen das Öl geschenkt hat. Wer weiß, welche Stimmen im Harem geweckt werden und gegen dich aussagen könnten?»

«Und was ist mit dir, Oberhofmeister?» schoß Hunro zurück. «Du hast den leeren Krug mit den Arsenspuren im Öl verwahrt, hast ihn den Prinzen übergeben, wie Hui dich angewiesen hatte, und Thu in dem Glauben gelassen, du hättest ihn vernichtet. Auf dich ist kein Verdacht gefallen, weil wir alle gelogen haben, damit nur sie, sie ganz allein als Schuldige dastand!»

«Frieden!» sagte Hui. «Wir haben allesamt gelogen. Jeder von uns könnte die anderen nach Belieben ans Messer liefern. Thu wurde für unsere Freiheit geopfert. Für mich war das ein Verlust, auch wenn du, Hunro, anders darüber denkst. Ich habe sie im Dung von Aswat aufgelesen. Ich habe sie ausgebildet, geschult, mich um jede Einzelheit ihrer Erziehung gekümmert. Ich habe sie geschaffen. Sie gehörte mir. Solch ein Unterfangen hinterläßt Spuren. Ich habe sie nicht leichten Herzens den Schakalen zum Fraß vorgeworfen.»

«Ach, wirklich nicht, Bruder?» sagte Paiis leise. «Fehlt sie etwa nicht nur deinem Herzen?» Hui überhörte die Bemerkung.

«Laßt Kaha weiterreden», befahl er. Ich nickte und stellte meinen Becher ab.

«Anscheinend hat Thu einen Bericht über ihre Beziehungen zu uns geschrieben», sagte ich, «und wie ihr alle wißt, hat sie jahrelang versucht, Leute, die das Pech hatten, in Aswat anlegen zu müssen, zu überreden, diesen Bericht dem Pharao zu überbringen. Ein törichtes Unterfangen natürlich, und es hat ihr den Ruf einer Irren eingetragen. Doch jetzt wird unsere Sicherheit aus einer anderen Richtung bedroht. Ihr Sohn hat seine wahre Abkunft entdeckt. Er hat die vergangenen sechzehn Jahre als angenommener Sohn meines jetzigen Gebieters, des Kaufmanns Men gelebt. Vor drei Tagen ist es ihm gelungen, die Rolle zu lesen, in der der Pharao als sein Vater und Thu aus Aswat als seine Mutter angegeben werden, und jetzt ist er verschwunden. Ich glaube, er ist auf dem Weg nach Aswat, um sie zu sehen. Wer weiß, welchen Plan zur Vergeltung die beiden aushecken. Gewißlich überredet er sie, ihren Verbannungsort zu verlassen und sich um eine Audienz beim Pharao zu bemühen.»

«Na und?» spottete Paiis. «Was soll uns das? Zu zweit haben sie nicht mehr Beweise für eine Verschwörung als Thu allein. Nachdem du den Inhalt ihres albernen Kastens gelesen hast, Hui, hast du alles verbrannt. Ihr Wort steht noch immer gegen unseres.»

«Schon möglich», sagte Hui nachdenklich. «Aber du hast den jungen Mann mit einem Mörder nach Süden geschickt, nur auf den leisen Verdacht hin, er könnte gelesen haben, was in dem Kasten war. Du wolltest auch nicht das geringste Risiko eingehen. Ich glaube nicht, daß er den Kasten aufgemacht hat. Die Knoten waren intakt, oder jemand, der sie bei mir gelernt hat, hat sie neu geknotet. Nein. Ich glaube, Thu hat zu ihrer Verteidigung nicht auf ein einziges Manuskript gesetzt. Es gibt noch eins.»

«Das Kamen wahrscheinlich gelesen hat», schaltete sich

Paiis ein. «Vor vier Tagen hat er mich angelogen, hat mir erzählt, daß der Mörder und die Frau verschwunden wären. Ich habe erst Verdacht geschöpft, nachdem ich die Mannschaft befragt hatte, denn die hat mir erzählt, daß Kamen Thu an Bord gebracht hat, weil er sie im Gefängnis von Pi-Ramses abliefern wollte. Er muß also herausgefunden haben, was für ein Mann da mit ihm gereist ist, und hat sich seiner irgendwie entledigt. Ein unternehmungslustiger junger Offizier.» Jetzt blickte er mich ungerührt an. «Du täuschst dich also, Kaha. Kamen ist nicht nach Aswat durchgebrannt. Er versteckt sich irgendwo in der Stadt, und Thu ist bei ihm. Falls er seinen Posten vor meiner Tür wieder angetreten hätte, ich hätte ihn sofort verhaften lassen, aber er war zu schlau. Zeitweilig jedenfalls.»

«Dann hast du also gewußt, wer er war?» platzte ich heraus. «Woher hast du das gewußt?»

«Weil ich es ihm gesagt habe», bemerkte Hui ruhig. «Kamen ist vor geraumer Zeit zu mir gekommen, um sich Rat zu holen. Ihn plagten Träume, die er weder deuten noch abschütteln konnte. Ich willigte ein, für ihn ins Öl zu schauen, weil Men und ich gelegentlich geschäftlich miteinander zu tun haben. Kamen argwöhnte, daß der Traum mit der Frau zu tun hätte, die ihm das Leben geschenkt hat, und ich dachte das auch. Als ich ihr Bild heraufbeschwor, sah ich Thus Gesicht. Thu.» Er hielt inne und schwenkte den Wein im Becher, ehe er einen großen Schluck trank. Sein roter Blick traf sich mit meinem, und er lächelte spöttisch. «Ich erschrak furchtbar, doch meine Gabe lügt nicht. Der biedere junge Offizier mit den breiten Schultern war niemand anders als das Kind, das Ramses weggegeben hatte. Als ich das erst wußte, konnte ich natürlich beide in ihm erkennen. Seine Augen sind in Farbe und Form die von Ramses, und vom Wuchs her ähnelt er Ramses auch sehr, als der noch jung und kräftig war und gern Krieg führte.

Doch der sinnliche Mund ist von Thu, desgleichen die gerade Nase und das kantige Kinn. Ich habe ihn verspottet. Das war ein Fehler.»

«Aber warum hast du mir das nicht mitgeteilt?» fragte ich scharf. «Du hast doch gewußt, daß ich unter dem Dach seines Vaters lebe!»

«Was hätte das schon genutzt?» sagte Paiis. «Du hast das Haus meines Bruders verlassen, weil du Angst hattest. Es war rücksichtsvoller, dich nicht noch weiter hineinzuziehen.»

«Ich bin gegangen, weil ich nicht glaubte und bis jetzt nicht glaube, daß Ramses Thus Urteil aus Gefühlsduselei umgewandelt hat», gab ich hitzig zurück. «Er weiß von uns, hat immer von uns gewußt, auch wenn dieses Wissen nicht ausreicht, um uns vor Gericht zu bringen. Ich habe kein Verlangen danach, daß man mir vom Palast heimlich nachforscht.»

«Dann bitte ich um Vergebung», sagte Paiis ohne das geringste Zeichen von Reue. «Aber das mag ich einfach nicht glauben. Seit siebzehn Jahren sind wir freie Menschen. Hui behandelt noch immer die königliche Familie. Ich bin noch immer General. Hunro kann noch immer im Harem kommen und gehen. Paibekamun wartet seiner Majestät noch jeden Tag auf. Du bist ein Opfer deiner Einbildungen gewesen, Kaha.»

«Paiis hat vorgeschlagen, daß wir uns beide, Thu und Kamen, vom Hals schaffen», sagte Hui. «Es war nur noch eine Frage der Zeit, daß Kamen sie fand, und wie du schon gesagt hast, Kaha, zusammen könnten uns die beiden gefährlich werden. Leider ist es Kamen gelungen, den Mordversuch zu vereiteln, und jetzt müssen wir wieder einmal entscheiden, was wir tun sollen.»

In seiner Stimme schwang Stolz mit, er wirkte, als erzählte er von den Streichen eines Sohnes, und ich blickte ihn neugierig an. Die warme Nacht und die Wirkung des Weins, den er getrunken hatte, ließen ihn schwitzen, sein Körper glänzte feucht. Er lehnte in den Polstern, eine welkende Blumengirlande auf den Oberschenkeln, die Augen mit den schweren Lidern halb geschlossen, und da ging mir jäh auf, daß er sein Opfer liebte, daß er, der Geheimnistuer, der Zurückhaltende, irgendwann im Laufe der Jahre der Verlockung ihrer Schönheit wie auch der völligen Herrschaft über dieses Mädchen erlegen war. Es hatte ihn aber nicht schwach gemacht. Ich wußte nicht einmal, ob es ihn geschmerzt hatte, als er ihren Sturz in die Wege leiten mußte. Und trotzdem verhielt es sich so.

Der General wußte auch Bescheid. Er beobachtete seinen Bruder ungerührt und mit dem Anflug eines Lächelns. «Uns stehen zwei Wege offen», sagte er. «Wir können noch einmal versuchen, Thu und ihren Sohn zu ermorden. Sie dürften unschwer zu finden sein. Oder wir können endlich den Pharao meucheln, doch das erscheint mir töricht, da sich sein Leben ohnedies dem Ende zuneigt. Prinz Ramses ist bereits offiziell zum Erben ernannt worden, und dieser Ramses kennt sich weitaus besser als sein Vater damit aus, wozu ein Heer dient.»

«Meinetwegen bringt sie alle um», schaltete sich Hunro heftig und betrunken ein. «Ramses, weil es Zeit wird für eine neue Regierung, und Thu und ihre Brut. Ich brauche euch nicht daran zu erinnern, daß der Prinz mit der Untersuchung unseres letzten Mordversuchs an seinem Vater beauftragt war und ein ehrlicher Mensch ist. Was schadet es schon, wenn Thu und Kamen dem sterbenden Horus oder dem Falken-im-Nest etwas einflüstern.» Paibekamun beugte sich ins Lampenlicht. Sein rasierter Schädel glänzte, und die Schatten seiner langen, knotigen Finger bewegten sich wie Spinnen, als er den Mund aufmachte.

«Das ist aberwitzig», sagte er. «Es gibt nicht den Hauch eines

Verdachts gegen uns. Was ist, wenn es Thu und ihrem Sohn gelingt, bis vor das Angesicht des Einzig-Einen vorzudringen? Sie hat nichts Neues zu bieten und nichts vorzuweisen. Ramses ist gebrechlich und oft krank. Vielleicht begnadigt er sie, doch wenn, dann aufgrund früherer Leidenschaft, und nicht, weil er sie für unschuldig hält.» Die Worte des Oberhofmeisters erstaunten mich, denn beide, er und Hunro, hatten auf Thu herabgesehen, weil sie sich für etwas Besseres hielten. Hunros blaues Blut reichte dafür als Erklärung, doch Paibekamuns Abkunft war fragwürdig, und wie alle ehrgeizigen Emporkömmlinge verriet er seine Unsicherheit durch Verunglimpfung von Menschen, die er für unterlegen hielt. «Außerdem», so fuhr er fort, «hat Banemus ein Recht darauf, befragt zu werden, ehe wir etwas unternehmen.»

«Mein Bruder ist im Laufe der Jahre weich geworden, wie du, Paiis, wissen solltest», sagte Hunro verächtlich. «Er hat sein ganzes Leben als General des Pharaos in Nubien zugebracht, und es verdrießt ihn nicht mehr, daß er seine militärische Begabung fern des Machtzentrums ausüben muß. Seit unserem Fehlschlag vor vielen Jahren hat er das Interesse an unserer Sache verloren. Ich sehe ihn selten. Er würde sich deinem Rat, Paibekamun, anschließen, keine schlafenden Löwen zu wecken.»

«Und du, Kaha», sagte Hui und trank dabei halb spöttisch, halb respektvoll auf mein Wohl. «Du hättest die Nachricht für dich behalten können, hast uns aber alle zusammengerufen. Wie lautet deine Meinung? Sollen wir sie alle umbringen?»

Du schrecklicher Mensch, dachte ich und blickte ihm ins Gesicht, das wie immer weiß wie Salz war. Dein Mund verkündet nur selten die Botschaft, die deine Augen übermitteln. Du weißt schon, was ich fühle, welche Worte von meinen Lippen kommen, du hast mich doch bereits eingeschätzt. «Ich stimme mit Paibekamun überein», sagte ich. «Ein derartiges Gemetzel ist nicht vonnöten. Ramses liegt im Sterben. Was auch immer sich aus Kamens Entdeckung ergibt, es kann uns nicht berühren, obwohl es in Mens Familie zweifellos alles über den Haufen wirft. Thu hat durch uns genug gelitten. Lassen wir sie um Begnadigung bitten. Was Kamen angeht, so ist er unschuldig, abgesehen von dem Pech, daß Ramses ihn gezeugt hat. Laßt ihn in Ruhe!» Hui zog eine helle Augenbraue hoch.

«Eine leidenschaftslose und unvoreingenommene Zusammenfassung», sagte er spöttisch. «Wir stehen vor zwei Extremen, meine skrupellosen Freunde. Nachsicht oder Vernichtung. Was für eine berauschende Wahl, nicht wahr? Genießt ihr dieses Machtgefühl? Seid ihr bereit, alle miteinander das Risiko einzugehen, daß niemand bei Hofe auf das, was Thu von den Palastdächern schreit, hört oder achtet? Denn schreien wird sie. Ich kenne sie besser als jeder von euch. Wenn sie die Gelegenheit bekommt, wird sie fluchen und schimpfen und die Fäuste schütteln, bis jemand aufmerksam wird. Denn ob es uns nun gefällt oder nicht, sie ist eine von uns, dickköpfig, schlau, hinterlistig und gewissenlos. Diese bedenklichen Eigenschaften kann man sowohl für eine gute wie auch für eine schlechte Sache nutzen, und Thu, meine teuren Gefährten im Königsmord, wird gnadenlos für die Berichtigung des ihr angetanen Unrechts kämpfen. Falls wir sie nicht auslöschen, wird sie einen Weg finden, wie sie uns alle vernichten kann.»

Tiefes Schweigen. Jeder von uns saß oder lag reglos und starrte zu Boden, doch ich merkte, wie gespannt die Atmosphäre war. Hunros Kinn lag in der hennaroten Hand, ihre Augen blickten glasig. Paiis hatte sich ganz ausgestreckt und lag mit geschlossenen Augen auf dem Rücken, den Weinbecher, dessen Stiel er mit seinen beringten Fingern festhielt, balancierte er auf der Brust. Paibekamun hatte sich unauffällig ins Dunkel zurückgezogen.

Hui rührte sich auch nicht, hatte ein Bein angezogen und hielt das Knie mit beiden Händen umfaßt, doch als ich aufblickte, beobachtete er mich unverwandt. Du hast dich bereits entschieden, dachte ich. Du willst beide auf dem Altar deiner Sicherheit opfern. Du liebst sie, und trotzdem wünschst du ihr den Tod. So viel Beherrschung ist beinahe unmenschlich. Bist du überhaupt ein Mensch, großer Seher? Was geht in deinem Kopf vor, wenn du die Grauzone zwischen Wachen und Schlaf betrittst? Bist du dann wehrlos, oder erstreckt sich dein Wille selbst bis in diese geheimnisvollen Bereiche? Du möchtest, daß sie stirbt.

Er neigte einmal den Kopf, doch sein Blick hielt meinen fest. «Ja», flüsterte er. «Ja, Kaha. Ich habe ein einziges Mal hoch gespielt. Ich bin zu alt, ich kann den Würfeln nicht gestatten, daß sie ein zweites Mal willkürlich fallen.» Er richtete sich auf und klatschte in die Hände. Alle bis auf Paiis fuhren zusammen und bewegten sich. «Sie stirbt», sagte er laut. «Ich bedauere, daß es nötig ist, doch wir haben keine andere Wahl. Abgemacht?»

«Und Kamen auch», fügte Hunro hinzu. «Als guter Sohn wird er darauf dringen, das Unrecht zu berichtigen, das seiner Mutter angetan wurde, ganz gleich, ob sie lebt oder tot ist. Er muß weg.»

«Das halte ich für vollkommen unnötig», sagte Paibekamun, «und wenn es fehlschlägt, riskieren wir nur, daß man bei Hofe aufmerksam wird.»

«Wenn es wieder fehlschlägt, meinst du.» Paiis setzte sich auf und strich sich das Haar zurück. «Bei Hofe wird man gewißlich aufmerksam, wenn wir nichts unternehmen, Paibekamun, darum ist es beschlossene Sache. Ich übernehme es, die beiden durch meine Soldaten aufzutreiben, und du, Hui, kannst bei deinen adligen Patienten vorsichtig Erkundigungen einziehen.» Er nickte mir zu. «Falls Kamen so dumm ist, nach Haus zurückzukommen, Kaha, wirst du es mir sofort mitteilen. Auch wenn du ihn noch so magst, du mußt einsehen, wie gefährlich es ist, wenn wir uns von unseren Gefühlen leiten lassen. Und wir sollten lieber schnell handeln.» Er stand auf. «Falls Thu hier in Pi-Ramses ist, hat sie gegen die Bestimmungen ihrer Verbannung verstoßen, und der Schulze von Aswat wird den Gouverneur der Provinz Aswat um Anweisungen bitten. Wir werden nicht die einzigen sein, die sie jagen. Harshira, laß meine Sänfte kommen.»

Bei diesen Worten machten sich auch die übrigen Gäste zum Aufbruch bereit. Harshira ging hinaus, um die Sänften anzufordern, und die Diener erschienen mit den Umhängen. Wir durchquerten die mittlerweile dunkle Halle und traten aus dem Eingang mit den Säulen hinaus. Ich blickte zum nächtlichen Himmel empor und atmete tief die saubere Luft ein. Der Mond war zu einer schmalen Silbersichel verblaßt, und nur die Sterne erhellten den großen Hof, der sich hinter der schmalen Pforte im wirren Dunkel der Bäume verlor.

Paiis brach als erster auf, wünschte uns allen eine gute Nacht, ehe er seine Sänfte bestieg und seinen Trägern einen scharfen Befehl zurief. Paibekamun folgte ihm. Hunro packte Hui bei den Oberarmen und küßte ihn auf den Mund. «Du bist unser Gebieter», flüsterte sie. «Wir verehren dich.» Harshira mußte ihr in die Sänfte helfen, und gleich darauf wurde auch sie von der Dunkelheit verschluckt, und die knirschenden Schritte ihrer Träger verklangen. Hui fuhr sich mit dem Handrücken über die Lippen.

«Sie ist Gift, diese Frau», sagte er. «Vor siebzehn Jahren war sie nichts als Bewegung und Energie, tanzte durch den Harem und verzauberte den Pharao bei seinen Festen mit ihrer Begeisterung und Lebensfreude. Sich mit Thu anzufreunden war ein Spiel für sie, und sie hat es gut gespielt, hat ihre Verachtung verborgen. Aber als Thu scheiterte und Ramses nicht vernichtete, mußte Hunro nichts mehr vortäuschen. Ihre Lebenskraft flackert nur noch selten auf. Aus ihrer hoffnungsfrohen Jugend ist Groll geworden. Ach, wäre doch sie das Ziel und nicht Thu.» Er schenkte mir ein mattes Lächeln, sein Gesicht war in dem ungewissen Licht nur halb zu sehen. «Du und ich, wir kennen Thu weitaus besser als die übrigen», sagte er. «Für sie ist sie kaum mehr als eine Bedrohung, die beseitigt werden muß, aber für uns ist sie ein Andenken an einfachere Zeiten, als wir noch Hoffnungen hatten.» Dieses Mal fehlte seiner Stimme der übliche spöttische Unterton. Sie klang müde und traurig.

«Dann laß doch alles, wie es ist», rutschte es mir heraus. «Du hättest niemals große Vorteile aus der Beseitigung des Pharaos gezogen, Hui. Wer auch auf dem Horusthron sitzt, du bist noch immer der Seher, der Heiler. Die größten Vorteile für das Heer und die eigene Laufbahn hätte dein Bruder gehabt. Und was die Maat angeht, haben die Götter nicht durch Thus Scheitern gesprochen? Kamen ist ein sehr achtbarer junger Mann. Er verdient es zu leben!»

«Ach, auf einmal?» Das war wieder der alte, abgebrühte Ton, jedoch mit einer Spur Humor. «Und wer sitzt stirnrunzelnd vor der Waage und versucht abzuwägen, wer mehr wert ist, ein einziger königlicher Bankert oder ein einzigartiger, begabter Seher, ganz zu schweigen von einem mächtigen General? Du bist noch immer der alte Schwärmer, Kaha. Früher hast du dich gegen den verwerflichen Zustand Ägyptens eingesetzt. Heute sorgst du dich nur noch um das Schicksal einer einzigen Frau und ihres Kindes. Es geht dir nicht mehr um die

Maat. Nur noch ums Überleben, dein eigenes inbegriffen.»
Ich verneigte mich.

«Dann eine gute Nacht, Gebieter», sagte ich. «Und dir auch, Harshira», denn der Haushofmeister stand noch immer stumm hinter Hui. Ich entfernte mich und war auf einmal so müde, daß ich nicht wußte, wie ich das Stück durch den dunklen Garten zum Weg am See schaffen sollte. Ich wollte nicht gehen. Ein Teil von mir sehnte sich danach, zu Hui zurückzulaufen und ihn anzuflehen, mich wieder in seine Dienste zu nehmen, doch ich erkannte, was mich da drängte – es war der Wunsch, wieder in die Geborgenheit zurückzukehren, in der ich glücklich gewesen war. Jenen Kaha gab es nicht mehr, er hatte sich in der Säure zunehmender Selbsterkenntnis aufgelöst, die das Erwachsenwerden und die entsprechenden Enttäuschungen mit sich bringen. Huis Eingangspylon wölbte sich drohend über mir, als ich hindurchschritt, in der undurchdringlichen Dunkelheit wirkte er noch größer als sonst. Auf dem Wasser hinter ihm spiegelten sich matt die Sterne. Ich bog nach rechts ab und folgte dem menschenleeren, schmalen Weg zu Mens Haus.

Achtes Kapitel

Auf dem Weg zu meinem Zimmer begegnete mir niemand. Ich zog mich aus und legte mich schlafen, doch obwohl ich sehr müde war, fand ich keine Ruhe. Der Abend ging mir wieder und wieder durch den Kopf, mit welchen Gefühlen die Worte befrachtet gewesen waren, die Blicke, meine eigenen, aufrührerischen Gefühle. Das Treffen löste ein überwältigendes Gefühl in mir aus, nämlich Ergebung ins Unvermeidliche. Die ganzen Jahre hatte es der Geschichte unserer Verschwörung an einem starken Schluß gemangelt. Jetzt war die Zeit gekommen, die Schreibbinse zu ergreifen und ein rasches und endgültiges Ende zu schreiben, die losen Enden zu verknüpfen. Doch diese Enden waren zwei Menschen, und die endgültigen Hieroglyphen würden mit Blut geschrieben sein. Na schön, was hast du erwartet, als du Hui die Nachricht geschickt hast? fragte ich mich, während ich zur dunklen Decke hochstarrte. Hast du etwa geglaubt, daß er darüber hinweggehen würde? Es hat dich nicht übermäßig erstaunt, als du gehört hast, daß sie bereits gehandelt haben, daß Paiis schon versucht hat, Thu und Kamen umzubringen, oder daß Hui weiß, wer Kamen ist. Und deine Annahme war richtig, von dir wird weiter nichts erwartet. Nichts als ein kleiner Verrat. Nur ein paar rasche Zeichen auf Papyrus, falls Kamen nach Hause kommt. Verrat? Das Wort hallte in meinem Kopf wider. Wer bist du, Kaha? Was schuldest du, und wem schuldest du etwas?

Ich drehte mich auf die Seite und schloß die Augen, denn mir war übel, doch nicht von dem reichhaltigen Essen, das ich verspeist hatte, oder von der Menge Wein, die ich getrunken hatte. Vor vielen, vielen Jahren hatte ich versucht, von meiner Tat abzurücken, doch die Trennung war mit einem schmutzigen Messer gemacht worden, mein Ka hatte sich entzündet. Ich wußte nicht, was ich tun sollte.

Als ich dann das erste Mahl des Tages hinaus in den funkelnden Morgen trug, war Kamen noch immer nicht zurückgekehrt. Das überraschte mich nicht. Ich aß und trank teilnahmslos und leerte gerade den letzten Tropfen Ziegenmilch aus meinem Becher, als ich Pa-Bast über den Rasen auf mich zukommen sah. Er trug eine unversiegelte Rolle in der Hand, und seine Miene war ernst. «Guten Morgen, Kaha», sagte er. «Hier ist eine Nachricht aus Fayum. Die Familie will heute nach Hause aufbrechen. Morgen abend sind sie da, es sei denn, sie legen noch in On an, was ich bezweifle.» Er hockte sich neben mich und klopfte sich mit der Rolle auf den Schenkel. «Ich habe keine Antwort geschickt. Das ist nicht erforderlich. Die Diener machen die Schlafzimmer gründlich sauber. Doch da ist die Sache mit Kamen.» Unsere Blicke trafen sich, seiner besorgt und trübe. «Ich habe den Befehlshaber der städtischen Polizei zu mir bestellt, man wird gründlich nach ihm suchen. Haben wir alles getan, was wir konnten?»

Mir schoß der Gedanke durch den Kopf, daß die polizeiliche Suche Paiis sehr gelegen kam, vorausgesetzt, er fand Thu und ihren Sohn schnell und entledigte sich ihrer. Er würde dafür sorgen, daß die Polizei die Leichen im See schwimmend oder abgestochen in einem Gäßchen fand, und alle würden annehmen, daß Diebe sie ermordet hatten. Men würde wissen wollen, wieso Thu in der Stadt und in Gesellschaft von Kamen gewesen war. Desgleichen Thus Familie in Aswat.

Wie eine im Hals steckengebliebene Gräte fiel mir das Geschenk von Thus Vater zu ihrem ersten Namenstag in Huis Haus ein. Er hatte ihr eine eigenhändig geschnitzte Statuette von Wepwawet geschenkt, ein Kunstwerk von schlichter Schönheit, ein bescheidenes Zeugnis seiner Liebe zu ihr, und natürlich, natürlich! Ich holte tief Luft. Die stand jetzt auf dem Tisch neben Kamens Lager. Du bist ein Tor gewesen, Kaha, schalt ich mich. Wie konnte es geschehen, daß du das nicht in seiner Tragweite begriffen hast? Er hat sie geliebt. Ihr Bruder, Pa-ari, hat sie geliebt und ihr oft geschrieben. Und du, du feiger Schreiber, welche Zuneigung hast du für sie empfunden? Alles Lippenbekenntnisse, mehr nicht, denn du hast weggesehen, als sie verhaftet und zum Tode verurteilt wurde, und du hättest sie sterben lassen, ohne mehr zu empfinden als gelegentliche selbstgerechte Gewissensbisse. «Doch, das haben wir», antwortete ich Pa-Bast schließlich. «Wenn Men daheim ist, erzähle ich ihm von der Rolle. Das können wir nicht mehr vertuschen, Pa-Bast. Ich glaube, ihr Inhalt hat Kamen zur Flucht bewogen. Ruf mich, wenn der Befehlshaber da ist.» Pa-Bast stand auf und entfernte sich, und ich blieb noch ein Weilchen sitzen, lehnte den Rücken an einen Baumstamm und drückte die Hände ins kühle Gras.

Die leeren Schüsseln neben mir zogen nach und nach Fliegen an. Hungrig kreisten sie, dann setzten sie sich auf den Becherrand – schwarze, kleine Körper, die im Sonnenschein schimmerten. Andere fielen über Krümel und Obstschalen her, kamen gierig angetippelt, und als ich sie so beobachtete, da wußte ich auf einmal, was ich zu tun hatte. Wir hatten sie allesamt ausgebeutet. Ich hatte sie benutzt, weil sie meinen Stolz auf mein Geschichtswissen und auf meine Fähigkeiten als Lehrer genährt hatte. Für Paiis war sie eine Beute gewesen, hatte seine Wollust angeheizt. Für Hunro war sie ein Geschöpf gewesen, das sie verachten konnte, und mittels ihres Hasses hatte sich Hunro in ihrer Überlegenheit bestätigt gefühlt. Und Hui? Hui hatte sie bei lebendigem Leibe aufgefressen. Hui hatte ihr alles genommen. Hui hatte sie geformt, sie beherrscht, sie zu einem Teil seiner selbst gemacht. Er hatte ihr Ka gefressen und es neu geformt wieder ausgespuckt. Und dabei hatte er sich in sie verliebt, aber nicht in die Frau Thu, sondern in Thu, sein anderes Ich, in Thu, seinen Zwilling.

Die Reste hatten weitere Fliegen angelockt. Sie krabbelten übereinander und saugten die Leckereien zu ihren Füßen auf. Angewidert griff ich zu meiner Serviette und wedelte sie fort, und zornig summend schwirrten sie hoch, flogen aber nicht davon. Ich bedeckte die Schüsseln mit dem Tuch. An wen würde sich Kamen wenden? Wohin konnte er seine Mutter bringen? Er war ein geselliger junger Mann mit vielen Bekannten, doch mit einem so furchtbaren Geheimnis konnte er keinen von ihnen belasten. Achebset war sein Freund, aber meiner Ansicht nach würde Kamen Achebset nicht bitten, eine so große Verantwortung auf sich zu nehmen. Er konnte sie in den Dienstbotenquartieren der Kaserne untergebracht haben, doch damit legte er den Kopf in den Rachen des Löwen. Er konnte sie nach Fayum geschickt haben, und hätte es vielleicht auch getan, wenn die übrige Familie nicht dort gewohnt hätte. Blieb nur noch Takhuru, seine Verlobte. Seine Kindheitsfreundin. Ja. Bei Takhuru würde er es wagen. Es war nicht nur der passende Platz für Thu, so dicht bei Kamens Haus, sondern auch eine Prüfung, ob Takhuru treu war. Doch falls Kamen da Zweifel gehabt hätte, er hätte Thu gewißlich nicht Takhuru anvertraut.

Ich ließ die Schüsseln stehen – mochte sie ein Diener wegräumen – und ging wieder ins Haus. Im Arbeitszimmer gab es kaum Geschäftliches zu erledigen, und als ich gerade damit fertig war, hörte ich Stimmen in der Eingangshalle. Ich verließ das Zimmer, und da kamen auch schon der Befehlshaber der städtischen Polizei und Pa-Bast über den frisch gesäuberten Boden geschritten. Ich stand stumm daneben, während der Haushofmeister erläuterte, warum man die Polizei gerufen hatte. «Es darf aber nicht an die Öffentlichkeit dringen», mahnte Pa-Bast. «Gewiß möchte der edle Men nicht, daß in jedem Bierhaus von Pi-Ramses über das Verschwinden seines Sohnes geklatscht wird.»

«Ganz sicher nicht», bestätigte der Mann. «Deine Neuigkeiten betrüben mich ganz außerordentlich, Pa-Bast, und selbstverständlich werde ich mich nach besten Kräften bemühen, Kamen zu finden. Es muß euch ein gewisser Trost sein, daß der junge Mann Soldat ist und weiß, wie man sich vorsieht. Hoffen wir, daß er schlicht gezecht und randaliert hat. Vermutlich hat er keine Kleidung oder Habe mitgenommen?» Pa-Bast beantwortete die wenigen sachdienlichen Fragen, während ich wartete, und als er gegangen war, seufzte der Haushofmeister.

«Irgendwie kommt mir das verkehrt vor», sagte er. «Das Ganze ist mir ein Rätsel, Kaha. Nun ja, das Leben in diesem Haushalt muß weitergehen, und wenn ich nicht Schelte von der Herrin Shesira bekommen will, sollte ich lieber auf den Markt gehen und Vorräte für die Küche einkaufen, ehe sie wieder da ist.»

«Ich will mich heute nachmittag mit Takhuru unterhalten», sagte ich. «Daher wäre ich dir dankbar, wenn du dir einen Schreiber vom Markt nehmen würdest, der die Waren zusammenrechnet, auch wenn es dir Umstände macht, Pa-Bast. Aber es ist wichtig.» Er warf mir einen scharfen Blick zu.

«Du weißt mehr über Kamens Schicksal, als du verraten möchtest, ja, Kaha?» sagte er. «Aber liegt dir dabei auch das Wohlergehen der Familie am Herzen?» Das war eine Frage, keine Feststellung. Ich nickte. «Dann geh hin», sagte er. «Andererseits ist Setau schon bei Nesiamun gewesen. Kamen ist nicht dort.»

«Vielleicht nicht. Danke, Pa-Bast.» Er wandte sich murrend ab, und ich ging in mein Zimmer und kleidete mich in einen sauberen Schurz und meine besten Sandalen. Ich hatte Angst, denn wenn ich über Nesiamuns Schwelle trat, stellte ich mich unwiderruflich gegen den Mann, den ich noch immer als meinen wahren Gebieter ansah. Doch es wurde Zeit, diese Gemütskrankheit zu besiegen. Ich schlüpfte in die Sandalen und schob mir das breite Goldarmband, das Zeichen meines Standes, über die Hand und verließ das Haus.

Ich war blind für das schöne Wetter, während ich so dahinschritt und mich geistesabwesend durch immer neue Menschengruppen schob, die miteinander plaudernd kamen und gingen. Einige grüßten mich, und ihre Stimmen brachten mich kurz in die Wirklichkeit zurück. Ich erwiderte den Gruß, so gut es ging, blieb aber nicht stehen, weil ich befürchtete, meine Füße könnten mich wieder in mein Zimmer zurücktragen. Doch schließlich verlangsamte sich mein Schritt, und Nesiamuns Türhüter kam aus seiner Nische und ließ sich Namen und Zweck des Besuches sagen.

Ich wartete. Bald darauf erschien ein Diener und meldete, der Hausherr wolle nicht gestört werden. Er sei in einer Besprechung mit General Paiis. Doch wenn ich wolle, könne ich beim Haushofmeister seines Gebieters eine Erfrischung zu mir nehmen. Sein Schreiber sei natürlich bei Nesiamun und könne sich nicht mit mir unterhalten. Sowie der Gebieter frei sei, würde er mich empfangen. Ich überlegte rasch. Ein unvorhergesehenes Pech. Ich konnte nur hoffen, daß Paiis dachte, ich wäre in Geschäften der Verschwörer unterwegs. «In Wahrheit hat mich der Haushofmeister meines Gebieters beauftragt, die Herrin Takhuru noch einmal zu Kamens Verschwinden zu befragen, falls sie einwilligt», erklärte ich ihm. «Morgen kehrt mein Gebieter aus Fayum zurück, wir befinden uns in großer Not.» Der Mann wiegte mitfühlend den Kopf.

«Ich erkundige mich, ob sie dich empfangen will», sagte er und entfernte sich. Wieder wartete ich und betrachtete die bunte Fülle von Statuen überall in Nesiamuns weitläufigem Garten, und als meine Augen über die sonnenbeschienenen Rasenflächen schweiften, erhaschte ich einen Blick auf Soldaten, die auf den hinteren Garten zugingen, wo sich die Dienstbotenquartiere befanden. Also plauderte Paiis mit seinem Freund, während seine Soldaten das Anwesen durchsuchten. Diese Dreistigkeit verschlug mir den Atem. Ich warf einen Blick hinüber zum Türhüter, doch der war in seine Nische zurückgegangen. Halb verzweifelt, halb erleichtert bemühte ich mich herauszufinden, was die Bewaffneten trieben. Was würden die Diener dem Haushofmeister über die Eindringlinge erzählen? Was hatte der befehlshabende Offizier gesagt? Daß sie nach einem Verbrecher suchten? Paiis war es einerlei, was gesagt oder nicht gesagt wurde. Sein Selbstvertrauen war grenzenlos. Ich drehte mich um, als ein Schatten auf mich fiel. «Die Herrin Takhuru empfängt dich», sagte der Diener. «Folge mir.»

Er führte mich durch das Untergeschoß des Hauses zu einem kleinen Zimmer im hinteren Teil, dessen großes Fenster zum Garten hin ging. «Der Schreiber Kaha», sagte er, verbeugte sich, verließ uns und machte die Tür hinter sich zu.

Sie saß dem Fenster gegenüber auf einem Ebenholzstuhl, ihre beringten Hände umklammerten die Armlehnen, ihre goldbeschuhten Füße ruhten schicklich nebeneinander auf einem niedrigen Schemel. Ein schlichtes, weißes Kleid, aber eindeutig aus dem allerfeinsten Leinen, fiel von ihren schmalen

Schultern und umspielte ihre Waden. Um ihre Stirn schlang sich ein Goldreif, der ein engmaschiges Netz aus Goldfäden hielt, unter dem ihr schimmerndes Haar eingefangen war. Sie war frisch und schön, und trotzdem bemerkte ich, während ich mich mit ausgestreckten Armen vor ihr verbeugte, wie blaß sie unter dem fachmännisch aufgetragenen Khol und dem hellroten Henna auf ihrem Mund war. Die langen, weichen Finger umklammerten die Löwenköpfe des Stuhls, und sie schluckte, ehe sie den Mund aufmachte. «Oberschreiber Kaha», sagte sie mit belegter Stimme, «vermutlich bist du hier, um mich über das Schicksal meines Verlobten zu befragen. Ich habe seinem Leibdiener Setau bereits erzählt, was ich weiß. Tut mir leid.» Ich richtete mich wieder auf und musterte sie eingehend. Sie biß die Zähne zusammen. Ihre Kinnmuskeln spannten sich, doch ihre Aufmerksamkeit galt nicht mir, sondern dem Garten. Ich habe recht, dachte ich erregt. Sie weiß Bescheid.

«Hab Dank, Herrin, daß du mich empfängst», sagte ich. «Ich weiß, daß General Paiis bei deinem Vater ist und daß seine Soldaten euer Anwesen durchsuchen. Ist Kamen in Sicherheit?» Sie warf mir einen hastigen Blick zu.

«Was meinst du damit?» Ihre eleganten Finger waren jetzt in den Löwenrachen gewandert und streichelten die scharfen, geschnitzten Zähne. «Woher soll ich wissen, ob Kamen in Sicherheit ist oder nicht? Ich bete abends und morgens für ihn. Die Sorge um ihn raubt mir den Schlaf.»

«Ich sorge mich auch», sagte ich, «aber meine Sorge ist, daß ihn die Soldaten da draußen finden könnten. Ich glaube, du teilst meine Sorge.» Sie gab noch immer nicht nach, und dabei konnte ich sehen, daß sie fast die Nerven verlor. Schweißperlen glänzten auf ihrer Oberlippe, und an ihrem schlanken Hals begann das Blut sichtbar in den Adern zu pochen.

«Ich möchte nicht länger mit dir sprechen, Kaha», sagte sie so hochfahrend, wie sie es noch zustande brachte. «Bitte geh.»

«Herrin», bedrängte ich sie. «Ich bin heute nicht mit dem General gekommen. Ich wünsche Kamen keinesfalls den Tod, seiner Mutter übrigens auch nicht, aber Paiis. Ich bin gekommen, weil ich sie warnen will. Du weißt, wo sie sind, ja?» Sie sank ein klein wenig in sich zusammen und lehnte sich im Stuhl zurück.

«Ich habe keine Ahnung, wovon du redest», sagte sie steif, «aber wenn du glaubst, daß Kamen in Gefahr ist, und mehr dazu sagen möchtest, will ich dir zuhören.» Sie tat mir richtig leid, aber ich unterdrückte das Lächeln, das mir schon auf den Lippen lag. Sie war noch immer so scheu wie eine in die Enge getriebene Gazelle. Ich hatte mich schon zu weit vorgewagt, an Rückzug war nicht mehr zu denken.

Etwas bänglich begann ich mit meiner Geschichte. Falls ich ihre Miene nicht richtig gelesen hatte, steckte ich den Kopf in Paiis' Schlinge, doch ich war Schreiber und geschult darin, das zu deuten, was nicht immer ausgesprochen wurde, und ich hatte mich nicht in Takhuru getäuscht. Bei meinen ersten Worten wurden ihre Augen ganz groß und hingen an meinem Gesicht.

Ich brauchte lange. Ich erzählte vom Leben in Huis Haus, von Thu, dem jungen, wißbegierigen Mädchen, das nach Anerkennung gierte und sich verzweifelt bemühte, seine bäuerliche Herkunft abzustreifen. Ich erzählte von ihrer Ausbildung zur Heilkundigen und von der heimlichen Erziehung, die sich wie ein unterirdischer Fluß durch all unsere Handlungen zog. Ich erzählte von ihrer Einführung beim Pharao und ihrem Aufbruch in den Harem als lebendes Todeswerkzeug, das Hui in der Hand hielt. Ausführlich beschrieb ich, wie Thu einen Sohn gebar und in Ungnade fiel und wie sie in ihrer Verzweiflung zu

Hui gekommen war und wie Hui ihr das Arsen gegeben hatte, das sie unter das Massageöl mischte und es Ramses' damaliger Lieblingsfrau Hentmira gab, und wie Hentmira gestorben war, der Pharao jedoch genas und Thu zum Tode verurteilte, nachdem sein Sohn Ramses das Verbrechen untersucht hatte, und wie die Strafe dann in Verbannung umgewandelt wurde.

Bis zu dieser Stelle lauschte Takhuru, ohne mich zu unterbrechen. Dann hob sie die Hand. «Das muß ich erst verstehen, Kaha», sagte sie leise. «Du sagst also, daß du im Haus des Sehers gelebt und Thu unterrichtet hast. Darüber hinaus hast du dich an der Verschwörung gegen Ramses beteiligt. Als Thu verhaftet wurde, da hättest du doch für sie aussagen können, das hätte sie gerettet, aber das hast du nicht getan. Warum kommst du nun zu mir?» Ich mußte ihre Selbstbeherrschung bewundern. Sie war fest entschlossen, nichts preiszugeben. Ihre Hände lagen gefaltet im Schoß, doch jetzt legte sie langsam einen Fuß über den anderen und verriet ihre Verwirrung.

Ich wußte um ihren Argwohn, wußte um ihren festen Entschluß, Kamen um jeden Preis zu schützen, doch die Zeit lief uns davon, und wenn sie nicht mithalf, konnte ich nichts ausrichten. «Meine Liebe war nur Lippenbekenntnis», sagte ich. «Liebe ist ein Wort, mit dem ich in jüngeren Jahren um mich geworfen habe. Ich habe Ägypten geliebt, die Maat geliebt, die geheiligten Hieroglyphen geliebt, die uns von Thot geschenkt wurden, und ich habe Thus Klugheit und Scharfsinn geliebt. Jedoch, Herrin Takhuru, als diese vielen Lieben geprüft wurden, bin ich davongelaufen. Die Liebe zu mir selbst hat überwogen. Bis gestern abend habe ich nicht gewußt, welche Schmach ich mit mir herumtrage.»

«Und was ist gestern abend geschehen?»

«Ich bin in das Haus des Sehers gegangen und habe mich mit ihm und dem General und der Herrin Hunro getroffen.

Dort hat man beschlossen, Thu und Kamen umzubringen, ehe Thu ihren Fall dem Pharao vortragen kann. Für die Verschwörer hat sich nichts geändert. Sie sind genauso habgierig und gewissenlos wie eh und je. Aber Kamen ist mir ans Herz gewachsen, seit ich in den Dienst seines Vaters getreten bin, und Thu ist für mich wie eine Schwester gewesen. Ich kann sie nicht sterben lassen. Ich muß meine frühere Feigheit gutmachen.»

«Der General hat rasch gehandelt», bemerkte sie, doch ihre Stimme klang nicht mehr so mißtrauisch.

«Ja. Und er ist nicht dumm. Er ist zu dem Schluß gekommen, daß Thu und Kamen nur hier sein können. Falls er sie heute bei der öffentlichen Durchsuchung nicht findet, wird er nachts Mörder schicken, die stehlen sich dann ein und suchen heimlich. Viel länger kannst du sie nicht verstecken.»

«Er hat es schon einmal versucht. In Aswat.»

«Ja. Und er gibt nicht auf.»

Eine geraume Weile blickte sie mich nachdenklich an, biß sich auf die Lippen und ließ sich dann vom Stuhl gleiten. «Ich habe Thus Lebensgeschichte gelesen», sagte sie schließlich. «Du bestätigst, was ich bereits weiß. Komm mit.»

Sie führte mich den Gang zurück, durch die Eingangshalle und dann die hintere Treppe hoch. Dort gab es einen weiteren Gang, und dann stieß sie eine große Flügeltür auf. Auf ihre schroffe Anweisung hin machte ich sie hinter mir zu und befand mich in ihren Privatgemächern. Ihre Leibdienerin verbeugte sich, und Takhuru befahl ihr, sich zu entfernen. Die Tür öffnete und schloß sich noch einmal.

In der hinteren Wand war noch eine Tür, die Takhuru aufmachte. Dahinter kam ein kleiner Raum mit Truhen und Regalen, auf denen sich verschiedene Perücken, Rollen, Schmuck und gefaltete Wäsche stapelten. An der hinteren Wand erblickte ich eine enge Treppe, die ins Dunkel führte.

«Wie jedermann schlafe auch ich im Sommer auf dem Dach», sagte Takhuru. «Thu hat sich in den Dienstbotenquartieren aufgehalten. Zum Glück war sie heute morgen bei mir, als Paiis kam. Vater hat mich gerufen, damit ich seine Fragen beantworte. Er wollte wissen, ob man in den letzten Tagen neue Dienstboten eingestellt hat. Das habe ich verneint, doch leider hat der Haushofmeister die Frage in aller Unschuld bejaht. Kamen ist auch hier. Tagsüber hält er sich in der Stadt auf, nachts schleicht er sich an dem Türhüter vorbei.» Ein kurzes Auflachen, dann errötete sie. «Ehrlich gesagt, Kaha, ich habe noch nie im Leben so viel Spaß gehabt. Hier oben sind die beiden einigermaßen sicher. Niemand darf meine Räume betreten, es sei denn, ich erlaube es.»

«Das reicht nicht», erwiderte ich. «Jeder gute Mörder kann Mauern hochklettern, die Treppe da benutzen und mit Leichtigkeit morden.» Das Lächeln verging ihr. Sie beugte sich in das Zimmerchen und rief: «Kamen, komm bitte heraus.»

Man hörte Schritte auf der Treppe, und dann trat Kamen aus dem Dunkel ins helle Tageslicht, das durch Takhurus Fenster fiel. Als er mich erblickte, blieb er jäh stehen. Sein Körper spannte sich zum Kampf. Sein Blick schoß zur Flügeltür. Doch ich beachtete ihn kaum. Hinter ihm war nämlich eine Frau im gelben Kleid der Hausdiener aufgetaucht, die ich erst nicht erkannte. In meiner Erinnerung gab es eine andere Thu, die mir ihr vollkommenes, ovales, glattes, geschminktes Gesicht entgegenhob, und ich faßte die Wirklichkeit nicht, denn diese Frau war dunkelbraun verbrannt, hatte schwielige, ungepflegte Hände und sehnige Füße, ein etwas zerknittertes Gesicht und drahtiges Haar. Doch die funkelnden blauen Augen waren noch dieselben, klar und zwingend, und der ungeschminkte Mund war noch weich und sinnlich. Ich hatte eine trockene Kehle. «Thu», flüsterte ich.

Sie kam auf mich zugeschritten und schlug mir mit der ganzen Kraft, die sie aufbringen konnte, ins Gesicht. «Kaha», sagte sie zähneknirschend. «Ich hätte dich überall wiedererkannt, dich und die anderen. Eure Gesichter haben mich nachts heimgesucht und mich bei Tage verfolgt, und das siebzehn Jahre lang. Ich habe dir vertraut! Du bist mein geliebter Lehrer und mein Freund gewesen! Aber du hast gelogen und mich verlassen, und ich hasse dich und wünsche dir den Tod!» Die aufgestaute Leidenschaft dieser verlorenen Jahre äußerte sich als Schwall bitterer Vorwürfe. Ihre Augen funkelten. Ihr Körper zitterte. Kamen legte den Arm um sie, doch sie schob ihn weg. «Ich will dich leiden sehen», schrie sie. «Ich will, daß du erfährst, wie das ist ohne Freunde, verurteilt und aller Dinge beraubt!» Mir tränten die Augen von der Ohrfeige, meine Wange brannte.

«Es tut mir leid, Thu», sagte ich. «Es tut mir ehrlich und aufrichtig leid.»

«Leid!» fuhr sie mich an. «Leid? Gibt Leid mir die verlorenen Jahre zurück? Zeigt mir Leid, wie mein Sohn aufgewachsen ist? Sei verflucht, du kleiner Schreiber, seid allesamt verflucht!» Jetzt weinte sie, und ihre Tränen entsetzten mich mehr als ihre Wut. Dann kam sie zu mir und legte den Kopf an meine Brust. Meine Arme legten sich um sie. «Ich habe dich geliebt, Kaha», sagte sie schluchzend. «Ich habe alles geglaubt, was du mir erzählt hast. Du bist mir in dem lieblosen Haus ein Bruder gewesen, und ich habe dir vertraut.»

Darauf gab es nichts zu entgegnen. Die anderen standen wie angewurzelt, während sie um Fassung rang. Ihre Tränen rannen warm auf meine Haut, und gleich darauf war das Unwetter vorbei. Sie löste sich aus meinen Armen, blickte mich unter geschwollenen Lidern ruhig an und ergriff Kamens Hand. «Na schön», sagte sie. «Vermutlich bist du mit Paiis gekommen, um mich abzuführen. Versuch es nur, ich wehre mich. Ich habe nichts mehr zu verlieren.»

Kamen beobachtete mich sehr eingehend, und ich merkte, daß er einen Ledergürtel trug, in dem ein kurzes Armeeschwert steckte. Seine andere Hand ruhte auf dem Griff. «Nein, Kamen», sagte ich. «Ich bin nicht hier, um Paiis bei der Verhaftung zu helfen. Dazu braucht er mich nicht. Ich bin hier, weil ich euch warnen will, denn wie ihr wahrscheinlich ahnt, seid ihr Todgeweihte. Hier könnt ihr nicht bleiben. Der General hat bereits jedes in Frage kommende Versteck durchsucht, er weiß, daß ihr nur hier sein könnt. Vielleicht findet er euch heute nicht, doch früher oder später schickt er Männer, die heimlich nach euch suchen. Die Herrin Takhuru schwebt auch in Gefahr. Sie weiß zuviel.»

«Daran habe ich nicht gedacht», sagte Kamen besorgt. «Wie töricht von mir. Dann ist es also einerlei, wohin meine Mutter und ich uns wenden. Aber wenn Paiis uns hier nicht findet, wird er Takhuru gewißlich nicht verdächtigen?»

«Doch», schaltete sich das Mädchen ein. «Er muß folgern, daß du mir zumindest dein Herz ausgeschüttet hast, und er muß sicherstellen, daß ich mein Wissen an niemanden weitergeben kann.» Das schien sie nicht im mindesten zu stören. Ich wußte nicht, ob sie aus reinem Übermut so gefaßt war oder ob sie ihre Lage nicht ganz begriff. Letzteres vermutlich. Takhuru hatte in ihrem ganzen verhätschelten Leben noch kein Leid erfahren, nie war ihr jemand in die Quere gekommen. Sie konnte sich, glaube ich, überhaupt keine richtige Gefahr vorstellen.

«Die städtische Polizei jagt euch auch», sagte ich. «Pa-Bast hat sie heute morgen gerufen, Kamen. Er ist außer sich, weil du verschwunden bist, vor allem da deine Familie morgen abend aus Fayum zurückerwartet wird.» Ich konnte sehen, wie ihm rasche Vermutungen durch den Kopf schossen.

«Vielleicht wäre es gar keine schlechte Idee, wenn wir uns von ihnen finden ließen», sagte er langsam. «Falls wir der Polizei in die Hände fallen, wären wir wenigstens vor dem General sicher.»

«Nicht unbedingt», schaltete sich Thu ein. Ihre Stimme war jetzt fest, der Blick, mit dem sie mich bedachte, kühl. «Die städtischen Gefängnisse sind allen zugänglich, und die Polizei hat schon immer eng mit dem Heer zusammengearbeitet. Es wäre ein Kinderspiel für Paiis, dort einen Unfall herbeizuführen. Vermutlich ist inzwischen entdeckt worden, daß ich Aswat verlassen habe und daher verfolgt werden muß. Ich frage mich, ob man das Ramses mitteilt?»

«Wohl kaum», sagte ich. «Es sei denn, es gibt neues Beweismaterial, denn das würde zu einer Wiederaufnahme deines Falles zwingen. Anderenfalls würdest du wieder verhaftet, wahrscheinlich ausgepeitscht und nach Aswat zurückgeschickt werden, ohne daß der Pharao überhaupt davon erfährt.» Thu ließ Kamens Hand los.

«Du könntest meinen Fall neu aufrollen, Kaha», sagte sie. «Du könntest die Beweise liefern, die du schon damals mir zuliebe hättest liefern sollen. Ich habe dem König alle Namen gegeben, und er hat gesagt, daß er sie nie vergessen würde, obwohl damals der einzige Beweis mein Wort war.» Sie verzog das Gesicht. «Das Wort einer gescheiterten Mörderin. Wenn du wirklich etwas tun willst, dann hilf mir, daß ich beim Pharao vorgelassen werde und für mich sprechen kann.»

Ich hatte immer geahnt, daß es sich so ähnlich abgespielt hatte. Deswegen hatte ich Hui verlassen, und es war richtig gewesen, auch wenn es uns in den dazwischenliegenden Jahren gut ergangen war.

Takhuru war zum Tisch gegangen, hatte Wein eingeschenkt und bot jedem einen Becher an, dann hockte sie sich auf die

Bettkante. Kamen setzte sich neben sie. Doch Thu stand noch immer vor mir, hatte den Wein in ihrem Becher nicht angerührt, und ihre Haltung war eine einzige Herausforderung. Am liebsten hätte ich meinen Becher in einem Zug geleert, denn die Anspannung hatte mich durstig gemacht. «Das reicht nicht. Dann stünde das Wort eines Schreibers gegen den guten Ruf der drei mächtigsten Männer Ägyptens und einer Dame von Adel aus einer altehrwürdigen und achtbaren Familie. Es gibt keinen stichhaltigen Beweis, Thu.»

«Paibekamun hatte einen», sagte sie bitter. «Er sollte ihn wegwerfen, hat ihn jedoch behalten und ihn dem Prinzen übergeben. Aber der Krug wurde zu Beweismaterial gegen, nicht für mich. Die Götter wissen, daß ich schuldig bin, doch mein Verbrechen war nicht so groß wie ihres. Ein junges Mädchen zu verderben war gewißlich böser.» Sie hob die Schultern. «Aber es tut nicht gut, darüber nachzugrübeln. Du hast recht, Kaha. Vielleicht sollte ich selbst richten. Sie alle eigenhändig umbringen, einen nach dem anderen.» Dann lachte sie und war wieder die Thu, die ich gekannt hatte. «Willst du wenigstens versuchen, dem Pharao mein Manuskript zuzuspielen?»

«Dazu ist keine Zeit mehr!» sagte Kamen ungeduldig. «Wir müssen uns ein anderes Versteck suchen, und das sofort. Du auch, Takhuru. Was machen wir nur mit dir? Wenn die Tochter eines so hohen Hauses verschwindet, geht ein Aufschrei von einem Ende Ägyptens bis zum anderen.»

«So schlimm kommt es schon nicht», überlegte Takhuru. «Je heftiger der Aufschrei, desto schwieriger wird es für den General, uns still und leise zu erledigen. Schon jetzt läuft ihm die Situation aus dem Ruder. Zuerst plant er den säuberlichen Mord an zwei unbekannten Menschen fern vom Sitz der Macht. Doch das schlägt fehl. Die beiden Opfer befinden sich nun mitten in einer Stadt, die bei Tag und Nacht nur so vor Leben strotzt. Und um die Sache noch schlimmer zu machen, muß er auch noch eine Dritte meucheln, die Tochter einer ungemein bedeutenden Familie, deren Verschwinden nicht ohne eine Untersuchung vom Palast abgeht. Vielleicht wirft er die Hände hoch und gibt den ganzen Plan auf.»

«Falls Hui davon wüßte, er würde den Mord an Takhuru verbieten», sagte Thu. «Ich kenne ihn besser als alle hier, abgesehen von Kaha. Er ist kalt und berechnend, aber mutwillig grausam ist er nicht.»

Nachdenkliches Schweigen, und ich merkte, daß es im Zimmer angenehm mittäglich warm wurde und von unten immer wieder Geräusche der häuslichen Abläufe heraufklangen. Thus milde Spöttelei wurmte mich, und während ich meinen Wein trank, überlegte ich, was ich tun sollte. Ich hatte nichts weiter gedacht, als mein Gewissen zu erleichtern und sie und Kamen vor der Gefahr zu warnen, in der sie schwebten, doch das genügte nicht. Ich mußte mein altes Ich vollkommen ablegen, mußte mich gegen Hui und alles, was er mir bedeutet hatte, stellen. Als mir das klar wurde, ging es mir durch und durch, doch ich sagte mir, daß Hui genau diese Abhängigkeit gefördert hatte. Der Wein in meinem Mund schmeckte wie geronnenes Blut, ich brachte ihn nur mit Mühe hinunter und stellte meinen Becher ab.

«Meiner Meinung nach», sagte ich, «mußt du, Herrin Takhuru, ein paar Dinge packen und für ein Weilchen in Kamens Haus ziehen. Ich wollte gerade vorschlagen, daß ihr euch auf Mens Anwesen in Fayum versteckt, doch ich glaube, daß Kamen dich im Auge behalten und beschützen möchte.» Kamen blickte bei diesen Worten etwas ungläubig und nickte kurz.

«Weiter, Kaha», drängte er.

«Du und ich, Kamen, wir werden deinem Vater alles erzählen und ihn bitten, eine Audienz beim Prinzen zu erwirken. Es hat keinen Zweck, bis zum Pharao vorzudringen. Er ist krank, und die Regierungsgeschäfte werden größtenteils von seinem Erben wahrgenommen. Falls Men uns unsere Geschichte abnimmt, werden wir Nesiamun sagen, wo seine Tochter steckt und warum sie bei Kamen ist. Auch wenn der Prinz Men vielleicht eine Audienz verweigert, einen seiner einflußreichsten Edelmänner wird er nicht abweisen.»

«Und welchen Grund willst du dafür angeben, daß du den Prinzen belästigst?» fragte Thu scharf, und ich lächelte.

«Die Entführung der Tochter des Oberaufsehers der Fayence-Werkstätten», erwiderte ich. «Takhuru hat recht. Eine solche Tat würde das Eingreifen von Palastsoldaten nach sich ziehen.» Ich wandte mich an Thu. «Du bist nirgendwo sicher», sagte ich. «Das einzige Versteck für dich ist mitten im Trubel der Stadt. Kamen, kannst du Achebset vertrauen?»

«Ja, Kaha, aber die Richtung, in die du denkst, gefällt mir nicht», sagte er. «Ich werde meine Mutter nicht den Unbilden eines Straßendaseins in Pi-Ramses aussetzen.» Thu legte ihm die Hand auf die Wange und streichelte ihn sanft.

«Gefühle können wir uns im Augenblick nicht leisten», ermahnte sie ihn. «Mach keinen Fehler, Kamen, und sei meinetwegen rührselig. Schließlich habe ich den gefährlichen Irrgarten des Harems überlebt. Für mich stellen die Gassen von Pi-Ramses keine große Gefahr dar.» Unsere Blicke trafen sich, und in diesem Augenblick wurde die Beziehung, die uns all die Jahre verbunden hatte, neu geboren: Zuneigung und gegenseitige Achtung, die älter waren als alles andere in diesem Raum. Wir hatten unsere eigene Geschichte. «Du möchtest mich in die Stadt schicken und Kamens Freund als Mittelsmann benutzen», meinte sie. «Gut, Kaha. Sehr gut. Ich habe noch nie Gelegenheit gehabt, mir die Hurenhäuser und Bierhäuser von Pi-Ramses anzusehen.» Sie hielt eine Hand hoch und kam damit Kamens zornigem Protest zuvor. «Für mich ist es leichter, den Häschern des Generals zu entgehen», sagte sie nachdrücklich. «Sorge dich nicht um mich. Kümmere dich lieber um deine Verlobte.» Takhuru rutschte vom Lager und ging mit leuchtenden Augen zu Thu.

«Ich möchte mit dir gehen, Thu», sagte sie. «Ich habe auch noch keine Gelegenheit gehabt, die Stadt zu erforschen.» Jetzt geriet Kamen außer sich.

«Das kommt überhaupt nicht in Frage!» schrie er. «Takhuru, habe ich dir nicht gesagt, daß das hier kein Spiel, kein ausgedachtes Abenteuer ist? Tu jetzt, was ich sage! Pack die Sachen, die du brauchst, und dann gehen wir.» Takhuru errötete. Sie reckte das Kinn und hielt seinem wütenden Blick stand, doch sie senkte ihren als erste.

«Ich weiß nicht, wie man packt», wehrte sie sich schmollend, und da bot sich Thu an.

«Laß mich das machen, Herrin», sagte sie freundlich, doch ihre Stimme klang belustigt. Die beiden Frauen verschwanden im anderen Zimmer, und Kamen und ich blickten uns an.

«Es könnte klappen, Kaha», sagte Kamen mit gedämpfter Stimme. «Und falls nicht, dann müssen wir uns Paiis und Hui selbst vornehmen.» In seinen Augen war ein hartes Funkeln, Thus Erbe.

«Wir müssen uns beeilen», sagte ich laut. «Wir müssen dieses Haus verlassen, während alle Mittagsruhe halten.» Mehr war dazu nicht zu sagen, und dann warteten wir ergeben auf die Rückkehr der Frauen.

Thu hatte alles abgelegt, was sie als Mitglied von Nesiamuns Dienerschaft verraten konnte. Die Sandalen, das gelbe Hemdkleid, das Haarband und das Kupferarmband waren verschwunden. Sie ging barfuß und trug ein grobes, wadenlanges

Leinenhemd. Statt dessen trug nun Takhuru die Dienstbotenkleidung ihres Vaters. Sie zog einen großen und unhandlichen Lederbeutel hinter sich her. Kamen hob ihn hoch und hievte ihn auf die Schulter. «Wir gehen jetzt hinunter und verlassen das Haus durch den Dienstboteneingang», sagte er. «Mutter, in der Straße der Korbverkäufer gibt es ein Bierhaus, das heißt der Goldene Skorpion. Da trinken Achebset und ich oft ein Bier. Und dort triffst du dich jeden dritten Abend mit ihm und bekommst Nachricht von mir.»

Wir standen alle aufbruchbereit, doch auf einmal zögerten wir. Thu hatte die Arme verschränkt und blickte aus dem Fenster. Takhuru zupfte an dem ungewohnten Hemdkleid, und Kamen blickte mit verkniffenem Mund zu Boden. Ich wollte die stille Geborgenheit dieses Zimmers auch nicht verlassen, doch jeder von uns wußte, daß diese Geborgenheit trügerisch war und die Mauern nach Einbruch der Nacht keine Sicherheit mehr boten. Schließlich blickte Kamen auf und wollte gerade etwas sagen, als an die Tür geklopft wurde. «Was ist?» fragte Takhuru scharf.

«Mit Verlaub, Herrin», kam die gedämpfte Antwort. «Der Besucher deines Vaters ist gegangen, und deine Mutter läßt dir mitteilen, daß das Mittagsmahl aufgetragen ist.»

«Richte ihr aus, daß ich heute morgen erst spät gegessen habe und sie nach dem Mittagsschlaf aufsuchen werde», rief Takhuru, und dann hörten wir die Schritte auf dem Gang verklingen. Das Mädchen lächelte matt. «Es gefällt mir nicht, daß ich meiner Mutter Sorgen machen muß», sagte sie. Kamen streichelte ihr übers Haar.

«Doch nur für eine Nacht», sagte er mit einer Spur gänzlich männlicher Ungeduld. «Möchtest du lieber hierbleiben und Gefahr laufen, daß du in deinem Bett ermordet wirst?» Ihre Augen funkelten.

«Es ist nicht dumm, wenn man seinen Lieben Kummer ersparen möchte», fuhr sie ihn an und ging zur Tür. Kamen stammelte eine Entschuldigung, dann folgten wir ihr.

Wir verließen das Haus vorsichtig, doch unangefochten. Nesiamun und seine Frau speisten im Eßsaal. Als wir uns die Treppe hinunterschlichen, konnten wir ihre Stimmen hören und dazu die ehrerbietigen Antworten der Diener, die ihnen aufwarteten. Das übrige Haus wirkte leer. Die Mitglieder des Haushalts, die nicht benötigt wurden, hatten sich zur Mittagsruhe in ihre Zimmer zurückgezogen. Auch der Garten war vorübergehend menschenleer, die Gerätschaften des Gärtners lagen neben dem gewundenen Pfad. Takhuru führte uns zur Grenzmauer des Anwesens am hinteren Ende des Gartens, dann schlichen wir uns so gerade außer Sichtweite der Dienerschaft auf Umwegen zum Dienstboteneingang fern des Haupteingangs. Er wurde von einem einsamen Soldaten bewacht, der uns schläfrig durchwinkte und sich flüchtig verbeugte.

Wir befanden uns jetzt auf dem Weg am Wasser, den wir schweigend einschlugen. Es war die schläfrige Stunde, wenn alle Arbeit ruht. Schließlich erreichten wir Mens Tor. Hier blieben wir im Schutz der Mauer stehen. Thu schloß Kamen in die Arme und drückte ihn an sich. «Die Posten am See achten anscheinend nicht darauf, wer den Bereich verläßt, sondern nur darauf, wer hineingeht», sagte sie, als sie ihn wieder losließ. «Ich komme also ohne Schwierigkeiten hinaus. Am zweiten Abend ab heute bin ich im Goldenen Skorpion. Möge Wepwawet für uns einen Weg aus dieser Notlage finden.» Sie verweilte nicht, sondern drehte sich um und entfernte sich rasch. Kamen seufzte.

«So habe ich sie das erste Mal gesehen», sagte er. «In grobes Leinen gekleidet und barfuß. Hoffentlich bleibt das nicht meine letzte Erinnerung an sie. Also, laßt uns hineingehen.»

Wie bei Nesiamun achteten wir darauf, daß uns niemand bemerkte. Es war von großer Wichtigkeit, daß uns kein Dienstbote sah, zumindest nicht bis zu Mens Rückkehr, denn ich kannte zwar Mens gesamte Dienerschaft, und die war treu gesinnt, doch ein zufälliges Wort in ein aufmerksames Ohr, und es war um uns geschehen. Glücklicherweise wollte niemand die tägliche Verschnaufpause durcharbeiten. Kamen begleitete Takhuru durch das schlafende Haus zu den Räumen seiner Mutter, und ich ging geradewegs zu Pa-Bast.

Der lag nackt auf seinem Lager. Er hatte die Binsenmatte vor seinem Fenster heruntergelassen, so daß ihn das grelle Licht des Frühnachmittags nicht blendete, und schnarchte sacht vor sich hin, als ich durch das schattige Zimmer zu ihm ging und ihn behutsam rüttelte. Mit einem Ruck wurde er wach, fuhr hoch und strich sich mit der Hand über die Wange, wo das Kissen einen Abdruck hinterlassen hatte. «Kaha», sagte er mit belegter Stimme. «Gibt es Probleme im Haus?»

«Nein», antwortete ich. «Aber Kamen ist mit Takhuru hier. Er hat sie in Shesiras Räumen untergebracht. Das kann man unmöglich geheimhalten, du mußt also in die Dienstbotenzellen gehen und alle ermahnen, daß sie unbedingt den Mund halten. Davon hängen Leben ab, Pa-Bast.» Der war jetzt hellwach und blickte mich so durchdringend an, wie es anscheinend alle Haushofmeister im Umgang mit Untergebenen lernen. Doch ich war kein Untergebener. Meine Stellung im Haushalt war genauso hoch wie seine.

«Den Göttern sei Dank, Kamen lebt», sagte er. «Du solltest mir lieber alles erzählen. Ich habe schon geargwöhnt, daß du mehr weißt, als du preisgeben wolltest, aber jetzt muß ich dich darum bitten, daß du dich mir anvertraust, sonst schicke ich auf der Stelle zu Nesiamun. Vermutlich weiß er nicht, wo Takhuru ist?»

«Nein. Und ich glaube nicht, daß er ihr Verschwinden schon bemerkt hat, doch das ist nur eine Frage der Zeit. Es ist eine lange Geschichte, Pa-Bast. Schwörst du, daß du mich ohne aufzubrausen bis zu Ende anhörst?» Er nickte.

«Ich habe dich immer geachtet, Kaha», sagte er. «Ich höre dir zu.»

Und so erzählte ich ihm alles, und als ich schloß, war die Ruhestunde vorbei. Er hatte mich mit ein paar gezielten Fragen unterbrochen, sonst aber aufmerksam gelauscht, ohne sich etwas anmerken zu lassen, hatte seine Gefühle verborgen, wie es sich für einen guten Haushofmeister schickte. Ich schwieg. Er stand auf, suchte seine Kleidung zusammen, das lange, lose Gewand seiner Stellung, das dazugehörige Armband, das rote Band von Mens Haushalt, das er sich um den rasierten Schädel band. Er kleidete sich methodisch, jedoch ohne nachzudenken an. Ich merkte, daß er mit seinen Gedanken woanders war. Dann sagte er: «Ich kenne Harshira, den Haushofmeister des Sehers, sehr gut. Und den Haushofmeister des Generals auch. Von ihnen habe ich auch nicht das leiseste Gerücht über diese Sache gehört.»

«Natürlich nicht», gab ich zurück. «Sie sind ihren Gebietern treu ergeben. Sie klatschen nicht. Du ja auch nicht, Pa-Bast. Aber du kannst mir glauben, daß ich Harshira besser kenne als du. Ich habe jahrelang mit ihm zusammengelebt. Er hat genau wie ich für Hui gelogen. Bitte, glaube mir zuliebe etwas von der ganzen Geschichte und hebe dir dein Urteil für morgen auf, wenn unser Herr heimkommt.» Er hatte inzwischen seine Sandalen zugebunden und stellte sich einen Augenblick vor seinen kleinen Schrein, der dem Apis-Stier, seinem Schutzgott, geweiht war. «Ich schwöre bei Thot, daß ich die Wahrheit gesagt habe. Sprich mit Kamen, wenn du möchtest.»

«O ja», sagte er bedächtig. «Und ich tue, worum du mich

bittest. Danach soll der Herr entscheiden. Natürlich braucht die Herrin Takhuru weibliche Gesellschaft, während sie hier bei uns ist. Leider haben die Frauen ihre Leibdienerinnen mit nach Fayum genommen. Ich lasse eine von den Hausdienerinnen holen, die soll sich um sie kümmern.» Er sah mich an und legte die Stirn in Falten. «Das ist eine furchtbare Geschichte, Kaha», meinte er. «So viel Schlechtigkeit, falls sie stimmt.» Ich atmete erleichtert auf. Er hatte angebissen.

«Danke, Pa-Bast», sagte ich.

Damit trennten wir uns; er, um mit Kamen zu reden und die Diener zu ermahnen, die jetzt gerade vom Strohsack aufstanden, ich, um in mein Zimmer zu gehen. Bis morgen früh die üblichen Botschaften eintrafen, gab es wenig für mich zu tun, dann würde ich mich vergewissern, daß die gesamte Korrespondenz für Mens Heimkehr auf dem laufenden war. Nachdem ich mich ausgezogen hatte, legte ich mich erschöpft auf mein Lager. Ich dachte an Thu, die mittlerweile in den Menschenmassen auf den Märkten der Stadt untergetaucht sein durfte. Eine gewisse Zeit lang würde sie nicht auffallen. Ich hätte gern gewußt, ob sie bereits von amtlicher Seite gesucht wurde. Falls es sich so verhielt, dann würden sie nicht nur Paiis' Soldaten jagen. Wo würde sie schlafen? Was würde sie essen? Und was war, wenn das Ganze vergebens war? Was war, wenn sich die Götter ihrer noch nicht erbarmt hatten, wenn sie noch nicht genug gesühnt hatte? Man sagte, ein Mensch, dem die Götter nicht wohlgesonnen seien, könne sich ausleben. Dann mußten sie Thu sehr zugetan sein, denn die hatte ihr Verbrechen viele, viele Male gesühnt. Waren sie ihr so wohlgesonnen, daß sie sterben mußte, von unbekannter Hand in einer dunklen Gasse gemeuchelt? Kaha, das ist Unfug, ermahnte ich mich streng und betete rasch und leise zu Thot, erflehte seinen Schutz für uns alle und schlief ein.

Die langen, bänglichen Abendstunden verbrachte ich in Kamens Zimmer mit Takhuru. Pa-Bast hatte eine schüchterne Hausdienerin abgestellt, die sich um sie kümmern sollte. Das Mädchen versank in Ehrfurcht vor ihrer vornehmen Herrin, war linkisch und lächelte abbittend, doch das mußte man Takhuru lassen, sie ertrug ihre Unbeholfenheit gutgelaunt. Der Haushofmeister hatte Anweisung erteilt, daß Nesiamuns Tochter immer Gesellschaft haben mußte, daher bot sich uns dreien keine Gelegenheit, über Persönliches zu reden.

Das verspätete Abendessen wurde in Kamens Zimmer aufgetragen. Die beiden luden mich ein, ihnen Gesellschaft zu leisten. Das Mädchen wartete seiner neuen Herrin auf, und nachdem das geschehen war, zog sie sich eingedenk der Ermahnung des Haushofmeisters in eine Ecke zurück und beobachtete uns großäugig. Unsere Unterhaltung war sprunghaft und harmlos. Wir waren allesamt bedrückt und verfielen immer wieder in Schweigen, wobei Kamen und ich in unsere Becher blickten und Takhuru mit den Steinen eines Brettspiels herumspielte, das Pa-Bast ihr zum Zeitvertreib beschafft hatte. Kamen sah sehr müde aus. Unter seinen Augen lagen Schatten, und er war blaß um die Nase. Zweifellos weilten seine Gedanken bei seiner Mutter, während sich die Nacht herabsenkte.

Ich ging gerade die dunkle Treppe zu meinem eigenen Zimmer hinunter, als ich Pa-Bast mit einem Mann in Nesiamuns Dienertracht reden sah, der auf der Schwelle des Hauses stand. Ich durchquerte die Eingangshalle und gesellte mich zu ihnen. Ein Diener hielt eine Lampe hoch. Die beiden drehten sich zu mir um. «Der Edle Nesiamun läßt nachfragen, wo seine Tochter ist», erklärte Pa-Bast rasch. Sein Gesicht war eine Maske höflicher Besorgnis. «Sie ist seit dem frühen Nachmittag verschwunden. Da der Sohn dieses Hauses auch verschwunden ist, bittet der Edle Nesiamun um Nachricht von den beiden und zweitens um den schnellstmöglichen Besuch unseres Gebieters nach dessen Rückkehr.» Die Hand des Dieners zitterte, und die Lampe flackerte heftig. Ich warf ihm einen warnenden Blick zu.

«Wir machen uns alle furchtbare Sorgen um Kamen», antwortete ich. «Diese Nachricht ist ja entsetzlich. Hat Nesiamun die Behörden benachrichtigt?»

«Das hat er auf der Stelle getan», sagte der Mann. «Er hat auch seinem Freund, General Paiis, eine Nachricht geschickt, und der hat versprochen, daß er all seine Soldaten auf die Suche nach der Herrin Takhuru schicken will.»

«Mehr kann man nicht tun», sagte Pa-Bast. «Richte deinem Gebieter aus, daß der Edle Men sogleich nach seiner Rückkehr Nachricht schicken wird.» Der Mann verbeugte sich und ging hinaus in die Dunkelheit. Pa-Bast drehte sich zu mir um.

«Bete, daß Men früh nach Haus kommt», sagte er grimmig. «Sonst gibt es eine Katastrophe.»

In dieser Nacht fand ich kaum Schlaf und fiel erst in einen unruhigen Schlummer, als die Sonne den Horizont berührte. Meinen Tagesgeschäften widmete ich mich mit Kopfschmerzen und ungut en Gefühlen. Oben im Haus war es sehr ruhig. Entweder lagen Kamen und Takhuru noch im Bett, oder sie hatten beschlossen, sich so unsichtbar wie möglich zu machen. Die Stunde des Mittagsmahls kam und ging. Ich knabberte teilnahmslos ein paar Feigen und etwas Ziegenkäse, trank jedoch einen Becher Wein in der Hoffnung, der würde den pochenden Schmerz in meinem Schädel besänftigen. Dann ging ich in den Garten und unterhielt mich mit dem Obergärtner, der zwar höflich blieb, sich aber nicht gern stören lassen wollte. Darauf stellte ich mich auf den Sockel im Badehaus und übergoß mich mehrmals mit kaltem Wasser. Doch nichts vertrieb die Kopfschmerzen und das Schaudern meines Kas.

Am Spätnachmittag tauchten vier von Paiis' Soldaten auf. Ich hörte sie mit Pa-Bast streiten, wickelte mich tropfnaß in ein Tuch und wollte durch die Halle die Treppe hochgehen. Im Schutz des Eingangs blieb ich stehen und lauschte. «Du wirst morgen zurückkommen müssen, wenn der Gebieter wieder daheim ist», sagte Pa-Bast bestimmt. «Ich bin nicht befugt, dir das zu erlauben.»

«Wir bekommen unsere Befehle vom General, und der bekommt sie vom Prinzen», gab der befehlshabende Offizier zurück. «Diese Befehle lauten, alle Häuser zwischen Palast und der Einfahrt zum Kanal zu durchsuchen. Falls du nicht gehorchst, wirst du vom Prinzen bestraft. Gib die Tür frei, Verwalter.» Pa-Bast reckte sich.

«Falls dein Befehl aus dem Palast kommt, möchte ich zuerst die Rolle mit dem Siegel des Prinzen sehen», beharrte er. «Gewißlich hat dir der General einen schriftlichen Befehl gegeben, den der Prinz unterschrieben hat. Kein Edelmann in dieser Wohngegend wird dir erlauben, nur auf dein Wort hin sein Anwesen zu durchsuchen.» Die Miene des Mannes verfinsterte sich.

«Vielleicht begreifst du nicht recht», sagte er. «Diese Leute sind schlau und gefährliche Verbrecher. Sie können sich ohne dein Wissen auf dem Grundstück hier verbergen.»

«Nein, das können sie nicht», widersprach Pa-Bast. «Das hier ist ein bescheidenes Haus mit wenig Dienstboten. Ich bin der Haushofmeister. Ich überprüfe jeden Tag die Dienstbotenquartiere. Hier versteckt sich kein Fremder.» Ich schloß die Augen. Oh, laß dich nicht durch das gewitzte Argument in die Falle locken, beschwor ich meinen Freund stumm. Versteife dich auf die Sache mit dem schriftlichen Befehl.

«Davon müssen wir uns überzeugen», bedrängte ihn der Offizier. «Wir sind schon bei drei Nachbarn des Edlen Men gewesen. Bislang hat uns keiner den Zutritt verweigert, ja, alle waren sehr entgegenkommend.»

«Mein Gebieter ist nicht daheim.» Pa-Bast wurde lauter. «Ich kann nicht darüber entscheiden, ob ihr ohne einen schriftlichen Befehl aus dem Palast ins Haus dürft. Zeigt ihn mir, und ihr dürft eintreten. Anderenfalls entfernt euch.» Er machte auf den Hacken kehrt und ging durch die Eingangshalle, aufrecht und mit anmutiger Gemessenheit, wie es sich für sein Amt ziemte. Sein Gesicht war zornig gerötet, doch er biß sich auf die Lippen und verriet damit seine Unsicherheit. Er wußte genausogut wie ich, daß die Soldaten nicht aufzuhalten waren, falls sie sich mit Gewalt Zutritt verschafften. Men hatte keine Wachen eingestellt. Doch die List zeigte Wirkung. Nach kurzem Zögern bellte der Offizier seinen Untergebenen einen knappen Befehl zu, und sie zogen ab. Jetzt fiel das Licht wieder ruhig auf den Boden. Ich stieß einen zitternden Atemzug aus und ging nach oben.

Ungefähr eine Stunde später verdunkelte ein anderer Soldat die Schwelle, dieses Mal ein Dienstbote Nesiamuns, der noch einmal nachfragte, ob wir jetzt wüßten, wo sich Takhuru aufhielte. Wieder war Pa-Bast gezwungen zu lügen. Er war böse, jedoch nicht auf den guten Mann, der offensichtlich genauso besorgt war, wie es Nesiamun sein mußte, sondern auf die Umstände, die ihn in eine Klemme gebracht hatten, die jedem guten Haushofmeister einfach zuwider sein mußte. Es war nur noch eine Frage der Zeit, daß die reguläre Polizei die Stadt nach der Frau aus Aswat durchkämmte, und ich konnte nur hoffen, daß sie erst an unsere Tür klopften, wenn Men wieder daheim war. Was war, wenn unser Gebieter beschloß, noch in Fayum zu bleiben und sich seiner Karawane auf ihrer Rückreise anzuschließen? Bei dem Gedanken schauderte mir.

Doch ich hätte mir keine Sorgen zu machen brauchen. Eine Stunde nach Sonnenuntergang störte ein Tumult den beschaulichen Frieden unseres Hauses, und in der Eingangshalle herrschte Trubel. «Pa-Bast! Kaha! Kamen, wo bist du? Komm herunter! Wir sind wieder da!» Als ich auf dem Weg zur Treppe an Kamens Tür vorbeikam, ging die gerade auf, und unten hörte ich Shesira beschwichtigend sagen:

«Men, schrei nicht so. Sie wissen schon, daß wir zurück sind. Tamit, bring sofort die Katze in die Küche, und dann kommst du zurück und wäschst dir vor dem Essen die Hände. Mutemheb, sorge dafür, daß die Diener die Kleider und Kosmetikkästen nach oben bringen. Den Rest können sie stehen lassen, bis sie gegessen haben. Kamen! Mein Schatz! Mein Gott, bist du schon immer so groß gewesen?»

Ich wußte, daß Men gleich in sein Arbeitszimmer gehen und sich einen Überblick über die Geschäfte verschaffen würde, ehe auch er essen wollte, doch in dem Augenblick, als ich die unterste Stufe erreichte und er mich ins Arbeitszimmer rief, drängte sich Kamen an mir vorbei und packte seine ältere Schwester beim Arm. Er flüsterte ihr etwas ins Ohr. Vermutlich bereitete er sie darauf vor, daß jemand in den Räumen seiner Mutter gewohnt hatte. Hoffentlich war er so geistesgegenwärtig gewesen, Takhuru erst einmal schnell in sein Zimmer zu bringen. Mutemheb nickte, schenkte ihm ein Lächeln, küßte ihn und wandte sich an die Diener, die sich mit einem Berg von Truhen und Kästen abmühten.

Shesira wartete mit ausgebreiteten Armen. «Mein schöner Sohn!» zwitscherte sie. «Komm, umarme mich! Paiis läßt dich zu hart arbeiten. Oder du verbringst zu viele Nächte im Bierhaus. Du siehst abgehärmt aus. Wie geht es Takhuru?» Ich sah, daß Kamen zögerte, und wußte, was ihm durch den Kopf schoß. Ein Vergleich, unerbeten, aber dennoch eindringlich, zwischen dieser sanften und schönen Frau, die sich so selbstsicher auf ihre Stellung in der Welt verließ, und der Fremden mit der dunklen, schillernden Vergangenheit, die bei ihm starke Gefühle geweckt und alles, was bislang in seinem Leben gegolten hatte, umgeworfen hatte, schien ihm durch den Kopf zu gehen. Er ging zu ihr, ließ sich beflissen umarmen, entzog sich wieder und küßte sie auf die geschminkte Schläfe, an der das ergrauende Haar zurückgekämmt war.

«Ich sehe müde aus, Mutter, das ist alles», sagte er. «Sag, hast du dich gut erholt? Wie steht es in Fayum? Was will Vater in diesem Jahr pflanzen?»

«Keine Ahnung», antwortete sie. «Er und der Aufseher sind mit gerunzelter Stirn überall herumgestapft und haben sich beraten. Ich möchte, daß er das Haus dort unten vergrößert. Es ist nämlich zu klein, viel zu klein für Familienzusammenkünfte, wenn ihr, du und Takhuru, mir Großkinder schenkt. Der Springbrunnen im Garten ist auch entzwei, nur daß dein Vater selbst so eine einfache Sache, wie einen Steinmetz zu bestellen, immer wieder auf die lange Bank schiebt. Aber», und hier schenkte sie ihm wieder ihr strahlendes Lächeln, «es ist ein gesegnetes Fleckchen Erde, und ich fahre gern dorthin. Doch Mutemheb hat sich über den Müßiggang geärgert und immer wieder versucht, Tamit zu bewegen, während unserer Abwesenheit von hier mit ihrem Unterricht weiterzumachen.»

«Tamit gibt einmal eine sanfte Ehefrau ab, mehr nicht», meinte Kamen. «Sie ist ein artiges Kind, zufrieden und nicht ehrgeizig. Nörgele nicht zu viel an ihr herum, Mutter.» Ihre mit Khol umrandeten Augen forschten in seinem Gesicht.

«Du hast Sorgen, Kamen», sagte sie leise. «Ich merke doch, daß es dir nicht gutgeht. Ich bin müde, hungrig und brauche ein Bad, aber komm bitte später noch zu mir. Kaha! Da bist du ja! Morgen möchte ich mit dir und Pa-Bast eine Bestandsaufnahme aller Haushaltsdinge machen. Wir haben schon fast Tybi, und diese Arbeit muß wie jedes Jahr zum Krönungsfest des Horus abgeschlossen sein.» Sie seufzte glücklich. «Ach, es ist schön, wieder daheim zu sein!» Ich verbeugte mich vor ihr, und in diesem Augenblick rief mich Men über die Köpfe der Diener hinweg, die noch immer einen Strom von Reisegepäck hereinschafften, scharf zu sich. Ich griff mir meine Palette, ehe ich nach unten ging. Die klemmte ich mir fest unter den Arm, bahnte mir einen Weg durch den Tumult, und dann betraten wir das vergleichsweise stille Arbeitszimmer. Kamen folgte mir.

Men musterte sein Allerheiligstes mit gewohnt kritischem Blick. Um seine Augen bildeten sich Fältchen, als er uns zum Platznehmen aufforderte, Kamen auf dem Stuhl, mich mit gekreuzten Beinen auf dem mir zustehenden Platz auf dem Fußboden neben ihm. «Nun?» sagte er und ließ sich offensichtlich zufrieden auf seinem Stuhl hinter dem Schreibtisch nieder. «Müssen wir vor dem Essen noch etwas Wichtiges besprechen, Kaha? Hast du schon von der Karawane gehört? Und du, Kamen, hast du bessere Laune als bei meiner Abreise?» Kamen nickte mir zu, und ich berichtete rasch. Men lauschte aufmerksam, knurrte gelegentlich, tat manches mit einer Handbewegung ab, was bedeutete, ich könne mit anderen Dingen fortfahren.

«Ich habe Berichte von meinem Aufseher in Fayum mitgebracht. Sie handeln von den Feldfrüchten, die ich anbauen möchte und der veranschlagten Ernte aufgrund der Höhe der diesjährigen Überschwemmung», sagte er. «Die kannst du morgen für mein Archiv hier abschreiben. Shesira hat mir wegen des Springbrunnens zugesetzt. Bitte, Kaha, treibe einen ordentlichen Steinmetz auf und schicke ihn nach Süden, damit er ihn instand setzt. Ich meinerseits würde ihn lieber herausreißen und statt dessen einen Fischteich ausheben lassen. Die Fliegen in Fayum sind eine Plage. Außerdem kannst du dem Seher schreiben und ihm mitteilen, daß die von ihm angeforderten Kräuter mit der Karawane eintreffen dürften. Er muß sich noch gedulden. Sonst noch etwas?» Ich blickte zu Kamen hoch. Der hatte die Arme verschränkt und schluckte, als hätte er einen Kloß im Hals.

«Ja, Vater», sagte er, «aber ich denke, du solltest erst baden und essen, ehe du mich anhörst.»

«Eine ernste Sache, ja?» sagte Men und zog die buschigen Brauen hoch. «Ich würde sie mir lieber jetzt anhören und dann das Essen genießen. Hat Paiis dich entlassen?»

«Nein.» Kamen stockte. Dann löste er die Arme und stand auf. Er ging zum Regal und hob die kleine, aufwendig verzierte Truhe heraus, in der Men seine Privatpapiere aufbewahrte. Die stellte er auf den Tisch und beugte sich darüber. «Es geht um die Rolle hier drinnen», sagte er, «aber ich weiß nicht recht, wo ich anfangen soll. Takhuru ist hier, Vater.»

«Was, hier? In diesem Haus? Aber Kamen, warum hat sie uns nicht begrüßt? Bleibt sie und speist mit uns zu Abend?»

«Nein, sie hat die Nacht in Mutters Räumen verbracht. Sie schwebt in Lebensgefahr. Ich auch. Paiis jagt uns. Wir ...» Men hielt abwehrend die Hand hoch.

«Setz dich!» befahl er. «Kaha, geh und hole Takhuru nach unten, und dann suche nach Pa-Bast und sag ihm, daß er nicht auftragen soll, ehe ich ihm Bescheid sage. Er soll uns aber sofort einen Krug Wein bringen.»

«Kaha muß zugegen sein», sagte Kamen. «Er ist Teil der Geschichte.» Men blickte ihn mit großen Augen an.

«Mein Schreiber? Mein Diener? Geht in diesem Haus während meiner Abwesenheit denn gleich alles drunter und drüber? Kaha, du tust, was ich dir sage.» Ich stand auf, verbeugte mich und verließ den Raum.

Takhuru wartete still neben Kamens Lager, und zusammen gingen wir hinunter. Glücklicherweise begegneten wir niemandem. Aus dem Badehaus waren Frauenstimmen und Wassergeplätscher zu hören. Nachdem ich an die Tür des Arbeitszimmers geklopft und sie dem Mädchen geöffnet hatte, machte ich mich auf die Suche nach Pa-Bast und brachte dann den Wein eigenhändig ins Zimmer.

Kamen sprach ununterbrochen, erzählte die Geschichte, die ich so gut kannte. Er hatte Takhuru seinen Stuhl überlassen, und sie saß kerzengerade und mit blassem Gesicht da. Ehe ich mich auf meinen gewohnten Platz auf dem Fußboden hockte, schenkte ich Wein ein. Men leerte den Becher mit einem Zug und streckte ihn mir zum Nachschenken hin. Seine Augen folgten Kamen, der das Zimmer durchmaß. Als Kamen endlich ausgeredet hatte und vor seinem Vater stehenblieb, war der Krug leer.

Eine lange Zeit sagte Men gar nichts. Seine Hände lagen gefaltet auf dem Schreibtisch, sein Gesicht war ausdruckslos, doch ich wußte, daß er rasch und gründlich nachdachte. Dann strich er sich mit einer bedächtigen, vertrauten Geste über den kahlen Schädel und seufzte. «Würde ich deine wahre Abstammung nicht so gut kennen, ich würde sagen, das ist die lachhafteste Geschichte, die ich je im Leben gehört habe», sagte er bedrückt. «Der General ist ein fähiger und wohlangesehener Mann ohne Fehl und Tadel. Und überdies ein guter Freund deines Vaters, Takhuru. Der Seher behandelt als Heilkundiger die königliche Familie, ganz abgesehen davon, daß er der größte Seher in ganz Ägypten ist. Die Rede ist von den beiden einflußreichsten Männern dieses Landes. Welchen Beweis hast du, daß die Frau aus Aswat nicht wahnsinnig ist und sich die ganze Geschichte aus den Fingern gesogen hat?» Kamen zeigte auf mich.

«Kaha hat mehrere Jahre im Dienst des Sehers gestanden. Er hat zu den Verschwörern gehört, die meine Mutter gegen den Pharao benutzt haben. Sag es ihm, Kaha.» Mein Arbeitgeber nickte mir zu, und ich faßte mich so knapp und kurz wie möglich.

«Ich habe mein Wissen lange Zeit für mich behalten», sagte ich am Ende. «Bis jetzt habe ich meinen ehemaligen Gebieter nicht verraten.» Es war ein lahmer Versuch, Men daran zu erinnern, daß man mir als Schreiber trauen könne, doch ich glaube nicht, daß er meine letzten Worte hörte. Er hatte die Stirn in Falten gelegt und trommelte mit den Fingernägeln an seinen Becher.

«Das reicht noch immer nicht für den Prinzen», sagte er. «Denn zu dem soll ich doch gehen, ja? Ich soll in den Palast gehen? Doch selbst wenn Ramses mir eine Privataudienz gewährt, könnte ich nichts weiter tun, als ihm mit einer Geschichte in den Ohren zu liegen, die nicht durch Tatsachen erhärtet ist.» Kamen beugte sich über den Schreibtisch, und zwischen seinem Körper und seinen Armen konnte ich einen Blick auf Takhurus aufgeregte Miene erhaschen.

«Es gibt einen Beweis», sagte er mit Nachdruck. «Unter dem Boden der Hütte meiner Mutter in Aswat. Die Leiche des Mörders, den ich umgebracht habe.»

Men lehnte sich zurück. Er hatte den Mund zu einer grimmigen Linie zusammengekniffen. «Euch ist hoffentlich allen klar, daß wir große Schwierigkeiten bekommen, falls jemand eine einleuchtendere Erklärung vorbringt», sagte er. «Herrin Takhuru. Hast du dem noch etwas hinzuzufügen?» Das Mädchen bewegte sich.

«Nein», flüsterte es. «Aber ich vertraue Kamen und habe

seiner Mutter lange zugehört. Und Paiis und seine Soldaten sind heute in unser Haus gekommen. Der General hat heute nachmittag weitere Soldaten hierher geschickt. Bitte, hilf uns, Edler Men.» Men blickte sie an, und auf einmal verzog sich sein Gesicht zu einem Lächeln. Er stupste mich mit dem Fuß an.

«Los, hol Pa-Bast», befahl er. «Hast du unsere Unterhaltung auf Papyrus aufgezeichnet, Kaha?» Ich stand auf und legte meine Palette auf den Schreibtisch.

«Nein», sagte ich.

«Gut. Beeil dich.»

Pa-Bast war im Speisesaal und unterhielt sich mit einer Schar Dienstboten. Er kam auf meine Bitte hin mit, befragte mich mit den Augen, doch die Zeit reichte nicht, ihm zu erzählen, was sich zugetragen hatte. Men stand bei unserem Eintreten vom Schreibtisch auf. «Ich merke schon, auch du bist auf diese phantastische Geschichte hereingefallen, Pa-Bast», sagte er. «Mir will scheinen, daß sich die Welt, die ich gekannt habe, während meiner Abwesenheit verändert hat. Geh auf der Stelle zu Nesiamun und bitte ihn herzukommen. Schick niemand anders. Geh selbst hin. Sag ihm, daß ich zurück bin und ihn dringend sprechen möchte, es ginge um das Verschwinden seiner Tochter. Und in der Zwischenzeit speisen wir.» Er klatschte in die Hände. Der Haushofmeister entfernte sich unter Verbeugungen rückwärts aus der Tür, und als wir das Arbeitszimmer verließen, war er schon verschwunden.

Es war Sitte, daß die höheren Hausangestellten, Pa-Bast, Setau, die anderen Leibdiener und ich, mit der Familie speisten. Die Mahlzeit hätte ein Freudenfest sein sollen, und Takhuru bemühte sich auch nach besten Kräften um eine Unterhaltung mit Mutemheb und täuschte Interesse für Tamits argloses Geschnatter vor, doch ihr Blick wanderte immer wieder zur Tür, und sie rührte keinen Bissen an. Shesira beobachtete sie, und Men, der mit Appetit aß, beobachtete Kamen. Deren Anspannung übertrug sich schließlich auf alle, bis selbst Tamit nichts mehr sagte und am Ende nichts mehr zu hören war als nur noch die leichten Schritte der Diener und das wohlerzogen leise Geklirr des Geschirrs auf den Tabletts.

Bei dem Geräusch von Stimmen und raschen Schritten in der Eingangshalle atmeten alle auf. Sofort schob Takhuru ihren Tisch beiseite und floh. Shesira schrie auf und wollte ihr folgen, doch Men hielt sie mit einer schroffen Geste zurück. «Später», sagte er. «Kamen, Kaha, ihr kommt mit.» Wir verließen den Raum. Nesiamun stand genau im Eingang, hielt seine Tochter im Arm, und als er Kamen erblickte, machte er große Augen.

«Was ist los, Men?» fragte er. Als Antwort verneigte sich Men und hielt ihm die Tür seines Arbeitszimmers auf.

«Unterhalten wir uns hier drinnen», meinte er. «Pa-Bast, geh jetzt und iß.»

Ich verzagte schier bei der Aufgabe, Nesiamun meinen Teil der Geschichte zu erzählen, denn er war furchteinflößender als mein Arbeitgeber. Der Oberaufseher der Fayence-Werkstätten war kein höflicher Kaufmann. Er entstammte dem Hochadel und war kalt und klug, und er unterbrach mich oft und stellte mir barsche Fragen oder wies mir einen Widerspruch nach. Er konnte mir natürlich nichts nachweisen, denn ich sagte die Wahrheit, doch er kannte kein Erbarmen. Als er sich schließlich an Kamen wandte, änderte er seine Haltung ein wenig, aber Kamen konnte ihm auch von gleich zu gleich Rede und Antwort stehen.

So ging es hin und her, bis Nesiamun am Ende sagte: «Paiis und ich sind seit Jahren befreundet. Ich kenne ihn sehr gut, aber ich mache mir über ihn nichts vor. Militärisch ist er ein

Genie oder könnte eins sein, wenn es noch Kriege gäbe, aber er ist auch habgierig und verschlagen. Ist er deswegen auch ein Verschwörer und Mörder? Du behauptest, er ist es. Ich kenne dich als ehrlichen Menschen, Kamen, also muß ich folgern, daß du entweder ganz und gar recht hast oder dich von der Nebenfrau, die dich geboren hat, hast hereinlegen lassen. Schwörst du mir bei deinem Schutzgott, daß du in Aswat einen Meuchelmörder umgebracht und vergraben hast, um dein eigenes Leben und das von Thu zu retten?»

«Ich schwöre», antwortete Kamen sofort. «Und kommst du um eine Audienz beim Prinzen nach? Du bist ein bedeutender Mann, Nesiamun. Dich wird er nicht warten lassen. Je länger wir zögern, desto wahrscheinlicher findet der General meine Mutter. Falls du deine Bitte mit der möglichen Entführung deiner Tochter begründest, wird dich der Prinz auf der Stelle empfangen. Die städtische Polizei sucht noch immer nach ihr, nicht wahr?» Nesiamun nickte. «Dann ist die Kunde von ihrem Verschwinden dem Prinzen gewißlich schon zu Ohren gekommen.»

«Du hast aber auch an alles gedacht, nicht wahr?» gab Nesiamun zurück. «Hast du sie hierhergebracht, weil du mich nötigen willst?»

«Nein, Vater», mischte sich Takhuru ein. «Das würde Kamen niemals tun. Wenn du uns nicht helfen willst, gehe ich selbst zu Ramses. Er ist der einzige, der die Macht hat, uns zu schützen.» Nesiamun drehte sich um und blickte sie verdutzt an.

«Wie kannst du so mit mir reden», rügte er sie. «Noch bist du nicht verheiratet.» Darauf wandte er sich wieder an Men. «Wir sollten erst einmal mit Paiis und seinem Bruder sprechen und ihnen die Gelegenheit geben, sich zu verteidigen, ehe wir sie im Palast anschwärzen», sagte er, aber Takhuru krallte sich in seinen Arm.

«Nein!» platzte sie heraus. «Vater, ich habe Angst. Du hast nicht wie ich so viel Zeit gehabt, über alles nachzudenken, sonst würdest du mich verstehen. Bin ich nicht ein vernünftiges Mädchen? Ist Kamen nicht ein wahrhaftiger und aufrechter Mann? Du wirst doch wohl nicht glauben, wir sind so leichtgläubig, daß wir uns von einer phantasievollen Geschichte hereinlegen lassen. Und dann ist da noch immer Kaha. Niemand stellt einen Schreiber ein, der im Verdacht steht, ein Lügner zu sein. Schick noch in dieser Stunde zu Ramses! Bitte!» Er antwortete ihr nicht, sondern erhob sich.

«Ich will, daß du mit mir nach Hause kommst, Takhuru», sagte er. «Ich werde das Ganze überdenken und dir morgen früh eine Antwort geben. Unsere Wachen sind durchaus in der Lage, dich zu schützen, falls du Schutz brauchst.» Flink und geschmeidig schob sich Kamen zwischen sie.

«Takhuru bleibt entweder hier», sagte er ruhig, «oder ich entführe sie wirklich. Sie hat recht. Du verstehst nicht, wie wehrlos wir alle sind. Meine Mutter ist irgendwo da draußen, schläft in einer Gasse oder auf dem Boden eines Bootes oder zusammengedrängt mit Bettlern in einer Toreinfahrt. Glaubst du, sie hat nach fast siebzehn Jahren ohne Grund gegen die Bestimmungen ihrer Verbannung verstoßen?» Ihre Blicke trafen sich, und sie sahen sich unverwandt an. Nesiamun wich und wankte nicht, doch seine Anspannung ließ nach.

«Mit deiner wilden Entschlossenheit kannst du jeden herumbekommen», sagte er ergeben. «Also gut. Ich bitte auf der Stelle mit der von dir vorgeschlagenen Ausrede um eine Audienz. Falls du lügst oder mich in die Irre führst, trage ich keinerlei Verantwortung für die Folgen. Denk heute abend an deine Mutter, Takhuru, und den Schmerz, den du ihr zufügst, denn vermutlich darf ich ihr noch nicht von dieser Unterredung berichten. Gute Nacht, Men.» Er wartete Mens Verneigung nicht ab, sondern verließ brüsk das Zimmer. Wir blickten uns an.

«Nur keine Angst», sagte Takhuru. Ihre Stimme zitterte. «Er ist verärgert und verwirrt, aber hätte er uns nicht geglaubt, er hätte uns die Bitte rundweg abgeschlagen und mich mit Gewalt nach Hause geschleppt. Er hält Wort.»

Ich bezweifle, daß in dieser Nacht einer von uns viel geschlafen hat. Kamen lag auf einer Matte vor Shesiras Zimmer. Shesira hatte keine Fragen gestellt, als Men ihr gesagt hatte, daß Takhuru ihre Räume teilen würde. Mutemheb hatte große Augen gemacht und ihren Bruder belustigt angeschaut, ehe sie ihr eigenes Reich aufsuchte, und Tamit, die nach einem langen Tag auf dem Fluß müde und quengelig war, hatte sich ohne Protest zu Bett schicken lassen. Men befahl Pa-Bast, zwei der Gärtner zum Haupttor zu schicken, die alle Besucher, außer einen Boten Nesiamuns, abzuweisen hatten, und er selbst setzte sich an die Haustür. Er sagte zwar nichts, doch ich konnte ihm ansehen, daß er bedauerte, keine Soldaten in seinen Diensten zu haben. Ich zog mich in mein Zimmer zurück, wälzte mich jedoch ruhelos auf dem Lager, während meine Gedanken wieder einmal um Thu kreisten.

Von Nesiamun kam am nächsten Morgen keine Nachricht. Mit der Rückkehr der Familie schüttelte das Haus seine schläfrige Ruhe ab. Men war kurz nach der Morgendämmerung in seinem Arbeitszimmer, und ich kauerte auf meinem gewohnten Platz neben dem Schreibtisch zu seinen Füßen. Selbst bei geschlossener Tür und obwohl mein Arbeitgeber mit kräftiger Stimme diktierte, konnte ich die wunderbar tröstlichen Geräusche des Alltagslebens hören. Tamits kindlich schrille Stimme wehte die Treppe herunter, sie begehrte wortreich und unverständlich gegen irgend etwas auf, beruhigte sich jedoch allmählich bei den beschwichtigenden Worten ihrer

Mutter. Ein wenig später zwitscherte Mutemheb melodiös, plauderte fröhlich, und ihre Sandalen platschten durch die Eingangshalle. Vermutlich verlor sie keine Zeit, ihre Freundinnen einzuladen, die sie mit dem Klatsch wieder aufs laufende bringen sollten. Pa-Bast rügte einen Diener. Im Inneren des Hauses ließ jemand etwas fallen, man hörte ein gedämpftes Krachen und Fluchen. Die Räume waren wieder voller Leben, gesundem Alltagsleben, doch ich wußte, daß das ganze muntere Treiben nur äußerlich war. Darunter herrschte blinde Ungewißheit.

Es fiel mir schwer, mich auf die Worte meines Gebieters zu konzentrieren, und auch ihm gelang es kaum, seine Gedanken auf seine Geschäfte zu sammeln. Einmal hielt er beim Diktieren mitten in einem Satz inne und blickte zu mir herunter. «Er hat diese Frau immer Mutter genannt», sagte er. «Ist dir das auch aufgefallen? Wie auch immer diese Tragödie ausgeht, nichts ist mehr, wie es war. Bald muß ich Shesira ins Bild setzen. Kamen und Takhuru sind oben, haben sich wie zwei in die Enge getriebene Tiere eingeschlossen. Warum hat Nesiamun keine Nachricht geschickt?» Ich legte die Schreibbinse auf die Palette.

«Sie ist seine Mutter, Gebieter», antwortete ich. «Du hättest ihm seine Abkunft offenlegen sollen, ehe er selbst alles herausgefunden hat. Er verspürt für sie einen zornigen Beschützerinstinkt und gegen dich eine andere Art Zorn, weil du ihn angelogen hast. Aber eines Tages wird er merken, daß er auch Shesira liebt. Denn an sie wird er sich erinnern, nicht an Thu.» Men strich sich ratlos mit der Hand über den Nacken und zupfte gedankenverloren an seinen schütteren grauen Haarbüscheln.

«Vermutlich hast du recht», meinte er. «Ich wollte, daß er ohne Einbildung und falsche Träume aufwächst, aber das ist wohl verkehrt gewesen. Diese Warterei ist unerträglich! Wo war ich stehengeblieben?» Wir machten mit dem Diktat weiter, doch er hatte den Faden verloren, entließ mich schließlich und verschwand im Inneren des Hauses.

Ich nahm nicht am Mittagsmahl teil, aber ich suchte auch mein Lager nicht zur Mittagsruhe auf, sondern ging hinaus in den Garten, legte mich rücklings ins Gras und sah den Vögeln zu, wie sie über meinem Kopf vor dem grenzenlosen Blau des Himmels hin- und herflitzten. Ich fand die Warterei auch unerträglich, wollte zum Palast rennen, mich an Wachtposten und Höflingen vorbeidrängen, mich dem Prinzen zu Füßen werfen, mit meiner Geschichte herausplatzen und ein rasches Ende machen. Damit zerstörte ich meine Laufbahn als Schreiber noch gewisser als Kamen seine militärische Zukunft, als er in Aswat ein derartiges Risiko einging. Falls er sich rechtfertigen konnte, würde er bei seinem Halbbruder, dem Prinzen, hoch in Gunst stehen, doch die Laufbahn eines Schreibers baute auf Vertrauen, und ich hatte meinen ehemaligen Gebieter verraten. Würde Men weiterhin Verwendung für mich haben? Und falls nicht, würde Kamen mich in seinen neu gegründeten Hausstand aufnehmen, wie ich es mir insgeheim erhoffte? Solcherlei Gedanken mochten zwar unwürdig sein, doch die Welt ringsum schien sie widerzuspiegeln. Das Gras unter mir piekste allmählich, und das Blättergeflatter tat mir in den Augen weh. Ich hatte keine Familie, in deren Schoß ich zurückkehren, keine Ehefrau, der ich mich anvertrauen konnte. Ich war der Familie hier auf Gedeih und Verderb ausgeliefert und damit letzten Endes allein.

Doch gegen Abend kam endlich eine Nachricht von Nesiamun. Der Prinz wollte ihn in Sachen seiner verschwundenen Tochter empfangen, er sollte sich am kommenden Morgen im Palast einfinden. Ich versperrte dem Boten den Weg, als er wieder ging. «Weiß sonst noch jemand von dieser Aufforderung?» fragte ich ihn. Er blickte ratlos.

«Nur der Schreiber meines Gebieters und der stellvertretende Oberaufseher der Fayence-Werkstätten», sagte er. «Die waren gerade zugegen, als der Herold vom Palast kam. Ach, und natürlich General Paiis, der war auch da. Er verbringt letztens viel Zeit bei meinem Gebieter. Er macht sich große Sorgen um das Wohlergehen der Familie.»

«Hat er hinsichtlich der Nachricht vom Prinzen etwas geäußert?»

«Nur seine Freude zum Ausdruck gebracht, daß mein Gebieter sich umgehend an den Palast gewandt hat. Er ist ein guter Freund meines Gebieters und hat viele Soldaten losgeschickt, damit sie bei der Suche nach der Herrin Takhuru helfen.» Ich dankte dem Boten und ließ ihn gehen. Es war sinnlos, sich über dieses Pech auch noch aufzuregen. Ich konnte nur hoffen, daß Nesiamun nach längerem Überlegen unsere Geschichte nicht auf die leichte Schulter genommen und sich nicht von Paiis' Silberzunge zu einem offenen Wort hatte verleiten lassen. Nesiamun war geradeheraus und wurde bei Ausflüchten leicht ungeduldig, und Paiis war scharfsichtig. Es war möglich, daß Nesiamun zwar alles für sich behielt, der General aber dennoch bei seinem alten Freund ein Zögern bemerkte, ein Unbehagen. Falls das so war, was würde Paiis unternehmen? Würde er die Wahrheit erraten?

Die Antwort kam brutal schnell. Die Familie beendete gerade das Abendessen, als in der Eingangshalle ein Aufruhr entstand. Wir eilten hinaus, und da wimmelte es von Soldaten, und einer von Mens Gärtnern saß an der Haustür und hielt sich die blutende Schläfe. Men sah nur einmal hin und sagte an die Mädchen gewandt: «Tamit, Mutemheb, geht nach oben. Auf der Stelle!» Ich erhaschte einen Blick auf ihre erschrockenen Mienen, dann taten sie, was er ihnen befohlen hatte.

«Tut mir leid, Gebieter», ächzte der Gärtner. «Ich habe mich bemüht, sie aufzuhalten.» Das Blut rann ihm jetzt die Wange hinunter und durchtränkte den Kragen seines Kittels.

«Das hast du gut gemacht», sagte Men ruhig. «Sei bedankt. Shesira, führe ihn fort, und kümmere dich um seine Wunde.» Mens Frau kam näher und wollte aufbegehren.

«Aber, Men ...» fing sie an. Doch er schnitt ihr das Wort ab.

«Jetzt, Shesira, bitte», sagte er noch immer in diesem gelassenen, ruhigen Ton, den die Mitglieder seines Haushalts als Anzeichen allergrößten Ärgers kannten. Shesira machte den Mund wieder zu. Sie legte den Arm um den Gärtner und führte ihn fort. Pa-Bast und ich drängten uns aneinander. «Sagt, was ihr hier wollt», verlangte Men. Der Offizier trat vor und streckte ihm eine Rolle hin. Men nickte mir kühl zu, und ich übernahm sie.

«Ich bin gekommen, deinen Sohn Kamen zu verhaften, ihm wird Entführung vorgeworfen», sagte der Mann, dem das Ganze sichtlich peinlich war. «Und ehe du nachfragst, Prinz Ramses höchstpersönlich hat mich damit beauftragt.»

«Unmöglich!» rief Men, doch ich entrollte den Papyrus und las ihn rasch. Er war mit dem königlichen Siegel versehen.

«Er hat recht, Gebieter», sagte ich und reichte ihm den empörenden Papyrus. Men überflog ihn. Seine Hände zitterten.

«Wer hat die Anklage vorgebracht?» wollte er wissen. «Sie ist einfach lächerlich! Was hält Nesiamun davon?»

«Es war keineswegs der Edle Nesiamun, der darauf gedrängt hat», sagte der Offizier. «General Paiis hat sich nach einem Besuch bei Nesiamun mit dem Prinzen darüber unterhalten. Der General hegt den starken Verdacht, daß die Herrin Takhuru hier festgehalten wird.»

«Wo sind deine Beweise?» fuhr Men dazwischen. «Du darfst nicht allein auf einen Verdacht hin verhaften!»

«Für eine Hausdurchsuchung brauchen wir keine Beweise», beharrte der Mann. «Falls du deinen Sohn nicht herausgibst, suchen wir selbst nach ihm.»

«Nein, das tut ihr nicht», fuhr Men sie an. «Ist dir klar, daß Nesiamun in Sachen seiner Tochter vom Prinzen bereits eine Audienz bewilligt bekommen hat und sich morgen bei ihm einstellen soll? Der verdächtigt seinen künftigen Schwiegersohn nicht. Außerdem ist Kamen auch verschwunden. Bei meiner Heimkehr war er fort und meine Dienerschaft in einer mißlichen Lage. Hat Paiis nicht selbst Soldaten hierhergeschickt, weil Kamen seinen Wachtposten nicht bezogen hat? Pa-Bast!» Der Haushofmeister nickte mit grimmig zusammengekniffenem Mund. «Siehst du? Ich weiß nicht, mit welchen Argumenten der General den Prinzen dazu bewogen hat, daß er sich dieses Übergriffs schuldig macht, und es ist mir auch einerlei. Kamen ist nicht hier. Und jetzt verlaßt mein Haus.»

Als Antwort winkte der Offizier seine Männer heran, und sie verteilten sich in der Halle. Einer legte die Hand an die Tür des Arbeitszimmers. Zwei gingen zur Treppe. Mit einem Aufschrei stürzte sich Men auf sie, und Pa-Bast stellte sich ihnen in den Weg. Der Offizier zog das Schwert.

In diesem Augenblick ertönte Kamens Stimme. Er stand am Kopf der Treppe. «Nicht, Vater, nicht! Gegen sie richtest du nichts aus! Das ist Wahnsinn!» Er kam heruntergelaufen und blieb vor dem Offizier stehen. «Du kennst mich, Amunmose», sagte er. «Ich bin es, Kamen, dein Kamerad. Glaubst du wirklich, ich würde die Frau entführen, die ich liebe?» Der Mann wurde rot.

«Tut mir leid, Kamen», murmelte er. «Ich führe nur meinen Befehl aus. Bei dem General könnte ich mich herausreden, aber mit dem Palast ist das eine andere Sache. Wie könnte ich es da wagen, nicht zu gehorchen. Wo hast du nur gesteckt? Wo ist Takhuru?»

«Hier bin ich.» Sie kam majestätisch die Treppe heruntergerauscht, jeder Zoll empörte Edelfrau. «Was soll das Gerede von Entführung? Ich wurde nach hier eingeladen und bin auf Besuch. Das weiß mein Vater. Hat man ihn davon benachrichtigt, daß du Kamen aus seinem eigenen Haus verschleppen willst? Ich schlage vor, du gehst zum General zurück und erklärst ihm seinen Fehler. Hoffentlich erhält er vom Prinzen eine strenge Rüge.» Sie kämpfte wacker, und ganz kurz glaubte ich, sie hätte Erfolg damit. Amunmose zögerte und war offensichtlich ratlos. Doch dann reckte er die Schultern.

«Ich habe keine Ahnung, was hier vor sich geht», sagte er, «aber das soll der Palast klären. Kamen, du mußt mitkommen, wenigstens so lange, bis dieser offenkundige Fehler berichtigt worden ist. Meine Befehle sind ganz eindeutig.»

«Nein!» schrie Takhuru. «Wenn du ihn mitnimmst, bringt man ihn um. Er wird nie bis in den Palast kommen! Wohin bringst du ihn?» Der Offizier musterte sie etwas belustigt.

«Also wirklich, Herrin», protestierte er. «Er wird verhaftet, nicht hingerichtet. Der General hat die Erlaubnis des Prinzen, ihm ein paar Fragen zu stellen. Und was dich angeht», schloß er mit Nachdruck, «so frage ich mich, warum man die ganze Stadt nach dir auf den Kopf stellt, wenn du hier zu Besuch bist. Geh heim zu deinem Vater.» Er erteilte einen knappen Befehl, und schon war Kamen von bewaffneten Begleitern flankiert. Ein weiterer Befehl, und er wurde zur Haustür geführt.

«Vater, geh sofort zu Nesiamun und dann zum Palast», rief Kamen. «Warte nicht bis morgen. Kaha, das Manuskript!» Und schon war er fort. Wir konnten uns vor Schreck nicht rühren. Takhuru fing an zu weinen.

«Ihr Götter, bin ich dumm», krächzte Men. «Pa-Bast, ich unterstelle Takhuru direkt deiner Obhut. Niemand darf sie fortholen, nicht einmal Diener ihres Vaters. Kaha, hol deinen Umhang. Wir fahren mit dem Boot zu Nesiamun.»

Ich rannte nach oben, doch ehe ich in mein eigenes Zimmer ging, um mir den Umhang zu holen, betrat ich Kamens Raum. Setau war da. «Ich brauche den Lederbeutel, den Kamen aus Aswat mitgebracht hat», sagte ich hastig. «Hol ihn mir, Setau. Das geht in Ordnung. Er hat mich gebeten, ihn dem Prinzen zu bringen, und das will ich statt morgen früh noch heute abend tun. Ich übernehme die volle Verantwortung dafür.»

«Kamen hat mir nichts gesagt, Kaha», meinte Setau, doch er ging widerstrebend zu einer von Kamens Truhen und holte den Beutel heraus.

«Er würde ihn morgen mitgenommen haben, wenn man ihn nicht verhaftet hätte», sagte ich und nahm Setau den Beutel ab. «Vertraue mir, bitte. Und hilf Pa-Bast, Takhuru zu beschützen.»

Rasch lief ich in mein Zimmer, griff mir einen Umhang und wickelte Thus Manuskript darin ein. Dann eilte ich nach unten.

Neuntes Kapitel

Men wartete bereits draußen, auch er in einen Umhang gehüllt. «Ich habe mit Shesira gesprochen», sagte er, als wir den Pfad entlanggingen. «Falls jemand kommt, der Takhuru mitnehmen will, wird sie im Kornspeicher versteckt, danach dürfen die Soldaten ungehindert das Haus durchsuchen. Eine schlimme Geschichte, das Ganze!» Ich hatte ihn eingeholt und ihn beim Arm gepackt.

«Gebieter, laß uns lieber nicht das Boot nehmen», sagte ich. «Paiis geht ganz richtig davon aus, daß es unser nächster Zug ist. Seine Männer werden dein Tor beobachten, Nesiamuns übrigens auch, und überall an den Eingängen zum Palast treiben sich seine Soldaten herum. Wir sollten uns hinten zum Garten hinausschleichen und hinter den Anwesen entlanggehen. Setz ein paar gut vermummte Diener ins Boot und laß sie zu Nesiamuns Bootstreppe rudern, aber langsam. Und natürlich dürfen sie nicht reden.»

«Gut. Warte hier», hauchte er und war schon verschwunden. Binnen kurzem war er mit Setau und einem Hausdiener zurück, beide in knöchellangen Umhängen. «Haltet eure Gesichter verdeckt, bis ihr ein gutes Stück von der Bootstreppe entfernt seid», wies er sie an. «Wenn ihr Nesiamuns Bootstreppe erreicht habt, macht ihr dort fest, aber bleibt noch ein Weilchen im Boot und tut so, als ob ihr beredet, was ihr als nächstes tun wollt. Wir sind uns nicht ganz sicher, aber wir glauben, daß General Paiis' Leute beide Anwesen überwachen.» Er klopfte ihnen freundschaftlich auf die Schulter, wandte sich ab, und ich folgte ihm ins Dunkel.

Hinten im Garten stiegen wir auf den Brunnenrand, der sich dicht an der Mauer befand, stemmten uns hoch und ließen uns auf die jenseitige, mit Abfällen übersäte Gasse hinunter. Die verlief in einer Art Biegung zu dem Nadelöhr, wo der See begann, und in der anderen Richtung zu einem großen Bezirk, wo das Heer wohnte und ausgebildet wurde. Rechter und linker Hand grenzten viele vornehme Anwesen daran, doch als Verkehrsader wurde sie nicht genutzt. Sie erstickte fast in Abfall und Müll, den faule Küchendiener einfach über die Mauern warfen, und bot verwilderten Katzen Unterschlupf. Wir wandten uns nach links, denn Nesiamun wohnte in der Nähe des Nadelöhrs unweit der Fayence-Werkstätten, deren Oberaufseher er war.

Niemand begegnete uns. Wir stahlen uns im Schatten an einem Anwesen nach dem anderen vorbei, stolperten über unbeschreiblichen Abfall und kamen nur langsam voran. Uns wollte es noch langsamer vorkommen, als es tatsächlich war, denn jede Mauer schien sich vor uns dunkel ins Unendliche zu ziehen, weil der milde Mondschein sie noch länger machte und der unebene Boden unter unseren Sandalen schwierig zu begehen war. Doch endlich blieb Men stehen und legte die Hand auf einen Lehmziegel. «Ich glaube, das hier ist es», flüsterte er. «Irgendwann habe ich den Überblick verloren. Das hier ist mit Sicherheit ein Ast von der großen Akazie, die Nesiamun nicht fällen lassen will. Kaha, steig auf meine Schultern. Du wirst Nesiamun suchen müssen. Ich bin zu alt, um noch über Mauern zu klettern.»

Ich legte mein kostbares Bündel am Fuße der Mauer nieder und streifte die Sandalen ab. Men bückte sich, und ich suchte mit einer Hand Gleichgewicht an der Mauer, dann zog ich mich hoch. Ich konnte den Ast, der über die Mauerkrone hing, so eben greifen. An dem hielt ich mich fest und spähte vorsichtig in den Garten. So weit ich sehen konnte, bewegte sich nichts. Die schmalen, sich windenden Pfade waren wie graue Bänder, die sich undeutlich durch das reglose Dickicht von Busch und Baum schlängelten. Da Schnelligkeit vonnöten war, kümmerte ich mich nicht weiter um meine ungeübten, aufbegehrenden Muskeln, sondern stützte behutsam ein Knie auf die Mauerkrone. Mein Kinn schrammte über rauhe Ziegel. Ich stieß mich ab und purzelte in das spärliche Gras auf der anderen Seite.

Wie gern hätte ich mich einen Augenblick ausgeruht, wäre wieder zu Atem gekommen, doch das wagte ich nicht. Also stand ich auf, rannte gebückt in Deckung und schlich mich dann auf das Haus zu. Und sogleich erspähte ich den ersten Soldaten. Er stand neben dem Pfad an einen Baum gelehnt und hatte die dunkle Gebäudemasse im Auge. Es fiel mir nicht schwer, ihn in seinem Rücken zu umgehen, doch ich fürchtete mich sehr, in den nächsten hineinzulaufen. Den Eingang mied ich. Dort saßen gewißlich mehrere Soldaten unter den Säulen und weitere standen zwischen See und Nesiamuns Haus verteilt. Niemand würde das Haus auf dem Hauptweg unbemerkt verlassen können.

Schließlich berührte ich die Hauswand auf der gegenüberliegenden Seite des Eingangs. Aber wie hineinkommen? Ein sportlicher Mann könnte aufs Dach klettern und sich vielleicht durch einen Windfänger quetschen, doch ich trieb keinen anderen Sport, als einmal am Tag tüchtig zu schwimmen. Dieser Aufgabe war ich nicht gewachsen. Mir fiel ein, daß es eine Treppe vom Dach zu Takhurus Räumen gab, doch um die zu benutzen, mußte ich sie erst einmal erreichen. Ich schloß die

Augen, und aller Mut verließ mich, doch nur kurz. Wenn ich die Hausmauer abgeschritten und keinen Weg ins Haus gefunden hatte, würde ich zu meinem Gebieter zurückkehren, mich geschlagen geben und dann versuchen, auch ohne Nesiamun für uns Einlaß in den Palast zu bekommen.

Doch als ich mich um die Ecke stahl, sah ich vor mir ein schwaches Lichtmuster. Es fiel aus einem brusthohen Fenster, dessen Binsenmatte heruntergelassen war. Zwischen den Ritzen drang mattes Licht hervor. Ich wartete und spähte in das Dunkel im Garten, konnte aber keine menschliche Gestalt ausmachen. Da setzte ich alles aufs Spiel, kletterte auf die Fensterbank und legte das Auge an einen Spalt. Ich blickte in Nesiamuns Arbeitszimmer, einen großen Raum, der sich im Dämmerlicht verlor. Mir gegenüber und so nahe, daß ich ihn hätte berühren können, stand Nesiamuns Schreibtisch.

Nesiamun selbst saß dahinter, vor ihm eine geöffnete Rolle, die er mit den Händen an der Kante festhielt, doch er las nicht. Er starrte vor sich hin. Vorsichtig prüfte mein Blick seine Umgebung. Anscheinend war er allein. In der Ferne, hinter der unsichtbaren Tür, hörte ich Gemurmel. Ich pochte an den Fensterrahmen. «Gebieter», rief ich leise. Er bewegte sich. Ich schob die Matte beiseite. «Gebieter, ich bin es, Kaha. Kannst du mich hören?» Eines mußte man ihm lassen, er erschrak nicht, sondern stand rasch auf und kam um den Schreibtisch herum.

«Kaha?» sagte er. «Was schleichst du dich durch den Garten? Komm durch den Haupteingang.»

«Das geht nicht», erläuterte ich rasch. «Dein Haus wird von Soldaten des Generals überwacht, niemand kommt hinein. Man hat Kamen wegen Entführung deiner Tochter verhaftet. Der General hat Prinz Ramses herumbekommen, daß er diesen Befehl erteilt. Wir müssen sofort in den Palast, sonst ermordet Paiis Kamen und kann dann in aller Ruhe nach seiner Mutter suchen, falls der Prinz ihm nicht Einhalt gebietet. Wir können nicht bis morgen warten.» Nesiamun begriff die Situation sofort. Sein Blick wurde scharf.

«Wo ist Men?»

«Der wartet hinter deiner Gartenmauer auf uns. Sein Haus wird auch beobachtet. Er bittet dich, gleich mitzukommen.» Als Antwort bückte sich Nesiamun. Ich sah, daß er sich die Sandalen zuband, und schon kletterte er durch das Fenster und stand neben mir.

Ohne weitere Worte führte ich ihn den Weg zurück, den ich gekommen war, und bedeutete ihm zu schweigen, als wir einen Bogen um den Soldaten am Pfad schlugen. Wir erreichten die große Akazie ohne Zwischenfälle, doch hier musterte er bedenklich die bedrohliche Höhe seiner eigenen Gartenmauer. «Die kann ich nicht hochklettern», sagte er barsch. «Warte.» Die Schatten verschluckten ihn, und ich hockte unruhig da, wollte auf einmal nichts wie weg von hier, doch da kam er auch schon und schleppte eine Leiter herbei. Ich beeilte mich, ihm beim Anlegen zu helfen und sie zu halten, als er hochkletterte, dann folgte ich, zog die Leiter hoch und ließ sie auf der anderen Seite herunter, so daß wir absteigen konnten. Men stand auf, er hatte an einer dunklen Stelle gesessen, und die beiden Männer begrüßten sich ernst. Ich griff mir Umhang und Beutel.

«Wir sollten uns lieber beeilen», sagte Men. «Früher oder später merken sie, daß wir ihnen durch die Finger geschlüpft sind.» Bei diesen Worten lief es mir kalt über den Rücken. Wir machten kehrt und schlugen den Rückweg ein.

Wie Geister schlichen wir uns an Mens Anwesen entlang und gingen weiter. Gelegentlich wehte über Mauern, an denen wir vorbeikamen, Musik zu uns herab. Zuweilen drang uns

Gelächter und Festlärm entgegen, doch das verklang rasch, und statt dessen raschelten überhängende Äste. Katzen, die in dieser gottverlassenen Gegend der Stadt hausten, verstohlen. Doch schließlich hatten wir das letzte Anwesen vor dem riesigen königlichen und militärischen Bezirk hinter uns gelassen und wandten uns der Stadtmitte zu.

Wortlos und einhellig machten wir einen Umweg am Re-Tempel vorbei und stürzten uns in das nächtliche Treiben, wo uns keiner kannte. Lampenlicht fiel aus den geöffneten Türen der Bierhäuser oder flackerte in den Buden der Händler, die sich bemühten, dahinschlendernde Stadtbewohner anzulokken, die den lauen Abend genossen. Doch an der Straße, die rechter Hand zum Ptah-Tempel führte, blieb Nesiamun stehen.

«Es hat keinen Zweck», sagte er. «Wir schaffen es nicht, den Palastkomplex durch einen Hintereingang zu betreten. Jeder Eingang, ob klein oder groß, ist stark bewacht, und selbst wenn wir die königlichen Söldner auf wundersame Weise umgehen könnten, würden wir immer wieder angerufen werden, ehe wir bis zum Prinzen durchdringen, und wir wissen nicht einmal, wo er sich gerade befindet. Der Palast ist ein regelrechter Irrgarten, ohne Wegweisung findet man sich nicht zurecht, und die Zeit läuft uns davon. Ich denke, wir sollten es am Haupteingang versuchen. Ich werde die Wache überreden, uns sofort dorthin zu bringen, wohin wir wollen. Falls uns dort Paiis' Soldaten auflauern, müssen sie den Soldaten des Pharaos erklären, warum man mich nicht einlassen will. Ich habe das hier mitgebracht.» Er zog eine Rolle aus den Falten seines Umhangs. «Die Einwilligung des Prinzen, mich morgen zu empfangen. Die sichert uns am Eingang zumindest ein geneigtes Ohr.»

«Sehr gut», meinte Men. «Ich fürchte für meinen Sohn, Nesiamun. Sein Tod wird mit jedem Augenblick gewisser. Sollte

Paiis obsiegen, werde ich mir nie verzeihen, daß ich Kamens Nöte so feige abgetan habe.»

Nesiamun lächelte kalt. «Und Takhuru wird mir nie verzeihen», sagte er. «Also los. Wir müssen zum Wasser.»

Wir brauchten eine ganze Stunde, bis wir die verschlungenen Straßen und Gassen hinter uns gebracht hatten und unversehens vor einer großen grünen Rasenfläche standen, auf der überall verteilt Palmen wuchsen. Dahinter lag der Residenzsee, auf dem sich dunkle Wellen kräuselten. Zu unserer Linken erhob sich die mächtige Mauer, die den ganzen Palastkomplex umgab, doch weiter hinten war sie von einem mit Bäumen gesäumten Kanal durchbrochen, auf dem die königlichen Barken vertäut lagen und die Gesandten unserem Gott entgegenfuhren. Der Kanal endete vor einer breiten, dreigeteilten Bootstreppe aus Marmor, die zu einem großen gepflasterten Hof führte. Dahinter kennzeichnete ein riesiger Pylon den Eingang zum geheiligten Bezirk.

In angespanntem Schweigen gingen wir auf den Hof zu. Eine prächtig verzierte Sänfte, die im Schein der von Sklaven gehaltenen Fackeln funkelte, stand auf dem Pflaster. Sie war leer, ihre Seidenvorhänge waren aufgezogen, und ihre Träger scharten sich zusammen und plauderten zwanglos. Sie sahen uns kaum an, als wir uns näherten und dann an ihnen vorbeigingen. Mehrere Barken wurden an der Bootstreppe vertäut. Laufplanken klapperten auf die Steine, und eine lachende Menschenmenge drängte sich an Land. Sie umringte uns, und ich schritt kurz in einer Parfümwolke und zwischen Juwelengefunkel, ehe die Menschen durch den Pylon schlenderten. Viele grüßten Nesiamun, fragten, warum er nicht festlich gekleidet und wo seine Frau sei. Die aufgereihten Wachtposten, die den Eingang bewachten, musterten sie eingehend und gaben den Weg frei.

Men packte mich beim Arm und drängte sich hinter Nesiamun, der einen der Gäste eingeholt hatte und sich eingehend mit ihm unterhielt. Die lärmende Gesellschaft umgab uns. Dann waren wir im Schatten des Pylons und auf dem Palastgelände. «Wenn heute abend ein Fest gegeben wird, ist der Prinz nicht in seinen Gemächern», sagte Men hastig. «Und stören läßt er sich dabei auch nicht gern.»

«Es ist noch zu früh», erwiderte Nesiamun. «Zu früh für den Bankettsaal. Laß uns versuchen, ihn abzufangen, ehe er seine Gemächer verläßt.»

Wir hatten eine Stelle erreicht, wo sich der gepflasterte Weg dreiteilte, wobei jeder der drei Wege sich durch Bäume zog und von Rasenflächen gesäumt war. Vor uns, auf dem mittleren, ragten Säulenreihen im Schein der vielen Fackeln rings um ihre Sockel empor wie vier rote, riesige Flammenzungen. «Die öffentliche Empfangshalle», sagte Nesiamun knapp. Wir näherten uns ihr noch immer inmitten der munteren Menge, doch wir gingen nicht durch sie hindurch. Nesiamun zog uns vor den Säulen über den federnden Rasen, doch den Weg linker Hand schlug er nicht ein. «Der führt zum Harem», sagte er. «Wir müssen zwischen Harem und Palastmauer entlang.» Er hatte uns zu einer kleinen Pforte neben den Säulen geführt, wo zwei Wachsoldaten in der blau-weißen königlichen Uniform standen und uns wachsam musterten, während wir näher kamen. Einer hob den lederbekleideten Arm, und wir blieben stehen.

«Falls ihr zum Fest wollt, so seid ihr hier falsch», sagte er. «Geht zum Haupteingang zurück.» Nesiamun reichte ihm herrisch seine Rolle.

«Ich bin der Oberaufseher der Fayence-Werkstätten», antwortete er. «Man hat mir eine Audienz bei Prinz Ramses gewährt.» Der Mann entrollte den Papyrus und überflog ihn.

«Deine Audienz ist für morgen früh angesetzt», sagte er bestimmt. «Der Prinz hat heute Gäste. Kommt zur angegebenen Zeit wieder.» Nesiamun nahm ihm die Rolle ab.

«Die Angelegenheit, die ich mit dem Prinzen zu besprechen habe, duldet keinen Aufschub», beharrte er. «Und seit der Prinz das hier unterschrieben hat, eilt sie noch mehr. Sie kann nicht warten.»

«Jeder will sofort beim Prinzen vorgelassen werden», blaffte ihn der Soldat an. «Falls du ein enger Berater oder General wärst, würde ich dich durchlassen, doch welche wichtige Angelegenheit kann der Oberaufseher der Fayence-Werkstätten zu dieser Tageszeit schon haben? Tut mir leid.» Nesiamun trat näher.

«Du machst deine Sache gut», sagte er mit Nachdruck, «und dafür sollte der Prinz dir dankbar sein. Aber wenn du uns nicht durchläßt, wirst du es bereuen. Laß wenigstens einen Herold holen. Und falls du nicht willst, tue ich es.» Der Mann wich und wankte nicht, doch nach kurzem Überlegen sagte er zu seinem Kameraden:

«Du darfst deinen Posten verlassen. Hol uns einen Herold.» Leder knarrte und Messing klapperte, dann war der Soldat im Dunkel hinter der Pforte verschwunden. Niemand bewegte sich, doch ich spürte die angespannte Ungeduld meines Gebieters. Er atmete schwer, hatte die Daumen in den Gürtel gehakt und blickte immer wieder über die Schulter zum öffentlichen Eingang zurück, wo weitere funkelnde Festgäste im Fackelschein und unter schallendem, fröhlichem Lärm hereingeströmt kamen. Nesiamun wirkte gelassen, doch wohl nur um den Soldaten zu beeindrucken, der uns den Weg vertrat. Ich wußte, daß er uns beim ersten Anzeichen von Unschlüssigkeit fortschicken würde.

Doch lange mußten wir nicht warten. Der Soldat bezog wieder Stellung vor der Pforte, und der Herold begrüßte uns. «Der Edle Nesiamun, nicht wahr?» sagte er freundlich. «Du möchtest gewiß eine Botschaft an den Prinzen überbracht haben. Du weißt, daß du für morgen auf der Audienzliste stehst.»

«Das weiß ich, aber unsere Angelegenheit duldet keinen Aufschub», erwiderte Nesiamun. «Geh zum Prinzen und sag ihm, daß ich nicht nur um das Schicksal meiner Tochter bange. Das Leben eines Königssohns ist in Gefahr. Letzteres bezeugen mein Begleiter Men, der Kaufmann, und sein Schreiber Kaha. Wir bitten darum, auf der Stelle ein paar Worte mit ihm sprechen zu dürfen.» Der Herold war gut geschult. Seine Miene veränderte sich nicht, sie zeigte weder Neugier noch Zweifel. Er verbeugte sich erneut.

«Ich rede mit dem Prinzen», sagte er. «Er ist noch in seinen Gemächern, will aber gleich zum Fest.» Damit enteilte der Herold, und wir drei zogen uns ein wenig von der Pforte zurück. Die Wachtposten begannen eine Unterhaltung und übersahen uns. Der Weg hinter uns lag jetzt ruhig da. Ab und an verirrte sich ein vereinzeltes Licht darauf, ein Diener, der wohl einen Botengang machte. Müdigkeit überfiel mich, und das Gesicht meines Gebieters wirkte in der Dunkelheit eingefallen. War Kamen noch am Leben? Ich war so müde, daß ich nicht mehr daran glaubte. All unsere Mühe war vergebens gewesen.

Der Herold brauchte lange, bis er zurückkam, doch dann nickte er den Soldaten zu, und die gaben die Pforte frei. «Ich bringe euch zum Prinzen», sagte er, «aber man hat mir befohlen, euch zu ermahnen. Falls ihr den Fall schlecht darstellt, zieht ihr euch das äußerste Mißfallen des Prinzen zu.» Seine Worte hätten mich warnen müssen, doch ich war so erleichtert, daß wir dicht hinter ihm durch die Pforte gehen durften, daß ich nicht auf sie achtete.

Es war nur ein kurzes Stück bis zu der Treppe, die an der

Außenmauer des Thronsaales hoch und zu den geräumigen Gemächern des Prinzen führte. Erst wurden wir über Rasen geleitet, folgten der Palastmauer und bogen um eine Ecke. Am Fuß der Treppe standen wiederum zwei Soldaten, doch der Herold blieb nicht stehen, und so stiegen wir hinter ihm die Treppe hoch. Oben gab es einen Vorplatz und eine Flügeltür, an die der Herold klopfte. Es wurde geöffnet, mattes Licht sickerte heraus. Wir traten ein und befanden uns am Ende eines dunklen Ganges, der sich linker Hand erstreckte. Direkt vor mir waren weitere verschlossene Türen. Der Herold klopfte erneut an, und eine scharfe, herrische Stimme rief ihn hinein. Das Licht, das dieses Mal herausströmte, war heller, und blinzelnd traten wir drei in diese Helligkeit. «Der Edle Nesiamun», kündigte ihn der Herold an. Damit verließ er uns und schloß die Tür hinter sich.

Ehe ich mich mit den anderen mit ausgestreckten Armen verbeugte, erhaschte ich einen Blick in den Raum. Er war groß und elegant. Die Wände leuchteten tiefblau und zartgelb, die Farben von Ägyptens Wüste waren hervorragend getroffen, und mir fiel wieder ein, daß der Prinz schon immer die Schlichtheit unserer Horizonte geliebt hatte und oft allein zum Nachdenken, Entspannen oder Jagen in die Wüste gegangen war. Durch diese Vorliebe hatte er sich von seinen geselligeren Brüdern abgehoben. Viele bei Hofe hatten zu der Zeit, als sein Vater noch keinen Erben ernannt hatte, versucht, ihn auszuforschen, welcher politischen Gruppierung er den Vorzug gab, und engste Berater und Machtbesessene hatten gewetteifert, sich bei allen Königssöhnen einzuschmeicheln.

Dieser Ramses hatte klug und bescheiden den Mund gehalten, hatte nur Liebe zu seinem Vater und zu seinem Vaterland gezeigt, während sich seine Brüder unverhohlen um den Horusthron zankten. Hui hatte mir vor Jahren erzählt, daß sich unter der scheinbaren Zurückhaltung und Leutseligkeit des Prinzen ein genauso hitziger Ehrgeiz wie bei seinen Brüdern verbarg, daß er jedoch schlauer und geduldiger auf sein Ziel hinarbeitete und Männer wie Frauen mit seinem Charakter für sich einnahm. Falls das stimmte, so hatte er am Ende Erfolg gehabt, denn jetzt war er Erbe und rechte Hand des Pharaos, regierte Ägypten für einen Vater, dessen Gesundheit stark angeschlagen war und der Ägypten bald in der Himmelsbarke verlassen würde. Was er auch immer an Träumen hinsichtlich Ägyptens Zukunft hegte, er behielt sie noch immer für sich. Doch es wurde gemunkelt, daß er vorsichtig Interesse für das bislang vernachlässigte Heer zeigte, dem mehr Aufmerksamkeit zuteil würde, sowie sein Vater gestorben war.

Auch seine Möbel waren schlicht und kostspielig-elegant: die Stühle aus Zedernholz und mit Gold eingelegt, das Kohlebekken in der Ecke aus polierter Bronze, der dreiteilige Schrein enthielt die Bildnisse von Amun, Mut und Khonsu aus Gold mit Einlegearbeiten aus Fayence, Karneol und Lapislazuli. Überall standen Lampen, auf dem vollgestellten Schreibtisch, den wenigen Tischchen und in den Ecken. Neben dem Schreibtisch saß ein Schreiber mit gekreuzten Beinen und musterte uns ungerührt, als wir uns aus unserer Verneigung erhoben.

Doch ich hatte keine Augen für ihn, ja, nicht einmal für den Prinzen, denn es war noch ein anderer Mann im Raum, der sich lässig auf einem der zierlichen Stühle räkelte. Er stand langsam auf, und die Bewegung war so anmutig und vertraut, daß mich der Schreck durchzuckte. Ich hörte, wie Men erstickt aufstöhnte. Mein Herz fing an zu hämmern, während ich darauf wartete, daß der Prinz etwas sagte und uns aus unserem schrecklichen Schweigen erlöste.

Paiis betrachtete uns mit dem Anflug eines Lächelns auf den geschminkten Lippen.

«Sei gegrüßt, Nesiamun», sagte der Prinz gütig. «Ich sollte zwar erst morgen das Vergnügen haben, dich zu sehen, aber der Herold hat irgendeinen Unsinn über einen Königssohn in Gefahr gebrabbelt und daß du mir die Tür einschlägst. Auf General Paiis' Empfehlung hin habe ich bereits einen Haftbefehl für deinen Sohn ausgestellt, Men, darin beschuldigt man ihn der Entführung deiner Tochter, Nesiamun, und es ist nur noch eine Frage der Zeit, bis Paiis' Männer aus ihm herausgeholt haben, wo sich das Mädchen befindet, daher ist mir nicht klar, warum ihr hier seid, aber bringt eure Sache rasch vor. Ich bin hungrig.»

«Was die Entführung angeht, Prinz», sagte Nesiamun jetzt, «so hat der General voreilig gehandelt. Meine Tochter weilt ohne meine Erlaubnis als Gast in Mens Haus, und ich bitte dich, den Haftbefehl sofort aufzuheben. Die ganze Sache war ein Mißverständnis.»

«Ach ja?» kam der Prinz dazwischen. «Warum durchkämmt dann die ganze Polizei von Pi-Ramses die Stadt nach ihr?»

«Ich habe um Hilfe gebeten, als Takhuru nicht in meinem Haus zu finden war», antwortete Nesiamun gelassen. «Da habe ich noch nicht gewußt, daß sie bei ihrem Verlobten ist. Sie ist ohne eine Nachricht fortgegangen. Ich bin sehr böse auf sie.»

«Das kann ich mir denken.» Die fein gezeichneten königlichen Brauen hoben sich. «Dann hat sich dein Sohn, Men, also weiter nichts als übermäßige Liebesglut zuschulden kommen lassen?» Er wandte sich an Paiis, der die mit Armbändern geschmückten Arme verschränkt hatte. «Auch der junge Mann galt vorübergehend als vermißt, nicht wahr? Er hat seinen Wachtposten auf deinem Anwesen nicht bezogen?»

«So ist es, Prinz», sagte Paiis honigsüß. «Er hat sich als vollkommen unzuverlässig erwiesen. Schließlich konnte ich ihn bis zum Haus seines Vaters zurückverfolgen, wo er die Herrin

Takhuru gefangenhielt. Men hat nicht gewußt, daß sie bei ihm war.»

«Du Mistkerl», schrie Men. «Alles gelogen! Alles! Wo ist mein Sohn? Lebt er noch?»

«Warum in aller Götter Namen sollte er nicht mehr leben?» fragte der Prinz gereizt. «Und du.» Er zeigte auf mich. «Dich kenne ich nicht. Was hast du hier zu suchen?» Auf einmal herrschte Stille. Paiis lächelte jetzt unverhohlen, doch seine Augen ruhten auf mir und blickten kalt.

Mein großer Augenblick war gekommen. Ich holte tief Luft und trennte mich endlich und endgültig von meiner Vergangenheit.

«Ich bitte um Nachsicht, Prinz», sagte ich. «Ich bin Kaha und Schreiber bei Men, meinem Gebieter. Es ist wohl an mir, daß ich mit einer Geschichte beginne, die lang werden wird, doch ehe ich anfange, eine Frage. Hast du diese Namen schon einmal in einem bestimmten Zusammenhang gehört: der Seher Hui, die Generäle Paiis und Banemus, der königliche Oberhofmeister Paibekamun, die Herrin Hunro?» Der Prinz zog ratlos die Brauen zusammen und wollte bereits den Kopf schütteln, als er innehielt. Seine Miene hatte sich verändert, war steinern geworden, doch seine mit Khol umrandeten Augen blickten wachsam.

«Ja», blaffte er. «Sprich weiter.»

Und das tat ich. Mit Thus Manuskript in der Hand erzählte ich alles. Während meines Berichts kamen und gingen Diener, stutzten unauffällig die Dochte und stellten Wein und Honigkuchen vor uns hin. Niemand aß. Ramses lauschte aufmerksam, verriet nichts von seinen Gedanken, während meine Stimme den Raum erfüllte. Nesiamun und Men standen mit gesenktem Kopf, in ihre eigenen Gedanken versunken. Paiis hörte mit zusammengekniffenen Augen und schmalem Mund zu, und da wußte ich, wenn es mir nicht gelang, den Prinzen von der Wahrheit zu überzeugen, würde der General sofort und rücksichtslos Rache nehmen. Ich hatte Angst, aber ich bemühte mich weiter.

Jemand kam an die Tür, wurde eingelassen und begann zu reden, doch der Prinz hob die juwelengeschmückte Hand. «Später», sagte er und wandte mir wieder seine Aufmerksamkeit zu. Als ich dann mit meinem Teil der Erzählung fertig war, wackelte der königliche Schreiber verstohlen mit den verkrampften Fingern, und auf allen Lampen war Öl nachgegossen worden.

Ramses musterte mich eingehend. Er verzog die hennaroten Lippen. Dann wandte er sich entschlossen an den General. «Eine sehr interessante Geschichte», sagte er im Plauderton. «Länger und komplizierter als die Geschichten, die meine Kinderfrau mir immer erzählt hat, aber genauso fesselnd. Paiis, was hältst du davon?» Paiis tat sie mit einem Zucken der breiten Schultern verächtlich ab.

«Ein Wunder an Einfallsreichtum und mit ein paar Fäden Wahrheit durchwirkt, was der Geschichte einen giftigen Stachel verleiht, Prinz», antwortete er. «Ich kannte diesen Mann, als er noch in Diensten meines Bruders stand. Selbst damals schon war er unzuverlässig und geschwätzig. Du mußt wissen, daß die Frau, die vor Jahren versucht hat, den Einzig-Einen zu ermorden, ihre Verbannung verlassen hat und irgendwo in der Stadt frei herumläuft. Ich glaube, daß sie sich mit Kaha verbündet hat, um die anzuschwärzen, die einmal gut zu ihr gewesen sind, und durch Lügen Begnadigung erlangen möchte. Das Lügenmärchen haben sich die beiden ausgedacht.»

«Und warum sollte er dergleichen tun?» Ramses verschränkte die Arme. Jetzt blickte er Paiis nicht mehr an. Sein

Blick war in die hinterste Ecke des hell erleuchteten Raumes gerichtet.

«Weil er seit Jahren in sie verliebt ist», antwortete Paiis prompt. «Sie hatte die Gabe, die niederen Gefühle der Männer anzusprechen, und die hat sie offensichtlich nicht verloren.» Ein eigenartiger Ausdruck huschte über das Gesicht des Prinzen, ja, verzog er es etwa schmerzhaft?

«Ich erinnere mich gut an sie», sagte er und mußte sich räuspern. «Eine Nebenfrau meines Vaters und sein Verderben. Man hatte mich mit der Untersuchung ihrer Schuld beauftragt. Es wurden keine Beweise gefunden, daß noch irgend jemand in das Verbrechen verwickelt war.» Seine Augen ließen von der Decke ab, wanderten zu mir und ruhten dann auf mir. «Warum war das so, falls deine Geschichte wahr ist?» Das wirkte auf mich wie eine dümmliche Frage, doch ich wußte, daß dieser Prinz alles andere als dumm war. Er wollte, daß ich etwas in Worte faßte.

«Weil der Oberhofmeister Paibekamun den Krug mit dem vergifteten Massageöl nicht fortgeworfen, sondern behalten, ihn dir übergeben und Thu damit die ganze Schuld zugeschoben hat, Prinz.»

«Thu», wiederholte er. «Ja. O ihr Götter, sie war schön! Und was hast du gelogen, Schreiber Kaha?» Ich wagte einen Blick zum General. Der stand mit den Händen auf dem Rücken und steif gespreizten Beinen, als wäre er auf dem Exerzierplatz und drillte Soldaten.

«Mach nur weiter, Kaha», sagte er. «Leiste einen Meineid um einer Liebe willen, die längst Vergangenheit geworden ist. Lüge für diese Bäuerin aus Aswat.» Mich überkam der Zorn, und der besiegte meine Angst vor ihm.

«Ich habe in der Vergangenheit aus Treue zu dir und dem Seher gelogen», erwiderte ich hitzig. «Aus Treue, General!

Aber ich bin Schreiber und habe noch immer Ehrfurcht vor der Wahrheit. Glaubst du, es fällt mir leicht, hier zu stehen in dem Wissen, daß ich nur ein ganz kleiner Fisch in einem Fluß voller Krokodile bin? Daß man mich fressen kann, während sich die Mächtigen weiter frei im Wasser tummeln? Mit dir wird man nachsichtiger sein als mit mir, wie abscheulich dein Verbrechen auch immer sein mag.»

«Friede, Kaha», schaltete sich der Prinz freundlich ein. «Ägyptisches Recht gilt ohne Ansehen der Person für Edelleute wie für gewöhnliche Menschen. Du hast von der Gerechtigkeit nicht mehr zu befürchten als Paiis.» Ich fiel auf ein Knie.

«Dann stelle es unter Beweis, Prinz!» rief ich. «Denn ich habe gelogen. Mein Gebieter Hui hat deinen Ermittlern gesagt, daß Thu ihn um Arsen gegen Würmer in den Eingeweiden gebeten und er nicht geargwöhnt hätte, daß sie es für deinen Vater haben wollte. Mir aber hat er mit großer Genugtuung erzählt, daß er wüßte, wie es wirklich verwendet werden sollte, und daß ganz Ägypten jubeln würde, wenn es den königlichen Parasiten los wäre.» Ich geriet ins Stocken. «Verzeihung, Prinz, aber das waren seine Worte. Ich bin darin geschult, solche Dinge genau im Gedächtnis zu behalten. Als man mich fragte, was ich über die Sache wüßte, wiederholte ich die Lüge meines Gebieters. Und ich habe auch hinsichtlich des Aufenthaltsortes meines Gebieters in jener Nacht, in der dein Vater fast gestorben wäre, gelogen. Hui hat alle im Haus angewiesen, sie sollten aussagen, er wäre für eine Woche nach Abydos gereist, um sich mit den Osiris-Priestern zu beraten, und wäre erst zwei Tage nach dem Mordversuch zurückgekehrt. Das war eine Lüge. Er war die ganze Zeit zu Hause, und er hat Thu das Arsen gegeben, mit dem sie den Vollkommenen Gott in der Zeit vergiften sollte, in der er angeblich nicht daheim war.» Ich stand auf.

«Dein Wort allein dürfte nicht genügen», sagte Ramses. «Dennoch werde ich die Sache nicht auf sich beruhen lassen.» Er bückte sich und flüsterte mit seinem Schreiber. Der Mann stand auf, verbeugte sich und verließ den Raum. Der Prinz wandte sich an Men. «Und du», sagte er. «Was hast du mit dem Ganzen zu tun?»

«Das ist recht einfach, Prinz», sagte Men. «Mein Sohn Kamen ist ein angenommenes Kind. Seine wahre Mutter ist ebendiese Thu, und sein Vater ist dein Vater. Er ist dein Halbbruder. Das Schicksal hat sie in Aswat zusammengeführt. Sie hat ihm ihre Geschichte erzählt, und seitdem hat der General versucht, beide umzubringen, denn er hat Angst, daß ein gemeinsames Zeugnis für ihre Ehrlichkeit spricht.» Paiis lachte schallend, aber es klang gar nicht lustig, und der Prinz gebot ihm mit einer heftigen und herrischen Geste Schweigen.

«Das ist also aus Thus Kind geworden», sagte er. «Zuweilen habe ich mich danach gefragt, aber mein Vater hat die Sache für sich behalten. Ich wiederhole meine Frage von vorhin. Welche Beweise gibt es für diese üble Beschuldigung?»

«Wenn Kamen hier wäre, was er auch wäre, wenn der General ihn nicht verhaftet hätte», antwortete Men, «würde er dir das besser erzählen können als ich. Der General hat deinen Bruder in den Süden, nach Aswat, als Begleitschutz ausgerechnet des Mannes geschickt, der ihn ermorden sollte. Kamen argwöhnte, was der Mann im Schilde führte, doch sicher war er sich erst in dem Augenblick, als dieser Thu angriff. Da hat Kamen ihn getötet. Seine Leiche ist in Thus Hütte in Aswat vergraben. Wenn du Männer hinschickst, Prinz, werden sie alles so vorfinden, wie ich gesagt habe.»

«Paiis», sagte Ramses. «Hast du irgendwelche Einwendungen, wenn ich tue, worum der Kaufmann bittet?»

«Prinz, du willst dich doch nicht auf diesen Aberwitz einlassen?» erwiderte Paiis, und zum ersten Mal merkte ich, daß die Maske seiner Selbstsicherheit zu bröckeln begann. Auf seiner Oberlippe standen Schweißperlen, und er blickte ängstlich zur Tür. «Das ist doch alles nur ausgedacht.»

«Das ist keine Antwort.» Der Prinz deutete auf den Beutel, den ich mir jetzt über die Schulter geschlungen hatte. «Was hast du mitgebracht, Kaha?» Eigentlich wollte ich ihn noch nicht herausrücken, nicht ehe ich wußte, ob Paiis nicht doch noch siegen würde, aber ich hatte keine andere Wahl. Widerstrebend stellte ich ihn zu Boden und öffnete ihn.

«Thu hat die letzten siebzehn Jahre mit der Niederschrift ihres Sturzes zugebracht, angefangen mit der Zeit, als der Seher sie aus Aswat mitgenommen hat», sagte ich. «Sie hat sie Kamen gegeben und ihn gebeten, sie dem Pharao zuzuspielen, so wie sie vor ihm schon viele Reisende gebeten hatte. Sie wußte nicht, daß sie mit ihrem Sohn sprach. Kamen hat sie mitgenommen, und als guter Offizier ist er damit zu seinem Vorgesetzten gegangen, nämlich zum General. Das Manuskript ist verschwunden. Aber Thu ist klug. Sie hatte eine Abschrift angefertigt.» Ich hob sie hoch und reichte sie ihm. «Gib gut darauf acht, Prinz. Es ist ein fesselndes Dokument.» Ramses nahm es und lächelte. Bei dem Anblick überlief es mich kalt, denn seine ganze göttliche Macht, sein ganzer Scharfblick offenbarten sich im langsamen Öffnen der geschminkten Lippen.

«Ihr dürft euch setzen, allesamt», sagte der Prinz. «Nehmt ein paar Erfrischungen zu euch, während wir warten. Es sieht so aus, als würde heute abend nichts aus meinem Fest.» Er schnipste mit den Fingern, und ein Diener eilte herzu. Ich wollte mich nicht setzen. Ich stand zu sehr unter Spannung. Doch gehorsam ließ ich mich auf einen Stuhl sinken, und meine beiden Begleiter taten es mir nach. Niemand wagte zu fragen, worauf wir warteten. «Du auch, Paiis», sagte der Prinz schroff. «Da drüben.» Er zeigte auf einen Stuhl neben seinem Schreibtisch, und ich atmete auf, als ich sah, daß er am weitesten entfernt von der Tür war. Paiis hatte es auch gemerkt. Er zögerte kurz, dann ließ er sich nieder und schlug die Beine über.

Dem Prinzen schien das darauffolgende Schweigen nichts auszumachen. Er setzte sich hinter seinen Schreibtisch, entrollte einen der zahlreichen Papyri und begann zu lesen, während wir ängstlich zusahen. Der Diener schenkte Wein in silberne Pokale ein und reichte Honigkuchen herum. Wir tranken einen Schluck. Auf einmal fragte Ramses, ohne aufzublicken: «Paiis, lebt mein Bruder noch?»

«Aber natürlich, Prinz», erwiderte Paiis etwas entrüstet, womit er aber niemanden täuschen konnte.

«Gut», knurrte der Prinz. Und wieder herrschte Schweigen.

Ungefähr eine Stunde verging, bis sich die Tür öffnete und der Schreiber hereingeeilt kam. Er umklammerte eine Rolle. Mit einer Verbeugung näherte er sich dem Schreibtisch. Der Prinz bewegte sich nicht. «Ich bitte um Vergebung, Prinz», sagte der Mann, «aber in den Archiven war niemand mehr, ich mußte den Archivar erst suchen. Er war auf dem Fest und in der Menschenmenge schwer zu finden. Und dann hat er auch noch einige Zeit gebraucht, bis er die Rolle gefunden hatte, die du haben wolltest. Aber hier ist sie.» Ramses nickte.

«Lies sie uns vor», sagte er. Der Schreiber entrollte sie.

«Sei gegrüßt, Herr allen Lebens, Göttlicher Ramses», hob er an. «Mein liebster Gebieter. Fünf Männer, darunter auch Dein erlauchter Sohn Prinz Ramses, sitzen noch immer wegen eines schrecklichen Verbrechens über mich zu Gericht. Nach dem Gesetz darf ich mich nicht selbst verteidigen, aber ich darf Dich, den Wahrer der Maat und höchsten Richter Ägyptens, bitten, Dir anzuhören, was ich Dir zu meiner Verteidigung zu sagen habe. Darum flehe ich Dich um der Liebe willen an, die Du einst für mich empfunden hast, erinnere Dich an alles, was wir geteilt haben und erlaube mir, ein letztes Mal bei Dir vorgelassen zu werden. Es gibt in dieser Sache Dinge, die ich nur Dir allein offenbaren möchte. Mögen auch alle Verbrecher das gleiche behaupten, um ihr Schicksal abzuwenden, ich versichere Dir, mein König, daß ich benutzt wurde, und das mindert meine Schuld. Du hast ein feines Gespür für solche Dinge, daher nenne ich Dir folgende Namen.»

Der Schreiber hielt inne. Und da begriff ich jählings, was ich hörte, und der Atem stockte mir. Mein unbestimmter, aber nicht abzuweisender Verdacht hatte sich bestätigt, der Pharao wußte, wer die Verschwörer waren, hatte es all die langen Jahre gewußt, weil Thu es ihm gesagt hatte. In ihrer abgrundtiefen Angst hatte sie einem Schreiber die Namen zugeflüstert, und der hatte sie pflichtschuldigst zum König getragen. Darum war sie mit dem Leben davongekommen. Es hatte zwar keine Beweise gegeben, doch als gnädiger Gott hatte Ramses das zu Thus Gunsten ausgelegt. Sie hatte ihr verzweifeltes letztes Flehen elegant formuliert, und auf einmal war ich stolz. Ich hatte sie gut ausgebildet. Dabei mußte ich einen Laut gemacht haben, denn der Prinz wandte mir den Kopf zu.

Mit halbem Auge konnte ich Paiis sehen. Der räkelte sich nicht mehr auf dem Stuhl. Er saß aufrecht, hielt die Knie mit den Händen umfaßt und sah sehr blaß aus. Der Schreiber fuhr fort zu lesen, zählte die Namen derer auf, die meinen jugendlichen Übereifer und meine Phantasie entzündet und ein wißbegieriges Mädchen aus Aswat verdorben hatten. Hui, der Seher. Paibekamun, der Oberhofmeister. Mersura, der Iri-pat. Panauk, Schreiber im Harem. Pentu, Schreiber im Doppelhaus des Lebens. General Banemus und seine Schwester, die Herrin

Hunro. General Paiis. Mich und ihre Leibdienerin Disenk hatte sie nicht auf die Liste der Verschwörer gesetzt, obwohl ihr klar sein mußte, welche Rolle wir beide bei ihrer Ausbildung gespielt hatten. Vielleicht hatte sie flüchtig Mitgefühl mit uns verspürt, weil wir wie sie waren, aus dem niederen Volk und ohne Aussicht auf Rettung, auf die Leute von höherer Geburt hoffen durften. «Ich flehe die Majestät an, mir zu glauben, daß diese Edelmänner, die zu den mächtigsten in Ägypten zählen, Dich nicht lieben, sondern versucht haben, Dich durch mich zu vernichten. Sie werden es erneut versuchen.» Der Prinz gebot dem Mann Schweigen.

«Das reicht», sagte er, erhob sich, ging um den Schreibtisch herum und setzte sich auf die Kante. «Diese Rolle hat Thu aus Aswat vor ungefähr siebzehn Jahren drei Tage vor ihrem Todesurteil diktiert», fuhr er im Plauderton fort. «Mein Vater hat sie gelesen und sie deswegen in die Verbannung geschickt, statt in die Unterwelt, und das war mehr, als sie, glaube ich, verdient hatte. Er ist ein gerechter König und würde einer Hinrichtung nicht zustimmen, solange es noch den Schatten eines Zweifels an der Schuld des Verbrechers gibt. Später hat er mir dann die Rolle gezeigt. Wir haben aufgepaßt und gewartet, aber es gab keinen weiteren Mordversuch auf das Leben des Erhabenen, und da hat er sich allmählich gefragt, ob sie gelogen hätte und er sie doch lieber hätte sterben lassen sollen.»

Die königliche Wade fing an zu wippen, daß die Perlen aus Jaspis und grünem Türkis auf seinen Sandalen bei jeder Bewegung im Licht auffunkelten und glitzerten. Er spreizte die Finger und drehte die hennaroten Handflächen nach oben. So hätte er auch eine Regierungsangelegenheit oder eine Jagdtechnik darlegen können, dieser gutaussehende Mann mit den dunklen Augen und dem vollendet gebauten Körper, doch er führte niemanden von uns hinters Licht. Er war der Falke-im-Nest, und ausgerechnet seine bescheidene Haltung und sein Plauderton betonten noch seine Unbesiegbarkeit. Er war der Herr über unser Schicksal, und wir alle wußten es.

«Nun gut», fuhr Ramses fort. «Wenn es sich um ein geringeres Verbrechen handelte, das vor langer Zeit begangen wurde, könnte ich die Sache vielleicht auf sich beruhen lassen und das damit begründen, daß die Zeit und ein allmählicher Reifeprozeß eine Bestrafung sinnlos machen. Doch Hochverrat und versuchter Königsmord, darüber kann man nicht so einfach hinweggehen.»

«Prinz, es gibt keinerlei Beweise für die Schuld jedes in der Rolle Benannten!» unterbrach ihn Paiis. «Nichts als die Worte einer neidischen und verbitterten Frau!» Ramses fuhr zu ihm herum.

«Neidisch und verbittert?» wiederholte er. «Schon möglich. Aber welcher Mensch lügt schon unter dem zermalmenden Druck des sicheren Todes? Ich glaube, keiner, wenn er oder sie weiß, daß der Tag des letzten Gerichts nahe herbeigekommen ist.» Jetzt ließ er sich vom Schreibtisch gleiten, lehnte sich dagegen und verschränkte die Arme. «Was ist, wenn Thu die Wahrheit gesagt hat?» überlegte er laut. «Und Kaha hier auch? Was ist, wenn es Verschwörer gibt und wenn diese Verschwörer nach ihrem Fehlschlag abwarten, bis ein neuer Pharao den Thron besteigt? Und was ist, wenn sie finden, daß die neue Inkarnation des Gottes auch nicht nach ihrem Geschmack ist, General Paiis? Was ist, wenn ihnen Königsmord zur Gewohnheit wird? Nein. Das kann ich nicht auf sich beruhen lassen.» Er richtete sich zu voller Größe auf und reckte die Schultern. Dann winkte er einen der geduldigen Diener herrisch mit dem Finger herbei. «Hol mir einen meiner Kommandeure», befahl er. «Und du», damit zeigte er auf einen anderen, «du gehst in den Bankettsaal und sagst meiner Frau, daß ich heute nicht öffentlich speise. Dann gehst du zu meinem Vater, und wenn er noch nicht schläft, sagst du ihm, daß ich mich später noch mit ihm besprechen muß.» Die beiden Männer eilten davon. Paiis rutschte zur Stuhlkante.

«Prinz, ich bin der dienstälteste Kommandeur hier in Pi-Ramses», sagte er. «Du brauchst keinen anderen holen zu lassen. Erteile mir Befehle.» Der Prinz lächelte und hob den Weinpokal.

«Wohl kaum, General Paiis», sagte er sanft. «Nicht dieses Mal.» Er trank nachdenklich, kostete den Wein, dann fuhr er sich mit der Zunge über die Lippen. «Vergib mir, aber mein Vertrauen in dich ist vorübergehend erschüttert.»

«Das ist ein Tadel.»

«Dann bete darum, daß es bei einem Tadel bleibt!» schrie der Prinz. Das schien Paiis nicht zu beeindrucken. Eine Braue zuckte, er klopfte sich zweimal auf den Schenkel und setzte sich wieder. Widerwillig bewunderte ich seine Selbstbeherrschung.

Kurz darauf erschien der Kommandeur. Forsch näherte er sich dem Prinzen und machte seine Verbeugung mit ausgestreckten Armen, dann stand er stocksteif und wartete auf seine Befehle. Ich sah, wie sein Blick zum General huschte, ehe er sich wieder auf Ramses' Gesicht richtete. «Du nimmst dir zwanzig Mann aus meiner Horus-Division», sagte Ramses mit Nachdruck. «Begleite General Paiis zu seinem Anwesen. Er steht unter Hausarrest.» Die Miene des Mannes veränderte sich nicht, doch ich sah, wie seine kurzen Finger jäh den Schwertgriff umfaßten. «Falls weitere Männer erforderlich sein sollten, um ihn dort festzusetzen, dann ordne welche ab. Der General darf seine Aruren nicht verlassen, sonst droht ihm die schlimmste Disziplinarstrafe. Du bleibst an seiner Seite, bis sein Anwesen durchsucht ist und ihr Kamen, den Sohn des Kaufmanns Men, gefunden habt. Kamen wird mit Achtung behandelt und auf der Stelle hierher zu mir gebracht. Desgleichen sollen zwanzig Soldaten das Anwesen des Sehers umzingeln. Er steht auch unter Hausarrest. Schick zu den Haremswachen und dem Hüter der Tür und richte ihnen aus, daß die Herrin Hunro auf keinen Fall den Palastbezirk verlassen darf. Das gleiche gilt für den Iri-pat Mersura und den Schreiber Panauk. Pentu, der Schreiber, der seinem Gewerbe im Doppelhaus des Lebens nachgeht, soll zum Verhör ins städtische Gefängnis gebracht werden.»

Da Ramses allein Pentu gleich ins Gefängnis schickte, hatte er mit untrüglicher Sicherheit das schwache Glied in der Kette der Verschwörer erkannt, und er wußte es. Pentu hatte wie ich keinerlei Unterstützung in den höheren Rängen der Mächtigen und würde zusammenbrechen, wenn man ihn unter Druck setzte. Er war für Hui und die anderen wenig mehr als ein Bote gewesen, hatte ihre Häuser nur selten betreten und die Nachrichten, die er überbringen sollte, nur aus zweiter Hand, nämlich von ihren Haushofmeistern, erhalten. Ich hatte ihn während meiner Zeit bei Hui kaum mehr als zweimal gesehen und Thu wahrscheinlich überhaupt nicht. Er hatte sich nur durch Mundhalten schuldig gemacht, doch er wußte mehr, als gut für ihn war. Der Prinz hatte einen feinsinnigen Scharfblick bewiesen, und wir hatten die erste Runde gewonnen, Kamen, Thu und ich. Wir hatten gesiegt!

«Entsende einen Hauptmann, dem du vertraust, nach Nubien», sagte Ramses jetzt knapp. «Er soll General Banemus ausrichten, daß auch er unter Arrest steht und seinen Posten nicht verlassen darf, ehe Ersatz für ihn gefunden ist. Dann soll er unter Bewachung nach Pi-Ramses zurückgebracht werden. Die Soldaten meiner Division sollen der städtischen Polizei bei der Suche nach einer Frau helfen, einer Thu aus Aswat. Zweifellos hat die Polizei eine Beschreibung von ihr. Oder hast du die auch schon, Paiis?» Der Prinz machte sich nicht einmal die Mühe, den General dabei anzusehen.

«Nein.» Mehr sagte Paiis nicht.

«Sie soll in den Harem gebracht und gut bewacht werden. Sind meine Befehle klar? Wiederhole sie. Und noch etwas. Schick einen Offizier und Männer nach Aswat. Sie sollen eine Leiche ausgraben und nach Pi-Ramses bringen, die sie wahrscheinlich unter dem Fußboden der Hütte ebendieser Thu finden. Ich werde ein Beglaubigungsschreiben für Nubien aufsetzen und eines für den Offizier, der Hui unter Hausarrest stellt.» Der Befehlshaber wiederholte die Worte, wurde vom Prinzen entlassen, salutierte und entfernte sich. Doch er war bald wieder da, und der Raum füllte sich mit Soldaten. Paiis wartete nicht ab, daß man ihn fortzerrte. Er stand auf.

«Du machst einen schlimmen Fehler, Prinz», sagte er kühl, und die Augen, mit denen er seinen Vorgesetzten anblickte, waren wie schwarzes Glas. Jetzt sah ihm Ramses endlich mitten ins Gesicht.

«Mag sein», sagte er, «und falls es sich so verhält, wird man dich freisprechen, du bekommst dein Amt zurück und genießt erneut mein Vertrauen. Falls du ein reines Gewissen hast, findest du gewißlich Trost in dem Gedanken, daß dich die Maat rechtfertigen wird. Aber ich glaube es nicht, General», schloß er im Flüsterton. «Nein, ganz und gar nicht.» Ganz kurz blitzte in Paiis' Augen purer Haß auf, und das offenbarte mir in ihrer ganzen Nacktheit den Neid, den Ehrgeiz und die kleinliche Überheblichkeit, die ihn sein Leben lang verzehrt und ihn bis hierher geführt hatten. Es hatte ihm nicht gereicht, aus einer der ältesten und angesehensten Familien Ägyptens zu stammen. Paiis wollte herrschen. Paiis strebte mit Hilfe des Heeres nach dem Thron.

Der Prinz und der General blickten sich an, dann entspannte sich Ramses. «Bringt ihn in sein Haus», sagte er. Wir sahen zu, wie die Soldaten Paiis umringten und ihn zur Tür schoben. Ich hatte einen Abschiedsblick oder bissige Worte von ihm erwartet, doch er sagte nichts, und gleich darauf war der Raum leer. Der Prinz wandte sich an uns. «Und ihr, Nesiamun, Men und Kaha, ihr geht auch nach Hause», sagte er. Auf einmal sah er sehr müde aus. «Ich bringe meinem Vater Thus Manuskript, wir werden es zusammen lesen. Wenn ich mit meinem Bruder gesprochen habe, schicke ich ihn zu seiner Verlobten zurück. Geht jetzt.»

«Ich danke dir, Prinz», sagte Men. «Ich danke dir aus tiefstem Herzen.» Wir standen sofort auf, verbeugten uns und traten hinaus in die Nacht. Nesiamun atmete die duftende Luft tief ein.

«Das tut gut», sagte er aufseufzend. «Aber mir will es vorkommen, als wäre ich in den paar Stunden um zehn Jahre gealtert. Du bist für deine Beteiligung an dem Ganzen nicht verhaftet worden, Kaha. Vielleicht begnadigt man dich.»

«Vielleicht», antwortete ich und folgte meinem Gebieter hinaus in die Dunkelheit.

Dritter Teil

THU

Zehntes Kapitel

An dem Nachmittag, als ich Nesiamuns Haus verließ, war es noch immer heiß, aber durchaus nicht unangenehm. Rasch ging ich den Weg am See entlang und kam mir dabei in dieser eleganten, stillen Gegend nackt und bloß vor. Ich hatte Kamen vorgemacht, daß ich keine Angst vor der Stadt hätte, doch das war gelogen, um ihn zu beruhigen. Ich kannte Pi-Ramses kaum. Als ich noch bei Hui lebte, war mein Tagesablauf streng geregelt gewesen, meine Bewegungsfreiheit auf Haus und Garten beschränkt. Alles andere blieb mir verschlossen. Daher kuschelte ich mich nachts immer vor meinem Fenster zusammen, nachdem Disenk die Lampe gelöscht und sich auf ihrer Matte vor meiner Tür zur Ruhe begeben hatte. Ich starrte durch das Geäst der Bäume hinaus in das Dunkel und fragte mich, was wohl dahinter liegen mochte.

Natürlich war ich auf meinem Weg aus Aswat mit dem Boot durch die Stadt gekommen, doch da war ich aufgeregt und eingeschüchtert gewesen, und das Vorbeiziehende war in meiner Erinnerung nur ein Gewirr von Farbe, Form und Lärm. Es hatte nichts mit dem zu tun, was vorher oder hinterher war. Zuweilen wurden Gelächter und laute Unterhaltung vom unsichtbaren See bis zu mir geweht. Von Zeit zu Zeit erreichte mich Fackelschein, der auf einer erleuchteten Barke aufflakkerte, die allzu schnell an Huis Pylon vorbeiglitt, und so wurden Huis Mauern schließlich die Grenzen meiner Wirklichkeit, und die Stadt kam mir wie ein Traumbild vor: Sie war da und entzog sich mir zugleich.

Später hatte man mich in den Palast gebracht, damit ich den Pharao behandelte. Hui und ich waren in einer Sänfte getragen worden. Ich hatte ihn gebeten, die Vorhänge nicht zuzuziehen, und er hatte es erlaubt, doch ich hatte nur den Weg am Fluß gesehen mit seinem spärlichen Verkehr und der Sonne auf dem Wasser und mit noch mehr Anwesen und noch mehr Bootstreppen. Als ich in den Harem aufgenommen wurde, nahmen Disenk und ich denselben Weg. Das Herzstück der Stadt lernte ich später gut kennen, nämlich den ausgedehnten, vielschichtigen Bezirk mit Palast und Harem, doch die Gegenden, die ihn mit ihren vielen Zuflüssen speisten, blieben mir unbekannt.

Hunro hatte mich einmal auf die Märkte mitgenommen, doch da hatten wir in unserer Sänfte geruht und geplaudert, waren zwar einige Male ausgestiegen und hatten die zum Kauf feilgebotenen Waren befühlt, aber ich hatte nicht auf die Straßen geachtet, durch die sich unsere Begleitmannschaft einen Weg gebahnt hatte. Warum auch? War ich nicht die verhätschelte und behütete Herrin Thu, deren weiche Fußsohlen niemals die ausgefahrenen, glühheißen Straßen betreten mußten, auf denen der Rest der Bevölkerung herumwimmelte, und würde es nicht immer Soldaten und Diener geben, die die Kluft zwischen mir und dem Staub und Gestank von Pi-Ramses bereitwillig durchquerten?

Immer. Mit einem Ruck kam ich zu mir und verzog das Gesicht. Immer war eine lange Zeit. Die hübschen Sänften gab es nicht mehr, die Soldaten und Diener waren abgezogen, und jetzt stand ich im Begriff, diese Kluft selbst und auf Füßen zu durchqueren, die durch jahrelange Vernachlässigung so schwielig geworden waren, daß sie dabei nicht mehr schmerzten. Der Pharao hatte bestimmt, daß ich in meiner Verbannung ohne Sandalen gehen sollte, und zwar für immer, und das war die schlimmste Schande, denn Reichtum und Stellung einer Edelfrau ließen sich an vielen Dingen ablesen, doch der Zustand ihrer Füße war der endgültige Beweis für Herkunft und Adel.

Mir fiel wieder ein, wie entsetzt Disenk über meine Füße gewesen war, als Hui mich in ihre besitzergreifende Obhut gab, wie sie diese Tag für Tag abgeschmirgelt und geölt, eingeweicht und parfümiert hatte, bis sie so rosig und weich waren wie der Rest. Nicht einmal morgens durfte ich den Fußboden ohne Leinenschuhe berühren. Und nach draußen durfte ich nicht ohne Ledersandalen. Sie kümmerte sich mehr um sie als um mein vernachlässigtes Haar und meine sonnenverbrannte Haut, mehr als um die Unterrichtsstunden in guten Manieren und Kosmetik, denn für Disenk waren meine Füße Kennzeichen meiner bäuerlichen Herkunft, und sie war erst an dem Tag zufrieden, als sie mit einer Schale Henna kam und mir die Fußsohlen für mein erstes Fest mit Huis Freunden bemalte.

Seit jenem Tag gehörte ich nicht mehr zum niederen Volk, sondern war in Disenks hochfahrenden, schönen Augen des Titels würdig, mit dem mich Ramses später belieh. Als ich mir jetzt meine Füße ansah, während ich das Seeufer verließ und nach einem Weg suchte, der mich in das Menschengewimmel der Märkte führen würde, da erkannte ich in den Schwielen und dem eingewachsenen Dreck die Füße meiner unerschütterlichen Mutter. Ein Monat Verbannung mit Blasen und blutigen Füßen, und Disenks jahrelange harte Arbeit war umsonst. Aswats karger Boden hatte die Herrin Thu, die verhätschelte Lieblingsfrau des Königs, wieder zum Verschwinden gebracht.

Nach und nach hatte ich mich mit dem Verfall meines Körpers abfinden müssen. Und es war die kleinste meiner Sorgen gewesen, denn es hatte mich aus einem Leben des Müßiggangs in eines mit harter Arbeit in Wepwawets Tempel verschlagen, wo ich Tag für Tag den geheiligten Bezirk und die Zellen der Priester säubern, ihnen Essen zubereiten, ihre Gewänder waschen und Botengänge für sie machen mußte. Danach kehrte ich in die kleine Hütte zurück, die mein Vater und mein Bruder für mich gebaut hatten, und kümmerte mich dort um meinen jämmerlichen Garten und leistete Fronarbeit für mich selbst. Trotzdem trauerte ich am meisten um meine Füße, nicht nur weil ich eitel war, sondern auch weil sie für alles standen, was ich errungen und wieder verloren hatte. Ich würde alt werden und in Aswat sterben, würde so eingetrocknet und geschlechtslos werden wie die anderen Frauen, die früh erblühten und vor der Zeit alterten, weil ihnen das harte Leben den Lebenssaft aussog. Und es bestand auch keine Aussicht, dieses Leben durch leidenschaftliche Liebe wettzumachen, denn ich war zwar verbannt, gehörte aber noch immer dem König und durfte mich bei Todesstrafe keinem anderen Mann hingeben.

Durch zweierlei blieb ich bei Verstand. Das war erstens und eigenartigerweise die Feindseligkeit meiner Nachbarn. Ich hatte Schande über Aswat gebracht, also mieden mich die Dorfbewohner. Zu Anfang hatten mir die Erwachsenen betont den Rücken gekehrt, wenn ich vorbeikam, und die Kinder hatten mich mit Lehmklumpen oder Steinen beworfen und mich beschimpft, doch im Laufe der Zeit wurde ich einfach übersehen. Mir bot sich also keine Gelegenheit, mich wieder ins Dorfleben einzugliedern und erneut die Verzweiflung zu spüren, das Gefühl, gefangen zu sein, das mich in meinen Jugendjahren so gequält hatte. Trotz meiner Verbannung konnte ich für mich bleiben und mir leichter einreden, daß der erbarmungslose Zyklus ihrer Tage für mich nicht galt.

Zweitens war es die Geschichte meines Aufstiegs und Falls. Ich schrieb gegen die Sehnsucht nach meinem kleinen Sohn an, die mich in den Stunden der Dunkelheit überfiel, aber auch, um die kleine, aber stete Flamme der Hoffnung am Leben zu erhalten, die nicht erlöschen durfte. Ich wollte, konnte nicht glauben, daß ich für immer in Aswat begraben sein sollte, auch wenn diese Überzeugung wider alle Vernunft war, und so schrieb ich Nacht für Nacht verbissen und oft in einem Nebel der Erschöpfung mit geschwollenen, verkrampften Fingern. Die Papyrusblätter versteckte ich in einem Loch in meinem Lehmfußboden.

Jener Boden barg jetzt ein anderes Geheimnis, eines, das meinen Sohn retten und mir eine letzte Hoffnung auf Freiheit geben konnte, falls ich in den Augen der Götter meine Sünde abgebüßt hatte und sie Milde walten ließen. Jetzt überfiel mich der Abscheu vor meinen schwieligen Händen, meinem spröden, ungepflegten Haar, meiner von der Sonne verbrannten und von der erzwungenen Vernachlässigung grob gewordenen Haut wieder mit aller Macht. Ich befand mich am Rand einer Menschenmenge, die sich zwischen Marktbuden drängelte. Niemand beachtete mich. Mit meinen nackten Füßen und Armen, meinem derben Kittel und dem unbedeckten Kopf war ich lediglich eine von vielen gewöhnlichen Frauen, die ihren bescheidenen Geschäften nachging, und ausgerechnet diese Namenlosigkeit, die zwar ein gewisser Schutz war, bewirkte einen bitteren Geschmack auf der Zunge.

Zunächst einmal mußte ich die Straße der Korbverkäufer finden, damit ich mich regelmäßig jeden dritten Tag abends in dem Bierhaus einstellen konnte, wie Kamen vorgeschlagen hatte. Als ich neben einem Sonnendach herumlungerte, unter dem ein Standbesitzer vor sich hin döste, kreisten meine Gedanken um ihn, den schönen jungen Mann, von dem ich noch immer nicht glauben konnte, daß er mein Sohn war, doch ich verscheuchte sie. Es wurde allmählich Nachmittag. Ich brauchte Wegweisung, Essen, ein Versteck. Mütterliche Freude und Stolz würden warten müssen. Ich spürte, wie jemand an meinem Kittel zupfte. Der Standbesitzer war aufgewacht. «Falls du nichts kaufen willst, geh weiter», brummelte er. «Such dir woanders Schatten. Du versperrst meinen Stand.»

«Kannst du mir sagen, wie ich zur Straße der Korbverkäufer komme?» fragte ich ihn und trat gehorsam zurück in den gleißenden Sonnenschein. Er zeigte vage in die Richtung hinter sich.

«Da runter, an Ptahs Vorhof vorbei», antwortete er. «Aber sie ist weit weg.»

«Hast du vielleicht eine Melone für mich übrig? Ich bin hungrig und sehr durstig.»

«Kannst du zahlen?»

«Nein, aber ich könnte auf deinen Stand aufpassen, während du dich an einem Becher Bier erfrischst. Es ist ein heißer Tag.» Er musterte mich mißtrauisch, und ich schenkte ihm das strahlendste Lächeln, das ich aufbringen konnte. «Ich würde dir auch nichts stehlen», versicherte ich ihm. «Außerdem, wer stiehlt schon Melonen? Ich habe keinen Beutel. Aber ich möchte mich nicht vor einen Tempel setzen und betteln.» Ich streckte einen Finger hoch. «Eine Melone für die Zeit, die du brauchst, um einen Becher Bier zu trinken.» Er knurrte eher, als daß er lachte.

«Du besitzt eine Schmeichelzunge», sagte er. «Na schön. Aber wenn du mich bestiehlst, hetze ich die Polizei auf dich.» Mein Lächeln wurde noch breiter. Die war ohnedies schon hinter mir her, doch gewißlich würde sie nicht nach einer Frau Ausschau halten, die mit je einer Melone in der Hand in einer

Bude stand und Vorübergehende anlockte. Ich nickte. Er wikkelte sich ein Leinentuch als Sonnenschutz um den kahlen Schädel, sagte mir, wieviel Geld ich nehmen sollte, und schlenderte davon, und ich stellte mich an seiner Stelle in den Schatten. Wie gern hätte ich das Messer genommen, das auf dem Tisch neben einem großen Haufen gelber Früchte lag, und hätte eine seiner Melonen aufgeschnitten, doch ich widerstand der Versuchung, obwohl mir der Mund wäßrig wurde. Ich nahm zwei in die Hand und pries der wimmelnden Menschenmenge ihre Vorteile an, und meine Stimme vermischte sich mit dem Singsang der anderen Verkäufer. Für ein Weilchen war ich meine Sorgen los.

Als der Händler dann zurückkam, hatte ich neun Melonen verkauft, eine davon an einen Soldaten, der mich flüchtig musterte, ehe er sein Messer zückte, seinen Kauf aufschnitt und wieder in der Menge verschwand. Mein neuer Arbeitgeber knallte einen Krug Bier auf den Tisch und zog einen Becher aus den Falten seiner Tunika. Dann rollte er mir eine Melone zu, warf ein Messer hinterher, schenkte ein und bot mir zu trinken an. «Ich habe gewußt, daß du noch da bist», prahlte er. «Ich bin ein guter Menschenkenner. Trink. Iß. Was hast du in Pi-Ramses zu suchen?» Das Bier, billig und trübe, floß mir himmlisch kühl die Kehle hinunter, und ich leerte den Becher bis zur Neige, ehe ich mir den Mund mit der Hand abwischte und die Melone zerteilte.

Ich bedankte mich bei ihm, und zwischen zwei Mundvoll von der saftigen Frucht band ich ihm eine nichtssagende Geschichte von einer Familie aus der Provinz auf, die sich meine Dienste nicht länger leisten könne, so daß ich gezwungen sei, nach Norden auf Arbeitssuche zu gehen. Meine kurze Geschichte wurde zweimal von Melonenkäufern unterbrochen, doch der Standbesitzer lauschte ihr aufmerksam, und als ich die Lügengeschichte beendet und die Frucht aufgegessen hatte, machte er mitfühlend «tss, tss».

«Ich habe gemerkt, daß du bei einer adligen Familie gewesen bist», rief er. «Du redest nicht wie eine Bäuerin. Falls du kein Glück hast, ich könnte dich ein, zwei Tage bei meinem Stand gebrauchen. In der Regel hilft mir mein Sohn, aber der ist gerade nicht da. Melonen und Bier umsonst. Was sagst du dazu?» Ich zögerte, dachte rasch nach. Einerseits mußte ich ständig in Bewegung bleiben, mußte kommen und gehen können, wie es mir beliebte, doch andererseits hatte ich keine Ahnung, wie lange ich mich ohne eine andere Hilfe als meinem gescheiten Kopf in der Stadt herumtreiben mußte. Vielleicht war dieser Mann ein Geschenk meines teuren Wepwawet.

«Das ist sehr nett», sagte ich bedächtig, «aber ich möchte mit meiner Antwort gern noch bis morgen warten. Heute abend muß ich erst einmal die Straße der Korbverkäufer finden.» Er war sichtlich gekränkt.

«Warum willst du dahin?» fragte er. «Es gibt dort reichlich Korbverkäufer, aber auch Bier- und Hurenhäuser, und abends, wenn die Korbverkäufer nach Hause gehen, wimmelt die Straße von jungen Soldaten.» Er musterte mich von Kopf bis Fuß. «Das ist kein Ort für eine ehrbare Frau.» Wenn du wüßtest, dachte ich, denn seine Worte hatten mir einen Stich gegeben, denn seit der Nacht, in der ich Hui meine Jungfräulichkeit im Austausch für einen Blick in meine Zukunft angeboten habe, bin ich keine ehrbare Frau mehr. Und da war ich dreizehn. Ich schluckte den Schmerz hinunter.

«Aber ich habe jemanden kennengelernt, der hat mir erzählt, daß man dort vielleicht Arbeit für mich hat», gab ich zurück, «ich weiß dein Angebot zwar zu schätzen, doch eine Anstellung in einem Bierhaus bedeutet auch einen Schlafplatz.»

«Wie du willst», sagte er, etwas milder gestimmt. «Aber sieh dich vor. Mit deinen blauen Augen kannst du dir Ärger einhandeln. Komm morgen wieder, wenn du kein Glück gehabt hast.» Ich bedankte mich noch einmal für seine Großzügigkeit und verabschiedete mich. Dabei ließ ich auch das Messer mitgehen, und als sich meine Finger um den Griff schlossen, dachte ich kurz an Kamen. Dann steckte ich es in den Gürtel und schob eine Kittelfalte darüber. Er hatte getötet, um mich zu schützen, doch nun mußte ich mich wohl selbst schützen. Die Sonne neigte sich gen Westen und machte aus den Sonnenstäubchen Lichtfunken. Ich winkte schnell, ohne mich jedoch umzusehen, und tauchte in der Menschenmenge unter.

Die Straße der Korbverkäufer war in der Tat weit entfernt, und als ich sie endlich gefunden hatte, war ich schon wieder durstig und auch müde. Sie war schmal und gewunden, zu beiden Seiten drängten sich die Häuser und lehnten sich vornüber, daher schlängelte sie sich im Dämmerlicht dahin, obwohl die Sonne den Platz vor Ptahs Tempel noch rot beschien. Die Korbverkäufer luden ihre unverkauften Waren bereits auf Esel, und die Straße hallte wider von bockigem ‹Iah-Iah› und den Flüchen der Männer. Schon schoben sich Grüppchen von Soldaten durch den Trubel, junge Männer zumeist, die lärmend und begierig Türen zustrebten, aus denen weiches, geheimnisvolles Lampenlicht fiel.

Während ich langsam dahinschlenderte, hörte ich auf einmal Musik, eine fröhliche, muntere Weise, bei der mir das Blut schneller durch die Adern rann und meine Müdigkeit etwas nachließ. Trotz meiner Lage war ich noch am Leben, war frei. Im Augenblick konnte mir niemand befehlen, dies oder das zu tun, hierhin oder dorthin zu gehen. Niemand konnte mir gebieten, einen Fußboden zu wischen oder Wasser zu holen. Wenn ich herumtrödeln und die Menschenmenge beobachten wollte, so stand mir das frei, ich konnte mich an eine warme Mauer lehnen und die Gerüche tief einatmen, ein Gemisch aus Eselsdung, verschüttetem Bier und Männerschweiß und den leichten, lieblichen Duft der Binsen, aus denen die Hunderte von Körben geflochten waren, die hier jeden Tag gestapelt wurden. Das war nach so vielen Jahren, in denen ich nicht hatte leben können, wie ich wollte, sonderbar und berauschend. Ich genoß diese Freiheit vorsichtig und verscheuchte den Gedanken, daß sie natürlich nicht vorhalten konnte.

Auf einmal vertrat mir ein Soldat den Weg, blieb direkt vor mir stehen und musterte mich mit dreistem Blick von Kopf bis Fuß. Ehe ich zurückweichen konnte, betatschte er schon mein Haar und fummelte an meinem Kittel herum, wollte offensichtlich herausfinden, wie groß und fest mein Körper war. Er bedachte mich mit einem unpersönlichen, flüchtigen Lächeln. «Bier und eine Schale Suppe», bot er an. «Was hältst du davon?» Ich empfand Scham und einen furchtbaren Abscheu, die aber nicht ihm, sondern mir galten. Denn zum zweiten Mal an diesem Tag war mein Preis auf nicht mehr als das Lebensnotwendigste festgesetzt worden. Wenn ich inzwischen so wenig wert bin, wisperte es in meinem Kopf, warum nicht annehmen? Was macht das schon? Du mußt essen, und dieser junge Mann hat haarscharf eingeschätzt, was du ihm dafür zu bieten hast. Ich reckte mich und wäre doch am liebsten in das nächste Mauseloch gekrochen.

«Nein», antwortete ich. «Ich verkaufe mich nicht. Tut mir leid.» Er zuckte die Achseln, beharrte aber nicht. Seine Wollust war nur ein Anflug gewesen und noch nicht von ein paar durchzechten Stunden und den rüden Scherzen seiner Kameraden angeheizt worden, er trat also beiseite und schlenderte davon. Mit meiner gehobenen Stimmung war es vorbei, und ich verweilte nicht länger. Beim Dahinschreiten kam mir ein letzter roter Strahl der untergehenden Sonne entgegen, bis ich um eine Ecke bog und er verblaßte. Vor mir überquerte ein schubsender, pfeifender Trupp Soldaten die Straße und verschwand in einer geöffneten Tür. Ich blickte hoch. Auf die Mauer über der Tür war ein Skorpion gemalt, der aussah, als ob er hinter ihnen herlaufen wollte. Ich hatte Kamens Bierhaus gefunden.

Ziemlich verschüchtert schlüpfte ich hinein. Es war ein kleines, schlichtes Lokal, vollgestellt mit Tischen und Bänken, gut erleuchtet und anscheinend sauber. Noch war es halb leer, doch als ich drinnen auf der Schwelle stand, schoben sich weitere Soldaten an mir vorbei und wurden lärmend begrüßt. In einer Ecke saßen ein paar schweigsame Freudenmädchen. Sie bemerkten mich sofort und beäugten mich argwöhnisch. Sie fürchteten vermutlich, daß ich ihnen das Geschäft verderben wollte, doch nach einem Weilchen verloren sie das Interesse an mir und prüften wieder den Raum.

Allmählich jedoch wurden die Soldaten auf mich aufmerksam. Ihre Blicke huschten über mich und wieder fort, und ich musterte sie auch vorsichtig, suchte nach jemandem, der aufmerkte oder mich nachdenklich betrachtete. Möglicherweise hatte Kamen seinem Freund bereits eine Nachricht für mich gegeben, doch die Gesichter wandten sich eines nach dem anderen ab.

Hier konnte ich nicht bleiben. Woher sollte ich wissen, ob nicht einer von ihnen zu Paiis' Wache gehörte, und früher oder später würde sich gewißlich jemand an meine Beschreibung erinnern, würde aufstehen und mir Fragen stellen. Diese Straße bot keine gute Bleibe. Aus der Tiefe des Raumes wehte Suppenduft bis zu mir, und mir lief das Wasser im Mund zusammen, aber ich drehte mich um und trat schnell aus dem Lampenlicht in die länger werdenden Schatten. Morgen konnte ich leicht Essen stehlen, und eine Nacht ohne würde mir nicht schaden. Ich war durstig, doch die Wasser von Avaris waren nicht weit entfernt. Dort konnte ich nach Herzenslust trinken, wenn mich der Abfall darin nicht störte. Aber es war besser, Wasser in einem der Tempel zu trinken, wo die Priester für Pilger und Andächtige große Urnen gefüllt hielten. Zu meiner Erleichterung fand ich den Weg zurück zu Ptahs Vorhof.

Nach einem kurzen Gebet zum Schöpfer der Welt trank ich tüchtig von seinem Wasser und schlenderte in die Stadt zurück und allmählich in Richtung der Kais und Piers, wo ich übernachten wollte. Anfangs wich ich noch in das Dunkel von Toreinfahrten aus, wenn reich verzierte Sänften vorbeikamen, deren Eskorten vorn Platz schufen und hinten beschützten, vorneweg ein Diener, der warnte, ehe sie in Sicht kamen. Oft waren die Vorhänge nicht zugezogen, und ich erhaschte einen Blick auf dünnes, schimmerndes, mit Gold und Silber gesäumtes Leinen, auf eine beringte, hennarote Hand, auf flatternde, geölte Zöpfe mit Krönchen. Ich konnte es nicht riskieren, selbst nach siebzehn Jahren noch von einer meiner ehemaligen Haremsgenossinnen bemerkt zu werden. Aber es war unwahrscheinlich, daß mich noch eine wiedererkannte, ohne lange nachdenken zu müssen. Zuweilen meinte ich ein bekanntes Gesicht zu sehen, geschminkt und verschlossen, abgesondert durch seine Schönheit und Vorrechte, doch mein Herz sagte mir, daß ich nur meine vertraute Vergangenheit erblickte. Als ich mich den Piers und Lagerhäusern von Pi-Ramses näherte, wurden die Fackeln und Sänften weniger. Ich konnte freier ausschreiten, doch meine Hand fuhr zum Griff des gestohlenen Messers und blieb dort, denn die Straßen und Gassen waren dunkel, und die Menschen, denen ich begegnete, bewegten sich verstohlen.

Am Wasserrand, vor der schwarzen Silhouette der Barken und großen Flöße, fand ich einen geschützten Winkel unter einem Pier. Dort legte ich mich hin und hüllte mich fester in meinen Kittel. Am Ende des Tunnels aus zerstampfter Erde unter mir und dem Pier über mir sah ich den Mond, der beschaulich den einschläfernd plätschernden See beschien. Meine Gedanken wanderten nach Aswat, wo der Mond schwarze Schatten auf die Dünen warf, ich meine Kleider ablegte und jede Nacht tanzte, tanzte, um den Göttern und meinem Schicksal zu trotzen.

Vor meinem inneren Auge erschien das Bild meines Bruders. Wir hatten immer sehr aneinander gehangen. Er hatte mich Lesen und Schreiben gelehrt, wenn er von seinem eigenen Unterricht im Tempel kam, hatte es mir in der gestohlenen Stunde der Nachmittagsruhe beigebracht. In der ersten Erregung über meinen Aufstieg beim Pharao, als mir Ägypten zu Füßen lag und die Zukunft rosig erschien, hatte ich ihn gebeten, als mein Schreiber nach Pi-Ramses zu kommen, aber er hatte abgelehnt, hatte lieber geheiratet und im Tempel von Aswat gearbeitet. Selbstsüchtig, wie ich war, hatte mich das gekränkt. Ich wollte ihn bei mir haben, wie ich in meiner Habgier alles haben wollte, wonach mein Herz begehrte und was mir in die Finger kam. Doch in den alptraumartigen Wochen nach meiner Rückkehr in Schimpf und Schande war seine liebevolle Zurückhaltung Balsam für meine Seele und meine Stütze gewesen, und er war noch immer mein Fels in der Brandung.

Mein letzter Abschied von ihm hatte geschmerzt. Er hatte es noch einmal auf sich genommen, für mich zu lügen, hatte verbreitet, daß ich krank in seinem Haus läge, obwohl wir beide wußten, daß er streng bestraft werden würde, wenn die Sache nicht so gut ausging, wie wir uns erhofften. Jetzt lag ich hier, wund und fröstelnd unter einem Pier, mein Leben wieder einmal in Scherben, und wo war er? Gewißlich war unsere List bereits aufgeflogen. Hatte man ihn verhaftet? Oder würde der Schulze von Aswat, der ihn wie das gesamte Dorf leiden mochte und achtete, erlauben, sich frei zu bewegen, bis ich entweder in meine Verbannung zurückgekehrt war oder mich vor dem Pharao hatte rechtfertigen können? Pa-ari. Ich murmelte seinen Namen, während ich mich auf der harten Erde umdrehte. Er hatte mir seine selbstlose Liebe geschenkt, die ich nicht verdiente, und ich dankte sie ihm noch immer mit Unbill.

An meine Eltern wagte ich gar nicht zu denken. Meine Mutter redete kaum noch mit mir, doch mein Vater hatte meine Schande mit der gleichen inneren Würde getragen, die er schon immer gezeigt hatte, und hatte mir alles an materiellem Trost gegeben, was ihm möglich war. Dennoch gingen wir verlegen miteinander um. Das tat weh, beschränkte unsere Unterhaltung auf Alltägliches und erlaubte uns nicht, die Wunden zu untersuchen, die in den Jahren meines schlimmen Lebenswandels aufgebrochen waren.

Das Messer war mir bis zur Hüfte gerutscht, ich zog es unter mir hervor und nahm es in die Hand. Was wohl die anderen machten, Kamen und seine hübsche Takhuru und Kaha, der während der Monate in Huis Haus ein willkommener Ersatz für meinen Bruder gewesen war? Und Paiis? Hui selbst? Ich brauchte Schlaf, doch Bild um Bild raste durch mein Hirn, jedes davon angstbeladen. Zu guter Letzt klammerte ich mich an das Bild von Kamen vor meinem inneren Auge, Kamen, ehe ich wußte, daß er mein Sohn war, seine im Dämmerlicht riesengroßen Augen, als ich ihm mein Manuskript in die widerstrebenden Hände drückte, Kamen, wie er auf meiner Pritsche kniete, eine dunkle Gestalt über mir, während ich mit dem Schlafnebel kämpfte, Kamens Gesicht, blaß und verzerrt, als das Blut aus dem Hals des Mörders schoß, Kamens Hände in meinen, Kamen, mein Sohn, mein Sohn, den ich entgegen allen Erwartungen irgendwie angezogen hatte, ein Zeichen der Götter, daß sie mir vergeben hatten. Dabei wurde ich ruhig. Die Augen fielen mir zu. Ich zog die Knie hoch und schlief und wachte erst auf, als über mir geschäftige Schritte zu hören waren und das Knirschen eines strammgezogenen Taus mich aufweckte.

Niemand schenkte mir die leiseste Aufmerksamkeit, als ich aus meinem Versteck kroch, das Messer wegsteckte und mich streckte. Ich hatte mich steif gelegen. Die frühmorgendliche Sonne fühlte sich gut auf dem Gesicht an, warm und sauber, und ich sonnte mich kurz, ehe ich mich erneut zu den Märkten aufmachte. Ich hatte nicht die Absicht, mich hinter einen Melonenstand zu stellen. Ich würde den Standbesitzern stehlen, was ich konnte, und dann vielleicht einige Zeit in einem der Tempel verbringen. Deren Vorhöfe waren stets voller Andächtiger und Tratschtanten, da konnte ich am Sockel einer Säule sitzen und die Zeit mit Zuhören totschlagen. Falls Soldaten auftauchten, würde ich in den Innenhof schlüpfen, wo stets schummrige Stille herrschte. Hoffentlich würden mich die Priester nicht hinauswerfen, ehe die Häscher wieder abgezogen waren. Was ich nicht vorausgesehen hatte, war die Langeweile, die mir neben der Angst zusetzte, und mir dämmerte, daß es schwierig werden würde, die drei Tage totzuschlagen, ehe ich wieder in den Goldenen Skorpion mußte. Ob ich Hui besuchen sollte? Bei dem Gedanken mußte ich lachen und beschleunigte meinen Schritt.

In der Stadt gab es viele kleine Marktplätze. Ich bog ein paarmal falsch ab und legte mich mit einem Mann an, dessen geduldiger Esel mit langen Tragen voller großer Tonkrüge beladen war und die verstopfte Gasse blockierte, auf der ich entlangschlenderte. Unversehens kam ich auf einen besonnten Platz, auf dem munteres Leben und Treiben herrschte. Man hatte Tische aufgestellt und Sonnendächer entfaltet, Kinder packten Körbe aus, die alles enthielten, von frisch gepflücktem Salat, auf dessen zarten grünen Blättern noch Tautropfen zitterten, bis hin zu unbeholfen bemalten Abbildern verschiedener Gottheiten, die aufgestellt wurden, damit Andächtige aus der Provinz sie ehrfürchtig anstaunen konnten. Zwischen den halb aufgebauten Ständen bewegten sich bereits Diener mit leeren Körben am Arm, während sie die Waren begutachteten, die auf dem Eßtisch ihrer Gebieter landen würden. Im Schatten am hinteren Ende des Platzes sammelten sich allmählich Gruppen von Männern und Frauen, die darauf warteten, eingestellt zu werden.

Kaum jemand warf mir einen Blick zu, als ich mir einen Weg durch das Gewühl bahnte. Das Wasser lief mir im Mund zusammen, als ich im Vorbeischlendern den auf einem Kohlebecken brutzelnden Fisch roch, über den sich ein Mann beugte, doch warmes Essen ließ sich nicht stehlen. Und es war auch zwecklos, mit einer der Enten wegzurennen, die sich schlaff auf einem anderen Stand türmten, denn selbst wenn ich ein Messer zum Ausnehmen hatte, so doch kein Feuer, über dem ich sie braten konnte. Ich gab mich mit einer Handvoll getrockneter Feigen, einem Laib Brot und ein paar weggeworfenen Salatblättern zufrieden. Die Besitzer der Feigen und des Brots waren in ihren morgendlichen Tratsch vertieft und hatten nicht mitbekommen, daß ich lange Finger machte, aber der Mann mit dem Salatstand lauerte mit steinerner, wachsamer Miene hinter seiner Ware, daher konnte ich nur den Abfall aufsammeln, den er hinter sich geworfen hatte.

Flink verzog ich mich mit meinem Essen das kurze Stück bis zu einem Hathor-Schrein. Zu dieser Tageszeit lag das kleine

Reich der Göttin verlassen, daher konnte ich mich auf die Erde setzen, den Rücken in ihre Nische gedrückt, und in Ruhe essen. Als ich fertig war, erschienen jedoch ein paar Frauen zur Andacht, und ich war gezwungen, mich vor ihren mißbilligenden Blicken zu verstecken. Mein Magen war zwar angenehm voll, doch nach einer Nacht unter dem Pier war ich dreckig, mein Haar voller Staub, Füße und Beine grau, mein Kittel fleckig. Ich machte mich also zu den Wassern von Re auf der Westseite der Stadt auf, wo ich einigermaßen ungesehen baden zu können hoffte. Ich wußte, daß sich wie an einem Teil des Residenzsees und der Wasser von Avaris auf der Ostseite auch neben den Wassern von Re Kasernen entlangzogen, doch südlich davon lagen die Armensiedlungen, erstreckten sich nördlich der Ruinen der altehrwürdigen Stadt Avaris, und dort würde man mich völlig übersehen.

Ich kam nur langsam voran, denn ich mußte den kleinen Soldatenpatrouillen ausweichen, die wahrscheinlich in Geschäften unterwegs waren, die nichts mit mir zu tun hatten, die ich aber dennoch fürchtete. So erreichte ich den westlichen Rand der Stadt erst, als die Sonne hoch am Himmel stand. Hier, am verschlammten Ufer, blieb ich stehen. Weiter rechts konnte ich hinter ein paar verkümmerten, schlaffen Bäumen die Mauer des Militärbezirks ausmachen. Zu meiner Linken und hinter mir befand sich eine ausgewucherte Ansammlung von Lehmziegelhütten, die man in eine heiße, graslose, lärmende und verwilderte Ödnis gesetzt hatte. Die durchschritt ich beherzt, denn im Vergleich zu den Landstreichern bei den Docks waren ihre Bewohner größtenteils harmlos. Es waren Bauern, die ihre Dörfer verlassen hatten, weil sie glaubten, in der Stadt wäre es schöner, oder die städtischen Armen, die gesetzestreu und genügsam waren. Das Stück festgetretene Erde, auf dem ich stand, war menschenleer und briet in der Sonne, aber ich wußte, abends würden die Frauen mit ihrer Wäsche kommen und sie auf die Steine im Wasser klatschen, während ringsum ihre nackten Kinder jubelten und spritzten.

Im Augenblick war ich allein. Ich legte den Gürtel ab und zog mir aufatmend den Kittel über den Kopf. Das Messer vergrub ich vorübergehend im nassen Sand unter plätschernden Wellen und watete mit dem Kittel in der Hand rasch an den Steinen vorbei. Mit einer Mischung aus Schreck und Entzücken spürte ich, wie die himmlische Kühle meine Schenkel und meinen Unterleib hochkroch, bis sie meine Brüste streichelte. Ich mußte einfach trinken, als ich untertauchte.

Ein Weilchen ließ ich mich nur treiben und das Wasser in jede Pore meines Körpers eindringen und den Dreck herausschwemmen, während ich wieder munter und lebendig wurde. Alsdann bemühte ich mich nach besten Kräften, meinen Kittel zu waschen. Ich hatte kein Natron, keine Bürste, nur meine Hände. Als ich genug geschwommen war, kletterte ich ans Ufer, zog mir das tropfnasse Kleid an, das am Körper klebte, setzte mich in den mageren Schatten eines verkrüppelten Akazienbusches und kämmte mir mit den Fingern mühsam das zerzauste Haar. Als es mir einigermaßen ordentlich auf die Schultern fiel, stand ich auf und folgte dem Wasser in Richtung der Kasernen. Jetzt war ich satt und sauber und wollte schlafen.

Der rückwärtige Teil des Militärbereichs warf schon Schatten, denn die Sonne war bereits über den Zenit gewandert, und ich hielt mich dicht an der Mauer. Auf der anderen Seite hörte ich gelegentlich Streitwagenpferde wiehern, gebrüllte Befehle, dann einen Hornstoß, bei dem ich zusammenfuhr. Das Heer schlug die Zeit mit irgendwelchen Beschäftigungen tot, weil im Land Frieden herrschte. Als ich die riesigen Tore und die gepflasterte Straße erreichte, die hineinführte, überquerte ich diese ohne Zittern und ging weiter. Paiis' Soldaten waren nicht hier einquartiert, sondern in Kasernen auf der anderen Seite der Stadt. Falls sich nicht alles geändert hatte, wurden hier Prinz Ramses' Horus-Division und die Seth-Division gedrillt – was man hören konnte, denn es waren zwanzigtausend Mann, die Essen und Trinken und Beschäftigung brauchten, damit aus ihrer Unrast nicht mutwillige Gewalttätigkeit wurde. Ich überlegte, wie viele davon im Wechsel an die östliche und südliche Grenze geschickt wurden und ob der Prinz interessantere Dinge mit ihnen vorhatte, wenn sein Vater erst einmal tot war.

Flüchtig dachte ich auch an den Pharao, und dabei schwindelte mir. Wie war es nur möglich, daß ich jemals auf seinen kostbaren weißen Laken in jenem großen Schlafgemach unter ihm gelegen hatte, in meiner Nase der Geruch von Weihrauch, Parfüm und seinem Schweiß, während an den goldenen Wänden ringsum Diener taktvoll und unsichtbar auf sein Fingerschnipsen warteten. Ramses! Du Göttlicher König mit deiner Großmut und deiner nicht vorhersehbaren Herzlosigkeit, denkst du manchmal noch an mich, und bedauerst du, daß ich nichts als ein Traum gewesen bin?

Seit einiger Zeit begleitete mich rechter Hand eine andere Mauer, höher und glatter als die linker Hand, und auf einmal ging mir auf, daß sich hinter ihr der Palast mit seinen Gärten ausbreitete, eine weitläufige Stadt in der Stadt, verboten und umfriedet, die sich quer durch ganz Pi-Ramses erstreckte und auf der anderen Seite am Residenzsee endete. Ich war auf ihren hinteren Teil gestoßen, und wenn ich ein Steinchen über die Mauer warf, würde es gewißlich auf das Zellendach der Nebenfrauen fallen. Ich spitzte die Ohren und lauschte mit einer Mischung aus Ekel und Verlangen auf die Geräusche, an die ich mich erinnerte und die mich zuweilen im Schlaf in Aswat verfolgt hatten – Frauenlachen, Harfen- und Trommelmusik –, doch es war die Zeit der Mittagsruhe, da war es still auf dem Gelände. Ich fuhr beim Gehen mit der Hand die Mauer entlang, so als könnten meine Fingerspitzen durch den Stein sehen, was meinen Augen nicht gelang. Saß Hatia, die geheimnisvolle Hatia, noch immer reglos vor ihrer Tür, in schwarzes Leinen gekleidet, neben sich den allgegenwärtigen Krug Wein, hinter sich ihre Sklavin? Waren die beiden kleinen Nebenfrauen aus Abydos, Nubhirma'at und Nebt-Iunu, noch immer ineinander verliebt, und verbrachten sie die Stunde des Nachmittagsschlafes, diese kostbare Stunde, noch immer in inniger Umarmung? Und was war mit der Hauptfrau Ast-Amasereth, deren Stimme rauh und honigsüß zugleich klang und die trotz ihrer schiefen Zähne sonderbar anziehend war? Bewohnte sie noch immer die geräumige Wohnung über den Zellen der niederen Nebenfrauen, und verbrachte sie diese Stunde schweigsam auf ihrem prächtigen Stuhl, die vollen, unverschämt rot geschminkten Lippen leicht geöffnet, während sie über ihr kompliziertes Spionagenetz nachdachte, in dessen Maschen wir alle gefangen waren?

Dann Hunro, die Tänzerin, die geschmeidige, unstete Hunro, mit der ich eine Zelle und ein tödliches Geheimnis geteilt hatte. Ihre scheinbar ungekünstelte Freundschaft war Lug und Trug gewesen. Unter ihrer Herzlichkeit schlummerte eine tiefe Verachtung für meine bäuerliche Herkunft, und als mein Mordversuch am König gescheitert, als ich nutzlos geworden war, hatte sie mich erleichtert fallenlassen. Bei dem Gedanken ballte ich die Fäuste und verlor den Kontakt mit der Mauer. Er war ein Schreckensort, dieser Harem, und zugleich unvorstellbar luxuriös, und ich wollte sein üppiges Innere nie mehr wiedersehen.

Jetzt erreichte ich die letzte Ecke und spähte vorsichtig um sie herum. Die Mauer ging weiter, umfriedete die Küchen und die Quartiere der Palastbediensteten. Aber ich wollte ihr nicht länger folgen, denn vor mir, jenseits der mit Doum-Palmen besetzten großen Rasenfläche, erhob sich der massige Amun-Tempel. Die Luft darüber schimmerte vom hochwölkenden Rauch der unzähligen Weihrauchstände, die ihr stummes Gebet zu dem höchsten aller Götter hochschickten, und von fern wehte schwach, aber klar Gesang bis zu mir. Dankbar versanken meine wunden Füße in dem kühlen Gras. Auf der Rückseite des Heiligtums fand ich ein geschütztes Fleckchen, das von Gebüsch abgeschirmt war. Ich drückte das Messer an die Brust, rollte mich zusammen und war auf der Stelle eingeschlafen.

Ich wachte davon auf, daß etwas Kaltes, Feuchtes meine Wange berührte, und noch ehe ich die Augen aufgeschlagen hatte, lag das Messer schon in meiner Hand, und ich fuhr mit hämmerndem Herzen hoch. Der Übeltäter war ein geschmeidiger, brauner Hund mit langer, witternder Nase und einem mit Türkisen und Karneolen besetzten Halsband. Ich hörte eine herrische Stimme rufen und wartete nicht ab, wer vielleicht nach dem Hund suchte. Ich schob ihn beiseite, schlich mich seitlich um das Gebüsch und rannte fort, und unversehens fand ich mich zu meinem Schreck auf Amuns großem Vorhof wieder. Hier drängten sich bereits die abendlichen Andächtigen, und da merkte ich, daß ich den Nachmittag verschlafen hatte und wie durch ein Wunder nicht entdeckt worden war. Das war sehr dumm von mir gewesen.

Einen Augenblick lang stand ich zitternd am Rande der wimmelnden Menschenmenge, dann riß ich mich zusammen, stahl mich um sie herum und strebte wieder der Stadtmitte zu. In der kommenden Nacht mußte Kamen eine ermutigende

Botschaft schicken, denn allmählich wurde ich ängstlich und müde. Immer wieder überkam mich die Verzweiflung, und panische Angst drohte mich zu überfallen. Ich konnte nicht ewig Paiis' Soldaten ausweichen und ziellos herumwandern. Als ich das erkannte, fiel mir wieder ein, daß es einen Ort gab, wo Paiis mich niemals suchen würde.

Ich mußte warten, bis es dunkel war, dann würde ich mich auf Huis Anwesen schleichen. Vielleicht auch gleich in Huis Haus. Schließlich kannte ich mich dort genausogut aus wie in der elenden kleinen Hütte in Aswat. In Wahrheit besser, denn seine gefliesten Böden und bemalten Wände waren für mich oftmals wirklicher gewesen als die baufällige Hütte, in der ich die letzten siebzehn Jahre gehaust hatte. Warum nicht? sagte ich zu mir, als ich mich unter das lärmende Gedrängel mischte, in dem die Menschen die letzten Nahrungsmittel des Tages kaufen wollten. Er hat keine Wachtposten. Dafür ist er zu eingebildet. Sein Ruf als Zauberer hält ihm das Volk vom Hals, doch ich habe keine Angst vor seiner Gabe. Seinen Türhüter umgehe ich leicht, und dann bin ich in seinem Garten geborgen und weit weg von Menschenmassen und Dreck und Soldaten.

Doch das war nur eine Ausrede, und ich wußte es, denn tief im Herzen sehnte ich mich danach, ihn wiederzusehen, den Mann, der für mich Vater und Lehrer, mein Liebhaber und mein Untergang gewesen war, und das Bedürfnis war stärker als alle Vernunft. Würde ich ihn umbringen oder mein Gesicht in seinem schönen weißen Haar bergen? Ich wußte es nicht.

Nachdem die Idee einmal Besitz von mir ergriffen hatte, hielt mich nichts mehr. Der Hunger war mir vergangen, desgleichen mein Wunsch nach Unsichtbarkeit in der Menge. Durch Gäßchen arbeitete ich mich langsam, langsam in östlicher Richtung vor, während das helle Tageslicht verblaßte und von Rosig zu Hellgelb und Rot wechselte, und als ich dann den Weg erreicht hatte, der sich hinter den meisten großen Anwesen entlangzog, war die Sonne untergegangen.

Huis Mauer konnte ich nicht überklettern, und seine Gärtner beschnitten die Bäume so gewissenhaft, daß nichts über die Mauer auf den Weg hing. Es gab nur einen Weg, nämlich durch seinen Pylon, und das hieß, ich mußte die Wachtposten am See umgehen. Der Himmel wurde dunkler, und nacheinander wurden helle Sterne sichtbar. Unter ihrem Gefunkel ging ich das kurze Stück zurück, das ich bereits auf dem Weg gegangen war, und strebte dem Wasser zu. Doch noch konnte ich nicht versuchen, es mit den Wachtposten aufzunehmen. Ich würde mich unter den ausladenden Sykomoren verstekken, die Vorbeigehenden Schatten spendeten, bis die Wache wechselte. Dann würde ihre Aufmerksamkeit nachlassen, und ich konnte mich hoffentlich an ihnen vorbeischleichen.

Ich mußte lange mit dem Messer im Schoß warten. Durch das Blattwerk konnte ich die beiden Männer zu jeder Seite des Wegs sehen und bekam ihre sporadische Unterhaltung mit. Sie langweilten sich, waren müde und wollten nur noch zurück zum heimischen Herd und einem warmen Essen. Der Verkehr auf dem Fluß nahm zu, denn die Bewohner des Seeufers bestiegen ihre geschmückten Boote und Barken zu einem Festabend, und für eine geraume Weile galt das auch für den Weg. Im Fackelschein zogen Grüppchen an mir vorbei wie schimmernde Schmetterlinge, in eine seichte, läppische Unterhaltung vertieft, und ich neidete ihnen ihre Vorrechte mit einer Verbitterung, die ich in der Verbannung im Griff gehabt hatte und die jetzt mit ihrer ganzen bösen Macht zurückkehrte. Ich war reicher als sie gewesen, höher gestellt als sie, und mit zusammengebissenen Zähnen ermahnte ich mich, daß ich das alles durch eigene Schuld verloren hatte. Aber nicht nur durch eigene Schuld. Mit kalter Vorfreude beobachtete ich, wie sich die Posten für die Nacht näherten.

Die vier Männer bildeten eine Gruppe, die abgelösten Wachtposten erstatteten Bericht. Leise stand ich auf und watete im Wasser an ihnen vorbei, ohne sie aus den Augen zu lassen. Ich mußte langsam gehen, weil ich keine Plätschergeräusche machen durfte, und in dem freien Raum zwischen den Bäumen ging ich in die Hocke, damit ich mich nicht vor dem Himmel abzeichnete. Ein Stückchen weiter erreichte ich ohne Zwischenfälle wieder den Weg. Sie unterhielten sich noch immer. Als ich auf einer Wegbiegung außer Sicht war, seufzte ich vor Erleichterung und strebte Huis Eingang zu.

Der Abend war noch jung, und da fiel mir ein, Hui könnte Gäste haben. Um so besser. Dann konnte ich im Garten umherwandern, vielleicht ein wenig schlafen, und wenn er dann sein Lager aufsuchte, würde er nicht so schnell aufwachen, wenn ich mich durch ein Geräusch verriet. Im Geist ging ich die Aufteilung seines Hauses durch, überlegte, wo ich am besten hineinging, und als ich mich dann für den abgelegenen Hintereingang entschieden hatte, stand ich auch schon vor seinem Pylon.

Zwar hatte ich mir vorhin eingeredet, ich hätte keine Angst vor seiner Sehergabe, aber jetzt blieb ich doch stehen. Der Mond schien nicht, und trotzdem warf sein Pylon einen düsteren und irgendwie bedrohlichen Schatten, und der Garten dahinter verlor sich im Dunkel. Ich blickte mich nach dem alten Türhüter um, der in seiner Nische gleich hinter den steinernen Pfosten lauerte, und sah den schwachen Schein seines Feuers. Falls sich der Mann Essen kochte oder nur in die Glut blickte, war er zeitweise nachtblind. Du bist dumm, Hui, sagte ich mir grimmig lächelnd, während ich unter dem Pylon durchschlüpfte und sofort auf das Gras trat, das zu beiden Seiten des Weges wuchs und meine Schritte dämpfte. Dummer, hochfahrender Hui. Jedes Tor in dieser Gegend hat Wachtposten, nur deines nicht. Was macht dich so sicher?

Als sich das Gebüsch um mich schloß, war ich vorübergehend ratlos, doch meine Füße wußten, wo sie sich befanden, und ich war noch nicht weit gegangen, da ließ die Verwirrung nach. Ich war hinter einer der Hecken, die den Weg zum Haus säumten. Vor meinem inneren Auge sah ich die ganze Anlage: den Thot-Schrein, den Fischteich inmitten von Blumenbeeten linker Hand, den größeren Teich, in dem ich jeden Morgen, angefeuert von Nebnefers kritischen Bemerkungen, meine Bahnen geschwommen hatte. Und am Ende eine niedrige Mauer, die den Garten von Hof und Haus trennte. Ich blieb auf dem Gras und ging geräuschlos am Fischteich vorbei, dessen Seerosen- und Lotosblätter auf dem trüben Wasser nur undeutlich auszumachen waren, und als ich mich durch das dichte Gebüsch zwängte, das zwischen den Bäumen längs der Mauer üppig gedieh, blickte ich auf den menschenleeren Hof und das massige Haus dahinter.

Nichts rührte sich. Der Kies auf dem Hof leuchtete schwach, doch unter den Säulen vor dem Haus war es dunkel. Natürlich saß vor der Tür ein Diener, der Gäste empfing und Sänften herbeirief, wenn Gäste aufbrechen wollten. Doch auf dem Hof warteten weder Sänften noch gelangweilte Träger. Überall herrschte Stille, und meine Augen bemühten sich, sie zu durchdringen. Diese Stille, so fiel es mir plötzlich wieder ein, war eigentümlich für Huis Reich gewesen und hatte etwas Zeitloses. Ich mußte gegen das Gefühl von Sicherheit und Geborgenheit ankämpfen, das mich überfiel. Das hier war einstmals mein Zuhause gewesen, eine heile Welt voller ungefährdeter Träume und aufregender Entdeckungen unter dem Schutz meines Gebieters. Jedenfalls hatte ich mir das eingebildet.

Ich zog mich zurück und setzte mich auf den Rasen. Er konnte noch nicht zu Bett gegangen sein. Dazu war es noch zu früh. Vielleicht arbeitete er in seinem Arbeitszimmer, und von meinem Platz aus konnte ich den Schein seiner Lampe nicht sehen. Und dann fiel mir wieder ein, daß er ja doch einen einzigen Wachtposten hatte, der die ganze Nacht vor seiner Arbeitszimmertür stand, denn innen im Zimmer gab es einen zweiten Raum, in dem Hui seine Kräuter und Arzneien aufbewahrte. Und seine Gifte. Die Tür zu jenem Raum war mit den komplizierten Knoten gesichert, die er mich gelehrt hatte, doch ein entschlossenes Messer konnte das Seil durchtrennen, und so war der Posten eine zusätzliche Absicherung, falls jemand so töricht war, einen Einbruch zu wagen. Der erste Raum öffnete sich direkt auf den Gang, der sich aus dem hinteren Teil des Hauses bis zur Eingangshalle zog, und wenn ich dort ins Haus wollte, würde man mich sofort entdecken. Ich mußte entweder hinein, ehe Hui das Arbeitszimmer abschloß, oder warten, bis der Diener am Fuße der Säulen seinen Posten verließ, und dann vorn ins Haus schlüpfen.

In diesem Augenblick entstand auf dem Weg eine Unruhe aus Fackelschein und Stimmengemurmel. Ich kroch zur Mauer und riskierte einen weiteren Blick. Als ich vorsichtig den Kopf hob, wurde das Haus auf einmal lebendig. Türen gingen auf, Licht fiel auf den Kies. Eine große Gestalt tauchte auf und stand erwartungsvoll da, während die Pforte zu meiner Rechten knarrte, vier Sänften über den Hof schwankten und vor den Säulen abgesetzt wurden. Die Vorhänge wurden aufgezogen, und mich überlief es kalt, denn aus einer Sänfte tauchte Paiis auf, so unverschämt anmutig wie eh und je und wie ich ihn in Erinnerung hatte, und nun hatte ich keine Augen mehr für die anderen Gäste, die jetzt ihre Sandalen auf den Boden setzten und begrüßt wurden.

Paiis hatte sich nicht sehr verändert. Vielleicht war er etwas dicker geworden, und ich konnte auch nicht ausmachen, ob seine schwarze Mähne bereits von Silber durchzogen war, doch das Gesicht, das er kurz der Frau hinter sich zuwandte, war noch immer so umwerfend schön wie früher mit den wachen, schwarzen Augen, der vollkommen geraden Nase und dem vollen Mund, der stets aussah, als wollte er spöttisch lachen. Er trug einen schenkellangen Schurz aus dunkelrotem Leinen, und seine Brust war von einem Pektoral mit goldenen Kettengliedern verdeckt. Seine animalische Anziehungskraft hatte auf mich nicht mehr die Wirkung wie in meiner Jugendzeit, ich wußte, daß sie schal war. Dennoch machte seine aufdringliche, etwas gewöhnliche Schönheit rein körperlich noch immer Eindruck auf mich. Er legte der Frau einen Arm um die nackte Schulter und hob den anderen zum Gruß. «Harshira!» rief er. «Schenk den Wein ein! Sind die Nußpasteten heiß? Ich bin heute in Feierlaune. Wo ist mein Bruder?» Die Frau hob den Arm und murmelte ihm etwas ins Ohr, was ihn zum Lachen brachte, und schon glitt ihre Hand zu seinem muskulösen Bauch, und dann verschwanden sie mit den anderen Festgästen in der Eingangshalle. Die Türen wurden geschlossen, doch jetzt fiel Licht durch die Seitenfenster, und von fern hörte ich Musik.

Ich gab ihnen Zeit, vor ihren niedrigen, blumenbestreuten Tischchen Platz zu nehmen, Artigkeiten mit ihrem Gastgeber auszutauschen und reichlich Wein zu trinken, der meines Wissens zum Besten zählte, was die Stadt zu bieten hatte. Ich gab Harshira Zeit, die Halle zu durchqueren, die Diener mit ihren beladenen Tabletts anzuführen und dann seinen Posten hinter der geschlossenen Tür des Speisesaals zu beziehen. Und ich gab den Trägern Zeit, sich mit dem Rücken an ihre Sänften zu lehnen und einzunicken. Dann kam ich vom Rasen hoch, kletterte mühelos über die Mauer und überquerte den Hof.

Wie vermutet, hatte sich der Türhüter zurückgezogen. Ich stieß die Haustür auf, betrat das Haus, schloß hinter mir die Tür und schlenderte über den makellos glänzenden, gefliesten Fußboden mit den regelmäßig verteilten weißen Säulen. Nichts hatte sich verändert. Huis elegante Möbel, die Zedernholzstühle mit ihren Intarsien aus Gold und Elfenbein, die kleinen Tische mit den Platten aus blauer und grüner Fayence standen noch immer kunstvoll verstreut. Die Wände erschlugen noch immer mit ihrer Bilderfülle von erstarrten Männern und blumengeschmückten Frauen, die den Becher zum Trunk hoben, neben sich undurchschaubare Katzen und nackte Kinder zu ihren Füßen.

Vor mir, auf der gegenüberliegenden Seite, verlor sich die Treppe im Dunkel, und als ich auf sie zuging, konnte ich zu meiner Rechten Stimmengesumm, Gelächter und Unterhaltung hören, dazwischen die Klänge einer Harfe und Geschirrgeklapper. Ich versuchte erst gar nicht, zu lauschen. Jetzt war ich vollkommen ruhig und kam mir fast unverschämt allmächtig vor. Einer der Diener hatte eine Süßigkeit von seinem Tablett verloren, die hob ich auf und aß sie im Gehen. Es war mir einerlei, daß meine nackten Füße laut auf den Fliesen klatschten, ich bewegte mich zielstrebig und stieg die Treppe hoch. Licht brauchte ich nicht. Diese Treppe war ich so zahllose Male hinauf- und hinuntergegangen – nicht etwa gerannt, denn Disenk erlaubte nicht, daß ich mich anders als gemessen und damenhaft bewegte –, und beim Hochsteigen überfielen mich die Erinnerungen. Ich erreichte den ersten Stock und ging zuversichtlich weiter.

Als ich an der Tür zu meinem früheren Zimmer vorbeikam, stieß ich sie auf. Vor dem Fenster hing keine Matte, und im matten Sternenlicht konnte ich darunter meinen Tisch erkennen, an dem ich gesessen hatte, während Disenk hinter mir lauerte und dafür sorgte, daß ich mich dabei schicklich benahm. Und dann saß sie im roten Sonnenuntergang am Fenster, den Kopf über meine Trägerkleider gebeugt, und flickte die Nähte, die ich aufsässig zerrissen hatte, denn ich ging schlanken Schrittes und hatte nichts für die zierlichen Schrittchen übrig, die sie von mir verlangte. Schließlich hatte Hui mich gescholten, und ich hatte mich widerwillig dem Diktat des vornehmen Benehmens gebeugt.

Das Lager stand noch, jedoch nur der nackte Holzrahmen. Die Matratze, die glatten Laken, die dicken Kissen waren nicht mehr da. Auf dem Fußboden kein Teppich, kein Zeichen, daß es bewohnt war. Einen Augenblick lang bildete ich mir ein, Hui hätte aus Gefühlsduselei angeordnet, den Raum nicht mehr zu benutzen, doch dann lachte ich leise. Thu, du bist noch immer eine eingebildete Närrin, sagte ich zu mir. Hier sind keine innigliche Gefühle für dich zurückgeblieben. Zwei deiner Beinahe-Mörder sitzen unten, stopfen sich mit erlesenen Speisen voll und beglückwünschen sich zu einem weiteren Komplott, und du bist hier, um dich zu rächen. Werde erwachsen!

Dennoch stand ich dort einige Zeit in beinahe völliger Dunkelheit, spürte einer Erinnerung, und war sie noch so schwach, an das Mädchen nach, das ich einst gewesen war. Doch ich konnte keinen Hauch der Myrrhe riechen, mit der Disenk mich gesalbt hatte, konnte keinen Blick auf hauchdünnes Leinen erhaschen, das im Dunkel aufflatterte, und keinen Nachhall eines Entzückens-, Schmerzens- oder Reueschreis hören. Nur der Raum in seinen Abmessungen vermittelte mir noch Vertrautheit, sonst war alles stumm und gesichtslos geworden. Dabei wollte er mich gar nicht zurückstoßen, doch ich seufzte und ging weiter den Flur entlang, wandte mich von der Treppe ab und nahm die andere Treppe, die zum Badehaus führte. Auch sie lag in völligem Dunkel. Doch im Badehaus selbst, das sich auf einer Seite zu dem kleinen Hof hinten am Haus öffnete, wo eine einzige Palme ihre steifen Wedel spreizte, war es vergleichsweise hell.

Hier holte ich tief Luft, denn der feuchte Geruch, diese Mischung aus parfümierten Ölen und Duftessenzen, weckte nur sinnliche Erinnerungen. Wie lange war es her, daß andere Hände meinen Körper berührt und die so genüßlichen Rituale des Säuberns und Massierens vollzogen hatten? Jeden Tag hatte ich hier auf dem Badesockel gestanden, während Diener mich mit Natron abgeschrubbt und mit lieblichem, warmem Wasser übergossen hatten, und dann war ich mit rosiger Haut und zerzaustem Haar auf den Hof gegangen, wo der junge Masseur wartete. Disenk hatte mir sorgfältig die Körperbehaarung ausgezupft, und der Masseur hatte mit rücksichtslos fachkundigen Händen duftendes Öl in jede Pore massiert und geklopft. Es war ein gutes Leben gewesen und voller Verheißungen für ein schönes und ehrgeiziges junges Mädchen.

Ich ging im Raum umher, und meine Fußsohlen genossen die Kühle des Steinfußbodens. Dann hob ich die Deckel von den vielen Töpfen und Tiegeln auf ihren steinernen Simsen. Ich legte meinen Kittel ab, schöpfte mir einen Krug Wasser aus einer der großen Urnen, nahm mir eine Handvoll Natron, stellte mich auf den Badesockel, schrubbte mich, übergoß mich und bearbeitete auch mein Haar mit dem Natron. Als ich fertig war, steckte ich den Kopf direkt in die Urne, dann griff ich nach dem Öl. Meine Haut sog es gierig auf, desgleichen mein Haar. Ich setzte mich auf den Sockel und flocht mir Zöpfe.

Gleich am Fuß der Treppe stand eine Truhe, die öffnete ich und holte den Inhalt heraus. Ein paar Männertuniken und zerknautschte Schurze, doch auch ein langer, leichter, sommerlicher Umhang und ein schmales Hemdkleid, so glatt, daß nur meine Augen mir sagten, was meine Finger streichelten. Harshira dachte stets an das Wohlbefinden der Gäste seines Gebieters, und da kam es schon einmal vor, daß ein Gast nach einem anstrengenden Fest baden wollte. Ich warf meine grobe Dienstbotenkleidung in die Ecke und zog mir ehrfürchtig das Hemdkleid an. Es glitt über meinen frisch geölten Körper und schmiegte sich an meine Rundungen, als wäre es eigens für mich gemacht worden. Der glatte Stoff legte sich an meinen Körper, und ich hätte gern einen Spiegel gehabt, denn zum ersten Mal seit Jahren regte sich wieder die Thu, die ich einst gewesen war. Ich stöberte in der Truhe nach Sandalen, fand aber keine. Auch gut. Sandalen machten zu viel Lärm, und außerdem waren meine Füße kein Schuhwerk mehr gewöhnt, und wenn ich rennen mußte, waren sie nur hinderlich.

Ich war fertig, holte mir das Messer aus dem Versteck, in das ich es gelegt hatte, ging wieder die Treppe hoch, den Gang entlang und dreist hinunter in die Eingangshalle. Das Gelächter klang schallender, die Unterhaltung lauter, die Musik durchdringender. Huis Wein rann rascher in die Kehlen seiner Freunde. Am Fuß der Treppe wandte ich mich scharf nach rechts und schlug den Gang ein, der geradewegs in den Garten führte. Ich kam an der Tür zum Arbeitszimmer vorbei, dann an einer kleineren Tür, die wahrscheinlich noch immer in die Zelle von Huis Leibdiener führte, und zu der beeindruckenden Flügeltür von Huis eigenem Schlafgemach. Ohne anzuhalten, aber auch ohne Hast stieß ich sie auf und trat ein.

Ich war erst einmal in seinem Allerheiligsten gewesen, an einem Tag, an den ich mich nur ungern zurückerinnere, doch mein Blick wanderte unwillkürlich nach rechts zu der Verbindungstür, die in das Zimmer seines Leibdieners führte. Dort war Kenna gestorben, Kenna, der Übellaunige mit der scharfen Zunge, der mir Huis Aufmerksamkeit neidete, mich haßte und den angebeteten Gebieter für sich allein haben wollte. In meiner panischen Angst, daß er einen Keil zwischen mich und Hui treiben könnte und ich fortgeschickt würde, hatte ich ihn ermordet. Eigentlich wollte ich ihn gar nicht umbringen, er sollte nur sehr krank werden, doch damals hatte ich mich noch nicht ausgekannt, und die Alraune hatte zu stark gewirkt. Ich hätte ohnedies nicht zu diesem verzweifelten Mittel greifen müssen, doch woher sollte ich wissen, daß ich für Hui weitaus wertvoller war als sein Leibdiener? Kennas Tod lag mir schwerer auf der Seele als der Mordversuch am Pharao. Er war grausam und sinnlos gewesen.

Die Verbindungstür war geschlossen, aber ich wußte sehr wohl, daß der augenblickliche Leibdiener dahinter darauf wartete, daß Hui seine Gäste verabschiedete und zu Bett ging. Ich mußte also sehr leise sein. Ich blickte zur Zimmermitte. Da stand noch immer die mächtige Lagerstatt auf ihrem Sockel. Die Laken waren aufgedeckt. Eine Lampe brannte stetig, erfüllte den Raum mit einladendem Licht. Auf den Wänden waren noch immer die lebhaften Bilder, an die ich mich erinnerte, üppige Schilderungen der Lebensfreude: Ranken, Blumen, Fische, Vögel, Papyrusdickichte, alles in leuchtendem Dunkelrot, Blau, Gelb, Weiß und Schwarz. Ein paar vergoldete Stühle waren im Raum verteilt, neben ihnen kleine Tische mit Mosaiken, auf denen andere, nicht entzündete Lampen standen. Jemand hatte über einen der Stühle einen wollenen Umhang geworfen, der in sanften, weißen Falten zu Boden fiel.

Auf dem Tisch neben dem Lager stand ein gefüllter Pokal. Ich konnte seinen blutroten Inhalt schimmern sehen, schlich mich über den kühlen, blau gefliesten Boden zum Sockel, stieg hinauf und steckte die Nase fast in die Flüssigkeit, roch aber keine Spur von Schlafmittel, obwohl ich den Duft sorgfältig einatmete, also nahm ich ihn und trank. Der Geschmack war ganz und gar Hui: trocken, teuer und ungemein durstlöschend, und ehe ich mich versah, hatte ich den Pokal geleert. Achselzuckend stellte ich ihn wieder hin und sah mich nach einem geeigneten Versteck um. Es gab keins. Längs der Wände standen ein paar Truhen aus Ebenholz, die waren zwar groß, aber dennoch paßte ich in keine hinein.

Da fiel mir der Umhang wieder ins Auge. Er war bauschig und dick, und da kam mir eine Idee. Ich musterte ihn nachdenklich, nahm ihn und trug ihn zu der Truhe, die am weitesten entfernt von den Lampen stand. Dort drapierte ich ihn einmal so und einmal so über ihre Kante, bis ich in den Winkel zwischen Umhang und Seitenwand paßte und hineinkriechen konnte. Wenn ich auf Händen und Knien kauerte und das Auge an den kleinen Spalt legte, war der Raum einzusehen. Weich fielen die Falten auf meine Schultern, und auf einmal stieg mir zarter Jasminduft in die Nase, Huis Parfüm. Ich schloß die Augen, während mich eine schreckliche Sehnsucht nach ihm überfiel, und dann nahm ich den weichen Stoff in die Hand und drückte die Lippen darauf.

Es hatte keinen Zweck. Die ersten dreizehn Jahre meines Lebens hatte ich gelebt, ohne von ihm zu wissen, und diese Zeit war nichts weiter als ein flüchtiges Traumbild ohne klare Form oder Inhalt. Zuweilen bewußt, zuweilen unbewußt gründete sich alles, was ich gewesen und jetzt noch war, auf ihn, und das bis ans Ende meiner Tage, wie sehr ich mich auch bemühte, ihn aus meinem Ka zu vertreiben. Ich lehnte mich an die Wand, zog die Knie hoch und legte das Messer neben mich. Dann wartete ich.

Elftes Kapitel

*I*ch mußte dort lange kauern. Manchmal saß ich, manchmal kniete ich, und ich biß die Zähne zusammen, weil mir schon bald Krämpfe in die aufbegehrenden Gliedmaßen schossen. Doch mein Versteck mochte ich nicht verlassen und mich auch nicht strecken, denn ich befürchtete, entdeckt zu werden. Einmal ging die Tür ohne Vorwarnung auf, doch es war nur ein Diener, der den Docht stutzen und die Lampe auffüllen wollte und dann ging, ohne dem Rest des Raums auch nur einen Blick zu gönnen. Ich versuchte zu dösen, doch meine Lage und mein Gemütszustand verhinderten jedwede Entspannung, also kauerte ich weiter mit dem Messer zwischen Schenkeln und Bauch und fragte mich, welche Wahnsinnsidee mich hierhergetrieben hatte.

Doch endlich kam er, legte den zerknitterten Schurz ab und warf ihn auf einen Stuhl, während er zum Lager ging. Aufseufzend fuhr er sich mit den Händen übers Gesicht, zog das weiße Band aus dem Zopf und schüttelte das Haar frei. Ein scharfer Ruf, und die andere Tür ging auf, der Diener trat ein. Stumm griff der Mann nach oben, öffnete das Mondstein-Pektoral am Nacken seines Gebieters und zog ihm die Armbänder von den ausgestreckten Armen. Hui trat aus seinen Sandalen. «Ich bin müde», sagte er. «Laß alles bis morgen.»

«Möchtest du Mohn haben, Gebieter?» Hui schüttelte den Kopf.

«Nein. Und Wein auch nicht. Bring den Becher fort. Trink ihn selbst, wenn du magst.» Der Mann ging zum Tisch, hob das Trinkgefäß hoch und stutzte. Durch meinen Spalt konnte ich sein Gesicht ganz deutlich sehen. Er wollte etwas sagen, überlegte es sich aber anders, denn es gehörte offensichtlich zu seinen Pflichten, dafür zu sorgen, daß der Pokal gefüllt war. Mit ratlosem Blick drückte er ihn an die Brust, machte kehrt und verbeugte sich.

«Danke, Gebieter. Falls das alles ist, gehe ich jetzt.» Hui winkte, und gleich darauf war er allein.

Er bewegte sich aus meinem Gesichtsfeld, doch an den Geräuschen, die er machte, erkannte ich, daß er zum Fenster gegangen war. In der kurzen Stille wagte ich kaum zu atmen. Dann hörte ich ihn wieder seufzen und etwas murmeln. Ich konnte deutlich hören, wie seine Fingernägel auf den Fensterrahmen trommelten, und gleich darauf trat er wieder in mein Blickfeld, stand neben dem Lager. Er war noch immer bestürzend, abartig schön mit dem ungebrochenen Weiß seiner Haut, dem aschfarbenen Silbergrau seiner Haare, die ihm auf die Schultern fielen und sich auf dem Schlüsselbein lockten.

Er bückte sich und wollte die Lampe ausblasen, umfaßte sie mit langen Fingern, und in diesem Augenblick waren seine Züge hell erleuchtet. Die Linien zu beiden Seiten des weichen, scharf gezeichneten Mundes, den zu küssen ich geträumt hatte und der nur zweimal den meinen berührt hatte, waren vielleicht tiefer. Das war alles. Die Zeit hatte es gut mit ihm gemeint, mit dem Mann, der selbst der Herr der Zukunft war, und auf einmal überfiel mich das hoffnungslose Verlangen von früher so jäh und schmerzlich, daß ich ein Geräusch, wie leise auch immer, gemacht haben mußte, denn mitten im Lampenauslöschen stutzte er, stand noch gebückt und blickte dann starr geradeaus. Einen berauschenden Augenblick lang schien sein Blick mich geradewegs zu durchbohren, glitzernd rot und unversehens wachsam, doch dann blies er, und die Flamme erlosch. In dem undurchsichtigen Dunkel hörte ich ihn zum Lager gehen. Ich schloß die Augen, damit sie sich rascher umstellten, und als ich sie wieder aufmachte, konnte ich auf dem Fußboden vor dem offenen Fenster ein Rechteck aus hellerem Grau und einen Teil des Lagers ausmachen.

Huis langsamer Atem wurde regelmäßiger, doch allmählich gelangte ich zu der Überzeugung, daß er nicht schlief, sondern mit offenen Augen dalag und auf mich wartete. Mir wurde übel bei dem Gedanken an unsere erste Begegnung. Er war nach Aswat gekommen, um sich mit den Priestern Wepwawets in Sachen des Pharaos zu beraten. Das Dorf war in heller Aufregung, die Gerüchteküche brodelte wegen des berühmten und geheimnisvollen Sehers, den nur wenige gesehen hatten, weil er wie ein Leichnam immer von Kopf bis Fuß in Binden gewickelt ging, unter denen er irgendeine schreckliche Entstellung verstecken wollte. Da war ich bereits wild entschlossen, ihn aufzusuchen und ihn zu bitten, für mich in die Zukunft zu sehen. Meine große Angst, für den Rest meines Lebens in Aswat festzusitzen, Kindern auf die Welt zu helfen wie meine Mutter und vorzeitig verbraucht und alt zu werden, war größer als meine Furcht vor dem Ungeheuer, das durch das Getuschel der Frauen noch schlimmer gemacht wurde. Mitten in der Nacht hatte ich mein Elternhaus in Aswat verlassen, war zu seiner Barke geschwommen, an Deck geklettert und in die dunkle, erstickend enge Kabine geschlüpft. Doch dann hatte ich dagestanden und die verschwommene Erhebung unter dem Laken angestarrt, gelähmt von dem gleichen Entsetzen, das mich jetzt überfiel, denn er hatte selbst im Schlaf gewußt, daß jemand da war.

Ich schluckte und kämpfte gegen die Panik an. Sei vernünftig, redete ich mir gut zu. Er kann gar nicht wissen, daß du da bist. Der Mann, der den Docht gestutzt hat, hat auch nichts gemerkt. Und der Leibdiener auch nicht, und nichts hat sich verändert, seit er das Zimmer verlassen hat. Trotzdem wuchs meine Überzeugung, daß er meiner gewahr geworden war, bis ich spürte, daß ich regelrecht in die Wand hineinkroch, um mich unsichtbar zu machen. Fast wäre mir das Messer entglitten. Und am liebsten hätte ich geweint.

Genau in dem Augenblick, als ich einfach den Umhang beiseite schieben und schreien, immer nur schreien wollte, redete er. «Da ist jemand», sagte er vollkommen gelassen. «Wer ist das?» In der darauffolgenden Stille biß ich mir auf die Zunge und drückte die Augen vor Schreck ganz fest zu. Er lachte jäh auf. «Ich könnte mir denken, Thu, daß du es bist», fuhr er im Plauderton fort. «Komm lieber heraus und geißele mich mit den Worten, die du gewißlich eingeübt hast, ich möchte nämlich noch etwas schlafen.»

Ich gab auf, schob den Umhang beiseite und kam herausgekrochen, und dabei mußte ich ein Aufstöhnen unterdrücken, denn die Beine waren mir eingeschlafen und verweigerten den Dienst. Wacklig kam ich auf die Füße, stand zittrig da, und in mir tobten die Gefühle – Liebe, Wut, Angst und das vertraute kindliche Zögern –, so daß ich kaum noch denken konnte. «Ich habe recht gehabt», sagte seine Stimme jetzt im Dunkel. «Es ist meine kleine Thu, die ins Nest zurückfliegt wie ein zerrupftes Vögelchen. Natürlich kein kleines mehr, nicht wahr?»

«Du hast mich verraten.» Ich wollte, daß die Worte kraftvoll und überzeugend kamen, statt dessen hörte ich mich krächzen. «Verdammt, Hui, du hast mich benutzt und verraten und mich im Harem der Demütigung, dem Prozeß und dem Tod überantwortet. Du hast mich aufgezogen, du hast mir alles bedeutet, und du hast mich verlassen, um die eigene Haut zu retten. Ich hasse dich. Ich hasse dich. Die vergangenen siebzehn Jahre habe ich darüber nachgedacht, wie ich dich am besten umbringe, und nun bin ich hier und tue es auch.» Das Messer fühlte sich nicht mehr so unhandlich an. Ich umklammerte es fester, ging auf das Lager zu, doch da blendete mich jäh aufflammendes Licht. Hui saß mit dem Zunder in der Hand, und die Flamme in der Lampe wurde wieder zum stetigen Schein.

Wir blickten uns so lange an, daß es mir wie eine Ewigkeit vorkam. Er hatte eine leicht belustigte Miene aufgesetzt, trotzdem spürte ich dahinter Wachsamkeit und vielleicht, ja, vielleicht leise Trauer. Meine Finger um den Messergriff wurden taub. Wie vor langer, vor sehr langer Zeit stand ich angewurzelt und konnte mich nicht rühren.

Mir fiel ein, wie er im Mondschein nackt im Fluß stand und ganz aus schimmerndem Silber war, während er die Arme zum Mond, seinem Schutzgott, erhob. Ich erinnerte mich, wie er hinter seinem Schreibtisch saß, eingerahmt vom Blattwerk vor dem Fenster, und mich mit strenger Miene schalt. Ich sah ihn vor mir, wie sein Haar seine Wange bedeckte, wenn er sich über seinen Stößel bückte und sich ganz auf die Kräuter konzentrierte, die er zerstieß, und wir von den bittersüßen Düften jenes inneren Heiligtums umgeben waren, in dem er am meisten er selbst war. «Nun?» half er nach und hob die Brauen. «Ist dein Messer nicht scharf genug? Soll ich einen Schleifstein holen lassen? Oder ist dein Wille nicht fest genug? Erinnerst du dich an die guten Dinge statt an die Zeiten, die deine ehrliche Bauernseele zutiefst getroffen haben müssen? Die Erinnerung ist eine unversöhnliche Waffe, liebe Thu. Willst du mich nun erdolchen oder nicht? Du hast doch ausreichend

Übung im Morden. Das hier dürfte dir leichtfallen.» Er besaß noch immer die unheimliche Gabe, meine Gedanken lesen zu können. Mir sank der Mut.

«O Hui», flüsterte ich. «O Hui. Du hast dich nicht verändert. Du bist noch immer hochfahrend und grausam und so wahnsinnig selbstbewußt. Hast du dich nicht ein einziges Mal gefragt, wie mein Leben in Aswat war? Bereust du denn gar nicht, was du mir angetan hast?»

«Natürlich habe ich mich das gefragt», sagte er barsch, ließ sich vom Lager gleiten und griff lässig nach dem Schurz, den er vorhin abgelegt hatte. «Aber ich kenne dich sehr gut. Du überlebst, liebe Thu. Du bist die zähe, kleine Wüstenblume geblieben, die selbst in der kargsten Umgebung noch Nahrung findet. Nein, um dich habe ich mir keine Sorgen gemacht, und was Reue angeht, so hast du im Harem versagt, und ich habe getan, was ich tun mußte. Mehr nicht.»

«Entschließe dich», sagte ich trocken. «Gerade war ich noch ein zerrupftes Vögelchen, keine Wüstenblume.» Er musterte mich von Kopf bis Fuß kühl und abschätzend, und trotz meiner fast humorvollen Entgegnung mußte ich mich innerlich gegen die gewißlich kommende spöttische Antwort wappnen.

«Wie alt bist du jetzt?» wollte er wissen. Er hatte sich den Schurz umgebunden, sich auf einem Stuhl niedergelassen und die Beine übereinandergeschlagen. Seine Waden waren noch straff, die weißen Füße hatten noch den hohen Spann und waren nicht ausgetreten. Ich wagte nur, sie mit halbem Auge zu mustern, denn er sollte nicht mitbekommen, daß ich schwach wurde.

«Ich stehe im dreiunddreißigsten Jahr», sagte ich. «Aber das mußt du nicht fragen, denn ich war dreizehn, als du mich aus dem Dreck von Aswat geholt, und siebzehn, als du mich wieder hineingeworfen hast.»

«Dein hitziges Temperament hat sich nicht gebessert», meinte er.

«Augenscheinlich nicht», blaffte ich zurück, «denn falls das so wäre, stünde ich hier nicht ohne Schminke oder Geschmeide oder Sandalen an den Füßen. Hui, warum sagst du es nicht? Du kannst es doch gar nicht erwarten, mir unter die Nase zu reiben, was für ein Wrack ich geworden bin.» Eines mußte man mir lassen, das Zittern, das ich verspürte, machte sich nicht in meiner Stimme bemerkbar. Jetzt lächelte er, doch seine Miene blieb undurchschaubar.

«So ist die Tempelsklavin noch immer eitel», höhnte er. «Deine Haut ist rauh wie Krokodilshaut. Deine Füße sind breitgetreten und nicht mehr zart, und man kann kaum noch die Knochen sehen. Dein Haar eignet sich nur noch als Bienenkorb. Deine Haut hat einen ziemlich abstoßenden Zimtton, und keiner Edelfrau würde es im Traum einfallen, dich für etwas anderes einzustellen als für die Küche. Aber, liebe Thu, man kann noch immer den Schatten der Frau erkennen, die die Wollust des Pharaos erregt hat, und bei guter Pflege könnte sie wiedererstehen. Ihre blauen, blauen Augen könnten einen Mann noch immer bis in seine Träume verfolgen.» Ich forschte in seinem Gesicht, wußte nicht, ob er es ehrlich meinte oder seiner typischen Boshaftigkeit nachgab. Verfolgten ihn meine Augen bis in seine Träume? Sein Lächeln war zwar zärtlich, aber war es nicht auch herablassend? «Gräme dich nicht», fuhr er honigsüß fort. «Du siehst nicht schlimmer aus als damals, als du in mein Haus gekommen bist. Ein paar Monate mit jemandem wie Disenk, und du erkennst dich selbst nicht wieder.»

«Du glaubst, mir geht es nur um den Verlust meiner Jugend», sagte ich. «Derlei läppische Sorgen hat Aswat verbrannt.» Das mußte wohl zu verbittert geklungen haben, denn sein Lächeln wurde strahlender.

«Das ist aufgeblasen und obendrein unehrlich», sagte er. «Keine Frau auf der Welt ist frei vom Laster der Eitelkeit.» Er beugte sich vor. «Aber natürlich hast du Dringlicheres zu tun, nicht wahr?» Er sprach feierlich, doch in seinen roten Augen funkelte es spöttisch. «Du hast deinen Sohn gefunden. Nein, er hat dich gefunden. Er war hier, um sich bei mir Rat zu holen. Hast du das gewußt? Wie hast du es nur geschafft, einen so rechtschaffenen, biederen jungen Mann zu gebären?»

Ich verbiß mir die Bemerkung, die mir auf der Zunge lag. Ich hätte ihn darauf hinweisen können, daß Kamen Mens Erziehung und Ägypten Ehre mache, daß Hui und Paiis versuchten, etwas Gutes und Starkes zu vernichten, daß Ägypten, falls sie Erfolg hätten, kein Beispiel mehr für die wahre Maat auf Erden sei. Doch in der Kunst des Rededuells konnte ich es nicht mit Hui aufnehmen. «Bitte, Hui, hänsele mich nicht», sagte ich leise.

Er blickte mich lange an, und seine Augen funkelten nicht mehr hämisch, sondern blickten undurchsichtig und nachdenklich. Die Lampe neben mir knisterte. Draußen vor dem Fenster kam eine Brise auf, raschelte kurz in den Blättern der dunkel verhüllten Bäume, ehe sie sich wieder legte. Ich war müde und erschöpft und dachte, hätte ich doch nur dem Drang widerstanden, hierherzukommen, denn er ist mächtiger als ich, und das ist nie anders gewesen.

Dann bewegte er sich, stellte die Beine nebeneinander und stand auf. «Bist du hungrig?» erkundigte er sich und ging ohne eine Antwort abzuwarten zur Tür seines Leibdieners und klopfte laut. Kurz darauf tauchte der Mann schlaftrunken und mit verquollenem Gesicht auf. «Bring mir, was vom Fest übriggeblieben und noch gut ist, und dazu einen Krug Wein», befahl er und drehte sich zu mir um. «Ich war gegen den Mordversuch an dir und deinem Sohn», sagte er ruhig. «Aber ich hatte kaum eine andere Wahl, als Kamen lebendig zu Paiis zurückkehrte und Paiis mich vor der neuen Gefahr warnte, die an unserem beschaulichen Horizont aufgetaucht war. Wenn du in Aswat geblieben wärst und den Mund gehalten hättest, wenn es das launische Schicksal nicht gewollt hätte, daß Kamen in Erfüllung seines Auftrags dort anlegte, hätte es dieses ganze abscheuliche Durcheinander nicht gegeben. Doch die Götter haben dir die Rachewerkzeuge in die Hand gedrückt, und du hast sie ergriffen. Jedoch, liebe Schwester, du kannst sie nicht benutzen.»

Er stand jetzt so dicht vor mir, daß sein Atem warm mein Gesicht streifte und mir der Duft seiner jasmingeölten Haut in die Nase stieg. Er hatte mich mit der liebevollsten und familiärsten Anrede angesprochen. Noch nie hatte er das Wort «Schwester» verwendet, denn das war einer vergötterten Ehefrau oder Geliebten vorbehalten, und falls es aus einem anderen Mund gekommen wäre als aus seinem, ich wäre entwaffnet gewesen. So aber merkte ich trotz des beinahe überwältigenden Wunsches, die Augen zu schließen und ihm den Mund zum Kuß zu bieten, unversehens auf und richtete das Messer auf ihn.

«Spar dir das für die hirnlosen Huren deines Bruders, Hui», sagte ich laut und drückte die Faust, die das Messer hielt, gegen seine nackte Brust. «Die sind ohne Zweifel leichter herumzubekommen, aber wenn du mich überrumpeln willst, mußt du dir schon mehr Mühe geben. Ich weiß sehr wohl, daß du meinen Körper nicht haben willst. Außerdem gehöre ich noch immer dem König, oder hattest du das vergessen? Und zu diesem König gehen Kamen und Men und, ja, und auch Kaha in diesem Augenblick mit einer Abschrift meines Manuskripts. Paiis hat nicht gewußt, daß es existiert, und eine Erzählung von versuchtem Mord und Pharaonenjustiz wird man nicht übersehen können. Tritt zurück, oder ich erdolche dich.» Er gehorchte, doch vorher blitzte es in seinen roten Augen auf, und das kannte ich: Es war ein vorübergehender Anfall von Wollust und Bewunderung. Ich lächelte. «Gefahr hat dich schon immer erregt, was, Hui?» sagte ich, und die Worte waren mir noch nicht von den Lippen, da war mir klar, daß ich bis zu seinem geheimnisvollen inneren Kern durchgedrungen war. «Gefahr, Verschwörungen, das alles zusammen bietet dir eine Fluchtmöglichkeit vor der Last der Gabe, die dir die Götter geschenkt haben. Eigentlich müßtest du jetzt lichterloh brennen, denn noch nie hast du in größerer Gefahr geschwebt als im Augenblick. Paiis kann uns nicht allesamt zum Schweigen bringen.»

Er kehrte zum Stuhl zurück, setzte sich mit der gewohnten lockeren Anmut, stützte einen Ellenbogen auf die Seitenlehne, legte das Kinn in die Hand und musterte mich mit berechnendem Blick.

«Kaha auch?» murmelte er. «Das tut weh. Die Treue eines Schreibers sollte über allen Zweifel erhaben sein.»

«Seine Treue ist über allen Zweifel erhaben», gab ich zurück und hätte ihn am liebsten geschüttelt, damit er endlich die Beherrschung verlor. «Sie gilt der Maat und der Gerechtigkeit.»

«Sie gilt dem, was er bei deinem Anblick zwischen seinen Schenkeln spürt», fauchte er zurück. «Falls ich wollte, ich könnte augenblicks auf dir liegen.» Ich ergriff das Heft des Messers mit beiden Händen und zielte auf ihn.

«Versuch es, Hui», höhnte ich. «Ich habe weniger zu verlieren als du.»

Ein taktvolles Klopfen an der Tür bewahrte uns vor weiteren Ausbrüchen. Der Diener trat mit einem Tablett ein, das er auf Huis kurz angebundene Anweisung hin auf dem Tisch neben dem Lager abstellte, dann zog er sich ohne auch nur einen

Blick in meine Richtung in sein Zimmer zurück. «Bediene dich», sagte Hui.

Ich näherte mich dem Tisch. Der Wein war noch versiegelt. Ich ging zu der Truhe, neben der ich mich eben noch versteckt hatte, klappte den Deckel auf und stöberte darin herum, bis ich einen Leinenbeutel zum Zuziehen gefunden hatte. Wieder am Tisch, stopfte ich den Weinkrug, den Brotlaib, eine Handvoll Feigen und Ziegenkäse hinein. Hui beobachtete mich schweigend. Als ich fertig war, blickte ich ihn an. «Sag jetzt nichts», warnte ich ihn. «Ich trage dein Kleid und nehme dein Essen, doch du schuldest mir viel mehr als das. Du schuldest mir siebzehn Jahre harte Arbeit und Verzweiflung, und wenn man dich verhaftet hat, komme ich zu deinem Prozeß und fordere den Rest der Schuld ein. Ich hasse dich und flehe zu den Göttern, daß du das gleiche Urteil erhältst, das ich deinetwegen erdulden mußte, daß du in einem leeren Zimmer eingeschlossen wirst, bis du an Durst und Hunger stirbst. Und ich sitze dann draußen vor der Tür und höre mir an, wie du um Gnade winselst, und dieses Mal wird es keinen Pharao geben, der sich erbarmt und dein Leben verschont.»

Er rührte sich nicht. Doch allmählich breitete sich ein Lächeln auf seinem bleichen Gesicht aus, und eine weiße Braue zuckte. «Thu, mein Schatz», sagte er. «Du mußt mich nicht hassen. In Wahrheit liebst du mich mit einer Leidenschaft und Beharrlichkeit, die dich erbost, und darum bist du heute abend hierhergekommen. Warum sonst würdest du mich wohl vor meiner unmittelbar bevorstehenden Verhaftung warnen? Angenommen natürlich, daß es Paiis nicht gelingt, euch alle zu vernichten, eine Aufgabe, die er vermutlich trotz deiner eifrigen gegenteiligen Beteuerungen vollenden dürfte. Und falls der unwahrscheinliche Fall eintreten sollte, daß ich wegen Hochverrats vor Gericht komme und mein Urteil lautet, ich soll mir das Leben nehmen, was bliebe dir, abgesehen von der netten, doch ziemlich unbefriedigenden Beziehung zu deinem Sohn? Denn du bist wie ich, Thu, ich habe dich erschaffen, und ohne mich bist du nichts als eine leere Hülse. Der lebenspendende Samen wäre fort.»

Ich sah ihn nicht mehr an, sondern umklammerte den Beutel mit der einen und das Messer mit der anderen Hand und ging zur Tür. «Möge Sobek deine Knochen zermalmen», flüsterte ich, «und möge die ewige Finsternis der Unterwelt über deinem Kopf zusammenschlagen.» Tastend gelangte ich auf den dunklen Gang. Vor dem Arbeitszimmer war der Wachtposten aufgezogen, doch ich schob mich an ihm vorbei, ohne ihn eines Blickes zu würdigen. Die Eingangshalle mit ihren hochragenden Säulen lag verlassen, ich durchquerte sie eilig. Aber auch wenn tausend Festgäste sie bevölkert hätten, es wäre mir einerlei gewesen.

Denn Hui hatte recht. Ich liebte ihn und haßte mich für diese Liebe wie eine Gefangene, die ihren Folterknecht gleichermaßen verabscheut und vergöttert. Kein Erlaß des Pharaos, kein Urteil der Götter konnte ihn bewegen, mich auch zu lieben, nur ich würde mich bis zu meinem letzten Atemzug hilflos nach ihm sehnen. Ich wollte ihm die eindringlichen Augen ausstechen. Ich wollte ihm mein Messer tief in die Eingeweide stoßen und zusehen, wie sein Blut warm über meine Hände rann. Ich wollte ihn umschlingen und spüren, wie sich sein Körper an meinem entspannte und einwilligte. Tränenblind vor Wut und Schmerz stolperte ich über den Hof, fand die kleine Pforte und schob mich in den raschelnden, schützenden Garten. Als ich wieder zu mir kam, war ich bereits an den schläfrigen Wachtposten vorbeigewatet und befand mich auf dem Weg am See in Richtung Stadt.

Halb betäubt drückte ich mich an die rauhe Mauer einer

Gasse, während eine Reihe beladener Karren an mir vorbeiratterte. Meine Füße und Beine waren mit getrocknetem Flußschlamm bedeckt, und das zarte Hemdkleid, das ich in Huis Badehaus gestohlen hatte, trocknete grau und steif an meinen Schenkeln. Es wurde Zeit, erneut zum Goldenen Skorpion zu gehen und auf eine Nachricht von Kamen zu warten, Pläne zu schmieden. Doch noch eine geraume Weile, nachdem die Karren mit ihren wiehernden Eseln weitergerumpelt waren, konnte ich mich nicht bewegen. Meine Gedanken rasten, und aller Mut hatte mich verlassen. Erst als mir aufging, daß ich mir heiß und innig wünschte, auf meiner Pritsche in der elenden kleinen Hütte zu liegen, die mir in Aswat Heim gewesen war, besann ich mich wieder und gab mir Mühe, mich unauffällig unter die vorbeiströmende Menschenmenge zu mischen.

Er hatte nicht gesagt, daß er mich nicht liebte, in Wirklichkeit hatte er überhaupt keine Gefühle geäußert. Sein Ka war besser behütet als der König auf einem königlichen Umzug. Doch in der Vergangenheit hatte ich bemerkt, wie sein Schutzschild löchrig wurde, wenn er mich ansah, und während ich mich durch den fackelerhellten Wirrwarr der städtischen Straßen schlängelte, rief ich die Erinnerungen absichtlich wach. Sie waren wie Balsam auf der schmerzenden Wunde, die seine Worte geschlagen hatten. Als er mich als formlosen Lehmklumpen aus meinem Dorf holte und mich so modellierte, wie er mich haben wollte, meine Gedanken formte und meine Wünsche lenkte, da hatte er sich mit seiner eigenen Schöpfung eingelassen. Und wenn er in meinem Kopf und Herzen als der Erbauer und Urheber von allem wohnte, was ich wurde, dann ging auch ich ihm ins Blut wie eine Krankheit, die er sich unabsichtlich zugezogen hatte.

Ein einziges Mal hatten wir uns geliebt, in seinem Garten, an dem Abend, an dem meine Ängste und meine Verzweiflung ihren Höhepunkt erreichten und ich beschloß, den König umzubringen. Und dieser Entschluß war so kühn, daß er eine jähe Lust angeheizt hatte, o ja, doch Hui gehörte nicht zu den Menschen, die lediglich der Begierde eines Augenblicks nachgaben. In unsere beiderseitige Erregung und unsere Schuldgefühle hatte sich unterschwellig echtes Gefühl gemischt. Doch er hatte es geleugnet, leugnete es noch immer, weil er überleben wollte, und Rachedurst hatte die Sehnsucht meines eigenen Herzens überschattet.

Und rächen werde ich mich, sagte ich bei mir, als der Schmerz nachließ und ich mich der geöffneten Tür des Goldenen Skorpions näherte. Kein Andenken kann süßer schmecken als der Geschmack von Huis Sturz auf meiner Zunge. Ich blieb stehen und wischte mir so viel Dreck von Beinen und Kleid, wie ich schaffte, schob das Messer in den Leinenbeutel und trat in das freundliche gelbe Lampenlicht.

Der Raum war angenehm voll. Wie schon vorher wandten sich mir ein paar Köpfe zu, und ich stand ein Weilchen dort, machte mich für jemanden bemerkbar, der auf mich wartete, dann drängelte ich mich nach hinten in eine Ecke und schlüpfte auf eine der Bänke.

Der Besitzer kam, doch ich sagte, ich würde auf jemanden warten. Er zögerte, der Kontrast zwischen der Qualität des Leinens, das ich trug, und meinem zerzausten Äußeren schien ihn ratlos zu machen, doch nachdem er sich überzeugt hatte, daß ich nicht versuchte, meinen Körper in seinem Lokal feilzubieten, verzog er sich wieder.

Ich sah die Gäste kommen und gehen, ein stetiger, fröhlicher Strom von jungen Hauptleuten und niederem Stadtvolk mit seinen Frauen. Zuweilen blickte sich einer in dem immer stickiger werdenden Lokal um, und ich erstarrte und beugte mich ins Licht, doch keiner näherte sich. Allmählich wurde mir ängstlich zumute. Kamen hatte ganz eindeutig gesagt, daß er mir jeden dritten Abend eine Nachricht zukommen lassen würde, doch die Stunden vergingen, der Besitzer machte deutlich, daß er auf meinem Platz lieber einen Zecher sehen würde, und ich machte mich allzu verdächtig so allein unter Soldaten, die zwar nicht im Dienst waren, aber gewißlich meine Beschreibung hatten.

Jetzt lauschte ich auch auf die Unterhaltung ringsum, erwartete, daß mein Name unter den vielen Menschen fiel. In den Augen, die mich flüchtig musterten, meinte ich einen unbestimmten Argwohn zu lesen, ein Abwägen, ob man mich kannte, und am Ende hielt ich es nicht länger aus. Jäh stand ich auf und verzog mich aufatmend in die verschattete Gasse. Kamen war irgend etwas zugestoßen, davon war ich überzeugt. Ich kannte ihn bereits als einen Mann von Wort, und außerdem hatte er sich rührend um mich gekümmert. Er wußte, daß ich Angst hatte, es mußte also einen guten Grund für sein Schweigen geben.

Nein, keinen guten Grund, dachte ich, als ich im Dunkel untertauchte und auf das Ende der Straße der Korbverkäufer zustrebte. Einen schlimmen. Irgendeinen finsteren Grund. Paiis hat ihn gefunden. Paiis hat ihn ermordet. Helle Angst packte mich, und mein Herz fing an zu hämmern. Nein. Das darfst du nicht denken. Denk nur an Verhaftung. Nimm an, daß er sich versteckt hat und sich nicht zeigen kann. Er darf nicht sterben, sonst breche ich unter der Schuld zusammen und sterbe auch. So grausam können die Götter nicht sein, daß sie mich ihn finden lassen, nur um ihn mir wieder zu entreißen. O Wepwawet, Wegbereiter, bitte hilf mir! Was soll ich nur tun?

Eine Hand legte sich auf meine Schulter, und dumm, wie ich war, schoß es mir durch den Kopf, es wäre der Gott persönlich, der sich von hinten angeschlichen und auf mein Gebet geantwortet hätte. Der Atem stockte mir. Der Druck der Hand wurde stärker, zwang mich zum Stehenbleiben und schob mich aus dem grellen Fackelschein der größeren Straße zurück ins Dunkel.

Vor mir stand ein junger Mann, der die Hand zu meinem Oberarm wechselte und mich anblickte. Sofort erkannte ich in ihm einen der Zecher aus dem Bierhaus. Kamens Bote, dachte ich erleichtert. Er will nicht mit mir zusammen gesehen werden und hat gewartet, bis ich gegangen bin. Dennoch hatte ich nicht die Absicht, mich vor der Zeit zu erkennen zu geben, denn es gefiel mir gar nicht, wie fest er mich packte. «Welche Farbe haben deine Augen?» fragte er brüsk.

«Du verwechselst mich mit einem Freudenmädchen», gab ich ruhig zurück. «Ich verkaufe mich nicht.» Er beugte sich vor und starrte mich eindringlich an, dann zog er mich höflich, aber bestimmt zu einer geöffneten Tür, aus der ein wenig Licht fiel. Ärgerlich versuchte ich, mich loszureißen, doch er packte mich nur noch fester und musterte mich sorgfältig.

«Lautet dein Name Thu aus Aswat?» fragte er. Entsetzen überfiel mich.

«Nein, so heiße ich nicht», sagte ich, «und wenn du mich nicht losläßt, schreie ich. Es ist gesetzlich verboten, Frauen in der Öffentlichkeit zu belästigen.» Das berührte ihn überhaupt nicht, und auch sein Griff lockerte sich nicht.

«Ich glaube doch», erwiderte er. «Die Beschreibung, die mir mein Hauptmann gegeben hat, paßt auf dich. Hochgewachsen, blauäugig, eine Bäuerin, die mit der Anmut einer Edelfrau geht und gebildet spricht. Ich bin dir aus dem Goldenen Skorpion gefolgt, weil ich mir nicht sicher war, ob ich dich erkannt hätte, aber jetzt gibt es keinen Zweifel mehr. Du bist verhaftet.» Rasch sah ich mich um, aber leider war die Straße im Augenblick leer, nicht einmal die allerbeharrlichste Hure ließ sich blicken.

«Und du bist betrunken», sagte ich laut und beleidigend. «Falls du mich auf der Stelle losläßt, sage ich der städtischen Polizei auch nicht, wie du dich aufgeführt hast. Sonst wachst du morgen auf und hast mehr zu bedauern als nur einen Brummschädel.»

«Ich bin nicht betrunken», beharrte er. «Tut mir leid, aber du mußt mich zu meiner Dienststelle begleiten.» Da wußte ich, daß es aussichtslos war, ihm Zweifel einzureden, die er eindeutig nicht hatte. Doch in meiner Verzweiflung probierte ich es noch einmal.

«Deine Dienststelle?» sagte ich verächtlich. «Du bist kein Soldat. Wo ist denn dein Rangabzeichen?»

«Meine Dienststelle ist mein Hauptmann, und der hat den Befehl von Prinz Ramses erhalten. Ich bin heute abend nicht im Dienst.»

«Dann darfst du mich auch nirgendwohin bringen. Für wie dumm hältst du mich?» Er lächelte nicht einmal.

«Weit gefehlt», sagte er. «Sonst wären die Division des Prinzen und die städtische Polizei nicht alarmiert worden, heute abend in ganz Pi-Ramses nach einer blöden Bäuerin zu suchen. Ich muß gestehen, daß ich furchtbar gern wüßte, welch schändliches Verbrechen du begangen hast, auch wenn mich das nichts angeht. Du solltest dich lieber in das Los fügen, das dich erwartet, Thu aus Aswat, denn da ich dich gefunden habe, ist es meine Pflicht, dich zu meinem Vorgesetzten zu bringen. Ich habe zwar heute abend dienstfrei, er aber nicht.»

Nach dem ersten Entsetzen brach mir der kalte Schweiß aus. Ich zwang mich, ganz locker zu werden und die Schultern sinken zu lassen. «Na schön», sagte ich erschöpft. «Geh voraus.» Ich hätte gern nach dem Messer getastet, das zusammen mit dem Essen noch immer in Huis Leinenbeutel steckte, aber mein anderer Arm steckte in seinem Klammergriff. Bei meinen Worten ließ der junge Mann etwas los und machte einen Schritt. Sofort drehte ich den Kopf und biß ihn in den Unterarm. Er jaulte auf, und als er den Arm wegzog, versetzte ich ihm einen harten Stoß in die Brust und lief auf die hell erleuchtete Durchgangsstraße zu. Dort waren Menschen. Dort könnte ich in der Menge untertauchen, mich verstecken.

Doch ich hatte die Rechnung ohne das verflucht modische Kleid gemacht, das ich in Huis Badehaus entwendet hatte. Es war von der Hüfte bis zu den Knöcheln so schmal geschnitten, daß ich nur humpeln konnte, und ehe ich mich versah, stolperte ich und lag auf den Knien im Dreck. Außer mir riß ich an dem einzigen, seitlichen Saum, doch der Faden widerstand meinen fieberhaft arbeitenden Nägeln, während der Soldat, der sich wieder gefaßt hatte, laut um Hilfe rief und gleich darauf eine Schar seiner Freunde aus dem Goldenen Skorpion stürmte. Stolpernd kam ich wieder hoch, zog mir den Rock bis zu den Oberschenkeln und stürzte der Freiheit entgegen, doch da war es bereits zu spät. Rauhe Hände packten mich am Haar, zerrten mich zurück, und ein Arm legte sich um meinen Hals. «Betrachte dich als Gefangene des Horusthrons», keuchte der junge Mann.

Sie banden mir die Hände zusammen und marschierten mit mir durch die Stadt. Zwar waren ein paar von ihnen tatsächlich betrunken, und sie lachten und freuten sich über ihr Glück, daß sie solch eine gefährliche Verbrecherin festgenommen hatten, aber der, der mir gefolgt war und mich angehalten hatte, war nicht betrunken und überzeugte sich, daß die anderen mich dicht umringten. Einer ging voraus und warnte die Leute, daß sie den Weg freigaben, und ich schritt durch ein Meer von neugierigen Gesichtern, einige mitfühlend, einige feindselig, allesamt aber begafften sie die zerzauste Frau, deren Schicksal, den Göttern sei Dank, nicht das ihre war.

Ich sah sie nicht an, sondern erblickte hinter ihnen dunkle, einladende Toreinfahrten oder dämmrige Gassen, die sich ins Dunkel schlängelten. Doch es bot sich keine Gelegenheit zur Flucht, und schließlich wurde ich erschöpft und schicksalsergeben in ein kleines Gebäude aus Lehmziegeln geführt und vor einem Schreibtisch abgeliefert, hinter dem ein uniformierter junger Mann aufstand. Meine Häscher verschwanden, nachdem sie mir die Fesseln abgenommen und mir meinen Beutel zurückgegeben hatten.

Nach einer kurzen Pause, in welcher der Blick des Mannes unverwandt auf meinem Gesicht ruhte, nickte er, ging um den Schreibtisch herum und stellte mir einen Schemel hin. Dankbar ließ ich mich niedersinken und wartete, während er meinen Beutel öffnete, den Inhalt untersuchte und dann das Messer und den ungeöffneten Weinkrug hervorholte. «Guter Wein vom Westlichen Fluß aus dem Jahr 16», sagte er. «Gehört er dir?»

«Ja.»

«Darf ich ihn aufmachen? Teilst du ihn mit mir?» Achselzuckend sagte ich:

«Warum nicht?»

«Danke.» Er erbrach das Siegel, auf dessen Wachs Herkunft und Jahrgang eingeprägt waren, griff hinter sich zum Bord und stellte zwei Becher auf den Schreibtisch. Während er einschenkte, sammelte ich mich so weit, daß ich die Insignien auf seinem Lederhelm und Armband prüfen konnte. Er gehörte zur Horus-Division, die unter dem persönlichen Befehl des Prinzen stand. Und hatte der junge Hauptmann nicht gesagt, daß mein Verhaftungsbefehl vom Prinzen kam? In meiner Angst hatte ich nicht auf seine Worte geachtet, doch jetzt fielen sie mir wieder ein.

«Du stehst nicht unter dem Befehl von General Paiis?» rutschte es mir heraus. Er blickte überrascht hoch, dann reichte er mir einen der Becher.

«Nein, natürlich nicht», erwiderte er. «Wie kommst du darauf, daß du auf Befehl des Generals verhaftet worden bist? Prinz Ramses höchstpersönlich hat den Haftbefehl unterzeichnet. Trink. Du siehst völlig erschlagen aus.»

«Hat der Prinz meine Verhaftung auf Empfehlung des Generals angeordnet?» Er blinzelte ratlos.

«Keine Ahnung. Ich weiß nur, daß die Stadtpolizei und alle Männer aus der Division des Prinzen, die Dienst oder Wache haben, vor ein paar Stunden mit der Suche nach dir beauftragt worden sind. Du wirst dringend gesucht. Im Guten oder im Bösen?» Ich rang mir ein Lächeln ab und hob den Becher zum Mund. Der Wein roch nach Hui und lief mir wie eines seiner Elixiere die Kehle hinunter.

«Ich weiß nicht», sagte ich ehrlich und stellte den Becher zurück auf den Schreibtisch. Allmählich fühlte ich mich besser. Falls der Prinz mich finden wollte, so mußte das heißen, daß Paiis es nicht geschafft hatte, sein schmutziges Mordkomplott geheimzuhalten. Oder zumindest war er gezwungen gewesen, einige Vorwände für meine Verhaftung vorzubringen, und das begrenzte seine Macht, mir und Kamen zu schaden. Und wo war mein Sohn? Hatte er das Ohr des Palastes schließlich doch noch erreicht? Auf einmal war ich hungrig. Der Hauptmann merkte, daß ich nach dem Beutel schielte, und schob ihn mir zu.

«Iß nur», sagte er und setzte sich wieder. Ich schenkte mir Wein nach und stürzte mich auf das Brot, die Feigen und den Käse.

«Den Rest des Weins kannst du behalten», sagte ich. «Und wo soll ich jetzt die Nacht verbringen? Und hast du Nachricht von meinem Sohn?» Er legte die Stirn in Falten.

«Von deinem Sohn? Nein. Ich habe gar nicht gewußt, daß du einen Sohn hast. Ich weiß nichts über dich, Thu. Und was dein Nachtlager angeht, so lautet mein Befehl, dich sofort, nachdem man dich gefunden hat, in den königlichen Harem zu schaffen.»

Meine Aufregung verdichtete sich zu einem unverdaulichen Kloß aus heruntergeschlungenem Essen und zu schnell getrunkenem Wein. Mir wurde übel, ich schluckte krampfhaft. Dann wurde mir schwarz vor Augen, und ich mußte mich an der Schreibtischkante festhalten. «Nein», flüsterte ich. «Nein! Ich kann nicht zurück, nicht jetzt, nicht nach so vielen Jahren. Der Harem ist ein Gefängnis, dem entrinne ich kein zweites Mal, dort wartet der Tod auf mich, bitte, bitte, bring mich überall, nur nicht dorthin!» Ich wurde schriller und schriller. Meine Finger krallten sich in den Schreibtisch. Das hier hat nichts mit Paiis zu tun, dachte ich außer mir. Das ist der Prinz. Der wird seine boshafte Freude daran haben, mich wieder in der Falle zu sehen, und dieses Mal gibt es niemanden, der mich beschützt. Ich verschwinde in jener riesigen Herde parfümierter Kühe. Wie gern wäre ich aus dem Zimmer gestürzt, doch meine Gliedmaßen zitterten so sehr, daß ich kaum den Kopf heben konnte. Der Hauptmann beugte sich vor, löste meine Hände vom Schreibtisch und nahm sie in die seinen, die angenehm warm waren.

«Ich kenne die Geschichte nicht, die du mir möglicherweise erzählen könntest», sagte er bedächtig, so als beschwichtigte er ein verängstigtes Kind, und in diesem Augenblick war ich in der Tat ein Kind, das völlig verstört war von der Aussicht auf ein Los schlimmer als der Tod von Paiis' Hand. «Ich weiß nur, daß der Prinz Erbarmen kennt, ein fähiger Erbe und würdig ist, den Horusthron zu besteigen, wenn sein Vater zu den Göttern versammelt wird. Er ist weder kleinlich noch gehässig. Und seine Strafen sind nicht schlimmer als die Verbrechen, die er aburteilt. Du bist verständlicherweise außer dir, nachdem man dich vor aller Augen durch die Stadt geführt hat. Beruhige dich.»

Ich bin außer mir, weil meine Strafe von einem Prinzen festgesetzt wird, dessen Annäherungsversuche ich einst abgewiesen habe und der dazu beigetragen hat, daß man mich zum Tode verurteilte, dachte ich verzweifelt. Im Harem bietet sich keinerlei Gelegenheit, noch einmal mit ihm zu sprechen. Dort gehe ich in dem Meer gesichtsloser Frauen unter, und dann bin ich für immer verloren, während er stillvergnügt lächelnd über die Ironie des Schicksals nachdenkt.

Doch als der Hauptmann so meine Hand hielt, faßte ich mich allmählich und war imstande, mich aufrecht hinzusetzen. «Du hast recht», sagte ich mit bebender Stimme. «Verzeih mir. Ich bin sehr müde.» Anstatt mir zu antworten, stand er auf, ging zur Tür und bellte einen scharfen Befehl.

«Ich lasse dich am besten in einer Sänfte in den Harem bringen», sagte er. «Hier ist deine Eskorte. Es ist Zeit, zu gehen.»

Ich mußte mich auf den Schreibtisch stützen, sonst wäre ich nicht hochgekommen, und dann stand ich mit schlotternden Knien auf und wäre zu gern in dem kahlen Raum geblieben, der für mich in so kurzer Zeit zu einem Hafen der Geborgenheit geworden war. Hinter der Tür wurde eine Fackel entzündet, und ich sah eine Sänfte auf der Erde stehen, deren schwere Wollvorhänge hochgezogen waren und deren Inneres gähnte wie ein dunkler, zahnloser Mund, der mich verschlingen wollte. Mein Lebenskreis hat sich also geschlossen, dachte ich niedergeschlagen. Doch dieses Mal komme ich in einer schlichten, gewöhnlichen Sänfte als Gefangene in den Harem, und ich muß mich von einem Soldaten verabschieden, nicht von einem Seher. So treiben die Götter ihr Spiel mit uns. Der Hauptmann wartete mit ausgestrecktem Arm an der Tür. Ich brauchte einen Augenblick, um mich aufzurichten, tief einzuatmen und das Kinn zu recken. Dann ging ich an ihm vorbei und drückte ihm dabei die Hand. «Hab Dank für deine Freundlichkeit», sagte ich.

«Mögen die Götter dir beistehen, Thu», erwiderte er, und dann schloß sich die Tür hinter ihm. Ich will keine Götter, die mir beistehen, dachte ich aufsässig, als ich in die Sänfte kletterte und den Vorhang herunterließ. Im Himmel gibt es keine Gerechtigkeit. Sollen sie sich doch ein anderes Opfer suchen, an dem sie ihre grundlose Bosheit austoben können, und mich in Ruhe lassen.

Die Sänfte wurde hochgehoben und setzte sich in Bewegung. Ich spähte nach draußen in der Hoffnung, daß sie nicht gut bewacht wäre und ich mich vielleicht herausfallen lassen und fliehen könnte. Doch an jeder Seite ging ein Soldat mit gezücktem Schwert, und ich hörte, wie der Soldat vorneweg lautstark den Weg freimachte, und auch hinter mir knirschten Füße in Sandalen. Auf dieser Reise würde es keinen unvorhergesehenen Halt geben.

Die Sänfte hatte keine Kissen, nur einen harten Strohsack, an den ich mich anlehnen konnte. Ich rollte mich zusammen und machte die Augen fest zu, verdrängte die bedrohlichen Bilder von der Zukunft, die mich überwältigen wollten. Du bist am Leben, redete ich mir gut zu. Du hast so viel überstanden. Du kannst auch das hier überstehen. Die Verachtung der Frauen, die sich an mich noch als Beinahe-Mörderin erinnern, ist auch nicht schlimmer als der Haß der rechtschaffenen Dörfler in Aswat. Denk an Kamen, Thu. Denk an deinen Sohn.

Du hast einem Prinzen das Leben geschenkt, und nichts, was dir geschieht, kann etwas an dieser ruhmreichen Tatsache ändern. So rang ich um Zuversicht, während mein Herz vor Angst hämmerte, daß meine Gedanken davonflatterten, noch ehe ich sie zu Ende gedacht hatte.

Trotz meiner fiebrigen Gaukelbilder mußte ich eingenickt sein, denn ich wachte mit einem Ruck auf, als die Sänfte abgesetzt wurde. Der Vorhang wurde hochgehoben, und ein Gesicht, das von Fackelschein umgeben war, blickte mich prüfend an. «Steig aus», blaffte der Soldat, und ich kletterte heraus. Ein anderer Soldat tauchte auf, man wechselte Worte, und Träger und Eskorte entfernten sich. Ich blickte mich um.

Ich stand auf dem großen, freien, gepflasterten Platz vor dem Haupteingang des Palastes, hinter mir die Bootstreppe und der Kanal. Rechter und linker Hand ragten hohe Bäume empor, deren schattenspendende Zweige sich über Rasenflächen breiteten, doch an den Säulen am Eingang waren so viele Fackeln angebracht, daß die reich verzierten Sänften, die wie hochgezogene Boote auf dem Pflaster ruhten, hell beleuchtet waren. Ihre Träger warteten geduldig, daß ihre Gebieter von einem königlichen Fest oder einer Konferenz hoher Ratgeber im Palast zurückkehrten. Ich konnte das leise Plätschern des Wassers hören, wo sich der dunkelgoldene Schein auf dem gekräuselten Wasser neben vertäuten Booten spiegelte, und die gedämpften Stimmen der Ruderer, mit denen sie bemannt waren.

Nichts hatte sich verändert. Es war, als stünde ich hier vor siebzehn Jahren, prächtig angetan in gelbem Leinen und Gold, das Haar mit Silberfäden durchflochten, die hennarote Hand herrisch erhoben, um meine Sänfte anzufordern, während Disenk hinter mir stand, meinen bestickten Umhang über einem Arm und einen Kosmetikkasten unter den anderen geklemmt, damit sie das Khol um meine Augen oder den blauen Lidschatten erneuern konnte, falls ich während des Abends wenig vornehm schwitzen sollte. Da überfiel mich eine Sehnsucht, die fast Heimweh war, genau in dem Augenblick, als mich der Soldat beim Handgelenk packte und ich mir vorstellte, wie sich mein anderes Ich, diese geisterhafte Vision von Jugend und Macht und Schönheit, umdrehte und mich abfällig und hochfahrend anlächelte. Ich ließ mich von dem Soldaten abführen.

Ich wußte schon, wohin es ging. Ein breiter gepflasterter Weg führte zu den aufragenden, angestrahlten Säulen, unter denen es von königlichen Soldaten und Dienern wimmelte, doch ehe wir sie erreichten, teilte sich der Weg. Die rechte Abzweigung lief auf die Pforte zu, die sich zu den Palastgärten und den Säulen des Bankettsaals hin öffnete und zum etwas entfernter gelegenen Arbeitszimmer des Pharaos führte.

Mein Häscher zog mich den linken Weg entlang. Der wand sich durch weitere, üppig grüne Rasenflächen, und ich erhaschte einen Blick auf den Teich, in dem Hunro und ich jeden Morgen geschwommen hatten, nachdem ich die Leibesübungen gemacht hatte, während Hunro neben mir tanzte. Erhitzt und zerzaust, lachend und neu belebt rannten wir dann um die Wette durch das Haremstor, über das Gras und sprangen mit einem Kopfsprung in das saubere, kühle Wasser. An ebendiesem Tor ließ mein Häscher mein Handgelenk los, klopfte zweimal und ließ mich stehen. Doch ehe ich mich gefaßt und die heimtückischen Trugbilder, die mich ungebeten umgaukelten, verscheucht hatte, öffnete sich das Tor und ich wurde hineingezogen.

Der Mann, der jetzt das Tor hinter mir schloß, war in die knöchellange, fließende Robe eines Haushofmeisters gekleidet. Neben ihm stand ein Junge, der mich mit unverhohlener

Neugier musterte und eine Fackel hochhielt, so daß deren Schein auf den goldenen Armbändern des Haushofmeisters glitzerte, während er mich anblickte und mir winkte. Er stellte sich nicht vor. Warum auch? dachte ich bei mir, während ich hinter ihm und dem Sklaven hertrabte. Ich bin weniger als ein Nichts, eine Bäuerin, die in die Küche oder Wäscherei gebracht wird, wo sie einen Schurz und einen Strohsack bekommt, ehe man sie dem Vergessen anheimgibt.

Beim Gehen konnte ich nur wenig erkennen, doch ich wußte, woran wir vorbeigingen. Rechter Hand kamen weitere Bäume und ein mit Büschen bestandener Rasen, ein Teich mit Seerosen und Lotos und dann im rechten Winkel zu dem schmalen Weg, den meine Füße bereits wiedererkannten, eine Mauer aus Lehmziegeln mit einer Außentreppe, die zum Dach der Königinnengemächer führte. Da begannen ja auch die beiden hohen Mauern, die mich einengten, mir die Brust zusammenschnürten, denn die Mauer zu meiner Linken zog sich sehr lang hin, ehe sie hinter der gesamten Breite der Haremsgebäude endete, die andere zu meiner Rechten schützte den Palast selbst. Ich rang nach Luft, obwohl ich wußte, es waren nur Erinnerungen, die mich zu ersticken drohten, und trabte unverdrossen hinter der auf- und abhüpfenden Fackel her.

Der Harem war in vier riesengroßen Gevierten angelegt, zwischen denen schmale Gassen verliefen. Jedes Geviert hatte in der Mitte einen offenen Hof mit Rasen und Springbrunnen, und rings um jeden Hof zogen sich eingeschossige Gebäude mit Zellen für die Frauen. Ganz hinten kam das Geviert, das den königlichen Kindern vorbehalten war. Wir waren bereits am ersten Geviert vorbei, einem schwer bewachten und stillen Bezirk für die Königinnen. Das zweite und dritte war voller Nebenfrauen. Vor dem Eingang zum zweiten blieb der Haushofmeister stehen und rauschte hindurch. Ich zögerte, da ich nicht wußte, ob ich ihm nun folgen sollte oder nicht, denn gewißlich hatte man ihm befohlen, mich unverzüglich in den Dienstbotenquartieren hinter dem königlichen Kinderhaus abzuliefern. Er jedoch blickte sich um, sah mich dort stehen und winkte mich mit dem Daumen weiter.

Hier, in diesem Geviert, hatte ich gewohnt. Hier hatte ich mit Hunro eine Zelle geteilt. Ich brauchte keine Fackel, die mir zeigte, wo der Springbrunnen war, wo der Rasen den offenen Gang freigab, der an jeder kleinen Tür vorbeiführte. Ich blickte hoch. Da standen die gleichen Sterne noch immer über der schwarzen Dachkante. Der gleiche Wind fuhr durch das Gras unter meinen Füßen und wehte mir einen schwachen Hauch von Parfüm und Gewürzen in die Nase. Falls ich bei Tageslicht hierhergekommen wäre, hätte ich mich möglicherweise an der Wirklichkeit festhalten können. Doch jetzt umgab mich eine warme Dunkelheit, in der mein Hirn die verschwommenen Formen meiner Umgebung wahrnahm und sie sofort als ganz und gar vertraut einordnete. Meine Nase, die Sohlen meiner nackten Füße, der Rest meiner Haut vermittelten meinen Sinnen Eindrücke, die für einen Augenblick die Zeit verschwinden ließen und mich für einen entsetzlichen Augenblick im wahrsten Sinne des Wortes irremachten. Vor der geöffneten Tür einer der Zellen, aus der gelbes Licht fiel, blieb der Haushofmeister stehen. «Der Hüter der Tür erwartet dich», sagte er und machte kehrt. Ich trat in den Schein der Lampe.

Er hatte sich kaum verändert. Schon damals hatte er alterslos auf mich gewirkt, und er hielt sich noch immer anmutig locker und gebieterisch. Nur die tieferen Fältchen um seine wachsamen, schwarzen Augen und der schmaler gewordene Mund machten deutlich, daß siebzehn Jahre vergangen waren.

Er stand auf, als ich mich wie betäubt näherte. Dabei fiel ihm der blaue Schurz, an den ich mich noch so gut erinnerte, bis auf die Knöchel, und die schwarze Perücke mit den vielen steifen Wellen legte sich auf seine Schultern. Breite Goldarmbänder reichten von den Ellenbogen bis zu den Handgelenken, und auf seinen langen Fingern glitzerten Ringe, als er mühelos vom Stuhl aufstand. Er lächelte. «Sei gegrüßt, Thu», sagte er.

«Sei gegrüßt, Amunnacht», flüsterte ich und verneigte mich vor ihm, denn ich hatte große Achtung vor seiner Klugheit und Weisheit. Als der mächtigste Mann im Harem war er für Frieden und Ordnung unter den Hunderten von Frauen, die unter seiner Obhut standen, verantwortlich und allein dem Pharao haftbar. Wenn er wollte, konnte er eine Nebenfrau hoch in der Gunst des Pharaos steigen lassen oder sie dem ewigen Vergessen anheimgeben. Er hatte mich gemocht, und aus Liebe zu seinem königlichen Gebieter hatte er meine Sache beim Pharao gefördert, hatte daran geglaubt, daß ich gut für ihn wäre. Doch ich hatte ihm geschadet. Ich hatte auch Amunnachts Vertrauen verraten, und dennoch war er es gewesen, der mir auf Befehl des Pharaos das lebenspendende Wasser gebracht hatte, als ich im Gefängnis im Sterben lag, und er hatte mir den Kopf gehalten und mich beruhigt und getröstet. Eine solche Vergebung hatte ich nicht verdient. «Als wir uns das letzte Mal gesehen haben, konnte ich dir nicht für deine unverdiente Güte danken», sagte ich stockend, «und auch nicht dafür, daß du dich darum gekümmert hast, daß mein Schutzgott Wepwawet meinen Sohn in sein neues Heim begleitet hat. Und weil du das getan hast, habe ich ihn gefunden. Ich habe dich sehr enttäuscht, und es tut mir leid. All die Jahre hat es mir auf der Seele gelegen, daß ich mich nicht bei dir bedankt habe.»

«Tritt näher, Thu», forderte er mich auf. «Setz dich. Ich

lasse dir ein einfaches Mahl holen. Es ist zwar sehr spät, aber vielleicht möchtest du vor dem Schlafengehen noch etwas essen. Man hat mir erst vor kurzem mitgeteilt, daß man dich gefunden hat.» Ich gehorchte, denn ich war noch immer nicht ganz angekommen, und seine und meine Worte wirkten wie zu einer anderen Zeit von anderen gesagt. «Ob du mich enttäuscht hast oder nicht, spielt keine Rolle mehr», fuhr er fort, setzte sich wieder und schlug die Beine übereinander. «Für mich bist du mein größter Reinfall gewesen, und ich habe mich nicht nur wegen deines Schicksals gegrämt, sondern auch wegen meines damaligen Mangels an Urteilsvermögen. Ich bin meinem Gebieter verpflichtet und kümmere mich nach besten Kräften um seine Bedürfnisse, und daher hat seine Enttäuschung mir den meisten Kummer bereitet.» Er ordnete die blauen Falten seines feinen Schurzes über den Knien. «Er hat deinen Tod angeordnet, und ich habe mitgeholfen, deine Habe zu verteilen. Dann hat er angeordnet, daß du am Leben bleiben sollst, und ich bin gern in deine Zelle gegangen und habe dich gepflegt.»

«Du hättest einen Haushofmeister schicken können.»

«Ich habe doch gesagt, daß ich gern in deine Zelle gegangen bin», sagte er nachdrücklich. «Trotz deines schweren Verbrechens und deiner himmelschreienden Undankbarkeit dem Einzig-Einen gegenüber verspürte ich noch viel Zuneigung zu dir. Warum, weiß ich auch nicht.»

«Weil ich nicht wie die anderen war», entgegnete ich. «Weil ich mich geweigert habe, mich unter die königlichen Schafe Seiner Majestät einreihen zu lassen. Weil ich mich nicht abschieben lassen wollte, nur weil ich einen Fehler gemacht und ihm ein Kind geboren hatte.»

«Ich merke schon, du hast dich nicht viel verändert», sagte er. «Du bist noch immer überheblich und scharfzüngig.»

«Keineswegs, Amunnacht», sagte ich leise. «Ich habe in meiner Verbannung Geduld und manch andere bittere Lektion gelernt. Und ich habe die Rache lieben gelernt.»

Es herrschte Schweigen, während er mich ungerührt musterte, der Körper ruhig und ungezwungen, die ganze Haltung von unbewußter Selbstsicherheit geprägt, und ich blickte ihn unverwandt an. Da wich auch dieses schreckliche Gefühl, nicht ganz anwesend zu sein. Die Jahre zwischen meinem sechzehnjährigen Ich und dem augenblicklichen reihten sich wieder chronologisch aneinander, und ich konnte mit wiederkehrender geistiger Klarheit alles einordnen: die lampenerhellte Zelle, den Duft des unsichtbaren Rasens draußen, das stetige Gemurmel des Springbrunnens, den Mann, der mir gedankenverloren gegenübersaß. Irgendwo in diesem riesigen Gebäudekomplex schlief Hunro, doch nicht die Hunro, die ich gekannt hatte. In den Gemächern der Königinnen lag Ast. War sie noch immer so elegant und schön? Und Ast-Amasereth, diese gerissene und geheimnisvolle Fremde, die Staatsgeheimnisse mit ihrem Ehemann, dem Pharao, geteilt hatte, war sie noch am Leben? Die Zeit war auch hier nicht stehengeblieben, genausowenig wie sie mich während dieser endlosen Jahre in Aswat verschont hatte. Ich hatte mich nicht in einer Zeitfalle verfangen, die Vergangenheit war für immer tot.

Schließlich beugte ich mich vor, eine Frage auf den Lippen, doch da verdunkelte sich der Eingang, eine Dienerin trat ein, verbeugte sich vor dem Hüter der Tür und setzte ein beladenes Tablett auf dem Tisch neben mir ab. Die Zwiebelsuppe dampfte, auf dem warmen, braunen Brot zerfloß die Butter, die beiden Stücke gebratener Gans dufteten gar köstlich nach Knoblauch, und auf Blättern des frischen Salats, auf zerteilten Rettichen und Minzeblättern zitterten Wassertropfen. Die Frau entfaltete eine Serviette, bat leise und förmlich um Erlaubnis und legte sie mir auf den schmutzigen Schoß. Dann reichte sie mir eine Fingerschale, in der eine einzige rosige Blüte schwamm. Als ich mir die Finger abgespült hatte, goß sie eine braune Flüssigkeit in einen Tonbecher, stellte ihn neben mich und nahm ihren Platz hinter meinem Stuhl ein, von wo aus sie mir aufwarten wollte. Doch Amunnacht bedeutete ihr, sich zu entfernen, und sie verbeugte sich und verließ uns so geräuschlos, wie sie gekommen war. Ich griff nach dem Becher, und mir schnürte sich die Kehle zusammen, Tränen stiegen mir in die Augen. «Das ist ja Bier», sagte ich mit belegter Stimme. «Du hast nicht vergessen, daß ich eine Vorliebe für das Getränk meiner Kindheit habe.»

«Ich bin ein hervorragender Hüter der Tür», sagte er ungerührt. «Ich vergesse nichts, was den Nebenfrauen des Pharaos Freude bereiten könnte. Iß und trink jetzt. Das Essen ist vorgekostet.» Bei der nachdrücklichen Mahnung an all die Gefahren, die hier lauerten, wo jeder Luxus als selbstverständlich hingenommen wurde und wo sich hinter Wohlbehagen und Wohlleben die finstersten Leidenschaften verbargen, änderte sich meine Stimmung. Ich saß da, umfaßte den Becher mit beiden Händen und blickte Amunnacht in die Augen.

«Warum bin ich hier, in dieser Zelle, und nicht auf einem elenden Strohsack unter einer Küchenbank?» fragte ich. «Hat der Prinz dir befohlen, daß du mich so empfängst, damit mir mein allerletzter Bestimmungsort um so bitterer wird?» Er bewegte sich kaum, sondern strich sich nur mit einem sorgsam gepflegten Fingernagel über die Braue.

«Ich habe die Namenliste gesehen, die du dem König bei deiner damaligen Verhaftung hast zukommen lassen», sagte er. «Seine Majestät hat mich gefragt, ob ich mehr darüber wüßte als er oder ob mir Gerüchte über Verschwörungen zu Ohren gekommen wären. Er war bekümmert, denn er hatte dich zum

Tode verurteilt, doch Zweifel trübten seine erhabene Seele. Leider mußte ich ihm sagen, daß ich nichts über die auf der Liste Stehenden wüßte, jedoch nicht glaubte, daß du ihre Namen aus Bosheit und ohne Grund für deine Beschuldigung angegeben hättest. In seinem Erbarmen setzte der Einzig-Eine das Urteil aus, denn er wollte deine Behauptung bezüglich Hochverrats überprüfen. Er sagte, wenn du erst tot wärst und dann recht bekämst, könne er dich nicht wieder zum Leben erwecken und würde sich so der Maat gegenüber schwer versündigen.»

«Das hat er gesagt?»

«Ja. Also bist du verbannt worden. Aber zunächst hätte man dich noch für den Mordversuch an dem Vollkommenen Gott auspeitschen können, doch davon wollte er nichts wissen. Sein Zorn auf dich und sein Schmerz waren groß, aber er verspürte wohl auch Gewissensbisse, denn er hatte dich mehr als alle anderen geliebt und dich verstoßen. Er beauftragte den Prinzen, den Seher und die anderen zu überprüfen, aber der brachte keinen Beweis für ihre Schuld zutage.»

«Natürlich nicht!» gab ich hitzig zurück. «Sie haben gelogen, ihre Diener haben gelogen, jeder außer mir hat gelogen!»

«Für eine Königsmörderin bist du ganz schön selbstgerecht!» meinte er trocken. «Die Akte wurde geschlossen, doch der Pharao war nicht ganz davon überzeugt, daß es damit sein Bewenden haben würde. Als Vorsichtsmaßnahme hat er den Oberhofmeister Paibekamun zum Haushofmeister im Palast degradiert und ihn zum Vorkoster der Großen Königlichen Gemahlin Ast ernannt.» Ich lachte schallend über diese köstliche Ironie des Schicksals. Paibekamun hatte mich von Anfang an nicht leiden können, hatte mich für gewöhnlich und unwissend gehalten, und ich freute mich, daß dieser hochnäsige Mensch einen solchen Schlag hatte hinnehmen müssen.

«Bin ich hier, weil ich gegen die Bestimmungen meiner Verbannung verstoßen habe, Amunnacht?» fragte ich. «Soll ich für den Rest meines Lebens im Harem statt in Wepwawets Tempel dienen?» Sein Gesicht verzog sich zu einem breiten, ungekünstelten Grinsen, und einen flüchtigen Augenblick lang sah ich einen Türhüter, den ich nicht kannte, einen humorvollen und fröhlichen Menschen.

«Nein, du Schlimme», freute er sich. «Heute abend hat sich hier Außergewöhnliches zugetragen. Drei Männer baten um eine Audienz beim Prinzen, als der sich gerade für den Bankettsaal fertigmachte. Zu deinem Glück hat er eingewilligt. Dann hörte er eine Geschichte von mehrfachem versuchtem Mord und Verschwörungen aus Urzeiten, wie man sie hier noch nie gehört hat, und es gibt hier wahrlich genug Verbrechen und Gewalttaten.» Ich setzte den Becher so hart auf dem Tisch ab, daß mir das Bier über die Hand schwappte.

«Kamen! Kamen hat unsere Sache dem Prinzen vorgetragen! Amunnacht, wo ist er jetzt?» Der Hüter der Tür wurde wieder sachlich.

«Nein, Thu, es war nicht dein Sohn, der die fesselnde Geschichte erzählte. Es waren sein Adoptivvater Men, der Vater seiner Verlobten, Nesiamun, und der Schreiber Kaha.» Ich biß die Zähne zusammen, denn eine böse Vorahnung überfiel mich.

«Warum war er nicht dabei? Ihm ist etwas Furchtbares zugestoßen. Ich weiß es! Paiis ...» Amunnacht hob mahnend die Hand.

«Paiis steht unter Hausarrest. Kamen wurde in seinem Haus in Ketten gefunden. Es ist ihm nichts zugestoßen, doch ich glaube nicht, daß er die Nacht überlebt hätte, falls der Prinz nicht so schnell eingegriffen und den General verhaftet hätte.»

«Das begreife ich nicht.»

«Alle, die vor so langer Zeit auf deiner Liste aufgeführt wurden, stehen unter Hausarrest, Thu, und man wartet auf einen Bericht aus Aswat bezüglich einer Leiche, die unter dem Boden deiner Hütte vergraben sein soll. Falls es sich so verhält, bist du entlastet. Du darfst dich im Harem frei bewegen, und man wird sich um Wiedergutmachung bemühen. Sowie seine Männer aus Aswat zurück sind, wird der Prinz dich empfangen.»

«Ich möchte meinen Sohn sehen!»

«Kamen ist in Mens Haus gebracht worden. Der Prinz wünscht nicht, daß du zur Zeit den Harem verläßt.»

«Aber Hunro ist hier, Amunnacht. Wenn sie weiß, daß ich auch hier bin, wird sie versuchen, mir etwas anzutun.»

«Du hast nicht richtig zugehört», tadelte er mich. «Hunro stand auch auf deiner Liste. Sie darf ihre Zelle nicht mehr verlassen, ihre Tür wird rund um die Uhr bewacht.» Eine ratlose Freude erfaßte mich. Gern hätte ich die Kluft zwischen uns aufgehoben und den Hüter der Tür in die Arme genommen, doch das tat ich natürlich nicht.

«Dann bin ich nicht verhaftet worden, damit man mich bestrafen kann, sondern bin zu meiner eigenen Sicherheit festgenommen worden!» platzte ich heraus. «Und sie werden die Leiche finden, weil Kamen und ich sie dort eigenhändig vergraben haben! Jetzt habe ich Hunger, Amunnacht!»

«Gut.» Er erhob sich mit einer einzigen geschmeidigen Bewegung. «Dann iß und schlafe. Morgen, wenn du aufgewacht bist, findest du draußen vor deiner Tür eine Leibdienerin, die auf deine Befehle wartet, und falls es dir an etwas mangelt, mußt du mir nur Nachricht geben.» Ich lachte vor lauter Freude.

«Aber nicht Disenk, nein?»

«Nein», erwiderte er ernst. «Deine frühere Dienerin steht jetzt in Diensten der Herrin Kawit, der Schwester des Sehers. Und hinsichtlich des Sehers ist da noch etwas ...» Eine Hand drückte mir das Herz zusammen, jedoch sehr sanft.

«Ja?»

«Die Soldaten des Prinzen sind zu Hui gegangen, aber er war nicht daheim. Sein Haushofmeister weiß nicht, wo er sich aufhält.» Also hat Hui meine Warnung nicht nur ernst genommen, dachte ich verbittert, sondern hat gehandelt, kaum daß ich fort war. Wie dumm von mir, daß ich zu ihm gegangen bin. Ich hätte wissen müssen, wie verschlagen, wie schlau er ist. Werde ich jetzt um den Teil meiner Rache betrogen, der am süßesten geschmeckt hätte? Wohin hatte er sich gewandt?

«Er hat Besitzungen in anderen Gegenden des Deltas», sagte ich langsam, «und er ist kein Unbekannter in den Tempeln Ägyptens.»

«Jedes Versteck ist durchsucht worden», versicherte mir Amunnacht. «Der Harem ist gut bewacht, Thu. Hier kann er dir unmöglich schaden.» Nein, aber ich will ihm schaden, dachte ich. Ich will, daß sich die königlichen Hände endlich, endlich um seine weiße Kehle legen, ich will sehen, wie sein verdammtes Selbstbewußtsein bröckelt. Ich will ihn leiden sehen.

«Wie geht es dem König?» fragte ich zaghaft. «Wird man mir erlauben, ihn zu besuchen?» Amunnacht warf mir einen wachsamen Blick zu.

«Er ist sehr krank», sagte er. «Und verläßt kaum noch sein Lager. Ich befürchte, er liegt im Sterben. Doch der Prinz ist heute abend zu ihm gegangen und hat ihm erzählt, was passiert ist.»

«Dann weiß er, daß ich hier bin. Vielleicht schickt er nach mir!»

«Vielleicht, aber ich glaube nicht. Schließlich hast du einst versucht, ihn umzubringen.»

«Er ist glücklich mit mir gewesen», sagte ich leise. «Trotz allen Leids, das wir einander angetan haben, erinnert er sich vielleicht noch daran.»

«Vielleicht. Gute Nacht, Nebenfrau.»

Er verließ mich mit wehendem blauem Leinen, und ich war allein. Mit einem tiefen, zufriedenen Seufzer wandte ich mich dem Tisch zu und hob das Bier an die Lippen. Kamen war in Sicherheit. Ich war in Sicherheit. Und der König würde sich schon an seinen kleinen Skorpion erinnern. Die Götter waren trotz allem gütig. Sie würden mir erlauben, daß ich vor ihrem Abkömmling auf die Knie fiel und um Vergebung für das bat, was ich ihm angetan hatte. Rasch leerte ich den Becher und griff nach der Suppenschale.

Zwölftes Kapitel

*E*he ich mich zwischen die makellos glatten Laken auf dem schmalen, aber weichen Lager kuschelte, zog ich Huis verdrecktes Kleid aus und warf es vor die Tür. Dann blies ich die Lampe aus und legte mich schlafen. Die vertraute Stille des Harems hüllte mich ein, eine Stille, deren selbstgefällige Abgeschiedenheit noch durch das tröstliche Gemurmel des Springbrunnens verstärkt wurde, und aufseufzend überließ ich mich ihr. Meine Gedanken wanderten kurz zu den Docks, auf denen ich die vergangene Nacht geschlafen hatte, zu meiner ängstlichen Warterei im Bierhaus, zu dem so unverhofft freundlichen Hauptmann, zu Amunnacht und seinen Worten, doch zumeist stand mir das Gesicht des Königs vor Augen, und seine Stimme lullte mich ein. Er lag jenseits der Mauer meines Gevierts, nur einen Steinwurf entfernt. War er wach und dachte an mich? Oder war ich denn doch so unwichtig für ihn gewesen, daß er sich kaum noch meines Namens entsann?

Und was war mit Hui? Wohin hatte er sich gewandt? Vielleicht hatte er Ägypten ganz verlassen, doch irgendwie glaubte ich nicht daran. So offen würde er seine Schuld nicht eingestehen. Er würde sich verstecken und abwarten, was geschah, und wenn meine Sache schlecht stand, würde er mit irgendeiner harmlosen Geschichte über seinen Aufenthaltsort zurückkehren. Doch im Augenblick war mir das einerlei. Mein Lager war weich, mein Magen voll vom besten Essen, das ich seit siebzehn Jahren gekostet hatte, und mein Sohn befand sich innerhalb bewachter Mauern im Haus seines Vaters. Zufrieden ließ ich mich in den Schlaf gleiten.

Das Geräusch von weiblichen Stimmen, die an meiner Tür vorbeikamen, weckte mich, und ein Weilchen wußte ich nicht, wo ich war. Ein Kind hatte einen Wutanfall, kreischte und wurde darauf von einem Erwachsenen gescholten. Mein Zimmer war noch dunkel, doch als ich die Füße auf den Boden stellte und schlaftrunken zur Tür ging und sie aufmachte, blendete mich jäh hereinströmender Sonnenschein. Es war bereits Vormittag. Vor mir auf den großen Rasenflächen lagerten Grüppchen von Frauen, die dicht beieinander plauderten oder unter weißen Sonnensegeln lagen, die träge in der erfrischenden Brise flatterten. Dienerinnen huschten zwischen ihnen hin und her. Braune Kinder planschten im Springbrunnen oder jagten Hunde, die aufgeregt bellten. Aus alter Gewohnheit schweifte mein Blick zu einer besonderen Stelle auf der anderen Seite des großen Gevierts, doch sie war leer.

Zu meinen Füßen bewegte sich etwas. Eine junge Frau kam hoch, lächelte und verbeugte sich. «Sei gegrüßt, Thu», sagte sie. «Ich bin Isis, deine Dienerin. Hast du gut geschlafen?» Ich fuhr mir mit der Zunge über die Lippen und unterdrückte ein Gähnen.

«Danke, Isis», antwortete ich. «So gut wie seit Jahren nicht. Aber wie du siehst, bin ich nackt und brauche dringend ein Bad. Darfst du mir bringen, was ich haben möchte?» Sie machte große Augen.

«Aber natürlich», sagte sie. «Alles, was du willst. Du bist Ehrengast des Prinzen.» Ich verkniff mir die Bemerkung, daß man mich, wenn ich tatsächlich Ehrengast wäre, nicht im Harem eingesperrt hätte, doch ich mochte diesem Kind nicht das Gefühl seiner eigenen Wichtigkeit rauben.

«Gut!» sagte ich. «Dann hol mir einen Umhang und sag den Dienerinnen im Badehaus Bescheid, sie sollen heißes Wasser vorbereiten. Treib einen Masseur und eine Kosmetikerin auf. Und nach dem Bad bringst du mir zu essen. Gibt es Kleider für mich?» Sie kniff die Augen zusammen.

«Ich lasse eine Auswahl Hemdkleider, Sandalen und Schmuck kommen, darunter kannst du nach Belieben wählen», sagte sie, verbeugte sich und wollte gehen.

«Noch eines», sagte ich rasch. «Ich sehe, daß die Nebenfrau Hatia nicht an ihrem gewohnten Platz sitzt. Wo ist sie?» Das Mädchen kräuselte die Stirn.

«Hatia?» Dann wurde ihre Stirn wieder glatt. «Ach, Hatia! Die ist vor fünf Jahren gestorben. Ich war damals noch nicht hier, aber man erzählt sich, daß sie immer geschwiegen hat, und das von dem Tag an, als sie hierherkam, bis zu dem Tag, an dem man sie steif und starr auf ihrem Lager gefunden hat. Keine der Frauen hat sie je ein Wort sagen hören.»

Ich auch nicht, dachte ich betrübt. Ihr Diener, ein ebenso schweigsamer Mann, war einst zu mir gekommen und hatte mich in meiner Eigenschaft als Heilkundige gebeten, mich um sie zu kümmern, doch Hatia hatte das Gesicht zur Wand gedreht, als ich ihre Zelle betrat, und mir einen überwältigenden Eindruck von großem Elend und stillem Leiden vermittelt. Hatia, die Trinkerin. Ich hatte geargwöhnt, daß sie mir im Auftrag der Großen Königin Ast-Amasereth nachspionierte und dafür unbegrenzt guten Wein bekam. Ich hatte mich sogar gefragt, ob Hatia die vergiftete Feige auf meinen Teller gelegt hatte. Und wenn Disenk nicht so wachsam gewesen wäre, hätte ich sie gegessen und wäre gestorben. Doch wahrscheinlich galt ihr glasig-boshafter, prüfender Blick uns allen, den gesunden, schönen Frauen, die vor ihren Augen kamen und gingen. Ich hätte mich bei der Behandlung mehr bemühen, sie aushorchen müssen, doch dazu war ich damals zu selbstsüchtig und zu sehr mit meinen eigenen Angelegenheiten beschäftigt gewesen.

Ich schickte das Mädchen fort, und es entfernte sich schnellen Schrittes, während ich mich wieder hinlegte. Jetzt konnte ich Hatia nicht mehr helfen, konnte die vielen gedankenlosen Dinge nicht mehr gutmachen, die mir unter diesen bevorzugten und dennoch gefangenen Frauen unterlaufen waren. Selbst jetzt noch, da ich nur wenige Schritte von der Zelle entfernt lag, die ich mit Hunro geteilt hatte, dankte ich den Göttern, daß ich nicht wirklich eine von ihnen war. Viel hatte ich mich nicht verändert. Ich kannte mich nur ein wenig besser als vor vielen Jahren.

Doch dann durchzuckte es mich kalt. War ich nicht doch eine von ihnen? Ich gehörte noch immer dem König. Ich war noch immer eine treue Nebenfrau, hatte seit meiner verbotenen Hingabe an Hui in jener wahnwitzigen Stunde in seinem Garten bei keinem anderen Mann gelegen. Ramses hatte das Recht, mich, solange er lebte, wieder in seinem Harem einzusperren, und sein Sohn konnte mich nach Belieben an jenen furchtbaren Ort in Fayum verbannen, wo die alten und verbrauchten Nebenfrauen ihre letzten Tage verlebten. Da packte mich die Verzweiflung, ich sprang auf, und die eitle Selbstzufriedenheit, in der ich mich gesonnt hatte, war jäh dahin. Der König mußte nach mir schicken, und wenn ich mich für das entschuldigt hatte, was ich ihm damals hatte antun wollen, wenn ich geweint und an seinem Lager gekniet hatte, dann mußte ich ihn bitten, daß er mich aus seinen Diensten entließ. Mein Schicksal hatte so seltsame Wendungen genommen, daß ich meine Tage nicht als unerwünschte Sklavin in lähmender Langeweile und Verzweiflung beschließen durfte!

Isis kehrte zurück und unterbrach mich in meinen düsteren

Gedanken. Über dem Arm trug sie einen zarten Umhang aus halb durchsichtigem Leinen, den sie ausschüttelte und mir umlegte. «Man erwartet dich im Badehaus», sagte sie, und ich verdrängte die Angst, denn ich wollte die Chance nutzen, mir etwas von meiner verlorenen Jugend zurückzuholen.

Man badete mich in duftendem Wasser und kämmte mir Lotosöl in die verfilzten Haare. Man zupfte mir die Körperbehaarung aus und massierte mir Öl in die ausgetrocknete Haut. Man schmirgelte und verband meine wunden Füße, klopfte mir Honig und Castoröl in Hände und Gesicht und schmirgelte und wusch und ölte mich erneut. Und ich überließ mich dem Ganzen mit unendlichem Genuß. Das waren die Freuden, bei deren Andenken mir meine tagtägliche Plackerei in Wepwawets Tempel und meine nächtliche, abgrundtiefe Verzweiflung leichter geworden war, als ich mich an den Glauben klammerte, daß meine Verbannung nach Aswat nicht ewig dauern würde. Das hier bedeutete meine Wiedergeburt in ein Leben, das mehr war als nur Arbeit und Schlaf der Erschöpfung, und was auch immer geschah, ich glaubte nicht daran, daß mein Schicksal noch einmal Aswat sein würde.

Mit bandagierten Füßen in Sandalen, prickelndem Körper und glänzendem Haar kehrte ich in meine Zelle zurück, und da erwartete mich schon die Kosmetikerin mit geöffnetem Kasten, ausgebreiteten Pinseln und Fläschchen. Höflich harrte sie darauf, daß ich mich an den Tisch setzte und frühstückte. Isis bediente mich mit kundiger Geschicklichkeit, und ich erinnerte mich wieder an die Manieren, die mir Disenk in den ersten Monaten in Huis Haus eingebleut hatte. Jede Krume war ein Genuß, jeder Tropfen Milch eine Verheißung.

Als ich gegessen hatte, entfernte Isis das Tablett, und die Kosmetikerin legte mir die Finger unters Kinn und hob mein Gesicht zur fachkundigen Beurteilung. «Keine Schmeicheleien», sagte ich schroff. «Erzähl mir nicht, was für eindrucksvolle blaue Augen ich habe oder wie gut mein Mund geformt ist. Ich weiß nicht, ob die Verheerungen, die Sonne und Zeit angerichtet haben, noch getilgt werden können, aber versuche es bitte.» Einer ihrer Mundwinkel hob sich zu dem Anflug eines spöttischen Lächelns. Sie war eine ältere Frau, die bereits ergraute, und ich war nicht überrascht, als sie sagte: «Ich erinnere mich an dich, obwohl du dich gewißlich nicht an mich erinnerst. Als du hier gelebt hast, war ich der Herrin Werel zugeteilt. Du hast Glück gehabt, daß du Disenk zum Schminken hattest. Sie ist eine Künstlerin.» Und obendrein eine hochnäsige kleine Ratte, die mich wie der Rest verlassen hat, als ich am Ersaufen war, dachte ich. «Deine Haut ist betrüblich braun», fuhr die Frau fort, «und ich weiß nicht, ob ich es schaffe, ihr einen gewissen Schmelz zurückzugeben. Vielleicht, aber das dauert seine Zeit. Wirst du wieder hier wohnen?» Ich seufzte.

«Bei den Göttern, hoffentlich nicht», antwortete ich ihr ehrlich. «Und ich weiß auch nicht, ob wir genug Zeit haben, damit deine Bemühungen Wirkung zeigen können. Aber tu dein Bestes.» Sie nickte und griff zu ihren Schönheitsmitteln, während ich mich zurücklehnte und die Augen schloß.

Sie arbeitete still und methodisch, und als sie fertig war, reichte sie mir einen Kupferspiegel. Ich wollte mich nicht ansehen. Jahrelang war ich vor meinem Spiegelbild im Nil und in den Bewässerungskanälen, die Aswats Äcker begrenzten, zurückgeschreckt, ja, ich hatte mich nicht einmal im Wasser meines einzigen Bechers angeschaut. Die Dorfbewohner hatten den Blick von mir abgewandt, und ich hatte es gehalten wie sie. Das war nicht nur Eitelkeit. Ich wollte meine besudelte Seele nicht sehen und mich mit eigenen Augen verdammen.

Doch jetzt nahm ich das elegante Gerät mit zitternden Fingern und hielt es hoch. Sie hatte mir die Lider über schwungvollen, schwarzen Kholstrichen silbern geschminkt und mir die Wangen mit Gold bestäubt. Meine Lippen leuchteten hennarot. Und mein dunkles, glänzendes, gezähmtes und schimmerndes Haar stellte den Rahmen dazu. Ich hielt den Atem an, und die Thu von einst, die junge, lebensvolle Thu, fing tief in meinem Inneren leise an zu lachen. «Ich komme jeden Tag wieder, solange du es wünschst», sagte die Frau und begann, ihre Sachen zusammenzupacken. «Isis, sorg dafür, daß man Thu weiterhin mit Honig und Castoröl behandelt, und gib dazu noch ein wenig Myrrhe, damit die dunkle Farbe schneller verbleicht. Reib ihr jeden Abend Öl in die Hände und Füße, und laß sie nicht zu lange herumlaufen.» Sie verbeugte sich feierlich vor mir und entfernte sich.

Ihren Spiegel hatte sie vergessen, denn den hielt ich mir noch immer dicht vors Gesicht. Was wird der Pharao sehen? überlegte ich. Eine übel zugerichtete dreiunddreißigjährige Bäuerin oder eine schöne, prächtig herangereifte junge Frau? O ihr Götter. Ich warf Isis den Spiegel zu und griff nach meinem ersten Becher Wein. «Der Mann mit den Kleidern ist da», sagte sie. «Möchtest du dich jetzt anziehen? Er hat auch einen Sonnenschirm mitgebracht. Der Hüter der Tür höchstpersönlich schickt ihn dir zusammen mit der Botschaft, du sollst nicht ohne seinen Schutz nach draußen gehen.» Also glaubte auch Amunnacht, daß mich Ramses zu guter Letzt holen lassen würde, auch wenn er es geleugnet hatte. Ich nickte.

«Laß ihn herein.»

Die Gewänder, die der Mann aufs Bett legte, glichen Bächen aus irisierendem Wasser. Das Geschmeide – Ketten, Armbänder, Ringe, Knöchelkettchen, feine, zarte Haarreifen – glänzte und funkelte im Sonnenschein, der durch die geöffnete Tür fiel. Gold, Silber, Türkis, Jaspis, Karneol, Mondstein – sogar die Ledersandalen, die er sorgsam Paar um Paar auf den Fußboden stellte, waren dicht mit Edelsteinen besetzt. Ich näherte mich dieser Überfülle mit Ehrfurcht, betastete das Leinen zwölften Grades, das so fein war, daß meine noch immer rauhen Hände es gar nicht richtig fühlen konnten. Isis und der Mann warteten, während ich ein kostbares Ding nach dem anderen aufhob und zurücklegte und dabei mit erstaunlicher Demut versuchte, lediglich ein Kleid und ein Paar Sandalen aus diesen Reichtümern zu wählen. Schließlich entschied ich mich für ein gelbes, mit Silberfäden gesäumtes Kleid und für Sandalen mit winzigen silbernen Trauben zwischen jedem Zeh, für goldene Armbänder mit türkisfarbenen Skarabäen für die Unterarme, und für den Hals wählte ich ein Pektoral aus aneinandergefügten goldenen Skarabäen. Zuletzt nahm ich mir ein Netz aus feinem Golddraht und setzte es mir auf den Kopf. Auf seinem Rund waren Ankhs eingraviert, die für mich den Beginn eines neuen Lebens symbolisierten. «Und was ist mit Ringen?» fragte Isis, doch ich schüttelte den Kopf und spreizte die Finger, damit sie sie ansehen konnte.

«Die taugen noch nicht für Schmuck», sagte ich. «Sie sind dick und geschwollen. Vielleicht morgen.» Der Mann sammelte seine Schätze wieder ein.

«Das gelbe Kleid ist eine gute Wahl, Herrin», sagte er. «Es steht dir.» Ich bedankte mich bei ihm, und er hob seine Reichtümer hoch und entfernte sich. Ich drehte mich zu Isis um und wußte nicht, was ich nun tun sollte.

«Was jetzt?» fragte ich mehr mich als sie. «Ich möchte meinen Sohn sehen, aber das geht nicht. Abgesehen davon bin ich zufrieden. Wie lange wird es wohl dauern, bis die Soldaten des Prinzen aus Aswat zurück sind?»

«Ich errichte dir ein Sonnensegel auf dem Rasen oder unter

einem Baum», schlug Isis vor. «Wir können Brettspiele spielen. Ich glaube nicht, daß es gut für deine Füße ist, wenn wir auf dem Gelände herumgehen. Nicht, bis sie ein wenig weicher sind. Die Papyrussandalen hier bringe ich ins Badehaus zurück.» Da wußte ich, was ich in Wirklichkeit tun wollte.

«Ja», sagte ich. «Errichte mir ein Sonnensegel gleich vor der Tür hier, nicht zu nahe bei den anderen Frauen, und dann schicke mir einen Schreiber. Ich will Briefe diktieren.» Sie eilte fort, um das zu holen, was ich begehrte, denn sie wollte mir, dem Ehrengast des Prinzen, gern gefällig sein. Schon bald lagerte ich auf einem Berg leuchtender Polster im Schatten des großen weißen Leinendachs, hinter mir die Zelle und vor mir der grüne, sonnengefleckte Rasen. War es Einbildung, oder zeigten einige der Frauen auf mich und flüsterten? Es war wohl zuviel verlangt, daß alle, die von meiner Schande wußten, tot oder nach Fayum verbannt oder in andere Quartiere verlegt worden waren. Doch keine näherte sich, und schon bald kam auch ein Schreiber und verbeugte sich mit der Palette unter dem Arm, und für ein Weilchen vergaß ich ihre neugierigen Blicke.

Ich diktierte einen Brief an Men und bedankte mich bei ihm, daß er sich so für mich und Kamen eingesetzt hatte. Er hatte Kamens Wort vertraut, wie lachhaft auch immer sich die Geschichte angehört hatte, und diese Art von Treue bewunderte ich. Durch den Schreiber sprach ich auch mit Nesiamun und seiner Tochter und dankte ihnen für ihre Freundlichkeit. Nachdem das Bier ausgetrunken war, das Isis neben mich gestellt hatte, diktierte ich einen kurzen Brief an Kamen selbst, sagte ihm, daß ich ihn so gern sehen würde und ängstlich auf Nachricht hinsichtlich unseres Schicksals wartete. Dabei achtete ich die Gefühle der Frau, die ihn großgezogen hatte, und formulierte meine Liebe zu ihm nicht allzu deutlich, denn ich wollte einem Herzen, das gewiß schon unter seinem Verlust litt, keinen weiteren Schmerz zufügen. Ich wußte genau, was sie fühlen mußte, denn beinahe siebzehn Jahre lang hatte ich ihn verloren geglaubt, hatte nicht gewußt, ob er noch lebte oder tot, gesund und geliebt oder unglücklich und verstoßen war. Und während ich litt, hatte sie ihn aufwachsen sehen, hatte ihn liebkost und genährt, hatte sich an jeder kleinen Veränderung erfreut, die seine langsamen Fortschritte anzeigte, bis er der kluge, liebevolle junge Mann war, den ich gefunden hatte. Jetzt war sie an der Reihe, ihn loszulassen, denn durfte ich ihn nicht als mein eigen beanspruchen? War jetzt nicht ich an der Reihe, mich an ihm zu freuen? Ich wollte Shesira nicht weh tun, aber Kamen gehörte mir. Wenn das hier vorbei war, würden er und ich Pi-Ramses zusammen verlassen. Wohin genau, das wußte ich nicht recht, doch nachdem ich ihn gefunden hatte, wollte ich mich nie wieder von ihm trennen. Mochte er Takhuru heiraten, wenn es ihm beliebte. Sie war schön und von edler Geburt, und ihr lebhaftes Temperament, das meinem so sehr glich, gefiel mir. Sie würde jedoch mit uns leben müssen.

Als letztes diktierte ich meinem lieben Bruder einen langen Brief, erzählte ihm von allem, was sich ereignet hatte, seitdem ich ihn bat, für mich zu lügen, und versicherte ihm, daß seine Fürsorge für mich in den Jahren meiner Verbannung endlich Frucht tragen würde. Der Schreiber schrieb unentwegt und natürlich ohne sich dazu zu äußern, hielt nur am Ende inne und fragte mich, ob ich die Papyrusblätter selbst unterschreiben wolle. Dann stöpselte er seine Tusche zu, packte seine Pinsel ein und stand auf. «Die Briefe innerhalb von Pi-Ramses werden noch heute abgeliefert», sagte er, «doch der nach Aswat geht erst fort, wenn ein Herold in königlichen Geschäften in den Süden geschickt wird. Wahrscheinlich morgen.»

«Aber das ist unheimlich schnell!» sagte ich lachend. «Ich hatte ganz vergessen, wie tüchtig das Haremspersonal ist. Sei bedankt.» Er warf mir einen nicht zu deutenden Blick zu und entfernte sich.

Eine geraume Weile saß ich müßig da und schaute dem Kommen und Gehen der farbenprächtigen Frauen überall auf dem Rasen zu. Ich spürte, wie mir das hauchdünne gelbe Leinen an die Waden wehte, spürte den leichten Druck des goldenen Haarreifens auf der Stirn, sah den matten Glanz der Skarabäen, die auf meine Handgelenke zukrabbelten. Alles war gut. Es gab niemanden, der zur Zeit etwas von mir wollte. Es gab keine Plackerei im Tempel, keinen Garten, der gejätet werden, keinen Herold, den ich mit klopfendem Herzen und geheimer Scham ansprechen mußte. Es gab keine Panik mehr, kein Versteckspiel, keinerlei Notwendigkeit, die Anfälle von fast völliger Verzweiflung zu unterdrücken, die während so vieler Nächte meine Gefährten gewesen waren. Alles in mir entspannte, löste sich, Leben rann durch meine Adern. Ich lehnte mich zurück und blickte zu dem dünnen Sonnensegel hoch, und dabei wurden mir die Lider schwer und fielen zu. Ich schlief und hörte nicht, wie sich Isis neben mich kniete und mir ein Tablett beladen mit den Köstlichkeiten des Mittagsmahls brachte. Sie war noch immer da, als ich eine Stunde später aufwachte, und hütete das Essen, das in den Küchen offiziell vorgekostet war und nicht angerührt werden durfte.

Drei Wochen lang lebte ich ein faules, verwöhntes Leben, stand auf, wann immer ich aufwachte, verbrachte lange Stunden im Badehaus und unter den Händen des Masseurs und der Kosmetikerin und schmückte mich jeden Tag prächtig mit all den Dingen, nach denen mir der Sinn stand. Meine Haut begann wieder zu schimmern, meine Hände und Füße wurden weich, mein Haar war nicht mehr spröde, ungepflegt und drahtig. Der Kupferspiegel, den ich mir vors Gesicht hielt, zeigte mir meine allmählich aufblühende Gesundheit, und ich schrak nicht mehr vor meinem Spiegelbild zurück.

Der Monat Khoiak wurde zu Tybi. Am ersten Tag des Tybi wurde das Krönungsjubiläum des Horus, unseres kränkelnden Pharaos, gefeiert. Der Harem leerte sich, die prächtig geschmückten Frauen bestiegen ihre Sänften und wurden durch die Stadt von einer Feier zur anderen getragen. Doch für mich kam keine Einladung, und darüber war ich froh. Es wurde gemunkelt, daß der König für seinen Krönungstag alle Kräfte zusammengenommen hätte und die Huldigung seiner engsten Ratgeber und die Jubiläumsgeschenke der fremdländischen Abordnungen entgegennahm. Ich konnte ihn mir auf dem Horusthron sitzend vorstellen, die Doppelkrone auf dem Kopf, Krummstab, Geißel und Krummschwert in den großen Händen, den Pharaonenbart um das eindeutig kantige Kinn gebunden. Goldstoff würde seinen großen Bauch verbergen. Doch seine mit Khol geschminkten Augen würden fiebrig geschwollen und müde sein, wie geschickt auch immer seine Kosmetikerin war, und ich glaubte nicht, daß Königin Ast, die gewißlich wie eine steife, zierliche Puppe hinter ihm saß, viel Mitgefühl für ihn aufbrachte. Ihre eigenen, mit Khol umrandeten Augen würden auf ihrem Sohn, dem Prinzen, ruhen, der männlich und schön eine Lebenskraft ausstrahlte, welche die Gäste natürlich mit der zunehmenden Hinfälligkeit seines Vaters vergleichen mußten.

Vielleicht tat ich der Königin unrecht, aber vermutlich nicht. In meiner Erinnerung war sie kühl und zurückhaltend und voller Einbildung auf ihr edles Blut. Armer Ramses, dachte ich, während ich quer über den verlassenen Hof zum stillen Badehaus schlenderte. Einst habe ich dich geliebt, ein Gefühl, das eine ungute Mischung aus Mitleid, etwas Ehrfurcht und viel habgieriger Gereiztheit war, aber ich glaube nicht, daß dich außer Amunnacht überhaupt jemand aus tiefstem Herzen geliebt hat. Wie einsam ist es doch, ein Gott zu sein.

Einmal während dieser drei Wochen schickte ich nach dem Hüter der Tür, wollte Nachricht über Hui haben, denn eines Nachts träumte mir, er wäre ertrunken und ich stünde am Ufer des Nils und blickte auf sein friedliches, totes Gesicht herunter, über das die Wellen plätscherten. Doch Amunnacht antwortete durch einen seiner Haushofmeister, daß man zwar weiter und mit beispielloser Gründlichkeit nach dem Seher suche, ihn jedoch noch nicht gefunden habe.

Dennoch verfolgte mich der Traum noch einige Zeit. Ich wußte, wenn ich mich selbst tot in den gemächlichen Wellen des Nils hätte treiben sehen, so wäre das ein gutes Vorzeichen gewesen, denn es hätte für mich ein langes Leben bedeutet. Oder wenn ich Hui in den Fluß hätte eintauchen sehen, hätte das die Vergebung all seiner Sünden bedeutet. Doch ihn im Traum so tot und reglos zu erblicken, das war schwer zu deuten. Besagte es meinen endgültigen Sieg über ihn, oder wurde mir etwas Schrecklicheres, Furchtbareres zu erkennen gegeben, das ich wortwörtlich nehmen sollte? Mir kam der Gedanke, er könnte sich möglicherweise das Leben genommen haben, doch ich beruhigte mich rasch. Zum Selbstmord war Hui nicht fähig. Er würde zurückweichen oder ablenken, täuschen oder sich gütlich einigen, und er würde immer wissen wollen, was danach kam, und das bis zu dem Augenblick, an dem es für ihn kein Danach mehr gab. Schließlich verblaßten die Einzelheiten des Traums, und ich hörte auf, mich seinetwegen zu grämen, und schrieb ihn ganz richtig meinen unversehens veränderten Lebensumständen zu und der Tatsache, daß Hui mir immer noch im Hinterkopf herumspukte.

Ich erhielt Briefe von Kamen und von meinem Bruder

Pa-ari, der sich sofort, nachdem er meinen Brief gelesen hatte, hingesetzt und eine Antwort verfaßt haben mußte. Er berichtete mir, daß er meine Abwesenheit fast zwei Wochen lang geheimhalten konnte, doch dann hätte ein Priester vom Tempel darauf bestanden, mich zu besuchen, und meine Mutter hätte sich ins Haus gedrängt und hätte meine Krankheit begutachten und behandeln wollen. Das überraschte mich, denn sonst hatte mich meine Mutter immer lautstark verwünscht, hatte mir zwar nicht ihr Haus verboten, aber klargestellt, daß sie mich nicht zu sehen wünsche. Pa-ari schrieb, er habe sich alle Mühe gegeben, beide abzuweisen, doch vergebens. Man hätte ihn vor den Dorfschulzen von Aswat gebracht und ihn der Beihilfe zu meiner Flucht bezichtigt. Er hätte auch kurz in Aswats einzigem kleinen Gefängnis gesessen, während der Schulze den Gouverneur der Provinz um Rat fragte, wäre aber kurz darauf freigelassen worden. Im Dorf schwirre es von Gerüchten über mich. Er wäre überglücklich und erleichtert, daß es mir gutginge und daß ich mit meinem Sohn vereint sei, und erwarte jeden Tag Nachricht über sein Urteil. Mit einem leisen Rascheln rollte sich die Rolle wieder zusammen. Mittlerweile mußten die Männer des Prinzen die Leiche gefunden haben und sich auf dem Rückweg nach Norden befinden. Pa-ari dürfte wohlbehalten zu seiner hübschen Frau und seinen drei Kindern und an die Arbeit, die er so liebte, zurückgekehrt sein. Das war eine Schuld, die mir nicht länger auf der Seele liegen mußte.

Als zwei Wochen vergangen waren, wollte ich Hunro besuchen. Meine Motive waren ganz und gar selbstsüchtig und meiner nicht würdig, doch ich konnte nicht anders. Sie hatte so getan, als wäre sie meine Freundin. Der Gedanke an ihre insgeheime Überlegenheit, an ihre berechnenden Lügen ließ mir keine Ruhe und demütigte mich, und vielleicht wollte ich mich auch gar nicht hämisch freuen, sondern ihr nur vorführen, daß ich gesiegt hatte. Natürlich mußte man ihr ihre Lage nicht klarmachen, eher sie mir meine.

Also bat ich bei Amunnacht um Besuchserlaubnis. Er schickte einen Diener, der mir sagte, daß mein Gesuch an den Prinzen weitergeleitet worden sei. Ich wartete. Die Antwort kam überraschend schnell. Der Prinz hatte einem Treffen zwischen Hunro und mir zugestimmt, vorausgesetzt, daß beide Wachtposten vor Hunros Tür zugegen waren. Das hatte ich von Ramses auch nicht anders erwartet, schließlich hatte ich ihn einmal recht gut gekannt, und anscheinend hatte er sich nicht groß verändert. Es würde ihm insgeheim Vergnügen bereiten, wenn sich die Beklagte mit der Klägerin traf, und vielleicht, ganz vielleicht glaubte er, daß ich ein Recht darauf hatte, der Frau in die Augen zu sehen, die mich verachtet und dann ohne Bedauern hatte fallenlassen. Seine Erlaubnis war so abgefaßt, daß es an Hunros Tür keine Mißverständnisse geben würde. Ich zweifelte nicht daran, daß man jedes Wort, das zwischen uns gewechselt wurde, an ihn weiterleitete, doch es war mir einerlei. Mochte er so viel Vergnügen daraus ziehen, wie er wollte.

Ich wählte einen Morgen, an dem ich gut geschlafen hatte, entschied mich für ein hellblaues Kleid, dessen eleganter Fall das dunklere Blau meiner Augen betonte, und als Geschmeide legte ich nur Silber an. Das Haar trug ich lose, doch von einem Silbernetz gehalten, in das kleine Blumen aus Türkis eingearbeitet waren. Glänzend und voll fiel es mir auf Schultern, die mittlerweile wie poliertes, erlesenes Gold schimmerten. Gern hätte ich mir auch noch Handflächen und Fußsohlen mit Henna bemalen lassen, aber mein Titel war mir vor langer Zeit genommen worden und mit ihm das Recht, Henna als Kennzeichen meines Standes zu verwenden. Ich wußte, daß ich nicht mehr wie die Bauersfrau aussah, die die Laufplanke zu Kamens Boot hochgegangen war, doch war meine Verwandlung so gut gelungen, daß sich Hunro ärgern würde? Hoffentlich. Isis betupfte mich mit Lotosparfüm. Ich hatte sie losgeschickt, um herauszufinden, in welchem Geviert meine alte Feindin festgehalten wurde, und es überraschte mich nicht, als ich hörte, daß man sie im Kinderflügel einquartiert hatte. Dorthin hatte man auch mich abgeschoben, als ich durch meine ungewollte Schwangerschaft das Interesse des Pharaos verspielt hatte.

Ich machte mich auf den kurzen Weg mit Isis an meiner Seite, die mir den Sonnenschirm über den Kopf hielt. Meine Stellung im Harem war inzwischen allgemeines Gesprächsthema geworden, obwohl ich nie herausfand, wie sich derlei Neuigkeiten verbreiteten, und Frauen, die mich mit so viel Vorsicht gemustert hatten, daß man es fast schon als Feindseligkeit bezeichnen konnte, grüßten mich jetzt freundlich. Ich erwiderte ihren Gruß, als ich den Rasen überquerte. Auf der anderen Seite trat ich kurz in den Schatten des schmalen Ganges, der zwischen den vier Haremsgebäuden und dem Palast verlief, und wandte mich nach links. Der Kinderflügel lag am weitesten vom Haupteingang entfernt, und schon bald tauchten Isis und ich in einem Strudel aus Lärm und Leben unter.

Hinten, am Ende des offenen Platzes, konnte ich die Wachtposten sehen, die zu beiden Seiten einer geschlossenen Zellentür standen. Ich näherte mich ihnen und blieb stehen. Beide trugen die Insignien der Horus-Division des Prinzen, nicht die der regulären Haremssoldaten, und einer war den Abzeichen nach ein Hauptmann. Den sprach ich an. «Ich bin Thu und hier Gast des Prinzen», sagte ich förmlich. «Ich möchte mit der Gefangenen reden.» Er blickte mich prüfend an.

«Hast du es schriftlich vom Hüter der Tür oder vom Prinzen?» wollte er wissen. Statt einer Antwort reichte Isis mir die Rolle des Prinzen, und ich gab sie an ihn weiter. Er las sie sorgfältig und wollte sie in seinen Gürtel stecken, doch ich kam ihm zuvor.

«Die möchte ich gern behalten», sagte ich bestimmt. «Falls mein Besuch zu Schwierigkeiten führen sollte, ist sie der Beweis, daß der Prinz mir erlaubt, hier zu sein.» Ich wußte nur zu gut, wie falsch königliche Hoheiten sein konnten, und ich hatte nicht die Absicht, mich ausschließlich auf Ramses' guten Willen zu verlassen. Der Hauptmann blickte erstaunt, doch nach kurzem Zögern gab er Isis die Rolle zurück.

«Mein Vertrauen in dich ist größer als deines in den Prinzen», sagte er bissig. «Deine Dienerin bleibt draußen. Du weißt ja, daß mein Soldat und ich dich begleiten müssen.» Ich nickte. Er wandte sich zur Tür, löste die Schnur, die sie verschlossen hielt, und stieß sie auf. Mein Herz fing an zu rasen, doch ich zwang mich zur Ruhe, reckte die Schultern und ging zusammen mit den Männern hinein. Dann machte der Hauptmann die Tür hinter uns zu.

Ein schmaler Strahl hellen Tageslichts fiel durch einen Fensterschlitz. Er erhellte den ganzen Raum, auch wo er nicht hintraf, und trotzdem war mein erster Eindruck nach dem strahlenden Morgen vor der Tür, daß es hier dunkel war. Eine Frau saß mit gekreuzten Beinen auf dem Boden direkt unter dem Sonnenstrahl und hatte den Kopf über eine Näharbeit gebeugt. Zunächst hielt ich sie für Hunro, doch als sie mit dem Leinen in der Hand aufstand und sich verbeugte, merkte ich, daß es sich um eine Dienerin handelte. Mein Blick fiel nur kurz auf sie und wanderte dann zum Dunkel hinter ihr. Jemand bewegte sich, und ich drehte mich halb um, als sich Hunro aus dem Dämmerlicht löste und vor mich hintrat.

Sie hatte sich verändert. Einen kurzen Augenblick lang betrachteten wir uns, und ich bemerkte mit einer Mischung aus Genugtuung und Bestürzung, daß ihr Tänzerinnenleib nicht mehr schlank und wendig war, sondern sich bedenklich gerundet hatte. Ihr einst so selbstbewußter Mund, der so gern lachte, war jetzt mürrisch herabgezogen, und die früher makellose Haut, die ihre überschäumende Lebenskraft gespiegelt hatte, sah ungesund und fahl aus. Sie war noch immer schön, doch ihre Schönheit berührte nicht mehr, hatte die klare, helle Ausstrahlung verloren, um die ich sie so beneidet hatte. «Die Jahre sind mit uns beiden nicht gut umgesprungen», platzte ich heraus. Ihre Augen wurden schmal, und sie lächelte bedächtig, kalt.

«Ach», sagte sie. «Das ist ja Thu, die Frau, die das Unmögliche geschafft hat und von den Toten zurückgekehrt ist. Hätte ich gewußt, daß mir diese Ehre zuteil würde, ich hätte mich mit Khol und Henna schminken lassen. Dein Aufenthalt im Grab ist weder deinem Aussehen noch deinem Charakter gut bekommen, denn trotz der Kosmetikerin, die man dir zugewiesen hat, siehst du unter deiner Schminke noch immer wie ein ausgedörrter Leichnam aus.» Ein Mundwinkel hob sich zu einem höhnischen Grinsen. «Und was deinen Charakter angeht, so hast du noch immer die Manieren einer Bäuerin. Für eine Edelfrau wäre es unter ihrer Würde, meine Zelle zu betreten, nur um sich hämisch an meinem Schicksal zu freuen. Vermutlich hast du dich aus diesem Grund hier eingeladen.»

«Du hast recht», sagte ich ungerührt. «Aber ich bin nicht nur aus hämischer Freude hier, denn bislang ist über dein Schicksal oder meines noch nicht endgültig entschieden worden, Hunro. Ich wollte der Frau gegenüberstehen, die mich angelogen, die das Vertrauen und die Freundschaft verraten hat, die sie mir scheinbar geboten hatte, und die mir ihre Verachtung schließlich dadurch gezeigt hat, daß sie sich von mir abwandte. Das sind für mich nicht die Eigenschaften einer wahren Edelfrau.» Ihr Blick wurde finster, und sie fuhr sich mit der Zunge über die Oberlippe.

«Für eine Entschuldigung bin ich mir zu schade», sagte sie. «Und zu Zankereien oder Anschuldigungen hinsichtlich der Vergangenheit überlistest du mich auch nicht, nicht solange diese Männer zugegen sind und sich jedes Wort merken, das ich sage. Du hast mir gegenübergestanden. Jetzt geh.»

Ich zögerte, denn mittlerweile dachte ich, wäre ich doch bloß nicht gekommen, und schämte mich für mein niederes Verlangen nach so kleinlicher Rache. Das helle, trügerische Phantom, das so spöttisch durch meine Träume gegaukelt war, gab es nicht mehr. Statt dessen hatte ich eine verbitterte, besiegte Frau angetroffen, unter deren Trotz die Angst lauerte. Wo war die sorglose Tänzerin geblieben? «Hunro, was ist mit dir geschehen?» fragte ich sie. «Warum hast du mit dem Tanzen aufgehört?» Unwillkürlich blickte sie ihren Körper mit angeekelter Miene an, hatte sich aber sofort wieder im Griff.

«Weil ich irgendwann gemerkt habe, daß ich damit nicht aus dem Harem tanzen konnte», sagte sie matt. «Ramses hat sich geweigert, mich gehen zu lassen, und danach war Schluß.» Sie blickte mir ins Gesicht. «Als ich jung war, erschien es mir besser, Nebenfrau des Pharaos zu sein als Ehefrau eines schlichten Adligen. Ich habe nicht an die Zukunft gedacht. Ich habe keine Ahnung gehabt.»

«Ich auch nicht», flüsterte ich, und als ich das sagte, ging mir auf, daß ich mehr Glück gehabt hatte als sie, auch wenn mein Leben noch so hart gewesen war. Ich hatte Böses getan und dennoch die Freiheit erhalten, aber Hunro würde den Folgen ihrer Schuld nicht so leicht entrinnen. «Hunro, verzeih mir, daß ich zu dir gekommen bin», sagte ich aufrichtig.

«Auch wenn ich weiß, daß du mich umbringen wolltest und es wahrscheinlich noch immer willst, falls sich dir die Gelegenheit bieten sollte, es war grausam von mir.» Sie ballte die Fäuste und machte einen Schritt auf mich zu.

«Oh, wie großmütig von dir», sagte sie leise, aber trotzdem verächtlich. «Wie huldvoll. Wie nett. Die siegreiche Thu läßt sich zu ihrer gestrauchelten Feindin herab. Spar dir dein Mitleid. Du hast recht. Ramses hätte dich sterben lassen sollen. Ich habe dich vom ersten Augenblick an nicht gemocht, als du vor vielen, vielen Jahren vor meiner Zellentür gestanden hast, und heute halte ich auch nicht mehr von dir. Laß mich in Ruhe!» Brüsk drehte sie sich um, aber nur mit dem Abglanz ihrer früheren Anmut, schritt durch den hellen, schmalen Lichtstrahl und verschwand im Dunkel der Ecke, und ich wandte mich gehorsam zur Tür. Einer der Soldaten machte sie für mich auf, und ich ging an ihm vorbei.

Auf der Schwelle blieb ich stehen, atmete tief die reine, heiße Luft ein und hob das Gesicht zur Sonne. Isis kam mit erhobenem Sonnenschirm herbeigeeilt, und ich spürte die Hand des Hauptmanns unter meinem Ellenbogen, die mich sacht vom Zelleneingang fortschob. Ich bedankte mich mit einem Nicken und entfernte mich über den Rasen des Hofs. Auf einmal merkte ich, wie ausgedörrt meine Kehle war und daß meine verspannten Schultern schmerzten. Aber ich genoß es, wie meine Beine ausschritten, genoß das Vorrecht, sie ungehindert bewegen zu können und frei zu sein. Ich wagte keinen Blick zurück.

Die verbleibende Woche, ehe Nachricht vom Prinzen kam, verbrachte ich in einem dumpfen Nebel, aus dem ich nur auftauchte, wenn ich mich wegen Hunro schämte oder an die Unversöhnlichkeit der Maat dachte. Die Gerechtigkeit ereilte sie, ereilte sie allesamt trotz ihrer Bemühungen, den Lauf der

Maat zu ihren eigenen Zwecken zu verfälschen. In Ägypten würde wieder das großartige, kosmische Gleichgewicht zwischen Wahrheit, Urteil und dem, was himmlische und weltliche Machthaber verband, herrschen. Meine Strafe war abgebüßt. Die Maat hatte mich niedergeworfen und ausgespuckt, einsichtig, aber frei. Jetzt überrollte sie die Verschwörer, und mein seichtes Mitleid für Hunro reichte nicht für die anderen. Ich hoffte, daß das Gewicht der Maat sie völlig zermalmte. Außer vielleicht Hui. Immer wieder mußte ich an ihn denken, und dann holte ich meine Gedanken gewaltsam zu dem zurück, was auch immer ich an Wirklichkeit vor mir hatte – Essen oder Wein oder Hände, die mir die Füße massierten. Alles lag in den Händen der Vertreter der Maat, bei unserem Pharao und seinem Sohn, und man würde über die Sache richten, sie in den Tempelarchiven verwahren und zu guter Letzt vergessen.

Am achten Tag nach meinem Besuch bei Hunro saß ich unbekleidet und feucht vom Bad auf meinem Lager und wartete auf Isis, daß sie mir zu essen brachte, als das helle Morgenlicht von einer hochgewachsenen Gestalt verdunkelt wurde, die eintrat und sich verneigte. Amunnacht lächelte. Mit einem Aufschrei griff ich nach meinem abgelegten Umhang, stand auf und hüllte mich aufgeregt und mit zitternden Fingern ein. «Gute Nachrichten, nicht wahr, Amunnacht?» fragte ich atemlos. «Sind sie gut?» Er neigte den Kopf und lächelte noch immer auf seine gewohnte, zuvorkommende Art.

«Sie sind gut», sagte er freundlich. «Der Prinz hat mich gebeten, dir auszurichten, daß man unter dem Fußboden deiner Hütte in Aswat eine Leiche gefunden hat. Sie war etwas vertrocknet. Man hat sie nach Pi-Ramses gebracht und in Sand begraben, damit sie nicht weiter verwest. Der Palastarzt und drei Generäle und mehrere Hauptleute aus verschiedenen Divisionen haben sie untersucht, um festzustellen, ob die erlittenen Wunden so waren, wie ihr, du und Kamen, sie geschildert habt, oder auch nicht.» Er schwieg, vermutlich um seinen Worten noch mehr Nachdruck zu verleihen, und da merkte ich, daß der mächtige Hüter der Tür unter seinem gelassenen Äußeren genauso frohlockte wie ich.

«Und?» hakte ich nach, und meine nackten Zehen krümmten sich vor Spannung. «Amunnacht, halte mich nicht länger hin!»

«Einige Hauptleute erkannten in dem Mann einen libyschen Söldner, der vor einigen Jahren in der Amun-Division gedient hat. Als sein Vertrag ausgelaufen war, hat er ihn nicht erneuert. Sein General glaubt, daß er wieder in den Westen, zurück zu seinem libyschen Stamm gegangen ist, nachdem er hatte wissen lassen, daß man ihn als Mörder dingen konnte. Offensichtlich hatte sich Paiis dieses Angebot zwecks späterer Verwendung gemerkt.» Amunnacht verneigte sich erneut. «Es sieht so aus, als würde dir vergeben, daß du deinen Verbannungsort verlassen hast, Thu, und Paiis und die anderen kommen wegen Hochverrats gegen einen Gott vor Gericht.»

«Dann darf ich den Harem verlassen? Ich darf meinen Sohn sehen?» Er schüttelte den Kopf.

«Nein. Du mußt vor den Richtern aussagen und Kamen auch. Der Prinz hat bestimmt, daß ihr beide euch in dieser Sache nicht verabreden dürft. Außerdem bist du noch immer eine königliche Nebenfrau, ob dir das gefällt oder nicht, und als solche gehörst du hierher, bis der Pharao stirbt und sein Erbe die Haremslisten überprüft. Übrigens, die Angeklagten sind alle in den Palastbezirk gebracht und in Kasernenzellen eingesperrt worden.» Er schwieg kurz. «General Paiis bewohnt die Zelle, in der man dich vor siebzehn Jahren festgehalten hat.» Ich machte die Augen fest zu.

«Oh, Dank sei dir, Wepwawet, du Allergrößter», murmelte

ich, und eine Welle der Erleichterung überrollte mich so mächtig, daß ich vorübergehend weiche Knie bekam. Doch dann ging mir auf, was Amunnacht gesagt hatte, und es war um meine Glückseligkeit geschehen. Ich machte die Augen wieder auf. «Alle Angeklagten?» erkundigte ich mich. «Allesamt?»

«Nein.» Amunnacht war ernst geworden. «Der Seher ist nicht zu finden. Nur die Götter wissen, wo er steckt.» Ich blickte ihn bestürzt und mit großen Augen an, dennoch überraschten mich seine Worte irgendwie nicht. Ich hob die Hände.

«Was geschieht jetzt, Amunnacht?»

«Jetzt warten wir. Die gesamte Dienerschaft der Angeklagten wird vernommen. Wenn der Prinz fertig ist, wird er die Richter, die Beklagten und die Kläger einberufen.»

«Aber ich habe gedacht, daß nach dem Gesetz die Beklagten bei ihrem Prozeß nicht zugegen sein dürfen!» Amunnachts blau bekleidete Schultern hoben sich.

«Seine Majestät wünscht, daß eine Ausnahme gemacht wird. Es handelt sich um bedeutende Persönlichkeiten, Thu, und um eine schwerwiegende Anklage.»

«Ich war also nicht bedeutend genug, um bei meiner Verurteilung zugegen zu sein», bemerkte ich bitter, und Amunnacht verschränkte die Arme und sah mich mißbilligend an.

«Trotzdem war das Urteil gerecht und deine Strafe verdient», sagte er streng. «Selbstmitleid steht dir nicht, Thu, gerade jetzt nicht. Bleibst du denn ewig Kind? Der König möchte dich sehen.» Ich blinzelte.

«Wirklich? Oh, Hüter der Tür, ich habe so gehofft ... gebetet ... Wie geht es ihm? Fühlt er sich wohl genug, daß er mich empfangen kann? Was soll ich anziehen?»

«Du findest schon etwas Passendes», sagte Amunnacht. «Ich

muß zurück an die Arbeit. Genieße deinen Triumph, Thu. Der Gesundheitszustand des Königs schwankt. An einem Tag geht es ihm besser, am nächsten muß er das Bett hüten. Du wirst erst kurz vorher benachrichtigt, wann du gerufen wirst. Ach, da kommt Isis mit deinem Essen. Laß es dir schmecken.» Und schon war er fort, und meine Zelle war plötzlich wieder hell. Doch dann wurde es erneut dunkel, als meine Dienerin mit einem Tablett eintrat. Als sie meine Miene sah, blieb sie stehen.

«War der Besuch des Hüters der Tür zufriedenstellend?» erkundigte sie sich. Gelassen zog ich den Umhang fester um mich, ging zur Bettkante und setzte mich. Auf einmal ging mir die volle Bedeutung von Amunnachts Botschaft auf. Ich spürte, wie mir schwindlig wurde, wie mein Herz zu rasen und meine Beine zu zittern anfingen. «Ja, Isis, höchst zufriedenstellend», brachte ich zähneschnatternd hervor. «Aber auf einmal ist mir kalt. Ich will draußen im Sonnenschein essen.» Sofort war sie besorgt um mich.

«Thu, bist du krank?» erkundigte sie sich. «Soll ich einen Arzt holen?» Während meine Zähne noch immer aufeinanderschlugen, überlegte ich verstört, warum ich so heftig reagierte. Siebzehn Jahre Anspannung und Qualen lösten sich, und das bekam ich nicht in den Griff.

«Nein. Es geht vorbei», ächzte ich. «Isis, bring Polster und Sonnenschirm nach draußen. Es ist alles in Ordnung.»

Bis auf Hui, dachte ich. Hui. Wo immer du bist, an welch unbekanntem Ort du Zuflucht gefunden hast, du bist das fehlende Glied in der Kette von Ereignissen, die gewißlich zu meiner Entlastung führen. Wenn du nicht gefunden wirst, werden die Wunden, die du dem Kind, das ich einst war, zugefügt hast, nie völlig verheilen. Es sei denn, du stehst in Fleisch und Blut vor mir und bittest mich um Verzeihung dafür, daß du mich benutzt und getäuscht hast, und dann bitte ich den König, daß er dir vergibt, sonst werde ich nie frei von nagenden Rachegefühlen sein. Und das ist es, was ich mir vor allem anderen wünsche. Ich bin den Zorn und die Bitterkeit leid, die mir das Herz auffressen.

Dreizehntes Kapitel

Drei Tage später kam die Aufforderung. Ich hatte die Zeit so still wie möglich verbracht, nachdem der eigenartige Anfall vorbei war, aber ich konnte nicht gut schlafen. Ich bemühte mich zwar nach Kräften, meine Gedanken zu beruhigen, doch sie kreisten ängstlich um meine Audienz bei Ramses. Wie sollte ich mich benehmen? Was sollte ich sagen? Was würde er sagen? Bei der Aussicht auf diese lang herbeigesehnte Gelegenheit wurde ich so unsicher wie damals, als Hui mich das erste Mal vor das Antlitz des Königs geführt hatte. Darüber regte ich mich wiederum so auf, daß ich nach dem Haremsarzt schickte und um Mohnsaft bat. Die Droge betäubte meine Angst, doch sie pochte noch immer dumpf unter der von dem Rauschmittel erzeugten Schläfrigkeit.

Aber in dem Augenblick, als der königliche Unterhofmeister in seiner blau-weißen Uniform erschien, sich verbeugte und den Befehl überbrachte, daß ich mich an diesem Abend vor dem Herrn Allen Lebens einstellen sollte, verflüchtigten sich all meine Bedenken. Ruhig dankte ich dem Mann, und als er gegangen war, ließ ich Isis holen. Wir unterhielten uns über meine Aufmachung, Parfüm, Geschmeide, und als wir uns entschieden hatten, schickte ich nach einem Priester. Hinter der geschlossenen Tür meiner Zelle entzündete er Weihrauch, und während ich mich vor der Statuette Wepwawets, die ich mir aus dem Haremslager beschafft hatte, zu Boden warf, intonierte er Lob- und Dankgebete an meinen Schutzgott. Ich hatte das überwältigende Gefühl, daß der Gott sich liebevoll um mich kümmerte. Ja, dachte ich mit der Nase auf der Bodenmatte und mit fest geschlossenen Augen, ja, ich habe mich immer auf dich verlassen können, Wegbereiter, du hast mich aus jeder mißlichen Lage befreit, in die ich geraten bin, und du bist mir zu Hilfe gekommen, weil ich dich seit meiner Jugendzeit verehrt und dir geopfert habe. Du hast mich bestraft, aber nicht zerstört, und dafür schulde ich dir alles. Sei jetzt bei mir, wenn ich noch einmal Buße übe. Und mach, daß Ramses mir vergibt und mich freiläßt, setzte ich noch hinzu, aber nur mir soll er vergeben. Ich entschuldigte mich bei dem Priester, daß ich nichts besaß, was ich ihm für seine Dienste und für Wepwawet selbst geben konnte, versprach ihm aber, reichlich zu spenden, falls ich einmal mehr zu bieten hätte als nur meinen Leib. Er lächelte lediglich zuvorkommend und entfernte sich. Die Priester Wepwawets, so dachte ich, als ich umgeben von duftenden, grauen Rauchwölkchen vor meiner Tür stand, sind nicht habgierig. Ganz anders als die mächtigen Diener Amuns.

Als die Sonne untergehen wollte, nahm ich ein leichtes Mahl zu mir, und dann kleidete Isis mich an. Nach reiflicher Überlegung hatte ich mich für ein schlichtes weißes Kleid entschieden, das von einem breiten Silberkragen fiel, über der Brust gekreuzt war und in der Mitte von einem Silbergürtel gehalten wurde, ehe es mir um die Knöchel rauschte. Schließlich wollte ich ihn nicht verführen. Diese Zeiten waren längst vorbei. Und auch mit den Spielchen war es vorbei. Ich würde als ich selbst zu Ramses gehen, so ehrlich und aufrichtig wie möglich. Die Kosmetikerin pinselte mir blauen Lidschatten auf die Lider, umrandete meine Augen mit schwarzem Khol und schminkte meinen Mund mit ein wenig Henna. Isis nahm mein Haar hinter dem Kopf zusammen und flocht aus den mittlerweile wieder schimmernden Flechten einen Zopf mit Silberbändern, dann befestigte sie eine blau-weiß emaillierte Lotosblüte über jedem Ohr. Große Silberankhs hingen in meinen Ohrläppchen, und über meine Hand schob ich ein Silberarmband, auf das ein goldener Ankh gelötet war. Statt des schweren, sinnlichen Myrrheduftes hatte ich ein leichtes Lotosparfüm gewählt und saß still, während mir Isis das Öl in den Hals massierte und meinen Zopf damit betupfte. Dann trug ich einen Stuhl an meine Tür, setzte mich, faltete die Hände im Schoß und wartete, während Re langsam im Rachen von Nut versank und die Schatten über den Rasen auf mich zugekrochen kamen.

Als ich sah, wie sich der Unterhofmeister näherte, stand ich auf und ging ihm entgegen, folgte ihm über den Hof und den kurzen, nicht überdachten Gang entlang zu dem schmalen Pfad, der den Harem vom Palast trennte. Rasch überquerte er ihn, redete mit dem Wachtposten an der schmalen, aber ungemein hohen Tür, die als einzige in die den Pfad seitlich begrenzende Mauer eingelassen war, und zum ersten Mal seit siebzehn Jahren beschritt ich wieder den Weg, der zum königlichen Schlafgemach führte. An seinem Ende gelangten wir zu einer mächtigen, mit Gold eingelegten Flügeltür. Stetig und mit leichtem Herzflattern schritt ich darauf zu und verdrängte mit Gewalt die Erinnerungen, die mich überfielen und mir die Fassung zu rauben drohten. Der Unterhofmeister klopfte an. Ein Flügel öffnete sich. Der Mann verbeugte sich, deutete mir weiterzugehen und entfernte sich auf dem Weg, den wir gekommen waren. Ich war auf mich selbst gestellt, holte tief Luft und trat ein.

Nichts hatte sich verändert. Auf dem sich riesig erstreckenden, mit Lapislazuli eingelegten Fußboden waren noch immer hölzerne Ständer mit Lampen verteilt, und wo ihr gelber Schein hinfiel, glitzerten die Pyriteinschlüsse im matten Blau der Fliesen. Stühle aus Silber und Elektrum standen wie aufs Geratewohl zwischen niedrigen Ebenholztischen, deren Tischflächen golden schimmerten. Die hinteren Wände des großen Raumes verloren sich im Dunkel, doch wie immer konnte man davor aufgereiht die Gestalten von gleichmütig wartenden Dienern ausmachen. Die königliche Lagerstatt stand noch immer auf ihrer Erhebung, auf dem Tischchen daneben drängten sich Arzneitiegel und Krüge.

Ich hörte, wie sich die Tür dumpf hinter mir schloß. Sofort fiel ich auf die Knie und verbeugte mich so tief, daß meine Stirn den kalten, schönen Lapislazuli berührte, und als ich so kniete, stieg mir ein Geruch in die Nase, den ich aus meiner Zeit als Heilkundige nur zu gut kannte. Faulig und zugleich süßlich – ich erschrak zutiefst. Der Tod ist im Raum, dachte ich. Er liegt im Sterben. Ramses stirbt wirklich. Bis zu diesem Augenblick hatte ich mich der Wirklichkeit seiner letzten Krankheit noch nicht gestellt, aber jetzt, als eine Stimme irgendwo über mir rief: «Die Nebenfrau Thu» und das Echo in der Finsternis verhallte, verlor ich beinahe die Fassung. Er darf nicht sterben, begehrte ich stumm auf. Er ist Ägypten, er ist ein Gott, er ist für mehr Jahre, als ich zählen kann, die Maat gewesen, er ist überall zugegen, im kleinsten Samenkorn auf dem Acker meines Vaters bis hin zum Nil, wenn er ins Große Grün strömt. Sein Schatten hat über jedem Tag meiner Verbannung gelegen. Ramses! Doch dann kehrte mein gesunder Menschenverstand zurück.

«Ist sie es?» Seine Stimme, schwach, aber vertraut, schmerzte in den Ohren wie eine Ohrfeige. «Sie möge sich erheben und näher treten.» Ich stand auf, schlüpfte aus meinen Sandalen, schritt zur Estrade, stieg hoch und wollte mich wieder neben das Lager knien. Doch als ich nach unten blickte, überfielen mich die Gefühle so mächtig, daß ich mich nicht rühren konnte.

Er lag in viele Kissen gestützt, den rasierten Schädel schicklich mit einem Leinenkopftuch bedeckt. Seine gewaltige Brust hob und senkte sich unter einem Durcheinander von zerwühlten Laken. Ein nackter Arm lag über dem gewölbten, verborgenen Unterleib. Der andere ruhte schlaff neben seinem Oberschenkel. Im Schein der einzigen Lampe auf dem Tisch neben ihm sah ich, daß sein Gesicht aufgedunsen und schweißbedeckt war. Seine Augen, diese braunen Augen, an die ich mich so gut erinnerte, in denen immer ein gewitzter Humor funkelte oder die kalt und scharfsinnig mit allerhöchster Autorität blickten, waren jetzt trübe und glasig von Fieber und Erschöpfung, und jäh hatte ich den unabweislichen Eindruck, daß hier ein Mann lag, der sich schlicht verbraucht hatte. Trotzdem sagte sein Blick, daß er mich durchaus erkannte, und kurz darauf hob er eine Hand. «Die Jahre deiner Verbannung haben dich keine besseren Manieren gelehrt, Thu», rang er sich ab. «Du bist immer nur dir selbst Gesetz gewesen.» Seine Worte lösten die Spannung, ich fiel auf die Knie, ergriff seine kalten Finger und drückte meine Lippen darauf.

«Es tut mir leid, Majestät», sagte ich. «Vergib mir. Du hast ja recht. Das macht der Kummer, dich so anzutreffen. Irgend etwas ist über mich gekommen, entweder der Schreck oder der Kummer oder die Erinnerungen, und da habe ich vergessen, dir zu huldigen. Darf ich?» Ich stand auf und setzte mich auf die Bettkante, beugte mich vor und legte ihm die Hand auf die Stirn. Seine Haut fühlte sich nach hohem Fieber an. «Majestät, hast du gute Ärzte?» erkundigte ich mich. Er lächelte matt, als ich mich zurückzog.

«Gut oder nicht gut, sie können meine Krankheit nicht heilen», sagte er. «Sie schwatzen und plappern, aber alle haben Angst, mir die Wahrheit zu sagen. Daß ich nämlich alt bin und sterbe. Ich hatte immer gedacht, du bist ein mutiges Mädchen und ziehst dir eher mein Mißfallen zu, als daß du mich anlügst, aber da habe ich mich getäuscht, nicht wahr?» Er bewegte sich gereizt.

«Nicht ganz, Majestät», erwiderte ich. «Ich habe dich nicht angelogen, als ich von Ägyptens Not unter den habgierigen Priestern Amuns sprach, aber mein Motiv war schlecht. Ich habe dich nicht angelogen, als ich dir meine Liebe gestanden habe, aber sie war nicht so groß, wie ich vorgegeben habe. Ich habe nicht gelogen, als ich dich sterben lassen wollte.» Die geschwollenen, triefenden Augen musterten mein Gesicht.

«Das ist alles so lange her, liebe Thu», sagte er. «Lange her und jetzt nicht mehr wichtig. Ich bin nicht gestorben. Ich habe mir eingebildet, ich würde dich nicht mehr lieben, nachdem du mir einen Sohn geboren hattest, aber das war ein Irrtum. Ich habe dich fortgeschickt und den Jungen Men gegeben, aber du hast mich bis in meine Träume verfolgt, und ich habe mich schuldig gefühlt, nicht du.»

«Nicht doch», sagte ich rasch, und unversehens stiegen mir die Tränen in die Augen. «Schuld ist auch mein Bettgenosse geworden, Ramses, und ich habe siebzehn Jahre darauf gewartet, dich um Vergebung bitten zu können. Vergibst du mir, was ich dir, dem Einzig-Einen, angetan habe? Ich hatte den Tod verdient, den du mir zugedacht hattest.»

Es herrschte Schweigen, dann fing er an zu husten. Er tastete nach meiner Hand und hielt sie fest, rang nach Luft. Hinter mir bewegte sich etwas, ein Diener eilte aus dem Dunkel herzu, doch er wies ihn mit der anderen Hand fort. «Morgen geht es mir wieder besser», ächzte er schließlich. «Das hier ist noch kein Vorgeschmack des Todes, noch nicht. Etwas Zeit habe ich noch.» Nachdem er sich wieder in der Gewalt hatte, ließ er meine Hand los und schob sich höher in die Kissen, doch als das getan war, ergriff er wieder meine Hand. «Ich stelle fest, daß du um Vergebung, nicht aber um Begnadigung gebeten hast», flüsterte er. «Du hast dich verändert. Mein kleiner Skorpion hätte mir die Begnadigung abgeschmeichelt, aber diese Frau, die noch schön genug ist, um mich zu erregen, falls man mich noch erregen könnte, die bittet um nichts als ein Wort. Vielleicht hast du in deiner Verbannung ja doch viel gelernt, denn ich erkenne in deinem Gesicht keine Hinterlist, Thu.» Seine Finger umklammerten die meinen. «Ich vergebe dir. Ich verstehe. Ich habe die Namen, die du meinem Sohn gegeben hast, nicht vergessen, und siehe da, das Rad dreht sich. Die Maat hebt den Kopf, und aus den Namen werden Verräter, die nun mein erhabenes Urteil erwarten.» Ein winziges, gerissenes Lächeln huschte über sein entstelltes Gesicht. «Du hast meinen Sohn begehrt, nicht wahr, Thu? Du hast geglaubt, du kannst es vor mir verbergen, aber ich habe es gewußt.»

«Ja, Gebieter.»

«Hast du mit ihm geschlafen?»

«Nein, Gebieter. So abgründig schlecht sind weder er noch ich gewesen.»

«Gut. Was würdest du sagen, wenn ich ihm befehle, einen Heiratsvertrag mit dir zu unterschreiben?»

Ich warf ihm einen scharfen Blick zu und merkte auf. Zwar war er krank, aber das hielt ihn gewißlich nicht davon ab, mich einer Prüfung zu unterziehen. Oder öffnete sich bereits knarrend die Tür zur Gerichtshalle, und der Wind aus der nächsten Welt fächelte ihm schon die Wangen, so daß er mir eine letzte Gunst erweisen wollte? Oder hatte er auf geheimnisvollen Wegen herausgefunden, daß ich den Prinzen einst gezwungen hatte, ein Dokument zu unterschreiben, das mich nach seines Vaters Tod zu einer seiner Königinnen gemacht hätte? Der Prinz hatte mich gebeten, meinen Einfluß beim Pharao geltend zu machen, damit er zum königlichen Erben ernannt wurde, denn damals hatte mein Stern hoch gestanden und hell geleuchtet, und der Pharao konnte mir nichts abschlagen. Nach meiner Verhaftung verschwand das Dokument, vom Prinzen geholt und zweifellos verbrannt, denn nichts sollte seine Pläne durchkreuzen, daher wollte er nicht mit einer Mörderin in Verbindung gebracht werden. Ramses beobachtete mich, und das Funkeln in seinen Augen erinnerte mich eindringlich und kummervoll an die ungeheure Lebenslust, die ihn zu all seinen Taten angefeuert hatte. Ich schüttelte den Kopf.

«Nein, danke, Ramses», sagte ich. «Ich begehre deinen Sohn nicht mehr. Und ich möchte auch nicht Königin in Ägypten werden.»

«Du lügst, wenn du sagst, daß du nicht Königin werden möchtest», krächzte er, «aber meinen Glückwunsch. Du hast zum zweiten Mal nicht auf meinen Köder angebissen. Ach, Thu, bis jetzt habe ich nicht gewußt, wie tief dein Stachel mich getroffen hat. Ich vergebe dir nicht nur, ich begnadige dich auch. Und Amunnacht soll eine Freilassungsurkunde aufsetzen, damit du den Harem als freie Frau verlassen kannst. Gibt es einen Mann, den du begehrst?» Das hörte sich tieftraurig an, und da wurde auch ich traurig. Ich spürte, wie mir die Tränen still über die Wangen liefen. Ich war noch immer jung. Ich würde weiterleben und, wenn die Götter wollten, auch Erfüllung finden, doch er mußte sterben, mußte alles loslassen, was er lieben gelernt hatte. Das eigenartige, verknäuelte Band, das uns gebunden hatte, würde bald durchtrennt sein, und er würde in meiner Erinnerung zu einem verblassenden Schemen werden und immer mehr verblassen, je mehr auch ich mich meinem Ende näherte.

«Ich habe mir ausgemalt, daß es anders sein würde», sagte ich mit belegter Stimme. «Jahrelang habe ich davon geträumt, wie ich in dein Gemach komme und vor dir niederfalle und um Vergebung bitte, und wie du der Ramses bist, an den ich mich erinnere, und ich noch immer das aufsässige, vorlaute Kind. Oder noch besser, daß du eines Tages nach Aswat kommst, mich aus dem Dreck hebst, mich wieder in dein Bett nimmst und mir meinen Titel und meine hübschen Sachen zurückgibst. Aber es ist ganz anders gekommen.» Jetzt schluchzte ich, rauhe Schluchzer, die in der Kehle weh taten. «Die Vergangenheit ist wirklich tot, nicht wahr, Pharao? Denn du bist sterbenskrank, und ich habe mich mitten in meinem Rachefeldzug verirrt, und alles ist so anders.»

«Komm her», sagte er rauh, und ich krabbelte auf das Lager und legte den Kopf an seine Schulter. «Ich bin kein Narr, Thu», sagte er. «Nimm dir deine Freiheit. Nimm dir, wenn du gehst, was immer du an hübschen Dingen aus dem Harem haben möchtest. Nimm auch deinen Titel zurück. Ich werde es anordnen. Denn bin ich nicht ein Gott, und überschütten die Götter uns nicht mit Segnungen, ob wir sie nun verdienen oder nicht? Ich habe dich geliebt, aber nicht genug. Und du hast mich geliebt, aber nicht genug. Was gewesen ist, ist nicht mehr zu ändern. In ein paar Tagen beginnt der Prozeß, auf den du gewartet hast. Sitz neben deinem Sohn, trage den Kopf hoch, sage endlich gegen die aus, die dich so unbarmherzig benutzt haben. Und wenn alles vorbei ist, geh, wohin du willst, und laß alles hinter dir. Bitte Men, daß er dir erlaubt, ein Weilchen auf seinem Anwesen in Fayum zu bleiben, damit du dich ausruhen und erholen kannst. Geh mit den guten Wünschen dieses alten Gottes.» Seine Stimme erstarb, und er seufzte.

Mein Ohr lag auf seiner Brust, und ich konnte hören, wie es beim Atmen in seinen Lungen rasselte, aber trotz allem war unter dem Geruch nach Krankheit noch schwach der Duft zu riechen, an den ich mich so gut erinnerte. Lachen und Liebe, Angst und Jubel, Vergötterung und Verrat – die Erinnerung daran überfiel mich in immer neuen Wellen, und ich weinte, bis ich mich ganz leer fühlte. Dann stand ich auf und blickte auf ihn hinunter. Er hatte die Augen geschlossen, und ich dachte, er schliefe, bückte mich und küßte ihn auf den halb geöffneten Mund.

«Du bist ein guter Mensch, Ramses», flüsterte ich. «Ein guter Mensch und ein großer Gott. Ich danke dir. Denk an mich, wenn du deinen Platz in der Himmelsbarke einnimmst.» Er machte ein Auge auf.

«Was gibt es da sonst schon zu tun?» murmelte er schläfrig. «Geh jetzt, liebe Herrin Thu. Möge dein Fuß festen Tritt finden.» Ich ließ mich vom Lager gleiten, berührte seine Schulter und wandte mich ab. Die Entfernung zur Tür schien noch größer zu werden, als ich über die dunklen Fliesen ging, aber zu guter Letzt kam ich zu meinen Sandalen, zog sie an, fiel auf die Knie und legte die Stirn auf den Boden. Die Lampen funkelten wie kleine Sterne, die sich in dem stillen, großen Raum verloren. Kein Geräusch der wachsamen Diener störte diesen Frieden. Leise schloß ich die Tür hinter mir.

Als Isis mich dann entkleidet und gewaschen hatte, lag ich auf meinem Lager und meinte, überhaupt nicht schlafen zu können, doch dann fiel ich jäh in eine tiefe Bewußtlosigkeit, aus der ich spät erwachte. Man konnte mir noch immer anmerken, daß ich geweint hatte. Daran sieht man, daß du alt wirst, sagte ich zu mir, als ich den Kupferspiegel hochhielt und mich kritisch musterte. Als du jung warst, konntest du stundenlang lachen und weinen, dich sinnlos betrinken und dennoch morgens so frisch und faltenlos aufstehen wie am Tag zuvor. Oder die Woche zuvor. Oder sogar ein Jahr zuvor. Ich seufzte, weil es stimmte, aber ich stellte keine Ängste bei mir fest. Erst gestern wäre ich schier außer mir gewesen bei dem Anblick meiner geschwollenen Lider und meiner gereizten Haut, doch inzwischen war mir das einerlei. Denn was galt diese alberne Eitelkeit neben der schrecklichen Wirklichkeit, daß der König langsam starb.

Zwei Männer hatte ich geliebt und einen dritten begehrt. Einer hatte seine tieferen Gefühle für mich geleugnet, damit er mich benutzen konnte. Der andere hatte mich wegen meiner jungfräulichen Schönheit geliebt und mich dann verstoßen. Und der Prinz? Am vergangenen Abend hatte ich jede Möglichkeit verwirkt, von diesem hochgewachsenen, muskulösen Körper in Besitz genommen zu werden, und es galt mir gleich viel. Das war die Wahrheit. Es galt mir gleich viel. Ich hatte Ramses nicht angelogen. Heute war ich so alt wie er, so verbraucht wie er. Ich wollte keine Macht mehr über Männer oder das Königreich. Ich wollte nur noch Gerechtigkeit und mich dann an einen stillen Ort zurückziehen, weit entfernt von Pi-Ramses und auch von Aswat, und dort wollte ich mit Kamen und Takhuru in Abgeschiedenheit leben. Am letzten Abend hatten Ramses und ich die Wunden geheilt, die so lange bei uns beiden offen gewesen waren, und ich spürte die Veränderung bis in die Tiefen meines Kas. Es war, als ob alles Farbe bekommen hätte, was so lange nur grau gewesen war.

Ich ging ins Badehaus und ließ mich waschen und massieren, doch danach machte ich mir nicht die Mühe, nach der Kosmetikerin zu schicken. Ich speiste und schlenderte im Hof herum und unterhielt mich mit den anderen Frauen. Gerüchte über die Verhaftungen machten die Runde und lösten Aufregung und Vermutungen aus, doch ich sprach nicht über meinen Teil an der Angelegenheit. Mir lag nichts daran, die Neugier in den Augen, die mich begrüßten und mir folgten, zu befriedigen.

Am Spätnachmittag verbeugte sich ein Herold vor mir und reichte mir eine dünne Rolle. Ich dachte, es wäre eine Nachricht von Kamen, erbrach das Siegel, ohne das Wachs zu prüfen, und entdeckte einige wenige Zeilen in hieratischer Schrift, erstaunlicherweise von des Königs eigener Hand. «Liebe Schwester», las ich. «Ich habe Amunnacht angewiesen, dir zu geben, was immer du dir an hübschen Sachen wünschst, und ich habe dem Hüter des Königlichen Archivs befohlen, die Urkunde mit der Aberkennung deines Titels herauszusuchen und zu vernichten. Wenn du den Harem verlassen möchtest, wird dir mein Schatzmeister fünf Deben Silber auszahlen, so daß du dir Land oder was auch immer kaufen kannst. Vielleicht ist ja ein kleines Anwesen in Fayum erhältlich. Sei glücklich.» Das Ganze war schlicht mit «Ramses» unterzeichnet.

Ich dankte dem Herold mit einem Nicken und ging in meine Zelle, und da stieg mir ein Kloß in den Hals. Also war ich wieder die Herrin Thu. Ich durfte mir die Handflächen und Fußsohlen mit Henna bemalen. Ich durfte in der Marsch mit dem Wurfstock Enten jagen, falls mir danach war. Fünf Deben Silber reichten, um mich für den Rest meines Lebens zu ernähren ... Ich versuchte, den Kloß hinunterzuschlucken, der so groß wie ein Ei geworden war und noch mehr Tränen nach sich zu ziehen drohte. Oder ich konnte mir davon ein Haus und Land kaufen, wo ich Gemüse anbauen, mir eine Kuh halten und einen Verwalter und eigene Arbeiter anstellen konnte.

Zweimal hatte Ramses Fayum erwähnt. Also erinnerte er sich an den Besitz, den er mir übertragen hatte, und wie er mich gehänselt und mich seine kleine Bäuerin genannt hatte.

Wir hatten ihn zusammen besucht. Das Land war vernachlässigt und das Haus baufällig gewesen, doch er hatte mir erlaubt, eine Nacht in dem leeren Haus zu schlafen, und als wir in den Palast zurückgekehrt waren, hatte ich mich darangemacht, Männer einzustellen, die es wieder in Ordnung bringen sollten. Wie hatte ich das Land geliebt! Die Äcker würden mich ernähren, hatte ich geglaubt. Wir gehörten zueinander, und sie würden mir meine Fürsorge mit üppigen Ernten und Sicherheit und Geborgenheit vergelten, etwas, was nicht rostete oder verblich oder verlorenging.

Doch nach meinem Sturz hatte man es mir genommen. Alles, was ich als mein eigen angesehen hatte, war mir entrissen und an andere verschenkt worden. Wer besaß es jetzt? Ich wußte es nicht. Doch der Pharao hatte sich erinnert, wieviel mir sein Geschenk bedeutet hatte. Wie ich zwar erlesenes Leinen zwölften Grades getragen hatte und goldbehängt umhergewandert war, mein Herz aber dennoch das Herz einer Bäuerin geblieben war, für die Land etwas Lebendiges war, und jetzt hatte er rasch gehandelt, ehe er nicht mehr in der Lage war, weitere Verfügungen zu erlassen, ehe ... Ich saß lange da, den Papyrus im Schoß, und starrte blicklos die hintere Wand meiner Zelle an.

Eine weitere Woche verging, ehe der Prozeß begann, und in dieser Zeit führte mich Amunnacht in das riesengroße, schwer bewachte Haremslager, öffnete eine leere Truhe und sagte, ich solle mir vom Leinen und Geschmeide hineinlegen, was immer mir beliebe. Ich nahm nicht nur Kleider, Ringe, Ketten, Knöchelkettchen, Ohrringe und Arm- und Kopfreifen, sondern auch kostbare Öle und frisches Natron. Ich fand einen Kosmetiktisch mit Scharnier und Deckel und füllte ihn mit Tiegeln voller Khol und Henna. In einem gesonderten Raum, in dem nur Arzneien lagerten, nahm ich mir einen Kasten und tat Mörser und Stößel hinein, ehe ich ihn mit einer Auswahl an Kräutern und Salben füllte, wie ich sie nicht mehr gesehen hatte, seit ich für Hui gearbeitet hatte. «Bin ich zu gierig?» fragte ich den geduldigen Amunnacht, die Augen auf die vollgestellten Borde gerichtet. Neben ihnen stand einer der verängstigten königlichen Ärzte. Ich kam mir nicht gierig vor. Ich war ganz ruhig und gleichmütig. Ich suchte mir eine Zukunft zusammen, und Ramses würde es erfahren.

«Nein, Herrin», erwiderte der Hüter, «doch selbst wenn es so wäre, so macht es nichts. Der König wünscht es.» Er hatte mich mit meinem Titel angeredet. Also mußte überall bekannt sein, daß ich ihn zurückerhalten hatte. Ich hob einen kleinen Beutel vom Regal, öffnete die Zugschnur und erblickte aufeinandergestapelte, getrocknete Katblätter. Die legte ich oben auf meine übrige Beute.

Am meisten Freude bereitete mir jedoch eine andere Entdeckung: eine Palette mit mehreren ungebrauchten Pinseln von unterschiedlicher Dicke, ein Stapel Papyrus, ein solider Schaber, um die Blätter zu glätten, und Töpfchen mit Tusche. Diese Dinge drückte ich an meine bereits staubbedeckte Brust und sagte strahlend zu Amunnacht: «Verschnüre die Truhe, versiegele sie und lagere sie hier für mich. Ich werde nach ihr schicken, sowie Kamen und ich irgendwo heimisch geworden sind. Ich möchte an den König schreiben.» Wortlos verbeugte er sich, und ich verließ ihn dort, trat hinaus in die Hitze des Tages und ging rasch zu meinem Hof zurück. Ich hatte, seit ich die Geschichte meines Lebens im fernen Aswat beendet hatte, nichts mehr mit eigener Hand geschrieben und sehnte mich nach dem vertrauten Gefühl des Pinsels in meiner Hand und der Palette auf meinen Knien. Diese Dinge wollte ich mit einem überschwenglichen Dankesbrief an den König einweihen.

Man benachrichtigte mich am Tag vor dem Prozeß, und so stand ich bereit, als die beiden Soldaten am frühen Morgen kamen, um mich in den Palast zu begleiten. Ich hatte mich in blaues Leinen und Gold gekleidet, Handflächen und Fußsohlen stolz mit Henna bemalt und Ringe angesteckt, denn durch Isis' tägliche Pflege waren meine Finger endlich wieder schmal und weich geworden.

Wir verließen den Harem durch den Haupteingang und schlugen den gepflasterten Weg ein, der sich mit der breiteren Straße vereinte, welche auf die eindrucksvollen Säulen zulief, die den öffentlichen Eingang zum Palast anzeigten. Auf einmal merkte ich, daß die Rasenflächen zwischen der Bootstreppe und der hochragenden Außenmauer des königlichen Bezirks von Menschen wimmelten. Ein Gemurmel lief durch die Menge, als ich erschien, und die erste Reihe drängte vorwärts. Sofort kamen weitere Soldaten gelaufen und umringten mich, schoben sich grob durch das Gedränge. Ich ging ungerührt und hocherhobenen Hauptes weiter, während die Erregung in Wellen durch die Menge lief. Ich hörte mehrfach meinen Namen. «Hauptmann, woher wissen sie Bescheid?» fragte ich den Mann dicht neben mir. Er hob die Schultern.

«General Paiis ist in der Stadt beliebt, man konnte seine Verhaftung nicht geheimhalten. Der Rest ist Gerücht und Vermutung. Sie sind gekommen, weil sie Blut wittern, nur daß sie nicht recht wissen, wessen Blut.» In diesem Augenblick rief jemand: «Mutter!», und ich konnte flüchtig Kamens gequälte Miene sehen, ehe er mich in die Arme schloß. Ich drückte ihn fest an mich, während seine Eskorte und meine mit den andrängenden Leibern ringsum kämpften. Er schob mich lächelnd fort, aber ich fand, daß er schlecht aussah. Seine Augen waren blutunterlaufen, und darunter hatte er trotz des Khols, das sie betonte, dunkle Ringe. «Als ich dich das letzte

Mal gesehen habe, warst du barfuß und hattest nichts als einen groben Kittel an», sagte er. «Ich erkenne dich kaum wieder. Du bist wirklich schön.»

«Danke, Kamen», sagte ich. «Aber du siehst krank aus.»

«Nein», antwortete er knapp. «Die Warterei hat mir nur zugesetzt.»

«Wir müssen weitergehen, Herrin», drängte der Hauptmann. «Ich möchte nicht mit Gewalt gegen diese Menschen vorgehen müssen.» Kamen blickte mich mit großen Augen an.

«Herrin?» fragte er. Ich nickte.

«Ich habe Frieden mit deinem Vater geschlossen», sagte ich, «und er hat mir meinen Titel zurückgegeben.» Hinter ihm standen sein Adoptivvater und Nesiamun, und ich begrüßte sie kurz, während ich zusammen mit Kamen auf die Säulen zuging.

«Takhuru hat jeden Tag seit unserer Trennung darum gebetet, daß du recht bekommst», berichtete Kamen. «Sie schickt dir für heute ihre Segenswünsche.» Aus irgendeinem Grund reizte mich das.

«Wie nett von ihr», sagte ich schärfer als beabsichtigt, und er legte mir den Arm um die Schulter und lachte.

«Deine Eifersucht schmeichelt mir», sagte er und lächelte stillvergnügt.

Vor den Säulen standen weitere Soldaten mit gezogenen Schwertern und ausgestreckten Speeren. Als wir uns näherten, machten sie vorsichtig Platz und ließen uns durch. Ich sagte: «Kamen, würdest du gern wissen, welchen Namen die Hofastrologen bei deiner Geburt für dich ausgesucht haben?» Er blickte mich erschrocken an.

«Ihr Götter!» sagte er leise. «Daran habe ich noch nie gedacht, aber natürlich hatte ich einen Namen, ehe man mich dir weggenommen hat. Warum jetzt, Mutter?» Wir waren an den abschirmenden Wachtposten vorbei und traten in den kühlen Schatten der Säulen. Und sofort wurde der aufgeregte Lärm hinter uns zu einem gedämpften Gebrumm.

«Weil der Protokollordner Namen und Titel von beiden, Beklagten und Anklägern, aufrufen und dabei deinen ursprünglichen Namen und den, den du jetzt trägst, nennen wird. Ich will nicht, daß du ihn zum ersten Mal von ihm hörst.» In dem darauffolgenden Schweigen konnte ich spüren, wie er sich angespannt auf das gefaßt machte, was ich sagen würde.

«Sag ihn mir.» Ich hielt den Blick auf die breiten Schultern des vor mir gehenden Soldaten geheftet.

«Man hat dich Pentauru genannt.» Seine Anspannung löste sich, er knurrte.

«Hervorragender Schreiber», sagte er. «Eine eigenartige Wahl für einen Sohn des Pharaos, und für einen Soldaten wie mich ganz und gar unpassend. Er gefällt mir nicht. Ich bleibe Kamen.»

Vor der Tür zum Thronsaal blieben wir stehen. Die war in der Regel geöffnet, damit der stetige Strom von engsten Beratern, Bittstellern und Abordnungen Platz hatte, doch heute ging der Hauptmann mit forschen Schritten darauf zu und klopfte laut mit der behandschuhten Faust an. Offensichtlich sollte der Prozeß hier stattfinden. Sie wurde aufgemacht, und wir schritten mit unserer Eskorte, die jetzt hinter uns ging, hindurch. Der Name gefällt mir auch nicht, dachte ich, während das Platsch-Platsch unserer Sandalen in der jähen Weite widerhallte. Er hat mir noch nie gefallen. Kamen hat ganz recht, wenn er den Namen behalten will, der den Mann ehrt, der ihn großgezogen hat und ihn liebt, aber es wäre schön gewesen, wenn Ramses darum gebeten hätte, ihn zu sehen, auch wenn er nur ein königlicher Bankert unter Dutzenden ist. Wie wird dieses Gericht mit ihm umgehen? Mit der Achtung, wie es sich für einen Halbbruder des Erben gebührt? Ein Unterhofmeister führte uns zu Sitzplätzen an der Wand zur Rechten, und Kamen nahm den Arm von meiner Schulter. Wir saßen in einer Reihe, Kamen, Men, Nesiamun und ich. Man holte Schemel. Die Soldaten bezogen hinter uns Posten.

Ich merkte, daß Kamen die einfach überwältigende Pracht dieses Saales musterte. Nicht nur der sich dunkel erstreckende Fußboden, sondern auch die Wände waren mit Lapislazuli gefliest, so daß man das Gefühl hatte, in der Tiefe eines dunkelblauen Wassers voller funkelnder Pyriteinschlüsse zu schweben, die in dem heiligen Stein eingeschlossen waren, den nur Götter am Leib tragen durften. Auf goldenen Sockeln von Haupteslänge standen große Alabasterlampen, und Weihrauchgefäße hingen an goldenen Ketten und erfüllten die Luft mit duftendem, bläulichem Rauch. Diener, die in ihren blauweißen, goldgesäumten Tuniken und juwelenbesetzten Sandalen wie Götter gekleidet gingen, standen in gleichmäßigen Abständen an der Wand aufgereiht und warteten darauf, gerufen zu werden.

Hinten im Saal, gegenüber vom Eingang, zog sich eine Estrade von Wand zu Wand, auf der standen zwei goldene Thronsessel auf Löwenfüßen. Die Rückenlehnen aus gehämmertem Gold zeigten Aton, der seine lebenspendenden Strahlen ausbreitete, um die göttlichen Rücken zu umfangen, wenn sie sich anlehnten. Einer war natürlich der Horusthron und dem Pharao vorbehalten. Der andere war für die Große Königliche Gemahlin und Königin, Ast. Ich bemerkte, daß daneben ein dritter Stuhl stand. Hier schlug das Herz von Ägyptens Macht. Hierher kam der Einzig-Eine, um sich anbeten und feiern zu lassen, um fremdländische Würdenträger zu empfangen und seine Erlasse zu verkünden. Die hochragenden Ausmaße des Saals strömten eine beeindruckende Machtfülle aus. Hinter den Thronsesseln linker Hand war eine kleine Tür, die, wie ich wußte, zu einem bescheidenen Ankleidezimmer führte. Durch die war ich mit Hui bei meinem ersten Besuch im Palast gegangen, als er mich vor Ramses' Angesicht geführt hatte. Vermutlich mußte ich davon berichten, schließlich war ich hier, um den Seher anzuklagen. Doch ich mochte nicht daran denken.

Die kleine Tür öffnete sich, und alles merkte auf, als nacheinander an die zehn Männer heraustraten und ihre Plätze auf Stühlen vor der Estrade einnahmen. Ich kannte keinen von ihnen. «Die Richter», flüsterte Nesiamun als Antwort auf eine Frage von Kamen. «Und allesamt bedeutende Männer, doch wohl nicht alle unbefangen. Drei von ihnen sind keine Ägypter. Wir werden ja sehen.» Ich blickte sie offen an, als sie sich niederließen, ihre knöchellangen Schurze um ihre Waden ordneten und sich mit leiser Stimme unterhielten. Der Saal warf ihr Geflüster als Gewisper zurück. Die meisten sahen aus, als stünden sie in mittleren Jahren oder wären älter, abgesehen von einem recht gutaussehenden jungen Mann mit scharfem Blick und raschem Lächeln.

Ihre Unterhaltung erstarb. Ich merkte, wie sie mich nachdenklich musterten. Natürlich wußten sie, wer ich war, denn sie hatten das gesammelte Beweismaterial gehört und gelesen, doch ihre kühlen Mienen ließen nichts erkennen. Angst durchfuhr mich. Vielleicht hatten sie die Beweise nicht stichhaltig gefunden. Vielleicht waren sie zu dem Urteil gekommen, es könne nicht möglich sein, daß so mächtige und einflußreiche Männer wie Paiis und Hui sich des Hochverrats schuldig gemacht hatten und daß ich log und jetzt nach siebzehn Jahren endlich die richtige Strafe erdulden mußte. Doch Ramses hatte mich begnadigt. Der Prinz hatte die Beweise gegen diese Männer für stichhaltig genug befunden, um einen

Prozeß anzuberaumen. Ich war dumm, wenn ich mein Selbstbewußtsein von der Umgebung und ein paar Männern mit feierlichen Mienen erschüttern ließ.

Die hintere Tür öffnete sich erneut, und dieses Mal standen alle auf und verbeugten sich mit ausgestreckten Armen, denn ein Herold war erschienen und rief: «Der Horus-im-Nest, Befehlshaber der Fußsoldaten, Oberbefehlshaber der Horus-Division, Prinz Ramses, den Amun liebt», und hinter ihm kam der Prinz, gar prächtig in militärischer Paradeuniform angetan. Flankiert von seinen Adjutanten schritt er zu dem dritten Stuhl auf der Estrade und nahm Platz, schlug die Beine über und blickte in den Saal hinunter. «Richtet euch auf und setzt euch», schloß der Herold, nahm seinen eigenen Platz an der Estradenkante zu Ramses' Füßen ein, und ich setzte mich wieder und musterte den Mann, nach dem sich mein Körper so heiß gesehnt hatte.

Er mußte Anfang zwanzig gewesen sein, als ich ihn zum ersten Mal im Schlafgemach seines Vaters gesehen und ihn mit dem Pharao verwechselt hatte. Mit seinem vollkommenen Soldatenleib, der Anmut seiner Bewegungen, seinen wunderbar ebenmäßigen Gesichtszügen, die von zwei durchdringenden braunen Augen beherrscht wurden, war er die Erfüllung meiner mädchenhaften Träume gewesen, denn das hatte ich mir ausgemalt, wenn ich vor das Antlitz von Ägyptens Gott träte. Doch damals war er lediglich ein Prinz und von Geburt nicht einmal der älteste Königssohn und war wie zwei seiner Brüder Ramses genannt worden. Der Mann, zu dem mich Hui gebracht hatte, der Gott, der die wirkliche Macht in Händen hielt, war eine bittere Enttäuschung gewesen. Da er rundlich, lüstern und scheinbar leutselig war, hatte ich lange gebraucht, bis ich hinter dem nichtssagenden Leib und der erschreckend hausbackenen Persönlichkeit die Würde und klarsichtige

Klugheit eines Gottes erkannte. Prinz Ramses liebte es, viel Zeit allein in der Wüste zu verbringen, wo er jagte oder mit dem Roten Land Zwiesprache hielt. Er hatte das Bild des Gütigen und Unvoreingenommenen gepflegt, doch ich hatte entdeckt, daß diese Maske einen ebenso großen Ehrgeiz wie meinen verbarg. Er hatte mich genauso bereitwillig benutzt, um die Zustimmung seines Vaters zu erlangen, wie Hui den Tod des Pharaos wollte, und die Enttäuschung hatte mir schwer zu schaffen gemacht.

Als ich ihn jetzt so musterte, bemerkte ich erste Anzeichen der mittleren Jahre. Offensichtlich trieb er noch immer regelmäßig Sport, und sein Körper war straff. Dennoch hatte er um die Mitte herum angesetzt, und sein Gesicht besaß nicht mehr die festen Konturen, die den Blick unwiderstehlich auf sich zogen. Über den Armreifen des Befehlshabers an seinen Oberarmen wölbte sich etwas Fleisch, und als er sich bückte, um ein kurzes Wort mit dem Herold zu wechseln, zeigte sich unter seinem Kinn die Andeutung eines Doppelkinns. Aber trotzdem war er noch immer ein beinahe vollkommenes Abbild männlichen Stolzes und männlicher Schönheit. Das wußte ich zu würdigen, obwohl er mir nicht mehr den Atem nahm. Er mußte meine ausgiebige Musterung bemerkt haben, denn er wandte mir den Kopf zu, und unsere Blicke trafen sich. Er hob eine dunkle, fedrige Braue und lächelte – ein Überlebender grüßte den anderen, und ich erwiderte das Lächeln. Es würde alles gut werden.

Der Herold hatte sich erhoben, und auf sein Zeichen hin wurde die Haupttür aufgemacht. Soldaten kamen hereinmarschiert, hinter ihnen die Gefangenen, von weiteren Soldaten flankiert und hinten abgeschirmt. Ich hatte sie mir in Ketten vorgestellt, doch sie gingen ungehindert – vermutlich ein Zugeständnis an ihren hohen Rang. Hinter ihnen schloß sich die

Tür mit einem unheilverkündenden, hallenden, dumpfen Geräusch. Sie wurden zu Schemeln geführt, die an der Wand gegenüber von uns aufgereiht standen, und auf eine Anweisung des Herolds hin setzten sie sich.

Da waren sie, meine alten Freunde, meine alten Feinde, nicht in die schweißfleckigen, staubigen, schlichten Kittel gekleidet, die ich erwartet hatte, sondern in ihre eigenen prächtigen Gewänder. Alle waren geschminkt und mit Juwelen behängt. Paiis trug seine Generalsinsignien. Einen Augenblick lang war ich entrüstet, denn als man mich verhaftet und in die Zelle gebracht hatte, aus der Paiis gerade gekommen war, da hatte man mir alles fortgenommen. Die Richter waren zu mir gekommen, und ich war gezwungen gewesen, sie ungewaschen und spärlich bekleidet zu empfangen. Aber du bist nur eine Nebenfrau, ermahnte ich mich. Und noch sind diese Männer und Hunro nicht verurteilt. Ich musterte sie unbefangen.

Paiis hatte sich nicht viel verändert. Er hatte noch immer etwas ziemlich nachlässig Aufreizendes, war zu stark geschminkt, der Mund zu rot, die Augen zu dick mit Khol umrandet. Sowie er sich gesetzt hatte, fixierte er mich halb drohend, halb herausfordernd, wollte mich einschüchtern, doch ich blieb ungerührt. Früher hatte er mich erregt. Wie unschuldig ich doch gewesen war!

Mein Blick wanderte zu Paibekamun. Sein Gesicht war bleich. Er blickte starr geradeaus und hatte die Hände im Schoß gefaltet. Dich hasse ich, dachte ich erbost. Dich sehe ich gern untergehen, du überheblicher, hämischer Mann. Du hast jede Gelegenheit genutzt, mich wortlos an meine bäuerliche Herkunft zu erinnern, auch wenn du mich in deiner Eigenschaft als Königlicher Oberhofmeister in das Schlafgemach des Pharaos einlassen mußtest, denn trotz deines Wunsches, den Pharao tot zu sehen, hast du ein böses Vergnügen an meinem Sturz gehabt. Hoffentlich ziehen sie dir bei lebendigem Leibe die Haut ab, ehe sie dich hinrichten.

Als ich Hunro ansah, wurde mein Zorn von einer Spur Mitleid und Scham gemildert, so wie ich schon bei meinem Besuch in ihrer Zelle empfunden hatte. Sie war angespannt, aber gefaßt, der Rücken aufrecht, die kleinen Füße in erlesenen Sandalen nebeneinandergestellt. Ihre Hand lag in der Hand des Mannes, der neben ihr saß, und nach kurzer Ratlosigkeit erkannte ich ihren Bruder Banemus, den General, der die meiste Zeit seines Lebens über Ägyptens südliche Garnisonen und Besitz in Nubien geherrscht hatte. Er war untersetzt und seine Haut war wettergegerbt, aber dennoch erinnerte ich mich an sein offenes, ehrliches Gesicht und wie ich mich für ihn erwärmt hatte, als ich ihn das eine Mal in Huis Haus erblickte. Den möchte ich nicht sterben sehen, dachte ich. Den trifft gewißlich nicht die volle Schuld wie Hui und Paiis. Bei ihren Machenschaften ist er meistens nicht dabeigewesen. Was die anderen anging, Mersura, Panauk, Pentu, so nahm ich sie kaum wahr. Sie bedeuteten mir nichts, und ich verschwendete keinen Gedanken an sie.

Lastendes Schweigen legte sich über den Saal. Jemand räusperte sich. Ein anderer ließ laut seine Armbänder klirren. Dann ging die kleine Tür zum letzten Mal an diesem Morgen auf, ein Beamter kam herausgeeilt, verbeugte sich tief vor dem Prinzen, stieg von der Estrade herunter und baute sich mitten im Saal auf. Er trug einen langen blauweißen Schurz und über einer Schulter eine breite weiße Schärpe. Sein rasierter Schädel war unbedeckt. Hinter ihm trug ein Schreiber einen hohen Papyrusstapel herein und ein Diener einen Klapptisch, den er vor dem Beamten aufstellte. Der Papierstapel wurde darauf gelegt. Der Schreiber setzte sich mit verschränkten Beinen neben ihn auf den Boden, und der Diener entfernte sich lautlos.

Der Beamte wandte sich zur Estrade und verbeugte sich erneut. Der Prinz hob einen beringten Finger. Mein Herz schlug schneller. «Im Namen Amuns, des Größten der Größten, des Königs aller Götter, und mittels der göttlichen Vollmacht von Ramses User-Maat-Re, Meri-Amun, Heq-On, Herr von Tanis, Starker Stier, Geliebter der Maat, Erhalter der Länder, Herr der Schreine von Nekhbet und Uatchet, Gebieter der Feste wie Ta-Tenen, Goldhorus, Gebieter der Jahre, Beschützer Ägyptens, Besieger fremder Länder, Sieger über die Sati, Unterwerfer der Libyer und Vergrößerer Ägyptens, erkläre ich diese Verhandlung vor Gericht für eröffnet», singsangte der Beamte. «Ich bin der Protokollordner. Den Vorsitz über diesen Prozeß führt Prinz Ramses, der Horus-im-Nest, auf Befehl des Pharaos, der die folgende Erklärung diktiert hat.»

Der Schreiber zu seinen Füßen hatte seine Palette auf den Knien bereitgemacht, öffnete seine Tusche und wählte einen Pinsel aus. Er wartete. Der Protokollordner suchte ein Blatt Papyrus heraus und las mit wohltönender Stimme vor. «Ich, Ramses User-Maat-Re, Geliebter der Maat und Wahrer der Feder der Gerechtigkeit, beauftrage die Richter, in diesem Fall ohne Ansicht des Rangs aller Männer zu richten, die vor dieses Untersuchungsgericht gebracht worden sind. Überzeugt euch von der Schuld der Angeklagten, ehe ihr sie verurteilt. Doch seid daran erinnert, daß ihre Taten über sie kommen, wohingegen ich in alle Ewigkeit über ihnen stehe und unantastbar bin, denn ich zähle zu den Gerechten und Königen, die vor mir zu Amun-Re, dem König der Götter, und zu Osiris, dem Herrscher der Ewigkeit, versammelt wurden.»

Was für eine merkwürdige Erklärung, dachte ich. Für was möchte sich Ramses rechtfertigen? Daß er sich in ihnen geirrt hat, als er ihnen Machtpositionen gab? Daß er ihr Treiben in den Jahren nach Erhalt meiner Liste nur flüchtig überwacht hat, wenn eine gründlichere Untersuchung mich schon früher aus meiner Verbannung hätte erlösen können? Es war eine Entschuldigung, wie sie kein Gott aussprechen würde, und sie erschreckte mich. Der Protokollordner fuhr weiter fort. «Falls sie sich jedoch des Verbrechens schuldig gemacht haben, dessen man sie anklagt, dann ist es mein Wunsch, daß sie nicht hingerichtet werden, sondern von eigener Hand sterben.»

Ich wußte, daß ein solches Urteil bei Leuten von Adel gang und gäbe war, doch ich fragte mich denn doch, ob sich Ramses nicht eine ganz und gar nicht gottgleiche Rachsucht und Häme gestattete, wenn er ihnen befahl, sich selbst zu töten. Er war zwar in jungen Jahren ein großer Krieger gewesen, hatte viele Stämme besiegt, die in Ägypten einfallen wollten, doch er war völlig unfähig gewesen, die Macht, die ihm in Ägypten zustand, den gierigen Händen der Amun-Priester zu entreißen. Wegen dieser Ohnmacht hatte er sich auf dem Thron stets unbehaglich gefühlt, denn häufig mußte er vor dem wohlhabenderen und einflußreicheren Hohenpriester Amuns kuschen, und die Belastung durch diese gnadenlose Diplomatie hatte ihren Tribut gefordert. Er vertraute nur wenigen Menschen, und jetzt ging mir auf, daß Paiis und die anderen, die sich von ihm abgewandt und die Hand gebissen hatten, die sie so vorbehaltlos gefördert hatte, mit ihren Zähnen die Wunde gefunden hatten, die den Pharao mit Sicherheit am meisten schmerzen würde. Undankbarkeit. Ich blickte zu Paiis hinüber. Er wackelte mit dem Fuß und musterte die hell funkelnden Juwelen seiner Sandale.

Der Protokollordner händigte seinem Schreiber die Anklage des Königs aus. Auf sein Zeichen hin erhoben sich die Richter und wurden namentlich aufgerufen. Mit lauter Stimme stellte der Ordner einen nach dem anderen vor, und nachdem er aufgerufen worden war, durfte jeder wieder Platz nehmen. «Baal-Mahar, Königlicher Oberhofmeister», rief er. Einer der Fremden, auf die Nesiamun mich hingewiesen hat, dachte ich. Vielleicht ein Syrer. «Yenini, Königlicher Oberhofmeister.» Schon wieder ein Fremder, dieses Mal ein Libyer. «Peloka, Königlicher Berater.» Dieses Mal mußte ich die Herkunft des Mannes erraten, ein Lyker vermutlich. «Pabesat, Königlicher Berater. May, Königlicher Schreiber in der Hofkanzlei. Hora, Königlicher Standartenträger.» Das war der jüngere Mann mit dem schneidigen Auftreten und dem lebhaften Blick. «Mentu-em-taui, Königlicher Schatzmeister. Karo, Königlicher Fächerträger. Kededen, Königlicher Berater. Pen-Rennu, Königlicher Dolmetscher.» Jetzt saßen alle wieder, insgesamt zehn Richter. In der darauffolgenden Pause verbeugte sich der Protokollordner vor dem Prinzen. Ramses nickte Zustimmung zu den Männern auf ihren Stühlen, die unter ihm aufgereiht saßen, und der Ordner wandte sich wieder zum Saal.

Der Herold stand noch immer. «Die Angeklagten sollen niederknien», intonierte er. «Der Prinz verliest die Anklage.» Die Gefangenen taten, was ihnen befohlen wurde; Paiis lässig, Hunro unbeholfen und eindeutig verstört. Als sie mit der Stirn den Fußboden berührt und sich wieder aufgerichtet hatten, fuhr Ramses fort. Er war sitzen geblieben, hatte die braunen Beine übereinandergeschlagen, und seine Arme ruhten locker auf den Armlehnen seines Throns.

«Der Protokollordner hat die formelle Anklage», sagte er, «und wir alle wissen, wie sie lautet. Ich muß euch also nicht einzeln anklagen. Ihr seid alle der gleichen Verbrechen beschuldigt. Zum ersten des Hochverrats durch Ermordung des Königs, zu dem ihr ein unwissendes und irregeleitetes Mädchen als Werkzeug benutzt habt. Zweitens einer weiteren Verschwörung, dieses Mal zur Vernichtung von Beweisen, sowohl menschlichen als auch schriftlichen, die eure Sicherheit bedrohten. Ihr seid allesamt in Ägypten, nicht in irgendeiner barbarischen Provinz, und in Ägypten steht nicht einmal der Pharao über dem Gesetz der Maat. Es bekümmert mich, daß solch edles Blut so tief sinken konnte.»

Er sieht aber nicht bekümmert aus, dachte ich. Eher erleichtert. Er muß an Paiis und den übrigen öffentlich ein Exempel statuieren, und das ein für allemal, damit sich die Menschen in kommenden Jahren, wenn er auf dem Horusthron sitzt, daran erinnern, wie hoch der Preis für Verrat ist.

«Von euren Dienstboten, euren Familien und euren Freunden haben wir eidesstattliche Erklärungen», schloß der Prinz. «Die Richter haben alle gelesen, doch der Protokollordner wird sie noch einmal laut verlesen, damit die Kläger Abweichungen im Inhalt feststellen können. Ihr dürft euch setzen.» Er nickte einmal, und das brüsk. Der Protokollordner wählte ein Blatt Papyrus aus und holte tief Luft.

«Die Erklärung einer gewissen Disenk», sagte er, «Kosmetikerin im Hause der Herrin Kawit zu Pi-Ramses, einst Kosmetikerin im Hause Huis, des Sehers.» Das war das erste Mal, daß Huis Name erwähnt wurde, und es handelte sich um den Bericht der gezierten, hochnäsigen kleinen Disenk über die Zeit, als sie mich lehrte, wie man sich als Edelfrau benimmt, und draußen vor meiner Tür schlief, damit ich nicht herumstreunte. Doch meine Aufmerksamkeit galt Paiis. Der lehnte sich mit verschränkten Armen zurück und lächelte. Dieser Mann weiß etwas, was wir nicht wissen, dachte ich plötzlich, und es überlief mich kalt. Er glaubt, daß er davonkommt. Warum? Weiß er, wo Hui steckt? Haben sie sich gemeinsam eine Überraschung für uns ausgedacht? Oder hat er es irgendwie geschafft, die ganze Schuld Hui zuzuschieben, denn anscheinend ist Hui in Sicherheit und außer Reichweite dieses Gerichts und kann nicht vernommen werden? Allmählich verspürte ich Zorn und Angst. Falls Paiis freikam, was wurde dann aus Kamen und mir? Würde Paiis uns aus reiner Rachsucht jagen und umbringen? Sehr wahrscheinlich. Ich versuchte, mich wieder auf Disenks Bericht zu sammeln, doch vergebens.

Die Lesung der eidesstattlichen Erklärungen nahm viel Zeit in Anspruch, und im Saal war es stickig und heiß, als der Protokollordner mit mittlerweile heiserer Stimme die Hand auf den hohen Stapel legte und sagte: «So sind die Worte schriftlich niedergelegt. Hat irgend jemand etwas dagegen einzuwenden?» Ein drückendes, fast schläfriges Schweigen antwortete. Ich hatte nicht so aufgepaßt, wie ich es hätte tun sollen. Meine Gedanken kreisten noch immer um den General. Er schien mein Unbehagen zu spüren. Als ich ihn verstohlen anblickte, stellte ich fest, daß er mich unverfroren und dreist musterte.

Der Protokollordner wiederholte seine Frage. Niemand antwortete. Jetzt erhob sich der Herold. «Das Gericht tritt in zwei Stunden wieder zusammen», rief er. «Macht eure Verbeugung.» Der Prinz hatte sich auch erhoben und schritt, begleitet von seinem Gefolge, zur Tür hinter ihm. Wir verbeugten uns alle. Die Richter reckten und streckten sich und fingen an zu plaudern. Neben mir tauchte der Herold auf. «Für euch steht Essen im Garten bereit», sagte er leise. «Würdet ihr mir bitte folgen?»

«Ich würde lieber schlafen als essen», meinte Nesiamun, als wir den Saal durch den Haupteingang verließen. Er begann eine Unterhaltung mit Men. Ich legte meine Hand auf Kamens Arm. Ehe wir zu den öffentlichen Eingängen des Palastes kamen, bogen wir links ab und durchschritten den Bankettsaal mit seinem Säulenwald, der sich um diese Tageszeit in düsteres Schweigen hüllte. Ein leichter Geruch nach schalem Weihrauch stieg mir in die Nase, dann traten wir durch die Säulenreihe hindurch, die als Wand diente, und hinaus in den gleißenden Sonnenschein.

Vor uns, jenseits des gepflasterten Wegs, den ich kannte, am privaten Arbeitszimmer des Pharaos und den Arbeitszimmern seiner engsten Berater, erstreckte sich ein Rasen mit einem großen Springbrunnen in der Mitte, dessen Wasser in ein Steinbecken plätscherte. Neben ihm hatte man ein Sonnensegel errichtet, das einen mit Gerichten beladenen Tisch beschattete. Diener standen daneben und warteten darauf, uns bedienen zu können. Kamen drückte mir die Hand, dann ließ er sie los und musterte das Essen. Ich ließ mich auf die Polster sinken, die überall verteilt waren, und auf der Stelle erschien ein Diener, bückte sich und schenkte mir Wein ein. Ein anderer legte mir ein Leinentuch auf den Schoß und stellte ein Tablett mit Essen neben mich.

Ich blickte mich um. Unsere Wachen waren uns gefolgt und umzingelten den Rasen in lockerer Aufstellung, nicht, wie mir sofort klar war, um Neugierige fernzuhalten, sondern um zu gewährleisten, daß sich niemand mit uns unterhielt. Mit den Angeklagten vielleicht? Nein, wir sollten wohl keine Gelegenheit haben, einen der Richter zu bestechen oder umzustimmen.

Kamen ließ sich neben mir ins Gras sinken. «Die eidesstattlichen Erklärungen sind interessant», sagte er, nachdem er einen Schluck Wein getrunken hatte. «Wie haben die Verhörenden die Dienstboten nur dazu gebracht, daß sie die Wahrheit sagen? Alles stimmt mit deinem Manuskript überein, Mutter, aber nach deiner Verhaftung haben sie gelogen.»

«Weil ihre Gebieter am längeren Hebel saßen», antwortete ich und sah zu, wie seine kräftigen Finger die appetitlichen

Gerichte auf dem Tablett durchgingen. «Es gab keine Beweise, die sie gefährdet hätten. Heute ist alles anders. Kamen, ist dir am General etwas aufgefallen?» Er warf mir einen nachdenklichen Blick zu.

«Ja», sagte er knapp. «Paiis weiß irgend etwas, was wir nicht wissen. Das gefällt mir nicht. Und wo steckt der Seher?» Der Appetit war mir vergangen. Ich leerte meinen Becher und hielt ihn hoch, damit man mir nachschenkte.

«Er fehlt nicht nur, sondern der Prinz hat ihn überhaupt nicht erwähnt, als er die Anklage vorgebracht hat», erwiderte ich. «Selbst wenn die Behörden ihn nicht finden können, hätte er gewißlich dazugehört. Disenks und Kahas Erklärungen handelten natürlich nur von ihm, aber, Kamen, wo ist Harshiras Erklärung?»

«Der ist auch verschwunden», sagte Kamen. «Hast du das nicht gewußt? Ich denke, er und Hui haben sich zusammen in Sicherheit gebracht.»

«Weiß Paiis, wo sie sind?» Er zuckte mit den Schultern.

«Möglich. Aber ich werde den Verdacht nicht los, daß der Prinz Bescheid weiß.» Ich blickte ihn entsetzt an und packte ihn am Arm.

«Ihr Götter, Kamen! Hat Hui ein Geheimabkommen mit der Doppelkrone geschlossen? Hat er Paiis und Paibekamun Hunro geopfert, um damit die eigene Haut zu retten? Oder sogar ...» Meine Finger bohrten sich noch tiefer in sein warmes Fleisch. «Sogar den Prinzen überredet, mich mit zu verurteilen?»

«Jetzt stellst du dich dumm an», schalt er mich. «Der Pharao hat dich begnadigt. Du hast deine Strafe für deinen Anteil an der Verschwörung abgebüßt. Dir kann niemand mehr etwas anhaben.» Ich ließ ihn los und blickte aus dem Schatten des Sonnensegels hinaus in den strahlenden Frühnachmittag.

Wenn du dich da nur nicht täuschst, dachte ich bei mir. Hui kann das, wenn er will. Das weiß ich. Verglichen mit dem bedächtigen, raffinierten Hui ist Paiis ein grober Tolpatsch. Hui hat etwas unternommen. Aber was?

Auf Kamens Drängen hin versuchte ich, ein paar Bissen von dem köstlichen Essen hinunterzuwürgen, das die Palastküche für uns gekocht hatte. Darauf lehnte ich mich in die Polster zurück und sah zu, wie sich das Leinendach in der launischen Brise bauschte. Men und Nesiamun waren in eine Unterhaltung über die Ausfuhr von Fayence vertieft. Ihre Stimmen und die weltliche Natur ihrer Plauderei wirkten einschläfernd, doch ich war ganz verspannt vor Angst, denn ich hatte mich in einem formellen und schwerfälligen Verfahren verfangen, das knirschend bis zu Ende geführt werden mußte und dem ich nicht entrinnen konnte.

«Die Herrin Hunro ist nicht so schön, wie du sie in deinem Bericht aus deinen früheren Tagen geschildert hast», sagte Kamen. Er lag neben mir auf einen Ellenbogen gestützt und hatte den Kopf in die Hand gelegt. In seinen dunklen Augen lag ein Lächeln. «Ich hatte eine schlanke, geschmeidige Frau wie eine Sumpfbinse erwartet, doch sie sieht richtig alt aus. Ist sie krank?»

«Sie ist nur enttäuscht und trauert ihrer Jugend nach», sagte ich. «Wie könnten die Jahre mit einer Frau, deren Herz aus Mangel an Liebe vertrocknet, wohl freundlich umgehen.» Sein Blick war forschend.

«Und welche sonderbare Liebe hat dich jung erhalten, liebe Mutter?» murmelte er. Darauf wußte ich keine Antwort, und die herrische Aufforderung des Herolds ersparte es mir, daß ich mir eine ausdachte. Einer nach dem anderen gingen wir in den Thronsaal zurück.

Die Angeklagten saßen bereits auf ihren Plätzen. Ich wußte

nicht, ob sie zu essen bekommen hatten oder nicht. Die Richter kamen herein und hinter ihnen sechs Diener mit Fächern. Sie bauten sich auf und begannen, uns mit dem lautlosen Auf und Ab der Straußenfedern Luft zuzufächeln. Der Protokollordner und sein Schreiber schritten zum Tisch, der Schreiber setzte sich auf den Boden und machte seine Palette bereit. Die Soldaten schlossen die Tür und stellten sich ringsum an den Wänden auf. Am Ende der Estrade erschien der Prinz, ließ sich auf seinen Sessel gleiten und nahm unsere Huldigung abwesend entgegen. Sein Blick wanderte sofort zu Paiis. Sein Lächeln wirkte irgendwie selbstgefällig und unangenehm. «Fahre fort», sagte er zu dem Protokollordner. Der Mann wandte sich zu mir.

«Herrin Thu», sagte er. «Steh jetzt auf und bringe die erste Anklage vor.»

Auf diesen Augenblick hatte ich gewartet, von ihm hatte ich während der ganzen harten Jahre meiner Verbannung geträumt. In Wepwawets Tempel, mit dem Scheuerlappen in der Hand, auf dem Kies, der mir die nackten Knie aufschrammte, hatte ich mir vorgestellt, wie das sein würde, während ich die Steinplatten schrubbte. Zuweilen hielt ich beim Unkrautjäten in meinem winzigen Garten, den ich hinter meiner Hütte mühsam angelegt hatte, inne, hockte mich auf die Fersen, während lebhafte Bilder vor meinem inneren Auge abrollten: ich, wie ich mich mit erhobenem Messer in Huis Schlafgemach stahl; ich, wie ich Paiis verführte und ihm im Schlaf des Gesättigten die Kehle durchschnitt; ich, wie ich Hunros Haar mit der Faust gepackt hielt, sie zu Boden zwang, während sie kreischte und nach mir krallte.

Doch auf diese verstörenden Szenen, die, wie ich wußte, den Keim zu Wahnsinn und wahrer Verzweiflung in sich bargen, folgte eine vernünftigere, aber nicht weniger unwahrscheinliche Vision von mir: wie ich in einem Raum voller schattenhafter Gestalten vor dem Pharao stand und ihm die Geschichte meiner eigenen Verführung und des kalten, wohlüberlegten Komplotts erzählte, das ihr zugrunde lag. Irgendwie wurde die Wirklichkeit dem nicht gerecht, war weniger dramatisch, doch mein großer Augenblick war gekommen. Jetzt konnte ich mich rächen. Ich stand auf, verneigte mich vor dem Prinzen, bedachte den Protokollordner mit einem Nicken, wandte mich zu den Richtern und fing an: «Mein Vater war Söldner ...»

Ich sprach, während der Nachmittag verging, hielt ab und an inne, um von dem Wasser zu trinken, das neben mir stand, machte eine Pause, wenn mir die Gefühle die Kehle zuschnürten und drohten, mir die Fassung zu rauben. Ich sah die aufgereihten, aufmerksamen Männer nicht mehr, nicht den Prinzen, der sich hinter ihnen im Sessel zurücklehnte und die Augen auf mein Gesicht heftete, nicht die undeutliche Gestalt des Protokollordners zu meiner Linken. Ich vergaß Kamen, der sacht neben mir atmete. Allmählich gewannen meine Worte Leben, oder ich erlebte mein Leben durch diese Worte noch einmal, und mit ihnen kamen die Bilder, gestochen scharf, voller Angst oder Freude, Unschlüssigkeit oder Überraschung, panischer Angst oder Stolz. Noch einmal saß ich mit Pa-ari in der Wüste und schrie meine Enttäuschung hinaus. Noch einmal stand ich in Huis verschatteter Kabine, während das Wasser des Nils von meinen Gliedmaßen tropfte und mich der Mut fast verließ. Ich erinnerte mich an Harshira, wie ich ihn zuerst gesehen hatte, als er auf Huis Bootstreppe stand und nach der langen Fahrt von Aswat nach Pi-Ramses Ordnung in das Chaos der Landung brachte.

Und ich erzählte von finsteren Dingen, von meiner Erziehung durch Kaha und dann durch Hui, die ganz darauf abzielten, mich auf meinen Eintritt in den Harem vorzubereiten, und die mein mädchenhaftes Unwissen in heftige Voreingenommenheit gegen den König und in Enttäuschung über die Regierung Ägyptens verkehrten, was dann zu meinem Mordversuch an Ramses führte. Ich schonte mich nicht, aber die Absichten der Angeklagten schönte ich auch nicht, denn sie hatten mich wie einen Jagdhund für diesen einen Zweck abgerichtet und hatten mich nicht mehr geachtet als Hundeführer ihr wertvolles, lebendiges Werkzeug.

Nur einmal weinte ich, als ich beschrieb, wie ich das Arsen von Hui bekam, es unter das Massageöl mischte und es Hentmira schenkte, einem Mädchen, das mich in der Gunst des Pharaos ersetzt hatte. Da liefen die Reuetränen, und ich versuchte auch nicht, sie wegzuwischen. Selbst das gehörte zu meiner Buße, diese öffentliche Sühne, dieses schreckliche Bekenntnis, das mich heilen und wieder ganz machen würde. Ich hatte gewußt, daß Hentmira wahrscheinlich daran sterben würde. Ich hatte mir eingeredet, daß sie Herrin ihres Schicksals wäre, schließlich konnte sie das Öl für den Pharao verwenden oder nicht, ein böses Argument, das mich jetzt mit Selbstverachtung erfüllte. Damals hatten Haß und panische Angst alles andere überdeckt, doch im Laufe meiner Verbannungsjahre hatte ich meine Skrupellosigkeit zutiefst bedauert, die eine junge Frau das Leben gekostet und ihr jede Aussicht auf Erfüllung von Hoffnungen und Träumen genommen hatte.

Von meiner Verhaftung und Verurteilung sprach ich nicht. Diese Dinge hatten wenig mit dem Verbrechen zu tun. Das Gericht wußte, wie jeder, von Hui bis zum niedrigsten Küchenjungen, gelogen und mich allein hatte sterben lassen. Und ich sprach auch nicht von meinem Handel mit dem Prinzen, der mir eine Königinnenkrone versprochen hatte, wenn ich dem

Vater immer wieder seine Tugenden vor Augen hielt. Das war eine persönliche Angelegenheit. Vielleicht hatte der Prinz sie ohnedies vergessen. Als ich mich zitternd und erschöpft setzte, hatte ich die vollen Ausmaße der Verschwörung gegen den Thron offengelegt. Mein Teil war getan.

Man ordnete eine weitere Pause an, und wie zuvor wurden wir in den Garten geführt. Ich erschrak, als ich sah, daß die Sonne fast untergegangen war und sich das Wasser des Springbrunnens, das in das Becken plätscherte, rot färbte. Die Abendluft war kühl und duftete nach unsichtbaren Blumen. Auf einmal war ich heißhungrig und aß und trank unmäßig. Es war fast vorbei, alles war vorbei. Morgen konnte ich ein neues Leben beginnen.

Als wir den Thronsaal wieder betraten, waren die hohen Lampen an den Wänden angezündet worden, und die Fächerträger kehrten nicht zurück. Die Richter nahmen ihre Plätze ein, sie sahen lustlos und müde aus. Auch die Angeklagten wirkten erschöpft. Der Tag hatte für alle früh angefangen. Nur der Prinz und der Protokollordner wirkten noch frisch. Sie berieten sich kurz, ehe der Protokollordner zu seinem Tisch ging. Er winkte Kamen. «Königssohn Pentauru, auch als Offizier Kamen bekannt, erhebe dich jetzt und bringe die zweite Anklage vor.»

Und so verneigte sich Kamen seinerseits vor dem Prinzen und dem Protokollordner und schilderte seinen Teil der Geschichte mit kräftiger und klarer Stimme. Ich hörte aufmerksam zu, wie er von unserer ersten Begegnung erzählte, als er und sein Herold in Aswat anlegten und er mein Manuskript übernahm, ohne zu wissen, daß ich seine Mutter war. Er stockte auch nicht bei der Beschreibung, wie er es General Paiis, seinem Vorgesetzten, brachte und wie er kurz darauf den Auftrag bekam, nach Aswat zurückzukehren und mich zu verhaften, und wie er den Mann, der ihn begleitete, auf der Reise nach Süden mehr und mehr verdächtigte. Er geriet auch nicht ins Stocken, als er den Mordversuch an uns schilderte und wie er den Mörder getötet und ihn unter dem Fußboden meiner Hütte vergraben hatte.

Das da ist mein Sohn, dachte ich voller Verwunderung und Stolz. Dieser kluge, fähige, aufrechte junge Mann ist Fleisch von meinem Fleisch. Wer hätte gedacht, daß die Götter mir solch ein Geschenk machen würden? Ich war Men dankbar, der mit verschränkten Armen und gesenktem Kopf auf Kamens anderer Seite saß und ganz von Kamens Schilderung gefesselt war. Er war meinem Sohn ein guter Vater und Shesira war ihm eine würdige Mutter gewesen, und bei ihnen hatte er eine bessere Erziehung erhalten, als wenn er und ich im Harem geblieben wären. Kamen besaß Selbstvertrauen, Bescheidenheit und eine innere Disziplin, die ich selbst noch immer nicht mein eigen nannte, und ich wußte, daß ich, wenn ich für seine Erziehung verantwortlich gewesen wäre, so jung und selbstsüchtig wie ich war, ihm diese Eigenschaften nicht hätte vermitteln können.

Wenn ich die Augen schloß, konnte ich, als sich seine Aufzählung der Tatsachen dem Ende näherte, ganz schwach seinen Vater durchklingen hören, und ich hatte auch schon wie sicher alle im Saal bemerkt, daß dieser ernste Halbbruder dem Prinzen, der auf der Estrade zuhörte, körperlich auffallend glich. In Kamens Adern rann das Blut eines Gottes. Falls der König einen Heiratsvertrag mit mir unterzeichnet hätte, worum ich ihn in meiner rasenden Verzweiflung angefleht hatte, dann wäre mein Sohn ein legitimer Königssohn geworden und hätte ein Recht auf alle Reichtümer und Huldigungen gehabt, deren sich der Prinz erfreute. Vielleicht wäre er sogar zum Horus-im-Nest, zum Erben, ernannt worden. Entschlossen unterdrückte ich diesen Gedanken, als er in mir aufstieg. Thu, du bist wirklich undankbar und habgierig, schalt ich mich. Wann hörst du endlich auf, alles haben zu wollen?

Vierzehntes Kapitel

Nachdem sich Kamen mit einem Lächeln für mich und einem leisen Wort für seinen Adoptivvater gesetzt hatte, standen nun ihrerseits dieser und Nesiamun auf und berichteten knapp über ihre Beteiligung. Die war kurz gewesen, und so schwiegen sie bald wieder. Als sie geendet hatten, ging ein allgemeines Aufatmen durch den Saal. Men gähnte und streckte sich verstohlen, und die Richter flüsterten miteinander. Doch das dauerte nicht lange. Der Protokollordner bat um Ruhe. «Das Beweismaterial ist gehört worden», sagte er. «Es wird Zeit für das Urteil. Der Prinz möchte sprechen.» Ramses bewegte sich. Er beugte sich mit ausdrucksloser Miene vor.

«Steh auf, Paiis», sagte er. Paiis' Kopf fuhr zu ihm herum. Einen Augenblick wirkte er ratlos oder eher überrascht, dann gehorchte er. Laut Gerichtsverfahren mußten sich die Richter nach Vorlegung des Beweismaterials, das sie bereits vor der Anhörung des Falles kannten, einer nach dem anderen erheben und sofort ihren Schuldspruch abgeben. Dem Würdenträger, der den Vorsitz führte, blieb es überlassen, über das Urteil zu entscheiden und es zu verkünden. Ramses deutete mit der Hand auf die Reihe der Männer unter sich. «Sieh sie dir an, General», befahl er. «Was siehst du?» Paiis räusperte sich. Er stand in soldatischer Haltung mit gespreizten Beinen, die Hände auf dem Rücken, doch jetzt fuhren seine Hände zum juwelenbesetzten Gürtel.

«Ich sehe Richter, Prinz», antwortete er heiser, weil er seine Stimme so lange nicht gebraucht hatte. Ramses lächelte grimmig.

«Ach, tatsächlich?» blaffte er. «Dann kannst du von Glück sagen, General. Leider muß ich dir mitteilen, daß dein Blick trügt. Soll ich nachhelfen? Es würde mir große Freude bereiten. Oder möchtest du vielleicht behaupten, daß ich unter einer Sinnestäuschung leide, wohingegen du klar siehst? Nun?» Die Schläfrigkeit war aus dem Saal gewichen. Vor lauter Spannung herrschte atemloses Schweigen. Ich blickte völlig verwirrt vom Prinzen zu den Richtern und dann zu Paiis. Was ging hier vor? Paiis' Finger umklammerten jetzt den Gürtel. Er war sehr blaß geworden. Ein blau geschminktes Lid zuckte kurz.

Unversehens stand der Prinz auf. «Rede, du Schurke!» schrie er. «Jammere und krieche, während du uns erklärst, wieso du zehn Richter siehst, während ich nur vier entdecken kann. Soll ich die Trugbilder meiner Sinnestäuschung nennen, oder willst du es tun? Paiis fuhr sich mit der Zunge über die Lippen. Das Henna war im Verlauf des Tages abgegangen. Jetzt waren sie krankhaft weiß. Die Richter saßen wie zehn Holzfiguren und starrten ihn ausdruckslos an.

«Prinz, ich weiß nicht, was das soll», brachte Paiis hervor. Der Prinz knurrte angewidert.

«Ägypten hat dich reich gesegnet», sagte er, «und als Dank für sein Vertrauen hast du dir alle Mühe gegeben, es zu verderben und zu entmachten. Wie kann die Maat in einem Land bar aller Gerechtigkeit siegen, und wie kann die Gerechtigkeit in einem Land siegen, in dem Richter bestechlich sind? Oder Generäle? Stimmst du mit mir überein?»

Richter bestechlich? «... wohl nicht alle unbefangen», hatte Nesiamun gesagt. Meine Bestürzung wich. Kein Wunder, daß Paiis so selbstgefällig und zuversichtlich gewirkt hatte. Sechs gegen vier, das hätte geheißen, er hätte das Gericht als freier Mann verlassen. Doch woher wußte Prinz Ramses das? Paiis sagte gar nichts. «Ich möchte den bereits vorgetragenen Anklagen noch eine hinzufügen», fuhr Ramses fort. «Daß du während der Zeit deines Hausarrests heimlich zwei der Männer zu dir eingeladen hast, von denen du wußtest, daß sie zu Richtern über dich bestimmt waren. Du hast ihnen Speise und Trank angeboten. Du hast ihnen Gold angeboten, falls sie dich in diesem Verfahren für unschuldig erklären. Sie haben eingewilligt. Und du hast einen weiteren Richter, einen aus den Reihen des Heeres, bestochen. Steh auf, Hora.» Der junge Standartenträger kam mit ernster Miene hoch, drehte sich um und warf sich vor Ramses bäuchlings zu Boden. «Du hast dir das äußerste Mißfallen des Gottes zugezogen, weil du nichts von den Absichten des Generals berichtet hast, ehe die Richter dieses Haus betreten haben», sagte Ramses scharf. «Aus diesem Grund bist du deiner Stellung als Standartenträger enthoben, dein militärischer Rang wird dir genommen. Da du jedoch so ehrenhaft gewesen bist, dem Protokollordner von der verachtungswürdigen List des Generals zu berichten, erspare ich dir eine körperliche Bestrafung. Verlasse diesen Saal.» Hora kam wieder hoch.

«Ich habe mich strafbar gemacht, Prinz», sagte er leise. «Es tut mir leid. Ich danke dir für eine Milde, die ich nicht verdiene.» Er entfernte sich rückwärts aus dem Saal, und als er an mir vorbeikam, dachte ich, ja, er hat dich verschont, weil du wie ich bist. Du hast die Verräter verraten. Die Tür ging auf und schloß sich hinter ihm.

Ich sah Paiis an. Er hatte sich wieder gefaßt, reckte das Kinn und blickte ungerührt auf einen Punkt an der Wand über meinem Kopf. Er mußte gewußt haben, daß sein Versuch, das Gericht zu unterlaufen, an sich schon ein schweres Verbrechen war, und falls es entdeckt wurde und zu den bereits bestehenden Anschuldigungen hinzukam, seine Schuld bestätigen und sein Urteil unabwendbar machen würde. Doch er hatte die Beherrschung nur kurz verloren und sich so schnell gefaßt, daß ich ihn nur bewundern konnte. Ramses sprach erneut.

«Pabesat, Richter und Königlicher Berater, May, Richter und Königlicher Schreiber in der Hofkanzlei, erhebt euch», sagte er. «Habt ihr diesem Gericht etwas zu sagen?» Die beiden Männer kamen mühsam hoch, wandten sich zur Estrade und fielen auf die Knie. Als einer von ihnen, May glaube ich, sich vorbeugte und die Stirn auf den Fußboden legte, brach ihm der Angstschweiß aus, durchtränkte seinen langen Schurz und tropfte auf die Fliesen, daß man es hören konnte. Man konnte seine Kehrseite sehen, weil das schweißnasse Leinen an ihr klebte. Beide Männer atmeten laut.

«Gebieter, habe Erbarmen mit uns!» platzte der eine heraus. «Wir sind schwach geworden. Der General ist ein mächtiger Mann, der noch nie einer Missetat überführt worden ist. Er hat uns weisgemacht, daß der Prozeß von einer neidischen und rachsüchtigen Frau in Gang gesetzt worden wäre, die ihn vernichten will.»

«Aber ihr habt das Beweismaterial gelesen», hielt Ramses kalt dagegen. «Ihr habt die Worte der Beamten gehört, die die Leiche des Mörders untersucht haben, den ebendieser General gedungen hatte. Eure Liebe zum Gold war größer als eure Wahrheitsliebe. Ihr seid nur wenig besser als der Mann, der euch getäuscht hat. Weil ihr die euch gegebenen Anweisungen mißachtet habt, befehle ich, daß man euch an einen abgeschiedenen Ort führt und euch dort Nasen und Ohren abschlägt. Hauptmann!» Ein Soldat löste sich aus den Schatten, winkte anderen und trat näher.

May schlug auf dem Boden mit den Armen um sich und schluchzte: «Nein! Nein! Es ist nicht unsere Schuld! Habe Erbarmen, Prinz!» Doch Pabesat kam hoch, stand zitternd da und zerknüllte den Stoff seines Schurzes. Die Soldaten ergriffen ihn ungerührt. May mußten sie hochheben und aus dem Saal tragen. Sein Geschrei hallte noch kurz vom Dach wider, dann war er fort.

Ramses sank auf seinen Stuhl und schlug die Beine übereinander. Ich griff nach Kamens Hand, mir war übel. Drei Richter waren fortgeschickt worden, doch wer waren die anderen drei? Der Prinz hob den Becher, der neben seinem Fuß stand, und trank langsam, besonnen. Er stellte ihn ab. Ordnete er seine Gedanken, oder zog er den Augenblick absichtlich in die Länge? Ich wußte es nicht. Als er dann sprach, hörte er sich ruhig und gelassen an. «Baal-mahar, Yenini, Peloka», sagte er. «Verlaßt die Plätze, denn ihr seid sie nicht wert, und gesellt euch zu dem Abschaum, in dessen Schmutz ihr euch gesuhlt habt. Keine Widerrede, kein Protest! Ihr habt vor vielen Jahren die Geburt der Verschwörung gegen den Gott miterlebt. Ihr habt mit den anderen Angeklagten darüber geredet. Ihr habt Wege vorgeschlagen, wie man sie ausführen könnte. Die Tatsache, daß ihr euch an ihrer allmählichen Verwirklichung nicht aktiv beteiligt habt, entschuldigt euch keinesfalls. Paibekamun und Pentu, der Schreiber, sind im Haus des Generals und des Sehers und im Palast aus- und eingegangen und haben euch die nötigen Informationen zukommen lassen. Mich schaudert, wenn ich daran denke, daß ihr alle Zugang zu meinem Vater hattet, und falls ihn die Götter, die ihn als einen der Ihren lieben, nicht geschützt hätten, ihr hättet vielleicht Erfolg gehabt, hättet den Lauf von Ägyptens Geschichte verkehrt und die Maat zunichte gemacht. Glücklicherweise haben sich eure Diener als treuer erwiesen als ihr. Als wir sie verhört und ihnen versichert haben, daß es dieses Mal stichfeste Beweise für die Behauptung der Herrin Thu gibt, haben sie geredet.»

Ich war außer mir vor Entsetzen, bis ich bei der Erwähnung meines Namens wieder zu mir kam. All die Jahre hatte ich mir eingebildet, daß ich alle Verschwörer kannte, doch anscheinend hatten sich in dem Netz, das Hui und Paiis gesponnen und ausgeworfen hatten, noch mehr verfangen, sogar ein Königlicher Berater. Der Prinz ist gerissen, dachte ich und erschauerte. Dieser Prozeß ist von großem Vorteil für ihn. Er säubert das Haus, das bald seins ist, und mittels des Prozesses läßt er ganz Ägypten wissen, daß Hochverrat schlimme Folgen nach sich zieht. Damit stellt er sicher, daß er, wenn er den Horusthron besteigt, von treuen engsten Beratern umgeben ist.

Während mir diese Dinge durch den Kopf gingen, hatten sich die Männer erhoben, den Saal durchquert und standen jetzt neben Paiis. Sie waren wie betäubt, ja, fassungslos, und ganz kurz taten sie mir leid. Sie hatten in behaglicher Sicherheit gelebt und zweifellos nichts von der neuerlichen Gefahr geahnt, die sie bedrohte, als Kamen mit mir aus Aswat zurückkehrte. Wenn der Prinz recht hatte, hatten sie nicht zur vordersten Linie der Verschwörer gehört, und Paiis hatte sich gewiß nicht die Mühe gemacht, sie zu benachrichtigen. Der Befehl, der sie zu Richtern in diesem Prozeß bestimmte, mußte ihnen nicht nur wie ein guter Witz vorgekommen sein, sondern bot auch Gelegenheit, ihren Mitverschwörer zu befreien und dann fröhlich weiterzuleben. Ramses' Untersuchung war zu gründlich für sie gewesen und war weitaus strenger durchgeführt worden, als das bei seinem Vater der Fall gewesen wäre.

Ramses nickte dem Protokollordner zu. Es würde keine Überraschungen mehr geben. Der reckte sich, legte die Hände flach auf den Papyrusstapel auf seinem Tisch und wiederholte die Worte von vorhin. «Das Beweismaterial ist gehört worden», rief er. «Es ist Zeit für den Richterspruch.» Er richtete sich an die vier verbleibenden Richter. «Mentu-em-taui, Richter und Schatzmeister, wie lautet dein Spruch?» Mentu-em-taui stand jetzt.

«Alle sind schuldig», sagte er knapp und setzte sich wieder.

«Karo, Richter und Fächerträger», sagte der Protokollordner. «Wie lautet dein Spruch?» Karo stand auf.

«Alle sind schuldig», bestätigte er und nahm seinen Platz wieder ein. Die beiden letzten Urteile lauteten ebenso. Der Schreiber auf dem Fußboden neben dem Protokollordner kratzte beflissen.

Darauf folgte drückendes Schweigen. Ramses saß da, das Kinn in die Hand gestützt, und blickte die Angeklagten grübelnd an. Die starrten zurück und erinnerten mich dabei stark an kleine Tiere, die vom Raubtierblick einer Giftnatter gebannt sind. Schließlich bewegte er sich und seufzte. «Ich tue es ungern», sagte er. «Wirklich sehr ungern. Ihr seid Ägyptens Fluch, alle miteinander, und wart doch einst Ägyptens junge Blüte. Aber ich muß euch ausreißen, denn ihr seid Giftpflanzen. Möge die Feder der Maat euch weniger hart beurteilen.» Hunro schrie ganz leise auf, ein Aufschrei und Schluchzer zugleich. Sie hielt sich mit beiden Händen am Arm ihres Bruders fest, ihre Augen hingen am Prinzen.

«Ich möchte etwas sagen, Prinz», brachte sie mit dünner, angstverzerrter Stimme hervor. «Bitte, darf ich etwas sagen?»

«Es verstößt gegen das Prozeßverfahren, daß die Angeklagten reden», antwortete Ramses knapp. Hunro kam hoch, streckte die Arme aus und hob die Hände in der uralten Geste des flehenden Bittstellers.

«Ich flehe dich an, Horus-im-Nest», sagte sie mit gebrochener Stimme. «Nur ein paar Worte. Ehe mich der Tod für immer zum Schweigen bringt.» Ramses überlegte, dann spreizte er die Finger.

«Fasse dich kurz.» Hunro schluckte.

«Ich bitte für meinen Bruder Banemus», begann sie, und der Mann neben ihr warf ihr einen scharfen Blick zu. «Es stimmt, daß er anfangs, vor vielen Jahren, von Paiis von der Verschwörung hörte, und weil er selbst enttäuscht war, machte er mit. Er willigte ein, unter den in Nubien stationierten Truppen Aufruhr gegen die Regierung deines Vaters zu schüren, wenn der Gott erst tot war, denn er glaubte wie wir alle, daß die Maat in den Händen deines Vaters Schaden genommen hätte. Aber er kehrte zu seinen Pflichten in Nubien zurück und unternahm nichts weiter. Er wollte nicht mehr zu unseren Treffen kommen ...»

«Nein, Hunro!» unterbrach Banemus sie ärgerlich. Er stand jetzt. «Das lasse ich nicht zu! Ich bin für genauso schuldig befunden worden wie du! Ich will keine Gnade durch deine Hand!»

«Falls jemand Gnade walten läßt, dann ich, Banemus», fuhr der Prinz dazwischen. «Setz dich. Fahre fort, Hunro.» An seiner Miene konnte man nicht ablesen, ob ihre Bitte ihn rührte oder nicht.

«Er wollte nicht mehr zu unseren Treffen kommen, bei denen wir unsere Kümmernisse äußerten und unsere Pläne vorantrieben, wenn er, was selten vorkam, in Pi-Ramses zu Besuch war.» Sie schluckte, schwankte, und ich fürchtete schon, daß sie ohnmächtig würde. Doch sie faßte sich, reckte sich und blickte Ramses trotzig an. «Er hat sich nichts weiter als eine Stunde vorübergehender Schwäche zuschulden kommen lassen, die rasch verflog. Er wollte nicht hören, wie wir uns allmählich unserem Ziel näherten.»

«Wie kommt es dann, daß sein Bedauern über seine, wenn

auch kurze, Beteiligung sich nicht in Treue zu seinem König wandelte und ihn dazu bewog, die Angelegenheit dem Iri-pat vorzutragen?» erkundigte sich Ramses trocken. «Und es stimmt auch nicht, daß er sich weigerte, an allen Festen teilzunehmen. Die Herrin Thu hat geschrieben und bezeugt, daß sie ihn im Haus des Sehers kennengelernt hat.»

«Aber an jenem Abend war keine Rede von der Verschwörung», sagte Hunro eifrig. «Thu hat damals nichts davon gewußt. Die Männer waren zusammengekommen, um Thu zu prüfen, ob sie deinen ... deinen Vater beeindrucken könnte. Banemus hat davon nichts gewußt. Ich schwöre, daß er nichts gewußt hat.»

«Sei still, Hunro», sagte Banemus und packte sie am Arm. «Natürlich habe ich Bescheid gewußt. Ich habe die ganze Sache für albern gehalten, sie konnte nicht gutgehen und mußte verlöschen wie ein schlecht angelegtes Feuer, aber ich habe davon gewußt. Erniedrige dich nicht mit weiteren Lügen.» Er zog sie auf ihren Platz. Sie brach in Tränen aus, schluchzte und lehnte den Kopf an seine Schulter. Er legte den Arm um sie.

Ramses erhob sich. Eine Hand fuhr zu dem Schmuckdolch an seinem Gürtel. Die andere stützte er in die Hüfte. «Baal-mahar, steh auf», rief der Protokollordner. Der Mann gehorchte.

«Baal-mahar, schuldig in dieser Sache. Man bringe dich zum Richtplatz, wo man dir den Kopf vom Körper trenne», sagte der Prinz, und sofort rief der Protokollordner: «Baal-mahar, du hast deine Strafe erhalten.» Der Prinz wandte sich zu Yenini, der bereits unbeholfen aufgestanden war.

«Yenini, schuldig in dieser Sache. Man bringe dich zum Richtplatz, wo man dir den Kopf vom Körper trenne.» Sofort rief der Protokollordner: «Yenini, du hast deine Strafe erhalten.» Die gleichen furchtbaren Worte erklangen für Peloka, schmerzten mir in den Ohren und legten sich mir auf die Seele.

Das ist mein Werk. Die Worte formten sich mit entsetzlicher Klarheit in meinem Kopf. Ich habe all diesen Menschen den Tod gebracht. Es zählt nicht mehr, ob sie schuldig sind oder nicht. Ihre Pläne sind zunichte. Der König lebt. Ich lebe. Welche Ironie! Doch aus ihren Hälsen wird das Blut auf die Beine der Scharfrichter spritzen und wird vor der Zellenreihe, an die ich mich noch gut erinnere, Lachen bilden, und das alles, weil ich eines Abends in Wepwawets Tempel Kamen getroffen habe. Mich schauderte. All diese Leben. Es ist gerecht, aber ihr Blut wird im Gerichtssaal die Waagschale belasten, wenn auch mein Herz gewogen wird, und sie zu meinen Ungunsten senken.

Ich war sehr müde. Die hohen Lampen, die von Dienern auf leisen Sohlen versorgt wurden, die sich unauffällig von einer zur anderen bewegten, brannten stetig inmitten der großen gelben Lichtkegel, die sie warfen. Auf dem dunkel schimmernden Fußboden funkelten die goldenen Pyriteinschlüsse und wurden matter, je nachdem, wie die Lampen flackerten. Die Decke des riesigen Raums hüllte sich in Dunkel, und ein Meer von Dunkelheit trennte mich von den Verurteilten an der Wand gegenüber, so als ob die Todesurteile bereits ausgeführt worden wären und ich auf der anderen Seite des Abgrundes, der die Lebenden von den Toten trennte, nur bleiche Geister erblickte.

Mersura, Panauk, Pentu und Paibekamun wurden auch zum Tod durch Köpfen verurteilt. Sie nahmen ihr Urteil teilnahmslos entgegen. Ich konnte sehen, daß die Wirklichkeit der prinzlichen Worte ihre Erschöpfung nicht mehr durchdrang. Sie wollten nur noch ruhen und essen. Vielleicht schmerzte ihnen der Rücken, und ihre Knöchel waren nach einem Tag erzwungener Muße geschwollen. Ihre Körper wußten noch nicht, daß jeder Augenblick kostbar war und nicht mehr auf Essen und Gefühle verschwendet werden durfte, und ihre Hirne hatten die drohende Vernichtung noch nicht in ihrer ganzen Entsetzlichkeit erfaßt.

Auch der Prinz wirkte erschöpft. Die Schatten unter seinen mit Khol umrandeten Augen waren tiefer geworden, seine Lider waren etwas geschwollen. Es war, als hätte sich eine erstickende Decke über alle gelegt. Nur der Protokollordner zeigte keinerlei Anzeichen von Ermüdung. Geduldig wartete er auf die letzten Urteile. «General Paiis, steh auf», sagte Ramses. Mit einer einzigen anmutigen Bewegung kam Paiis hoch. «General Paiis, schuldig in dieser Sache. Man sperre dich ein, wo du dir binnen sieben Tagen, von heute an gerechnet, das Leben nehmen sollst, auf welche Art auch immer, denn so sieht es das Gesetz für Menschen von Adel vor. Deine Aruren und Anwesen sind von dieser Stunde an Khato, deine Ernten, dein Vieh und andere Reichtümer fallen an die Doppelkrone. Nehmt ihm die Armbänder des Befehlshabers ab.»

«General Paiis, du hast deine Strafe erhalten», sagte der Protokollordner und redete ihn dabei zum letzten Mal mit seinem Titel an, während ein Offizier bereits auf Paiis zuging. Doch Paiis zog sich selbst die goldenen Abzeichen seiner militärischen Stellung vom Arm und überreichte sie dem Mann. Dabei lief sein Gesicht hochrot an, und dann wich die Farbe genauso schnell, wie sie gekommen war, er wurde kreidebleich. Aber er wankte nicht.

«Herrin Hunro, steh auf.» Die Stimme des Prinzen klang heiser, doch daran waren vermutlich nicht Gefühle schuld, sondern lediglich seine Müdigkeit. Hunro stand auf, doch mit einer Hand mußte sie sich auf Banemus' Schulter stützen. «Herrin Hunro, schuldig in dieser Sache. Man sperre dich ein, wo du dir binnen sieben Tagen, von heute an gerechnet, das Leben nehmen sollst, auf welche Art auch immer, denn so sieht es das Gesetz für Menschen von Adel vor. Deine Aruren und Anwesen sind von dieser Stunde an Khato, deine Ernten, dein Vieh und andere Reichtümer fallen an die Doppelkrone. Dein Titel ist null und nichtig.»

«Wo ist Hui?» schrie Hunro außer sich und übertönte den Singsang des Protokollordners, der ihr mitteilte, sie habe ihre Strafe erhalten. «Was ist mit ihm? Warum wird er nicht auch verurteilt? Das ist ungerecht!» Ramses überhörte sie.

«General Banemus, steh auf», befahl er. Banemus stand auf und schob Hunro auf ihren Stuhl, ehe er sich dem Prinzen zuwandte. Doch Ramses verkündete nicht das erwartete Urteil. Er schürzte die Lippen und betrachtete seinen Krieger nachdenklich. «General, du stellst mich vor ein Problem», sagte er. «Nach dem Gesetz der Maat sollte ich dich mit den anderen zum Tode verurteilen, doch du bist der fähigste General, den Ägypten hat, und merkwürdigerweise auch der ehrlichste. Du hast dich bei meinem Vater viele Male gegen die Dummheit eingesetzt, Ägyptens beste Soldaten dort einzusetzen, wo sie am wenigsten ausrichten können. Du hast in Nubien mit Klugheit und Umsicht gedient. Es gibt keine Beweise, daß du deine gedankenlose Drohung wahrgemacht und ägyptische Soldaten gegen ihre Vorgesetzten aufgehetzt hast, eine Drohung, die vermutlich deiner schrecklichen Enttäuschung entsprungen ist. Du hast von der Verschwörung gehört und nichts gesagt, und das spricht gegen dich. Doch das gleiche kann man auch von den Dienern der anderen Angeklagten sagen, und die habe ich wegen ihrer irregeleiteten Treue und ihres gewöhnlichen Blutes begnadigt. Darum spreche ich folgendes Urteil. Man nehme dir die Armbänder des Generals und degradiere dich zum niedrigsten Fußsoldaten. Dein weltlicher Titel ist auch null und nichtig. Du sollst unter dem jüngsten Offizier der Division dienen, der ich dich zuweise. Deine Besitztümer unterliegen der Aufsicht durch die Doppelkrone, bis du dich wieder zu dem hohen Rang hochgedient hast, den du früher hattest. So lautet mein Spruch.» Banemus blickte ihn groß an.

«Prinz, diese Großmut verdiene ich nicht», begehrte er auf. «Wenn du mich in deiner allmächtigen Gnade jedoch leben läßt, dann übe auch Gnade an meiner Schwester. Sie ...» Weiter kam er nicht.

«So lautet mein Spruch!» schrie Ramses und trat zur Kante der Estrade. «Hunro stirbt! Ich bin der Falke-im-Nest, der Erbe meines Vaters, des Gottes! Meine Stimme ist die Stimme der Maat! Nehmt ihm die Armreifen! Und führt die Verurteilten fort. Mir wird übel bei ihrem Anblick.» Er schritt zu seinem Stuhl zurück und ließ sich darauf fallen.

Banemus gab seine Armreifen ab, und dann warf sich Hunro an seine Brust und kreischte Unverständliches. Er taumelte, umfaßte sie und versuchte, sie zu beruhigen, doch sie war von Sinnen. Ein Hauptmann bellte einen Befehl, und zwei Soldaten rissen sie von ihm los. Sie kämpfte wie eine Irre, als man sie durch den Saal schleifte.

«Ich habe noch nicht gelebt! Ich habe noch nicht gelebt!» schrillte ihre Stimme. «Banemus, hilf mir!» Er stand da und sah ihr mit hängenden Armen nach, aber Paiis, der mit einer eigenen Begleitmannschaft an ihm vorbeikam, berührte ihn, und da wandte er sich ab und entfernte sich schwankend. Der Herold sah uns an, als sich die Türen schlossen und sich die erstickende Atmosphäre im Saal langsam zu heben schien.

«Die Gerichtssitzung ist beendet», rief er. «Erweist dem Prinzen eure Huldigung.» Wer noch da war, kam mühsam hoch und verneigte sich mit ausgestreckten Armen. Die hintere Tür öffnete sich für Ramses, doch auf der Schwelle blieb er stehen und drehte sich um.

«Men, ich möchte dich auf der Stelle in meinen Gemächern sehen», sagte er. «Und du, Herrin Thu, kannst deinen Sohn heute abend nicht begleiten. Du gehst bitte in deine Zelle im Harem zurück und wartest dort, bis ich dich morgen holen lasse.»

Was soll das? dachte ich gottergeben. Ich hatte gehofft, mich mit Kamen davonstehlen zu können und Men um ein Zimmer in seinem Haus zu bitten, bis ich mir über meine Zukunft im klaren war. Ich wollte diesen Ort hinter mir lassen. Hunros Verzweiflung hatte mir ans Herz gegriffen, hatte mich lebhaft an den Tag erinnert, als die Richter in meine Zelle getreten waren und mir verkündet hatten, daß ich an Hunger und Durst sterben sollte. Auch ich hatte vorübergehend die Fassung verloren. Ich hatte geschrien und geweint, während Diener meine Zelle vollkommen ausräumten. Sie hatten mir sogar den Kittel vom Leib gerissen. Ich war in die Grube hinabgestiegen, die jetzt vor Hunro gähnte, doch gerade, als der Tod die Hand nach mir ausstreckte, war ich gerettet worden. Für sie gab es solch ein Wunder nicht. Angesichts dieser Not erschien mir mein Haß schlimm und unwürdig, und als ich mein Herz erforschte, stellte ich fest, daß er verschwunden war.

Einer nach dem anderen traten wir aus dem Thronsaal in einen friedlichen, sternenfunkelnden Abend. Vor den Säulen des öffentlichen Eingangs zum Palast blieben wir stehen, und ich atmete die liebliche, kühle Luft in tiefen Zügen ein. Ich lebe, jubilierte ich insgeheim. Mein Fleisch ist warm. Meine Haut spürt die leichte Brise und den Schurz meines Sohnes an meinem Schenkel. Ich sehe die Schatten der Bäume auf dem feuchten Gras und wie sich die Sterne matt im Kanal spiegeln.

Und nach weiteren sieben Tagen werden mich diese Dinge noch immer erfreuen. Danke, Wepwawet.

Men wünschte uns gedämpft eine gute Nacht und verschwand in Richtung der Privatgemächer des Prinzen. Nesiamun ergriff meine Hand und blickte mir lächelnd in die Augen. «Meinen Glückwunsch, Herrin Thu», sagte er freundlich. «Dein Sieg wird für unsere Kinder und Kindeskinder ein Beispiel für die Unvoreingenommenheit und Unbesiegbarkeit der ägyptischen Justiz sein, wenn du und ich schon längst im Grab liegen. Komm in mein Haus, wenn dich der Prinz freiläßt, dann feiern wir zusammen, alle miteinander.» Ich bedankte mich bei ihm und sah ihm nach, als er sich entfernte.

«Alle scheinen zu vergessen, daß ich auch eine Verbrecherin bin, daß ich eine Gotteslästerung begangen habe, als ich versuchte, einen Gott zu ermorden», murmelte ich, und vor meinem inneren Auge stand Hunros Bild.

«Nein», sagte Kamen. «Für diese Gotteslästerung hast du mit siebzehn Jahren Verbannung bezahlt. Aber du bist mir ein Rätsel, Thu, eine Verbrecherin, die die Götter segnen. Da kenne sich einer aus.» Er küßte mich auf die Wange. «Ich warte auf meinen Vater und gehe mit ihm heim. Schick nach mir, sowie der Prinz dich freigibt. Und jetzt schlaf gut.» Ich hatte angenommen, er würde in meine Zelle mitkommen und sich ein Weilchen mit mir unterhalten. Ich wollte ihm von Paiis und Hunro, von dem Prinzen und der Vergangenheit erzählen, doch vor allem anderen wollte ich Huis Namen aus seinem und meinem Mund hören. Statt dessen nickte ich, erwiderte seinen Kuß und ging mit dem wartenden Herold zu meinem Hof zurück.

Isis war da, um mir die Schminke abzuwaschen und mich zum Schlafengehen fertigzumachen. Ich ließ mir ihre Fürsorge mit abwesender Miene gefallen, und als sie die Lampe gelöscht und sich entfernt hatte, lag ich auf dem Rücken und starrte zur Decke. Die Nacht war so still, daß ich den einschläfernd plätschernden Springbrunnen genau hören konnte, und gelegentlich wehte ein Windstoß durch die offene Tür über mein Gesicht, aber das war alles. Mein Körper war müde, doch ich war hellwach. Die Ereignisse des Tages tobten mir im Kopf herum, und ich beruhigte mich erst, als ich alles gründlich überdachte.

Mittlerweile durfte das Urteil an Paibekamun und den anderen Würdenträgern des Palastes vollstreckt worden sein, und der staubige, weiträumige Exerzierplatz vor den Gefängniszellen war gewiß dunkel von ihrem gerade vergossenen Blut. Hatte man sie hingerichtet, ehe Paiis und Hunro in ihre Zellen zurückgebracht worden waren, so daß Hunros zierliche Füßchen um das Blutbad herumgehen mußten? Oder knieten sie im Fackelschein auf der harten Erde, während sich Hunros entsetztes Gesicht an die Gitterstäbe ihrer Tür preßte? Die Arme. Lieber nicht daran denken, und auch nicht an die bittere Tatsache, daß Verbrecher nicht einbalsamiert wurden. Ihre Leichen wurden an unbekanntem Ort in der Wüste verscharrt, und nicht einmal ein Stein mit ihrem Namen kennzeichnete die Stelle, wo die Götter sie finden könnten.

Hirn und Körper erschauerten vor diesem grausigen Schicksal, und ich schloß die Augen und dachte über weniger aufwühlende Dinge nach. Warum hatte der Prinz Men in seine Gemächer befohlen? Was wollte er mir morgen sagen? Was machten die Gefangenen zu dieser Stunde allein in ihren Zellen? Diktierte Paiis einen letzten Brief an seine Schwester Kawit und vielleicht auch eine Botschaft an Hui, die ihm heimlich zugestellt wurde? Und Hunro? Hoffentlich war Banemus bei ihr und tröstete sie, versuchte ihr Mut zuzusprechen. Ich glaubte nicht, daß Todesangst ihren unguten Ausbruch bewirkt hatte, eher die unerträgliche Erkenntnis, daß ihr Leben vorbei war, ehe es wirklich angefangen hatte. «Ich habe noch nicht gelebt!» hatte sie geschrien, und bei der Qual, die in diesen Worten lag, hatte ich eine Gänsehaut bekommen.

Endlich schlief ich ein, tief und traumlos, und wachte bei hellichtem Tag und bestem Wohlbefinden auf. Der Hof schwirrte von fröhlichem Lärm. Kinder aus dem Kinderflügel tobten zwischen ihren Müttern herum oder hüpften kreischend vor Vergnügen immer wieder in den Springbrunnen. Diener kamen und gingen über das Gras, trugen Polster und Süßigkeiten oder ordneten Sonnensegel, die wie gefangene Vögel in allen Farben über den Köpfen der darunter versammelten Frauen flatterten. Hier und da saß eine Frau allein neben ihrem Schreiber und ihrem Verwalter und diktierte Geschäftsbriefe.

Auch das Badehaus hallte wider vom weiblichen Treiben, war kühl und dunkel und roch nach duftendem Wasser und kostbaren Ölen. Mehrere Frauen zogen mich in eine Unterhaltung. Die Kunde vom Prozeß und seinem Ausgang hatte sich während der Nacht in Windeseile und auf rätselhafte Weise verbreitet, wie es Neuigkeiten so an sich haben, und die Frauen waren neugierig und erpicht auf Einzelheiten, falls ich welche preisgeben wollte. Ich sprach ganz offen mit ihnen, während ich geschrubbt, massiert und eingeölt wurde. Eine fragte mich sogar, ob ich wieder als Heilkundige unter den Frauen arbeiten wolle, wo ich doch wieder im Harem sei. Ich sagte ihr ehrlich, daß mir der Pharao zwar die Freiheit geschenkt und mir erlaubt hätte, mir Arzneikräuter zum eigenen Gebrauch zu nehmen, er dieses besondere Verbot jedoch nicht aufgehoben hätte und ich plante, mich mit meinem Sohn an einem ruhigen Ort niederzulassen.

Als ich wieder in meiner Zelle war, aß ich mit gutem Appetit und dachte darüber nach, warum ich mich bei meinem ersten Aufenthalt im Harem von den anderen Bewohnerinnen abgesondert hatte. Ich hatte zwar ihre verschiedenen kleinen Beschwerden behandelt, sie jedoch als Feindinnen, als Mitbewerberinnen um die Gunst des Pharaos angesehen, als mögliche Herausforderinnen in dem erbarmungslosen Kampf zwischen eifersüchtigen und ehrgeizigen Nebenfrauen. Diese Art Spannungen hatte es im Kinderflügel nicht gegeben, nachdem ich Kamen geboren hatte und für immer aus diesem Teil des Harems verbannt worden war. Doch ich war so zornig und verzweifelt gewesen, daß ich mir selbst dort die anderen vom Leib gehalten, sie als Ehemalige, als friedfertige und gottergebene Schafe angesehen hatte. Die Angst, Überheblichkeit und Unsicherheit einer Bäuerin in Gesellschaft von Höhergestellten hatten meiner Verachtung zugrunde gelegen. Vermutlich war ich noch immer überheblich und würde es auch immer bleiben. Eitelkeit und Stolz hatten mir seit meiner Kindheit zu schaffen gemacht. Doch ich hatte keine Angst mehr davor, was das Leben oder meine Mitmenschen mir antun könnten, und was meine Unsicherheit anging, so hatten Titel und Adel Paiis und die anderen Verurteilten auch nicht gerettet.

Ich wurde erst am Abend geholt. In der Zwischenzeit hatte ich noch einen Brief an meinen Bruder diktiert und um einen vom Palast empfohlenen Landvermesser gebeten, den ich eingehend über Gehöfte und Anwesen ausgefragt hatte, die in ganz Ägypten auf dem Markt waren. Es gab mehrere in Richtung Süden, in der Gegend von Theben, doch ich wollte nicht in enger Nachbarschaft mit Amun und seinen mächtigen Priestern wohnen. In Mittelägypten wurden auch einige wenige Anwesen mit großen Häusern und fruchtbaren Äckern angeboten, doch die lagen mir zu nahe an Aswat.

Natürlich gab es auch Khato-Land, denn Paiis' viele Aruren

waren allesamt an die Doppelkrone gefallen, doch eher würde ich wieder in einer Hütte hausen, als den Pharao darum zu bitten und somit Gewinn aus dem Sturz des Generals zu ziehen. Mochten ihm andere Aasgeier das Fleisch von den Knochen picken. Mit Sehnsucht dachte ich an mein hübsches kleines Anwesen in Fayum. Das gehörte jetzt jemand anderem. Der fruchtbare Boden ernährte Fremde, und sein Haus, das Haus, das ich mit so viel Liebe und Sorgfalt renovieren wollte, beherbergte andere Träume als meine. Ich erbat mir von dem Landvermesser eine Liste aller Besitztümer zusammen mit dem Preis und schickte ihn fort. Ich war entmutigt. Vielleicht sollte ich Kamen die Liste zeigen und ihn fragen, wo er gern leben wollte.

Zum Mittagsschlaf zog ich mich zurück, aß wieder und ließ mir von Isis die Kosmetikerin und den Kleiderverwalter mit seiner Auswahl an Gewändern und Sandalen holen. Gerade als ich die Arme hochhielt, damit Isis mir den goldenen, geflochtenen Gürtel um das blaue Kleid binden konnte, das ich ausgesucht hatte, verdunkelte der Herold des Prinzen meine Tür und verbeugte sich. Ich war bereit, das Haar mit goldenen Bändern durchflochten, die Augen mit blauem Lidschatten und dunklem Khol geschminkt, der Mund, die Handflächen und die Fußsohlen mit Henna bemalt.

Ich folgte dem Herold den Weg neben dem Rasen entlang, zum Hof hinaus und über das Pflaster, das sich den ganzen Weg vom Haremstor bis hin zu den Dienstbotenquartieren weiter hinten erstreckte. Die Wache am Palasttor ließ uns durch, und wir bogen rechts ab, ließen die Flügeltür zum Schlafgemach des Pharaos hinter uns und strebten der Treppe zu, die außen am Thronsaal zu den Gemächern des Prinzen führte. Die stiegen wir hoch, traten durch die erste Tür, durchquerten den schmalen Gang, der früher zu den Räumen von Ramses' Brüdern geführt hatte, und dann klopfte der Herold an eine innere Tür. Ich überlegte kurz, ob die dahinterliegenden Räume noch bewohnt wären. Ein Diener öffnete uns. Der Herold trat ein, und ich hörte ihn meinen Titel und Namen sagen. Er winkte, und ich folgte ihm.

Der Prinz blickte hoch, als ich auf der Schwelle stehenblieb und mich mit ausgestreckten Armen verneigte. Er stand neben einem Tisch voller Rollen und unterhielt sich mit zwei Männern, denen er jetzt bedeutete, sich zu entfernen. Sie verbeugten sich im Vorbeigehen und begrüßten mich leise, ehe sie mit dem Herold durch die Tür schlüpften, die sich hinter ihnen schloß. Ramses und ich waren allein.

Ängstlich blickte ich mich um. Der Raum hatte sich nicht verändert. Er war noch immer spärlich möbliert, obwohl die Möbel selbst von erlesener Qualität waren, und er machte auch noch immer den Eindruck von etwas Vorübergehendem, so als stellte er nur die Bühne für ein rätselhaftes Spiel dar, während das wirkliche Leben des Prinzen anderswo gelebt wurde. Vermutlich war das jetzt auch so, denn der Pharao konnte sich nicht mehr um die Regierungsgeschäfte kümmern, und Ramses als sein Erbe nahm ihm viele drückende Verpflichtungen der Doppelkrone ab.

Er winkte mich näher und musterte mich von Kopf bis Fuß mit männlicher Kennermiene. Er selbst wirkte ausgeruht, seine Augen blickten klar. Dann ging er um den Tisch herum, lehnte sich an die Tischkante und verschränkte die mit Armbändern geschmückten Arme auf der breiten Brust. «Nun, Herrin Thu?» sagte er herrisch. «Bist du endlich zufrieden?»

«Eine seltsame Frage, Prinz», erwiderte ich. «Vielleicht. Obwohl die Folgen meiner Beharrlichkeit, die Wahrheit ans Licht zu bringen, entsetzlicher sind, als ich sie mir in meiner Phantasie ausgemalt habe.» Er blickte erstaunt.

«Die Angeklagten waren Gotteslästerer, Verräter und Gottesmörder», sagte er knapp. «Und du auch, doch ihr Verbrechen ist schlimmer. Ich staune, daß du Mitleid mit ihnen hast. Sie haben dich kaltblütig und bewußt benutzt, und das finde ich unendlich abscheulich.»

«Du hast auch versucht, mich zu benutzen», stellte ich klar, denn meine verfluchte Neigung, mit dem ersten herauszuplatzen, was mir in den Sinn kam, ging wieder einmal mit mir durch. «Du hast mir eine Königinnenkrone versprochen, wenn ich deinem Vater immer wieder deine Tugenden vor Augen halten würde.»

«Ach ja.» Er reagierte so rasch, daß ich wußte, er hatte diese Anschuldigung erwartet. «Aber ich war ehrlich, weil ich dabei nur Ägyptens Wohl im Auge hatte, während man dich getäuscht und obendrein zu einem üblen Zweck benutzt hat.» Ich wollte ihm sagen, daß er sich in seiner Selbstgerechtigkeit ebenso irrte wie ich mich damals, doch dieses Mal biß ich mir auf die Zunge. Schließlich war er bald ein Gott.

«Du dürftest recht haben, Prinz», sagte ich seufzend, «aber das liegt jetzt alles hinter uns. Darf ich dich etwas fragen?» Er nickte kurz. «Warum wurde Hui nicht mit den übrigen verurteilt? Er ist in der Anklage überhaupt nicht erwähnt worden, und dennoch sind er und sein Bruder gleichermaßen schuldig. Selbst wenn er sich der Verhaftung entziehen konnte, er hätte abgeurteilt werden müssen. Das erscheint ...» Ich zögerte, wollte sagen, ich hätte immer noch ein wenig Angst, weil Hui durchaus dazu fähig sei, mich irgendwie zu strafen, falls er noch frei herumliefe, und ich erleichtert zugleich und erzürnt sei, weil er auf geheimnisvolle Weise durch die Maschen geschlüpft war, doch ich brachte nur noch lahm zustande: «Das erscheint mir ungerecht.»

Ramses blickte mich lange an, dann drehte er sich zum Tisch um, auf dem zwei goldene Pokale und ein Krug mit

Wein standen. Behutsam hob er den Krug hoch und schenkte ein, dann hielt er mir einen Pokal hin, und seine Ringe klirrten an der goldenen Rundung. «Dann ist dein Rachefeldzug also noch nicht beendet», sagte er. «Nicht einmal das Blut, das vergangene Nacht geflossen ist, das früher oder später am Ende der sechs Tage fließen wird, kann deinen Durst vollkommen stillen. Deine Wut war nicht gegen Paiis gerichtet, der versucht hat, dich und deinen Sohn zu ermorden. Nein. Sie war immer gegen den Seher gerichtet, nicht wahr, Thu? Der Mann, der dir die Unschuld geraubt und für dich die Welt bedeutet hat, während er dich zum Narren hielt. Vergiß nicht, daß ich deinen Bericht über diese Jahre gelesen habe. Ich weiß, wie weit er deine Seele und deine Sinne gefesselt hat, daß du ihn so gründlich hassen kannst.» Seine Worte klangen mitfühlend, doch seine Augen waren schmal geworden und blickten nicht freundlich, und sein großer Mund verzog sich zu einem schlauen Lächeln. «Welche Ironie, daß ausgerechnet er der Bestrafung entgangen ist. Eine unverständliche Laune der Götter. Laß uns dennoch auf die Rache trinken, auf deine und die des Horusthrons. Möge sie eines Tages vollendet werden.»

Der Wein war trocken und berauschend und glitt sanft die Kehle hinunter. «So einfach ist das nicht, Prinz», sagte ich. «Er hat mich nicht völlig zum Narren gehalten, und ich liebe oder hasse ihn nicht ganz so stark, wie du annimmst. Er ist auch nicht mehr meine ganze Welt. Er bewohnt einen Winkel, wo die Wand unvollendet ist und die Tür ohne Türblatt. Diesen Raum bewohnt auch mein jugendliches Ich, und darüber habe ich geschrieben und über das Unrecht, das ihm angetan wurde und das er selbst getan hat.»

«Und trotzdem brennen Liebe und Haß der Jugend so heftig, daß ihr Feuer uns auch noch in älteren Jahren versengen kann», stellte er behutsam klar. «Wir sind nur selten so stark, daß wir sie selbst austreiben können. Das müssen andere für uns tun. Du bist nicht ganz ehrlich, Thu.»

«Und du auch nicht, Prinz», gab ich zurück, denn seine Klarsichtigkeit war mir unbehaglich. «Du hast mir noch immer nicht den Grund gesagt, warum Huis Name aus dem Verfahren herausgehalten wurde. Du wirst doch wohl nicht glauben, daß ihn keine Schuld trifft.»

Ramses nahm noch einen Kennerschluck und beobachtete mich eingehend über den Rand seines Pokals. Er fuhr sich bewußt mit der Zunge über die Lippen und legte dazu die Stirn in Falten, als erfordere diese Bewegung höchste Aufmerksamkeit. Ein paarmal machte er Anstalten zu sprechen, doch er biß sich jedesmal auf die Zunge. Dann schien er sich schlüssig zu sein. Sein Blick wanderte zu der leuchtend roten Flüssigkeit in seinem Pokal, die er jetzt herumschwenkte.

«Mein Vater dachte, es wäre besser für dich, wenn du erst später davon erfährst», sagte er ruhig, «aber ich sehe nicht ein, welchen Unterschied es macht, wenn du es schon jetzt hörst.» Sein prüfender Blick verließ jäh den Pokal und richtete sich fest auf mich. «Der Seher ist tatsächlich angeklagt worden, Thu, und ist auch abgeurteilt worden. Das ist privat geschehen, vor meinem Vater persönlich.»

Fasziniert und wie betäubt sah ich zu, wie sein Mund Worte formte, die erst nach einem Weilchen Sinn ergaben. Und dann wurde mir kalt vor Schreck.

«Anklage? Was für eine Anklage?» wollte ich wissen, doch meine Stimme war nur noch ein leises Krächzen. «Ramses, um Seths willen, was für ein Urteil? Und warum privat?»

«Weil mein Vater Hui aus unerfindlichen Gründen gesondert aburteilen wollte», sagte Ramses. «Die Anklage war dieselbe wie bei den anderen. Ich habe nicht die Erlaubnis, dir das Urteil mitzuteilen, doch würdest du es kennen, du würdest es, glaube ich, billigen.»

«Und wie hat es gelautet?» Mit einem Ruck blickte ich auf, und dabei fiel mir etwas beinahe Verstohlenes an ihm auf, so daß ich wider besseres Wissen herausplatzte: «Hui war bei der geheimen Gerichtsverhandlung zugegen, nicht wahr?» Der Prinz blickte mich gelassen an.

«Ja», sagte er knapp.

«Er ist also zum Tode verurteilt worden?» fragte ich spöttisch. «Hat man ihn zuvor ausgepeitscht? Hat der Scharfrichter ihm den Kopf noch vor der öffentlichen Anhörung abgeschlagen? Oder hat ihn der Pharao für seine hervorragenden Dienste als Arzt und mächtiger Seher als freien Mann aus dem Palast gehen lassen? Ich will es wissen! Ich habe ein Recht darauf!» Ramses drohte mir mit dem Finger.

«Sieh dich vor», warnte er. «Du bist schon wieder nahe daran, eine Gotteslästerung zu begehen. Wie kommst du darauf, daß du ein Recht darauf hast, mehr zu wissen, als daß du für dein eigenes schändliches Verbrechen begnadigt worden bist? Der Pharao in seiner Weisheit hat ein vollkommen richtiges Urteil über Hui gefällt. Du wirst es zu gegebener Zeit erfahren. Habe Geduld.»

«Ich möchte den König sehen», bedrängte ich ihn außer mir. «Ich möchte zu ihm und ihm das persönlich sagen!» Der Prinz schüttelte den Kopf.

«Er will dich nicht wiedersehen», sagte er. «Es geht ihm sehr schlecht, und er weiß, daß solch eine Begegnung ihm nur noch Qualen bereiten würde. Er hat alles für dich getan, was in seiner Macht steht, er hat dir vergeben, damit sein Herz gut gewogen wird und weil er sich als alter Mann gern daran erinnert, wie sehr er dich geliebt hat. Du mußt an seine Klugheit glauben. Er ist ein guter Mensch.»

«Ich weiß.» Ich atmete tief durch, denn Verwirrung und Kummer machten mir schwer zu schaffen. «Es tut mir leid, Prinz. Diese Wunde ist sehr tief.»

«Sie wird irgendwann heilen», sagte Ramses spöttisch. «Und jetzt bitte keine weiteren Fragen mehr. Komm. Trink deinen Wein aus.»

Als ich gehorsam den Pokal hob, den ich noch immer in der Hand hielt, ergriff er meine andere Hand und legte sie sanft um die Rundung des Pokals und führte dessen Rand an meinen Mund. Und während ich mich fügte, vermittelten mir seine warmen Handflächen Frieden. Ich zog meine Hände fort, und er ließ mich los, nahm den Pokal und stellte ihn etwas zu heftig auf den Tisch zurück. Dann wandte er sich wieder an mich. «Noch etwas», sagte er mit einem flüchtigen Lächeln. «Mein Vater bedauert, daß er deiner Bitte um einen Heiratsvertrag zwischen euch beiden vor vielen Jahren nicht nachgegeben hat. Er meint, wenn er das getan hätte, hätte er dir einen Mordversuch erspart, und dein Sohn hätte die Erziehung und Achtung eines rechtmäßigen Prinzen genossen. Du sollst aber wissen, daß ich dem alten Mann seine fehlgeleiteten Schuldgefühle ausgeredet habe. Er sieht die Vergangenheit nicht mehr so, wie sie war, sieht nicht mehr die völlige Skrupellosigkeit und Verzweiflung dieser Tage. Du wärst keine verläßliche Königin geworden. Ich sage dir das wegen unseres damaligen Handels, damit du nicht länger denkst, daß es mir völlig an Mitgefühl mangelt.»

Ich hörte ihn an und empfand zunehmend, wie vergeblich und traurig doch alles war. Früher hätte ich mein Ka für diese Ehre geopfert. Ich hatte den Pharao angefleht, mich zu heiraten und unseren Sohn zu legitimieren, doch er hatte sich geweigert. Ich hatte dem Prinzen eine ähnliche Abmachung abgerungen, und auch die war zunichte geworden, ebenso mein fiebriges und lüsternes Begehren, seinen Leib zu besitzen. Wenn der König mich geheiratet hätte, hätte ich vielleicht von Hui und seinen Machenschaften abgelassen, doch am Ende wären die Mauern, die es zu erklettern galt, noch höher geworden, ich hätte noch mehr Macht an mich reißen müssen, und Ägypten wäre dabei nichts weiter als mein Spielplatz gewesen. Ich verdiente es nicht, Königin zu sein, ja, damals hätte ich überhaupt nicht begriffen, welche Verantwortung mit diesem Titel verbunden war. Und jetzt begehrte ich weder eine Krone noch die Umarmung des Prinzen.

«Ich finde, du wirst ein wunderbarer Starker Stier», sagte ich ruhig. «Sei bedankt, daß du mir das erzählt hast. Du hast natürlich recht. Ich wäre des Titels niemals würdig gewesen, ganz zu schweigen von der hohen Stellung als Königin. Laß es nicht zu, daß sich der Pharao deswegen grämt, es ist eine der weisesten Entscheidungen, die er je getroffen hat.» Er kam zu mir, hob mein Kinn und küßte mich sanft.

«So sorgen die Götter dafür, daß ihre undurchschaubaren Pläne erfüllt werden», meinte er. «Ich wünsche dir alles Gute, Thu. Deine früheren Sünden werden mit dem Mann begraben, der sie herbeigeführt hat.»

«O nein», sagte ich bekümmert. «Die hat Hui herbeigeführt, und wo ist er? Habe ich jetzt deine Erlaubnis, den Harem zu verlassen?»

«Ich möchte, daß du noch sechs Tage bleibst», sagte er. «Dann bist du frei und kannst gehen, wohin du willst.» Er hob die Hand, wehrte meinen Protest ab. Ich wollte nämlich nicht an dem Tag, an dem sich der letzte Gefangene das Leben nahm, in meiner Zelle sitzen. Dann wollte ich weit weg von Pi-Ramses sein, vielleicht auf dem Fluß in Richtung eines vielversprechenden Ziels, mit dem Wind im Haar und Sonnenlicht, das auf dem Wasser tanzte. «Das ist keine Bitte», ermahnte er mich, «sondern ein Befehl. Es müssen noch letzte Vorkehrungen für dich getroffen werden. Hab Geduld, alle Rätsel werden sich zu gegebener Zeit lösen. Und wenn das geschieht, erinnerst du dich bitte an die Barmherzigkeit und Versöhnlichkeit des Gottes, dessen Tage in Ägypten gezählt sind. Geh jetzt in deine Zelle zurück. Du bist entlassen.» Sofort verneigte ich mich und bewegte mich rückwärts zur Tür. «Ich denke nicht, daß ich dich noch einmal sehe, ehe du die Stadt verläßt», sagte er noch. «Aber falls dir der Herr Allen Lebens in Zukunft einen Gefallen tun kann, mußt du mir nur Nachricht schicken. Es hat eine Zeit gegeben, Thu, da habe auch ich dich so heiß begehrt wie du mich. Aber es war uns nicht beschieden, den Weg gemeinsam zu gehen, wir durften uns nur im Vorübergehen streifen. Mögen deine Füße festen Tritt finden.» Ein Kloß stieg mir in den Hals.

«Langes Leben, Gesundheit und Wohlergehen, Horus», sagte ich. Ich blickte ihn ein letztes Mal an. Er hatte sich auf einem Stuhl niedergelassen, lehnte sich zurück, hatte die Beine übereinandergeschlagen und die Hände auf dem Knie gefaltet. In der zunehmenden Dämmerung war es unmöglich, seine Miene auszumachen. Ich öffnete die Tür und ging.

Fünfzehntes Kapitel

*I*n dieser Nacht tat ich kein Auge zu. Ich speiste spät und in Ruhe, und als ich gegessen und Isis meine Zelle aufgeräumt hatte, war der Hof bereits leer. Ich wollte mich nicht schlafen legen. Trotz des Weins, den ich mit dem Prinzen getrunken hatte, und trotz des zweimaligen Schrecks, einmal angenehm, einmal schmerzlich, war mein Körper nicht müde. Ich kam mir leer und friedlich und vollkommen gefühllos vor. Isis hatte mir das Haar gelöst und ausgekämmt, hatte mich gewaschen und mir dann ins Nachthemd geholfen. Sie löschte meine Lampe und wünschte mir eine gute Nacht. Dann ging sie. Ich wartete, bis das Geräusch ihrer Schritte verklungen war, ehe ich mein Zimmer verließ und hinaus auf das kühle Gras trat.

Es fühlte sich unter meinen zarten Fußsohlen weich und nachgiebig an, und wie immer genoß ich dieses Gefühl. Auch die Luft war lau und weich, so wie sie es bei Tage nie sein kann, und ich spürte sie dankbar beim Gehen, spürte, wie sich das Nachthemd an meinen Körper schmiegte und sich das Leinen hinter mir bauschte. Dann setzte ich mich an den Springbrunnen, den Rücken an das Becken gelehnt, durch das ich das beruhigende Trommeln des Wassers spüren konnte. Ab und an erfaßte mich ein Sprühnebel. Ich merkte, daß sich Tropfen in mein Haar und auf die feinen Härchen meiner Arme setzten, doch es war mir einerlei.

Der Hof träumte im Dunkeln vor sich hin, der Mond hoch oben war nur halb zu sehen, die Sterne rings um ihn leuchteten schwach, doch in größerer Entfernung davon heller. Die meisten Zellentüren waren geschlossen. Ein, zwei standen noch offen, und die Lampen drinnen warfen einen matten, dunkelgoldenen Schein, der flackernd den Steinweg erhellte, ehe er sich in der tiefen Dunkelheit des Rasens verlor.

Ich zog die Knie an und überließ mich ganz der sonderbaren Stimmung, die mich erfaßt hatte. Dennoch war ich wachsam, reagierte auf jeden Hauch, der meine Haut streifte, auf jedes geheime Rascheln im Gras, und mir war, als hätten sich meine Sinne geschärft, nachdem mich alle Gefühle verlassen hatten. Auch mein Hirn wurde von diesem eigentümlichen Zustand erfaßt. Weder Gedankenfetzen noch ein vages, wirbelndes Chaos von Bildern spukten darin herum. Es war geputzt und sauber wie ein Gefäß, das darauf wartete, wieder mit Gesundem gefüllt zu werden.

Als erster hatte Hui Besitz von meinem Hirn ergriffen, und nach dem Zorn und dem Schreck, die mich bei der Enthüllung der geheimen Anhörung, die man ihm zugestanden hatte, gepackt hatten, ging mir endlich auf, daß ich gar nicht überrascht gewesen war. Die Nachricht hatte etwas Vertrautes gehabt, so als ob mein Ka von dem Mann, der schon immer geheimnisvoll und unberechenbar gewesen war, nichts anderes erwartet hatte.

Irgendwie hatte Hui es geschafft, beim Pharao vorgelassen zu werden. Und nicht nur das, sondern er hatte den König auch dazu bewogen, ihn heimlich abzuurteilen. Keine Richter, nur der Gott selbst, der ihn anhörte und das Urteil sprach. Wie hatte er das erreicht? Hatte er die Gefahr im Weissageöl gesehen und war in den Palast geschlüpft, ehe der Befehl zum Hausarrest erteilt wurde, hatte alles darauf gesetzt, daß er das

Beweismaterial leugnen und den Pharao beeinflussen könne? Schließlich war er über lange Jahre Leibarzt des Königs gewesen. Eine derartige Beziehung bewirkt beim einen Vertrauen und beim anderen Autorität. Und dennoch hatte mir der Prinz versichert, daß ich das ihm auferlegte Urteil billigen würde, falls ich es kannte.

Nein, nicht falls. Wenn. Was bedeutete das? Denn tief im Innersten wußte ich, daß Hui noch irgendwo am Leben war. Und warum behielt man mich hier, bis die Zeit der anderen Straftäter abgelaufen war? Was um alles in der Welt mußte geordnet werden, was mit meiner Zukunft zu tun hatte? Der König selbst hatte mich, großzügig wie er war, abgesichert. Und was hatte der Prinz von Men gewollt? Hatte es etwas mit Kamen zu tun? Die einzigen Antworten auf diese Fragen waren Vermutungen, und am Ende ließ ich davon ab. Ich wußte nur, daß Hui lebte. War ich darüber froh oder traurig? Weder noch. In bezug auf Hui konnte es bei mir nur gemischte Gefühle geben. Ich hörte auf zu grübeln und überließ mich der Schönheit der Nacht. Und als der Morgen grau heraufdämmerte und die Sterne auslöschte, hockte ich noch immer am Springbrunnen.

Die folgenden drei Tage verliefen ereignislos, und ich verbrachte sie in Gedanken an den Pharao, denn unter den anderen Frauen liefen Gerüchte über seinen sich verschlechternden Zustand um, und die Stimmung im Harem war gedrückt. Damit wollte ich ihn ehren, diesen Mann, der mein Leben für kurze Zeit an seins gebunden hatte und dessen Schatten sich trotz allem über jeden Augenblick der vergangenen siebzehn Jahre gelegt hatte, der mich jedoch nicht mehr sehen wollte. Meine einzige Huldigung mußte stumm bleiben, fand nur in meinem Inneren statt. Und so holte ich mir sein Bild vor mein geistiges Auge, seine Stimme, sein Lachen, wie sich seine

Hände auf meinem Leib angefühlt hatten, die steinerne Kälte seiner seltenen Wutausbrüche, und jede Nacht zündete ich vor meinem Schutzgott Weihrauch an und betete darum, daß die anderen Götter ihm den Heimgang erleichterten und ihn freudig in der Himmelsbarke begrüßten.

Doch viele Frauen sprachen weniger über ihren sterbenden Gebieter als über ihr eigenes Schicksal, wenn der neue König die Liste des Frauenhauses überprüfen und Nebenfrauen, die er nicht haben wollte, aus dem Harem entfernen würde. Einige von ihnen würden die Freiheit erhalten. Die Jüngeren würden wahrscheinlich bleiben müssen. Doch die Älteren, die Alternden, die Kranken würden nach Fayum geschickt werden. Den Harem dort hatte ich einst mit dem König besucht und ein Schicksal gesehen, das eines Tages auch meines hätte werden können. Es war ein stiller Ort, doch sein Frieden war die Leere des bevorstehenden Todes, seine Zellen beherbergten die vertrockneten Hüllen der Frauen, die früher die Blüte Ägyptens gewesen waren, und ich war so entsetzt gewesen, daß ich später Sobek nicht angemessen opfern konnte, der in der Oase einen Tempel hatte. Dieses furchtbare Schicksal drohte mir jetzt nicht mehr, und ich bedauerte die Frauen ringsum, denen solch eine Verbannung, wie gütig auch immer, gewiß war.

Am vierten Tag kam ein Herold mit einer Rolle, baute sich mitten im Hof auf und verkündete, daß die Missetäter Mersura, Panauk und Pentu das ihnen auferlegte Urteil vollstreckt hätten. Paiis und Hunro wurden nicht erwähnt. Ich empfand gar nichts, während die Worte von Zelle zu Zelle hallten, aber mir war zumute, als fielen mir Steine von der Seele, von denen ich gar nichts gewußt hatte, und nachdem sich der Mann entfernt hatte, um die Neuigkeit im nächsten Hof zu verkünden, ging ich zum Teich gleich vor dem Harem, zog mich aus, ließ mich ins Wasser gleiten und schwamm auf und ab, bis meine Gliedmaßen vor Anstrengung zitterten.

Danach lag ich im Gras und ließ mich von der Sonne trocknen, spürte, wie ihre Hitze durch die Wassertropfen auf meinem Leib brannte, während ihr Schein selbst bei geschlossenen Lidern beinahe unerträglich war. Die Luft versengte mir die Lungen. Leben, Leben. Welch ein Glück, am Leben zu sein! Als ich es nicht länger aushielt, rollte ich mich in den Schatten des nächsten Baums und räkelte mich nackt und ekstatisch und ohne Rücksicht auf Zuschauer.

Am fünften Tag betrat wieder ein Herold den Hof, doch dieses Mal mit einer Botschaft für mich. Ich saß gleich vor meiner Tür und genoß einen Becher Bier, nachdem ich mich gerade hatte schminken und ankleiden lassen. Er blieb stehen, verbeugte sich und blickte sich um, ob ihn auch niemand hörte. «Herrin Thu», sagte er leise. «Der Prinz hat eine Bitte von der Gefangenen Hunro erhalten. Sie möchte dich sehen. Wie du weißt, werden Leuten von Adel, die dazu verurteilt wurden, sich das Leben zu nehmen, alle Wünsche im Rahmen des Vernünftigen erfüllt, sei es nun erlesener Wein oder Leckereien oder letzte Besuche von ihren Lieben. Der Prinz befiehlt dir nicht, Hunros Wunsch zu erfüllen. Er teilt ihn dir lediglich mit. Er gestattet dir, zu tun, was dir beliebt. Wenn du möchtest, kannst du ihr den Wunsch abschlagen.»

«Aber was will sie überhaupt von mir?» fragte ich ratlos und voll unguter Gefühle. «Wir sind uns spinnefeind. Ich kann sie nicht trösten. Ist ihr Bruder nicht bei ihr?»

«Der besucht sie jeden Abend und bleibt bis zum Morgengrauen. Hunro kann nicht schlafen. Sie kann ... gar nichts tun.»

«O nein», sagte ich leise und fröstelte in der Brise, die noch vor einem Augenblick so angenehm gewesen war. «Nein. Das kann ich nicht! Will ich nicht! Wie kann sie es wagen? Glaubt sie immer noch, daß ich nichts als die Mörderin bin, zu der sie mich gemacht haben? Sieht sie noch immer so auf mich herab?» Das schmerzte, und am liebsten hätte ich geweint. Nie würde ich diese Schuld loswerden, niemals. Vielleicht konnte ich ein Weilchen vergessen, vielleicht glauben, ich wäre wieder heil und ganz, doch das Mal blieb mir erhalten wie ein unsichtbares Brandmal. Mörderin.

Der Herold wartete, ohne sich dazu zu äußern, während ich das Gesicht in den Händen barg und versuchte, mich zu fassen. Als ich mich wieder im Griff hatte, sprach ich, ohne ihn anzusehen. «Richte dem Prinzen aus, daß ich Hunro aufsuchen werde», sagte ich, und meine Stimme zitterte. «Richte ihm aus, er soll mir heute nachmittag eine Eskorte schicken.» Schließlich, so dachte ich bitter, während ich hinter ihm hersah, ist es das, was Mörderinnen tun. Sie morden. Hunro hat Glück, daß sie eine so kundige Mörderin zur Hand hat. Ich rieb mir die Gänsehaut an den kalten Armen. Oh, ihr Götter, betete ich, bewahrt mich davor, daß ich Hunro nicht auch noch mit häßlichen Worten geißele, ihre Not muß bereits unbeschreiblich sein.

Eine Stunde nach Mittag kam ein Soldat, und dann gingen wir zusammen durch die Palastgärten und gelangten an den Dienstbotenquartieren vorbei zu dem riesigen Exerzierplatz. Isis hielt mir den Sonnenschirm über den Kopf, dessen Schatten in der prallen Mittagssonne als kleines Rund um meine Füße fiel. Auf der gegenüberliegenden Seite schimmerten die Kasernen mit den angrenzenden Ställen säuberlich aufgereiht im Sonnenglast. Ich konnte ein paar Soldaten ausmachen, die sich im Schatten der Gebäude aufhielten, doch sonst sah man nirgendwo Leben. Es war die Zeit der Mittagsruhe, und die aufgewühlte Erde des Platzes lag heiß und menschenleer.

Die Gefängniszellen grenzten hinten an die Dienstbotenunterkünfte. Ich erinnerte mich noch gut an sie. Gegen meinen Willen wurden meine Augen zu der gezogen, die ich gehabt hatte und die jetzt Paiis bewohnte. Zwei Wachtposten flankierten ihre Tür, aber hinter dem Gitter war keine Bewegung auszumachen. Mein Begleiter führte mich zur Zelle nebenan, und auf sein Nicken hin machte sich einer der wachhabenden Soldaten daran, den dicken Knoten zu lösen, der die Tür verschlossen hielt. Ich wartete, und auf einmal überfiel mich die Furcht, Paiis könnte diesen Augenblick wählen und sich in sein Schwert stürzen oder sich die Kehle durchschneiden, so daß ich das Geräusch und Geschrei seines Todeskampfes mitbekam. Doch der Knoten wurde gelöst und die Tür aufgemacht, ohne daß etwas geschah. Ich drehte mich zu Isis um. «Warte da drüben auf mich, im Schatten des Baumes dort», sagte ich. «Steh nicht hier draußen in der Sonne herum.» Dann folgte ich dem Soldaten nach drinnen.

Und schon schlug mir der Geruch entgegen, ein Gestank aus Urin, Schweiß und Todesangst, der so stark war, daß der Soldat einen entsetzlichen Augenblick lang zum Gefängniswärter wurde und ich zur jungen Nebenfrau, die zum Tode verurteilt war. Knarrend fiel die Tür hinter uns zu. Ich mußte mich nicht umsehen. Es gab nicht viel zu sehen. Ein bezogenes Lager, an dessen Fuß eine geöffnete Kleidertruhe voller Kleider stand, ein Tisch mit einer Lampe und mehreren recht hübschen Kosmetiktiegeln und Krügen, eine Binsenmatte auf dem Lehmfußboden, an deren Rand mehrere Paare Sandalen aufgereiht standen. In diesem stinkenden, hoffnungslosen Vorraum zur Ewigkeit wirkte Hunros Habe protzig und leichtfertig. Ich nahm meinen ganzen Mut zusammen und hielt nach ihr Ausschau.

Sie kauerte in der Ecke, hinter dem Tisch, und als sie mich

erblickte, stieß sie einen Schrei aus und stürzte sich auf mich, packte mich mit beiden Händen und brabbelte unzusammenhängendes Zeug. Sie war barfuß und trug ein verdrecktes Kleid, das einmal weiß gewesen war. Ihr Haar war ungewaschen und ungekämmt und fiel ihr in Zotteln auf den Rücken. Unter ihren Fingernägeln hatte sich schwarzer Dreck angesammelt. Und wenn sie sich noch so oft geschworen hatte, Würde zu bewahren, wenn diese schwere Tür zufiel, es hatte nichts genutzt, sie war zusammengebrochen, denn sie hatte offensichtlich weder Schminke, Öle noch Henna verwendet.

«Hunro, wo ist deine Dienerin?» fragte ich scharf. Sie zog sich etwas zurück, zitterte, ließ jedoch meine Hand nicht los.

«Ich habe sie nicht mehr um mich ertragen», sagte sie, nein, flüsterte sie. «Ewig diese Fragen, Hunro, möchtest du dies anziehen, Hunro, möchtest du das anziehen, Hunro, mit welcher Farbe möchtest du die Augen geschminkt haben, so als ob ich auf ein Fest in den Palast ginge, statt ... statt ... Und sie hat mich beleidigt, hat mich nicht mit meinem Titel angeredet. Banemus hat mich gezwungen, mich zu waschen und anzuziehen. Das war dumm. Warum sollte ich mich waschen und anziehen, wenn ich doch sterben muß? Den habe ich auch weggeschickt.» Beim Reden wurde sie zunehmend ruhiger, doch ich konnte sehen, daß es nur ein Aufschub war. In den verzweifelten Augen, die an meinem Gesicht hingen, lauerte der Wahnsinn.

«Du hast nach mir geschickt», erinnerte ich sie. «Was willst du?» Sie musterte den Soldaten hinter mir mit wachsamem Blick und kam noch näher.

«Ich schaffe es nicht, Thu», murmelte sie. «Ich schaffe es einfach nicht. Nachts bekomme ich solche Angst, daß ich weine. Morgens denke ich, ich schaffe es und tue es auch. Schließlich geht mein Ka in den Himmel zu Osiris und sitzt unter der heiligen Sykomore, nicht wahr? Aber dann überlege ich, was ist, wenn es keinen Himmel gibt, keinen Baum, keinen wartenden Osiris? Was ist, wenn ich nur ausgelöscht werde? Und dann ist der Augenblick vorbei, in dem ich tapfer gewesen wäre, und ich sage mir, ich tue es am nächsten Tag. Doch ich habe nur noch zwei Tage übrig!» Jetzt war das Gemurmel zur Wehklage geworden, sie ließ meine Hände los und riß an ihrem bereits zerzausten Haar. «Wenn ich es nicht tue, kommen sie mit Schwertern und hacken mir den Kopf ab.»

«Hör mir gut zu, Hunro», sagte ich fest, obwohl ich bei dieser schrecklichen Auflösung innerlich zitterte. «Du bist dazu verurteilt worden, dir selbst das Leben zu nehmen. Du mußt dich der Tatsache stellen, daß du sterben wirst. Das kannst du mit Mut und Fassung tun, oder du läßt dich abschlachten wie ein Hund, aber es wäre besser, wenn du dich waschen und ankleiden ließest wie die Edelfrau, die du bist, und vor deinem Schutzgott Weihrauch für die bevorstehende Reise anzünden würdest. Es hat keinen Zweck, auf ein Wunder zu warten. Es gibt keine Rettung. Was da in dir kämpft, ist das Leben, etwas Starkes und Hirnloses.»

«Aber du bist gerettet worden!» schrie sie. «Du hast ein Wunder erlebt, und du bist eine Mörderin, du hast Hentmira getötet und beinahe auch den Pharao! Ich habe ihm doch überhaupt nichts getan! Warum muß ich sterben? Du hättest sterben sollen!»

Man konnte nicht vernünftig mit ihr reden, nein, jedes weitere Wort trieb sie nur noch tiefer in den Wahnsinn, und außerdem hatte ich keine Lust, mich vor dieser verzweifelten Frau zu rechtfertigen. Das wäre grausam und selbstsüchtig gewesen. «Ja, ich hätte sterben sollen», bestätigte ich. «Aber es ist anders gekommen. Es tut mir so leid, Hunro. Laß mich deine Dienerin holen, damit sie sich um dich kümmert, und laß mich nach deinem Bruder schicken.»

«Mir wird übel, wenn ich sehe, wie du Höhergestellte nachäffst», höhnte sie. «Meine Dienerin holen. Nach meinem Bruder schicken. Gewählte Worte und eine gebildete Sprache lassen doch nie dein dickes Bauernblut vergessen!» Ich drehte mich wortlos um und ging zur Tür. Mein Begleiter wollte sie aufmachen, doch da fing sie an zu kreischen: «Thu, verlaß mich nicht! Bitte! Bitte! Hilf mir!»

Ich wollte ihr nicht helfen. Ich wollte sie ihrer Feigheit und ihrem Dreck und ihren Wehklagen überlassen. Doch ich wußte, daß ich nichts davon je aus meinem Gedächtnis würde tilgen können, wenn ich durch diese Tür trat. Also ging ich zurück, ohrfeigte sie erst rechts, dann links, dann nahm ich sie in die Arme, und sie sank mir schluchzend an die Schulter. Ich bettete sie auf das Lager und hielt sie so lange, bis sie nicht mehr so verzweifelt weinte, dann fuhr ich ihr übers Haar. Schließlich setzte sie sich auf und blickte mich mit Augen voller Tränen an, die jedoch nicht länger wahnsinnig blickten. «Es ist so schwer», flüsterte sie, und ich nickte.

«Ich weiß. Aber, Hunro, es gibt doch Palastärzte und auch Banemus. Warum hast du die nicht um Hilfe gebeten?»

«Weil ich ihnen nicht traue», antwortete sie erstickt. «Ich bin wegen Hochverrats und Gotteslästerung und Mordversuch am Pharao verurteilt worden. Sie könnten sich an mir rächen und mir ein Gift verabreichen, das langsam und schmerzhaft wirkt.»

«Unsinn! Und Banemus würde das niemals tun.»

«Aber Banemus weiß doch nicht, um was er bitten muß.» Jetzt rang sie die Hände im Schoß. «Ich weiß, daß ich dich um sehr viel bitte», sagte sie stockend. «Ich verdiene deine Güte nicht. Aber du bist heilkundig, Thu, und kennst dich gut mit

Tränken aus. Bereitest du mir einen zu? Etwas, wovon ich ohne Schmerzen einschlafe und einfach ... einfach nicht mehr aufwache.»

Begriff sie, welche Ungeheuerlichkeit sie von mir verlangte? Die furchtbare Ironie ihrer Bitte? Das war mehr, als ich überhaupt ertragen konnte. Für dich bin ich wirklich weniger als der Staub unter deinen Füßen, dachte ich betrübt. Nichts weiter als ein Werkzeug, ein Instrument, das man wieder und wieder zu dem gleichen schmutzigen Zweck benutzt. «Ich tue es, wenn du deine Dienerin und Banemus und einen Priester rufst und dich anständig zurechtmachst», sagte ich ruhig. «Du stammst aus einer altehrwürdigen und edlen Familie. Mach deinen Ahnen keine Schande, indem du dich wegen deines Schicksals in Selbstmitleid ergehst.» Ich stand auf, und sie mit mir, und jetzt funkelten ihre Augen fiebrig, und sie wollte mich wieder berühren, doch ich entzog mich ihr.

«Ja», versprach sie. «Danke, Thu.»

«Bedanke dich nicht bei mir», erwiderte ich, ohne sie anzublicken. «Jemandem den Tod bringen, das verdient keinen Dank, du Törin. Morgen abend schicke ich dir einen Trank.» Ich wußte nicht, ob sie mich gehört hatte oder nicht, und ging zu meinem Begleiter. «Ich möchte raus», flüsterte ich. Doch Hunro mußte meine letzten Worte mitbekommen haben, denn sie rief mir nach: «Du bringst ihn selbst, Thu, nicht wahr?»

«Nein», brachte ich so gerade noch heraus, während ich ins himmlische Sonnenlicht trat. «Das schaffe ich nun wirklich nicht. Lebe wohl, Hunro.»

Dumpf fiel die Tür hinter mir zu. Von der anderen Seite des Exerzierplatzes kam Isis mit dem Sonnenschirm in der Hand auf mich zu, und ich mußte mich zwingen, stehenzubleiben und auf sie zu warten. Ich wollte fliehen, wollte wie eine Wilde rennen, wollte vor Hunros rührender Bitte und meiner eigenen Schlechtigkeit flüchten, mich in meinen sicheren kleinen Raum einschließen und mich am erlesenen Wein des Pharaos betrinken.

Doch als ich schon fluchtbereit dastand, bewegte sich etwas in der Zelle nebenan, und eine vertraute Stimme sagte: «Ich habe Hunros Gekreisch gehört und gemeint, ich erkenne deine Stimme, Herrin Thu. Wie nett von dir, daß du die Verurteilten besuchst.» Ich schloß die Augen. Nicht jetzt, dachte ich verzweifelt. Bitte, nicht jetzt! Isis hatte mich fast erreicht, und ich wandte mich rasch an sie.

«Du bist ein prächtiger Anblick», sagte Paiis jetzt leise. «Schön und lebensvoll und zitternd vor Entrüstung. Zeige mir nicht die kalte Schulter, Thu. Du hast lange gebraucht, aber du hast gewonnen. Du hast mich besiegt. Können wir zu guter Letzt nicht ein paar freundliche Worte wechseln?» Isis war da. Ich spürte den Schatten des Sonnenschirms über mir und blickte in Paiis' Richtung. Er beobachtete mich durch die Gitterstäbe seiner Tür, und im hellen Sonnenschein funkelten die Ringe an seinen Händen. Als sich unsere Blicke trafen, schenkte er mir ein ausnehmend bezauberndes Lächeln.

«Das war kein Wettkampf», sagte ich knapp. «Und kein Spiel. Es ging um mein Leben. Und um Kamens, das eines jungen Mannes, der dein Haus ehrlich und pflichtbewußt bewacht hat. Du bist skrupellos. Warum sollte ich mit dir freundliche Worte wechseln? Wo bist du gewesen, als man mich in der Zelle da sterben ließ?»

«Ich war daheim und habe mich betrunken und die Tatsache bedauert, daß ich nie mit dir geschlafen habe», antwortete er sofort. «Das ist die Wahrheit. Du hast recht. Ich bin ein wertloses Stück Abfall, das man am besten wegwirft. Zweifellos werden nicht einmal die Götter mich haben wollen, aber bis sie sich entscheiden müssen, werde ich essen und trinken und meinen Musikanten holen lassen, daß er mir meine Lieblingsweisen spielt. Leistest du mir bei einem Becher Wein Gesellschaft? Wirklich, ein guter Jahrgang aus den Weingärten, die einmal mir gehört haben.» Zu meinem Erstaunen fühlte ich mich zu ihm hingezogen. Ungeduldig winkte er einem Wachsoldaten, und der fing an, den Knoten an der Tür zu lösen.

«Du mußt nicht annehmen, Herrin Thu», erinnerte mich mein Begleiter leise, aber Paiis fiel ihm ins Wort: «Aber ja doch. Nur ein verhärtetes Herz könnte die Bitte eines Sterbenden abschlagen.»

«Bleib bei mir», sagte ich zu meinem Soldaten, und Paiis trat zur Seite und verneigte sich, als ich nach siebzehn Jahren die Zelle betrat, in der ich hätte sterben sollen.

Er hatte kostbare Gegenstände mitgebracht. Zwei Stühle aus Zedernholz mit Intarsien aus Gold und Elfenbein standen nebeneinander vor einem niedrigen Tisch, auch dieser aus Zedernholz und mit einer Tischplatte aus grau-weißem Marmor. Darauf stand ein kleiner goldener Schrein mit geöffneten Türen, so daß die zierliche Statuette von Khonsu, dem obersten Kriegsgott, zu sehen war. Neben dem Schrein lag ein Weihrauchgefäß mit silbernem Griff, und der unausrottbare Gestank der früheren Bewohner wurde von Myrrheduft überlagert. In einer Ecke stand eine hohe Alabasterlampe, die wie eine geöffnete Lotosblüte geformt war. Sein Lager war unter der Fülle dünner Leinenlaken und Kissen kaum noch zu sehen. Ein großer Teppich bedeckte den Boden. Der restliche Raum wurde von mehreren Schüsseln und Schalen eingenommen, in denen sich Gebäck, Süßigkeiten, honigglänzende Trockenfrüchte und eine Auswahl an kaltem Fleisch, Butterröllchen und Brotscheiben türmten. Ich bahnte mir einen Weg durch diese Überfülle zu dem Stuhl, auf den Paiis deutete. Er ließ sich auf dem anderen nieder und bückte sich nach einem ziselierten Silberkrug.

«Ich stürze mich erst im allerletzten Augenblick der allerletzten Stunde des achten Tages in mein Schwert», sagte er und goß dabei Wein in zwei breite Silberpokale, «und bis dahin genieße ich. Auf deine bemerkenswert gute Gesundheit, Herrin Thu. Mögest du dich in Sicherheit an ihr erfreuen können.» Er trank, während seine mit Khol geschminkten Augen mich über den Rand des Pokals hinweg musterten, doch ich trank nicht mit. War seine Munterkeit eine Art geistige Verwirrung oder echte Annahme seines Endes? Vermutlich letzteres. Im Thronsaal hatte er vorübergehend die Fassung verloren, als sein Versuch, die Richter umzudrehen, scheiterte und ans Tageslicht kam, doch er hatte die Selbstbeherrschung wiedergewonnen und würde nicht noch einmal schwach werden. Zwar war er lüstern und zynisch, gerissen und klug, aber dennoch ein disziplinierter Soldat und ein Ägypter von Adel. Wenn seine Zeit gekommen war, würde er sich kalt lächelnd das Schwert in den Bauch stoßen.

Er stellte den Pokal ab, lehnte sich zurück, schlug die Beine übereinander und wurde wieder sachlich. «Sie weint und schluchzt die ganze Nacht», sagte er. «Ich höre sie durch die Wand. Ich würde sie ja trösten, aber ich darf meine Zelle nicht verlassen. Sie war einmal ein hübsches Ding mit ihrem unsteten Tänzerinnenleib und ihrer Eigenständigkeit. Wer weiß, was aus ihr geworden wäre, wenn unser Plan, den König zu entmachten, Erfolg gehabt hätte.»

«Du bereust aber auch gar nichts», meinte ich, und da lächelte er mich an, und seine schönen Züge heiterten sich auf.

«Gar nichts», sagte er sofort. «Falls Ramses an dem Arsen gestorben wäre, das du Hentmira gegeben hast, damit die Arglose ihn damit salbt, und wenn Banemus getan hätte, was er tun sollte, nämlich das Heer im Süden zum Putsch aufhetzen, wir hätten Ägypten in der Hand gehabt. Hätten die Priester an ihren Platz verwiesen, die wahre Macht unter einem Pharao unserer Wahl erneuert und etwas von dem Reich zurückerobert, das unsere Vorfahren regiert haben.» Er seufzte. «Es war ein wunderbarer Traum, aber wie die meisten Träume zu flüchtig, um Wirklichkeit zu werden. Ein Jammer. Warum sollte ich bereuen, liebe Thu? Ich bin Ägypter und liebe mein Vaterland.»

«Ist dir nie der Gedanke gekommen, daß die Maat nach deinem Erfolg wahrhaft verderbt gewesen wäre und hätte gerettet werden müssen? Daß sie uns auf ihre Art zu ihren gerechten Zwecken benutzt hat, und falls das nicht erforderlich ist und wir versuchen, sie zu ändern, sie uns wegen unserer Eitelkeit fallenläßt?»

«Thu, die Denkerin», spottete er zärtlich. «Thu, die Verteidigerin der Gerechtigkeit. Im Munde einer ehrgeizigen und skrupellosen Frau wie du klingen solche Worte etwas hohl. O nein, mißverstehe mich nicht.» Er hielt die Hand hoch, denn mir lag eine rasche Entgegnung auf der Zunge. «Ich wollte dich nicht kränken. In deiner Jugend war dein Ehrgeiz wie ein reizender Wirbelsturm, gefährlich und unberechenbar und durch und durch selbstsüchtig. Wie hätten wir dich sonst wohl benutzen können? Aber jetzt ist er gezähmt, gereinigt und darauf ausgerichtet, Unrecht gutzumachen und die Ordnung wiederherzustellen, in deinem Leben und auch im Leben Ägyptens. Das war auch mein Ziel, und es ist ein gesunder Ehrgeiz, Thu. Aber noch immer Ehrgeiz. Wie unterscheiden wir uns dann? Hier sitzen wir, zwei Menschen, die von den Göttern ähnlich erschaffen wurden. Selbst unsere Motive sind die gleichen gewesen. Warum ist dann unser Schicksal so verschieden?» Darauf hatte ich keine Antwort. Weil ich meine Bestürzung verbergen wollte, beugte ich mich vor, griff zu meinem Wein und trank bedächtig. Ich hatte das ungute Gefühl, er könnte recht haben. «Ich weiß es nicht», fuhr er fort. «Vielleicht kommt es einfach daher, daß es den Göttern beliebt, einen Mut zu belohnen, den ich nicht besitze.» Unsere Blicke trafen sich, und ich hätte ihm gern mein unversehens aufflakkerndes Mitgefühl übermittelt, konnte aber nur sagen: «Paiis, diese Demut steht dir nicht. Ich glaube, ich ziehe den hochfahrenden und selbstbewußten Paiis vor.» Er lachte, und der Augenblick von Nähe war vorbei.

«Ich habe mich wirklich bemüht, dich zum Schweigen zu bringen», sagte er. «Jetzt bin ich froh, daß ich es nicht geschafft habe, dich zu töten. Ich habe oft an dich gedacht, nachdem ich dich zum ersten Mal auf jenem Fest gesehen hatte, das Hui gab, damit wir übrigen uns ein Urteil bilden konnten, ob du das Zeug zur königlichen Nebenfrau hättest.»

«Ich habe dich viel früher als an jenem Abend gesehen», sagte ich traurig. «Da war ich noch nicht lange in Huis Haus. Ich habe immer in meinem Zimmer auf dem Fußboden gesessen und aus dem Fenster geschaut, wenn Disenk meine Lampe gelöscht und zu ihrer Matte vor meiner Tür gegangen war. Eines Abends ganz spät, nach einem von Huis Festen, habe ich zugesehen, wie seine Gäste gegangen sind. Du bist aus dem Haus gekommen und hast auf dem Hof gestanden. Eine betrunkene Prinzessin wollte dich gerade überreden, daß du sie nach Hause bringst, aber du hast dich geweigert. Du hast sie geküßt. Du warst in Rot gekleidet. Ich habe nicht gewußt, wer du warst, aber du bist so schön gewesen, Paiis, wie ein junger Gott, und hast im Schein der Fackeln gelacht! Und ich war so jung, so voller argloser, mädchenhafter Träume. Ich werde es nie vergessen.»

Ich hatte nicht vorgehabt, ihm das zu erzählen. Dieses Andenken war unbefleckt von den Ereignissen, die noch im Schoße der Zukunft lagen, die es hätten beschmutzen und besudeln müssen und es dennoch nicht getan hatten, und es war mir teuer. Ich befürchtete schon eine nichtssagende, lüsterne Antwort, die dem Andenken seine Reinheit nehmen würde. Doch er wurde ganz still. Ich blickte unverwandt auf den Tisch vor mir, während sich zwischen uns Schweigen ausbreitete. Nach einer geraumen Weile bewegte er sich.

«Verdammt», sagte er rauh. «Warum mußt du mich daran erinnern, daß auch ich einmal jung war, ein frischer, einfacher Knabe, dem das gewöhnlichste, kleinste Ereignis durch schlichte Unkenntnis und Unschuld Stoff für schwärmerische Träume war. Jenes Kind gibt es nicht mehr, es ist unter einer allmählich wachsenden Gier, Zwängen wie Gebot der Stunde, unangenehmen Entscheidungen und Erfahrungen des Soldatenlebens und den heimtückischen Verlockungen des Sichgehenlassens begraben worden. Ich will nicht, daß es jetzt aufersteht. Nicht jetzt! Es ist zu spät!» Ich verhielt mich still, und nach einem inneren Kampf, den ich mehr spürte als sah, faßte er sich und wandte sich mir wieder zu. «Es tut mir so leid, Thu», sagte er. «Es tut mir leid, daß ich dem Bild, das du dir von mir gemacht hast, nicht entsprochen habe, es tut mir leid, daß ich mitgeholfen habe, dich zu verderben. Ich glaube, allein das bedauere ich. Komm. Trink aus, dann verabschieden wir uns.»

Erschüttert hob ich den Pokal an die Lippen. Paiis tat es mir nach, und auf einmal hatte ich das Gefühl, daß wir ein feierliches Ritual vollzogen. Es war, als ob seine Beichte sogar die Luft in diesem erbärmlichen Raum verändert und ihm deutlich sichtbar Frieden geschenkt hatte. Dabei wurde auch ich ganz friedlich und vergaß den widerlichen Auftrag, den Hunro mir aufgebürdet hatte, vergaß, daß ich mich bis zur Bewußtlosigkeit hatte betrinken wollen. Wir leerten den Wein und standen zusammen auf, eine sonderbare, flüchtige Gemeinsamkeit. Paiis legte mir die Hand auf den Nacken, bückte sich und gab mir einen Kuß, der mir warm und seltsam vertraut vorkam. «Falls du Hui jemals finden solltest, grüß ihn von mir», sagte er, als er mich losließ, und da ging mir auf, daß mein Mund den seinen wegen seines Bruders wiedererkannt hatte. «O ja», fuhr er fort. «Ich weiß, daß er noch lebt, aber nicht, wo er ist. Er stellt für die Sicherheit Ägyptens nämlich keine so große Gefahr dar wie ich. Ich habe das Gefühl, daß ihr beiden noch nicht miteinander fertig seid.»

Wir waren zur Tür gegangen. Ich drehte mich nach meinem Begleiter um, und in diesem Augenblick legte Paiis Hände und Stirn an das massive Holz. «Ach, Freiheit», murmelte er, und seine Stimme brach, und ich sah, wie er die Fäuste ballte, so sehr übermannte ihn das Gefühl. «Bete für mich, Thu, auf dem Schönen Fest im Tal. Rufe meinen Namen. Dann werden mich die Götter vielleicht finden.» Es blieb nichts mehr zu sagen. Ich berührte seine Schulter, die noch rund und fest und lebenswarm war, und er entzog sich mir. Die Tür ging auf. Dieses Mal stand Isis bereit, und ich entfernte mich unverzüglich. Ich blickte nicht zurück.

Nachdem ich die himmlische Geborgenheit meiner Zelle erreicht hatte, trank ich gierig, doch es war Wasser, nicht Wein, was ich mir durch die Kehle rinnen ließ. Dann legte ich mich auf mein Lager und weinte still und ohne Gefühlsausbrüche. Ich weinte nicht um Hunro oder Paiis, ja, nicht einmal um mich. Die Tränen kamen, weil das Leben war, wie es war, langweilig und hart für so manchen, voller Verheißungen und Wohlbehagen für andere, und für viele eine Reise voll unerfüllter Träume und zerbrochener Hoffnungen. Als ich mich ausgeweint hatte, schlief ich ruhig und wachte von selbst auf, als die Sonne im Westen unterging und Isis heiße Brühe und duftendes, frisches Brot brachte.

Während ich aß, dachte ich darüber nach, welches Gift ich Hunro geben sollte. Ich überlegte so ruhig, wie es mir möglich war, und zwang mich, zwischen meine heftigen Gefühle und den rein sachlichen Erwägungen einen Abstand zu legen. Zum Zeitpunkt meiner eigenen Verhaftung hatte man mir den Kasten mit Arzneien, den Hui mir geschenkt hatte, zusammen mit den Rollen, in denen verschiedene Krankheiten und die Rezepturen dagegen aufgelistet waren, weggenommen, und während meiner Verbannung war es mir verboten gewesen, das Gewerbe auszuüben, in dem man mich so fachkundig und mit so katastrophalen Folgen angelernt hatte. Im Haremslager hatte ich vor kurzem einen Kasten mit Arzneien gefüllt, doch ich hatte nichts genommen, was sich als schädlich erweisen konnte. Während ich jetzt langsam speiste und mich auf das Kauen konzentrierte, gestattete ich mir, mich an die Dinge zu erinnern, vor denen ich so lange zurückgeschreckt war.

Das war nicht leicht, denn ich mußte mich an die Umstände erinnern, unter denen ich sie erlernt hatte, und das allein war schon schmerzlich genug. Huis großes Arbeitszimmer und der kleine, angrenzende Kräuterraum, auf dessen Regalen sich Bord um Bord irdene Töpfe und Krüge, Steinfläschchen, pralle Leinenbeutel mit getrockneten Blättern und Wurzeln drängten. Ich selbst neben ihm mit gezückter Schreibbinse, während er mit Mörser und Stößel arbeitete, seine tiefe, ruhige Stimme, die mir erklärte, was er tat und warum. Der Duft der Zutaten auf den Borden, bei einigen so stark, daß ich davon Kopfschmerzen bekam, bei einigen nicht mehr als ein zarter Hauch von abgepflückten Blütenblättern, der sich angenehm mit Huis eigenem Parfüm, Jasmin, vermischte.

Jasmin. Ich schob das leergegessene Geschirr beiseite, legte die Arme auf den Tisch und beobachtete, wie sich das goldene Lampenlicht in den feinen Härchen meiner Haut verfing. Gelber Jasmin konnte töten. Jeder Teil davon, Blüten, Blätter, Wurzeln, Stengel, alles war tödlich. Eine hohe Dosis wirkte schnell, erzeugte aber so unangenehme Begleitsymptome wie Angst und Krämpfe. Auch Alraune tötete, doch die Menge, die Hunros Leben beendete, würde ihr Qualen bereiten. Das wußte ich aus Erfahrung. Ein Ruck, und mein nachdenklicher Zustand hatte ein Ende, denn ich erinnerte mich an Kenna, Huis Leibdiener, den ich mit vergiftetem Bier und Alraune umgebracht hatte, und das nur aus Eifersucht und Angst. Er war unter fürchterlichem Gestank von Erbrochenem und Kot gestorben.

Aber was war mit Passionsblume? Ich blies, und die Flamme in der Lampe flackerte, so daß mein gekrümmter Schatten ganz kurz auf der Wand tanzte. Damit vernichtete man Hyänen, und bei dem ironischen Gedanken an seine Verwendung erwachte ich ganz aus der Starre, die ich mir auferlegt hatte. Auch wenn die Symptome mild waren und erst lähmten und dann zum Tode führten, nein. Diesen Anfall von Schadenfreude mußte ich mir um meines eigenen Seelenfriedens willen verbieten.

Meine Gedanken wanderten weiter. Hundspetersilie wirkte sehr gut. Man konnte sie schlucken, als Pulver einatmen oder in die Haut reiben. Doch wie viele andere giftige Substanzen erzeugte sie so furchtbare Krämpfe, daß das Opfer sein Leben angespannt wie eine Bogensehne beendete.

Ich legte die Wange auf den ausgestreckten Arm und blickte in das matt erleuchtete Zimmer, überlegte und verwarf ein Gift nach dem anderen, und mit zunehmender Angst verlor ich langsam die Beherrschung. Geflüster und Gewisper schienen durch die Ritzen zu sickern, kamen aus der Dunkelheit herangekrochen, in der meine Seele in Selbsthaß und Verzweiflung aufschrie, daß sich nichts, gar nichts änderte. Als ich merkte, daß mir der Laut bereits auf den Lippen lag, stand ich auf, zog mir Sandalen an, warf mir einen Umhang über und ging nach draußen.

Ich hoffte inständig, daß der Hüter der Tür noch in seinem Arbeitszimmer wäre. Rasch schritt ich an dem benachbarten Hof und dem Kinderflügel vorbei und trat durch die kleine Pforte am Ende des Wegs, der zu den überfüllten Zellen der Dienstboten führte. Der Abend war noch jung, und vor ihren Räumen herrschte lautes Leben und Treiben, dazu gesellten sich noch Kochdüfte von den nahegelegenen Küchen. Wer mich bemerkte, verbeugte sich unschlüssig und fragte sich zweifelsohne, was ich in seinem Reich zu suchen hatte, doch das übersah ich.

Ich bog rechts ab und stand nach ein paar Schritten vor einem anderen Tor, dieses jedoch bewacht, denn es führte zum Palastbezirk selbst. Dort bat ich einen der Soldaten, nachzusehen, ob der Hüter der Tür noch in seinem Arbeitszimmer wäre und mich anhören würde. Dann kehrte ich dem fröhlichen Trubel den Rücken und wartete. Unverzüglich kehrte der Mann zurück und winkte mich durch. Ich hatte Glück. Der Hüter arbeitete noch.

Die Arbeitszimmer der engsten Berater des Pharaos grenzten im rechten Winkel an die beiden Mauern, die den Palast von Dienerschaft und offiziellen Gästen trennten, so hatten sie nur einen kurzen Weg zum Arbeitszimmer des Königs und zum Bankettsaal. Hinter dem Tor ging ich geradeaus, bog links ab und ging weiter, bis ich zu einer offenen Tür kam, hinter der der Mann saß, in dessen Hände jeder Aspekt des Haremslebens gelegt war. Ich konnte ihn drinnen sehen, wie er

Rollen in eine Truhe legte, und als ich auf der Schwelle zögerte, blickte er auf und sah mich. Er verneigte sich, schloß den Deckel der Truhe und sagte zu seinem Schreiber: «Die können jetzt ins Archiv.» Und zu mir: «Tritt ein, Herrin Thu. Was kann ich für dich tun?» Der Schreiber stemmte die Truhe hoch, schob sich an mir vorbei und machte dabei eine flüchtige Verbeugung. Ich sah kurz hinter ihm her, bis die zunehmende Dunkelheit ihn verschluckt hatte, dann drehte ich mich um und trat in das Arbeitszimmer.

Amunnacht hatte ein erwartungsvolles Lächeln aufgesetzt und stützte sich mit einer Hand auf den Schreibtisch, und auf einmal wußte ich nicht mehr, was ich sagen wollte. Er bemerkte mein Zögern und bedeutete mir, mich zu setzen, dann zeigte er auf den Weinkrug neben sich, doch ich schüttelte den Kopf. Ich schluckte und fand die Stimme wieder. «Amunnacht», sagte ich, und meine Stimme klang mir hoch und schrill in den Ohren. «Hunro hat mich gebeten, ihr bei der Beendigung ihres Lebens zu helfen.» Das Lächeln verging ihm, er blickte mich ernst an.

«Das war grausam von ihr», meinte er. «Grausam und unnötig. Es tut mir leid, Thu. Eine solche Bitte muß dir große Not bereiten. Wenn ich gewußt hätte, wie feige sie ist, ich hätte ihr einen Palastarzt geschickt.»

«Sie ist außer sich vor Kummer und Entsetzen», fuhr ich fort, denn ich fühlte mich aus unerfindlichen Gründen bemüßigt, sie zu verteidigen. «Sie will keinen Palastarzt rufen, weil sie befürchtet, daß er sie aus Gehässigkeit qualvoll sterben läßt. Sie ist nicht mehr in der Lage, sich andere Gefühle als ihre eigenen vorzustellen.»

«Das war sie noch nie.» Amunnacht kam zu mir, ergriff mich beim Arm und zog mich zum Stuhl. «Bemitleide sie nicht. Und um deiner selbst willen darfst du ihr die lächerliche Bitte nicht erfüllen.» Ich ließ mich auf dem Stuhl nieder und blickte zu ihm hoch.

«Ich habe bereits eingewilligt», sagte ich. «Wie konnte ich anders? Prinz Ramses hat mir die Entscheidung überlassen, und als ich sie so gesehen habe, zerzaust und außer sich und tränenüberströmt, da war mir klar, daß mit Vernunft nichts auszurichten war. Der Mut hatte sie verlassen. Morgen ist der sechste Tag. Falls ich nichts unternehme, stirbt sie einen blutigen, schmählichen Tod.» Er blickte nachdenklich auf mich herunter, dann seufzte er.

«Man könnte sagen, ihr erntet beide, was ihr gesät habt», bemerkte er. «Hunro stirbt durch die Hände der Frau, die sie dazu benutzt hat, eine andere zu ermorden, und du kannst dich völlig legal an ihr rächen. So schließt sich zu guter Letzt der Kreis. Hunro hat das Gesetz von Ursache und Wirkung zu spät begriffen, und du, meine liebe Thu, hast nicht mehr das Herz einer Mörderin. Das weiß ich. Der König weiß es. Nur du zweifelst noch an dir. Was soll ich in dieser Angelegenheit für dich tun?»

Ich lauschte weniger auf seine Worte als auf den Ton seiner Stimme, die beschwichtigte und Mut machte. Sie war das Instrument, mit dem er überreizte Nebenfrauen beruhigte, aufsässige schalt oder Beschlüsse des Pharaos verkündete, und trotzdem glaubte ich nicht, daß er mich jetzt lenken wollte. Dazu kannten wir uns zu gut. Er war aufrichtig und besorgt, und das tröstete mich. «Du sollst bezeugen, daß die Bitte von Hunro selbst gekommen ist», sagte ich bedrückt. «Der Soldat, der mich in ihre Zelle begleitet hat, wird es auch bezeugen. Ich möchte, daß du ein Dokument aufsetzen läßt, in dem ihre Worte und die Zustimmung des Prinzen und meine Einwilligung niedergelegt sind. Und ich möchte, daß du mit einem Palastarzt in das Lager mitgehst, mir bei der Arbeit zusiehst und die Zutaten aufschreibst, die ich verwende.» Ich ballte die Fäuste und blickte ihn fest an. «Niemand soll später behaupten, daß ich ohne Erlaubnis gehandelt habe, ohne ihre oder die des Prinzen, oder daß ich ihr aus Rache ein gemeines Gift verabreicht habe, an dem sie qualvoll gestorben ist. Schlimm genug, daß alle davon erfahren, sich an meine Vergangenheit erinnern und sagen, genau das haben sie von mir erwartet!» Er nickte.

«Ich verstehe.» Unversehens und überraschend ging er in die Hocke, nahm mein Gesicht in seine Hände und strich mir mit den Daumen sanft über die Lippen. «In zwei Tagen läßt der Prinz dich frei», sagte er leise. «Dann ist alles vorbei. Alles, Thu. Danach mußt du wieder leben, Freunde finden, mit denen du lachen kannst, dich um die gute schwarze Erde kümmern und vielleicht um einen Mann, der deine Wunden durch seine Liebe heilt, damit du wieder in den Spiegel blicken und eine Frau sehen kannst, die geliebt wird und neu geboren ist. Doch du mußt es auch wollen. Du mußt dir schwören, daß du die Vergangenheit ablegst wie ein dünnes und zerfleddertes, abgetragenes Kleid. Willst du das tun?» Ich drückte seine Hand und war überwältigt, daß er seine übliche Zurückhaltung so weit abgelegt hatte.

«Ach, Amunnacht!» sagte ich erstickt. «Trotz allem hast du mich immer unterstützt.» Er lächelte belustigt, stand auf und legte sein Gesicht wieder in die gewohnten höflich-sachlichen Falten.

«Ich bin der treue Diener des Pharaos gewesen», sagte er, «und du warst einfach nicht zu übersehen.» Damit ging er zur Tür und bellte einen Befehl in die Dunkelheit, und gleich darauf erschien ein Diener. «Hol meinen Schreiber», befahl Amunnacht, kam wieder ins Zimmer und zog sich hinter seinen Schreibtisch zurück. «Und jetzt», sagte er leise, «diktierst du eine Rolle, wie auch immer du die Worte wählst, und ich unterschreibe sie und schicke sie mit der Bitte zum Prinzen, daß auch er sie unterzeichnet. Alsdann gehen wir ins Lager.»

Als sich der Schreiber einstellte, tat ich, was der Hüter der Tür vorgeschlagen hatte, und als ich fertig war, unterschrieb er mit Namen und Titeln. «Bring das unverzüglich zu Prinz Ramses», wies er den Mann an, «und wenn er die Rolle versiegelt hat, lege sie im Archiv zur Akte der Nebenfrau und Herrin Thu. Dann suchst du nach dem Königlichen Arzt Pra-emheb und bittest ihn, sich mit mir im Haremslager zu treffen.» Amunnacht schenkte einen Becher Wein ein und reichte ihn mir. «Komm», forderte er mich freundlich auf. «Wir müssen etwas warten. Laß uns auf die Zukunft trinken und den Göttern für ihre überreiche Güte danken. Irgendwo habe ich auch noch einen Teller mit Gebäck, wahrscheinlich altbacken, aber noch recht schmackhaft. Möchtest du etwas?»

Wir stießen an und tranken und knabberten Süßigkeiten, und als Amunnacht seinen leeren Becher laut auf den Schreibtisch stellte und mich unter Verbeugungen zur Tür geleitete, hatte ich mich wieder gefaßt.

Wir schritten durch einen friedlichen Abend zum Lager und fanden dort sowohl den Schreiber als auch den Arzt vor, die vor dem gähnenden Eingang auf uns warteten. Daneben stand ein Diener mit einer Lampe. «Alles ist so, wie du es angeordnet hast, Hüter der Tür», antwortete der Schreiber auf Amunnachts Frage. «Ich habe den Prinzen im Garten bei seiner Frau angetroffen. Die Rolle ist versiegelt und liegt jetzt im Archiv.» Ich seufzte innerlich vor Erleichterung und überlegte kurz, was sich Ramses wohl bei meiner Bitte gedacht haben mochte, meine Beteiligung an Hunros Selbstmord amtlich bestätigen zu lassen. Zweifellos erinnerte er sich an eine andere

Rolle, in der mir eine Königinnenkrone versprochen worden war, ehe sie im richtigen Augenblick verschwand.

«Hat der Prinz etwas zu meinen Worten geäußert?» Das mußte ich den Schreiber einfach fragen.

«Nein, Herrin», erwiderte der. «Der Prinz hat, nachdem er sie gelesen hat, nur gesagt, daß alles so ist, wie es sein sollte.» Eine zweischneidige und ganz und gar typische Antwort, dachte ich, dann drehte ich mich um, damit Amunnacht mich dem Palastarzt vorstellen konnte. Pra-emheb neigte den Kopf, doch in seinen Augen funkelte die Neugier.

«Behandelst du selbst den König?» erkundigte ich mich, als wir alle in das Gebäude eintraten. «Wie steht es um seine Gesundheit?» Pra-emheb schürzte die Lippen.

«Ich kümmere mich bei Tage um ihn», erwiderte er. «Man kann nichts weiter für ihn tun, als ihm das Hinscheiden zu erleichtern. Ich glaube nicht, daß er noch lange zu leben hat. Er ißt nur noch etwas Obst, und auch das unter Schwierigkeiten, und will nur noch Milch trinken.»

«Steht er noch auf? Sitzt er neben seinem Lager? Hat er Schmerzen?» Und sehnt er sich nach Huis kundigen Händen? hätte ich gern weitergefragt. Lebt er in der Vergangenheit, als mein Körper warm neben seinem lag und in seinen Adern statt der kalten und rätselhaften Säfte des Todes heißes Blut floß? Der Arzt zuckte mit den Schultern.

«Ab und an läßt er sich gern aufsetzen, aber die Anstrengung erschöpft ihn», sagte er. «Ich glaube nicht, daß er große Schmerzen hat. Wir setzten seiner Milch Mohn zu. Die Familienmitglieder sind zwar bei ihm, doch inzwischen findet er mehr Trost bei den Priestern.» Armer Ramses, dachte ich betrübt und schwieg, folgte dem Lichtschein der Lampe in der Hand des Dieners und Amunnachts königlichem, blau gekleidetem Rücken.

Als wir den Raum erreichten, in dem ich mir erst kürzlich Kräuter zum Mitnehmen ausgesucht hatte, blieben wir stehen. Der Schreiber setzte sich mit seiner Palette auf eine Bank und glättete ein frisches Blatt Papyrus. «Ich möchte, daß du einen Absud herstellst», sagte ich zu Pra-emheb. «Ich sage dir, was du tun mußt, damit man mich nicht hinterher bezichtigt, daß ich heimlich Zutaten vertauscht habe. Ich muß dich bitten, die Liste, die der Schreiber aufschreibt, zusammen mit dem Hüter der Tür zu unterschreiben. Bist du einverstanden?» Der Arzt legte die Stirn in Falten.

«Ich habe keine Ahnung, was ich hier soll», begehrte er auf. «Um welchen Absud geht es? Du hättest auch ohne dieses ganze Aufhebens eine Arznei bei mir anfordern können, Amunnacht.»

«Die Herrin Thu ist eine erfahrene Heilkundige», erklärte der Hüter der Tür ungerührt. «Der Prinz hat sie auf Drängen einer Verurteilten hin damit beauftragt, einen Gifttrank zuzubereiten, mit dem sich die Verurteilte das Leben nehmen kann. Verständlicherweise möchte sie, daß diese unerquickliche Aufgabe vollständig und richtig beurkundet wird.»

«Ach.» Pra-emheb blickte mich ausdruckslos an. «Mein Mitgefühl, Herrin Thu. Was brauchst du?» Der Schreiber war bereit, zückte seine Schreibbinse über dem Papyrus. Ich bemühte mich, Stimme und Ausdruck vollkommen sachlich zu halten.

«Nichts sehr Kompliziertes», entgegnete ich. «Ich habe mich für die Zwiebel des Taubenwurzes entschieden, die zerstoßen und mit einer reichlichen Gabe Mohn versetzt wird. Was hältst du davon?» Ich konnte an seinen Augen ablesen, daß er sich andere Möglichkeiten durch den Kopf gehen ließ, dann nickte er bedächtig.

«Eine gute Wahl für einen schmerzlosen Tod», sagte er.

«Keine Krämpfe, kein Erbrechen oder Durchfall, man hört einfach auf zu atmen. Die Zwiebel ist natürlich der tödlichste Teil der Pflanze, und zerstoßen ergibt sie vermutlich ein Ro Pulver. Wieviel wiegt die Verurteilte?»

«Nicht viel», sagte ich rasch. «Sie ist seit ihrer Verhaftung stark ... abgemagert. Aber zur Sicherheit nehme ich zwei Zwiebeln. Ich möchte nicht, daß sie leidet.» Mich widerte die kalte, unpersönliche Art der Unterhaltung an, es hätte sich dabei genausogut um die Behandlung von Würmern im Eingeweide drehen können wie um eine Rezeptur zur Auslöschung eines Menschen. Es wäre mir lieber gewesen, wenn ich die Entscheidung nur bei mir hätte treffen können, eine rasche, beschämte und heimliche Entscheidung, und dann auf die Schnelle die allerspärlichsten Anweisungen. Doch Pra-emheb schien es zu genießen, daß er sein Wissen vorführen konnte, vielleicht auch nur die vorübergehende Wichtigkeit, die es mit sich brachte.

«Zwei Zwiebeln dürften genügen», sagte er. «Und dabei ist es einerlei, ob sie frisch oder getrocknet sind. Natürlich muß man bei frischen bei der Zubereitung anders ...» Ich schnitt ihm scharf das Wort ab.

«Ich weiß, wie man jedes in Ägypten erhältliche Gift, jede Arznei und auch viele fremdländische zubereitet», fuhr ich ihn an. «Ich brauche keinen Unterricht. Du bist nicht hier, um mich zu belehren, sondern um meine Anweisungen zu befolgen.» Er trat einen Schritt zurück und sah Amunnacht an, und jede Linie seines Körpers drückte Kränkung aus, doch der Hüter der Tür warf mir einen undeutbaren Blick zu und lächelte besänftigend.

«Eine betrübliche Sache», beschwichtigte er. «Wir sind alle verstört. Verzeih ihr, Pra-emheb, und laß uns unser Geschäft so schnell wie möglich hinter uns bringen.» Ich verkniff mir die Entgegnung, die mir bereits auf der Zunge lag.

«Hunro ist nichts Geschäftliches», flüsterte ich, doch der Arzt hatte sich schon den Regalen zugewandt und murmelte vor sich hin: «Taubenwurz, Taubenwurz.» Auf einmal verharrte seine Hand in der Luft. «Jetzt weiß ich, wer du bist!» sagte er laut. «Ich erinnere mich an den Skandal. Damals machte ich gerade meine Lehre im Palast, habe die Diener behandelt, aber die Geschichte hat sich überall herumgesprochen. Du ...»

Wieder kam ich ihm zuvor.

«Sag es nicht, Pra-emheb», bat ich, nein, drohte ich. «Ich möchte es nicht mehr hören. Ich habe meine Strafe verbüßt und damit Schluß. Schluß!» Unversehens überkamen mich Übelkeit und Schwindel, ich drehte mich um und sank auf eine der Truhen, die überall herumstanden. «Bitte, tu, was ich dir sage, und dann geh.» Amunnachts Hand hatte sich warm und beruhigend auf meine Schultern gelegt. Pra-emhebs Hand bewegte sich wieder.

Ich sah mit steinerner Miene zu, wie er einen Kasten herunterhob, zwei Zwiebeln einer Pflanze herausholte und den kleinen Beutel öffnete, der ihm am Gürtel hing, und ein Messer herausholte. Kundig schnitt er die vertrockneten, knisternden Überbleibsel des Stengels und die trockenen Wurzeln ab. Er nahm Mörser und Stößel, zerschnitt die Zwiebeln, warf sie in den Mörser und fing an, sie zu zerstoßen. Sie verströmten ein bitteres, erdiges Aroma, und da wußte ich, womit man sie auch immer versetzte, sie würden immer noch schmecken, wie sie rochen, bitter und gefährlich. Auf der Stirn des Arztes sammelten sich Schweißtropfen, denn die Arbeit war anstrengend, wie ich noch gut wußte. Amunnacht sagte zu dem Diener: «Stell die Lampe hin und hol Natron und eine Schüssel heißes Wasser.» Der Mann entfernte sich, und seine Schritte hallten in dem verschatteten, hochgewölbten Raum. Ich stand auf und musterte die Regale, suchte einen Topf, in den man die fertige Flüssigkeit gießen konnte. Gerade als das Geräusch von Pra-emhebs Stößel aufhörte, fand ich einen Steinkrug mit breitem Rand.

«Was jetzt?» fragte er, legte den Stößel beiseite und wischte sich die Hände am Schurz ab. Ich reichte ihm den Krug.

«Hol Mohn», wies ich ihn an. «Fülle den hier halb voll Pulver. Füge den Taubenwurz hinzu, und ich gieße das Ganze dann mit Milch auf.»

«Halb voll Mohn!» rutschte es ihm heraus. «Aber das allein reicht schon, um das Herz ins Stolpern zu bringen!»

«Genau», sagte ich erschöpft. «Ich will, daß der Mohn sie müde macht und sie bereits eingeschlafen ist, wenn der Taubenwurz anfängt zu wirken.» Ich durfte ihm nicht die Schuld an etwas geben, was nach Dummheit aussah. Er reagierte wie ein Arzt, ohne nachzudenken und sofort. Wenn ich doch auch so hätte reagieren können. «Hast du alles mitgeschrieben?» fragte ich den Schreiber. Er nickte und schrieb weiter.

Pra-emheb fand den Mohn und klopfte das weiße Pulver in den Krug. Dann tat er die zerstoßenen Zwiebeln dazu. Als er ihn mir reichte, erschien der Diener mit einer Schüssel dampfendem Wasser und einem Teller Natron, und der Arzt tauchte die Hände hinein und wusch sich gründlich. Er wollte mehr als nur seine Haut säubern, soviel war mir klar. Ich hätte es gern so gemacht wie er. «Sei bedankt, Pra-emheb», sagte ich zu seinem gebückten Rücken. Er antwortete nicht. Den Krug an mich gedrückt, verließ ich das Haremslager.

Ich hatte nicht gemerkt, daß Amunnacht hinter mir ging, bis er sprach. «Denk nicht schlecht von ihm, Thu», sagte er. «Derlei fällt einem Arzt schwer.»

«Wem sagst du das!» schrie ich und fuhr zu ihm herum. «Ich bin doch auch Arzt! Oder hast du das vergessen? Glaubst du etwa, das hier schmerzt mich nicht mehr als ein Dornenstich in den Finger? Muß ich für die bösen Taten meiner Jugend denn ewig bezahlen?» Er antwortete nicht. Statt dessen beugte er sich vor und nahm mir den Krug ab.

«Wieviel Milch muß hinzugefügt werden?» fragte er. Zunächst hörte ich ihn nicht, denn ich war rasend vor Wut, doch als ich begriffen hatte, war ich nicht mehr gekränkt.

«Du mußt das nicht tun, Hüter der Tür», sagte ich rauh. «Ich habe es versprochen, nicht du.»

«Du hast genug getan», erwiderte er. «Ich bin der Hüter der Tür. Ich bin für alle Frauen auf dem Palastgelände verantwortlich, und ich werde dir diese Aufgabe abnehmen. Wieviel?» Die Nacht war schön, dunkel und duftete lieblich nach Gras, die Sterne funkelten, und eine leichte Brise brachte mein Kleid zum Flattern und fuhr mir durchs Haar. Ich atmete tief ein.

«Einen halben Becher», sagte ich. «Dann gut schütteln und noch einmal soviel Milch nachgießen, so daß nur noch Platz für den Stöpsel bleibt. Bringst du ihr das, Amunnacht?»

«Ja. Und ich bleibe bei ihr, während sie trinkt.»

«Du mußt noch einmal gut schütteln, ehe du einschenkst, und sie muß es auf einen Zug trinken, sonst hindert sie die Bitterkeit daran, alles auszutrinken», sagte ich. «Aber wenn du den ersten halben Becher Milch hinzugefügt hast, laß das Ganze über Nacht stehen, damit alles gut aufweicht. Und laß den Krug nicht aus den Augen, Amunnacht. Falls ein Diener den Trank mit Milch verwechselt, ich würde es mir nie verzeihen.»

«Ich auch nicht», sagte er und lächelte. «Ich schicke dir Nachricht, wenn alles vorbei ist. Gute Nacht, Thu.» Er wartete die Antwort nicht ab, sondern entfernte sich, eingehüllt in den unsichtbaren Umhang aus Selbstvertrauen und Würde, der nur ihm zu eigen war, und ich kehrte leichteren Herzens in meine Zelle zurück.

Als ich mein Kleid ausgezogen und Isis zum Weinholen geschickt hatte, nutzte ich ihre Abwesenheit, ging in das verlassene Badehaus und schrubbte mich fieberhaft, rubbelte meine Haut mit rauhen Natronkristallen und goß mir viele Krüge Wasser über den Kopf. In der Zelle kribbelte meine Haut und mich fror, daher kroch ich ins Bett. Der Wein stand bereits auf dem Tisch, der Becher war schon für mich eingeschenkt, und Isis wartete. Ich bedankte mich und sagte, ich bräuchte sie bis zum nächsten Morgen nicht mehr. Sie verbeugte sich und ging, und sie war noch nicht zur Tür hinaus, da hatte ich den Becher schon geleert und schenkte mir wieder ein.

Dann lag ich in den Kissen und trank und ließ mir vom Wein den Magen wärmen und mein Hirn von den allzu lebhaften Bildern befreien, die mir zusetzten. Es war ein harmloses Sichgehenlassen, nur eine kleine und vorübergehende Weigerung, mich der Bürde des Augenblicks zu stellen, und ich ließ mich vom Alkohol tragen, wohin er wollte.

Er trug mich jedoch nicht in die Vergangenheit, wo Verlust und Verzweiflung mich gepackt hätten. Er führte mich in die Zukunft: Kamen und Takhuru und ich auf einem stillen Anwesen, dessen Gärten üppig und schattig waren und in denen bunte Blumen neben gepflasterten Wegen blühten und sich rosige und weiße Lotosblüten auf dem Fischteich wiegten. An unserer bescheidenen Bootstreppe lag ein weißes Boot festgemacht, dessen leuchtend gelbes Segel am Mast vertäut war. Zuweilen bestiegen wir es und fuhren nach Aswat auf Besuch zu Pa-ari und Kamens Großeltern, doch meistens trieben wir damit einfach im dunkelroten Sonnenuntergang auf dem Fluß dahin und sahen den weißen Kranichen mit den ausgebreiteten, großen Flügeln und den Ibissen mit ihrem Kopfputz zu, wie sie friedlich in den hohen Binsen am Ufer standen.

Wir würden Nachbarn haben, angenehme Menschen, mit denen wir gelegentlich ein Fest feierten und die wir in unsere kleine, aber schöne Empfangshalle einluden, wo wir dann alle auf Polstern vor blumenbestreuten Tischchen saßen, Wein tranken und die Köstlichkeiten verspeisten, die unser Koch zubereitet hatte, während wir munter über Land und Leute plauderten. Vielleicht beehrte uns auch Prinz Ramses, nun nicht mehr länger Erbe, sondern Starker Stier, was unter diesen Nachbarn für Aufregung und Neid sorgte. Men und Shesira kamen zu Besuch, und Kamens Stiefmutter und ich tauschten Anekdoten über den Sohn aus, den wir uns teilten, während Kamen selbst seine Stiefschwestern neckte.

Ich arbeitete wieder als Heilkundige, doch nicht jeden Tag, denn ich mußte mich auch mit dem Aufseher über Vieh und Äcker beraten und die Aufzeichnungen über Erträge und Gewinne prüfen. Und vielleicht hatte ich Enkelkinder, Kinder mit den zarten, edlen Zügen Takhurus und Kamens klugen Augen, deren braune Patschfinger nach meinen griffen und die auf dem Rasen hinter Schmetterlingen und windverwehten Blättern hertapsten.

Doch unterschwellig, trotz dieser weinseligen Tagträume, in die ich mich aufatmend fallen ließ, pochte die Wirklichkeit wie eine entzündete Wunde.

Irgendwo da draußen war Hui.

Und morgen war der siebte Tag.

Sechzehntes Kapitel

Trotz des Weins, den ich getrunken hatte, schlief ich nicht gut und wachte unversehens und verängstigt auf, als die Vögel ihr Frühkonzert zwitscherten und die ersten, noch kühlen Sonnenstrahlen auf das funkelnde Gras draußen vor meiner Tür fielen. In der Nacht hatte ich mich hin und her gewälzt und war durchgeschwitzt. Die Laken klebten mir am Leib, und ich hatte einen schrecklichen Durst. Ich beugte mich zum Nachttisch, griff nach dem Wasserkrug, der immer gefüllt war, und leerte ihn. Dann legte ich mich wieder hin und sah zu, wie sich das Licht an meiner Zimmerdecke veränderte.

Wie viele tausend Mal hatte sich Re wohl aus Nuts Schoß erhoben, seit Ägypten aus der Urfinsternis entstanden war? Wie viele Menschen hatten während der Jahrhunderte auf ihren Lagern oder Strohsäcken gelegen wie ich jetzt und hatten den Vögeln gelauscht, wie sie den neuen Tag begrüßten, hatten gespürt, wie sich die Luft ringsum erwärmte, und dabei gedacht: Heute schufte ich, esse und trinke, schwimme im Nil, liebe meine Frau und lege mich schlafen, wenn Re erneut geschluckt wird. Gewißlich sollten sie besser sagen: Heute atme ich, höre ich, sehe ich, lebe ich, und wenn die Götter wollen, so werde ich auch morgen wieder die Augen aufschlagen und noch am Leben sein.

Und wie wenige hatten die Stunde ihres Todes gekannt?

Hatten die Augen noch halb im Traum geöffnet und sich schlaftrunken in der zunehmenden Morgendämmerung umgesehen und gedacht, heute tue ich dies, heute tue ich das, bis der flüchtige Augenblick der Schlaftrunkenheit vor dem Entsetzen verflog. Heute soll ich sterben, ich muß die Anzahl der Atemzüge zählen, die mir noch bleiben, denn sie fliehen dahin. Morgen wird es für mich nicht geben. Nie wieder werde ich bei Sonnenaufgang erwachen.

Auf dem Hof regte sich jetzt Leben. Dienerinnen trabten den Pfad entlang, trugen das erste Mahl des Tages zu ihren schläfrigen Gebieterinnen und brachten den Duft von frischem Brot mit. Ihre Stimmen klangen munter, als sie sich begrüßten. Würde Hunro heute morgen essen? überlegte ich. Hatte sich das Entsetzen beim Aufwachen verflüchtigt und der Hoffnung Platz gemacht, daß selbst jetzt noch Rettung nahte? Und was war mit Paiis? Er hatte mir erzählt, daß er bis zum allerletzten Augenblick warten würde, ehe er sich das Leben nahm. Wie würde er seinen letzten Tag verbringen? Mit Essen, Trinken und Huren? Wahrscheinlich.

Isis stand auf der Schwelle, begrüßte mich fröhlich und stellte mir das Tablett mit Essen auf die Knie. Während ich darin herumstocherte, räumte sie beflissen das Zimmer auf, und dazu plauderte sie unentwegt. Als ich ihre Betriebsamkeit nicht länger ertragen konnte, schickte ich sie fort, daß sie mir ein Bad richtete, schob die Reste unter das Lager und stellte mich an die Tür.

Die Sonne schien bereits hell und warm. Ein paar Frauen schlenderten im Nachthemd über den Rasen, gähnten und blinzelten in den dunkelblauen Himmel. Aus vielen Zellen kam Geschirrgeklapper und dazu gelegentlich eine scharfe Ermahnung oder schallendes Gelächter, und ich nahm alles gierig auf wie ein ausgehungerter Bettler. Das will ich bis zum

Ende genießen, bis das letzte Sandkorn durch die Uhr gelaufen ist, sagte ich heftig, jedoch bei mir. Und Hunro auch, selbst wenn sie im Gefängnis sitzt. Falls Amunnacht klug ist, wird er erst nach Einbruch der Nacht zu ihr gehen, denn solange die Sonne scheint, wird sie den Trank verweigern.

Als Isis zurückkehrte, ging ich mit ihr in das volle Badehaus, doch nachdem ich gewaschen und massiert worden war, lehnte ich Schminke und Geschmeide ab. Warum, das wußte ich auch nicht. Gewißlich half diese Geste weder Paiis noch Hunro, doch es erschien mir dreist, ja, sogar beleidigend, derlei Tand vor der dunklen Feierlichkeit des Todes zu frönen. Ich spürte, wie er näher kam, denn im Verlauf des Morgens wurde ich immer unruhiger, er nahm von mir Besitz und schien sich über den Hof zu legen, bis ein dumpfes Vorgefühl die Unterhaltung der Frauen zum Erliegen brachte und die Kinder zänkisch stimmte.

Am Nachmittag, der etwas Zeitloses an sich hatte, brachte ein Diener mir die Liste der zum Verkauf stehenden Anwesen, die ich mir von dem Landvermesser erbeten hatte. Ich nahm die Rolle überrascht entgegen, denn ich hatte ihn ganz vergessen, und ging sie schnell durch. Doch die Worte und Zahlen, die meine Augen überflogen, schienen nichts mit mir zu tun zu haben. Sie gehörten in eine andere Welt, in der eine Stunde auf die andere folgte und in eine Zukunft führte, die mir so unbekannt war wie die Länder der Barbaren jenseits der westlichen Wüste. Ich ließ den Papyrus aufrollen und legte ihn beiseite. Meine Welt beinhaltete nur noch Paiis, Hunro und mich selbst, und wir verzehrten uns alle im Feuer des Wartens.

Es gelang mir nicht, die Mittagshitze zu verschlafen. Der Hof leerte sich, die Frauen suchten ihr Lager auf, doch die Last des Unbehagens nahmen sie mit, und ich hörte sie seufzen und sich wälzen, während auch mich eine wachsende Vorahnung hellwach hielt. Eine nach der anderen erschienen sie wieder, setzten sich unter ihre Sonnensegel, und ich stand auf wie sie, legte ein Polster vor die Außenwand meiner Zelle und ließ mich nieder. Eine Art ehrfürchtige Stille legte sich über uns, bis einem selbst der Gedanke an Bewegung als Sünde erschien. Doch der Frieden hatte nichts Friedliches. Er glich der Unbeweglichkeit der Kreatur, die bedroht ist oder eine unbestimmte Gefahr wittert, und schließlich schloß ich die Augen und überließ mich dem Gefühl.

Gegen Sonnenuntergang wurden alle etwas munterer, denn jetzt kam das Abendessen. Isis stellte ein Tablett neben mich, doch ich brachte keinen Bissen hinunter. Herz und Hirn, alles in mir sammelte sich auf die Augenblicke, die für Hunro und Paiis endgültig verrannen. Es zählte nicht mehr, daß sie Verbrecher waren. Und ich bedauerte auch nicht mehr, daß sie sterben mußten.

Mein Ka erinnerte sich an die Todesqualen meines eigenen Sterbens, an die Wut, an den zuversichtlichen Glauben, daß ein Fehler gemacht worden war und ich errettet würde, dann an die Panik, die sich zu dumpfer Hinnahme wandelte, die jedoch von Anfällen verzweifelten Aufbegehrens durchbrochen wurde, wenn ich mich gegen die Tür meiner Zelle warf und kreischte, man solle mich hinauslassen.

Als ich dann zu schwach zum Aufstehen gewesen war, hatte ich um Wasser gebettelt, um Licht, das die alptraumhafte Dunkelheit vertreiben würde, um die Berührung einer menschlichen Hand, die die schreckliche Einsamkeit des Sterbens leichter gemacht hätte. Diese Berührung war in der elften Stunde gekommen, Amunnacht hatte mich vom Rand der Ewigkeit zurückgeholt. Doch die elfte Stunde würde für Paiis die letzte sein, und der Hüter der Tür würde Hunro nicht Wasser reichen wie mir, sondern den Giftbecher.

Die Dämmerung kam in den Hof gekrochen, und ehe Isis das abgestandene Essen auf meinem Tablett forttrug, entzündete sie meine Lampe. Auch andere Lampen wurden angezündet und flackerten unstet in der lauen Dunkelheit, doch als ich mich an den Türrahmen lehnte und sah, wie sie hinter dem durchscheinenden Vorhang des Springbrunnens verschwammen, wurde mir bewußt, daß der abendliche Trubel fehlte. Es war, als ob im Palast ein Fest stattfände, von dem die Frauen nichts wußten. Ich konnte ihre Gestalten sehen, wie sie sich leise hinter der geöffneten Tür bewegten, doch ihre Dienerinnen saßen oder hockten müßig draußen.

Wie viele Stunden sind es, bis Re die Mitte überschritten hat zwischen dem verschlingenden Rachen von Nut und dem Augenblick, wenn sie ihn als Morgendämmerung wieder ausspeit? überlegte ich, während ich der ungewohnten Stille nachspürte. Der Augenblick, wenn ein Morgen beginnt. Fünf? Sechs? Was soll ich machen? Zum Lesen, selbst zum Beten bin ich zu durcheinander. Das hier ist keine Rache. Die Befriedigung, von der ich geträumt habe, die Trugbilder, von denen ich mich genährt habe, sind mir im Mund zu Asche geworden, und wenn es ginge, ich würde zum Gefängnis stürzen und die Verurteilten befreien. Doch das ist schlicht ein weiteres Trugbild. Ihre Befreiung würde nichts an ihrem Wesen ändern. Und wieso nicht? wisperte eine Stimme in meinem Inneren. Sie hat dich doch auch verändert, denn fühlst du jetzt nicht Erbarmen, wo früher nur Gier und Angst war?

Ich verließ die Tür und ging auf und ab, die Arme fest auf der Brust verschränkt und die Augen auf die Füße gerichtet. Doch ich wollte nicht die Aufmerksamkeit der anderen Frauen erregen, wenn ich an ihren Zellen vorbeikam und vielleicht in eine Unterhaltung gezogen wurde, also verließ ich den Hof und schlug den verlassenen Pfad ein, der zwischen den Mauern des Palastes und des Harems verlief. Hoch über mir, an dem schmalen Streifen sichtbaren Himmels, funkelten die Sterne, doch unten ging ich in so völliger Schwärze, daß ich kaum meine nackten Füße auf dem kühlen Pflaster sehen konnte. Ich begegnete niemandem, der aus einem der anderen Höfe kam oder einen betreten wollte. Selbst im Kinderflügel herrschte Ruhe.

Ich weiß nicht, wie lange ich diesen langen Gang leise auf und ab schritt, während ringsum alles unwirklicher wurde, bis mich mein regelmäßiges Ausschreiten betäubte. Ich kam mir so leicht und flüchtig wie ein Geist vor. Doch nichts beruhigte mich, weder das Schrittezählen noch die schmerzenden Knöchel und auch nicht die Dunkelheit ringsum. Ausgerechnet die abgemessene Bewegung eines jeden Schrittes wurde zu einem zerronnenen Augenblick für Paiis und Hunro, Augenblicke, in denen ihr Leben zu Ende ging.

Als ich wieder einmal zu dem Tor kam, das auf den Dienstbotenhof führte, und kehrtmachte, erblickte ich am anderen Ende des Pfades einen Schatten und blieb stehen. Er näherte sich stetig mit geisterhaft flatterndem Leinen und leisem Klatschen der Sandalen. Beim Näherkommen wurden die undeutlichen Wölbungen und Vertiefungen seines Gesichtes klarer, und ich mußte mich mit einer Hand, die auf einmal taub war, an die Mauer neben mir stützen.

Er blieb stehen und verneigte sich. Seine Miene war ernst und angespannt, und als ich zu ihm hochblickte, merkte ich, daß meine Kehle trocken war und ich nicht sprechen konnte. «Es ist getan», sagte er. «Sie hat den ganzen Tag auf Rettung gewartet. Vor zwei Stunden bin ich zu ihr gegangen, aber sie wollte nicht trinken, bis die Zeit abgelaufen war und keine Hoffnung mehr bestand. Da war sie dann schon so erschöpft, daß sie sich nicht mehr gewehrt hat. Du hast die Zutaten des

Tranks gut gewählt, Thu. Es hat keinen Kampf gegeben.» Ich versuchte zu schlucken.

«Und Paiis?» flüsterte ich. Amunnacht lächelte grimmig.

«Gestern hat er den ganzen Tag getrunken und fast den ganzen Morgen verschlafen. Dann hat er sich baden und schminken lassen und hat seinen Priester gerufen. In der letzten Stunde hat er sich die Pulsadern aufgeschnitten und ist vor dem Khonsu-Schrein verblutet. Ein passendes Ende.»

Ein passendes Ende. Plötzlich füllte sich mein Mund mit Galle, ich drehte mich um, stützte die Stirn an die rauhe Steinmauer und ließ die Tränen laufen. Eine ganze Weile weinte ich lautlos, doch dann spürte ich, wie Amunnacht mir den Arm um die Schulter legte und mich an sich zog. Er sagte nichts. Er murmelte auch keine tröstlichen Worte und strich mir nicht übers Haar. Er hielt mich einfach im Arm, bis Mitleid und Kummer und der sonderbare Verlustschmerz herausgeströmt und mir über die Wangen bis in den Stoff meines Kleides gelaufen waren. Dann schob er mich von sich fort. «Jetzt wirst du schlafen können», sagte er. «Und wenn morgen dein Sohn kommt, bin ich nicht mehr für dich verantwortlich. Der Prinz hat dich freigegeben. Thu, du wirst mir fehlen.»

«Und du mir auch, Amunnacht», erwiderte ich gerührt. «Mir kommen die letzten siebzehn Jahre wie nichts vor. Ich würde den Pharao noch gern besuchen, ehe ich gehe. Kannst du das einrichten?» Er schüttelte den Kopf.

«Ramses hat nur noch ein paar Tage zu leben», sagte er. «Der Palast bereitet sich schon auf die Trauerzeit vor, und die Sem-Priester legen die Einbalsamierungsinstrumente bereit. Laß ihn in Frieden ziehen. Vieles geht jetzt zu Ende.» Schon wieder dieses Wort. Ich wischte mir das brennende Gesicht mit dem Ärmel meines Kleides, und dabei überfiel mich eine gesunde Müdigkeit. Ich holte tief und abgehackt Luft.

«Sei bedankt für deine Fürsorge, Hüter der Tür», sagte ich mit belegter Stimme. «Ich wünsche dir ein langes und gesundes Leben.» Rasch beugte ich mich vor und küßte ihn auf die Wange, dann entfernte ich mich schnell auf dem langen, gepflasterten, dunklen Pfad und ließ ihn zurück. Ich spürte im Gehen seine Augen, und als ich in den Eingang meines Hofes abbog, blickte ich zurück, doch da war er bereits gegangen.

Ich sank auf mein Lager und im selben Augenblick in einen traumlosen Schlaf, aus dem ich in der gleichen Lage erwachte, in der ich den Kopf aufs Kissen gelegt hatte. Gähnend reckte und streckte ich mich, bis meine Gelenke knackten, dann stellte ich die Füße auf den Boden. «Isis?» rief ich, und ehe ich mein zerknautschtes Hemd ausgezogen hatte, stand sie mit fragendem Blick und gekräuselter Stirn neben mir.

«Geht es dir besser, Herrin Thu?» fragte sie zögernd. Ich nickte.

«Es geht mir besser», antwortete ich. «Heute wird man dich einer anderen Herrin zuweisen. Ich verlasse den Harem für immer. Und ich kann selbst zum Badehaus gehen, während du mir Essen holst, denn ich bin schrecklich hungrig. Los, beeil dich.» Sie befolgte meinen Befehl jedoch nicht, sondern hob mein Nachthemd auf, zerknüllte es gedankenverloren und biß sich auf die Lippen. «Sonst noch etwas?» drängte ich ungeduldig.

«Ich habe nicht gewußt, daß du schon so bald gehst», platzte sie heraus. «Verzeih mir die Dreistigkeit, Herrin Thu, aber ich habe dir gern gedient und möchte das mit deiner Erlaubnis auch weiterhin tun. Falls du noch keine Leibdienerin hast, die dir aufwartet, nimm mich bitte mit.» Ich blickte sie groß und erschrocken an.

«Aber, Isis, ich habe noch kein Heim. Ich weiß nicht einmal, wohin ich ziehe. Vielleicht findest du dich eines Tages auf einem öden Landsitz in der Wüste Nubiens eingesperrt. Hier im Harem lebst du im Zentrum der Macht. Du mußt nicht viel und schwer arbeiten. Du kannst in die Stadt gehen, wann du willst. Bei mir würdest du dich langweilen und unglücklich sein.» Sie schüttelte heftig den Kopf und knüllte das Leinen noch heftiger.

«Ich weiß alles über dich», sagte sie. «Ich habe den Klatsch gehört. Ein paar von den Frauen haben Angst vor dir. Einige beneiden dich, weil du dem Prinzen nahestehst. Sie leben so ...», sie hielt inne und suchte nach Worten, «... wenig, Herrin Thu, und ihre Dienerinnen werden dabei auch immer weniger. Ich bin lange genug hier gewesen, ich will nicht für den Rest meines Lebens von einer unzufriedenen Nebenfrau zur nächsten geschickt werden.»

«Was willst du denn dann?» fragte ich neugierig. «Hast du auch Angst vor mir, Isis? Oder siehst du in mir eine Abenteurerin, mit der du ein aufregendes Leben führen wirst? Aber du kannst mir glauben, ich will nichts anderes mehr als in meinem eigenen Garten sitzen, meinen eigenen Wein trinken und in meinem eigenen Boot jeden Abend bei Sonnenuntergang auf dem Nil staken.»

«Und ich baue dir im Garten ein Sonnensegel auf», sagte sie eifrig. «Ich schenke dir den Wein ein und ordne die Polster auf dem Deck deines Bootes. Ich massiere und schminke dich. Ich werde tüchtig und unaufdringlich sein. Ich habe keine Angst vor dir, Herrin Thu. Ich habe Angst, daß ich sterbe, ohne überhaupt gelebt zu haben.»

Das gab mir einen Stich, denn ich hörte Hunros Stimme, die jetzt für immer schwieg, und als ich die junge, flehende Miene dieses Mädchens sah, kam ich mir auf einmal alt vor.

«Na gut», sagte ich seufzend. «Aber komm mir nicht angejammert, wenn du merkst, daß ich nicht die Absicht habe, mich in den Kreisen der Wohlhabenden zu bewegen, und du dich langweilst. Sprich mit dem Hüter der Tür und besorge dir eine schriftliche Erlaubnis. Und jetzt hol mir zu essen!» Sie verbeugte sich mit einem glücklichen Lächeln, und ich begab mich im strahlenden Morgen zum Badehaus.

Gesäubert und geölt kehrte ich in meine Zelle zurück und speiste mit Genuß, ließ mir jeden Bissen, den mir Isis hingestellt hatte, auf der Zunge zergehen. Ich tunkte gerade die Finger in eine Schüssel mit warmem Wasser, als sich einer der Haushofmeister verbeugte und vor der Zelle ein Aufruhr entstand. Er reichte mir eine Rolle.

«Das ist eine Liste der Gegenstände, die du aus dem Lager angefordert hast», beantwortete er meine Nachfrage. «Die Truhen sind da. Der Hüter der Tür bittet dich, gegen Sonnenuntergang reisefertig zu sein. Er erinnert dich auch daran, daß sich in einer der Truhen das Geschenk des Königs befindet, nämlich die fünf Deben Silber in einer Extra-Schatulle zusammen mit zwei Rollen, die der Einzig-Eine höchstpersönlich diktiert hat. Die darfst du erst entrollen, wenn du am Ziel angekommen bist.»

«Aber ich habe kein Ziel», rief ich hinter ihm her, doch vergebens. Er und die Diener waren schon gegangen. Ich wandte mich an Isis. «Mach die Truhen auf», sagte ich. «Darin findest du Kleider und Sandalen und Schminke. Wähle, was du willst, und kleide mich an. Ich will in eigenen Kleidern durch diese Tore gehen. Dann magst du den Hüter der Tür suchen und ihn überreden, daß er dich mit mir gehen läßt.»

Ich ging zu meinem Stuhl und hörte mir ihre Entzückensschreie an, während sie die Truhen durchstöberte. Ich habe kein Ziel, dachte ich auf einmal hochgestimmt. Ich bin frei. Heute abend sehe ich die Lichter des Harems und des Palastes zum letzten Mal und lasse sie hinter mir. Wohin gehe ich? Einerlei, es ist mir einerlei.

Lange vor der festgesetzten Zeit war ich reisefertig, saß draußen vor meiner Tür auf einer der großen Truhen, während Isis pflichtbewußt wie immer hinter mir die Zelle aufräumte. Ich wäre bis zum letzten Augenblick drinnen geblieben, doch als Isis den Deckel des hübschen Kosmetikkastens zuklappte, den ich mir im Lager ausgesucht hatte, war die Atmosphäre anders und mir fremd geworden. Ich war nicht mehr die Frau, die dort vor so kurzer Zeit eingezogen war, und daher fing die Zelle stumm an, mich auszuschließen. Und mir wiederum waren ihre Abmessungen, ihre Möbel, ja, sogar ihr Geruch auf einmal fremd, ich schüttelte sie ab wie eine schützende Hülle und betrat den Weg, der mich nicht nur aus dem Frauenflügel führte, sondern auch in ein neues Leben.

Ich trug Kleider und Geschmeide, die ich noch nie zuvor getragen hatte: ein durchsichtiges Kleid in einem eigenartigen Dunkelrot, das mit Goldfäden durchwirkt war, einen Gürtel aus verschlungenen goldenen Lotosblüten, Armbänder aus Goldblättern, deren zierliche Adern mit Karneol eingelegt waren, und von dem Stirnreifen, der mein gelöstes Haar hielt, hingen mir Goldtropfen auf Haar und Hals. Ein einzelner großer, beinerner Skarabäus in ziseliertem Gold zierte meinen Finger, und auf meinen Lidern glitzerte Goldstaub.

So wartete ich aufgeputzt, als ob ich zu einem prächtigen Fest im Bankettsaal gehen wollte statt in eine ungewisse Zukunft, die Füße nebeneinandergestellt, die hennaroten Handflächen auf den Knien, umweht vom kostbaren Duft der Duftsalbe, die Isis mir zwischen die Brüste massiert hatte und die nun ihren moschusartigen Duft entfaltete. Es gab niemanden, dem ich Lebewohl sagen wollte. Von Amunnacht hatte ich mich bereits verabschiedet, und der Pharao verkraftete keine weitere Begegnung. Ich auch nicht. Falls der Prinz mich wiedersehen wollte, würde er nach mir schicken. Ich hätte einen Schreiber anfordern und einen Brief an meinen Bruder und meine Familie in Aswat diktieren können, doch ich wollte meine feierliche Vorfreude, mein Glück voll auskosten.

So saß ich regungslos in der lauen Brise auf dem Hof, während Isis ihre Putzarbeit beendete, herauskam und mir Gesellschaft leistete. Ich sagte, sie solle ihre Habseligkeiten aus ihrer Zelle holen und Lebewohl sagen, wo immer dies erforderlich sei. Schon bald darauf war sie zurück, denn sie hatte wohl Angst, ich würde ohne sie gehen, einen großen Lederbeutel über der Schulter und die kostbare Rolle, die ihren Dienst im Harem beendete, in der Hand. Vorsichtig stellte sie ihren Beutel auf eine Truhe und ließ sich mir gegenüber ins Gras sinken, doch die Papyrusrolle gab sie nicht aus der Hand. Ich redete nicht mit ihr, und sie blickte mich nicht an. Jede von uns war in ihre eigenen Gedanken versunken, während der Nachmittag verging.

Der Himmel über dem Hof war bereits von Tiefblau zu dem Zartrosa verblaßt, das dem Dunkelrot des Sonnenuntergangs vorausgeht, und der Schatten des Springbrunnens hatte sich lang über den Rasen gelegt, da hörte ich endlich die Schritte, die ich herbeigesehnt hatte, und ich wandte den Kopf und sah ihn näher kommen. Lächelnd streckte er die Arme aus, und ich antwortete mit einem Aufschrei, stand auf und lief glücklich in seine ausgebreiteten Arme. «Du reist wirklich mit leichtem Gepäck, Mutter!» sagte er gespielt spöttisch und bedeutete den Männern in seiner Begleitung, meine Truhen aufzuheben. «Soll der Beutel da auch mit?»

«Er gehört Isis», erläuterte ich und schob meine Hand unter seinen Ellenbogen. «Sie ist aus dem Harem entlassen worden und darf mir dienen. O Kamen, es tut gut, dich zu sehen, deine Stimme zu hören! Wie steht es mit dir? Geht es

Takhuru gut? Bringst du mich in Mens Haus?» Wir bewegten uns bereits auf den Ausgang zu, Isis hinter uns.

«Mir geht es ausgezeichnet», antwortete er. «Der Prinz hat mir ein Offizierspatent in seiner eigenen Division gegeben und mir Banemus direkt unterstellt. Das ist weise, wenn auch unangenehm für uns beide. Banemus ist ... war ein großartiger General, und hoffentlich kann ich viel von ihm lernen. Er wird sich schnell wieder hochdienen. Takhuru ...» Ich zerrte an seinem Arm und blieb stehen.

«Ich hatte geplant, daß wir zusammenleben, du und ich und Takhuru!» wehrte ich mich ängstlich und enttäuscht. «Diese Hoffnung hat mich durch die ganze entsetzliche Sache getragen, Kamen, aber wenn du deinen Eid beim Prinzen abgelegt hast, mußt du in Pi-Ramses bleiben! Ich brauche dich! Ich habe eine Liste mit Anwesen, die du dir ansehen sollst. Was mache ich denn ohne dich?»

«Ich verschwinde schon nicht wieder aus deinem Leben», sagte er, hob meine Hand von seiner Ellenbogenbeuge und küßte sie zärtlich. «Aber ich muß meinen eigenen Weg gehen, Takhuru heiraten, eine Familie gründen. Mit dir, meiner Mutter, kann ich nicht leben. Das wäre für dich genauso verkehrt wie für mich. Ich kann mir deine Leiden ungefähr vorstellen, und du mußt mir glauben, wenn ich verspreche, daß ich dir nicht noch mehr Leid zufügen will. Für dich ist bereits ein Heim vorgesehen. Es wird dir, glaube ich, gefallen. Falls nicht, helfe ich dir, ein anderes aufzutreiben.»

«Ein Heim? Aber wo? Ich wollte es mit dir zusammen aussuchen, Kamen. Bitte!» Statt einer Antwort zeigte er auf die Truhen.

«Du hast doch die beiden Rollen, die dir der Pharao gegeben hat?»

«Ja. Aber was ...?»

«Genug. Dein Boot erwartet dich an der Bootstreppe des Palastes, und es wird schnell dunkel. Wir müssen uns beeilen.»

Er verschwand im Gang, doch ehe ich ihm folgte, blieb ich stehen und blickte zurück. Der Strahl des Springbrunnens fiel noch immer in das große Becken. Sein funkelndes, rot angestrahltes Wasser fing die letzten Sonnenstrahlen ein, und sein unentwegtes Geräusch, eine Musik, die die leidenschaftlichen und verzweifelten Tage meiner ersten Einsperrung hier begleitet hatte, plätscherte noch immer seine Weise, als ich zum zweiten Mal ging, und die war wie die Ewigkeit selbst, rätselhaft und unergründlich.

Um ihn herum saßen oder lagerten die Frauen und plauderten, während ihre Dienerinnen die Sonnensegel abbauten, die nicht mehr benötigt wurden. Irgendwo zupfte jemand träge die Laute, deren klagende Töne in der warmen Luft davonwehten. Weitere Dienerinnen gingen mit beladenen Tabletts hin und her, von denen appetitliche Düfte zu mir drangen und von einem Abend mit gutem Essen und rotem Wein kündeten, von Gesprächen über die Einzelheiten des Tages, von entzündeten Lampen und zerwühlten Lagern und von den stillen Stunden vor einer neuen Morgendämmerung, wenn alles wieder von vorn anfangen würde.

Doch ohne mich. Den Göttern sei Dank. Ohne mich. Eine andere Nebenfrau würde mit Herzklopfen und voller Hoffnungen in meine Zelle blicken, während ihre Dienerin ihre Kisten und Kästen aufmachte und ihre ganze hübsche Habe auspackte. Würde sie zuweilen in der Dunkelheit auf dem Lager ruhen und sich fragen, wessen Körper vor ihr auf dieser Matratze gelegen hatte? Würde sie von Liebe und einer Königinnenkrone träumen? Hunros Geist rief mir zu, ich habe nie gelebt, flüsterte er. Nie gelebt. Ich bemitleidete sie ein letztes Mal, dann drehte ich mich um und ging.

Kamen redete bereits mit den Wachtposten am Haupttor, und während ich aufholte, wurde es geöffnet, und Isis und ich wurden durchgewinkt. Zu meiner Rechten lag der Teich, in dem Hunro und ich geschwommen waren, dunkel und reglos, hatte bereits die Farbe der Nacht angenommen, und die Bäume, die ihn tagsüber beschatteten, verdunkelten ihn nun vollends. Nach einem raschen Blick beeilte ich mich, Kamen einzuholen. Er ging mit großen Schritten den Weg entlang, der zwischen den Rasenflächen auf den breiteren Weg zulief, auf dem ich so viele Male zum eindrucksvollen öffentlichen Eingang des Palastes gegangen war. Königliche Diener befestigten bereits Fackeln an den mächtigen Pfeilern, und in ihrem Schein strömten Höflinge herein.

Gleich darauf überquerte ich den großen Platz, der an der Bootstreppe endete. Hier mußte ich mich durch fröhliche Grüppchen von Edelleuten drängen, die auf dem Weg zu einem Fest im Palast waren, und da fiel mir der einsame Pharao in seinem höhlenartigen Schlafgemach ein, wie allein er war, abgesehen von seinen Ärzten und dem alles durchdringenden Geruch seines Sterbens, der sich so unsichtbar und unheildrohend bemerkbar machte, während in diesem verwirrenden und prachtvollen Gebäude Ägyptens Puls weiterschlug.

Kamen führte uns an der Bootstreppe vorbei und am Kanal entlang, in dem Boote jeglicher Größe und Ausschmückung vertäut lagen, bis er am Fuß einer Laufplanke stehenblieb, die zum Deck eines kleinen, aber anmutigen Bootes führte. Seine Planken waren aus Zedernholz. Bug und Heck waren nicht verziert, doch die Kabine war aus Goldstoff, und das Segel, das um den schlanken Mast gebunden war, schien auch aus Goldstoff zu sein. Eine Fahne flatterte träge, doch ihre Farben waren nicht zu erkennen. Ein Steuermann streckte die nackten Beine zu beiden Seiten des Steuerruders aus und beobachtete interessiert das Leben und Treiben ringsum, und mehrere Ruderer beugten sich über die Reling.

Als sie Kamen erblickten, kam Bewegung in sie. Sie trabten die Laufplanke herunter, halfen den Dienern mit den Truhen und verbeugten sich vor uns. Auf Kamens Zeichen hin wurde die Laufplanke eingezogen, das Seil, mit dem wir festgemacht hatten, gelöst, und Steuermann und Ruderer bugsierten uns sacht vom Ankerplatz fort.

«Wem gehört das Boot?» fragte ich Kamen, während Isis hinter uns mit einem Armvoll Kissen in der Kabine verschwand und einer der Ruderer sich über eine Stange beugte und uns vom Ufer wegstakte.

«Es gehört dir», erwiderte er. «Ein Geschenk des Prinzen. Er hat nicht gewußt, welche Farbe deine Flagge haben soll, also hat er mir erlaubt, für dich zu wählen.» In seinen Augen funkelte es belustigt. «Und ich habe gesagt, da ich von königlichem Geblüt bin und du den größten Teil deines Lebens dem König gehört hast, wäre königliches Blau-Weiß angemessen. Er hat gelacht und zugestimmt.»

«Ein Geschenk?» sagte ich erstaunt. «Wie großzügig von ihm! Ich bin sprachlos.»

«Großzügig, na ja», meinte Kamen, «ich finde eher, daß unser künftiger Pharao insgeheim viel Vergnügen aus deiner Geschichte zieht. Er erwartet einen Bericht über deine Reaktion auf ein weiteres Geschenk, das er und sein Vater sich gemeinsam ausgedacht haben. Nein.» Er hielt eine Hand hoch, als ich reden wollte. «Du darfst nicht fragen. Die beiden Rollen werden dir alles erklären.»

«Dann soll ich deinen Adoptivvater und Takhuru oder Nesiamun nicht zu sehen bekommen? Ich muß mich für vieles bei ihnen bedanken, Kamen.»

«Wir fahren nicht weit», sagte er. «Und Men hat dafür Verständnis. Möchtest du jetzt in der Kabine ruhen, oder soll ich dir einen Schemel nach draußen bringen lassen?»

Ich bat um einen Schemel, und als Isis ihn gebracht hatte, setzte ich mich, umfaßte meine Knie und blickte zurück, während sich das Boot von den anderen Schiffen löste, die überall im Kanal festgemacht hatten, und den Bug in Richtung Fluß drehte. Langsam wurde die hohe Reihe der Pfeiler mit ihren brennenden Fackeln kleiner. Ich sah nur noch die dunklen Stämme und verschlungenen Äste der Bäume, die den Kanal säumten. Die Sonne war untergegangen, und die Lampe, die am Heck hing, warf einen dunkelgoldenen Schein auf das spiegelglatte Wasser, der von der zunehmenden Finsternis am Ufer verschluckt wurde. Behutsam hoben und senkten sich die Riemen und zogen silbergrauen Schaum hinter sich her.

Schon bald lag der Kanal hinter uns, wir erreichten den Residenzsee, und nun glitten die Anwesen der Edelleute vorbei, mit erleuchteten Bootstreppen und Schiffen und Booten, auf denen auch Lampen hingen. In der Stadt, die der Mittelpunkt der Welt war, hatte eine festliche Nacht begonnen, doch ich gehörte nicht mehr dazu. Das wollte ich auch gar nicht. Dieser flüchtige Anfall von Traurigkeit bezeugte eine gewisse Sehnsucht, einen kurzen und jähen Wunsch, die Zeit zurückzudrehen, mehr nicht. Ich dachte nicht mehr. Die Bewegung des Bootes beruhigte mich. Die zunehmende Dunkelheit umfing mich. Ich merkte gar nicht, daß sich Kamen neben mich aufs Deck gesetzt hatte, bis er redete.

«Wir kommen jetzt zu den Wassern von Avaris», sagte er. «Für dich sind Wein und kaltes Essen vorbereitet. Möchtest du essen, während du zuschaust, wie die Stadt an dir vorbeizieht, oder möchtest du in die Kabine gehen?» Ich legte die Hand auf seinen Kopf, spürte, wie voll und kräftig sein schwarzes Haar war, wie warm seine Kopfhaut.

«Ich mache mir nichts mehr aus der Stadt», sagte ich. «Das Leben, das ich dort gelebt habe, ist im Palast und in nicht gekennzeichneten Gräbern irgendwo in der Wüste jenseits des Deltas zurückgeblieben. Laß uns in die Kabine gehen.»

Eine an der Wand befestigte Lampe beschien die auf dem Fußboden verteilten Polster, einen niedrigen Tisch voller Schüsseln und die schmale Pritsche, die schon mit meiner Bettwäsche bezogen war. Neben dem Tisch kniete Isis und wartete darauf, uns zu bedienen. Sie errötete, als Kamen sie freundlich begrüßte. Draußen hörte ich, wie Wachtposten uns anriefen und darauf die Antwort unseres Kapitäns, und da wußte ich, daß der Residenzsee hinter uns lag.

Ich ließ mir von Isis einen Becher geben, in dem dunkler Wein schwappte, und erhob ihn. «Auf meinen Schutzgott Wepwawet, auf den Vollkommenen Gott Ramses und auf seinen Sohn, den Falken-im-Nest», sagte ich. «Leben, Gesundheit und Wohlstand für uns alle.» Darauf tranken wir, dann stürzten wir uns auf das Essen, und als Kamens anmutige Finger ein knackiges Salatblatt zerrupften, ging mir unversehens auf, daß ich zum ersten Mal seit vielen Jahren sehr glücklich war.

Wir ruhten noch einige Stunden auf den Polstern und plauderten ungezwungen über Kamens Jugendjahre, seine militärische Ausbildung, seine wachsende Liebe zu Takhuru, seine künftigen Ziele und ich über meine Zeit mit dem König. Von meiner eigenen Jugend in Huis Haus oder von den Verbannungsjahren in Aswat mochte ich nicht schon wieder sprechen, und Kamen, der mein Zögern spürte, bedrängte mich nicht. Wir hatten uns viele lustige Sachen zu erzählen und lachten oft, ehe er mich auf die Wange küßte und sein Lager unter dem Sonnensegel aufsuchte, das außen an der Kabinenwand angebracht war, während ich mich auf die schmale Pritsche legte und Isis sich in die Polster an der Tür kuschelte.

Als ich aufwachte, hatten wir das Delta hinter uns gelassen und waren gerade an den Pyramiden vorbeigekommen, die überall verstreut auf der Hochebene am Westufer standen. Der Morgen war kühl und verheißungsvoll. Ich stand blinzelnd im Kabineneingang und betrachtete ein Weilchen die hellgelben Hügel vor dem strahlend blauen Himmel, die sich so scharf abzeichneten, als wären ihre Umrisse mit einem Messer eingeritzt. In der Nähe markierte eine Palmenreihe die Uferstraße. Der Nil schimmerte und spiegelte die Farbe des Himmels, und an seinem Ufer, wo Binsenbüschel wuchsen, begrüßten die Vögel zwitschernd und pfeifend den neuen Tag.

Auf dem Deck kniete Isis, umgeben von Schüsseln, in denen sie Essen anrichtete. Mir gegenüber kämpften die Ruderer mit gebücktem, schweißnassem Rücken gegen die Strömung an, denn wir befuhren den Fluß in Richtung Süden, und wenn er auch nicht mehr hoch ging und alles überschwemmte, so hatte er dennoch eine schnelle Strömung. Über mir bauschte sich das gelbe Segel im vorherrschenden Nordwind, und vom Mast wehten die königlichen Farben meiner Flagge.

Kamen stand auf die Arme gestützt an der Reling. Er war barfuß und trug nur einen kurzen weißen Schurz, und das Haar flatterte ihm um den Hals. Er mußte gespürt haben, daß ich ihn musterte, denn er drehte sich um, sah mich und kam mit großen Schritten über das Deck. «Du hast gut geschlafen», meinte er. «Eine Nacht auf dem Fluß, und schon siehst du besser aus. Dein Gesicht wirkt nicht mehr ganz so angespannt. Komm und speise unter dem Sonnensegel. Das Essen ist nicht viel anders als gestern, aber wir reisen nicht weit, und heute abend bekommst du etwas Warmes.» Ich folgte ihm um die Kabine herum, wo das Sonnensegel einen großen Schatten warf, machte es mir auf den Polstern darunter gemütlich und versuchte herauszufinden, wohin die Reise ging. Isis näherte sich, verbeugte sich und verteilte die Schüsseln, und da kam mir eine Idee.

«Isis, versuche die Rolle aufzutreiben, die ich von dem Landvermesser bekommen habe», sagte ich. «Die bringst du mir. Ich will unser Ziel erraten», fuhr ich an Kamen gewandt fort. «Auf dieser Liste steht alles, was zum Verkauf angeboten wird. Wenn wir nicht weit fahren, müßte ich dir eigentlich sagen können, wo sich mein neues Heim befindet. Aber, Kamen, Anwesen in der Nähe des Deltas sind begehrt und sehr teuer. Die meisten werden ohnedies vererbt. Wem verdanke ich mein Silber? Und ich bin böse, daß man mir nicht erlaubt hat, selbst zu wählen.» Ich griff zu dem Bier, das Isis mir eingeschenkt hatte, trank einen großen Schluck und biß in ein Stück Käse.

«Ich habe dir gesagt», antwortete Kamen nachsichtig, aber bestimmt, «daß du mir vertrauen mußt. Wenn du von dem, was man für dich verfügt hat, nicht begeistert bist, bringe ich dich zurück in Mens Haus, und dann können wir uns über deine Liste den Kopf zerbrechen.»

«Wenigstens scheint es nicht nach Aswat zu gehen», murrte ich. «Für eine so lange Reise ist dieses Schiff nicht geeignet.»

Ich nahm die Rolle, die Isis mir hinhielt, und entrollte sie. Der Landvermesser hatte die Anwesen nach den Distrikten geordnet, in denen sie lagen. Ich überging alles südlich von Fayum. An mehreren aufgelisteten Besitztümern waren wir bereits vorbeigekommen, und in Fayum selbst stand nichts zum Verkauf. Das überraschte mich nicht. Die Oase war üppig und wunderschön, mit vielen Obst- und Weingärten, und ihr Boden war schwarz und fruchtbar. Das meiste gehörte dem Königshaus, und um den Rest kümmerten sich die Verwalter des Adels.

«Es muß sich irgendwo zwischen dem Eingang zum See und unserer augenblicklichen Position befinden», meinte ich und reichte Kamen die Rolle. «Da kommen nur zwei Anwesen in Frage, und eins geht nicht bis an den Fluß. Darum muß es das andere sein.» Kamen nahm den Papyrus, ließ ihn aufrollen, ohne ihn anzusehen, und gab ihn mir zurück. Er kniff die Augen zusammen und grinste.

«Du bist eine kluge Frau», neckte er mich. «Wenn du herausfindest, wohin wir fahren, kümmere ich mich höchstpersönlich ein ganzes Jahr lang um deinen Garten.»

«Dann mußt du dir sehr sicher sein, daß ich es nicht errate», sagte ich und lachte, doch ich kam und kam nicht dahinter und rätselte für den Rest des Tages daran herum.

Abends legten wir kurz in einer schmalen, sandigen Bucht an, damit sich die Ruderer ausruhen konnten. Sie machten am Ufer ein Feuer und schwammen und saßen später im Schein der Glut, tranken Bier und unterhielten sich. Kamen leistete ihnen Gesellschaft.

Ich saß im friedlichen Zwielicht mit einem Becher Wein auf dem Schoß an Deck, lauschte auf das gelegentliche, schallende Gelächter meines Sohnes und spürte, wie Körper und Herz allmählich eins wurden, ein Gefühl, das ich bislang nicht gekannt hatte. Und ich schien nicht nur mit mir selbst eins zu werden, sondern auch mit meiner Umgebung. Gedanken und Gefühle verschmolzen mit dem Duft der Zedernholzplanken unter meinen Füßen, dem sachten Plätschern des Flusses auf der Sandbank und dem Rascheln der scheuen Kreaturen im Unterholz und den hellen Sternen über mir. Ich hatte mich an die Hintergrundgeräusche des Haremslebens gewöhnt. Aber selbst nachts, wenn die Frauen und ihre Kinder und Dienerinnen friedlich waren, machte sich die Stadt als fernes Grollen bemerkbar.

Doch ich war auf dem Land aufgewachsen. Ich hatte das Land im Blut, und heute abend rief es erneut, flüsternd und einschmeichelnd. In meiner Jugend hatte ich mich danach gesehnt, dem harten, arbeitsreichen Leben und dem unvermeidlichen Unwissen zu entfliehen, das die jungen Mädchen aus Aswat vor der Zeit altern ließ. Ich hatte es geschafft, doch dem Zauber der Erde selbst hatte ich mich nicht entziehen können. Und das wollte ich auch gar nicht mehr. Ich war eine Edelfrau, die Herrin Thu, hochgebildet und reich, doch wie so viele von niederem Adel, die fern von Pi-Ramses auf ihren Landgütern lebten, war auch ich ein Landkind und steckte mit einem hennaroten Fuß noch immer im Schlamm der Überschwemmung. Ich hatte Frieden gefunden. Ich würde annehmen, was mein Sohn an Haus und Land für mich gekauft hatte, und es genießen, daß mich keiner kannte.

Gerade als ich mich für den Rest der Nacht zurückziehen wollte, kam Kamen wieder an Bord. «Wir fahren weiter», sagte er. «Mutter, ich möchte, daß du schläfst, und morgen früh mußt du in der Kabine bleiben, bis ich dich hole. Isis wird sich um dich kümmern. Leg deinen schönsten Staat und das beste Geschmeide an. Paß auf, daß sie es mit dem Schminken peinlich genau nimmt. Du bist zwar schön, aber ich will, daß du unwiderstehlich aussiehst.»

«Kamen, ich treffe mich nicht mit einem Liebhaber», sagte ich erbost. «Und du solltest mir nicht befehlen wie ein herrischer Ehemann. Den paar Aruren Land ist es einerlei, wie ich angezogen bin!»

Etwas an seinem Benehmen machte mich stutzig.

«Du mußt einen guten Eindruck auf deinen neuen Verwalter machen», beharrte er. «Er ist ein sehr fähiger, wenn auch eigenwilliger Mann. Er muß dich auf Anhieb bewundern, sonst bist zu gezwungen, ihn vor die Tür zu setzen.»

«Ich habe dazumal einen König geblendet und die schönsten Nebenfrauen im Harem ausgestochen», erwiderte ich hitzig. «Bin ich so tief gesunken, daß ich mich vor einem einfachen Verwalter spreizen muß? Doch wohl kaum, Kapitän!»

«Bitte, Mutter», bat er leise. Ich antwortete nicht, sondern verdrehte die Augen, hob die Schultern, ging in die Kabine und zog die Vorhänge mit einem Ruck hinter mir zu.

Ein Weilchen lag ich da und lauschte den leisen Stimmen der Ruderer, während sie uns wieder in den Fluß hinausstakten. Ich spürte, wie das Boot wackelte und erzitterte, als die Strömung versuchte, uns nach Norden zu ziehen, doch die Riemen tauchten ein und bemühten sich, uns in Richtung Süden zu drehen, und dann ging es voran. Isis, die auf den Polstern eingenickt war, seufzte und wechselte die Lage. Mir fielen die Augen zu. Ich hatte vorgehabt, wach zu bleiben und nach der Schnelligkeit und Richtung des Bootes zu erraten, wohin wir fuhren, doch seine Bewegung und das rhythmisch platschende Auf und Ab der Riemen lullten mich ein, und schließlich schlief ich.

Noch ehe ich am darauffolgenden Morgen die Augen aufschlug, wußte ich, daß wir irgendwo angelegt hatten. Das Boot schaukelte sacht. Niemand schlug den Takt für die Ruderer. Durch die Vorhänge mit den Quasten sickerte perlfarbenes Licht in die Kabine. Es war sehr früh. Die Luft war noch erfüllt vom Lärm des Frühkonzerts der Vögel, und darum, so folgerte ich, mußten wir bei vielen Bäumen angelegt haben. Ein zarter Duft stieg mir in die Nase, sehr schwach, aber unverkennbar, der Duft von Obstblüten und der zartbittere Duft von Weinblättern. Wir sind ins Delta zurückgekehrt, dachte ich erschrocken. O nicht doch! Das darf nicht sein!

Ich verließ die Pritsche, wollte den Vorhang aufreißen und hinausblicken, ganz gleich, um was mich Kamen gebeten hatte, doch in diesem Augenblick trat Isis mit einer Schüssel heißem Wasser ein. Ehe ich einen Blick auf das erhaschen konnte, was hinter ihr war, zog sie den Stoff wieder zusammen, lächelte zur Begrüßung und wollte mir das Nachthemd ausziehen. «Wo sind wir, Isis?» wollte ich wissen. Ihre Hände gerieten nicht ins Stocken, als sie mir das Hemd über den Kopf zog.

«Entschuldigung, Herrin Thu, aber das darf ich dir nicht erzählen», sagte sie ungerührt. «Dein Sohn hat gesagt, er läßt mich auspeitschen, wenn ich etwas verrate.»

«Eine Unverschämtheit!» fuhr ich sie an. «Du bist meine Dienerin, nicht seine. Ich warne dich, überlege dir gut, ob du mir noch einmal nicht gehorchst.» Sie ließ Wasser auf mich tröpfeln und griff nach dem Natron.

«Ja, Herrin», sagte sie fügsam. «Entschuldigung. Welches Kleid soll ich heute holen?»

Ich überließ mich ihren Händen williger, als ich zugeben mochte, war eher neugierig als gereizt, und nachdem Leib und Haare gewaschen waren, sie mich gezupft und eingeölt und gesäubert hatte, versuchte ich nicht mehr, nach draußen zu schielen, als sie mich verließ, meine Kleidung für mich zu holen. Sollte Kamen seinen Spaß haben. Ich würde überrascht und entzückt tun, welcher Anblick sich mir auch immer bot, wenn er mich abholte.

Isis schien von der Feierlichkeit des Augenblicks überwältigt zu sein. Ihre Berührung war ehrfüchtig, als sie mich in das weiß-silberne Kleid kleidete, das schwer von vielen winzigen goldenen Ankhs war, und mir das Pektoral aus Silberfiligran um den Hals legte. Ich wollte das Haar geflochten tragen, doch sie überhörte meine Bitte, kämmte es locker aus und bändigte es mit einem breiten silbernen Kopfreifen mit einem Ankh, in dessen Armen die winzigen Federn der Maat hingen. Meine Augen hatte sie mit Khol umrandet, meinen Mund mit

Henna rot geschminkt, hatte mich mit Myrrhe betupft und zog mir gerade juwelenbesetzte Sandalen an, als sich Kamen durch den Vorhang schob und ihrer Hände Werk begutachtete. Sie mußte mir nur noch goldene Ringe auf die Finger stecken, wenn das Henna auf meinen Handflächen getrocknet war. «Sehr gut, Isis», sagte Kamen nach kritischer Musterung. «Und jetzt, Mutter, sag ihr, daß sie die beiden Rollen holt, die der Pharao für dich diktiert hat.» Isis warf mir einen Blick zu. Ich nickte. Als sie fort war, stand ich auf.

«Mein Sohn», sagte ich ruhig. «Ich liebe dich, aber du hast jetzt lange genug mit mir gespielt. Ich möchte die Wahrheit wissen.» Er neigte den Kopf, trat zu mir und nahm mein Gesicht in die Hände. Seine Augen leuchteten warm.

«Ach, liebe Mutter», murmelte er. «Weißt du eigentlich, wie stolz es mich macht, dein Sohn zu sein? Oder wie glücklich ich im Augenblick bin? Ich habe oft über die wundersamen Wege des Schicksals gestaunt, doch niemals mehr als hier in dieser Kabine, in der du strahlst wie die Göttin Hathor selbst.» Er ließ die Arme sinken, als Isis zurückkam, und auf ein weiteres Nikken von mir gab sie Kamen die Rollen. Er erbrach an beiden die Siegel und las sie schnell. «Nimm die hier», sagte er und reichte sie mir. «Aber komm nach draußen, ehe du sie liest.» Er hielt mir den Vorhang auf. Ich holte tief Luft und ging an ihm vorbei.

Vor meinen Augen erstreckte sich das glänzende Wasser des Sees von Fayum bis in weite Ferne, wo die Hügel ringsum in den Himmel übergingen. Lustboote befuhren ihn bereits, ihre weißen Segel flatterten in der Morgenbrise, weißer Schaum bildete sich hinter ihrem Heck. Am Ufer standen überall Bootstreppen, die strahlend weiß in der Sonne leuchteten und von denen Wege zu den niedrigen Häusern führten, die in der üppigwilden Vegetation fast verschwanden. Von großen Obstgärten wurden Blütenblätter herangeweht und trieben an mir vorbei. Palmenhaine schaukelten. «Aber, Kamen», stammelte ich. «In Fayum stehen keine Anwesen zum Verkauf.»

«Nein», sagte er ruhig und nahm meine Hand in seine. «Dreh dich um, Mutter. Sieh hinter dich.» Jetzt packte mich die Furcht, eine schreckliche, mächtige Angst überkam mich und eine Vorahnung und Unglauben, denn ich wußte, was ich sehen würde, wenn ich mich umdrehte, und mein Herz fing an zu hämmern, und der Atem stockte mir.

Alles war noch so, wie ich es in Erinnerung hatte: die hübsche Bootstreppe, an der wir festgemacht hatten, der gepflasterte Weg unter hochgewölbten Bäumen, das hohe Unterholz zu beiden Seiten, das alles von den Äckern trennte, und hinter ihnen jeweils ein Tempel. Ich konnte den Granatapfelhain und die Sykomoren sehen, die das Haus selbst beschatteten und so dicht standen, daß der Wüstensaum dahinter unsichtbar blieb. Ich wußte, wo der Dattelhain lag und der Obsthain und der Weingarten. Ich kannte die Reihe von hohen Palmen, welche die Bewässerungsgräben kennzeichneten, die meinen Feldern Leben spendeten.

Meine Felder. Meine zehn Aruren, die mir vor so langer Zeit überschrieben worden waren. Wie viele Male hatte ich mich mit wehem Herzen gefragt, wessen Füße auf dem Weg gingen, wessen Stimme sich mit dem Verwalter über die sprießenden Felder hinweg unterhielt, wessen Hände zur Erntezeit die Traubendolden umfingen. Ich entzog Kamen meine Hand, stolperte über das Deck und hielt mich an der Reling fest. «Ich verstehe das nicht», flüsterte ich. «Hilf mir, Kamen.» Er stellte sich neben mich und legte mir den Arm um die Schulter.

«Als man mich als Säugling zu Men brachte, hat der Pharao ihm im Austausch für sein Schweigen zehn Aruren Khato-Land in Fayum überschrieben», sagte er. «Das Haus war baufällig, doch der vorherige Besitzer hatte die Äcker säubern und Gerste, Kichererbsen und etwas Knoblauch anpflanzen lassen. Es war ein gutes Anwesen. Vater ließ das Haus instand setzen und auch den Freiluftschrein und die Stallungen. Es wurde unser zweites Heim. Jeden Akhet sind wir hierhergekommen, sind geschwommen und haben geangelt. Ich habe es immer geliebt, gleich beim ersten Mal, als ich den Fuß auf diese Bootstreppe gesetzt habe. Ich bin hier aufgewachsen. Ich habe nicht gewußt, keiner hat gewußt, daß es einmal einer berühmten Nebenfrau gehört hat, die in Ungnade gefallen und vergessen worden war.» Er legte mir einen Finger unters Kinn und hob mein Gesicht hoch. «Nicht weinen, Mutter. Du zerstörst deine Schminke, Isis muß ja noch einmal von vorn anfangen.»

«Sprich weiter», brachte ich heraus.

«Nach dem Prozeß hat der Prinz Men rufen lassen. Der Pharao wünschte, daß das Anwesen an dich zurückfiele. Er hat Men einen anderen Besitz angeboten, etwas am Nil, am Eingang zum See von Fayum. Das muß man Men lassen, er hat eingewilligt. Wir sind ausgezogen, Thu. Das Haus ist auf Befehl des Pharaos mit Möbeln aus den Palastlagern ausgestattet worden. Ich glaube, er hat dich sehr geliebt.» Kamen wies mit der Hand. «Alles gehört dir. Du hältst die Originalurkunde in der Hand.»

Tränenblind entrollte ich den Papyrus. Und da war sie, dieselbe Urkunde, die mir der König vor vielen, vielen Jahren so entzückt geschenkt hatte. «O Ramses», sagte ich mit erstickter Stimme, aber die Worte blieben mir in der Kehle stecken. Da lag mein Anwesen vor mir, beschaulich und stattlich und üppig grün. Mein. Dieses Mal für immer mein. Und er hatte es getan, obwohl er wußte, daß er meine Dankbarkeit nicht mehr erleben würde. Solch eine überwältigende und selbstlose Zuneigung verdiente ich nicht.

Kamen winkte, und ich sank auf den Schemel, den ein Ruderer gebracht hatte. Isis drückte mir einen Becher Wein in die Hand und hielt ihn fest, während ich trank. Allmählich erholte ich mich. «Ich reise so bald wie möglich nach Pi-Ramses und bedanke mich aus tiefstem Herzen bei Men», sagte ich mit zitternder Stimme zu Kamen. «Ich weiß nicht, was ich sagen soll. Ich möchte dem Pharao einen Brief diktieren, hoffentlich erreicht er ihn noch, ehe ...»

«Dazu ist es, glaube ich, zu spät», sagte Kamen. «Aber er möchte gewißlich nicht, daß du dich grämst, Mutter. Es hat ihm Spaß gemacht, eine Bäuerin dem Land zurückzugeben, so ähnlich hat er sich jedenfalls dem Prinzen gegenüber ausgedrückt. Aber da ist noch das hier.» Er hielt die andere Rolle hoch. «Wenn du bereit bist, sollst du sie nehmen und ins Haus gehen. Du darfst sie erst öffnen, wenn man es dir sagt.»

«Mir sagt? Wer? Der Verwalter? Gibt es drinnen Diener, Kamen?»

«Ja. Und wenn sie dir nicht gefallen, hast du die Erlaubnis des Pharaos, sie fortzuschicken.» Ich stand langsam auf und musterte ihn nachdenklich.

«Die Sache hat doch einen Haken, nicht wahr?» sagte ich. «Verliere ich das Anwesen, wenn ich die Dienerschaft nicht haben will? Treibt der Prinz sein Spiel mit mir?»

«Nein!» In seinen Augen blitzte Mitleid auf. «Die Urkunde ist in deiner Hand. Niemand kann sie dir wegnehmen. Der Pharao ist sehr klug, Mutter, klug und mitfühlend. Geht es dir besser? Gut. Dann geh jetzt. Ich bleibe hier an Bord, bis du mir Nachricht schickst, daß alles gut ist.» Er gab mir die zweite Rolle. Seine Miene drückte etwas aus. War es Sorge? Erwartung? Ich konnte sie nicht enträtseln. Wortlos ging ich zur Laufplanke, ergriff die stützende Hand des Ruderers und setzte den Fuß auf mein eigenes Stück Ägypten.

Ich mußte nicht lange auf dem schattigen Weg gehen, da kam auch schon das Haus in Sicht, schmiegte sich in den Schutz der hohen Bäume, und seine hübsche, weiß getünchte Vorderfront strahlte im Sonnenschein. Als ich es das letzte Mal gesehen, mich ihm genähert hatte, da bröckelten seine Lehmmauern, und die Steinplatten unter meinen Füßen waren geborsten und hatten sich gewölbt. Men hatte das alles mit einem für einen Kaufmann und Reisenden bemerkenswerten Einfühlungsvermögen instand gesetzt, doch andererseits kannte ich Kamens Adoptivvater auch nicht so genau.

Meine Gedanken begannen zu rasen, und ich konnte sie nur mit Mühe beruhigen, denn mir war klar, daß sie unter dem wachsenden inneren Druck wild durcheinanderpurzelten. Das Haus kam näher. Die Sonnenflecken, durch die ich ging, machten kurz gleißendem Sonnenschein Platz, als ich am Fischteich vorbeikam. Sein Wasser war einst verschlammt gewesen, doch jetzt leuchtete es klar, und überall schwammen Lotos- und Seerosenblätter. Linker Hand, auf der anderen Seite des Teiches, warf der Freiluftschrein einen Schatten über das Gras. Seine kleinen Türen standen offen, der Schrein selbst war leer und wartete darauf, meinen geliebten Wepwawet aufzunehmen.

Jetzt lag der Hauseingang direkt vor mir, mit zwei weißen Pfeilern von einem solchen Umfang, daß zwischen ihnen nur Schatten war. Kein Türhüter erhob sich zu meiner Begrüßung. Das Schweigen war mit Händen zu greifen. Mein Fuß stockte, denn auf einmal überkamen mich böse Ahnungen. Irgend etwas stimmte nicht.

Ich spähte in den kühlen Eingang, versuchte das Gefühl zu deuten, das mir sagte, dreh dich um, lauf weg, zurück zum Boot, zurück in Kamens schützende Arme, bring dich in Sicherheit. Der Schweiß brach mir aus, durchfeuchtete die Rollen, die ich umklammerte. Thu, du machst dich lächerlich, sagte ich zu mir. Du weißt doch, was drinnen ist. Der Empfangsraum, groß und gefällig, Durchlässe in der gegenüberliegenden Wand, die zum Schlafzimmer, Gästezimmer, Verwalterzimmer und auf einen Gang zum hinteren Garten führen, wo du das Badehaus und die Küche und die Dienstbotenunterkünfte findest ...

Dienstboten.

Der Verwalter.

Ich holte tief Luft, nahm mein Herz in beide Hände, schickte ein leises Stoßgebet zu Wepwawet und trat über die Schwelle.

In der Zeit, die ich brauchte, bis sich meine Augen an das Dämmerlicht gewöhnt hatten, fiel mir zweierlei auf. Erstens Jasminduft, sehr schwach, aber unverkennbar, der sich in meine Nase stahl und mir das Blut in den Adern stocken ließ. Zweitens, daß ich nicht allein war. Eine Gestalt löste sich aus dem Dunkel.

Hochgewachsen.

Graue Haut.

Graue Haut ...

Sie näherte sich, zögerte, und ein verirrter Strahl aus dem Lichtgaden ließ ihren Kopf reinweiß aufleuchten. Das Herz blieb mir stehen, und ich rang nach Luft, so erschrocken und entsetzt war ich.

Da stand er und blickte mich mit seinen roten, kholumrandeten Augen fest an. Von der Mitte an war er nackt, das mondfarbene Haar fiel ihm als dicker Zopf auf eine bleiche Schulter, die Falten eines dünnen Schurzes liebkosten seine Knöchel. Um seinen Oberarm ringelte sich eine silberne Schlange.

Ich rammte mir die Faust in die Rippen, und mit einem Ruck fing mein Herz wieder an zu rasen.

«Nein», sagte ich. «Nein.»

Und dann war ich wie von Sinnen. Ich stürzte mich auf ihn, schlug unbeholfen nach ihm, hämmerte auf sein Gesicht, seine Brust, seinen Magen ein, zerkratzte ihn mit meinen Ringen, wollte ihm das Haar ausreißen. Und er parierte stumm, versuchte meine Handgelenke zu packen, knurrte, wenn ich ihn getroffen hatte, doch am Ende siegte er. Er drückte mich an sich und verschränkte die Arme hinter mir, während ich keuchte und schluchzte.

«Das ist mein Haus!» schrie ich. «Raus aus meinem Haus!» Ich spürte, wie er den Griff lockerte, und riß mich los. Er hob die Hände und die weißen Schultern. Blut rann ihm den Hals hinunter aus einer Wunde, die ich ihm unter dem Ohr beigebracht hatte.

«Ich kann nicht», entschuldigte er sich. «Leider gilt der Befehl des Pharaos und des Prinzen mehr als deiner. Jetzt darfst du die Rolle lesen.»

«Halt den Mund!» krächzte ich. Ich zitterte vor Schreck und war Spielball der unterschiedlichsten Gefühle: Wut, Angst, was er mir antun konnte, Erleichterung, daß er am Leben war, Gram, daß er irgendwie überlebt hatte, und innigliche Gefühle beim Klang der vertrauten Stimme. Mit linkischer, heißer Hand erbrach ich das Siegel.

Die Worte sprangen mir mit entsetzlicher Klarheit entgegen. «Meine liebste Thu», las ich. «Ich habe den Fall des Sehers und Edelmanns Hui geheim verhandelt, habe ihn des Hochverrats und der höchsten Gotteslästerung für schuldig befunden und ihn dazu verurteilt, sich das Leben zu nehmen. In Anbetracht der Jahre jedoch, die er mir als Leibarzt und Ägyptens größter Seher gedient hat, und bei dem Gedanken, daß du, meine wunderschöne Nebenfrau, einen Mann verdienst, der deiner Begabungen und Leidenschaften würdig ist, habe ich beschlossen, sein Leben zu verschonen, falls du geruhst, ihn als deinen demütigen Diener anzunehmen, solange du willst. Falls du ihn lieber fortschicken möchtest, erleidet er die Strafe, die ich festgesetzt habe. Sei glücklich.» Ramses hatte eigenhändig unterzeichnet und die Rolle mit dem königlichen Siegel verschlossen.

Lange starrte ich auf den Papyrus, dann warf ich ihn heftig fort und ließ mich auf den nächsten Stuhl sinken. «Das ist Wahnsinn», sagte ich tonlos. «Du bist ein böser Mensch, Hui. Wie hast du das nur geschafft?» Er kauerte sich neben mich und hüllte mich mit einer Wolke seines Parfüms ein. Jasmin. Ich schloß die Augen.

«Du mußt mir glauben, wenn ich dir sage, daß ich nichts zu diesem ungemein rätselhaften Urteil beigetragen habe», sagte er eindringlich. «An dem Abend, als du dich in meinem Zimmer versteckt und mich verhöhnt und gewarnt hast, da war mir klar, daß wir alle, Paiis, Hunro und die übrigen, der Gerechtigkeit dieses Mal kein Schnippchen mehr schlagen würden. Ich bin sofort in den Palast gegangen und habe alles gestanden. Ich hatte erwartet, daß Ramses mich auf der Stelle einsperren würde, und das hat er auch getan. Ich hatte auch erwartet, daß er mich zusammen mit meinem Bruder und Hunro vor ein öffentliches Tribunal zerren würde, doch das hat er nicht getan.»

«Hätte er lieber tun sollen!» entfuhr es mir. «Ich war da, Hui! Ich habe im Harem gewartet, bis dein Bruder und Hunro tot waren! Ich weiß, was sie gelitten haben. Du bist genauso schuldig wie sie. Mit welchem Recht bist du noch am Leben? Wenn du ein Mann von Ehre wärst, hättest du dich ohne Rücksicht auf die Machenschaften des Pharaos umgebracht!»

«Ach ja», sagte er leise. «Ehre. Aber wir wissen doch beide, daß ich von dieser zweifelhaften Tugend herzlich wenig besitze, nicht wahr, Thu? Was ist Ehre, verglichen mit den elementaren Freuden des Lebens? Gerade du solltest wissen, daß die reine Freude am Leben schwerer wiegt als alle anderen Rücksichten. Schließlich hast du siebzehn Jahre lang alles außer dem Lebenswichtigen entbehren müssen.»

«Wofür du gesorgt hast», flüsterte ich. «Weiter.»

«Kurz bevor der Prozeß beginnen sollte, wurde ich vor den Pharao und den Prinzen gebracht. Ramses hat mir gesagt, er wünsche – genau das Wort hat er benutzt: wünsche. Er wünsche, mein Leben um deinetwillen zu schonen. Er hat gesagt, er hätte zwar deinen Leib besessen, wisse aber, daß du nur mich im Herzen getragen hättest, und er wolle nicht, daß du den Rest deines Lebens um mich trauerst. Vielleicht kannte er dein Herz besser als du selbst.»

Brüsk stand ich auf und durchmaß das Zimmer. «Du bist hochnäsig», sagte ich bitter. «Selbstgefällig, hochfahrend, überheblich. Du hast dich dem König auf Gedeih und Verderb ausgeliefert, nicht wahr? Du hast ihm im Austausch für dein Leben Beweismaterial angeboten, soviel er sich nur wünschen konnte. Und er wollte dich ungern vernichten. Schließlich hast du dich als sein Arzt in allen Dingen um ihn gekümmert. Seine Zuneigung zu dir und sein Vertrauen waren stärker als sein Gerechtigkeitssinn. Aber irgend etwas mußte er mit dir tun. Er konnte dich nicht freilassen und die anderen hinrichten. Also hat er mir die Entscheidung überlassen. Dieser Feigling! Ich hasse euch beide, und dich am meisten! Ramses liegt im Sterben, dieses Mal hilft ihm nichts mehr, und du kannst meinetwegen auch sterben! Ich will dich hier nicht haben. Hinaus mit dir. Geh und erfülle die Bestimmungen dieses albernen, schlimmen Handels!» Ich wies auf die Rolle, die in der Ecke lag.

Er hatte sich erhoben, stand mit den Händen hinter dem

Rücken und musterte mich kühl. «So war es nicht, Thu, Ehrenwort. Du tust Ramses unrecht. Falls dein Entschluß feststeht, werde ich ihm nachkommen, doch hör dir an, was ich dir zu sagen habe, ehe du mich verurteilst. Läßt du mich ausreden?» Ich nickte grimmig.

«Sag, was du willst», gab ich zurück. «Aber ich bin nicht mehr das unschuldige Mädchen, das an deinen Lippen hängt, Hui. Vergiß das nicht.»

«Ich habe vieles nicht vergessen», sagte er leise. «Ich habe nicht vergessen, wie ich dich das erste Mal gesehen habe, splitterfasernackt und tropfnaß in der Kabine meiner Barke, die Augen angstgeweitet und entschlossen. Ich habe den Abend nicht vergessen, an dem du mich geküßt hast und ich mich schmerzlich danach gesehnt habe, den Kuß zu erwidern, dich in die Arme zu nehmen und alle Machenschaften in den Wind zu schlagen. Ich habe deinen Duft nicht vergessen, wenn du dicht neben mir im Kräuterzimmer gestanden hast und sich deine ganze Aufmerksamkeit auf das gerichtet hat, was ich dich lehren wollte.

Aber was ich gar nicht vergessen habe, ist der Abend in meinem Garten, als du so verzweifelt zu mir gekommen bist und wir den Mord am Pharao geplant haben. Da haben wir uns geliebt, nicht zärtlich, wie es hätte sein sollen, sondern gierig und erregt von dem, was wir vorhatten.» Er hielt inne, und zum ersten Mal, seit ich ihn kannte, geriet er ins Stocken, die Worte fehlten ihm, er war unbeholfen und unsicher. War das gespielt? Ich wußte es nicht. «Du hast dich verändert, Thu, aber ich auch», fuhr er zögernd fort. «Meine kleinen Pläne sind schon vor Jahren zunichte geworden, haben sich mit der Zeit verflüchtigt. Ägypten hat überlebt, und ich hätte das wissen müssen. Ramses hat auch überlebt und stirbt eines natürlichen Todes, und sein Sohn gibt einen fähigen Pharao ab. Mir ist nichts geblieben als die bittere Erkenntnis, daß ich etwas weggeworfen habe, was mich hätte glücklich machen können.

Ich habe dich gelehrt, nur durch mich zu leben. Ich bin in dein Hirn und dein Herz eingedrungen und habe beides in Besitz genommen, absichtlich und skrupellos, aber dabei habe ich nicht gemerkt, daß auch du mein Herz erobert hast. Als man dich nach Aswat verbannt hatte, habe ich geglaubt, daß ich dich damit aus meinen Gedanken verbannt hätte, daß die ganze elendige Geschichte vorbei wäre und das Denken an dich verblassen würde.» Er lächelte zerknirscht, und dieses Mal meinte ich, echten Schmerz in seinen Augen zu entdecken. «Darauf habe ich siebzehn Jahre gewartet, darum habe ich gekämpft. Und als Paiis mit deinem Manuskript in der Hand zu mir gekommen ist, habe ich darin die Gelegenheit erblickt, die Vergangenheit endgültig auszulöschen. Wir haben deinen und Kamens Tod beschlossen. Paiis hat auf diese Lösung gedrängt, weil seine Sicherheit bedroht war, aber für mich war es auch die Austreibung eines Quälgeistes. So habe ich mich wieder und wieder getäuscht bis zu dem Abend, als du mich in meinem Schlafzimmer gestellt hast, bis zu dem Abend, als ich in den Palast gelaufen bin und gehofft habe, daß Ramses mich auf der Stelle hinrichten lassen würde. Da habe ich gewußt, daß ich dich nie loswerde, daß ich mich für alle Zeit in meinem eigenen Netz verfangen habe. Da wollte ich nicht mehr leben. Und falls du dich jetzt von mir abwendest, sterbe ich so bereitwillig, wie ich es nie für möglich gehalten hätte. Ich liebe dich.»

«Du versuchst doch nur, dein Leben zu retten», sagte ich trocken. «Es ist zu spät, um noch von Liebe zu reden, Hui. Du hast immer nur die Selbsterhaltung vergöttert.»

«Auch jetzt noch», antwortete er aufrichtig. «Aber nicht mehr um jeden Preis. Wir sind zwei vom gleichen Stamm,

Thu. Und das war schon immer so. Ich bitte dich nicht darum, dir gleichgestellt zu sein. Laut Erlaß des Pharaos soll ich dir im wahrsten Sinne des Wortes dienen. Du kannst mit mir machen, was du willst.»

O ihr Götter, dachte ich verzweifelt, als wir uns so in dem immer stickiger werdenden, gefälligen kleinen Raum gegenüberstanden. Was soll ich tun?

Und was möchtest du tun? spottete eine Stimme in meinem Inneren. Möchtest du ganze Rache nehmen, Kamen rufen, daß er ihn festnimmt und er erleiden muß, was du bei Paiis gesehen hast? Bei Hunro? Möchtest du, daß er vor dir kriecht und dir jede Laune erfüllt, sich fürchtet, dir nicht zu gehorchen, weil du ihn dann fort und in den Tod schicken kannst? Oder möchtest du ihn frei und freudig lieben, so wie es von Anfang an hätte sein sollen, ehe deine Gier und sein kalter Ehrgeiz alles verdorben haben?

Aber kann es gelingen, daß wir die Vergangenheit mit all ihren Lügen und Schmerzen, mit ihren verderbten Träumen und ihren durchkreuzten Hoffnungen vergessen? liefen meine Gedanken weiter. Sind Liebesbeteuerungen genug, um das Denken an Treulosigkeit und Mißtrauen zu überwinden, das mir jeden Tag meiner Verbannung vergiftet und Nacht für Nacht die Dunkelheit meiner kleinen Hütte erfüllt hat? Wie kann ich die grausamen Erinnerungen beschwichtigen, die so viel zahlreicher sind als die glücklichen und die mir nicht einmal jetzt aus dem Kopf gehen und mein Herz erkalten lassen? Das gliche dem Versuch, wieder Jungfrau zu werden. Erwarte ich zuviel, wenn ich hoffe, daß er zu guter Letzt die Wahrheit sagt? Können wir, auch wenn alles dagegen spricht, lernen, einander zu vertrauen?

Er blickte mich geduldig, gelassen an, diese Mondsichel am hellichten Vormittag, diese abartige und dennoch geheimnisvolle Schöpfung der Götter, dieser schwierige und schöne Mann, und meine Liebe zu ihm war eine Wunde, die nie heilen würde. Das hatte Ramses richtig gesehen. Richtig und scharfsinnig. Und in seiner Güte hatte er mir das einzige Geschenk gemacht, das alles übertraf, was seine Schatzkammern bargen. Ich ging zu der Rolle, hob sie auf und riß sie entzwei.

«Hui, du bist frei und kannst gehen», sagte ich knapp. «Wenn du willst, kannst du Ägypten verlassen. Ich weigere mich, die Bedingungen des sogenannten Handels anzunehmen. Ich werde die Behörden nicht benachrichtigen. Ich unternehme überhaupt nichts. Ich wünsche weder deinen Tod noch deine Knechtschaft.» Ich zeigte auf die Tür. «Freiheit, Seher.»

Er rührte sich nicht. Er blickte weder in meine Richtung, noch auf meinen Finger. «Freiheit wozu?» sagte er mit rauher Stimme. «Um in mein Haus in Pi-Ramses zurückzukehren, wo noch immer die Stimme meines Bruders widerhallt und das Öl wartet, um mir tote Visionen und nutzlose Trugbilder zu zeigen? Wo mein Garten nach den verlorenen Jahren duftet, deinen wie meinen? Diese Art Freiheit will ich nicht. Lieber den Tod. Ich kann mir nicht länger etwas vormachen, Thu. Ich brauche dich. Mein Herz, meine Seele, alles ist unvollkommen ohne dich. Das mußt du mir glauben. Du sagst, daß du weder meinen Tod noch meine Knechtschaft wünschst. Aber wenn du mich zwingst, durch die Tür da zu gehen, verurteilst du mich zu beidem, denn niemand kann leben, der nur vergangenen Zeiten dient.»

Als ich in diese feurigen roten Augen blickte, erkannte ich, daß es einerlei war, was ich glaubte. Vielleicht log er, vielleicht bewies sich am erregten Heben und Senken seiner nackten weißen Brust am Ende doch die Wahrheit. Ich wußte nur, daß ich keine Wahl hatte. Ein Leben ohne ihn würde nichts weiter sein als eine sinnlose, immer wiederkehrende Abfolge kleiner Aufgaben und oberflächlicher Freuden ohne den Tiefgang von Leidenschaft oder Schmerz, und durch das seichte Wasser eines sinnlosen Lebens würde ich meinem Ende entgegentreiben. Der Gedanke war unerträglich. «Dann rufe Harshira», sagte ich. «Vermutlich ist er auch hier. Sag ihm, er soll Erfrischungen bringen, und dann bereden wir, was wir tun sollen. Doch zuvor gibt es noch eine Frage, die du mir stellen mußt. Etwas, was ich seit langem sehnlichst hören möchte, Hui. Worte, die aus deinem Mund kommen müssen, damit die Vergangenheit mit all ihrem Bösen machtlos wird und wir noch einmal von vorn anfangen können.» Seine Brauen zogen sich zusammen, seine Augen wurden schmal. Er zuckte mit keiner Wimper. Äußerlich gelassen wartete ich, während sich in mir alles verkrampfte, denn ich wußte, mein ganzes Leben, meine ganze Zukunft hingen von seinen Worten ab.

Dann huschte der Anflug eines Lächelns über sein Gesicht. «Liebe Thu», sagte er leise. «Kannst du mir das schreckliche Unrecht verzeihen, das ich dir angetan habe? Daß ich dich benutzt und verlassen habe? Daß ich deine Vernichtung geplant und dir deine Jugend geraubt habe? Kannst du mir verzeihen? Willst du es versuchen?»

Lange, lange bewegten wir uns beide nicht. Wir standen da und blickten uns an, während uns die Tageshitze allmählich schläfrig machte und die Vögel im Garten hinter dem Haus verstummten.

Pauline Gedge

Pauline Gedge, geboren 1945 in Auckland, Neuseeland, verbrachte einen Teil ihrer Kindheit in England und lebt heute in Alberta, Kanada. Mit ihren Büchern, die in zahlreiche Sprachen übersetzt sind, gehört sie zu den erfolgreichsten Autorinnen historischer Romane.

Die Herrin vom Nil *Roman einer Pharaonin*
(rororo 15360)
Vor dreieinhalb Jahrtausenden bekam in Ägypten die Sonne eine Tochter: Hatschepsut. Sie wurde die erste Frau auf dem Thron der Pharaonen. In den zwanzig Jahren ihrer Herrschaft erwirbt sie sich die Liebe ihres Volkes und fördert den Fortschritt. In diesem spannenden biographischen Roman zeichnet Pauline Gedge diese einzigartige und erste bedeutende Frau der Weltgeschichte nach.

Das Mädchen Thu und der Pharao *Roman*
(rororo 13998)
«Die Geschichte vom rasanten Aufstieg des Bauernmädchens Thu zur Favoritin des Pharaos ist ein geradezu sinnliches Lesevergnügen. Eine aufregende Story aus dem Land der Pharaonen mit aufschlußreichen Einblicken in das gesellschaftliche Leben der damaligen Zeit.» *Brigitte*

Die Herrin Thu *Roman*
Deutsch von
Dorothee von Asendorf
544 Seiten. Gebunden
Wunderlich

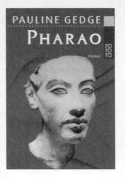

Pharao *Roman*
(rororo 12335)
«Eine elegante, spannende, ja faszinierende *Hofberichterstattung* aus der Zeit des großen Umbruchs Ägyptens.» *Die Rheinpfalz*

Der Sohn des Pharao *Roman*
(rororo 13527)

Die Herren von Rensby Hall
Roman
(rororo 13430)

Herrscher der zwei Länder
Band 1: Der fremde Pharao
Deutsch von
Dorothee Asendorf
416 Seiten. Gebunden
Wunderlich ab März 2000

Band 2: In der Oase
Deutsch von
Dorothee Asendorf
672 Seiten. Gebunden
Wunderlich ab Juli 2000

Weitere Informationen in der **Rowohlt Revu**e, kostenlos im Buchhandel, und im Internet:
www.rororo.de

Unterhaltung

Christian Jacq, geboren 1947 bei Paris, promovierte in Ägyptologie an der Sorbonne. Er veröffentlichte zahlreiche wissenschaftliche Aufsätze und wurde von der *Académie française* ausgezeichnet. Neben Beiträgen zur Fachliteratur schrieb er mehrere erfolgreiche Romane. Mit «Ramses» gelang ihm auf Anhieb der Sprung an die Spitze der Bestsellerlisten.

Ramses Band 1:
Der Sohn des Lichts
Deutsch von
Annette Lallemand
448 Seiten. Gebunden
Wunderlich Verlag, als
rororo 22471 und in der
Reihe "Großdruck" 33154

Ramses Band 2:
Der Tempel der Ewigkeit
Deutsch von
Ingrid Altrichter
416 Seiten. Gebunden
Wunderlich Verlag, als
rororo 22472 und in der
Reihe "Großdruck" 33157

Ramses Band 3:
Die Schlacht von Kadesch
Deutsch von
Annette Lallemand
448 Seiten. Gebunden.
Wunderlich Verlag, als
rororo 22473 und in der
Reihe "Großdruck" 33158

Ramses Band 4:
Die Herrin von Abu Simbel
Deutsch von
Ingrid Altrichter
448 Seiten. Gebunden
Wunderlich Verlag, als
rororo 22474 und in der
Reihe "Großdruck" 33164 /
ab Juni 2000

Ramses Band 5:
Im Schatten der Akazie
Deutsch von
Ingrid Altrichter
448 Seiten. Gebunden
Wunderlich Verlag, als
rororo 22475 und in der
Reihe "Großdruck" 33165
ab September 2000

Der schwarze Pharao *Roman*
Deutsch von
Dorothee Asendorf
400 Seiten. Gebunden
Wunderlich Verlag

Der lange Weg nach Ägypten
Roman
(rororo 22227)

Die letzten Tage von Philae
Roman
(rororo 22228)

Der Mönch und der Meister
Roman
(rororo 22430)

Weitere Informationen und ein Verzeichnis aller lieferbaren Titel von **Christian Jacq** finden Sie in der *Rowohlt Revue*, kostenlos in Ihrer Buchhandlung, und im Internet: www.rowohlt.de